政协委员文库

Zhengxie Weiyuan Wenku

祖槐

李存葆 著

中国文史出版社

目　　录

我为捕虎者说 …………………………………………… 1

鲸殇 ………………………………………………………… 12

大河遗梦 …………………………………………………… 31

祖槐 ………………………………………………………… 44

沂蒙匪事 …………………………………………………… 79

飘逝的绝唱 ………………………………………………… 115

东方之神 …………………………………………………… 148

永难凋谢的罂粟花 ………………………………………… 192

绿色天书 …………………………………………………… 231

上苍的艺术 ………………………………………………… 243

净土上的狼毒花 …………………………………………… 248

梦幻仇池山 ………………………………………………… 264

呼伦贝尔记忆 ……………………………………………… 268

我眼中的老龙湾 …………………………………………… 300

国虫 ………………………………………………………… 305

最后的野象谷 ……………………………………………… 345

渐行渐远的滋味 …………………………………………… 358

一默斋主 …………………………………………………… 404

我为捕虎者说

一

写下这个题目，心中不免戚戚。在狩猎文明早就成为历史陈迹，人类凭借工业文明已使象狮虎豹们俯首为奴，诸多野生动物因濒临灭绝而备受关怀的今时，再为一捕虎猎豹者扬威立言，委实有悖于时代新潮。

今年 4 月，我同几文友到韩愈的故里河南孟县去开蒙文心诗魂。作为旷世文宗韩退之，其诗文灿烂过多少代人的胸怀。韩文公那智慧的头颅、铮铮的铁骨早已属于整个中华民族乃至全人类，足可使孟县人光彩千世。有文无武意犹未尽，似乎尚不能充分显示一方水土的地灵人杰，好客的主人又向我们亮出了孟县的另一张王牌——"当代武松"何广位。

当功利之心和尘俗之念急剧膨胀，当超然物外的文化想象力日渐萎缩，当英雄的灵光已被某些人视作骗子的烟雾，当悲壮的故事已变为昨日的黄花，"赵公元帅"和"孔方兄"势必成为吸引众庶千夫的强力"磁场"。在孟县武桥村一寻常的农家院落里，我们竟被另外一种"磁场"所深深攫住：

这就是那赤手空拳、玩虎豹狼豺于股掌之上、力大无朋的英雄吗？

这就是那食量之大令人咋舌、酒量之巨让人瞠目的壮士吗？

我上下凝视左右端量，总感觉不像。

何广位年八十有六，中等偏上的个头，松身鹤骨，霜眉雪发，面如重

1

枣，白髯飘胸，一双睿目炯炯有光，如果不是西装加身，倒像是杏林悬壶的高迈中医，也酷肖福慧双修的年尊方士。但听老人说话，气自丹田，声若洪钟；再观其动作，仍猿猱般灵活刚健，元气淋漓，使人不难觅到这捉虎擒豹者的勃勃风采。

我与何老先生促膝而谈。老人本身就是一部令人浩叹的大书。翻阅这部大书，我们不仅可领略力之征服、美之魅力，亦可仰俯时代，解读命运，参悟人生……

二

公允的历史老人也常会产生疏漏。古今中外与猛兽厮搏者不可悉数，然何广位徒手擒得猛兽之多，堪称天下一人。可《吉尼斯大全》上竟没有这位老先生的名字。

何老先生一生擒缚七只老虎，攫得九头野牛，捉拿二百六十余只豹子，降伏八百余头野猪、千余只恶狼，至于蟒蛇狐獾，更是指不胜屈。

因民族、境遇、身份不同，载于典籍和写进文学作品中众多斗兽者的擒兽手段及目的也迥乎其异。在古罗马"大斗技场"上，斯巴达克斯们同猛兽相搏，上演过奴隶社会一幕幕嗜血的惨剧，角斗士成了鼎贵们游戏盘上的一颗血淋淋的人肉棋子，斯巴达克斯们的整个生命价值，仅能博得鲜衣美食的贵族老爷太太们的一粲。英殖民主义者占领印度后，那些貌似典雅的骑士的后裔们，以比赛枪杀孟加拉虎争强斗胜，仅在一次集体围猎中，就毙虎三百六十余只，那高背椅上斑斓美丽的虎皮，成了占领者炫耀征服的象征。坦桑尼亚有个古老的习俗，成年男子只有亲手杀死一只猛兽，方可取得结婚的资格。清康熙帝一生于"木兰围场"猎虎一百五十三只，熊十二只，豹二十五只，那是在三公九卿、御林武士的簇拥下，用鸟枪弓矢射得，伴随着山呼万岁的声浪，皇帝老儿在龙颜大悦的同时，既强悍了八旗贵胄的筋骨，又扬厉了泱泱大清的国威。国人耳熟能详的打虎英雄大概有三：武松暴虎是因吊睛白额大虫危及自身性命，李逵用朴刀刺虎是为了给老母复仇，而杨子荣枪击山君不仅仅因为虎撞枪口，更有着明显的政治企图，一只老虎为这位机智的英雄提供了一份晋见"座山雕"的丰厚礼物……

历史上猎兽者的捕兽手段，大抵只有武松与何广位相同，他们凭的是"洒家的拳头"；而何广位擒虎猎豹的目的再简单不过——为了填饱肚子。

填饱肚子曾是历代中国农民的最高奢望。

1909年，何广位生于安徽宿县一赤贫之家。家中靠租来薄田几亩，飘摇度日。兄弟三人，广位为长。广位自小食量惊人，生就一个能伸能缩、深不可测的"橡皮肚子"。九岁时，父母令他在家看好借一还十的三斤麦种，竟被他饕餮一空。父母归来，急如热蚁，诘以缘由，广位哽咽，据实已告。父亲信疑参半，遂又借来菜团十余，旋即又被广位鲸吞殆尽。时兵连祸结，大肚皮给广位带来异乎寻常的不幸。十二岁那年，父亲被土豪打伤致死，从此，何广位萍飘蓬转，给地主、业主做佣工，当厮徒。尽管其力超壮汉，终因饭量巨大，辄被驱逐解雇。十四岁上，他辗转至豫东，拜一游侠义士为师，习练棍棒拳脚。十七岁那年，他随师卖艺至湖南长沙。一日，城中百姓正围观其师徒精湛技艺，忽一队兵痞闯来，逐走平民，逼其耍练。卖艺索钱，天经地义，然兵痞非但不给，竟大开骂口。何广位一怒之下，棍舞棒飞，二十余丘八訇然倒地，他左抵右挡，转瞬掩护其师杀出重围。逃奔途中，师徒失散。何广位日赶夜奔，当遁至桃源县余坪山中，已是风高月黑，忽觉有一毛爪触其肩背，他当即两手紧钳兽爪，猛地朝身前一掷，一只老狼被摔出丈余，他趋前又击数拳，恶狼登时毙命……作为一介农子，何广位仅祈求用诚实的劳动换来蔬米，以果馁腹。他由湘南流浪至鄂北，在大别山麓，寻觅一枝之栖。某日，天色微熹，他匆匆行走于莽林小道，忽闻几声虎啸，但见树动山摇，一猛虎迎面朝其扑来，广位不及细想，亮起铁拳，运足气力，朝虎头击去，这一拳正中虎鼻，戾虫当即昏厥，他就势猛踢虎腹，大虫断肠而亡。他将虎搭于双肩，到山下换得大洋百余……

漂泊中，空拳毙得一狼一虎，使何广位惊喜地发现，自己具备徒手擒捉猛兽的特殊本领。

以捷如猿猱之躯，凭拔山扛鼎之力，在那"乱世英雄起四方"的年月，有多种人生道路可供何广位选择：他可破门入户，做梁上君子；也可占山为王，当绿林大盗；还可率众造反，悍霸一方……但父亲死前曾有遗训："饿死不做贼，冻死不为寇。"为不违父命，何广位思前谋后，毅然选择了狩猎生涯。他之所以选择这最原始最野蛮的谋生方式，也仅仅是为了满足中国历代农民那"填饱肚子"的最高奢望。这对于斯时的何广位来说，无疑是既清白又干净的选择。

三

原始狩猎无疑是坚忍者的事业。

当时光老人已换乘蒸汽列车风驰电掣时，何广位竟逆时光而行，将现代人的身躯委于远古时代。他必然要陷进人生的崎岖、命运的黑洞。他注定要在巉峻崖险的山陬，去咀嚼现代人难以下咽的孤独；在溪间河汊的岬角，去啜饮同辈人不敢沾唇的悲苦。

他啸傲林泉与世隔绝，他抱虎枕蛟与人无争。然而，手握"热兵器"的"两脚兽"却常常不放过这"远古人"：1943 年在广西全县，何广位将打死的一只老虎在集市上出售，四个持枪荷弹的日本兵要将这猎物占为己有，素有正义感的何广位怎堪忍受异族人的欺凌？盛怒之下，他操刀劈倒了三个日本兵。当他偕妻翻墙穿巷逃避时，剩下的那个日本兵开枪射击，他右腿连中两弹。因汉奸告密，日寇捣碎了他寄居的小窝。一三岁、一襁褓中的两个儿子，被日寇活活摔死……

开国后，何广位仍以擒兽为业，足迹遍及全国二十一个省份的三十二条山脉。他仍如断梗飘蓬，向无固定之家。随着他的威名于民间流传，在虎豹狼豺为害一方时，当地的头头脑脑发出邀请，他便慷慨前往。他常是钻狼窝，栖虎洞，宿古刹。擒捉猛兽多在冬春，为体灵身捷，他辄着单衣上阵。为诱兽出洞，他牵羊做诱饵。当录音机在国内出现时，他方购得一只，录下鸡鸣羊叫之声，在猛兽出没之地频频播放，这是现代文明给这"远古人"提供的唯一擒兽武器装备……50 年代初，他应邀赴陕西岐山除豹害，在山沟里隐蔽了两昼夜，未见豹出。这天日暮时分，隐隐传来狼

4

嗥，刹那间，五百余只野狼从四方窜来，何广位纵身跃至河沟边一开阔地。这时，在两只头狼的带领下，五百余只狼将何广位层层圈圈地围了起来。身寄狼吻，十生九死，何广位镇静自若，先飞起一脚，将一条头狼踢进河沟，用脚踩稳淹死，又腾出手将另一只头狼一拳击倒，群狼见状，纷纷逃遁……此等的玩命儿，这般的大勇大智，一时被当地人传为佳话。

何广位捉虎猎豹的秘招是：出拳要快、准、狠，首拳一定要击中虎豹的鼻子，致其晕厥，然后略补几拳让其一时难以苏醒，用绳索紧绑四肢再装进特制的大口袋，以最快的速度背虎豹下山……何氏猎野猪，亦有奇技淫巧：野猪脊背的皮毛上有松脂沙砾粘成的厚厚保护层，坚硬如铁，唯其肚皮之下是薄弱环节。每同野猪相遇，何广位总是飞脚踢其肚皮。他曾三脚使一野猪断肠而亡。若要活捉野猪，则需掌握脚力轻重之火候……久经战阵，使何广位生擒猛兽之技，达到炉火纯青的地步。1966年在中条山，年近花甲的何广位，六天内逮了八只活豹。目前，我国各大动物园里，几乎都有何氏捕猎的豹子。昔年武松景阳冈上打罢虎，本想将虎拖到冈下，谁知用双手去提虎时，竟臂酥脚软，未能提起。看来，武松之力亦不能与何氏比肩。

"虎尾春冰""老虎屁股摸不得""吃了豹子胆""伴君如伴虎"……先人留下的话语，极言与虎谋皮的艰难性、残酷性、危险性。尽管何广位力、智超人，有一次竟也险些委肉豹口。1976年，太岳山下的一个村庄，有群豹出没，吃得路断人稀，何广位应召前往，第二天早上就擒得一只元凶老豹，正当他将豹入笼时，该村的队长赶来致谢，他搭话时手一松，老豹出笼扑向他的额头，他挥拳击老豹，一拳将老豹的四只獠牙打断，起脚将老豹踢死。但他的头上、手上均留下了伤痕。余勇可贾，他十天后康复，又只身来此捉得野豹三只，送往河南安阳人民公园……

荆棘载途何足畏哉，猛虎恶豹何足惧哉，但那与生俱来的"橡皮肚儿"却始终像恶魔一样折磨着何广位。据先生称，他六十岁以前很少有填饱过肚皮的时候。因此，那些酒足饭饱的时日，总能深嵌进他的记忆。1955年，在陕西永寿县罗山村，淳朴的山民感念他为众除害，大摆宴席，他开怀畅饮，创下了一次喝西凤酒十七斤的纪录；1966年，河南济源县领导因他捉豹有功，决计要管他一顿饱饭，但又称菜肴不好报销，馒头可尽管享用。何先生在连块咸菜都没有的情况下，一顿吞下了六十二个馒头……

1983年，先生由孟县推荐，成为河南省政协委员。从此，先生那"橡皮肚儿"才得以伸缩自如。尤其是每届春来开会时，先生更能大饱口福。大会上负责膳食的人员为表达对"当代武松"的敬意，十人一桌的饭菜让先生独享……

先生虽为捕兽人，但他的经历却是中国近代农民命运的缩影。

我悲先生生不逢时。倘若在"冷兵器"时代，先生或许是曹操帐下的典韦、许褚；或许是岳飞麾下那醉酒亦能大破番兵的牛皋，长枪勇挑"铁滑车"的高宠……倘若先生晚生一个甲子，又或许是中国拳击队的头号种子，我想，福尔曼、泰森、霍利菲尔德恐也难敌先生那击虎之拳……

我咒命运之神何其残忍。你既然赐给何广位一个"橡皮肚子"，却为何让他踏破铁鞋难觅一饱，使如此一个孔武有力的俊彦，终生为肚子奔忙！

我赞命运之神何等伟大。假如你让何广位投胎于朱门绣户，尽管他有挟山超海之力，他又岂敢以血肉之躯去同猛兽一搏？正是命运之神用苦难铸造了何广位，才使人类的生命的原始强力，在何广位身上展现得如此酣畅恣肆、淋漓尽致！

人为命运叹息是可以理解的，人与命运抗争是值得赞美的。正是从这种意义上，贝多芬的《命运交响曲》才获得了超越时空的永恒。

四

现代科技的发展，对人之力的实用价值给予了无情否定。一粒橡皮子弹，一支麻醉剂，一个充满智慧的美丽陷阱，都足能使象狮虎豹们拜倒在人类面前，人类早已成了这个星球上统治一切生命的"真龙天子"。

然而，对力的崇拜又是人类千古不移的天性。女娲、夸父、刑天、精卫、海格立斯、大卫、参孙……人类以丰富的想象，编织出一个个象征着

"力"的神话；而恺撒、汉武、成吉思汗、彼得大帝、拿破仑等征服者的形象，又曾鼓荡过多少人的心旌。人用智慧将自身之力的实用价值作了否定之后，其审美价值却愈加凸现出来。力用它美的魔杖，常常将全球人拨弄得怡怡然，飘飘然，痴痴迷迷，狂狂癫癫……

也算有幸，"远古人"何广位到了迟暮之年，才有机会将他的"力"以审美的形式，去愉悦人们的感官。

1985年7月，善于捕捉信息的日本人得知孟县有个"活武松"，便捷足先登。东京电视台以高柳为首一行五人，来到武桥村，见到时年已七十六岁的何广位。高柳心存狐疑，实难相信老人还能捕虎捉豹。当何老先生将一块重达七百余斤的预制板一下搬到一米高的砖墙上时，日本人惊得口舌打结，遂亲从何广位到擒豹现场，录制了活捉野豹的电视纪录片。

两年之后，中国新闻社电影声像部主任张树人率摄制组赶来孟县，拍摄何老先生徒手擒豹的新闻片，送往海外播放。

时在隆冬，大雪铺地，野豹难寻，幸十余天前，老人擒得一豹囚诸笼中，准备献给全国少年儿童基金会，这豹子遂成了展示力与美的道具。囚豹出笼，往往恶于野豹三分，且先生已年近八十，县领导和家人皆劝老人三思而行。老人竟慷慨不辞。为防不测，武装部门派一班士兵架枪保护。囚豹被放于太行山间，一场恶战迅即展开。困豹出笼，吼声震野，卷着雪屑向何广位扑来，不几个回合，老人将豹擒入笼中。谁知拍摄人员因过分惊惧，手忙脚乱中关键镜头没能拍得。于是，再次放豹出笼。那豹子定是恨透了何广位，它没有向深山遁去，而是怒目而立，眼迸凶光，伴着一声嘶吼，泰山压顶般向何广位扑来，想一口吞掉老人，老人捷身一闪，恶豹扑空，豹子回首又纵身一跃，老人就地一蹲，凶豹再度扑空，老人趁豹子三扑之时，攥拳迎击，这一拳正中豹鼻，豹子嘶吼着在雪地翻滚，老人信步上前，略补几拳，使拍摄圆满封镜。

何广位擒虎捉豹，若马拉多纳之于足球，似乔丹之于篮板，如邓亚萍之于乒台，将力与美展示到出神入化的极致……

哲人有言：人类只有吃饱了肚子，才能进行宗教、科学及艺术等活动。哲人的话总能一语破的。如果说往昔之国人都曾像何广位那样一直为

"肚子事"奔忙，无暇顾看何广位的力与美，那么，当今日诸多宾馆酒楼里喝得天也昏昏地也暗暗的时候，却仍没有更多的人向何老先生投去深情的一瞥。且不说何老先生的存在为遗传学、营养学等提供了新的研究题目，单凭其徒手擒虎捉豹，亦足可名播华夏。而目下，何氏在国外的名声甚于国内。我敢说，全国十二亿同胞中知何广位者，尚不及万分之一。是因为奥林匹克没有设立擒虎捉豹的比赛项目，还是因为何老先生的行为中政治的因子过少？这一切，都应引起我们进入更深层次的文化思考。

五

历史上，大凡强人，多有剑侠豪勇。但如西门庆辈靠那花拳绣腿凌小欺弱者，亦不鲜见。即是义士豪杰，也往往有着人性的弱点。武松曾自诩："凭着我胸中本事，平生只是打天下硬汉、不明道德的人。"然他在"血溅鸳鸯楼"时，却大开杀戒，将马夫、侍女连同污吏张都监全部砍了个精光。李逵回乡迎母途中，捉放了剪径的假李逵李鬼，饥饿难耐误入李鬼之家，央李妻煮米三升，时李鬼归来与妻密议谋害李逵，李逵怒杀李鬼。无菜佐饭，李逵竟从李鬼腿上割下两块肉，烤而啖之。《三国演义》中刘备是蔼然仁者，在他被吕布赶出沛城后的投曹路上，闯进猎户刘安家。刘安欲寻野味款待豫州牧，一时不能，遂杀妻烹之，谎称狼肉，供刘备大嚼。后刘备知情，非但不责怪刘安，反炫耀于曹操，操亦感刘安大义，遣人以黄金百两相赠……这些故事读来令人心悸胆战肠翻胃倒，当人类告别了生食的血腥、动物的匍匐，即使在这些英雄身上，也未能完全摈弃兽的野蛮！

当代人尽可忽疏何广位那极富传奇色彩的猎兽故事，但不可忽略这位伟丈夫的仁厚而洁净的心灵。

本来，何广位凭他"胸中的本事"，早可以改变他的生存环境。珍馐醇醪曾向他含情脉脉，富贵荣华也曾向他频传秋波。国民党时期，常有军长师长们请他出山，或委以副官，或许以厚酬，他们看重的是何氏的一技之长。虎骨泡酒可活血，虎鞭入药可壮阳，麝香能使金屋奇香氤氲，而豹皮狐衣足可让娇妻美娃齿牙春色……何广位认为，干此等勾当，不是一个平民百姓的活法，而每每拒之。1948 年，一英国巨富闻得广位英名，感到奇货可居，多次派人说项，邀其赴英，言称他们有条件让何广位的捉虎擒豹之技风靡全球，并许以洋房、轿车乃至私人飞机。何广位朴素地觉得，一堂堂中国汉子，不能仰洋人鼻息，更不能让洋鬼子当猴儿耍着玩，遂断然拒绝……

在猛兽面前，何广位何等刚烈，但面对高堂、家人、乡亲，这"五尺刚"却化作了"绕指柔"。在广位的兄弟姊妹中，唯他四海为家，但他却独担起赡养老母的重责，每至一地，他总是把老母安排得熨熨帖帖，尽管他极少有填饱肚子的时候，但老母总能吃一看二眼观三。他故去的老伴是个心地善良的农家女，夫妻相呴以湿，相濡以沫，一辈子没拌过一句嘴。他不管走到哪里，都和当地山民分甘共苦，水乳交融。他的两个儿子，虽个头不高，但力大过人，都曾只身捉豹数十。儿子小时，常有些身高力大的"野犊儿"要与其较量力气。一次，二子何振湘被一蛮男缠住比试摔跤，那蛮男被振湘一下摔出几尺远，崴了脚脖儿。何广位大训其子：有本事跟虎斗，且勿伤人，若再有人缠住不放，务必佯败而归……

金钱对于商品社会中的人来说，它如同贾宝玉脖子上的"通灵宝玉"，一旦失却就六神无主。金钱往往是衡量人格高低的天平。何广位为养活一家老小和塞饱那"橡皮肚子"，比常人更需要钱去购柴买米。建国后，他也并非没有发财的机缘，但他坚持不取昧心钞。他虽为猎手，却不愿杀生，每当抓得虎豹，总是卖给公园。50 年代初，捉一只老虎给公园，出价不过三百元，一只豹仅八十元左右，如杀之，将皮、骨分别卖给皮货商和药贩子，得钱往往高此数倍。1972 年，何广位率全家定居盂县，仍以狩猎为业。野生动物法颁布前后，常有动物掮客来盂县，出高价让何广位父子去猎豹，一开口就许以三万、五万。何广位不是那等见利忘义、因私弃公之辈，他将猎得的猛兽，悉数交给公园。国家严令禁止捕虎猎豹后，何广位让其长子就地务农，他与次子虽仍逸之山林，却改以采药为生……

何广位这等伸伸拳脚就来银子的汉子，一生竟没有让金钱的利斧、色欲的魔爪在心灵上留下过印痕，实属难得。

我惊诧：赳赳武夫何广位，没上过学能世事洞明，没经名人点化竟人情练达。中国农民用艰辛孕育的美德在他身上生辉，而农民固有的劣根性却颇难见到。我究其缘由，老人捋髯相告：说书唱戏劝人方，他从小就喜听人说古论今。……哦，却原来，中国传统文化无所不在，它不仅写在书本内，流动在薪尽火传的祖训里，还弥散在酒肆茶楼、戏台书场上，更在每个人对人生的参悟中……

面对凶狠的猛兽，何广位手到擒来，称得上"力的公平竞争"；可面对某些道貌岸然的人，何广位却常常步履维艰，如同西瓜碰上切菜刀。80年代末，某县公园约何广位老人去山西某地逮狼，结果捉得的三只狼换来的钞票，竟远远不够各路关卡索要的费用。两年前，何广位让其子何振湘携带数年中在滇、川、陕、陇及青海等地的深山里采得的虫草等名贵药材，到河北安国药材市场出售。为证明药材真伪，老人先让其子赴京找有关部门写了认定书。谁知，这些价值二十余万元的药材，竟被当地市管人员以假冒为由，统统没收，连收条都不给打。何振湘悻然归家后，与老人计议，决定到法院申冤报屈。村中有一在全国最高法院工作的干部，老人让振湘进京探寻。那同乡说，跨省份的官司打起来难，从全国范围说，此乃一小案，需从县、地、省法院逐级审理，若判不了，方可由国家最高法院裁决，要想折腾出个眉目，少说也得两年……老人听其子讲罢，喟然长叹："能与虎斗，莫与人斗，有些人心比狼狠，咱还是'吃亏是福'吧……"

老人与我谈及此事时，眼神里露出几丝无奈、几丝悲苦。老人那不屑与人斗的话语，在我心中涌起几多惆怅、几多愤慨……

倘若商品经济的发展必须以人格的沉沦为代价，如果高尚必须迁就和宽容卑鄙，那无疑是一个民族的巨大悲哀。

六

老人从"远古"走来。

老人从大山深处走来。

如庄子御风而行，似达摩面壁参禅，像陶渊明东篱采菊，若李太白仗剑天涯……老人一生远离"人生围城"，用生活的清苦换得了心灵的自由、人格的独立。高山厚土补足了老人的元气，日精月华强健了老人的筋骨，那鸟语花香使老人胸有天籁爽发，那清流洁波为老人洗却了世间嚣尘……自古仁者长寿，老人一生与病魔无缘。老人虽生活在社会最底层，却舞动着生命的大彩练，作了一首人生大境界的诗。

现代文明的曙色终于恩被于这耄耋老人。老人成了孟县人的又一骄傲。县里每月给老人一定的生活补助，武桥村每日向老人提供白酒一斤。老人含饴弄孙，尽享天伦。每有公务应酬，老人总是轻身捷步，欣然前往，投向老人的是一片敬佩的目光。

近闻，视"时间为生命和金钱"的广州客、深圳人，从当地晚报上看到老人的报道后，纷纷前来晋谒。是哪种"磁场"引来他们，我很难猜度，但有一点可断定，他们来这里，不是为了淘金……

1995 年 6 月 18 日于济南

鲸　殇

一

人的记忆宛若幽静的深潭。这深潭平素微波不兴狂澜不起，偶有感应的石子投来才会浪翻波叠，让人遥思绵绵。

也许因我曾多次目睹渔民对鲸们神祇般的膜拜，也许因我刚参军时所在部队曾用岸炮劫杀过一头巨鲸，故而近年来，每当我从电视里看到有关鲸类"集体自杀"的图像，都不免黯然神伤。面对鲸鲵尸陈海滩的惨状，我心灵的弦索禁不住悚悚战栗。那"集体自杀"的用语听来分外扎耳，令我无论如何也难苟同，遂坚意为逝去的鲸们写一诔文，以鸣鲸之冤，以喊鲸之屈。

科学判定人与兽的主要界桩是"有没有思维和意识"。鲸虽是高智商的动物，又是万千生灵的荦荦大者，但迄今为止，人类除自身外尚未发现任何一种动物具备思维能力。鲸绝不会有自杀意识，自杀的专利只能属于人类。

人自杀的手段不知凡几：跳井、投崖、悬梁、吞金、饮鸩酒、食砒霜……这些老法子沿袭古今；而科学的发展又为今人的自杀拓宽了途径：卧轨、触电、引爆、枪击、喝农药、服安眠药……

人自杀的诱因更是含宏万汇：樊於期甘愿借头颅给荆轲是为了刺秦王以报仇；项羽刎剑别姬是因了垓下之败；杨继业撞碑是为了保全名节；李

香君血溅桃花扇既有对爱情背叛者的鞭笞又含对权贵的轻蔑；希特勒自毙是惧怕全人类的公判；海明威自戕是为了摆脱病痛的折磨和无尽的苦恼；老舍投湖是对文化专制的无声反抗；王宝森饮弹是因深知自己积恶成殃，罪不可逭……

这些自杀，或高尚或卑劣或悲壮或凄婉或美丽或丑恶，透过这些自杀，人们既看到了良心的奔驰，又瞥见了恶魂的消散。

应该说，不管采用何种手段因了何种缘故自杀，都是自杀者经过反复思维后做出的最后抉择。我看，倘若鲸会自杀，那么最先登上月球的应是比人类早诞生八千万年的鲸，主宰这个地球的也应是重于人体千倍以上的鲸。

鲸没有改造自然的抱负，更没有征服宇宙的狂想。既然无政治目的、无经济追求、无文化积淀的鲸类不会自杀，那么，是哪些看得见和看不见的力量，把鲸这上苍的杰作、生命的奇观，即将拖进永恒的寂寞呢？

二

大海有着人类永远读不尽的大深奥。

那从天外滚滚涌来的蓝色诗行，那发出炸雷般声响的白色标点，是造物主赐给人类的一部不朽的史诗。

面对大海，华夏祖先曾用想象的经纬编织出许多美妙神幻的童话，也对巨鲸这天地间最大的精灵，给予图腾式的敬奉。

汉代称鲸为鳕，鳕者，大也。《说文·鱼部》云："鳕，海大鱼也。"曾因《三都赋》而使洛阳纸贵的左思亦云："鲸从京，京大也。"然鲸到底有多大，有何等神威，古人曾进行过诸多匪夷所思的猜度。晋人崔豹于《古今注》中这般描绘鲸："大者长千里，小者数千丈，一生数万子……鼓浪成雷，喷沫成雨。水族警异皆逃匿，莫敢当者。"至宋代，人们还把海潮涨落归因于鲸的出没。《尔雅翼·释鱼三》中对鲸更是张大其词："其大横海吞舟，穴处海底。出穴则水溢，谓之鲸潮。或曰出则潮下，入则潮上。其出入有节，故鲸潮有时。"晓得潮涨潮落乃因月球引力所致的今人，对古人关于鲸的妄说难免会哑然失笑，但正是有了先人对鲸的敬畏和讴歌巨大生命的纯情，才使鲸们得以在大洋里度过了漫长而美妙的时光。

近三个世纪以来，由于人类贪婪地对鲸类"庖丁解牛"般的分割和利用，迄今已对鲸的沉浮食栖、骨骼脉络乃至生活隐私，了解得纤毫无遗。鲸曾是一个兴旺鼎盛、绵绵瓜瓞的家族。鲸分两大类：口内无齿有须者曰须鲸，人群中的美髯公们仅把胡须作为显示威仪的装点，而须鲸之须则是须鲸不可或缺的滤食器官。须鲸中有蓝鲸、长须鲸、座头鲸等凡十一种，其中蓝鲸是鲸类中的"超人"，最长者近三十五米，最重者达一百九十吨之巨。另一鲸类口内无须有齿，称齿鲸。齿鲸中有抹香鲸、虎鲸及各种海豚，共七十种。鲸类多具洄游性，它们夏季至南北两极寒海索饵，冬日到暖海产仔。鲸一胎一仔，孕期多长达十几个月，晋人崔豹"一生数万子"之说实乃齐东野语，怪诞不经……

科学的发展渐次将鲸的神秘面纱层层揭开，人类对鲸的崇拜也偃息消歇。彗星划过总会留有灼闪异光的尾巴，在中国直到"文革"前夕，有些海边的渔民，仍未辍顿对鲸的供奉和祷祝。钩沉稽往，我目击过的那些近乎蒙昧的拜鲸活动，仍历历如绘。

60年代初期，我所在的连队驻屯黄海岸边。连队左近有村曰渔池。在渔池，关于"神鱼"的传说诡异怪谲。有老妪言之凿凿，说她姥姥的父亲幼时攀崖掏鸟蛋，不慎坠入深海，是"神鱼"将之驮至海滩得以生还。有老叟语之切切，道其多次听到"神鱼"唱歌，嗓音之圆润不逊于青岛茂腔剧团的青衣。更多的长者谈及"神鱼"，要言如出一辙：昔年他们曾屡见"神鱼"过海。"大神鱼"过海，少时十数，多则上百，它们嘣嘣喷起的水柱高达数丈，阳光之下，若霓若虹，不时显露出的黑色脊背，宛如云中座座山峦。"小神鱼"过海，少则千尾，多时万头。其景象之壮观，即是舌灿莲花的说书人亦难表述……

传说毕竟真伪难辨，但有巨鲸自50年代末，年年于中秋节光顾渔池，却是连队老兵们亲眼所见。每当巨鲸来时，渔池百室一空，倾村而出。人们摆上香案，三拜九叩之后，再将鸡鸭鱼肉月饼瓜果之供品，投诸海中。后来，周围渔村也仿而效之，前来拜鲸者逾万。这等堂哉皇哉的拜鲸活

14

动，引起当地政府和驻军的警觉。团里遣宣传干事到青岛海洋学院讨教，以在渔民中进行鲸类知识的启蒙教育。宣传者称，喷水柱的是鲸鱼，结大群的是海豚。鲸类能发出各种声音，尤其是座头鲸，发音贯珠如玉，清越婉转，且能不断变换声调……

言者虽谆谆，听者却藐藐。这年中秋节又临，渔池的拜鲸活动仍一如往前，筹措停当。为铲除迷信之源，军里特批炮弹五枚，令我所在团将鲸击毙。营里组织各连优秀炮手，将火炮架之岸边。然事有蹊跷，往年巨鲸每届中秋节正午时分喷柱而来，这天直至皓月出海尚不见鲸踪。渔民更笃信"神鱼"之神，庆幸而去；炮手因无缘发炮击鲸，沮丧而返。讵知，当炮车拖炮离岸不足一里，巨鲸却喷柱而抵。炮车旋即拖炮归位，百姓遂纷至沓来。渔民恳求部队炮下留情，年轻者胸堵炮口，阻拦发炮；岁长者双膝匝地，长跪不起。团领导见状，只得作罢。鲸来渔池近海，辄是小住数日。翌晨，当渔民还在夠夠酣睡，炮手直瞄二百米左右的巨鲸，三发穿甲弹呼啸出膛，巨鲸便销声匿迹。三日后，从连云港部队驰来"捷报"：有身中三弹之巨鲸，僵卧海滩……

也许天公厚我，在戍守海防的六年里，我乘木船下海岛时，有三次巧逢或三只或五头的海兽戏闹于船尾，使我饱享过海韵野趣。更铭诸肺腑的是，我还在团防区内的竹岔岛上，目送过两千头海豚闹大海的磅礴和壮美：那天，丽日朗朗，春风剪剪，蓝天如洗，碧海若缎。随着渔民"看神鱼啦"的欢叫，我疾步奔至海岛岩边，放目而望，但见百米外的海面上，约有两千余头海豚隐兮现兮，游兮跃兮，水族之军，列阵成方，耕涛犁浪，隆隆倒海，訇訇排山。当年秦始皇驱坚策肥东拜边陲，恐也难有这等云盔雾甲之势……斯情斯景，撼魂摇魄。大海赠予我的是美的绰约美的恢宏美的沐浴美的畅游！

为寻找一种灵魂的慰安，为走向一种情感的归宿，近十几年来，我多次重返老部队，足迹也曾遍及黄海渤海的渔村和营区。问及鲸事，可叹复可悲的是，无论是渔民还是士兵，竟无一人在近海见过鲸及海豚的出没。这使我越发感到，我在竹岔岛见到的那两千头海豚"龙兵过"的奇观，也许是历史老人赐给这片海域的最后一幕威武雄壮的活剧……

三

有部队作家朋友写过一部秦宫生活的小说，内有一细节读后让人心灵震悚。秦始皇每日晨起吐痰，早有跪在龙榻前的宫娥仰粉脸启樱口承接。我对秦史不甚了了，不知这情节是有籍可考还是作家杜撰，但安在暴戾恣睢的嬴政身上，则贴题入辙。美女之口当痰盂，在美丑形成强烈反差的同时，既展示出封建帝王恣意享乐的心裁别出，更暴露了人性中那欲海难填的致命弱点。

从某种意义上说，不会自杀的鲸及一切动物，也有着求生的欲望。为充填饥肠，为争夺情侣，为抵御外侵，为统领本族，本能驱使下的"他杀"随处可见。这种"他杀"，手段极其简单，仅凭力的竞争达到弱肉强食的目的。会自杀的人，对同类对动物更善于"他杀"。这种"他杀"，充满着人类独有的智慧和计谋、狡黠和圈套、残酷和狠毒。

设酒池肉林仍不能博妲己粲然一笑的商纣王，屠戮臣民的手段无所不用其极。除沿袭黥、劓、刖、宫、辟五刑外，还在空心的铜柱内点火，将剥光衣服的受刑者绑于柱上，谓之"炮烙"。纣王常把死者肢体剁成肉块、肉酱，烤晒成肉干，让大臣分食。为甄别周国之君西伯是否臣服，他甚至将西伯之子煮成肉汤，让父食子肉……武则天为满足日益膨胀的权欲也为根除情敌，以杀亲生女婴为代价，将王皇后、肖淑妃打入宫监，在断去王、肖手足后，随着武后"二妪骨醉"的令下，王、肖又被泡诸酒瓮……中国史载的花样繁多的"他杀"，读来令人寒毛直竖，而外域人的"他杀"，听来亦让人心折骨惊。中世纪的欧洲，有的国王笃信喝青壮之血可葆青春永驻，常将年轻人捉进王宫，虐杀后当场喝其热血……历史演进到20世纪，从大恶元凶那里，人们窥见人性仍没有摈弃凶兽般的野蛮。二战中，刽子手们"他杀"的行径达到了惨绝人寰的地步。1943年，仅在奥斯威辛一个集中营里，纳粹就处死了二百五十万犹太人。死者包括金牙在内的一切财物均被掠光，他们的骨头被碾碎造磷肥，肌皮被剥来做灯罩，肉体被榨油制肥皂……日军侵华时，对中国人的夷戮更是天良丧尽，人道无存，偌大的中国，遍地写满了日军侵华暴行备忘录……

豺狼成性、心如蛇蝎、鹰视虎步、狗苟蝇营……先人以动物行为创造的这些词汇，向被用来比喻某些人的恶德丑行。人性之恶绝非"师承"兽类，动物的行为仅是本能使然。当人类对猛兽还缺乏强大的自卫能力时，凶兽扼吭人之惨剧，曾史不绝书。往昔那些为一方百姓打虎擒豹的勇士，理当被视为俊彦豪杰。然而，先于人类来到这颗星球上的鲸类，却与人类天各一方，相安无事，鲸对人称得上渔者让航，钓者额首。鲸类中的虎鲸强暴贪食，乃海中霸王，但迄今也未见一例虎鲸伤人的记录。在那以"小乒乓推动大地球"的年月里，庄则栋作为友好使节光顾美利坚国家海洋公园时，虎鲸对庄氏那彬彬有礼之态，至今仍使不少国人难以忘却。近些年，国外宣传媒介时有披露，当人不幸落水遇上噬人鲨时，常有海豚见义勇为驱逐恶鲨，将落难者驮上海岸。美国甚至在海滨浴场驯养海豚，以保护游泳者的安全。在各个国家和地区的水族公园里，鲸类区往往是最热闹的场所。鲸类按人的指令进行的高超艺术表演，常逗得人们笑不可抑，齿牙春色。尤其海豚那童心无忌般的率真，憨态可掬状的敦厚，常在人们心灵的池水里，溅起真善美的涟漪。

鲸类对人偶有"他杀"行为，也是人之驱使，人是让鲸类充当"凶手"的教唆犯。海湾战争中，美国曾使用数十头海豚为其战舰巡逻，聪明的海豚可以找到伊拉克水雷的位置，至少有三次使美舰免触水雷。美军还在海豚的鼻上配有小口径手枪，碰上企图在美舰下安装炸弹的伊拉克蛙人就射击，海面上常见的蛙人之浮尸，便是海豚"他杀"所致……

当茹毛饮血的原始人点燃起第一堆篝火，人类文明便露出了第一抹曙色。随着这文明之光的翔舞，人类欲望的火苗也愈燃愈炽。当熊獐鹿羊雀鸽鱼虾经过火的炙烤，化作人类嘴角的油腻后，思维大大活跃了的人类，必然把目光瞄向地球有史以来最大的生命——鲸。

人类施虐于鲸，盖源于鲸的通体是宝。

鲸的皮下脂肪甚厚，出油率极高。一头蓝鲸可炼油三十吨，相当于两千只胖猪或八千只肥羊。鲸油是近代油脂、化学工业的重要原料。由鲸头部提取的油，则是精密仪器、运载火箭、宇宙飞船的高级润滑剂。鲸肉可食，尤其是露脊鲸之肉，入味适口，向被视为肉中佳品。倘若当今谁在我国开放城市闹市区设一鲸宴酒楼，即使其价再昂，大腕、大款们也准会偕"小秘"趋味而至……鲸之皮可制革，堪与牛皮媲美。特别是齿鲸之皮，质地柔软，表层有短短绒毛，革面见天然花纹，染以七彩，光趟妙丽。假如哪位卑劣的外商或港客欲来我内地行骗，即使家无余资，只要其皮箱乃鲸皮所制，其皮鞋是鲸皮所造，这皮箱有可能成为他行骗乡镇企业的"通行证"，这皮鞋没准儿会成为他诱拐妙龄女郎而徜徉情海的"诺亚方舟"……鲸之骨可制优质复合化肥。鲸之五脏均是名贵药材。至于须鲸之须，齿鲸之齿，也绝不是骈拇枝指。一枚鲸齿雕成的烟嘴，可让欧美的绅士们更加颐指气使；一只鲸须编织的茶托，曾使古城堡的用人也脸上飞金。至于抹香鲸肠内的硕大残渣——龙涎香①，更是连城之物，它酷似麝香却胜似麝香，历来是极为名贵的香料安定剂。只要投一点儿于香料中，香味则经久不绝。它曾使欧洲的王宫变成芳泽馥郁的香宫，也曾让那些上流社会的贵妇人，欢悦于芝兰之室……

当人的欲望之喙膨胀得比鲸口还大时，鲸类的黄杨厄闰便过早地降临了。

四

60年代初期，当我所在部队为破除迷信而炮击巨鲸时，孤闻陋见的我并不知道，早在两个世纪前，西方一些国家为榨尽鲸类每滴脂膏，便在烟涛迷蒙的大海上，卷起了对鲸的淹没生而埋葬死的狂潮。

西方国家猎捕大型鲸类，历经了格陵兰捕鲸、美国式捕鲸及现代捕鲸的三度兴衰。

17至18世纪，在北大西洋的斯匹次卑尔根群岛近海，荷、英、德等国的捕鲸队，对北极露脊鲸竞相戮杀。那些闪着贪婪目光的锐士豪强，那

① 抹香鲸嗜食章鱼及乌贼，但消化不了乌贼的喙等残渣，残渣刺激抹香鲸肠内分泌出的特殊分泌物称"龙涎香"，龙涎香灰黑色，呈块状，一般重千克左右，也曾有重达四百二十公斤的。龙涎香燃烧时香气四溢，且比麝香之味更幽雅。

些蹈海踏波的冒险家，摇着木船，举着钢叉，对准肥硕的鲸脊，恶狠狠地刺去。温驯的露脊鲸的声声哀鸣，并没有唤醒猎鲸者的恻隐之心。殷红的血染污了海的蔚蓝，血的浊波遮掩了水的明澈。到 19 世纪初，北极露脊鲸被追捕殆尽，格陵兰捕鲸时代遂告结束。

美国式捕鲸初始也是逡巡于沿海近岸，以黑露脊鲸和洄游近岸的抹香鲸为主要猎物。到远海追捕抹香鲸起于 18 世纪初，捕鲸的海域迅速扩展，到该世纪末，英国捕鲸船队已绕过好望角，抵达太平洋，继而，法、德的猎鲸船舶也骄横地闯进大西洋、印度洋。蒸汽机的发明使捕鲸者告别了手摇的桨橹，钢板的组合使猎鲸人拜辞了剞木的舟槎。疾驰的海轮足可使冒险家鄙视巨鲸的速度和耐力，浪涌中流动的楼阁成了狩鲸者啸傲狂涛的鹿砦。19 世纪前半叶，夏威夷成了世界捕鲸基地。对齿鲸中躯体最大的抹香鲸的围追堵截，于 1846 年达到高峰，年捕万头。与此同时，太平洋中的露脊鲸、灰鲸、座头鲸等鲸类也遭灭天大祸，在劫难逃。一时间，夏威夷港口内，列国的鲸船旌分五色，云屯雾集。美丽的夏威夷成了鲸血漂杵的屠宰场，浩瀚的大洋里，捕鲸者们张扬着强悍，喷溅着血腥，播撒下欲望的种子，打捞着巨大生命的死亡……

19 世纪末，太平洋的抹香鲸所剩无几。当抹香鲸肠内那"龙涎香"的幽香，使世界上更多簪缨之族的膏粱子弟、曼妙女郎熏熏然怡怡然时，美式捕鲸也告式微。

1868 年挪威人福因发明捕鲸炮，开现代捕鲸之滥觞。为避免炮弹对鲸体鲸皮过大的损伤；为躲开因中弹而盛怒的巨鲸对船体那拔山扛鼎般的拉力，小小的捕鲸炮比商纣王的"炮烙"更见人类的"睿智"与"颖悟"，充溢着人类对动物的专制与自私、巧滑与刁钻。捕鲸弹的尖帽内，安有四个带倒钩的钢爪，且系有长长的射绳，弹头射入鲸体后，弹帽炸开，钢爪便紧钩鲸体。见鲸中弹，捕鲸人便在射绳的尾端拴上或白或红的浮标，速让牵有巨鲸的射绳脱离船体。尽管巨鲸有着惊人的生命力，但嵌入体内的四只钢爪已使其心裂肺撕，捕鲸人却能优哉游哉地眼观浮标，等候巨鲸流尽最后一滴血。捕鲸炮的发明，使现代捕鲸的浪潮迅即由挪威漫卷全球。

20 世纪初，欧美捕鲸船队耀武显威地开进亘古神秘的南极海域，骤然发现这里潜游着地球有史以来最庞大的生命：蓝鲸、长须鲸、大须鲸、座头鲸……它们成群结队，潜入水中是有着热血和体温的潜艇舰队，露出海面是移动着的力与美的山峰。然猎鲸人并非审美者，冰冷的南极也无法冻结他们那剥剥燃烧的欲火。雯时间，高寒的南极涌来列国捕鲸的热浪。南极距欧美，关山迢递，天水悬隔，聪明的人类于20世纪20年代中期，又制造出捕鲸母船，到30年代初，挪威、英国在南极的捕鲸母船达四十余艘，所随捕鲸艇二百多只，年捕巨鲸近四万头。酷似航空母舰的捕鲸母船，是移动的鲸类加工厂，它实现了对鲸的捕杀分割、提炼加工一条龙的流水作业，再庞大的肌体，再肥厚的脂膏，也难以填满母船那大伸大缩、大吞大吐的胃腔。横卷万里犁庭扫穴般的野蛮大袭击，使鲸类遭受到前所未有的大摧残……

我国辽阔富饶的海域，原是鲸类洄游栖息的洞天福地。虽然殷墟遗址有先民在鲸骨上刻的文字，但我猜度那不过是古人对搁浅鲸鲸骨的使用而已，并不像有人那般自豪地认为，我华夏是全球最早利用鲸资源的国度。

神州之鲸遭无妄之灾，首先来自东瀛人的发难。20世纪初，日本东洋捕鲸株式会社先后在我沿海及台湾多处设立捕鲸基地，那插有膏药旗的"第一东乡丸""神功丸"等捕鲸船，在我海疆上逐北追南，逢鲸必毙。直到1945年战败投降，日本才终止对我国鲸资源的掠夺……

新中国的捕鲸业起步于50年代中期，但"小米加步枪"般的装备，小股"游击队"式的出袭，只能在近海猎获小鳁鲸。1963年底我国制造的大型捕鲸船"元龙"号下水，才证明我国具备远洋捕鲸能力。虽然"元龙"号于1964年在黄海北部捕获的那头重仅四十五吨的长须鲸，很使国人自豪了一阵子，但从新中国成立到全球性捕鲸业的关闭，连搁浅鲸在内，我国仅获鲸一千六百余头，与西方捕鲸大国相比，判若霄壤，羞难启齿。

然时光老人常常将是非曲直、黑白美丑、毁誉褒贬悄悄易位。国人往昔那无捕鲸母船的自卑，已化作保护地球最大生命的心灵上的慰藉……

以鲸为原料的产品曾充斥世界。人类对鲸的豪夺巧取，曾使人类有过巨大满足的快感。然这快感的获得付出的却是高昂的利息，致使人类在造物主那里，有着永远无法还清的鲸债。

鲸濒临消亡，上苍曾迭发警示。首先，全世界所捕各种鲸的平均体重逐年锐减：1932 年为六十六吨，1950 年为四十六吨，到 1978 年平均体重尚不足二十吨。这些枯燥的数字浓缩着灵与肉的无限悲哀，它清晰地表明，有着百年遐寿的巨鲸，已不能休养生息，它们中有的尚在孩童期便成了人类刀下的幽魂。大洋中鲸的稀少，更令人嗟悔无及：鲸中躯体最大的蓝鲸，在南极鲸类未被开发前最少有二十余万头，1989 年国际捕鲸委员会经过连续八年的搜寻后披露，全球幸存的蓝鲸最多尚有四百五十三头。长须鲸、大须鲸、座头鲸、抹香鲸等主要鲸种，皆面临充类至尽的绝境，那一个个曾是本固枝荣沸反盈海的庞大家族，如今都是家丁无几，再衰三竭……

鲸类为人类文明的灯盏，几近耗尽了最后一滴脂膏。

五

当人类从石屋草寮走进星级宾馆，当沐浴者的木盆变成桑拿浴，当人类的双脚从马背跨上波音 747 的舷梯，当征战者手中的弓刀箭镞变成洲际导弹……现代工业文明使人们在不同程度上获得物质满足的同时，也大大扩张了人的各种欲望。人类的欲望无边和地球的资源有限互为抵牾，人的欲望和人实现欲望的能力构成了永恒的差距。有资料表明，20 世纪有几百种稀禽珍兽已血染黄泉，香火断绝，还有若干种动物亦将玉楼赴召，驾鹤西去。臭氧层的稀薄，海平面的上升，苏联核电站的泄漏，海湾战争中万名美军士兵所患的怪病，沙漠风暴的蔓延，黄河的连年断流……一个又一个困惑使人类睁大了惊恐的眼睛。环保意识，生存环境，生态平衡，这些随着现代工业文明所出现的词汇，已如晨钟暮鼓在人类良知的回音壁上鸣响。人类面临的共同困惑在强烈的呼唤群体意识。当成熟的人类在拷问自己的灵魂时不难发现，天使的基因并没有潜滋暗长，魔鬼的成分则有增无已。然而，某些生灵的"群体意识"，却辄令人类自愧弗如。

嗡嗡乱飞的蜜蜂，看上去少头无序。然在蜜蜂王国里，其组织之严密，分工之精细，使人很难想象。蜂群由蜂王、工蜂和雄蜂组成。蜂王既统率整个蜂群又专司繁衍子孙。蜂王浆是工蜂舌腺中分泌出的一种浆状物质，有极高的营养价值。王浆除专供蜂王终生享用外，还饲于三日龄的工蜂幼虫。皆为雌性的工蜂因仅食三日王浆而性器官发育不全，故不能像蜂王一样生儿育女。可工蜂绝不多食一日王浆，个个心甘情愿地去采花酿蜜。工蜂赋予蜂王以特权，蜂王以日产卵多达两千粒的贡献，来报效拥戴它的臣民。蜂王一旦谢世，工蜂们便随意选择一颗受精卵为王储。王储一出生便让其专食王浆，十六日后让其登上龙墩，又一星期后，蜂王开始婚飞交尾，婚后三日便开始日日产卵……在蜜蜂这个小小王国里，没有营私舞弊，没有贪污盗窃，没有政权更迭时的明争暗斗，只有群体的分工不同和在各自岗位的克尽厥职……

鲸类的"群体意识"，也令人舌挢不下。

在噬人鲨多的海域，雌海豚分娩时身寄鲨吻的危险不啻黄雀伺蝉。母豚产仔时所流出的血的腥膻，常引得凶鲨扑味而来。为防鲨祸，海豚们先将产妇层层圈圈地呵护起来，并遣若干雄海豚充任警戒，斥候敌情。警戒者丝毫不敢松弛绷紧的神经，它们严阵以待，相机而动，轮番巡查，守望相助。当恶鲨出现时，两只雄海豚会同时倾力出击，一用尖喙朝柔软的鲨腹猛刺，撞其肠肝；二以锐齿龁住鲨鳃，断其咽喉，巨鲨两致命处同时受创，便大败亏输，仓皇而遁……海豚对后代的娩出落生这般竭力倾情，对鹤化归寂的死者所举行的"葬礼"，也称得上月死珠伤，芝焚蕙叹。有海豚专家曾观察到这样的场面，百余海豚簇拥着一同类的尸体，护丧长达十余日，直至豚尸腐烂使其他海兽不愿啃啮方休。推豚及人，海豚的慈幼敬老，足可启迪人的佛性禅心。

巨鲸的"群体意识"，更叫人击碎唾壶。美国生物学家沃特森在对鲸所谓集体自杀的研究中发现，鲸有相互救援的习性。当有鲸因病、伤搁浅，而嗷嗷发出求救信号时，其他鲸会突游猛冲，风樯阵马般赶来，情愿同病鲸一起搁浅，若病鲸不能得救，其他鲸绝不弃而不顾，即使被人们一一拖回深海，它们亦定会去而复返，甘愿同病员彩号相呴以湿，相濡以沫，直至同赴泉台，共吻死神。

当代猎鲸者利用鲸这种互救的美德，有的故意刺伤鲸群中的一两个成员，迫使群鲸搁浅；有的在深海中用仪器模仿临危鲸的求救信号，引鲸自来以捕获。曩时刘、关、张结义桃园的情谊，向被传为佳话，然比之于鲸，却未免逊色。当今徐洪刚被树为时代典型，足见世间患有"软骨病"，人对同类的救援，已处于唯英杰铁汉方能为之的尴尬……

有着思维的人类，尽可轻慢动物的"群体意识"是群体无意识的本能，"群体意识"这一现代词汇的发明权和使用权，也的确只属于人类。

人的群体意识，随处可见：家族的械斗，可令对垒的双方皆倾巢而出，直拼得肉薄骨并；民族的纷争，会使鼎峙的各方，都笙磬同音，直闹得糜沸蚁动；面对天灾，一方百姓能共谱集体主义的浩歌；抵御外侮，一国黎庶会同擎爱国主义的战旗……然而，面对整个大自然和人类赖以生存的"地球村"，人类的"群体意识"，又往往显得那般偏私、悭吝与狭隘。

清代大学者顾炎武对于"公"，曾有过独到的诠释："大公者，集天下之私。"意即真正的公并非不含私，而是应顾及社会中每个人的生存利益。那么，面对当今地球上的物种以每天消失百余种（十年前是三十种）的速度灭绝，孰能集全人类之私，挽生态失衡于艰危，起地球沉疴于霍然呢？

善良的人们曾寄厚望于联合国及那些名目繁多的国际组织。然而，人类的共识，纸写的宣言，虽全球一调，不绝于耳，但一人一族私欲的砂轮，磨钝了"宣言"的锐气，使"宣言"变得枯瘦；一方一国利益的绳索，捆绑着"共识"的睿智，使"共识"难以展开飞翔的翅羽。

面对鲸类家族的日渐衰微，早在 1929 年，当时的国际联盟便在挪威设立了国际捕鲸统计局。为加大检查、审查、限制全球捕鲸的力度，有关国际会议在诸多世界名城屡屡召开。联合国成立后，又是设立国际捕鲸委员会，又是签订国际捕鲸条约。那总章细则洋洋洒洒，那天条戒律严丝合缝，那文契成约海誓山盟。1944 年伦敦协议即规定：捕鲸国在南纬四十度以南的海域捕鲸总限额为一万六千蓝鲸单位[①]，嗣后逐年降低，但直到 1965 年，也无法使这个限额减少。在捕鲸国分配限额的哓哓不休里，在你

---

① 蓝鲸单位系国际捕鲸统计局用以换算各种鲸产油量的单位。即 1 头蓝鲸 = 2 长须鲸 = 25 座头鲸 = 6 大须鲸。

交议案我否决，我提议题你质疑的唇枪舌剑中，鲸类等来的不是马太福音，而是行将就木的凶讯噩耗。为使鲸类绝处逢生，在1982年国际捕鲸委员会年会上，总算通过了自1985年起在全球停止商业性捕鲸的决定。当决定生效后，日本、挪威、冰岛诸国不顾众口交谪，仍以科研为由，继续猎获小须鲸。尤其是日本，1988年到1990年仍每年捕杀小须鲸三百头左右……

辽阔苍茫的大洋，是人类最大的公有领域。因了海的博大与富有，海便成了当今世界争夺利益的最大战场、抢食珍馐的硕大拼盘。欧盟中加拿大与西班牙仅为一万七千吨比目鱼配额，便引发了贸易战，一时间闹得同盟相背，冰炭不投。1995年世界渔业纷争的次数，甚至超过了19世纪的总和。一方一国都想从海洋这个"大公"中多多打捞一己的利益。由于不间断地狂猎滥捕，一切海兽及鱼类，都将面临着像鲸类那样的末路穷途。如今，日、俄等海洋捕鱼大国的捕捞量，已不及前些年的二分之一……

因了海的浩渺与深邃，一方一国在治理与维护生态时，注意力多集中在各自头上的那片蓝天、脚下的那块土地、身边的那条河流，对大海这个"大公"，人类在送她悠悠颂歌娓娓礼赞的时候，不知有多少江河溪流挟着污泥浊波及秽物，去挑衅她的蔚蓝与壮丽，也不知有多少狂风暴雨卷着毒气毒汁和尘埃，去扼杀她的明艳与芬芳。人类所共有的"大公"，实际上成了汇流各路之私藏污纳垢的大所在。

倘若鲸真的会自杀，它们中的记者与作家，既会撰文讴歌人类用群体意识创造过的巍峨与辉煌，也会无情抨击人类在海洋这个"大公"面前，群体意识又显得何等的松散、挂漏与薄弱。

六

山山林林的鹿鸣狼嗥虎啸猿啼，岩岩石石的蜥行虫跳蝎藏蛇匿，江江海海的鱼腾虾跃鲸驰鲨奔，土土缝缝的菇伞霉茸蚓动蚁爬，坡坡岭岭的蔬绿稻黄果香瓜甜，花花树树的蜂飞蝶舞鸟啾禽喁……生命无所不在，扑朔迷离的大自然，以其斑驳的万物摇曳的万有，构成了神奇的无限。冥冥中，天人合一物我难分，无限神奇里也包容着人类自己。

在这个由植物、微生物和动物组成的生命世界里，作为万千灵长的人类，自是无可訾议的主宰。当生态失衡时，主宰才意识到，看上去植物、微生物、动物是三个迥乎其异的独立王国，实际上它们环环相衔，链链相接，构成了一个生命世界的完整体系，且是那般和谐、完美和巧妙。在生态平衡中，食物链的平衡则是最重要的法则。

树、虫、鸟虽是一个小小生物圈，却是那样玄妙。树木需昆虫传花播粉，昆虫则以树的叶、果为食。倘若聚虫成雷，则树枯木死，虫即失去生存场所；于是，有鸟儿翩翩飞来食虫护林，林又成了鸟类栖身的家园。虫灭则鸟饥，杀鸟虫成灾，伐木毁林，鸟、虫遂一损俱损。在这个小小生物圈内，树、虫、鸟虽畛域不同，却辅车相依，互为唇齿。把这小生物圈再扩而大之，虫鸣鸟叫，可悦人耳；花香果甘，乃人所欲；而森林口陈肝胆释放的大量氧气，对于人类无疑是推襟送抱……

走近食草和食肉动物的食物链，更有闻不尽的天籁、悟不透的禅机。食草动物口味各异，各取所需，毋庸争食。牛、马、羊以青草鼓腹，大象、长颈鹿以树叶树枝充饥。食肉动物哺啜对象也是各有所好，并非像大吃广嚼的人类那样，在一桌宴席中，亦要飞禽走兽天上人间，山珍海错水陆杂陈。一般来说，大的食肉动物专食大的食草动物。狮虎豹以牛马鹿为餐，狼食羊狐狸则吃兔子和老鼠，这种大吞大、小食小的对应规律，是那般惬当合宜。更有趣的是，食草动物多生有用以有限自卫的犄角和腾骧奔逸的趾蹄，然食肉动物天生便长有尖牙利爪，但其奔跑速度仅比食草动物稍快些许。这就使后者对前者绝非手到擒来，张口即食，而要经过不倦的追逐和血腥的扑搏。这场为生存而进行的赛跑竞争，已历时几千万年，可食草动物总也进化不了，始终是屈死的"亚军"。许是为保证食肉动物的不竭食源，上苍让食草动物的繁殖能力大大高于食肉动物。还令人费解的是，食肉动物之间，总能相安无事。北极熊即使饥肠辘辘饿得半死，也绝不打近在身边的鬣狗和狐狸的主意。如果让狮子向狼群进攻，令老虎去蹈袭狐狸，动物世界定会天下大乱，但这种情况却亘古未闻。

海洋里的生物和动物，其种类和数量，均为地球之最。探寻海洋，人们会惊异地发现，造物主在创造亿兆生命时，使用的并非一种模式。除虎鲸和个别鲨种外，多数海兽及鱼类并不完全遵循弱肉强食的法则。海洋中最大的兽类蓝鲸、长须鲸，鱼类中最大的鲸鲨、姥鲨，并不像陆上的狮虎豹那般专拣肥硕者而吞。这些海中的庞然大物，却以连最平庸的捕猎者也不屑的浮游生物和小鱼虾为食。巨鲸的日食量一般为两吨以上，但人类不必杞人忧天。除某些海域有着密度大数量多的浮游生物外，南极还有五十亿吨磷虾供巨鲸享用。这一切，仿佛是按造化的指令精心编排的。否则，巨鲸将疲于奔命，却无论如何也填不满那天字第一号的肚皮。

人类对生态平衡的破坏，不仅仅表现在对大自然的无穷索取，还在于常将主观意志强施于生物，使结果与初衷大相径庭。

有人仅仅是为了好奇，把兔引入澳洲，兔因没有天敌，兔子兔孙蕃孳得触目皆是。绿毯似的澳洲草原，被兔折腾得支离破碎、千疮百孔。为消兔患，当局不得不出动飞机捕杀，掀起一场"人兔大战"，却仍难控制兔灾……

美国为保护野生鹿，曾大肆毙歼荒原狼，鹿群因没有狼的追逐吞食，鹿家族遂慵倦疏懒，生命激情衰退。人们不得不重新引狼入围，鹿家族复兴旺如初。

挪威政府为保护有重要狩猎价值的雷鸟，曾以重奖鼓励人们尽力捕杀雷鸟的天敌——各种猛禽和狐狸，企盼雷鸟大量繁殖。结果因天敌消失，导致雷鸟中的球虫病及其他疾病频发，使大批雷鸟相继病亡，数量骤减……

在生命世界这个整体中，食物链正是通过各种生物的相互激励、制约、转化、交换、补偿，维系着大自然生态的平衡。人类的小智慧面对宇宙的大智慧，实是不可企及，难以望其项背。

自然界最大的奥秘，莫过于生命。生物世界的千古之谜俯拾皆是，那用神秘的外壳包裹着的内核，即使人类中天才的牙齿也难以啃碎。欧美的海鳗鲡出生于深海寄住在内陆河沼，成年之后，它们从各河各沼出发，一齐汇集到靠近百慕大的深海处产卵，并老死在那里。新生的小鳗鲡，一没有父母带领，二没有观测仪器，美洲鳗鲡全回美洲，欧洲鳗鲡皆返欧洲，且均能分毫不差地找到各自父母曾寄居过的支河与湖沼。因此，美洲鳗绝不会在欧被捕，欧洲鳗也不可能在美被捉。成年的欧洲鳗鲡回百慕大时，因要横渡几千里大西洋，为防欧鳗将卵产在途中，上苍特为它们增寿一到两年……

当鲸家族日渐萎缩时，曾发生过按一般自然规律所不能解释的奇闻。为家族再兴，鲸们的性成熟期不仅大大提前，且受孕率也明显提高。长须鲸在 20 世纪初家族最盛时，性成熟期为十龄或更晚，至 50 年代遭到毁灭性打击后，则提前到六至七年。鲸们这种提前结婚、多生子女的努力，在人类轮番掠夺下，终未能扶家族之将倾，挽狂澜于既倒。

微小的、庞大的，开花的、结果的，飞奔的、爬行的，高翔的、潜游的，吃草的、食肉的，怪谲的、神秘的……世上的万物万有都是造物主对人类的恩赐。它们之中任何一个种类的消亡，不仅使食物链脱落了不可或缺的一环，使生态平衡的天平发生了些许倾斜，更意味着一种遗传密码的永远遗失。人类对鲸的榨取虽曾达到敲骨吸髓的程度，但对鲸类在整个食物链中地位却不甚了了。我常猜度，海中那凶猛的虎鲸，是不是如同美国鹿群中的荒原狼，一旦失却它，其他海兽会像美国的野鹿那样暮气沉沉，也或许像挪威的雷鸟那般变得多病多灾毫无活力；而蓝鲸、长须鲸这些地球上最大的生命一旦绝迹，海中的浮游生物会不会像引入澳洲的兔子一样肆行无忌。有鱼类资源专家告诉我，由于海水的污染，某些海域的藻类及浮游生物狂生猛长；由于大鱼的稀疏，过去只能充当鱼饵角色的小鱼却见多。这不能不令人发出"黄钟毁弃，瓦釜雷鸣"的哀叹……

七

人类真正的不幸，在于不懂得在珍惜自身的同时，也应珍惜身外的一切生灵；不懂得自身生命的彩练原本与身外生命的霓虹连成一片。人之外任何生命的毁灭，不仅是兽的悲哀，更是人的悲剧。被毁灭者价值愈高，悲剧就愈显沉重。然而，有着思维的人类又常能在反思的痛苦中深刻，在自酿的苦酒里清醒。

当庞大的鲸类家族清减得家丁无几，当多种巨鲸已行将消亡被列为全球性保护动物，人类才给予鲸类家族以同情与关注。近二十年来，所谓鲸类集体自杀的事件频频发生，人类在惶恐凄迷中，也对这种怪异现象，进行了大含细人的探奥。一时间，"地形说""摄食说""失常论""向导论""返祖论"等猜想与学说纷纷行世，但这些论说仅从自然地理、气象变化及鲸类的习性与遗传寻求缘由，结果皆因匮乏佐证而三纸无驴。上述论说的通病是推卸了人类的责任，已多被近些年的研究成果所否定。当珠穆朗玛峰圣洁的白雪中有了汞和锰的粉末，当太平洋海底绚丽的"花园"里有了铅和铬的沉积，人类方敢将自己放到被告席上，去自我审判，自我解剖，这才渐次揭开了所谓鲸类集体自杀之谜。

　　生活在深海中的鲸类视力虽弱，但像陆上的蝙蝠一样耳有特异功能，其声呐系统能极为精确地辨别方位、识别目标。现为人类乐道的"第六感觉"，即源出"动物声呐"。德国海洋学家特波尔德，曾在多头海豚的脑中发现了高浓度的三丁酯锡毒液，这种毒液来自船上的油漆。据调查，目前海洋中约含数千万公升的三丁酯锡毒素，且呈增长趋势。三丁酯锡能破坏鲸类的脑神经细胞，鲸一旦中毒，便丧失了辨别方位的能力。鲸类有追船戏波的习惯，时间一长很易中毒。加之鲸类有相互救援的"群体意识"，一鲸数豚因病搁浅，常引得多鲸群豚上岸冲滩，这便发生了一宗宗"集体自杀"的惨案。由于人类无节制地向大洋中倾污泄毒，使海兽身罹多种怪病。有人在搁浅海豚那处女般的肌体上发现因食毒物而患的溃疡；有人还在海豚的头颅和耳中发现了密密麻麻的寄生虫。加拿大遗传学家卡明，在欧洲海域巨鲸和海豚的脂肪中，发现聚氯联苯的含量高得惊人，这将使雄性海兽急剧丧失生殖能力。卡氏预言，照此下去，所有海兽有可能在五十年内全部灭绝……

　　如果说人类在 17 世纪格陵兰捕鲸时代就拉开了毁灭鲸类的悲剧序幕，那么当今海洋的污染便抵近了这幕悲剧的尾声；如果说鲸类"集体自杀"之言仅是人类拟人化的表述，那么人类便是直接和间接"他杀"鲸类的杀手。鲸类的"集体自杀"应是对人类无声的抗议，这无声的抗议分明在告诫人类，它们不过是生态失衡的最先牺牲品，面对大自然，人类若再不惭德愧行，遏制无边的欲海，那么，人类无疑也在进行着一场慢性集体大自杀。

佛语云："老牛慢腾腾地走，地球很有耐心。"当今，人类已凭借科学的司天魔杖，使力与速度得到了空前的延伸。作为随时都在享用工业文明成果的人们，没谁会去恋栈青油孤灯，更没有谁会去憧憬老牛破车。然而，当"超音速"使人类难有"采菊东篱下"的情致，当"核裂变"使人类难觅"清泉石上流"的幽境，人类便不得不顾及地球的"耐心"了。倘若人类对大自然的一次次警示再当成耳边轻风，终有一天，富有"耐心"的地球会变得更加狂躁、怪戾，更加疯疯癫癫喜怒无常……

爱因斯坦曰："科学是让人生得更加美满，不是让人死得更加沉重。"这位有着人类巨大智慧头颅的老人，于晚年说出的话语，更是振聋发聩：第三次世界大战的结果难以逆料，可第四次世界大战，人类将用石斧来对打。

"福兮祸之所伏"，两千年前的老子一语直抵堂奥，道出了福与祸乃至任何事物的正、负两面的互涵性和共存性。科学能使人的生活变得更加舒适和便捷，却也加剧了资源消耗和环境恶化；科学能使人类变得无比强大，却未能使世界变得更加安全，原子战、化学战、细菌战的阴影，常使人类惴惴不安；科学能使人类去广泛地认识物质世界，却未能使人变得更加善良和高尚……

科学虽在有限的范畴内破译了某些生命的密码，却永远不能造出鲜活的生命。人能造出航天飞机，却造不出一只美丽的蝴蝶；人能造出高速列车，却造不出一只爬行的蚂蚁；人能造出坚硬的潜艇，却造不出一尾蹦跳的虾仔；人能造出摩天的大楼，却造不出一棵含汁的小草；人类能造出轩敞宽展的航空母舰，却断不可能造出地球有史以来的最大生命——鲸！

大海里不能没有造化的杰作，失却了造化的杰作，大海便消失了跌宕的层次和丰厚的内涵。

大海里不能没有生命的奇观，消失了生命的奇观，大海便失却了无比高贵的尊严。

大海里不能没有壮阔的生命奔流，失却了壮阔的生命奔流，大海便消失了浩浩荡荡的灵魂。

面对沧海，倘若人类能真正形成全球性的群体意识，尽快还清所欠下的鲸债，让鲸家族像往昔那般炽盛，那将不仅是鲸类的盛大节日，也将是人类的最大福音……

1996 年 8 月 10 日于济南

大河遗梦

一

黄河，在炎黄子孙的心目中，当是一条无出其右的圣河。这圣河早已演变成一种偌大的文化符号，凝结在华夏历史与传统的骨髓中，流动在东方文明的血脉里。

久居泉城的我，自是对黄河情有独钟。大河那赭黄色的波涛，曾驮载过我惬怀的喜悦；大河那豪迈的奔涌，曾赋予我喷泉般的激情；大河那冰凌乍开的威猛，曾令我骇异怪讶；大河那千里金堤上的响杨亮桐，也曾多次撩拨起我挈妻将儿前往捕蝉听雀的稚趣……乐土总是在水一方。济南因了大河的溉泽，才有七十二名泉的喷突、大明湖垂柳的婀娜、千佛山花木的葳蕤；才有北园菜蔬的娇嫩、章丘大葱的肥硕、明水贡米的清香，乃至黄河四鼻孔鲤鱼的丰腴与鲜美……

进入90年代以来，有关黄河径流山东段的断流讯息，屡见报章。是怕看到母亲河那金黄、厚重而神秘的衣饰被旱魃掀揭于世，也是怕流失掉我幼时便萌生的对这大河的敬畏，故而每届枯水时节，我从不愿涉足黄河，即使乘车路过济南黄河大桥时，也不敢向梦绕魂牵的大河投去匆匆一瞥。

丙子年五月底，东营市的朋友邀我到黄河口参加一文学活动。是年，山东遇到八十载未曾有的大旱。沿途所经之处，禾苗盼甘霖而断颈，百姓

31

望云霓而折腰。当轿车沿垦利县的黄河大堤东行时，我骇怕目睹的情景终于逼入视野：宽绰的河床早已干涸，袒露着一丝不挂的丑陋。时见仨一团儿、七一伙儿的农民兄弟在河床里挖沙，拖拉机、地排车腾起的沙雾遮天蔽日；时见头戴用柳枝儿编成头环的半大小儿，牵着马轰着牛赶着猪在大堤下的河床边放青，牛儿马儿啃噬着那大半枯黄少许暗绿的野苇和茅草，猪儿拱着那刚刚出土的野菜……车近垦利县城时，道路遇阻，下得车来，但见河床中，一连战士正摸爬滚打，汗水湿透了沾满黄土的戎装，并在他们灰蒙蒙的脸上划下了道道正在下滴的惊叹号；大堤近侧的河床里，牧羊者正在"团羊晒膘"，一大片绵羊僵卧成不规则的圆圈儿，集体忍受着火的炼狱；大堤上的树荫下，一只狗儿为逃避烈日的威焰，双目微闭趴在那里，伸着长舌哈嗒哈嗒地喘着，微弱的气息更增添了几分沉闷；数只知了躲在晒蔫了的枝叶间，偶尔发出几声沙哑的鸣叫，似在诅咒这暑气熏蒸、枯竭干亢的大河，难以氤氲出一滴甘露来濡湿它们的歌喉……

斯情斯景，我仿佛遭受到雷轰电击般的震撼。

黄河，这就是"黄河西来决昆仑，咆哮万里触龙门"[①] 的黄河吗？

黄河，这就是"黄河之水天上来，奔流到海不复回"[②] 的黄河吗？

黄河，这就是"天生圣人为万世，惊涛拍岸鸣春雷"[③] 的黄河吗？

黄河，这就是"劲催双橹渡河急，一夜狂风到海边"[④] 的黄河吗？

黄河，这就是"桃花水涨冲新渠，船船满载黄河鱼"[⑤] 的黄河吗？

置身这焦枯龟坼的大河河床上，我如同陷进寂寥索寞的死亡之谷。往昔我对母亲河的憧憬、想象与敬畏以及大河留给我的那些曼妙的梦境，仿佛一下被这灼热的河床烤干凝固了。

---

① 唐·李白《公无渡河》。

② 唐·李白《将进酒》。

③ 金·段克己《戊申四月游禹门有感》。

④ 明·李东阳《过黄河》。

⑤ 清·查慎行《黄河打鱼词》。

二

入夜，心情沮丧的我下榻河口招待所。这里曾是大河与大海的亲吻点，曾是金涛和碧波的拥抱处。往昔来此小住，月夜听涛，别有情趣。我甚至能从涛声里分辨出哪是河的欢唱，哪是海的豪歌。此时，虽无月华拂窗，但仍有海涛声隐隐入耳，涛声缠绵而舒扬，可在我听来是那般单调，因为这涛声里失却了大河的和弦。

惚兮恍兮，蒙蒙眬眬。我像在做着一场梦。人间的梦与醒，大河的幻与真，历史的虚与实，现实的显与隐，一起在我脑中幻化叠印……

我虽未走遍黄河的全程，但对万里九曲之黄河，熟悉得如同自己的母亲。

黄河，你从巴颜喀拉山流出后，一路喷珠溅玉，款款前行。当你腾跃下青海高原后，愈来愈威风凛凛，疏狂不羁。你这孔武的东方巨龙，以铜头铁臂撞开八大峡谷，用尖牙利齿撕碎黄土高原。巉岩壁立的刘家峡里，你龙尾一甩，卷起千堆雪；嵯峨陡峻的青铜峡中，你龙身一抖，搅起万叠浪；至壶口，你一声短吟，撩起泻天瀑布；抵龙门，你长吼一声，唤来动地狂飙……趱行到华北大平原，你才得以舒展一下那硕大无朋的身躯，即是闲庭信步走东海，仍不失大河傲然于世的涣涣之风……你所到之处，无不泼洒下奔泻征服的快感，无不闪耀着独一无二的个性。你径流的峰谷崦梁里，无处不留有你仁慈与暴戾的标记；你怀抱的城邑屯落中，到处都刻有你毁灭与创造的印痕……

黄河，你是太平洋水系的一条大河，你是"四渎之宗"①，你乃百水之首！断流，你怎么会断流呢？

黄河，我知道，今夜我这下榻处，二十年前还是一片汪洋。黄河，在世界所有大河中，只有你的身躯里是"一石水，六斗沙"，但你从不告劳，

---

① 古称长江、黄河、淮河、济水为四渎。《汉书·沟洫志》："中国川原以百数，莫著于四渎，而河为宗。"

33

最能忍辱负重，你冲下黄土高原后，果敢地搅拌着金色的乳，纵情地旋转着黏稠的血，一路东下，东下……你一年从黄土高原掳获的泥沙多达十六亿吨，倘若将之堆成两米高一米宽的墙垣，可绕地球二十多圈。辽阔的华北平原，是你古老的得意之作；有着六千平方公里面积、六百万亩草原的"近代黄河三角洲"，是你铜瓦厢决口改道后近百年来的即兴之篇；直到现在，你仍借丰水季节，每年都在这河口处，信手捧出三万余亩的"小品"。黄河，你不经意抖下的泥沙，竟使豫、鲁地段的河床年年增高，使一条空中悬河成为全球奇观，曾是那样令人惊魂荡魄……黄河，在中华大地上，唯有你才称得上是无所顾忌、任情挥洒、硬黄匀碧的大手笔！

黄河，你是造陆运动的先驱，你是移山填海的英雄！在你帐下，愚公会俯首称臣，精卫会顶礼膜拜！黄河，你这力能回天的大河，断流，你怎么会断流呢？

黄河，在颤抖的悠悠岁月里，你赋予中华民族的一半是血泪，一半是黄金。雨果说的"大自然的双面像"，在你身上展示得无以复加、淋淋漓漓。翻开尘封的万签插架的典籍，搜寻有关你的书页，不论正面反面，都醒目地写着：水患！水患！你是那般性情不定喜怒无常，一有烦恼，就以荡堤决口为快事；稍有触犯，你就更辙易道大发泄。两千五百多年来，你随意决口多达一千五百四十九次，强行大改道竟有二十六遭！你曾北走天津，你曾南下江淮。古城开封不知触疼了你哪根神经，你对它总是耿耿于怀。你曾惊涛横空，六次漫灌开封；你曾浊浪摩天，两度使开封沦为地下城。最残忍的莫过于李自成义军包围古城时，你怒发冲冠的那一幕：明王朝本来气数已尽，驻守古城的明周王却妄想"以水代兵"，从不受制于人的你，焉能听从昏庸无道者的摆布。掘堤人仅在你身上划了道小口子，你就不问青红皂白，将一座方圆几十里的中原古都统统埋于地下，使三十四万开封百姓成为水下冤魂……殷鉴不远，又有人企图将你当作"借用力量"：1938年，为抵御日倭进攻，驻屯在花园口的国民党军队，仅在你臂上戳了个小窟窿，盛怒之下的你，竟一路咆哮奔东南，致使豫、皖、苏三省的四十四个县成了水乡泽国，酿成了震惊中外的大惨剧……

黄河，人们谈你色变，畏你如虎。今日，你怎会让牛们马们在你怀里戏要，让猪儿羊儿在你怀中摩挲呢？

黄河，近半个世纪以来，华夏儿女用炽热的爱心拥抱你，人们赠你一份厚爱，你总是回以十倍的报偿。你越来越具有慈母之仪长者之风了。人们延颈举踵，悬望的是你由浊变清，转黄为绿。你，怎么陡生铁石心肠，戛然断流呢？

我难以接受这冷酷的存在。

炎黄子孙难以接受这严峻的现实。

齐鲁大地更是难以接受这沉重的一击。

然而，你的断流却是我置身所感，触目所及。

黄河断流始于 1972 年 6 月。斯时，联合国正召开人类水危机问题会议，像为印证会议命题之必要，黄河于河口地段断流半月。此后的二十四年间，黄河竟有十八年断流。进入 90 年代，黄河年年断流，断流时间愈来愈提前，天数愈来愈增多；断流地段溯河而上，现已拓展到河南封丘县，并直逼曾饱尝水渍之苦的开封……

谁曾承想，有着三百万年河龄的黄河，在其上游也曾显现过生命的断片：1986 年秋至 1987 年春，因龙羊峡水电站大坝下闸蓄水，使龙羊峡到刘家峡的五百里黄河水枯河干。这是开天辟地以来，黄河在上游首次向人间洞开其神秘的"河府"。"河府"乃花岗岩组成的石林，石林之石千姿百态，各臻其妙。在这落差极大的河床上，无根石绝不可能滞留，河床上的每块石头都与河床同石而生，筋骨相连，天衣无缝。这些河底石，经黄河激流万古不息的冲刷、琢磨，光滑滑，青粼粼，亮锃锃。更令人惊异的是，在石林的缝隙中、幽洞里，有大浪淘沙后遗下的黄金。断流第三日，某牧民捡到灿灿黄金一块，献给国家，得款五千。消息风传，数万青、甘两省牧民，蜂拥而至。在断流四个月的时间里，神秘的"河府"中掎裳连袂，天天涌淌着捡金的狂潮……

黄河断流，使有巢氏的子孙们尽情挖取廉价的黄沙，去构筑安乐小窝；也使那羑人的后裔们在短暂的"黄金梦"中怡然自得。但有多少人会去认真地思索：黄河断流，我们这个民族已经失去和将要失去的会是些什么呢？

三

翌晨，我乘车向河门奔去。往昔盛夏，我到河门都是乘船，今日却要以车代舟了。明知此去会徒劳往返，但怀旧的情感仍驱使我去钩流逝之波影，稽遗落之梦痕……

在河门，要目睹滚滚金涛与渺渺碧波交融的壮观，须在大海涨潮之时。海潮溯河西上，汹涌澎湃，大河倾泻东下，咆哮飞腾。抑或相见恨晚炽情如火，抑或拥抱过猛如胶投漆，金涛与碧波亲泽时托起的浪涌，陡涨陡落，訇然作金石之声。情感的波涛荡漾着，拓展着，长河在这里找到了永恒归宿，大海在这里觅到了流水知音……金涛与碧波联姻后，在我目所能及的近海，构成了一道长长的黄蓝分明的风景线，即使再高超的丹青妙手，也难以调配出那美轮美奂的瑰丽。

今又站在河门，良辰美景难再。远处，虽仍是一片蔚蓝，但失恋了的大海激情衰退，显得无精打采。脚下，一望无垠的泥滩上，长满了萎靡不振的黄蓿菜，沟沟汊汊里盛着死寂的幽蓝。陪同者告诉我，那幽蓝的东西是倒灌回来的海水。但在我眼里，那分明是大海哭大河甩下的又苦又咸的泪滴。

我与大河有着化不开的情愫。

六七十年代，我就深深眷恋上大河新造的这片土地。我稔知这年轻三角洲的春夏秋冬。夏日里，芦苇菖蒲红柳盐蒿会嘎嘎响着朝蓝天疯长；军马场里的马们被苍翠欲滴的苜蓿撑得滚瓜溜圆，止不住扬鬃抖蹄；那三百里槐林联袂结成的碧绿长阵，既为油田那高高的钻塔和向行人频频颔首的采油机遮风挡沙，也为那大群大群的牛羊围起了乐园……

最令我难忘的是 60 年代末的那次春捕。当一河春水在两岸红花绿柳的欢送中浩浩东下时，那满河春鱼也在大海蓝波碧浪的簇拥下攒攒西上。一时间，黄河口成了鱼虾蟹贝盛会的通衢。四方渔民驾着机帆船，驱着舴艋舟，荡着桨橹，拨着筏子，云集河口。他们在河心撒下挂网、拖网、旋网，在堤下布下竹网、竹筐、围箔，尽兴地打捞着河海的丰饶，忘情地收获着春汛的充盈。金鲤、黄鲫、灰梭、白鳗、红眼顿、毛鲚鱼……头碰头，尾撞尾，沸反盈河。我随军马场的捕鱼船跻身河上，一网抛下，便打得毛鲚三千余数，几网拢来，满舱的鱼便压得船沿几与水面齐平。周围的船儿，也都船船舱满人欢。有老渔民对我说，刚解放那阵儿，这河口的鱼更多，每到桃花汛，一网撒下拽到船边拖也拖不动，人就跳到网上倒鱼，网里的鱼能将人驮住，仿佛水有多深鱼就有多厚……

毛鲚乃黄河鱼中极品，长不盈尺，宽刚过寸。毛鲚三月从海中游来，溯河而上，到东平湖产卵，幼鱼长成后又重归大海，因它兼掠淡咸两鱼之美，故味道犹为鲜醇。毛鲚油脂含量颇高，煎时无须使油。当年，每来河口，我总能在集镇上见到摊挨摊的叫卖者，他们皆支盘鏊子，将毛鲚放诸鏊上，眨眼工夫，鏊上便鱼油弥散，嗞嗞作响，发出诱人之香。购得一条，细细品咂，其香郁郁，其味馥馥，妙不可言。乃至三十年后的今天，我仿佛仍觉得齿颊留有毛鲚的清香……

有渔业专家告诉我，50年代，山东的黄河里，有鱼达一百四十七种，还有蟹类虾类和贝类，是一个流动的"水族馆"。淡水蟹中珍贵者，当黄河绒螯蟹莫属。绒螯蟹每届秋日顺河而下，初春在渤海产卵，幼蟹长成后复归大河。二十年前，我曾几次随朋友到黄河边捉蟹：秋夜，我们将数只竹篓倒置河旁，每篓各悬马灯一盏，用一长竿斜插河沿，一头触水，一端着篓，蟹好灯光，便顺竿入篓。是时，秋蟹正熟，壳凸红膏，螯封嫩玉，只只都是肥脐。一蟹上桌百味淡，我们尽情饕餮，直如圣人闻韶乐，三月不知肉味……

悲矣痛哉，山东黄河高频率地全线断流，不仅使这一河段的鱼虾蟹贝荡然无存，也使毛鲚、绒螯蟹等珍贵洄游生物失去了生命的通道。黄河断流，祸及渤海。渤海本系海中鱼虾的大繁殖场，因缺乏黄河涌来的有机质饵料，使洄游的鱼虾或充类灭绝或移情别恋，造成了渤海生物链的大断裂……

曾是樯帆为路、惊涛为程的黄河之断流，不仅消失了那袅袅渔歌，失去了那片片帆影，干渴的燥热也常常搅起下游两岸的骚动与不安。十年九旱的山东，这些年来农业连年丰收，穰穰满家，绰有余裕，是得惠于大河的膏泽；工业蒸蒸日上，勃兴突起，敢与广东、江苏相颉颃，也不乏黄河的襄助之功。然成也黄河败也黄河，忧也黄河乐也黄河。进入90年代，黄河断流的巨大魔影，不时地笼罩着齐鲁大地。1992年那次断流，全仗黄河水支撑的东营、滨州两市，在停止生产用水的情况下，饮用水仅能维系七日，连挥汗成雨的石油工人，饮水也限时限量供给；那道道垄亩，座座工厂，无不沙哑地呼喊着干渴……1995年的断流魔影，恢廓到德州、济南。德州的大半企业停产两月，祸祟惨沮，使满城上下魂难守舍；济南郊区的稻农也因痛失了插秧季节，望着干裂的田地心如汤煮……

黄河断流，那潜在的隐患更令人心折骨惊：有专家说，黄河每次断流不啻一次决口。这是因为，断流前水量的减少加剧了泥沙的淤积。黄河济南段的河床，六年来便增高了近两米，河床已与矗立在市中心的百货大楼等高。一有不测，那开封沦为地下城的历史悲剧，也会在泉城重演。黄河长时间断流，还会导致下游滩区的沙漠化，地下水补源断绝使海水不断入侵，海岸草地将大面积蚀退，黄河三角洲自然保护区行将消失，洁白的天鹅会琵琶别抱，另嫁他乡。中国的版图上，又将少了一片勃发的绿洲，多了一片死寂的沙漠……

黄河断流，盖源于整个大河两岸需水量的剧增。甘肃、宁夏，向为干旱之地。如今两省百姓，推广旱作农业，大挖水窖，积蓄雨水，将天上来水渗进了高原之壤，这就切断了黄河的"毛细血管"。上中游那泻入黄河的百水千溪，也遭受到"围追堵截"，这又使黄河的"支脉血管"出现梗阻。黄河的"大动脉"，更是被上拦下引南抽北吸……在山东段的黄河两岸，天津干渴，呼唤黄河；青岛干渴，呼唤黄河；沧州干渴，呼唤黄河；潍坊干渴，呼唤黄河；烟台干渴，呼唤黄河；平原干渴，挖人工水库引黄河水以蓄之；丘岭干渴，架飞天渡槽扬黄河水以注之……50年代，豫、鲁的黄河两岸仅有一流量每秒一立方米的引水小闸，而眼下，偌大的引水闸门竟逾千座，这些闸门，张着嗷嗷待哺的巨嘴，贪婪地吮吸着母亲河的乳汁……

黄河，母亲的河，我知道，是超量的哺育干涸了你华富的青春，是昼夜的织绩销铄了你丰爽的肌肤，是八方牵挂的奔波使你步履蹒跚，是困厄竭蹶的负重使你腰弯背驼……

哦，太阳老了。月亮老了。历史老了。黄河，你也老了。

四

丙子六月初度，一场豪雨如注，泉城街巷，水深过膝。我的心海也随之澎湃。带着对大河奔流的渴望和对稼穑芊芊的寻找，我驱车来到距济南十里开外的齐河境内的黄河大堤上。这里有大河馈赠我的珍贵的记忆收藏。

放目河床，大河里仍不见一朵浪花，这时我方感悟到自己忽略了一个最基本的常识：黄河下游河段乃空中悬河，没任何支流注入，若无上游浩浩来水，哪有大河下游那煌煌烈烈的风姿。

黄河断流，世人皆忧。农业专家所虑我虑之，水利专家所戚我戚之，渔业专家所恤我恤之，生态专家所患我患之。然而，对长于形象思维的作家来说，幽忧的是：倘若黄河长年断流，我们会不会失却梦的亮翼、美的长虹、力的彩练、诗的灵犀，乃至失却浸润民族灵魂和精神的故乡。

黄河断流，在我看来，我们首先失却的当是对这条大河的神秘感。

鲁之全境，豫之东南，皖之北中，古时统称东夷。在东夷，由黄河生发出来的斑斓怪谲的神话，扩张着一个民族的丰富想象力。在这里，伏羲从莽林中蜘蛛结网获得灵感，发明渔具广济苍生，他首创之"八卦"，至今仍是整个人类的深奥话题；在这里，女娲绳蘸黄泥抖落泥点儿造人的传说，流芳终古，她那炼五彩石补苍天的故事，至今人们讲来仍口角春风；在这里，战神蚩尤最先锻造出剑矛刀戟戈弩，这些冷兵器不仅为后来的武士沿用几千载，且至今仍在博物馆里昭示着历代王朝的更迭兴衰；在这里，大禹挥动倚天之锄疏浚洪患，他那"三过家门而不入"的赤忱，至今仍令一秉大公的仁人志士高山景行；在这里，挟山超海的羿曾怒射九日，为人间留下了温凉世界；姿容绝世的嫦娥也曾凌虚奔月，那御风舒展的衣袖，在人类的心灵里架起一抹万古不泯的彩虹……

黄河以它的神秘，凝结着蓝田后裔的万载憧憬、半坡儿女的千世向往、尧舜子孙的代代呼唤。黄河那些炳蔚华赡的神话，曾伴我度过了寂寞的少年时光，但我真正领略黄河的神秘和威严，则是 1969 年的那次凌汛……

是年一月，气候无常。北有五次凛冽罡风南袭，南有四遭温暾气流北侵。寒暖交叠里，冰封的黄河三开三合，酿成罕有凌汛。三门峡水库为防凌蓄水，忍痛淹没当地大片良田，使水位超过警戒线，但山东齐河至邹平的河段上，仍冰积如山，形成了长达二十余公里的两大冰坝。冰坝卡冰堵水；冰水漫滩撞堤，水位超过 1958 年的特大洪峰，堤防出现渗水、管涌、洞漏，势若厝火积薪。为防泼天大祸于未然，驻山东的陆军、空军、炮兵、工程兵动若脱兔，四方拥来。我作为随军记者，目睹了那场撼魂摇魄的"人冰大战"。

当时，远远望去，冰封的大河像一条银色的巨蟒，横亘于千里沃野。近处细观，那逐日砌垒起的架架冰山，或突兀于大河一侧，或耸立于大河中央，水烟袅袅中，架架冰山，绵绵冰坝，澄莹浏亮，若琼楼玉宇，光怪陆离，仿佛传说中的龙宫显现于大河之上。

暖风徐来，冰河裂开。倾耳细听，初若银瓶乍进，戛玉敲金；继若铜钹铁板，噌噌铮铮；后似洛洛滚雷，穿堤裂岸，响遏行云……冰河渐次分解，冰坨像海豚似巨鲸，在水中追逐，在河中沉浮。它们簇拥着，撞击着，啐啐嘈嘈，发出千奇百怪的声响：深沉若原始的定音鼓，激越如嘹亮的小铜号，哀怨似低回的提琴声，凄婉像暗哑的木管鸣……时而是单音独奏，时而是混声交响，大河用神秘的音符，演奏出雄浑的凌汛乐章……那隆起于大河的冰山冰坝，却不为这沸反盈天的声色所动，几日暖风也难溶其金刚不坏之身，它们傲然肃立，阻冰挡水，放任冰水漫滩，忍观房屋倒圮，忍听黎庶呼号……飞机凌空，在大河上下扬起道道冲天的冰柱；排炮轰鸣，炸得冰山冰坝玉鳞横飞；工程兵的橡皮舟穿梭于冰河中，一船又一船地抢救被凌汛围困的百姓……但冰山炸开重又冻结，冰坝摧毁复又合龙，军民鏖战七十余昼夜，方打通冰河溜道，使满河春冰以雷霆万钧之势呼啸东去……

凌汛过后，有数不清的硕大冰坨横卧竖立于河滩，像一群群搁浅的巨鲸陈尸光天霁月，而我九名工程兵勇士，却在抢险中魂归大河……

豪雨倾泼过的盛夏，我故地重游，为的是重温大河的神秘。但大河的"河府"里仍空空如也，一览无余。神秘与威严同在，神秘与大美共存。神秘是诱发人类不断追求的因子，大自然的神秘与壮美，也是我们这些困在水泥方块中的现代人，那浮躁灵魂能得以小憩的最后一隅。黄河，断流的黄河，你失却了神秘便失却了威严，失却了大美，从而也使我们失去了一块偌大的慰藉心灵的栖息地……

黄河，面对断流的你，我深信，在你干涸的河床下面，仍有我们民族不竭的心泉。你那滞重的赭黄色的波涛，曾拉弯了多少纤夫的脊背，曾洗白了多少舵工的须发，曾嘶哑了多少舟子的喉头……黄河，你分娩一切又湮没一切，你哺育一切又撕碎一切，你包容一切又排斥一切。因了你的存在，千百年来，咏叹你的颂歌、愤歌，情歌、怨歌，此长彼消，不绝如缕；因了你的存在，中华民族忧患意识的潜流与你不息的波涛一起翻卷，流过商周秦汉，流过唐宋明清，直灌注入今人的心田。你使圣者垂思，你使智者彻悟。

黄河，老子从你怀抱里走出，这位睿智无比的老翁，仅用一部五千言的《道德经》，便诠释了宇宙万物的演变，道出了多少"道法自然"的真谛……黄河，庄子从你臂弯里脱出，这位枕石梦蝶的先哲，用外星人一样的耳朵，去闻听我们这颗星球上的天籁地音，用心灵去感悟神秘的自然，那灿若云锦的辞章，那汪洋恣肆的著述，令今人读来仍扑朔迷离……黄河，孔子从你的波涛中荡来，这位生前四处碰壁的老头儿，当今已被世界推为十大哲人之首，一部《论语》，曾被多少代统治者奉为"治国安邦平天下"的圭臬……黄河，孟子从你黄土上站起，这位首先提出"民贵君轻"思想的大儒，把儒家学说推上极致，使孔孟之道，历两千年誉毁而不衰……

黄河，我知道，只有你那气贯长虹的肺活量，才能让李白吟出那飞霆走雷的诗句，才能让冼星海谱出那"风在吼，马在叫，黄河在咆哮"的滂然沛然的乐章……

黄河，当今我们这个民族正处在历史大转型的紧要关口，我们需要黄河大米，需要黄河"毛蚼"，需要黄河绒螯蟹，需要你三角洲上那素衣缟服的天鹅……但我们更需要思想，需要智慧，需要精神王国的两大骄子——哲学与诗。黄河，当我们的物质大厦遍地耸立时，民族精神的大厦也应巍峨齐高。然而，君不见，有几多"大款小秘"流连于媚山秀水，出没于豪馆华楼，醺醉于名酿醇醪，沉湎于声色犬马……君不见，更有几多城狐社鼠，形容猥琐，争利于市，争权于朝，权钱交易，搜刮民膏，然仍能龙门一跳，白日升天，纵意奢靡，胜似昔日之公卿……

　　黄河，面对这个七色迷目、五声乱耳、连空气中也飘散着物化的浮嚣之气的世界，我不希望因了你的断流，而使我们这个民族的忧患意识消弭，让哲人停止思索；也不希望因了你的干涸，而使诗人关闭了那能催人奋袂而起的激情的闸门……

　　黄河，我还知道，是你的黄涛黄浪黄泥黄土塑造了我们这个民族的风骨。你横向流淌北方的大野，你纵向雕刻了中国的性格。那带剑的燕客，那抱琵琶的汉姬，是你真正的儿女。你既能使"挑灯看剑"的赳赳武夫，高歌"梦回吹角连营"；也能使低吟"绿肥红瘦"的纤纤弱女，赋一曲"生当做人杰，死亦为鬼雄"的绝唱……黄河，你用黄水养育出青海高原那会唱花儿的娇娃，你用黄风抽打出内蒙古草原那剽悍的骑手，你用黄浪冲刷出陕北那满脸都是鱼纹皱的坚韧农夫，你用惊涛铸成山东大汉那青铜色的胸膛。你狮吼般的气概，赋予我军营士兵那钢铁般的神经；你一泻千里的奔放，注入我油田铁人那地火般喷突的豪情……

　　哦，黄河，我历史的河，我文化的河，我心灵的河！当我们这个黄皮肤的民族正把握命运的缰绳，紧攥时代的流速，去际会新世纪的大波时，断流，你怎么能断流呢？

五

　　黄河，一个伟大而永恒的存在。

　　尽管你的断流使我失落了许多金黄色的壮阔的梦，但我仍然痴痴地迷

42

恋着你，我仍是你怀里的一叶渺小的帆。我知道，你那巨大的心，永远不会干枯。因为你和黄皮肤的民族一样，永远拒绝衰老和死亡。

我在焦渴中等待，我在伫候中祈望。黄河，你于公元1996年春夏之交断流一百二十八天后，终于7月10日16时，又和大海重新拥抱。当中央电视台向时刻关注你的我的同胞郑重宣告这一消息后，喜难自禁的我，再一次扑进你的怀抱……

喜中有忧。水利专家曾疑虑重重地告诉我：由于上游经济发展用水量日增，到2010年，径流山东段的黄河，年断流时间将达二百天以上；2020年，下游河段将全年干枯，届时，黄河将成为我国最大的内陆河……

忧中有喜。我从权威的水利杂志上得悉：早在50年代初，国家便组织水利界的寒俊宏才，在青藏高原勘测南水北调的线路，历四十余寒暑，经几代人之努力，对多种方案反复筛选，西线调水格局，现已眉目清晰。俟国力允许，便可借来长江走大河……

黄河，一个并不遥远的梦，正向你也向我们翩翩走来。黄河，当你和长江联姻后，你将融北方的豪壮与南国的灵秀为一体，你将集北国的粗犷与南方的妩媚于一身。你将用更加甘冽的乳汁，去哺育两岸那更加发达的头颅、更加健旺的身躯、更加娇美的面容；去蕃孳两岸那更加饱满的稻谷、更加肥实的牛羊、更加郁烈的花香……那时，你会向全世界展示我们这个黄皮肤的民族那大河般的抱负、那大河般的雄心、那大河般的千秋伟业、那大河般的绝世文章……

1997 年 2 月于济南

祖　槐

一

在中国两千多个县份中，知名度最高的恐要数山西洪洞了。洪洞所以芳名远播，首先是因了一位天姿掩蔼的青楼女子那段凄婉哀凉的吟唱："苏三离了洪洞县……"京剧是国粹，喜好者兴发时自会哼几句《玉堂春》，不好者偶尔打开电视机、收音机，眼睛或耳朵里说不定也会蹦进个苏三来，于是，"洪洞"便深嵌在国人记忆的屏幕上。改革开放后，中外文化交流频繁，好奇的洋人竟也学唱京剧，《玉堂春》遂成了他们的首选剧目。前些年，我飞越太平洋参加中美作家对话会时，曾在几个大都市里聆听过洋小姐清唱的苏三唱段。金发碧眼的女郎们启动的虽不是樱桃小口，唱起来也不会字正腔圆，对戴枷苏三的心境更不可能有真正的体味，但通过她们那湿润丰腴的红唇，却使"洪洞"这个县名，在异邦传扬流播。

这是文化特有的魔力。华夏的禅山佛寺何其多，张继的一首《枫桥夜泊》，竟使姑苏城外寒山寺的盛名历千载而不衰，前几年日本游客在寒山寺撞钟后，竟向苏州市政府建议，应给唐代诗翁张继铸个一吨重的金质奖章；九州的楼阁亭榭何其众，范仲淹的一篇《岳阳楼记》，却使一座平平凡凡的楼阁，成了自北宋以降游人不绝于途的胜迹，即使当今高楼广厦拔地而起，岳阳楼也没有失重，它永远是我们这个民族的"精神楼"。

我乃山东五莲人氏，儿时，却不知有五莲而先知洪洞。在村里，李姓只有近支三家，属外来户。在我牙牙学语时，祖母就曾一遍又一遍地教我哼唱这样一首歌谣：

> 问咱老家在何处，
> 山西洪洞大槐树。
> 祖先故居叫什么，
> 大槐树下老鸹窝。

黑黑的老鸹又名乌鸦，在乡人眼中，向为不祥之鸟。先祖怎会住在名叫老鸹窝的地方呢？我幼小的心灵迷瞪不解。读初中时，我曾多次问父亲老家究竟在哪里，父亲总是以不容置疑的口吻说，老家就在洪洞县的老槐树下，是洪武年间迁来的。

投锄从军后，烹文煮字的生涯使我有了遍游鲁豫燕赵的机会。不论是在宋江的家乡郓城、墨子的故里滕州，还是在沂蒙大山皱褶里的小村落、中原腹地里的开封府，谈及先祖何处，不管耄耋老叟、垂髫年少，还是田夫村姑、文人雅士，大都说他们的先祖也在洪洞。前些年，我浏览过不少鲁北豫东农村的族谱、牒文、墓铭，大多记载其先祖是明初从洪洞老槐树下迁来的。后来我又发现，那首"大槐树下老鸹窝"的歌谣，竟流行于大半个中国。

那么多的百姓，以洪洞一县为发祥地，以老槐一树为遗爱品，实为千古之奇。这使我憬悟到：洪洞名重神州，苏三之唱仅有些许作用，而主要是因了明初的农民大迁徙。

怀恋是人类通有的情愫。姓氏与故里，对中国人来说，永远是座斑驳陆离的大迷宫。对故里的沿波讨源，对姓氏的探赜索隐，是国人天性使然。

1998年暮秋，友人邀我小住临汾，观看壶口瀑布。知洪洞乃临汾所辖，乘车只需半小时。对祖槐，我心仪已久，在洪洞县城新建的"大槐树公园"里，方夙愿得偿。我托友人寻来《洪洞县志》和文史资料，细读后惊异地发现，不论是县志中，还是明清文人咏述古槐的诗文里，"老鸹窝"统为"老鹳窝"。县志及明清墨客的咏述肯定无虞，而那传流甚广的民谣，怎都将"鹳"变异为"鸹"呢？

老鸹老鹳，判若黑白；一字之易，天差地远。一个难以拉直的、僵硬的问号，在我脑中定格。因来去匆匆，我为没能解开"是鸹是鹳"的疑团而大憾。

1999 年 3 月下旬，我二进临汾，再做历史与现实的探访。

二

临汾，地处晋南，古称平阳。在进入临汾市区东西南北的大道上，各矗立着一座崇宏轩昂的牌坊。牌坊的门楣上，皆嵌有赫然醒目的五个镏金大字："天下第一都。"这绝非临汾人的自我夸示。究览那万签插架的史乘典籍，人们会感到，临汾冠以"天下第一都"名下无虚。

上苍造就了晋南这片风土吉壤，这里曾是华夏先民的洞天福地。

1954 年，考古学家在临汾地区的丁村，发掘出"丁村人"遗址。这发现，在古人类考古学上占有极重要位置。在此之前，从五十万年前的蓝田猿人、周口店猿人到一万多年前的北京山顶洞人之间，我国尚缺少一道旧石器时代中期人类化石和文化遗存的链环。于是有洋人便妄下雌黄：中国人的祖先是由欧美迁徙而来的，中国人是外域人的变种。丁村遗址里发掘出十万年前的三颗古人类牙齿化石，齿为铲形，而铲形门齿恰是黄种人的重要特征，完全有别于门齿为勺形的白色人种。三颗牙齿出土，石破天惊，丁村的文化分量仅此就显得有些超重。在遗址里，人们还挖掘出旧石器时代之中晚期的大批石器和上百件刮削器、琢背刀、雕刻器、锥钻等细石具。丁村文化遗存还告诉人们，二万六千多年前，丁村人就已会驯养动物，并学会了种植，初步结束了长期的迁徙猎狩，开始了半定居和定居的生活。在丁村遗址陈列室里，还摆放着披毛犀、大角鹿、转角羚羊等二十八种哺乳动物、五种鱼类及一批软体动物的化石。其中，那 2.6 米长的古象门牙，使今人不难想象，当时的大象躺下是一堵坝，立起是一座峰；那一米长的青鱼、鲤鱼的脊骨，如果将其还原，简直像一艘艘耕涛犁浪的飞舟；那脸盆般大的蚌壳，也可让今人猜度出它的肉体是何其丰厚……

近年来，考古学者又在丁村附近的陶寺，发掘出中国最古老的鼓，鼓身乃树桩镂空，鼓面为鳄鱼皮所制……

是丁村人最早将文明的种子播入沃土，让民族的智慧不断勃发；是丁村人的后裔最早把喜怒哀乐糅进鼓点，奏响了华夏民族的第一乐章！

尽管《史记》称"尧都平阳"，尽管《山西通志》上说平阳乃"圣贤之渊薮，帝王之旧都"，尽管晋代临汾就有了规模壮观的尧庙，尽管山一样的尧陵就矗立在临汾的浮山之旁，但据我所知，河北唐县，山东定陶，山西沁水、翼城，也都炫示为尧都。人们在剖析、判断、推理、考究历史风物真伪时，往往会忽略一些看来与事物缺少关联却具有特别意义的细节。"丁村人"的三颗牙齿、陶寺的鳄鱼皮鼓，都在佐证着尧在临汾建都的可能性、可行性、可信性。

最能显证太史公"尧都平阳"断语的，莫过于古称"神圣之邦"的洪洞了。在洪洞这片土地上，每一条溪流，每一块山岩，每一座村落，每一个姓氏，都会向人们诉说着历史的神秘和苍老。南京大学历史系编纂的《中国历代名人词典》中，远古人物列有二十六位，能在洪洞找到他们的活动传说及文化遗存的竟达半数以上。

量子论的创始人波尔，对远古东方哲学纫佩叹服，在他接受勋章时，选择了伏羲的太极图为图案。《洪洞县志》记载，伏羲演八卦就在该县的卦底村。卦底村现存伏羲庙，庙后有伏羲冢，村中设画卦台。卦底村周围有八村环绕，且距卦底均为八里，呈太极图状。八个以各自姓氏为名的村庄分别代表八卦中的乾坎震巽离坤兑艮，依次标志着天水雷风火地泽山。卦底村旧时还有两座梳妆楼，象征日月两仪。两仪生四象，四象生八卦，八卦生六十四卦。全国存有伏羲庙、墓的地方尚有数处，但像洪洞这样配套成龙者，仅此而已。

有伏羲必有女娲。正如"勺形齿"人的始祖双亲是亚当和夏娃，我们"铲形齿"人的尊翁太君是伏羲与女娲。在洪洞侯村，有中国最早的女娲庙、女娲陵。陵庙左近，有一高大土堆，土堆里埋有形态各异的彩石，传说是女娲炼石补天的净虚界。女娲庙的旧址上，曾有古柏一百零八株，现有三株仍龙干虬枝，相传是周柏。其一猴头柏，树身达八围……

国人向称炎黄子孙。炎黄之一的黄帝，姓公孙，名轩辕。《洪洞县志》载，黄帝生于该县公孙堡村，村名就是以黄帝姓氏命名的。继黄帝之位的是黄帝的孙子颛顼，关于颛顼，《洪洞县志》虽无记载，但对颛顼的七子皋陶却多有胪列。皋陶生于洪洞皋陶村，至今村中祭祀皋陶的烟火仍缕缕袅袅。既然皋陶生于洪洞，其父王焉能不留形迹？承颛顼帝业的为帝喾，帝喾是黄帝的曾孙。继帝喾大位的是帝喾之子唐尧，尧生于临汾伊土，后迁居洪洞羊獬。唐尧禅位于虞舜，虞舜生在洪洞诸冯……至此，"三皇"之首的伏羲，以及史称的"五帝"，全都在洪洞留下了各自的行踪刻痕。

至于故里为洪洞的两位古代大隐士巢父、许由的传说，也在洪洞百姓中代代流播，耳熟能详。

洪洞羊獬村是尧的小女儿女英的出生地。游览村旁那占地近百亩的姑姑庙，人们会看到一副值得玩味的对联："姐皇后妹皇后姐妹皇后，父帝王夫帝王父夫帝王。"这对联平白如话，却概括了亘古称誉的"尧天舜日"的史前清世。唐尧晚年，急于禅让，为考察他选定的继位人虞舜，将大女娥皇、二女女英嫁给了舜。舜其时躬耕洪洞历山，乃一介农人。舜继大位后，娥皇、女英姐妹俩皆为皇后，父亲丈夫皆当过帝王……

在全国，关于舜耕历山的传说地，有二十一处之多，这与舜年轻时遭后母及名叫象的异母弟的虐待，迫使舜四处漂泊有一定关系；但更主要的是，舜继位后，德泽黎庶，恩被百姓，声誉日隆，人们出于钦敬，都希冀舜曾在自己居住的一方水土上劳作过……然而，舜到底躬耕于哪座历山不牵强附会，洪洞一桩赓续了四千多年的习俗，会让人们觉得舜耕于洪洞历山，更合乎情理：

自娥皇、女英嫁到七十里外的洪洞历山后，羊獬人与历山人便结成了姻亲。羊獬人称娥皇、女英为姑姑，历山人叫娥皇、女英是娘娘。每年三月三，羊獬人要到历山接姑姑回娘家祭祖，待到四月二十八尧的生日这天，历山人便来羊獬把娘娘迎回。这接姑姑迎娘娘的活动，历四千余年承传今日而不衰。

每年农历的三月三，羊獬村的男女老少都彩服盛装，以接皇后的礼仪，组成千余人的銮驾去接姑姑。人们或擎执事，或护凤辇，或扬万民伞，或秉金瓜、斧钺、朝天镫，或举金锤、银锤、方天戟，或抬着猪羊，或担着美酒，浩浩荡荡，迤逦向七十里外的历山走去……

最令人荡魄摇魂的是那由数百人组成的威风锣鼓队伍了。这些陶寺鳄鱼皮鼓发明者的后裔们，统着杏黄色的短服，齐刷刷，劲抖抖，堂堂哉，威威哉。但闻锣钹击节，金鼓奏响，起落有序。鼓手们时而跳打，时而搓打，时而举打，时而骑打，鼓声如惊雷滚地，似银瓶乍裂，若壶口瀑布泻来，敲醉了山，敲酥了水……

相传，鼓手们敲打的曲牌中，有五种为尧舜亲作。

接姑姑的队伍到达历山下的七个自然村后，七村父老倒屣相迎，暖炕新被，陈醪佳肴，奉若贵宾……

每年的农历四月二十八，在娘家住了一个多月的娥皇、女英就要回历山参加夏收了，历山七村的乡亲又以同样的规模、同样的礼仪，来羊獬村迎娘娘。在接姑姑迎娘娘的活动中，所经村落无不虚门掩户，跪拜接驾，街中村头，水果食品满盘盈桌，供迎送队伍吃得齿颊留香。这种接送活动，在"文革"中也未中断。百姓不能大张旗鼓地搞，便自发地组织起来，三五成群，怀揣馍馍，掬一把艾茎为香，汲几瓶泉水当酒，去虔诚地完成心的祭奠。

一种习俗，在两个相距七十多里的村落里，竟延续了四千多年，这在我国历史上恐是绝无仅有。它说明尧舜的盛德，在洪洞民间的刻痕是何等沦肌浃髓！

…………

在尧都临汾，在"神圣之邦"洪洞，华夏民族的始祖、先祖们，曾展示过壮士的抱负，尝试过英雄的果敢，曾进行过文明的征服。虽然传说的氤氲为始祖先祖们披上了层层神秘的袈裟，虽然后人想象中的宫阙殿宇早已坍塌，但他们神圣的灵光不会消散，因为一切曾憧憬过、寻找过的灵魂，总会涌动在后来人的血脉中……

洪洞，华夏的大半部古文明史在你这里浓缩；

临汾，你是抓一把泥土就能攥出古老文明液汁的地方。

<h1 style="text-align:center">三</h1>

我并没有忘记二进临汾和洪洞的主要目的：摭拾老槐树下所发生的故事，解开那"是老鹳还是老鸹"的谜团。

行前，我查阅了《辞海》，关于鹳的条目是这样写的：鹳，鸟纲，鹳科各种类的通称。大型涉禽。形似鹤亦似鹭；嘴长而直。翼长大而尾圆短，飞翔轻快。常活动于水边，夜宿高树。主食鱼、虾、蛙和甲壳类。羽毛灰色、白色或黑色。黑鹳体长约一米，白鹳较黑鹳为大。我国北方常见白鹳……

邀我来的友人年过半百，是药品管理界的全国劳模。谈及药事，他如数家珍。我问临汾、洪洞一带是否曾有鹳鸟，他诧为异事，摇头说没有，并一再安排我参观名胜古迹，仿佛只有这样才能迎合所谓文化人的雅趣。每届一地，陪同我的大都是三十上下的青年人，问及鹳事，他们纳罕惊怪，对我这京都来客，以《辞海》中定义按图索"鹳"，大感不解。仿佛那白色的大鸟，与他们历来无缘。

数日访寻，难觅鹳踪，我不禁怅怅悻悻，忧忧悒悒，煎煎急急。友人终于窥晓我的心思，速为我搬来两位"文化书记"。一是年过古稀的王德贵，二为岁过花甲的刘郁瑞。80年代初，王、刘分任洪洞县委正、副书记。"大槐树公园"就是靠他俩运筹兴建的。王、刘曾在临汾多地为官，所到之处，大法小廉，不饮盗泉，且忙里偷闲，不废咏吟，忧世感时，偶得清词丽句。赋闲后，两人皆情系大槐树，醉心尧文化。堪可一提的是，刘郁瑞是纪实文学《天网》的主人公。《天网》搬上银屏后，主人公仍是真名真姓，国人曾争相一睹，刘氏遂作为清官形象兀立民间。

临汾、洪洞的古迹名胜大都备有宣传册页，一经文字蒸馏，挥发了岁月蕴含的原汁，消退了历史的底色，读来乏味。王、刘都是啜饮汾河水长大的，讲起洪洞旧事情夺神飞，钩沉稽往，尘影梦痕历历如绘……

先民辄是逐水草而居，文明常常与大河联姻。三晋文明来自汾河。纵贯三晋长达七百余公里的汾河，无疑是山西的命脉和象征。汾水从宁武县管涔山雷鸣寺流出，披珠戴玉，逶迤南下，经古交山峡，出兰村峡口，斜贯太原盆地，再穿灵霍山峡，且歌且舞，直奔临汾……汾河两岸，名泉层见叠出，既像一枚枚偌大的玉珮装饰着汾水，也以汩汩不息的洁流为汾河增添着豪迈。洪洞县最北端有个村子名叫石止，意为汾水湍行到此已步入没有坡度的平川，水中再没有石子滚动。汾河在洪洞顿显其壮阔汗漫，它像一匹铺地蓝缎，温柔多情。山有水而媚，土得水而沃，汾河使洪洞民阜财丰。明《洪洞县志》称："洪洞背霍山面洞水，箕山东峙，汾水西绕，山川形胜，草木夭乔，甲诸三晋，固一方之雄也。"《平阳府志》艺文卷中，载有元人郭嗣兴的一首五言百韵诗，把时处元朝的晋南描绘为安常处顺的乐境："……形胜开千载，舆图壮一方。城池殊屏蔽，廨宇式轩昂。制锦掀高榭，鸣琴敞后堂……贩蔬盈市井，樗槐荫路旁……苜蓿青供茹，葡萄紫厌浆。鼠肥偏喜食，鱼美鲜求尝。罗雁来秋渚，呼鹣向晓冈……"元朝上演过中国历史上最黑暗的一幕，而郭氏笔下的晋南竟连肥鼠都挑拣食物吃。但通观全诗，郭氏意在状摹故土风情，未见一句向蒙元统治者谄媚之词。

倘若说斗方名士郭氏在咏吟故土时难免有夸耀成分，且元朝距我们毕竟悠远，今人很难走进郭氏用音韵营造的风俗画中。而王、刘两位"文化书记"，则用他们的亲览亲睇、亲聆亲闻、亲历亲察，为我们写真出一幅50年代人与自然的和谐图。

洪洞，人称"水包座子莲花城"。汾河两岸，曾是花的原野。当剪剪春风吹绉了汾水，沥沥春雨洗涤了冬的岑寂，柳枝儿便谢黄抽绿。蒲公英、车前子、苜蓿、牵牛次第绽蕾，杏、桃、梨、榴树、海棠、秋菊应时开放，从桃花红到芦花白，从孟春到暮秋，五彩纷呈，花事不败。洪洞人尤爱荷。洪洞大地上的塘堰水湾、沟洫毛渠里，遍植莲花。最能迷乱人们双瞳的要数洪洞护城河中的芙蕖了。宽漫的护城河曾绕古城一周，"水包城座"组成了莲花的长廊。盛夏时节，芙蓉出水，肥叶硕花，攒攒挤挤，比肩争头。白荷如雪如玉，纤尘不染，红莲似火似焰，舞姿蹁跹，鸭戏清波，鹅鸣花丛，人至河畔，衣薄风香，新凉涤暑……

在洪洞，汤汤汾河及由其派生出的溪湾沟汊，曾是鱼虾贝藻自在蕃孳的领水属地。昔日汾河中的鱼虾密度之大，会令当今端坐鱼塘的钓者舌挢不下。由于鱼多虾丰，长于洪洞，齿为铲形的"丁村人"的后裔们，在食鱼方面显得特别挑剔。汾河曾盛产鲇鱼，大者十余斤，小者三五两。当今鲇鱼烩豆腐已成为星级宾馆的一道腾贵佳肴，但昔日洪洞人不管鲇鱼大小，都不屑一食。原因是鲇鱼喜啖腐烂之物，洪洞人嫌其不洁。汾水多甲鱼，夏日里小伙们嬉水河中，只要用脚踩踩，即可从泥沙里抠出几只老鳖来。当今甲鱼已成为养生者的大补上品，而昔年的洪洞人竟拒不餔啜。理由是甲鱼长于紫泥而不净，且眼小如秤星，五官局促，其丑陋之状令洪洞人厌恶。直到80年代初，肥肥的甲鱼五角钱一斤也无人问津。《天网》的主人公刘郁瑞，50年代中期曾执教于汾河岸边一中学。这天是星期日，他因备课未归家，时及中午，正愁无菜佐饭，有学生自告奋勇去汾河捉鱼，说罢拎起抄网撒腿河边，半小时许，便携六尾金鲤而归。又半小时，半锅红烧鲤鱼端上书桌，师生两人遂尽兴饕餮。从刘郁瑞温馨而甜蜜的回忆中，我似乎悟到一种传递信号：昔年人们去汾河捉鱼，如同农人至菜畦割韭，村妇到瓜棚摘豆，可俯拾仰取，任割任摘。年近七旬的"文化书记"王德贵，孩提时曾是捕鱼捞虾高手，其子亦不乏猎鱼基因。1970年盛夏，一场豪雨过后，汾河陡涨，水中氧稀，金鲤、白鲢、青鱼，纷纷探出水面，密密匝匝，脊脊济济。德贵之子，荡一小舟，轻驶河汊，手举十万年前"丁村人"就会使用的木棒，照鱼群劈头盖脸击去，仅一小时，便猎鱼百余斤……看来，元人郭氏"鱼美鲜求尝"句绝非张大其词。

远在秦汉隋唐，晋南就是皇家的布帛库米粮仓。建国后，晋南一带种起水稻，水如碧罗带，稻若绿绒毯，使晋南一度成为真正的北国江南。我问及解放前此地农家的生活境况，曾主编过《临汾农村合作化史》的王德贵告知我，解放前晋南一带农民若不遇上灾荒战乱，从不吃粗粮。王德贵系一介寒子，1946年他读高小时，按校方规定，月供白面四十五斤，豆油一斤半，菜金二十五元，他的下中农成分的家庭竟能应付裕如。斯时农家学子的生活标准，即使在当今的希望小学里，也显得有些奢侈。王德贵最依恋合作化初期，那时节，晋南百姓穰穰满家，笑鼓柴扉。王德贵最难忘

1956 年，那年大有，年谷顺成。夏麦登场，千村百屯，麦垛连云，农家囤溢缸满，金黄色的尤物堆积场边，竟分不下去；秋棉绽桃，金铃吊挂，白絮如雪，收购站里，棉满为患。有个叫甘亭的高级社，动用三台拖拉机往收购站运棉，车轮飞转，不舍昼夜，运了整整一个冬天……

"汾河流水哗啦啦，阳春三月开杏花，待到五月杏儿熟，大麦小麦又扬花……" 50 年代，生于汾河岸边的郭兰英，曾以一曲《汾水长流》，唱沸了神州。此刻，我才真正体味到歌唱家那黄莺出谷、声动梁尘的神韵。

大河与沃野是一对情深意笃的情侣，花香鸟语是水土交媾的结晶。没有花香的土地是无望的土地，没有鸟鸣的世界是死寂的世界。汾河两岸也曾是百鸟来仪的乐园。柳枝上曾有黄鹂啼啭，莲池里曾有鸳鸯交颈，新梁上曾有春燕垒窝，树丫上曾有喜鹊筑巢，稼穑里曾有群鸟呷呷，屋脊上曾有信鸽勾勾，苇丛里曾有翠鸟翻飞，长空中曾有苍鹰行进，秋渚上曾见群雁栖息，冬堤上也曾留雪泥鸿爪……吉鸟亲吻过汾河两岸花的芳唇，良禽拥抱过洪洞的青枝绿叶，使得曩时洪洞的山水草木分外清润迷人。

我终于从王、刘那醉人的回忆里，觅到了鹳的踪迹。

两位"文化书记"都是鹳的目击者。50 年代初，洪洞县境内的汾河滩头，水草丛中，举目可见成群的白鹳。至 60 年代末，还偶有三三两两的鹳鸟沿河鼓翼而飞……

现为山西省作协会员的刘郁瑞，儿时为写一篇"观鹳"的作文，在盛夏曾数度匿身芦苇荡中，细观过鹳的形貌举止。鹳是百鸟中的荦荦大者，更是娇娇美者。鹳颈纤而修，身高而挺，足癯而节高，那洁白的翎毛，素之一丝则嫌白，黛之一忽则嫌黑，那流线型的身体结构，增之一分则嫌长，减之一厘则嫌短；鹳擎头举喙漫步浅滩时，更显风姿绰约，仙韵飘逸。郁瑞观鹳如瞧美妹丽媛，那白色的精灵美得令人心颤。一次，郁瑞见一老鹳携两只幼鹳在浅滩戏耍，老鹳一改平时那高亢悠长的鸣叫，喟喟同幼鹳低语。幼鹳振翮扑水，老鹳用喙尖为幼鹳轻轻梳理羽毛。时见老鹳的长喙在水中捣动，不时有青蛙、小鱼跃出水草，老鹳迅捷用喙接住后，再送进幼鹳口中。鹳鸟这般母子之爱，宛如人间舐犊之情……

黑老鸹以啄谷吞虫维系生存，这与端庄高雅的鹳的生活习性大相径庭。我蓦地想起唐人王之涣那二十字的千古绝唱——《登鹳雀楼》："白日依山尽，黄河入海流……""鹳雀楼"就在运城的黄河边，那里是汾河汇入黄河的交界处。运城曾为临汾所辖。倘若无鹳可观，那就大大有悖于古人建楼的初衷。假若是座"老鸹楼""乌鸦楼"，王之涣定会兴味索然，失却了咏吟的雅兴。

谜团终于解开，祖槐上的鸟巢，定是鹳窝无疑。

四

我又来到位于洪洞县城北端的大槐树公园。这里距汾河仅百米之遥，汾河大堤就在眼前。

据文献记载，明代这里有座广济寺，系唐贞观二年所建；寺旁有株汉朝古槐，"树身数围，荫蔽数亩"[1]。汉槐唐寺，于明初农民大迁徙后，皆毁于汾河大水。从完好仅存的霞石砌筑的经塔上，人们不难想象出昔年广济寺的形貌：院落轩敞宽展，殿宇魁岸崔嵬，亭阁纷华丽靡，寺内僧众举袂成幕，香客摩肩川流不息。唐宋时，汉槐旁就建有驿站，我也不难猜度当时的那种炽盛和喧阗：古槐下的阳关驿道上，必是官差心急，马蹄声碎；汾水的河槽里，定是舟楫穿梭，桨声欸乃。

走进十几年前建成的大槐树公园，我直奔古槐遗址，呈示在我眼前的是一座清末民初建立的碑亭，碑亭飞檐斗拱。碑上镌有的"古大槐树处"五个大字，将多少代人的心酸、委屈、悱恻、凄切与思念都凝固在这里。距古槐遗址几米远的石砌的高崖上，是汉槐之根滋生的"二代古槐"，她于 1974 年被飓风击倒，人们将她扶直后，那钢铁一样的躯体仍挺立着不朽的灵魂。这失去母体的生命，早已执着地将基因传递给"三代槐树"，复苏着她逝去的绿色。傍母而立，"三代槐树"已粗壮过围，蓊蓊郁郁。她继续弹拨着生命的琴弦，又根生出一片大大小小的新槐，老槐新槐在大槐树公园里，同吟着一曲倔强的生命进行曲。

---

[1] 《洪洞县志·古迹》。

跨越时间的长河与空间的大海，我心中的那点灵犀早已与祖槐相通。承蒙历史之神的诏谕，驱将我探求寻觅先祖们大迁徙的确证，爬罗剔抉先祖们求生存的真实。

关于明初洪洞大移民的缘由，在豫鲁民间，传播面最广的是胡大海的复仇。元末，河南一带流浪着一个乞丐，其人五大三粗，相貌丑陋，带片披襟，蓬头垢面，体壮如牛却游手好闲，为乡亲们所不齿，人们避之如恶煞厉鬼，即使有残羹剩饭也不施舍。他一出现，家家便关门闭户。一日，他猝然闯进一土财主家，伸出毛茸茸的黑手讨要，老妪为羞辱他，将一张大油饼为孙儿揩腚后，扔狗吞食，并喝狗将其咬出门外。这乞丐就是胡大海。胡深感中原人心太坏，遂暗暗立誓，有朝一日发迹后，定来此雪恨复仇。后来，胡大海弃讨投伍至朱元璋麾下。胡膂力过人，嗜杀成性。疆场上，呵佛骂祖，虎口拔牙，因战功卓著，一介乞丐白日升天，成了朱明王朝的开国元勋。朱洪武于南京君临天下，大赏功臣。胡大海拒金银财宝田宅奴仆而不受，当朝奏明复仇事。朱洪武知胡乃杀人魔王，踌躇再三，只恩准胡"杀一箭之地"。胡率兵至河南境内，恰有一雁当空飞来，胡心中暗喜，弯弓发箭，箭着雁尾，雁带箭南飞，飞过河南，又掉头飞向山东，胡统兵随雁杀去，直杀得豫鲁两省"白骨露于野，千里无鸡鸣"……

关于胡大海的传说，版本多种。诸如他是其父与黑猩猩在山洞里野合杂交而生之云云，则更荒诞不经。"雁带箭而飞"，一听便知是天方夜谭。胡大海确有其人。《明史·胡大海传》中载，胡勇武过人，是一耿介仁德之士。其虽为赳赳武夫，却以"不乱杀人，不抢掠妇女，不烧房屋"当作框范行为的准则。

在旧中国，每当巨祸大难普降善良的茅屋无辜的村落时，听天由命囿于一隅的平民，不晓事物的来因去迹，处于一种脆弱的文化心理，人们便你加一枝我添一叶地演绎出一些传说，来慰藉呻吟的灵魂。

这些民间传说，虽诡谲乖张，却往往蕴含着历史本质的真实。

战乱频仍，水旱蝗疫是明初大移民的真正原因。

元朝末年，黄河两岸流传着一首歌谣："石头人，一只眼，挑动黄河天下反。"历史告诉我们，类似这种带有策反性的民谣，往往出现在改朝换代的前夜，它既凝聚着百姓对统治阶级的切齿仇恨，又往往是农民起义军揭竿前预谋并借重的谶言。"只识弯弓射大雕"的元统治者统一中国后，对汉人进行野蛮的征服、凶残的践踏，加上黄河淮河多次决口泛滥，中原大地的百姓，流离失所，啼饥号寒。至正十一年（1351 年），黄河溃堤冲垮了山东的盐场，使国库收入锐减，对黄泛从不过问的元统治者，不得不强令汴梁、大名等十三路民工疏浚黄河。四月的一天，民夫们在兰考县的河道里，挖出一个独眼石人，石人背后刻字两行："莫道石人一只眼，此物一出天下反。"当石刻的谶言与民谣相吻合之时，正是农民起义军兴兵之日。在这之前，方国珍在浙江台州首义，篝火狐鸣；石人挖出后，红巾包头的白莲教传人韩山童、刘福通在颍州举事，鼓角连营；徐寿辉在蕲州揭竿，济河焚舟；翌年郭子兴、朱元璋在濠州举义，矢石如雨；接着张士诚也在江苏泰州造反，攻城略地……元政府调其精锐官军与各路义军在中原大地展开了殊死相搏。元军凶横酷虐，杀人如麻。至正十二年九月，元丞相脱脱，"破徐州，遂屠其城"①。至正十八年十一月，元军刘起租部死守顺德，"粮绝，劫民财，掠牛马，民强者令充军，弱者杀而食之"②。当时，一些地主武装为维护本阶级利益，也同元军沆瀣一气，山西的王保保（扩廓帖木儿）父子、陕西的李思齐，也出兵豫陕鲁和两淮。元军及地主武装，对农民军所据之地，多是"拔其地，屠其城"③，使豫鲁苏北皖北的百姓十亡七八。《明太祖实录》中记载，名城扬州被元军攻克后，杀得仅存十八户，《开州志》中记录元军席卷濮阳县后，"居民仅存七姓，丁不满千"。温县牛洼村《牛氏族谱》中也载，元军"兵戮河南，赤地千里……"。

在冷兵器时代，战乱往往像一个偌大的绞肉机，它将千百万黎庶和士兵的躯体绞成齑粉，榨出的成百吨的浆血，才能染红一个新王朝的皇冠。刘福通的红巾军被元统治者镇压后，朱元璋出兵江淮，进取山东，收复河南，北定京都，追逼元帝出亡漠北，长达十六年的战乱方才告终。

---

① 《元史·脱脱传》。
② 《元史·顺帝本纪》。
③ 《元史·顺帝本纪》。

战乱与灾荒，往往是历史之树上同时并生的两只恶瘤。元末战乱时，水旱蝗疫也倾时而注。从至正元年至二十六年，黄、淮河频频溃堤，几乎岁岁都有洪水泛滥，中原大地"漂没田庐无算，死亡百姓无数，村庄城邑多为荒墟"，"禾不入土，人相食"①……据传，明初有一官员不相信冀鲁豫三省交界的一带人丁全无，便将两箱元宝摆在某一城邑的十字路口上，过了三天三夜再去看时，元宝竟一锭未失……

　　朱洪武于石头城易地更天，饱经兵燹、灾荒巨创的百姓喘息甫定，又发生了令读史人心折骨惊的"靖难之役"。朱洪武宾天后，其孙朱允炆继位。这建文帝生性软弱，致使王室蠢蠢，天下汹汹。朱允炆为巩固权力，采取"削藩"措施，一下惹恼了他的叔父燕王朱棣。朱棣以入京诛奸为由，从北京直逼南京，在冀鲁豫皖同政府军展开了长达四年的拉锯战。朱棣后来虽是位有为之君，但在与侄儿争夺九五之尊的皇位时，却木人石心，凶狠残暴。《明史·成祖本纪》载，"燕军掠真定、顺德、广平、大名"，在真定，"斩首三万级"，白沟河一役，燕王"乘风纵火奋击，斩首数万，溺死者十余万人"。企盼安居乐业的中原百姓，愚忠思想根深蒂固，自发帮助政府军抵御燕军。朱棣气急败坏，对政府军和百姓一例诛戮。燕军打到冀豫交界处时，遭到地方武装"十八村联谊会"的拼死抵抗。燕王无奈转路攻取南京后，立即派兵把这一带百姓杀得仅存两户。山东临清县肖寒村《李氏族谱》记载："盖燕王靖难兵起，在建文时南北构兵……或杀，或剐，或逃，东西六七百里，南北近千里，几为丘墟焉。"

　　当一幕幕惨绝人寰的悲剧在燕赵鲁豫轮番上演时，东有太行为屏藩、西有吕梁做遮挡的三晋大地，却是另番景象。这里日升月恒，风调雨顺，稼穑葳蕤，万姓庐欢。元人钟迪在《河中府（蒲州）修城记》中写道："当今天下劫火燎空，洪河（黄河）南北噍类无遗（指吃东西的生灵荡然无存），而河东（晋南）一方居民丛杂，仰有所事，俯有所育。"最能说明问题的是人口数量，洪武十四年（1381年），河南人口为189.1万，河北人口为189.3万，而山西人口却达403.4万，比冀豫两省人口的总和还

---

　　① 《元史·五行志》。

要多。

当中华大地人口的天平严重失衡时，素有雄才大略的朱元璋和继承者朱棣，必然把目光瞄定山西，投向晋南，大移民不可避免地要在这里发生了。

于是，这广济寺旁、汾河岸畔的那棵并不超群出众的汉槐，便以无与伦比的身姿，走进了历史的风雨，走进了岁月的沧桑，走进了一个民族的记忆。

五

我们这个民族前行的路，总是泥泞而沉重，每行进一步，总要伴随着苦涩的泪、惨重的血。

洪武元年，朱元璋面对破碎的山河，发出这样的感慨："今丧乱之后，中原草莽，人民稀少"，"中原诸州，元季战争，受祸最惨，积骸成丘，居民鲜少，所谓田野辟，户口增，此正中原之急务"。[1] 大臣们也纷纷上疏，奏说迁民事。督府左断事高巍奏称："臣观河南、山东、北平数千里沃壤之土，自兵燹以来，尽化为蓁莽之墟，土著之民，流离军伍，不存十一，地广民稀，开辟无方。"实际上，励精图治的朱元璋此时心中很明白，就连他的故里安徽凤阳，虽已置县，但却是"地瘠民稀，萧萧数楹，仅同村落"[2]。置县不过是大臣们为阿附他而已。户部郎中刘九皋献策："……山西之民，自入国朝，生齿日繁，宜令分丁徙居宽闲之地，开种田亩。"[3] 从放牛娃、贫僧到南面百城称孤道寡的朱元璋，雄心随岁月而膨胀，抱负伴龙墩而扩张，为圆龙腾云涌万世一系之美梦，也必然会做出顺乎历史潮流的抉择。在移民的举措中，除遣返、军屯、商屯之外，最难实施最牵动人心的，则是平民百姓的大迁徙。

---

① 《明太祖实录》。
② 《明太祖实录》。
③ 《明太祖实录》。

《明实录》记载，明初山西辖五府、三直隶州、十六散州，共七十九县。移民主要来自辽州、沁州、泽州、潞安州、汾州府和平阳府，这些地区共有五十一县，而平阳府就辖二十八县。可见迁民最多的是当今临汾，而洪洞当时人口最稠，作为一个县份来说，移民最多自在情理之中。但遍布大半个中国的晋民后代修葺的谱牒里，几乎都记载先祖来自洪洞，这颇令人费解。但稍一留意有关史乘方志，便疑团顿释。因当时之洪洞，凭借古驿道，北通幽燕，东连齐鲁，南达秦蜀，西抵河陇，加之广济寺院落宽展，易于政府设局驻员，集结移民，发放川资凭照。于是，汉槐旁的驿站，便成了大移民的派遣站和出发地……

长期浸泡于农业文明中的"丁村人"的后裔，虽有劳作之苦，但不乏桑麻之乐。此时的流动与迁移，早就不是逐水曲，狩猎歌，游牧吟，而成了农民悲剧的代名词。

鸟恋旧林，鱼思故渊，狗记八百里，猫认三千途，老马识归道，狐死必首丘……中国古老文化以动物习性创造的这些依恋故园的词汇，实际上是安土重迁的中国农民心理的折光。围绕这次迁徙，迁徙者及其后人编纂出了种种听来令人百脉沸涌、低回唏嘘的故事。

最为普遍的传说是，大迁徙所以能够成功，是因了朱明统治者设下的一个弥天骗局。迁徙伊始，明政府颁告示于三晋："不愿迁徙者，到洪洞大槐树下集合，限三天赶到。愿迁徙者可在家等候。"消息不胫而走，不翼而飞，晋北、晋中、晋南的人拖家带口，携儿将女簇拥而来，三日之内，老槐树下呼啦啦集结了十万之众。这时，大队官兵，蜂拥而至，把手无寸铁的百姓裹了个严严实实，一官员高声宣布："大明皇帝敕命，凡来大槐树下者，一律迁走！"说罢，官兵恶狠狠地先将青壮年戴铐上枷，遂强行登记，强发凭照，一家一户，根绳相拴，如串蚂蚱，十万百姓在刀逼棒喝下，吞声饮恨，踏上了迁徙的路途……

围绕这次大迁徙，关于"解手"一词的来历及"小脚趾复形"的原因，也曾在冀鲁豫一带门道户说，妇孺皆知。

大迁徙中，移民双手被绑，在官兵的押送下上路，凡大小便，均要向解差报告："老爷，请解开手，我要小便。"长途跋涉，大、小便次数多了，口干舌燥的移民便将这种口头请求趋于简化。只要说声"老爷，解手"，彼此便心照不宣。于是，"解手"便成了大小便的同义语。

山东有民谣云："谁的小脚趾甲两瓣瓣，谁就是大槐树底下的孩。"我在大槐树公园的祭祖堂里，看到两副楹联，一为"举目鹳窝今何在，坐叙桑梓骈甲情"，二是"谁是古槐底下人，双足小趾验甲形"，楹联与民谣，一雅一俗，说的都是足小趾两瓣的事。传说官兵包围百姓后，怕人逃跑，将每人的小脚趾砍上一刀，以做识记。后来，移民的后代脚小趾甲便成了复形。

关于大移民中明王朝设圈套诱骗百姓的传说，有一定的史实依据，蒙骗群众向为封建统治者的惯用伎俩。"解手"一词的来历，听来也能自圆其说。中国人历来有将复杂用语简化的习惯，譬如今人将"无产阶级文化大革命"压缩为"文革"，即是一例。至于"脚小趾甲复形"一说，则于情于理于科学都解释不通。明王朝移民旨在扩大农耕，移民长途跋涉全靠双脚，为防逃跑可在人体其他部位黥记，大可不必在脚上动刀。国内我天南海北的朋友，凡问及者，脚小趾甲都是复形，而友人们的先祖不可能全部出自三晋。后天绝不可能改变遗传。惠特曼博士曾在老鼠身上做过实验，他将鼠尾斩掉，结果无尾之鼠所生后代仍有尾，他连斩了十九代，二十代鼠的尾巴仍像其祖宗的尾巴一样长。解放前，中国妇女视足小为美，曾忍疼裹脚，裹足习俗沿袭了多少个朝代，然后来的千金，要掠"三寸金莲"之美，如不扎裹，仍是天足……

历史的经经纬纬里，通常交织着神秘的丝线。然而，拂去这些民间传说扑朔迷离的浓雾，我们还是能筛箩出明初农民大迁徙那惨烈的真实。

有人从《明史》《明太祖实录》《明成祖实录》等典籍中，从散乱的明代档案里，索章摘句，缀辑编录，笺注出从洪武六年至永乐十五年的近五十年里，在洪洞大槐树下共移民十八次（洪武年间十次，永乐年间八次）。移民分别迁至京、冀、鲁、豫、皖、苏、鄂、陕、甘、宁等地。大迁徙触动了三晋百姓最敏感的神经，明统治者只得定出移民条律，按"四口之家留一，六口之家留二，八口之家留三"的比例迁移。吴晗先生在《朱元璋传》中这样写道："迁令初颁，民怨即沸，至于率吁众蹙。惧之以

60

戒，胁之以劓刑。"这说明，当时的移民，完全是在强权政治的胁迫下进行的。

大迁徙无疑是朱明王朝富国强兵的得意之作，但对一家一户却是莫大的悲哀，大迁徙无情摧残着放逐者的心灵，所造成的精神创伤，甚至几代人都难以平复。

我们不难想象晋南迁徙者背井离乡时的情景。

就要告别"尧天舜日"时即耕耘过的丰腴土地了，就要告别先人们"接姑姑迎娘娘"时即敲打的那令人心醉的威风锣鼓了，就要告别那碧波盈盈灿若锦缎般的汾水了，就要告别唐代诗翁王之涣即观赏过的令人神迷的鹳鸟了，大批扶老携幼的迁徙者怎能不五内俱焚，寸心如割！乡土的一涧一溪、一寺一庙、一坟一松、一谷一黍、一房一槐、一莲一蓬、一鲫一鲤、一草一卉、一鸟一虫，早已化为迁徙者生命的血肉，像文身的花纹附着在躯体之上。迁徙者们怎能不恋恋依依，声泪俱下！当他们一步一回首，三步一徘徊，一寸寸、一尺尺、一丈丈，挪挪蹭蹭，渐远乡井的时候，他们泪眼中最后看到的是那棵高大的老槐树，是那老槐枝丫间的一簇簇鹳窝……于是，老槐树和鹳窝便成了迁徙者们诀离故土时的最后的标识……

迁徙者们的新辟之地，抑或难觅鹳鸟，抑或乌鸦常见，抑或"鹳""鸹"两字声母相同，韵母也相近，经几代人的舌传口播，老鹳窝便成了老鸹窝了。

风尘逆旅，给迁徙者心中留下许多刀刻般的伤痕。山东曹县一刘姓的族谱里，记载着他们的先祖是"独耳爷爷"，独耳爷爷就是因为在迁徙途中多次逃跑，被官兵割掉一只耳朵的。明移民条律中还规定，凡同姓同宗者不能同迁一地。"行不改名，坐不更姓"是中国文化崇尚的一种人格风骨，这明律就迫使一些同宗兄弟为生活在一起，不得不更姓易名。如河南黄县就有魏姓与马姓，陈姓与邵姓，周姓与单姓，都是异姓同宗。类似这种情况，在河北、山东也不胜枚举。在豫东和鲁北，关于"打锅牛"的传说，也广为流散。相传，洪洞县有牛氏五兄弟，在集结于大槐树下后，方知同姓不能同迁一地。五兄弟深知自此要劳燕分飞，天各一方，便匆忙将一口大锅砸成五瓣，各执一片，以备将来作为续祖寻亲的标记。时间是弥合心灵创伤的最好药剂。但在历经六百年风雨后的当今，豫鲁某些农村牛姓素不相识的长者们，见面后还要问"打锅不打锅？"如双方都说"打锅"，便认作同宗一家……

如无根的浮萍，像风吹四散的蒲公英，迁徙者一下被抛进大劫后的荒凉。然而，为了生存，他们没有资格在噩梦里彷徨，他们很快摈弃了人类常有的空虚和绝望，在迁徙炼狱中煮熬过的心，更能驾驭生活道路上的坎坷。移民以老槐腾游时空的气魄和根植泥土的不屈韧性，在他乡异地开始了筚路蓝缕的创业、不辞劳瘁的耕耘。明政府采用"计民授田"的方法，给移民人均荒田十七亩，免租三年，并诏令山东、北平等地的布政使司："民间田地，许尽力开垦，有司毋得起科。"……迁移者们将凝重的汗珠，结实地撒落在陌生的原野，以强韧的筋骨撑起了另一方蓝天，很快便拓展出一片片生机勃勃的生命空间。至洪武二十六年，全国土地总数由洪武十四年的三百六十六万顷骤增至八百五十万顷，全国岁入税粮也比元代增长了两倍。《明史》曾这样描绘过大移民后的生产发展的状况："是时宇内富庶，赋入盈羡，米粟自输京师数百万，府仓库蓄积甚丰，至红腐不可食。"洪武二十八年九月，户部尚书郁新奏称："山东济南府广储，广斗二仓粮七十五万七千石有奇……二仓积蓄既多，岁岁红腐……其今年秋宜折棉布，以备给赐。"①……

大迁徙给明初社会带来了经济繁荣，但比这一时的经济繁荣更为珍贵的是，它合理地分布了人口生存的空间，移民与当地土著在文化上、心理上、习俗上经过长期的掺和、交糅、渗透，地域文明必然会相互关照，培育着新的文明的种子。

统治者为国家大局而实施的强权措施，往往能推动历史大步前进。文明要付出代价，文明有时会来自野蛮。文明的分娩，常常要挣脱粗暴的捆绑、残忍的枷锁，要洒很多很多的泪，流很多很多的血……

---

① 《明太祖实录》。

62

六

1987 年夏，我到山东广饶县大王镇采访时，曾听到一个令人思绪绵长的故事。

大王镇一带的百姓，大都是明初从洪洞迁来的。大王镇有村曰刘集。刘集名噪山东乃至引起全国研究中共党史专家的极大关注，是因为刘集不仅珍存着全国唯一的一本陈望道首译的《共产党宣言》，而且还是中国第一个农村党支部的诞生地。村中有个因与毛泽东同年同月生而引以为自豪的老党员，名叫刘世厚。世厚老人为保存那稀世孤本《共产党宣言》，曾倾注了一生的全部挚爱。战争年代，为躲避敌人那鹰隼般的搜寻，老人时而将孤本装入漆匣，藏于地窖；时而又盛入竹筒，匿于屋山墙的雀洞……改革开放后，孤本因纸张老化，经中央档案馆做脱酸处理后，作为一级文物由国家珍藏。在刘集村，同时还藏着带有家族牒谱意义的一帧《百岁图》，此图乃乾隆年间所绘，图高 2.3 米，长 5.4 米，上面画有百穗葡萄。因刘集刘姓祖宗是从洪洞大槐树迁来，故画面上的葡萄须儿皆朝西方。"百穗"是"百岁"的谐音。此图象征刘氏家族本固枝荣，绵绵瓜瓞。村中族人珍藏《百岁图》，像世厚老人保存《共产党宣言》孤本一样虔诚。《百岁图》请进后，代代传人都将斯图安放于一特制的红漆樟木箱内，上系铜锁三把，由几位族长分掌，不容任何人亵渎。每逢大年三十，三把钥匙同开，取出斯图与族谱同悬高堂，大年初一凌晨，刘氏家族大小人等，一齐心香祈祝，三拜九叩……我在此采访时，正值商品大潮初涌大王镇，从广东来了几个文物贩子，出高价欲购刘集《百岁图》，村中年轻人因办企业短资，心有所动，村中老人们闻讯手执菜刀护卫红漆箱，怒斥小辈："刘集就是穷死，也不能卖了祖宗！"一桩交易告吹……

《共产党宣言》与《百岁图》同存共珍偕行旅进的现象，诠释着中国特色。莱茵河畔一代伟人试图用先进思想武装人类，而我们祖槐的枝叶在承接外来文化雨露的同时，却仍固执地将自己绵连的根须牢牢地深植于华夏的土壤。

血缘关系是宗族的天然纽带，但要维系一个姓氏宗族不至侈离，仅靠血缘关系还远远不够。于是，聪明的祖先创造了族谱和祠堂。在旧中国什么都难以统一，但却真正做到了"家必有谱，族必有祠"。如孔孟颜曾四姓，族谱九州一统，辈分用字全国相同。开国后，祠堂虽渐次消失，但宗族与乡土观念，仍是人们难以稀释掉的情结。明初古槐下的移民，曾分布全国十几个省市，冀鲁豫一带半数以上的村庄是明初移民建立的，这些移民的后代不少又随着岁月而萍飘蓬转。明末吴三桂降清后，封为平西王，他率军转战陕川云贵，部下士卒多为冀鲁豫槐裔，他们不愿附依叛臣逆贼吴三桂，散佚云贵川落地生根者甚众。清建元后，旗民多编入军籍，关外空虚，土地荒芜，清政府鼓励由关内向关外移民。《古今图书集成·赋役考》中载："顺治十年，议准辽东招民开垦，有能招一百名者，文授知县，武授守备……招民数多者，每百名加一级。"这政策贯彻了几十年，对官迷心窍者极具诱惑力。古槐移民的后人，有相当一部分转迁东北。清末，战乱迭兴，灾荒频起，山东人一断炊就闯关东，沿海人一逢难就漂南洋，加之近百年来出国华工不下千万人，为新兴资本主义国家开金矿、筑铁路、种橡胶园，这些人中间，当然也不乏槐裔。有人做过推算，遍及海内外的槐裔现已逾亿。因此，我们可以说，洪洞祖槐的根须很长很长，不仅蔓延中华大地，而且绵连外洋异域，足可绕地球九匝，随卫星上天……

最早发现古槐有着神奇凝聚力的是洪洞贾村人景大启。清末，景大启在山东曹州任散厅官吏，景善交游，聊城、济南均相稔熟，所到之处，上自官吏下至平民，当知景是洪洞人时，便让梨推枣，斯抬斯敬，三茶六饭，洁樽款待。是时，洪洞人刘广林在山东长山任官吏，也深感移民后代对古槐的一往情深。景、刘相商，起议筹建古槐遗址，很快在曹州和长山募得纹银三百九十余两，寄回洪洞托人筹建。这便有了可供寻根人前来凭吊的刻有"古大槐树处"的碑亭一座，也有了供游子品茗怀乡的茶室三间。

恰在这时，又发生古槐庇荫洪洞百姓的事件，顿使洪洞黎庶对古槐遗址奉若神明。辛亥革命爆发后，赵城县人张煌率兵杀死了山西巡抚陆钟琦，接着袁世凯派新巡抚张锡銮率卢永祥部，进逼山西革命军。卢率军沿古驿道南下进攻临汾，所到之处，烧杀掳掠，张煌故里赵城县受害最甚。赵城名士张瑞玑上书袁世凯及新巡抚张锡銮时，叙述了卢军的残暴："无贫富贵贱，一律被抢，不余一家，不遗一物，冰雹猛雨，无比遍及……三日后，终载而南去也，车四百辆，骆驼三百头，马数千蹄，负包担囊，相属于道……"卢军洗劫后的赵城，"城无市，邻无炊烟，鸡犬无声，家无门户窗，籍笥无遗缕，盘盖无完缶，书籍图画无整幅，墙壁倾圮，地深三尺……"①。卢率军进入洪洞，仍下达"半天不点名"之令，暗示仍可抢掠。然军中士卒来到古槐碑亭前，便下马罗拜，长跪不起，并将一路抢掳之财供于"二代古槐"树下。原来卢军士卒多为冀鲁豫籍，这些古槐移民的后代，互相叮嘱，古槐树下如再行伤天害理之事，愧对祖宗。士卒中的他籍人，见军中槐裔势众，也不敢造次……

乡土情结真是一种连哲人也难剖析的复杂情感。此刻，这些野蛮的生命，竟在乡土面前收敛起荒唐的灵魂，乡土唤醒了他们并没有泯灭殆尽的良知！

故土如同胎记，深嵌在国人的肌肤上。故里与游子，往往如同洪洞霍山上那与山体相连的山岩，不管光阴之波如何强劲，总也不能将故乡从游子记忆的深土中拔掉。大槐移民已逾六百载，当初的移民及其后代，早已有了他们的第二、第三乃至更多更多的故乡。虽然大槐移民的哭声早已云散，眼泪也早已化作新的悲欢，但大槐移民历史记忆的磷光，仍穿越悠邈的时间，在辽阔的空间里忽明忽灭地闪烁。

民国时，景大启募银建起的古槐遗址，因兵荒马乱烟火稀少。解放后，当地政府在这里建一烈士祠堂，与古槐碑亭望衡对宇。烈士为国捐躯，理应受到后人瞻仰。洪洞多锦山绣水，英灵应择一幽雅处安息。将祖槐魂魄与近代英灵同置一处，在长幼有序的国度里，祖槐和英灵会两不相安；让香火与花圈并存，不能不说是一种文化上的倒置和错乱。"文革"中，造反派虽慑于洪洞百姓对古槐的敬奉，未敢将古槐碑亭砸掉，但"认宗续谱"却被当作"四旧"，狂遭口诛笔伐。古槐遗址真正受到重视，是

① 张瑞玑《致晋抚张锡銮书》。

近二十年来的事情。

王德贵、刘郁瑞两位"文化书记",向我讲述了辟建大槐树公园的情景。

70 年代末,王德贵赴无锡参加一次全国性的乡镇企业会议,当他自报家门来自临汾时,无锡人的表情如常;可当他说到自己是洪洞县委书记时,接待人员的眼睛里顿时透出热情神色,因他们多为古槐后裔,王德贵遂受到清末人景大启在山东曹州为吏时的礼遇。入会者不少也是槐裔,纷纷叩门而进,共话桑梓之情。"反右""四清""文革",人际关系曾像那时的社论一样,硬硬邦邦,冰冰凉凉。当社会顺乎历史走向,步入正常轨道时,囚禁多年的大槐情愫,必会重发新枝重绽新蕾……

回到洪洞,王德贵将所见所闻所思所想,与刘郁瑞交流,两人一拍即合:建一大槐树公园,以慰天下槐裔拳拳之心。建槐园不能仅筑祖堂亭榭,应有深邃的文化内涵。80 年代初,洪洞财政吃紧,政府囊中羞涩。刘郁瑞亲拟了三百言的征集古槐资料广告,刊于《参考消息》中缝,谁知仅过两月,便收到海内外槐裔寄来的族谱、牒文、碑拓、佚事珍闻凡四百余件,建园资金也很快筹措到位。在广济寺遗址上,大槐树公园卒底于成。槐园遂同丁村遗址、尧庙、舜祠、霍山之麓的广胜寺、羊獬村旁的娥皇女英姑姑庙一样,成为晋南的一大人文景观……

古槐是洪洞县的一张四海通行的"大名片"。

当韶山冲的平民借助伟人声望,办起毛家饭店、毛家酒楼、润之红烧肉菜馆时,洪洞的有识之士,也从古槐厚重的文化含量里,窥见商品经济的活跃因子。于是,在这洪洞古城里,出现了槐荫大街、槐都大厦、槐乡酒楼、槐家铺子、槐香发屋……国槐已遍栽街头巷尾,有人还动议,将全国各地槐种汇聚拢来,使这昔日的"水包座子莲花城",变为真正的槐都。

近些年来,中国的经济字典里又增添了一个新词汇,叫作"文化搭台,经济唱戏"。仅我的故乡山东,节日多得不可悉数:青岛有啤酒节,潍坊有风筝节,淄博有琉璃节,泰安有登山节,枣庄有石榴节,菏泽有牡丹节,肥城有桃花节,平度有葡萄节,乐陵有小枣节……鲁北某县因实难觅得与众不同处，终从历史的缝页里发现斯地出产的蛐蛐，向被京津沪的玩家们所青睐，于是便独树一帜地办起蛐蛐节，小虫儿竟也使四方看客光顾，八路玩家云集。《北京晚报》在《小蟋蟀咬活大经济》的特写中披露，1998年最贵的一只蛐蛐卖价高达九千八百元，该县不少农人因养蛐蛐而发家，盖起幢幢别墅……

洪洞自1991年始，年年于清明节前后举办祭祖节。应该说，这节日如同祭陕西黄帝陵一样，是庄重严肃的。它不仅使洪洞经济有望腾飞，对民族向心力的凝聚也是一大贡献。

祭祖节期间，洪洞城里，披红挂彩，阖城祝颂，童稚折柳，翁妪献芹，笙乐喧天，锣鼓威风。十几万游子，来自祖国各地，来自港澳台，来自大洋彼岸。西服革履与红装绿裳摩肩接踵，八方土语与五洲洋音交汇撞合。最动人心弦的是祭祖节首日，在肃穆的气氛里，槐裔们款款走进大槐树公园，次第谒拜祭祖堂。祭祖堂里摆有姓氏牌位，共三百姓氏。从普通员司到各业大王，从巨贾豪翁到翰苑名流，在各自的姓氏牌位前，无不俯身屈膝，叩首展拜。人们的故土情愫，并不决定地理位置的远近，有时离故土愈远情丝愈长。故乡对于海外游子来说，虽然只是一种符号概念，但却又是一部用怀恋氛围酿造的常忆常新的朦胧诗卷。我看到，白发盈顶的海外槐裔携子领孙，长跪在"二代古槐"下，老泪纵横，涕泗滂沱……我不须询问置身槐园的台湾同胞，此刻他们一定会深深体味"兄弟阋于墙，外御其侮"的古训，绝不容任何人萁豆相煎……

明初大移民在中国移民史上是空前绝后的。令人痛惜的是，在图书馆里竟找不到一部有关这段移民史的专著。美国有个犹太学会，收藏我国家谱方志五千余种，用以研究我先民姓氏来源、迁徙发展及体质寿限，作为历史学、优生学的依据。走进我们的书店书摊，写帝王帝后、宫娥采女、阉人名妓、强梁坤伶的书林林总总，至于教人如何发财如何行骗如何占卜如何壮阳的垃圾文字，更是形形色色……

黄卷青灯的治史者历来清苦。但清苦里蕴含着高尚。维护高尚必须付出应有的代价，我们不能愧对祖槐。

七

在物质世界中跄踉蹒跚的人类，一直在寻求精神的华殿。哲学家以逻辑思维为人类设计了那么多的航灯路标，文学家用形象描绘为人类营造了那么多的诗化乐土；庙宇中的祭奠，教堂间的牧歌，禅房内的经声，道观里的诵诫……这些或高尚或有趣或无奈或乏味的精神建构和活动，都试图安顿人类那扯碎了的梦中惊魂，人们也想从中觅索一方精神的守望之地。

改革开放以来，中国悄悄兴起的"寻根热"，也是人们在冲破思想禁锢后的一种精神上的寻求。然而，寻根祭祖既可构筑一座开放型的思想殿堂，也可打造一个封闭式的精神堡垒。寻根不能像某些文人那样，把压缩在泥土中的血腥历史爬剔出来，去极度舒展人的原始野性与蒙昧；祭祖，也不能像某些凡夫俗子那样，默念祷词，频频熏香，祈求祖宗保佑升官发财，一路福星；寻根祭祖更不能像某些农村那样，借大修家谱去扩张宗族势力，去重筑带有封建釉彩的狭隘的围墙……

"在山泉水清，出山泉水浊。"在临汾，在洪洞，当我潜心走进滥觞中华文明的尧文化中，顿感一股澄澈、晶莹的源头之水，洗濯着我蒙垢的心田。

临汾市东北五里处，有村曰康庄。村东有一古老的石碑，上书"击壤处"。地以人显，人以事彰。"鼓腹击壤"的典故就由此而得。晋人皇甫谧《高士传》中载："帝尧之世，天下大治，百姓无事，壤父年八十余而击壤于道中。""鼓腹"意即饱食，"击壤"乃古代一种投掷游戏。相传尧帝常到民间私访，一日来至康庄，见一银髯飘拂、孩子般天真的老叟，于道中击壤，观者发出"大哉帝之德也"的盛慨。而击壤的老叟却曰："吾日出而作，日入而息，凿井而饮，耕田而食，帝力于我何有哉！"这便是自庄子以降，被诸多文人雅士所乐道和援引的"击壤歌"。

当尧的随臣将壤父所言报告了尧，尧非但未因壤父没有颂赞他的盛德而不悦，反以老叟能直言不讳而欣慰。为使自己能听到真话，尧当场拜壤父为师。这个简单的故事，说明古人是何等纯真，还不懂得溜须拍马。纵观尧舜以后的历史，阿谀奉承之辈不绝如缕，胁肩谄笑之徒子嗣难断，吮痈舐痔之流此消彼生。壤父的品格，更与当今某些对下如无尾恶狗般刁悍，对上如无势阉人般谦卑的嘴脸，形成了鲜明的对照。古代的壤父，为越来越精明老滑的人类社会，呈示出一个永恒的童话。

尧舜禅让，向被视为亘古美谈。尧有九子，长子名丹朱。丹朱骄奢侈糜，为人暴虐。洪水泛滥时，百姓忧心如焚，丹朱无动于衷，甚至到水中泛舟取乐。洪水过后，他竟让黎庶堆沙推船，名曰"陆上行舟"。太史公在《五帝本纪》中写道："尧知子丹朱不肖，不足授天下，于是乃传授舜。授舜，则天下得其利而丹朱病；授丹朱，则天下病而丹朱得其利。尧曰：'终不以天下之病而利一人。'"……

尧以天下为公的胸襟，开始了艰难地访贤跋涉。于是，又引出两位大隐士巢父、许由。他俩共同创造了一桩千古佳话：许由洗耳的故事。

尧在考察继位人时，十分注重接班人的群众基础。尧听说阳城（即当今洪洞）的巢父、许由是大贤者，便前去拜访。初见巢父，巢父不受；继访许由，许由也不接受禅让，且遁耕于洪洞的九箕山中。尧执意让位，紧追不舍，再次寻见许由时，恳求许由做九州长。许由觉得王位固且不受，岂有再当九州长之理，顿感蒙受大辱，遂奔至溪边，清洗听脏了的耳朵。《史记》注引皇甫谧《高士传》时，记述了许由洗耳的情景："时有巢父牵犊欲饮之，见许由洗耳，问其故。对曰：'尧欲召我为九州长，恶闻其声，是故洗耳。'巢父曰：'子若处高岸深谷，人道不通，谁能见子？子故浮游，盛欲求其名，污吾犊口，牵犊上流饮之。'"……许由自视高洁，然巢父更胜许由一筹：你许由不接受王位，隐遁起来不吭声则罢了，还大谈洗耳缘由，是另一种沽名钓誉。我下游饮牛，你上游洗耳，岂不有意脏我牛口？

许由洗耳的另一说是在河南颍水，但洪洞九箕山下有许由洗耳泉和巢父弃瓢地遗址。这故事发生在哪道溪洞并不重要，重要的是说明了中华文明的源头之水是何等明澈、洁净！正是这清泚的文明之波，溉泽了中国文化的精神森林。巢父、许由这两位洪洞的"隐君子"，虽未登帝位没有作为，但却以六根除净的仙风道骨惊天地泣鬼神，被历代高人吉士、贤达俊哲高山仰止，景行行止。巢父、许由身上氤氲着一种至美至洁的文化气韵，这两面远年的标帜，几乎可以成为一个民族的人格坐标。

当今，在人们把权力当作美酒疯狂啜饮时，在一片后庭花与卡拉OK的谑浪笑傲中，是无法置身许由洗耳故事中的。人类面对商品经济的负面冲击已显得脆弱无力，精神上的矮化也使人们没有那份心境和教养走近巢父、许由了。

唐尧未得许由，四方人士皆推荐虞舜，舜于二十岁以孝闻名天下。《洪洞县志》载，尧于访贤途中，在洪洞历山下遇到躬耕垄亩的舜，见舜用的犁辕上拴有簸箕，便问其由。舜说，牛走得慢了，需要鞭策，但牛拉犁已经够辛苦，再鞭抽于心不忍，所以拴个簸箕，不管哪个牛走得慢了，就敲敲簸箕，这样黄牛误认为打黑牛，黑牛错觉是抽黄牛，两个牛都走快了，何必鞭打呢。尧帝听后，不胜感佩：舜对牲畜尚能如此爱怜体恤，让其承以帝业，定会爱民如子。然而，唐尧深悉，一国之君，身系天下，一时一事还不能完全证明舜的才德。于是，尧将娥皇、女英两女嫁舜，以观察舜的治家本领；又让九个不成器的儿子与舜一道生活，以考验舜的教化才能。

舜此时年逾三十，娶尧帝两女为妻，方结束了独身生活。但舜并没有因为成了尧帝的女婿而孤高骄矜，仍谦挹虚己，不露圭角，对虐待过他的父亲、后母及同父异母的弟弟象，仍不记旧怨，恪守孝悌。娥皇、女英也不因身份高贵怠慢公婆，尧的九个儿子也变得通情达理。司马迁在《五帝本纪》中这样记述了舜的人格力量："……舜……内行弥谨，尧二女不敢以贵骄事舜亲戚，甚有妇道。尧九男皆益笃。舜耕历山，历山之人皆让畔（互让地界）；渔雷泽，雷泽上人皆让居（互让居所）；陶河滨，河滨器皆不苦窳（制作的陶器没有粗糙破损的）。一年而所居成聚（一年后舜住的地方成了村庄），二年成邑，三年成都……于是尧乃试舜五典、百官，皆治。"……

舜代尧行使政事后，勤政爱民，一秉大公，注重教化，仁爱为本。经常置身民间的舜，仍担心自己见闻有限，决策失误，便在自己门前设立了"敢谏之鼓"和"诽谤之木"。所谓敢谏之鼓，就是于门前设一大鼓，无论何人，想荐贤士能臣，欲献治国良策，均可击鼓进言；所谓诽谤之木，即是在门前立一木柱，不管是谁，发现舜有过失，皆可立在木前，对舜月旦臧否，品藻评说，有书记员记录下来后，再转告给舜……

喜听顺歌是人类的一大"爱好"。颂歌盈耳，神仙听了也乐不可支；忠言逆听，圣哲闻多了也会腻歪。君不见古今中外，唱颂歌者，常是高官得坐，骏马得骑；灌逆言者，辄会蛟龙失水，虎落平阳。而远古时的舜，竟如此广开言路，闻过则喜，因此他方能继"尧天"之后，创造出"舜日"的辉煌。

通过"敢谏之鼓"和"诽谤之木"，舜得知颛顼和帝喾的子孙们，世代贤德，山高水长，恩施百姓，便一一委以重任；舜又得知帝鸿氏、少皋氏、缙云氏的后代们或怙恶不悛，包庇奸邪，或利欲熏心，搜刮民膏，或行若狐鼠，散播恶语，便将这些簪缨之族的贵胄子弟，一一发配边荒之地。舜知人善任，见鲧治水无方，便将之革职，起用鲧之子禹，最终又将帝位禅让给禹……

"尧天舜日"的远古盛世告诉人们，古代国家初创之时，权力机构简单，官少，事简，赋轻，国无暴敛之征，民无苛政之忧，帝王顺天（自然）而治，百姓其乐融融。有学者总结尧文化时，曾概括出六点：一"俭"，崇尚俭朴；二"让"，蔑视争权夺利；三"谋"，提倡深谋远虑，谨防决策失误；四"和"，主张和睦相处；五"戒"，防范人为的灾难；六"安"，融入大自然，生活安闲愉快。我以为尧文化中特别值得称道的是权力的和平交接。唐尧禅让虞舜，虞舜让位夏禹，不像嗣后史不绝书的那样：为争得最高权力，播野种而移花木者有之，假狸猫而换太子者有之，弑父兄而动刀戟者有之，除心患而赐鸩酒者亦有之……为戴上那顶皇冠，人类灵魂中那最丑恶的一隅，袒露得淋漓尽致。无论以哪个角度评说，"尧天舜日"里的禅让，都堪称人类文明史上最洁净的一章！

尧舜牵着洪洞，牵着临汾，洪洞、临汾牵着历史。历史老人把手中的绳索重重一抖，尧舜便离我们很远很远了。在自我奢化中充满"世纪末相"的人们，面对生存危机虽睁圆了惊恐的眼睛，怀揣着悬孤不定的心，但却再也不愿去亲近尧舜了。人们宁愿相信古老的土地里埋葬过的野蛮与荒唐，却不愿从曾给祖槐以充足水脉和养分的厚厚土层里，去筛选文明的因子。然而，古老的华夏文明里，永远含纳着不泯的青春……

八

流动是人类的基本命运。

当伊甸园的美梦破灭后，亚当、夏娃的后裔诺亚携妻带子，乘坐自造的方舟冲出滔天洪水，他的子子孙孙们便开始了向爱琴海岸、向欧洲大陆迁徙的历程；在古老的华夏，伏羲、女娲的传人们也曾沿着大江大河，在迁徙中一刻不停地弹奏着求生存的凄凉绝唱……

迁徙谱写了人类的文明史。

工业文明的勃兴，加速了人类迁徙的步伐。以现代工业和高科技傲视寰球、称霸世界的美国，二百年前还是蛮荒之地，欲细查当今美国居民户口，土著占不到百分之二，余者都是各洲来客；南太平洋的经济大国澳大利亚，也刚刚庆祝了它建国二百周年的华诞，上苍在缔造这片乐土时，并没播下白人的种子，如今它百分之九十九的居民是蓝眼隆鼻的外来户。中国沿海开放城市青岛，百年前仅有几幢茅舍、六户渔家，是洋人的坚船利炮使它沦为德租界，是胶济铁路碾碎了它的袅袅渔歌，是成千上万的移民，用民族屈辱的石块构筑了这座被称为东方威尼斯的城市；改革开放的亮丽窗口深圳，在二十年前还仅是一蕞尔小镇，世纪伟人邓小平在南国地图上轻轻画了个小圆圈后，潮水般从祖国四面八方涌来了新居民，于是，文明在荒野里萌发，高楼在泥淖中分娩，一座仍散发着岁月清新的现代化城市，与近代移民中崛起的国际都会香港，交相辉映……

古今中外，缓解人口与生存空间矛盾的主要手段是移民。明洪武十四年，全国人口不足六千万。时光半是缄默半是呐喊地走了仅仅六百年，中国人口陡增了二十倍！城中食指浩繁，履舄交错，乡下也地难养丁，人满为患。媒介披露，中国人每年所喝掉的白酒，相当于两个西湖之水，真可谓酒能泛舟……人口爆炸和高科技的发展，使人类愈来愈感到，地球已缩小为一个人如蚁动的小岛屿。《红高粱》中的爷爷奶奶，如果再在高密东

72

北乡青纱帐中野合，侦察卫星会拍照得一清二楚。再也不可能出现哥伦布那样的英雄了，各国政府再也没条件像朱洪武那样，将大批移民迁徙到土肥水美却人烟稀少的空间中去了……

栖息于钢筋和水泥组成的方块里的人们，因空间狭窄连呼吸都感到窘迫。然而，重要的还不是一国一域、一城一郭、一族一家的生存空间的大小；要命的是生态环境的急剧恶化，它不仅使白、黄、黑各色人等正在同受其害，也给人类这个物种的"类前途""类未来"笼罩上道道极难排遣的阴影。

久居闹市的我，因看惯了水泥大道，双眼缺少绿的滋润，不免常觉干涩。为消泯对绿的饥渴，只能对着案头的一盆龟背竹发愣，只能在枯黄的书叶中寻找彩色的插图。来到先祖曾居住过的晋南，我本想贪婪地享受一遭田园风光，谁知，我的这种"企图"竟成了一种奢望。

到临汾，应先看看梦中的汾河。然而，当我走至绕城西向南流的汾河畔时，心中顿生茫茫然无限空虚的感觉。战国时代，秦晋曾在汾河上风樯阵橹，展开过殊死的水上鏖战；强汉时期，汉武帝也曾乘龙舟扬帆巡游晋南……解放初期，汾河两岸的村落中仍然有不少舟子以船为业。可眼下，这地处下游的汾水竟变成几步即可跨越的臭水沟。这被称为大河的"水沟"里，飘满煤灰，泛着黄泡白沫，散发出一股刺鼻的怪味，唯有两岸那坚固的大堤和堤内那宽阔龟坼的河床，仍在证明着汾水昔日的浩渺。

在洪洞，"水包座子莲花城"的景象，早已不复存在，我只能从历代文人咏洪洞的诗文中，去体味昔年的清碧美妙……我驱车北上太原，刚出临汾地界，就见汾水断流。山间的汾河河床里，触目皆是曾被水冲刷过的怪石……汾河，已完全沦为一条季节河。

王德贵、刘郁瑞陪同我在晋南盆地的几个县份里采风。山西多煤，吕梁山中有铁，晋南的泥土易陶。所经之途，一座座小炼焦炉、小炼铁炉、小陶窑、小瓷窑林立，炉火熊熊，烟尘滔滔，运煤车辆往来穿梭，马路上煤尘厚积，车轮飞转，搅起的灰帘尘幕，模糊了我的视线。我们三人虽都有吸烟的嗜好，但不敢开窗透气，一旦开窗，浓度很高的烟尘会直逼肺腑。年轻的司机告诉我："这里的空气污染程度，一点也不比你们大城市差，我一天不洗头，枕头上会染一层灰。"……在临汾市中心，有一座全国最高最大的鼓楼，乃北魏所建，它是平阳的象征。世传民谚曰："平阳府有座大鼓楼，半截子插在天里头。"退休的王德贵书记告诉我，他祖居的村庄距临汾二十华里，儿时逢晴天朗日，举目便能看见大鼓楼的身影，而眼下，即使天气响晴，在正对着鼓楼的南北大道上，两华里之外，亦难睹大鼓楼的雄姿，烟尘已包裹了它的古老与华美……

在洪洞的大槐树公园里，"三代槐树"虽携其子孙蔚然成林，竟未引得一只鸦鹊来卜居。昔年鹳窝的壮观，只能到将时空凝固的县志里去寻找。我想，此时，哪怕有几只乌鸦来垒窝筑巢，也会令我这寻根者无比珍爱。羊羔跪乳，慈乌反哺，在羊羔与乌鸦身上，也存有某些不肖子孙难以企及的美德。我穿行在晋南盆地的几个县份里，也听不到一声乌啼，看不到一个鹊巢。究其缘由，《天网》的主人公刘郁瑞告诉我，农作物上的昆虫是乌鸦、喜鹊的主要食源。晋南多植棉，一旦发生棉铃虫害，人们便使用剧毒农药，乌鸦、喜鹊吃了被毒死的棉铃虫，便在二度中毒后登上鬼录……鹳窝不再，道理十分浅显：作为鸟类中的"贵族"——鹳，更难承受生命之轻，汾河污染断流，鱼虾无存，使它失去了生命必需的佳肴珍馐；再说，它那圣洁的羽毛，需要清波碧泉去洗濯，需要蓝天白云来梳理，鹳美在晋南的条件失却了，它毅然辞乡，琵琶别抱也便是理所当然了……

在吃食上，特别挑剔的鸟类贵族鹳偶尔啖之的青蛙，在晋南也因汾河污染而所剩无几。王德贵回忆说，建国初期，每届夏时，汾河两岸的蛙声鼓个不停，尤其是大雨过后，鸣禽啼啭，逗得蛙声如鼓，"咯咯""果果""呱呱"，此起彼伏，组成一阕和谐动人的大合唱。如今单一的蛙声偶有，叫人如闻宇外仙曲……雨季到来时，水质检测员经常在汾河化验水质状况，王德贵曾戏谑地对检测员们说："这化验，那化验，都不如蛙叫声灵验，只要群蛙合唱，汾河水就达标了！"

田园风光难觅，唐宋诗家感悟的那种"漠漠水田飞白鹭，阴阴夏木啭黄鹂""野旷天低树，江青月近人""稻花香里说丰年，听取蛙声一片"的意境，当今诗人恐难捕捉了。

作为一个寻根者，来到先祖曾居住过的土地，我不忍心对晋南的环保问题说三道四，也无意苛求当地的领导者们。放眼今日中国，哪条江河川流没被污染，哪座城邑市镇还敢称净土？黄河断流，举世瞩目，淮河污染，国人震惊……就拿我居住长达二十六年之久，以"四面荷花三面柳，一城山色半城湖"而饮誉华夏的济南来说，近几年也经常发出水荒的警告。我听到这样一件事：泉城某高校曾聘来西方某国的几名教授任教，合同已签，人也安居，可几位洋教授登上千佛山环望，见烟尘笼罩着济南，说了句"这里不是人类居住的地方"后，便撕毁合同，扬长而去了。

几位洋教授，且莫心高气傲。世界环境污染，始作俑者恰是西方发达国家。

1978 年，美国科学家在南极上空发现了臭氧层空洞。臭氧层能吸收对地球生物有害的那部分太阳紫外线，是地球一切生命的保护伞。失却了它，地球一切生物都会遭受灭顶之灾。破坏臭氧层的元凶大恶一是灭火剂的主要原料哈隆，二为制冷剂、喷雾剂、电子元件清洗剂的原料氟利昂。世界卫生组织最新调查表明：进入 1999 年，南极上空臭氧空洞较以往扩展近一倍，已达两千一百万平方公里，比两个中国的面积还大。人类头上的天空，已是千疮百孔，臭氧空洞的总面积，已超过四个中国面积的总和。中国人普遍使用冰箱、空调、发胶、摩丝、清洗剂等时髦生活用品，是改革开放以后才有的事情。直到 1986 年，全球使用破坏臭氧层的物质一百二十万吨，中国仅占四吨……

西方的月亮未必比东方的圆，美国青蛙也同样遭受着无妄之灾。马克·吐温曾作一《著名的卡斯韦拉斯跳蛙》的短篇小说，写的是加利福尼亚的红脚蛙。蛙以人贵，红脚蛙遂也进入世界名蛙之列。昔日遍地腾跃的红脚蛙，在 1996 年却被列入美国濒危物种名单……

当人类乘着商品经济的超速列车呼啸疾进，前面是蓬岛琼阁还是危崖深渊，却不被及时行乐的人们所关切。地球已被人类"文身"得砢碜寝陋。掌握了高科技的现代人，对上苍恩赐人类的资源大凿、乱钻、超伐、狂采、滥垦，"丁村人"时期的地球原性态、原生态早已消弥散除，面目全非；农业文明时代的人与自然的和谐图，也被今人撕扯得七零八碎。

人类的生存史、发展史、文明史，首先是根据地球上的淡水分布图而写的。当今，全世界每天排放的工业污水达两至三立方公里，按此速度推算，到下个世纪中叶，人类将无洁水可汲。

在生命世界的整体中，任何单一的物种都是这生物链中不可或缺的一环。当今，地球上每天要有百余种生物归于灭绝，照此速度下去，人类这个物种的"类前途""类命运"如何，则不难卜知……

人类对一切异类设下天网，最后被网罗的将是人类自身。

人类是其他一切生灵的猎者，但猎者最终却将枪口对准了自己。

地球已无人类迁徙的空间，迄今人类还尚未发现有其他星球可供人类居住。人类唯一的途径是更换思维方式，进行一场思想迁徙，抑或回归大自然方能找到一条人类通向未来的生命通道……

生态恶化是整个人类面对的极为严峻的头号课题。从洪洞祖槐树下走出的槐裔们，靠家谱赖族谱绝对破解不了；即使一国一域共修一个"国谱"，也难以破释，这需要"地球村"的人类，共修一个"球谱"。

《圣经·创世纪》中，有个著名的"巴比塔"的故事。其中讲到人类想齐心勠力造一座通天塔，以通往理想天国。上帝唯恐危及他的权威，闻听后大为震怒。他变乱了人类的语言，使人们语言不通，互不理解，互争互斗，终使建塔梦想破灭。这个故事寓意深刻。当今世界，电脑已将小小寰球制成一个"村落图"，语言早已不是人类相互沟通的障碍。然而，人类能够造出一座起人类沉疴于霍然、挽地球生态于艰厄的"通天塔"吗？

九

念情依依，别意悠悠。祖槐，我就要拜别你了。从太始之初那最早的一瞬间，到刚刚逝去的一刹那，都包容在你根系的泥土里，你是剪裁春秋的历史老人，你是亿万槐裔的灵魂。在你伟岸的身躯面前，我只不过是个幼稚的孩子。来前，我那在你树丫上筑巢的"是鸹还是鹳"的小问号，虽然已经拉直，但一连串更沉重更僵硬的问号又涌向我的脑际。祖槐，在你慈爱仁厚的怀抱里，请允我仰天发问——

我拜问"三皇"之首的伏羲：

你结绳织网，你演绎八卦，你是华夏大地的开山鼻祖，你是聪明睿智的化身，你画下的太极图，使操纵电脑的现代人都难以破释，但你能点拨一下天下烝民的未来吗？你能勾勒出人类命运的"终极图"吗？

我叩问炎黄子孙的始祖女娲：

你是英雄母亲的象征，你是果敢坚毅的女神！当"四极废，九州裂，天不兼覆，地不周载"的大难之际，你炼五彩之石，以补苍天，挽救了天下生灵！当今，你的传人们头顶的昊天上，果真出现了两个偌大的黑洞，足以使一切生命面临灭顶之祸，你炼的那些美丽的五彩石，还能缀补得了吗？

我恭问天下为公的唐尧、虞舜：

你们曾创造过"尧天舜日"的朗朗乾坤、清平世界，使八十老叟鼓腹击壤，使生齿兆庶安和宁靖，面对当今那"玩的就是心跳""过把瘾就死"，只顾"潇洒走一回"的人流，面对愈来愈奢化的物欲世界，你们会用何种方法开顽启蒙，施以教化？

我敬问冰肌雪骨兰心蕙性的巢父、许由：

你们的清高几近不食人间烟火，这与当代人的追求大相径庭。你们视王位如草芥，观名利如浮云，重操守如泰山，谨修身以自洁。倘若你们再世，面对物化的浮嚣之气，你们能耳不杂听、目不旁骛吗？你们该到哪里去寻找一条澄明清亮的流溪，去清洗那听脏了的耳朵，去涤净那牧犊口角上的浊水？

…………

我还要顺便问一声歌唱家郭兰英大姐：

汾河水滋润出你黄莺般纯美的歌喉。你歌唱祖国，以大河的波涛、沃野的稻香，去陶冶人们爱国的心灵；你歌唱汾水，用汾河的澄波、阳春的杏花，去唤起人们对美好家乡的挚爱。然而，面对污染断流的汾河，你还能吟唱出"人心就像汾河水，你看那滚滚长流日夜向前无牵挂"吗？

…………

别意悠悠，念情依依。就要辞别洪洞，就要辞别临汾了。友人要陪我

77

一道去登临汾市中的大鼓楼，并援引民谚说："不登大鼓楼，白来平阳游。"我知道，这全国最大的鼓楼上，有巨钟一口，重达五千斤，游人均以击钟为福。我忆起济南千佛山门楣上那副楹联："晨钟暮鼓唤醒人间名利客，经声佛号惊回宦海梦迷人。"有多少香客游人，曾在这楹联前伫留沉思，然而，"以物喜，以己悲"的人群依旧。我想，即使再大的警钟，恐亦难使"名利客""梦迷人"返璞归真。对眼前这大鼓楼，不登也罢。

列车驶出临汾，隆隆北上，眼看就要离开先祖们曾居住过的这片皇天后土了。我深知，区区如我，声音是那般微弱乏力；然而，我仍在心中默默呼唤：

归去来兮，我曾厌恶过却懂得"报孝"的乌鸦；

归去来兮，那洁白如雪的精灵——我梦中寻觅的大鸟……

1999 年 5 月 18 日于军艺

沂蒙匪事

　　土匪，是中国古老历史之树上结出的一颗硕大的毒瘤。

　　落笔写近代沂蒙匪事，我知道不能仅仅用墨水，而应该融入那众多无辜百姓的漓漓血滴。

　　民国初叶，军阀混战，世事纷纭，群凶猬起，匪患遍及中国，沂蒙尤甚。

　　多年来，我对沂蒙匪事颇有了解，但始终缺乏勇气用文字做解剖刀将这历史之树上的毒瘤剖开。我不愿让尘封已久的毒气弥散出来，使善良的人们闻而窒息。

　　八百里沂蒙那嵯峨绵亘的山峦，曾是无山不匪，无峦不盗。七十二崮那峥嵘巉峻的崮顶，处处曾是土匪施暴逞凶的营盘。惯匪如刘黑七之辈，恶名昭彰，曾祸及半个中国；巨匪若孙美瑶之流，奸同鬼蜮，曾因劫掠欧美洋人而酿造过国际纠纷；女匪似赵嬷嬷之伙，心如蛇蝎，曾使沂蒙百姓一提起这恶叉雌虎便毛发倒竖；悍匪似李殿全之帮，天良丧尽，曾把人性之恶展示得无以复加……至于昼伏夜出，栖于林莽的散匪和那些剪径的草寇、打劫的山贼，更是多如牛毛。惯匪、巨匪、女匪、悍匪、散匪，你来他去，此消彼长，曾在二十余年中搅得整个蒙山沂水蝲蜎沸羹，鸡犬不宁……

　　地方史志，是历代儒士把老祖宗经历、遭际的事件，用或整齐或残缺的时间和空间缝缀起来的一方历史。方志中，匪事向不被编纂者重点关注。但在临沂各县、区的民国史志中，有关匪事的记述却理重事复，叠床架屋。我知道，那是因桩桩匪事皆过于重大，编纂者很难回避。那些含泪带血的文字，常常戳疼我的眼帘，周身觳觫过后，心灵也常被撕扯得支离破碎。前些年，我曾多次请沂蒙山中与世纪同龄的长者们追忆往昔，他们从记忆的枯井里打捞旧日的苦难时，令我感到：对平民百姓来说，匪事之灾大大猛于战事之祸……

沂蒙山向被视为质朴、坚韧、慷慨和善良的象征。正义战争是折射人类心灵的窗口，战争这个雕塑大师曾把沂蒙山雕刻得那般凝重、庄严、显赫。然而，在这样一架善良的大山里，为何曾匪患为虐？透过桩桩惨不忍听、目不卒读的匪祸，去探求滋生土匪的社会因子、地理环境、文化土壤，去探秘土匪的生存构架、畸形心态，进而探究人类文明的进步与退化，抑或有些许鉴往知来的意义。

一

当翔舞的火苗照亮原始人黑暗的洞穴，便明晰地画出了一道人与兽的分界线；当人类告别了生食的血腥，也便告别了动物的匍匐，也便渐次摈弃着兽的野蛮。当时光老人蹒跚至 20 世纪初，十里洋场的夜上海已有霓虹闪闪烁烁，闭塞的临沂城中也偶见电灯明明灭灭。然而，其时的土匪们却把沂蒙又拖进了原始的黑暗。

沂蒙匪事乍起时，土匪大致可分为两类。

一类专事绑架勒索，弄几个钱大吃大喝，狂嫖滥赌。另一类只劫良家妇女异地贩卖，俗称"贩骚的"。这类土匪常暗中探听谁家有漂亮女子，谁家婆媳失和，谁家夫妻反目，便掠来暗藏奸宿，甜言蜜语，优给饮食，待入其彀中后便伪装成夫妇，远奔异地卖之。贩骚土匪多活动于夏秋，每届青纱帐起，便结伙绑架青年女子，入冬即散。这些散匪的鸡鸣狗盗，仅给有钱的户主和少数年轻女子带来无妄之灾，对整个社会尚构不成池鱼之殃。

鲁南是土匪的渊薮。这一带散匪借世事飘摇之机，由散到聚，由暗转明，滚雪球般地增大，多股匪徒先是以抱犊崮山区为穴巢，洪水猛兽般地向沂山、蒙山扩张，继而横行鲁中。到 20 年代末，沂蒙山中有名有号的匪伙多达五十余股。它们小者数百徒，中者千余数，大者万余众。天怨人愤，世事阽危，官府不得不例行隔靴搔痒的剿匪之举。百姓为自卫计，也纷纷成立了"大刀会""红枪会"等民间组织；为躲匪、抗匪，小村并入大村，村村修围墙，筑圩子，买枪支，造土炮，设哨楼；不少地方还成立了"联庄会"，一处有匪患，八方来助剿。

然而，石垒的围墙，却很难抵御匪的疯狂；封闭的圩子，往往成为民众的坟场。

土匪在沂蒙制造的第一大破围墙屠圩子的惨案，发生在郯城八里巷村（今属临沭），祸首是女匪赵嬷嬷。

赵嬷嬷，江苏邳县铁佛寺村人，清光绪七年生于一冯姓之家。幼时家贫，父母将其卖给马戏班子后，学会了耍刀舞棒，跑马拉解，及笄时嫁给东海县土匪头子赵某为妾，始称赵嬷嬷。1922 年春，匪徒内部因分赃不匀而生嫌隙，赵嬷嬷其夫其子均被同伙打死。她遂携三个女儿潜回苏北，将长女嫁给当地另一匪首为妻。同年腊月，匪婿及长女又被官兵击毙，时年四十一岁的赵嬷嬷被五百余匪徒拥立为头领。自幼走江湖闯绿林，养成这草头女寇疏狂浪放的性格，长年的土匪生涯更使这枭猿悍妇狡若九尾之狐，毒似豺狼蛇蝎。赵嬷嬷成为匪首后，又率众匪重返鲁南的苍山、郯城一带。这女匪在其夫为匪首时，就已恶名贯鲁南，百姓一提起她，莫不切齿詈骂。

1923 年 6 月初，赵嬷嬷攻破临沂二区迭衣庄的圩子，杀戮七十余人，尽焚民房。身上的血腥味儿尚未散尽，这女匪又恶狠狠地向郯城的八里巷村举起了阴森的屠刀。

八里巷坐落在蜿蜒百里的马陵山下，全村三百余户，一千二百人口，是周围六个村庄抗匪"联庄会"的会首，围圩的石墙既高且宽，村中有百余名大刀会会员。一天，邻村的大刀会会员在清乡时，抓到赵嬷嬷手下的两名匪徒，送交八里巷扣押。赵嬷嬷闻报震怒，勒令八里巷限时放人，遭到严词拒绝。女匪恶火攻心，亲率五百匪徒前来破围，八里巷人凭借土炮、滚石顽强抵抗，众匪狂攻一日未克。腰插双枪、身跨烈马的赵嬷嬷气急败坏，星夜策马驰奔百里之外，向徐大鼻子和窦二敦二匪求助，并许以金钱美色。徐、窦二匪各率一杆匪徒，狼奔豕突，于 6 月 19 日头午，在距八里巷不远的店头村与赵匪部乌合。赵、徐、窦在十余名年轻女匪的伴护下结綮而来，千名匪徒迤逦于后。时八里巷有武氏两兄弟正在田间劳作，被行进中的匪徒抓住将头割下，匪徒用长杆挑着武姓两兄弟的头颅，绕着村中的围墙叫骂示众……三天前刚刚击退赵匪的八里巷人，不知徐、窦二部入伙，仍未把赵嬷嬷放在眼里。两颗人头，激起阖村父老复仇的火焰，自恃"装过金身""喝过符水"的大刀会会员，凭血气之勇，当即拉开圩门，挥刀冲向匪群。群匪略一后退，便举枪反击，密集的子弹使十余名大刀会会员登时毙命，活着的人方知自己并非刀枪不入的金身，掉头跑回圩里，严关圩门。赵、徐、窦亲临匪阵，组织火力掩护匪徒用炸药炸围墙，被村民用滚石击溃；竖长梯强登围墙，又每每被大刀会会员掀翻圩下……村民与土匪，墙上圩下，血战一夜。赵嬷嬷破围未逞，徒唤奈何。但这女匪毕竟狡狯至极，她在夜间派匪切断"联庄会"支援八里巷的道路后，翌晨又抓来大批邻村百姓，用枪口逼着他们来到圩下刨墙。八里巷的围墙上尽管堆满礌石，炮楼的土炮里尽管装满火药，但谁也不忍心向邻村的百姓下手……

傍晌时分，村东北角的圩墙訇然倒塌，匪徒们凭借三丈宽的豁口，饿虎扑食般地涌进圩内。

破围前赵嬷嬷一再叫嚷"斩草要除根"，匪徒们一进圩子便杀红了眼。他们把白翁老妪拴在窗棂上、牛车上，浇上煤油点火焚烧；他们把壮丁青年绑在树干上、牛桩上，用快刀削割；他们将媳妇姑娘统统剥光衣服，强暴后一律开膛破肚；他们对男婴女娃也不放过，扯起腿来在青石上摔得脑浆迸裂……为防漏杀，赵嬷嬷早已派匪在圩子四门的出口处安好铡刀，窜出一个铡一个，有百余村民身首异处，成为铡下冤魂。不到半天，八里巷就变成尸山血海，七百余名百姓死于这场匪祸。当匪徒们把村中财物和牛马猪羊抢劫一空后，赵嬷嬷又下令将圩内房屋付之一炬……

6 月 20 日，成为八里巷村的公祭日。

天使走向光明的道路往往曲折，魔鬼通向黑暗的滑梯常常笔直。赵嬷嬷破围得逞，对众多的匪股有着不可抗拒的诱惑，大大发酵了土匪的兽性，纷纷以破围屠村为快事。在沂蒙山，这人间惨剧于 20 年代末达到高潮。莫于毒者，当属惯匪刘黑七。

其时的沂蒙百姓，或许全然不知袁世凯、黎元洪、段祺瑞是何人物，或许大半不晓山东督军张宗昌是哪棵树上的鸠鸟，但刘黑七却恶名如雷，妇孺皆知。因刘黑七个头儿不够尺寸，且上长下短，肥胖如猪，脖上顶着个黑西瓜似的肉球，百姓都说他是乌鱼精所变。

刘黑七，本名刘桂堂，黑七乃其绰号，清光绪十八年生于山东费县锅泉庄。幼时随母"王大脚"讨饭，羊倌出身。1915 年黑七二十三岁时，与当地七名泼皮无赖拜了把子，偷得一把"鬼头刀"、劫得一支"马连匣子快枪"后，遂干起剪径断路的勾当。1919 年，刘匪扩充到三百余人，攘夺掳掠，始引起官府注意，派兵围剿十七个月，刘匪部非但未灭，反而陡增至千人之徒，号称"刘团"。1925 年张宗昌督鲁，派两团精锐剿刘仍未果，黑七反用官军的枪械装备了匪伍。至 1927 年底，刘匪部膨胀到万人。张宗昌拿黑七不下，便将刘部收编，给刘匪戴上"师长"的高帽。刘匪易帜，匪性益狂，绑票勒索，明火执仗；聚财敛钱，敲骨吸髓；烧杀奸淫，甚于禽兽。

20 年代末，对沂蒙百姓来说，是最为可怕的岁月，连年旱魃为虐，不少山村，场上的碌碡都不曾打滚儿，乡亲家无宿储，室如悬罄。然黑七木人石心，欲壑难填，贪婪的魔口愈张愈大。刘匪的口头禅是："只要锅底下不结蜘蛛网，就得拿钱交给养。"哪村哪庄若无力上交或稍有迟缓，刘匪部便破围屠村，一例诛戮。

刘匪破圩，除使用赵嬷嬷之辈惯用的伎俩外，还别具肺肠地毒施"火鸡法"。

1926 年 1 月 23 日，费县白马峪因无力交纳刘匪所索钱物，刘匪即率匪攻圩。当多种破圩法未能奏效，黑七让匪徒将耙齿上绑满棉絮，浇上煤油点火，往圩中投掷。顷刻，带火的耙齿又被石墙上和圩中村民反投出来，圩中的房屋非但没烧着，围墙下的匪徒反被燃烧的耙齿击得头破血流，圩外刘匪作为制高点的五间草房也被点燃……阴毒的黑七急命喽啰到外村抓来百只活鸡，将之一一放进煤油桶里蘸泡，点火扔进圩内。百只"火鸡"，吱吱咯咯，扑扑棱棱，在圩中狂飞乱跳，蹿垛上屋。圩内尽是草房，霎时有几处火起，时北风猎猎，风助火势，急速蔓延，有顷，整个白马峪变成一片火海。刘匪趁圩中熙攘麇沸之际，破围屠村……

此后，黑七屡用"火鸡法"攻圩，每每得逞。

刘匪屠村时，除将有姿色的女子掠走供匪徒发泄兽性，将有钱有地的户主作为"肉票"存留外，余者格杀勿论。女匪赵嬷嬷比起刘黑七这个杀人魔王，乃小巫见大巫。活埋、刀割、挖心、剖腹、剜眼、对耳穿、双劈腿、点天灯等等，是刘匪常用的杀人手段。沂蒙山中多深井，刘匪常将山民填满井后，再用乱石封井，此谓"塞井眼"；刘匪有时将青年壮夫拴在树干上，嘴中灌满火药，然后点燃，是称"放人炮"；刘匪对妇女儿童更是变着花样杀戮：匪徒们有时将孩童放在石碾上碾成肉饼；有时将男童的小鸡睾丸割掉，让其于剧痛中呼号而死；有时将怀孕的妇女集中起来，用烈火焚烧，让胎儿从母腹中炸出……最令人发指的是，黑七常用的"放天花"：匪徒们将大刀会会员及抗匪壮士捉来集中后，在旷野或河滩里，挖出一片间隔相同的土坑，将受刑者一一埋至胸口以上部位后，众匪便策马在刑场上来回奔驰，仅露出头部的受刑者血压急骤升高，铁蹄触头，血喷数尺……

发明酷刑"炮烙"的一代暴君殷纣王，被"请君入瓮"的唐代酷吏周兴、来俊臣比之刘匪黑七，定会自愧弗如！

从 1925 年冬到 1928 年春，仅在蒙山前方圆百里内，刘匪就焚烧民房二十余万间，有一万二千百姓惨遭屠杀。刘匪还把魔爪伸进泰莱山区、胶东半岛……

其时，大大小小的赵嬷嬷、刘黑七们，也各率匪徒竞相破圩，有千余村庄被屠。沂蒙山中的每座山峦都在恶徒的淫威下抽搐，每条流溪都在魔鬼的狞笑中呻吟，整个沂蒙山变成一个偌大的坟场。费县、平邑有些区、镇成为无人区。大劫后的废墟里，比比皆是黠鼠衔尾撕咬；无人耕种的荒野里，成群的野兔踢腾跳浪……

莱芜的莲花山一带，本是水美土肥之乡，连遭匪祸后，竟成了恶狼的世界。因家畜家禽被土匪掠光，饿狼常在风高月黑时，将劫后余生的山民当作唯一可袭的目标。大白天，过路行人也常会身葬狼腹。其时，有一八岁男童遭狼叼被山民救出后，脸上留下了秤钩状的伤疤，人称"狼剩"。前几年，我到莱芜拜望这位耄耋老人时，老人哓哓不休地重复着一句话：土匪在莲花山一次破围就杀人一千三百多，土匪比狼恶……

临沭县的郇杵林村，在炎夏被一个人称"大尾巴"（当地人对狼的别称）的匪首率匪破圩屠村后，无人收尸，逃荒到关外的乡人于寒冬回村时，才将全村数百口老少的白骨收于一处，葬于一坟……

那是一个鬼蜮横行的世界。

那也是一个爱心垂死的年代。

二

沂蒙山曾有过骄人的古老文明。她那甘冽的泉水，曾哺育出曾子、王羲之、刘勰、颜真卿那样的伟器英华；她那馥郁的五谷，曾喂养过智慧的诸葛亮，也哺育出天文历算学家、珠算的发明者刘洪；为使病母喝上一匙鱼汤，至孝的王祥曾在沂山的大河里"卧冰求鲤"；为胸有锦绣，勤勉的匡衡曾在蒙山的茅舍里"凿壁偷光"……我不明白，为什么土匪能将世上所有的丑恶曾一度在这里浓缩；我不明白，为什么像赵嬷嬷、刘黑七等如此矮小的生命，竟敢那般恣意嘲弄大山的巍峨?!

有人说，民国初叶匪患猖獗沂蒙，是因了沂蒙地为山国，交通绝塞。

此说不无道理。

《蒙阴县志》中云："……千山环其外，百流出其中……四塞之崮，舟车不通，土货不出，外货不入。"这段对蒙阴地貌的描述，实则也是对整个沂蒙山区的写照。山上突兀之山曰崮，一条腿的锥子崮，二条腿的仙人崮，三条腿的鳖子崮，四条腿的板凳崮，卧虎崮，盘龙崮，焦赞崮，孟良崮……七十二崮，是造物主于混沌中从大海的浴盆里捧给沂蒙的奇绝景观。

我们仅从近代土匪最早盘踞的抱犊崮，便可窥见崮的岩峣与险峻。

抱犊崮山区方圆近二百里，位于峄县之北、临沂之西、滕县之东、费县之南的四县接壤处，主峰抱犊崮有"鲁南擎天柱"之称。崮下群山夹裹，百峰拱立。山腰间，草木葱茏，萋萋莽莽；崮四周，悬崖如削，锷逼天际；危崖之下，古柏倒挂，葛藤缠绕，有天然石洞三个，可纳数百之众；崮顶有田约二十亩，平整如畴，尚有天池两座，水深达米。欲抵崮顶，只有北崖一线鸟道，鸟道最险处，有石匠凿出的半环形铁扒手，登崮者牢牢抓之，方可攀缘。

抱犊崮其名之得，颇具传奇色彩。相传东晋时有道家葛洪，弃官不做，抱犊上崮，俟小牛长大后，方在崮顶拓荒垦殖，修得浩气精纯，名闻帝阙，皇帝敕封为"抱朴真人"。后来，农家欲耕种崮顶之田，必得抱犊上崮……

谁曾承想，曩时这道家的修身之地，竟在民初长期沦为匪巢，且酿造出震惊中外的"民国第一案"。

1923年暮春的某日清晨，京沪第12次快车抵近临城（今枣庄薛城）。此列车亦称蓝钢车，美制，钢质蓝漆，设备豪华，是世界联运的国际列车，欧美旅人多乘之。蓝钢车行至临城沙沟站北十余里处，司机发现路轨被拆，刹车不及，车头及前半截车身脱轨歪斜，一、二等车厢因在后部，尚无大险。旅人惊魂甫定，众匪纷纷登车，二百余名旅客被掳，中有欧美男女二十六人。土匪掠物架人，叱喝咄嗟，驱赶人质奔向抱犊崮。途中，英国人罗门斯试图反抗，被土匪毙于山野。剿匪官兵闻讯疾趋而来，并发炮示警，只见被架旅客一齐手挥白巾，示意勿打。剿匪者知人质中有域外洋人，事关外交，稍有误伤，会诱发国际争端，遂决定暂且回防，等候上峰命令……

事后人们得知，这劫车大案，系匪首孙美瑶率千余土匪所为。

孙美瑶，峄县孙家庄人。其胞兄孙美珠，内柔外刚，颇孚众望；美瑶本人，生性粗暴，寡情薄幸。孙姓是峄县望族，全县约两万户，孙姓中多乡绅地主。孙氏两兄弟因触犯军警，祖居宅院被焚毁，便落草为匪，成为抱犊崮一带的主要匪杆。与其他匪杆不同的是，孙氏兄弟扯幡聚匪意在招安，参加内战，以求腾达。但在匪伙扩张过程中，也必打家劫舍，多行不义。

当时，兖州驻有山东第六混成旅，该旅由国民革命军改编而成，旅中军官不乏忧国忧民之士。该旅 1921 年 8 月接任兖州防务后，即对抱犊崮一带的土匪南北会剿。其时，此地有匪十余杆，拢共不过千五百人。

按正常推理，配有炮兵营、骑兵营，装备精良的混成旅，剿灭缺枪少弹的区区之匪，该是小菜儿一碟，然而，方圆近二百里的抱犊崮山区，山高林深，极便于土匪出没匿藏。抱犊崮主峰下，人迹罕至，三三两两农户散落于大山皱褶里，村名十分奇怪，诸如蛤蟆洞、老猫屯、母猪窝、兔子嘴等等，既诠释着这里的深邃窵远，又注解着这里的地老天荒。土匪从不与官军正面交战，一闻风吹草动，便蛤蟆般潜于水草，兔子般逃进老林，这就使混成旅剿匪如同大海捞针，戛戛其难。然混成旅克尽厥职，面对狡黠之匪，进剿手法也颇为得当。全旅兵力先是搜山拔寨，营救被劫"肉票"，断匪经济来源；同时，严把抱犊崮山外的四方要道，以防匪徒外购弹药；接着，将抱犊崮一带的所有集市，统统由镇内迁至镇外，以防暗匪抢劫不易捉拿；并在这些镇内修筑暗堡，常设伏兵，一旦匪徒来扰，即可投入围歼……每发现匪股，混成旅总是穷追不舍，土匪如惊鸟四飞，难有固定之巢。初时，土匪劫村时还偶放几枪，混成旅的官兵总是循枪声星速追歼，后来土匪遂不敢鸣枪，但山村多狗，夜间狗吠之声常能标明土匪的流窜方向，混成旅闻狗吠而猝伐，辄令土匪风声鹤唳，草木皆兵……

经过两年多的清剿，多股土匪失去穴巢，如鸟兽散，唯以孙美珠为匪首的匪伙，仍以抱犊崮顶为营垒，困兽犹斗……

孙匪杆中，有参加过第一次世界大战的华工，擅长构筑军事工程。孙匪沿抱犊崮顶四周筑起永久性堑壕，既可防炮避弹，亦可充当宿舍。孙氏兄弟把家小、伤员安置崮顶，仍率亡命之徒在崮下百余里内与混成旅周旋。崮顶有秘密旗语灯号与崮下土匪联络。缺粮悬何色灯，断水挂何色旗，山下土匪一望便知。1922 年春，孙美珠派匪与皖系军阀联系招安，自称司令。然这司令及所属匪徒却在混成旅的围追下，如穷猿奔林，草间苟活。匪徒们失魂落魄，怨气熏天。孙美珠为稳匪心，决定纠集千余匪徒，夜袭崮下的西集镇。他早就得悉，驻守西集镇的只有混成旅的一个连，且连长在清剿时负伤住院。谁知，孙匪攻进西集后，交战双方虽兵力悬殊，但镇中多暗堡，加上剿匪官兵枕戈待旦，旋即便投入战斗。长枪短匪一齐扫射，百余匪徒应声而倒，匪首孙美珠登时成为"断头司令"。众匪徒溃不成伍，仓皇踅回抱犊崮顶，拥立孙美珠之弟孙美瑶为草头新主……

临城劫车案之案发缘由，扑朔迷离，经纬万端。自兖州混成旅会剿以来，孙氏匪杆几近弹尽粮绝，日暮途穷，匪兄美珠被毙，匪弟美瑶制造事端嫁祸混成旅以达复仇目的，不谓不是劫车的一种因由。但孙美瑶性情再粗暴，也不会不明白闯的乱子越大，招引的追剿部队会越多，这是一种加速灭亡的蠢笨之举。孙美瑶之所以铤而走险，孤注一掷，是因为有国内外政客幕后操纵。就孙美瑶而言，劫车虽属饮鸩止渴，却是不得已而为之。因为只有掳架洋人，官军才会投鼠忌器，暂停进剿，孙匪既可得以喘息又能要挟政府招安……

劫车大案事发后，朝野震惊。北京政府责令山东督军田中玉调集齐鲁驻军会同直隶派遣部队，将抱犊崮严密包围，以防孙匪部远窜，并决定此案由中央直接办理。登时，中外记者，奔行如梭，笔生波澜；各路政客，你走他去，摇唇鼓舌；被绑架洋人的亲友，纷至沓来，疾言厉色。枣庄城里，人满为患，一片紊乱。欧美各国政府也今天一纸声明，明朝一份抗议，使抱犊崮骤然成了中外注目的聚焦点。

劫车案的顺利解决，竟大大出乎人们的意料。英美等国家很快便洞悉这次劫车案，不是中国当局和人民的敌视行为。在被劫列车中，没有一个日本人乘坐，政治阴谋的蛛丝马迹，不无可寻，是中外某些政客有意离间英美与北平直系政权的关系。看到这一层，英美政府对中国当局，并未提出苛刻条件，仅要求惩办责任者，设法营救人质安全脱险，赔偿人质的物质与精神损失，并保证以后不再发生类似事件等等。在此期间，日本人虽想兴波助浪，扩大事端，火中取栗，但因其不是受害国，无由干涉，只得作罢。

至于孙匪美瑶这边，更易就范，只要招安，别无他求。在中央政权的直接干预下，孙匪部被收编为山东新编第一旅，封孙美瑶为旅长。一时间，孙匪部沐猴而冠，欣喜若狂……

正是有了崤函之固的抱犊崮，才成全了出身望族的孙美瑶辈殷盼招安的政治图谋。

劫车案了结后，山东督军田中玉及兖州镇守使悉被免职，混成旅也因防区内发生了如此震惊中外的事件被调防。这时，初拉匪伍的刘黑七便乘机盘踞了抱犊崮。此后十多年里，抱犊崮以其险要封闭，使土匪在这里像三月的春韭一样，越割越疯长。

沂蒙的盘盘险崮、萋萋崮顶，既是土匪孳乳蕃息的暗窝黑巢，也常常是百姓蒙灾受难的囚牢围城。

蒙阴有崮曰瞭阳，是个"猿猱欲渡愁攀援"的去处。崮的北、东、南三面，山崖陡峭铅直。仅西面是八十度的斜坡，石凿小道宛如春蚓秋蛇，百姓上崮下山，需跋前踬后，九盘纡出。20 年代初，瞭阳崮周围的殷实富户，为避匪患，便雇人丁在崮顶修筑工事，并买得枪支，举家携细软之物迁崮顶屯居。崮下百姓也相继攀上瞭阳，山草结屋，挖洞栖身。年复一年，日复一日，方圆几十里的百姓也多迁来，有钱出钱，无钱出工，历十载惨淡经营，瞭阳崮顶变成一个有两千余人居住的空中围城。

费县悍匪李殿全，闻得瞭阳崮崖险崮阔，垂涎三尺。1932 年冬，李殿全率近二百匪徒窜至崮下，先破一山寨为据点，继攻瞭阳，因崮顶防卫森严，匪徒久攻不克。李殿全深悉，若无内线接应，破崮无望。崮顶所居人群里，杂有三两幺麽小丑，中有一人曾在李殿全手下为匪。李殿全同崮上几鼠辈接通关系后，让两名土匪乔扮山民，借春节拜年之机混入崮顶。时元宵将至，崮上百姓警惕性略有放松。数名内奸外贼，于子夜联手将根根长绳坠入北崖之下，早已伏在崖下的李殿全匪伙，拽绳而攀，狸猫般蹿上崮顶……

匪贼骤从天降，山民猝不及防，十载血汗构筑的云中围城，霎时变成草寇暴戾恣睢的刑场。屠崮之前，厚颜无耻的李殿全命令："拄拐棍的、咂奶头的一个不要，长蛋蛋的一个不留，只留年轻带沟沟的，让弟兄们耍个痛快。"陡峭的山崖，成了匪徒们屠杀百姓不费枪弹的断头台。老人孩子及青男壮夫，一个个被匪徒揎到几十米深的崖下，山间的荒草小树被尸体压平。有人曾目睹过这样令人寒毛直竖的一幕：有一妇女坠崖后，怀中的婴儿未伤，脑浆凝固的母亲怀中，婴儿仍嗫着母亲的乳头哇哇直哭……

此后的几天里，瞭阳崮下成了饥狼饿狗争食尸骨的世界，寒夜中，狼嗥狗吠，声传数里。

封闭的空中围城，顿成恶棍们胡作非为的大本营。李殿全把崮上的妇女一一分发给喽啰们奸污，有一相貌周正的年轻妇女刚生下婴儿三天，被十几个匪徒轮奸后，因失血过多而亡；有一年仅十二岁的少女，被恶魔们糟蹋得奄奄一息后摔到崮下……李殿全占崮为王后，经常派匪下山去绑架年轻貌美的姑娘。一次，匪徒掠女十余，李殿全挑拣几个留用，余者分给手下头目。匪徒在对女子们施暴后，还传票让姑娘的家人携款前来赎回。其中有两个姑娘不堪受辱，坠崖而亡。李殿全大怒，将两个刚刚掳来做"肉票"的老汉，双双搡至崖下，狂骂道："不愿跟老子天长地久，就让你俩同一对老儿做阴间夫妻……"李殿全从崮下新买一支"汉阳造"，便想试试枪的穿透能力，他强令被匪徒玩腻的妇女及无力赎回的"肉票"胸贴胸地站成一串，然后把枪口对准第一个人的心窝，拉栓即放，一串人应枪声连连倒下，他由此得出结论："'汉阳造'过七不过八，第八人只能重伤，不能穿透。"……

可悲也夫，像这等伤天害理灭绝人性的屠崮大惨案，因了当时沂蒙的地理闭塞，道路梗阻，邮通淤滞，事过半年之后，以韩复榘为主席的山东省府的巧宦俗吏们，才对此案略有耳闻……

民初的沂蒙匪事告诉我们，在强大的邪恶面前，那些地上的圩子、云中的围城，不仅会断绝美好的憧憬，凝固鲜活的血液，窒息善良的心灵，桎梏正义的伸张；而且每每不堪一击，甚至会变成隐匿魔影的屏藩。

绝塞的抱犊崮里，难以耕耘智慧的田畴；闭塞的瞭阳崮上，难以采撷文明的霞光……

一个封闭的王国里，极易产生为所欲为的草头天子。

三

当我潜心研究近代沂蒙匪事时，遇到一个不能回避的史实：各路匪杆中的大头小脑，除孙氏美瑶兄弟为富家子弟外，余者几乎清一色的出自赤

90

贫之家。按照我们惯常的阶级分析方法框之，他们应是雇农和贫农。由此，我们不能不得出这样的断语：贫穷是滋生土匪的土壤，贫穷容易酿造匪患。

让我们先用历史的显影液，浸泡一下匪中大雕刘黑七，还原其为匪前的身世图像。

黑七之父刘相云是费县锅泉庄的更夫，夏秋间兼给地主看护庄稼，家中地无一垄，仅有"团瓢"（碎石垒成的葫芦状草棚）两间。刘相云儿时粗识几个方块字，年三十二仍是光棍一条。看坡时，刘相云曾用白石渣子在青石坡上写下扭七歪八的顺口溜，以吐腹中辛酸："锅泉庄，出才人，才人就是刘相云，三十二岁没成亲，成亲必定是女人。"恰在这年，人称王大脚的一讨饭女来锅泉庄乞讨，与刘相云相识后自我判合。有姓无名的王大脚，单从其脚便可知其家中贫困程度。其时，在封建意识浓厚的沂蒙山区，女子不裹足，便被视为粗野放浪的贱人祸水，无人敢要敢娶。王大脚不裹脚，并非不知个中利害，是因家中穷得连裹脚布都买不起。刘黑七上有两姐，下有一弟，一个山村穷更夫焉能喂饱六个"张口之兽"？刘家连方寸刀板都没有，王大脚只好用镰刀对着瓢背切菜。黑七婴儿时即随母乞讨，两姐之背成为其蹬腿挠爪的摇篮。黑七十二岁时，王大脚给本村地主当了下人。经母哀求，黑七也给东家牧羊，拜老羊倌唐四为师。唐四将看家本领，尽传黑七。黑七掷石击羊，不伤羊腹，只着羊角，每发必中，辄令当地羊倌口叹心服。黑七肚大，饭量似牛，地主所供食物，仅充半饥，山羊啃噬青草长膘，黑七吞食野果儿果腹。费县旧俗，六月六为山神节，这年六月六，已成壮汉的黑七，又同当地羊倌会聚王崮山上。叩拜山神后，打起牙祭。平日猪生生、狗活活的刘黑七，难得有顿酒饭，顷刻间便肚圆酒醉。随后，羊倌们推起"牌九"，黑七大输，酒醒时死不认账，黑七拳足交加，与一羊倌扭作一团。师傅唐四深觉丢脸，一脚将人贱命轻的黑七踢至崖下。王崮山崖，深达数十丈，一旦失足，定死无疑。然黑七凭借牧羊练就的攀山绝技，竟在下坠至半空时，就势抓住一簇倒悬崖壁的荆棵稳住身，遂依附层层荆丛，徐徐落脚崖下，安然逸去。

后人不得不哀叹：仁者不寿，祸害百年。

黑七坠崖未死的两年后，便以匪为业。当他将首次掠得的钱财购来鸡鸭鱼肉，提回父母蜗居的"团瓢"时，平生难有一肉之味的更夫刘相云，当即手抓嘴塞，酒肉并进，一顿饕餮，撑得肚胀如鼓，酒肉拱破如纸薄肠，疼得刘相云白汗如豆，满地翻滚，不消一个时辰，便匆匆登上鬼录。

　　至于自幼被卖身马戏班的赵嬷嬷，用曾时髦的话语来说是"根红苗正"。她曾在班主、师爷的棍打棒喝下翻滚、挣扎、呻吟，社会用贫穷的皮鞭过早地抽碎了她幼小的心灵，使这后来成为女匪的她心硬似铁，竟那般以兽性的疯狂对人类进行残忍的报复。

　　贫穷是一个庞大、无形的冷血动物，它常使一些原本安分的人在身处绝境时，因一念之差而陷进罪恶的泥淖。

　　蒙阴有匪首名石增福，乃桃曲村人氏。石家几代贫寒，男给富家做佣工厮徒，女给财主当婢女养娘。石增福的父母双亲为人忠厚，因贫病交加过早地撒手人寰。石增福身为长子，下有一弟两妹，生活的重轭早早地勒入他的肩胛。家住的"团瓢"四面透风，兄妹四人石条为枕，稻草为褥。石增福身高体壮，力大过人。十七岁时推独轮车为货主运货，推五百斤的花生油走青口，往返几百里，别人是一推一拉双人轮替，石增福独车单人，肩不离襻，日赶夜撵，总比别人提前一天到家。1919 年，他被有钱人家雇去代子从征两载，兵驻河南时娶妻，携妻回村后，生有一子。斯时当地匪患正盛，他又被邻村地主石二麻子雇去护圩放哨。在地主家吃饭时，石增福总是狼吞虎咽，提前离桌。离桌时他顺手拿两张煎饼，卷上一包豆沫子，做边吃边走状，至无人处，忙将煎饼揣入怀中。抽暇即速返家，将怀中煎饼掏给嗷嗷待哺的幼子啜食。此事终被石二麻子看破，臭骂不已，遂把石增福当家贼提防。妻儿断了食路，瘦得皮里包骨，眼看自己的饭碗将砸，全家生计无望，石增福便生投匪之念，又被石二麻子觉察。石增福被五花大绑，关进暗屋，待送官府发落。这天下午，他趁看守人不备，磨断捆绳，踹开房门，夺枪而逃，奔至费县，投靠了惯匪刘黑七。石枪法过人，又谙军事知识，很快便成为刘匪麾下的一名连长。石自感羽毛已丰，便生侉离之心，遂带领所辖匪徒返回蒙阴桃曲，占据大寨山，自为杆首……

中国是个农业文明古国。虽汉有文景之治，唐有贞观之年、开元中兴，清有康乾盛世等几番百年难遇的清穆平靖景象，但在漫漫岁月中，贫穷的幽灵始终在神州大地上徘徊。每逢战乱灾荒，近火先焦者总是农民。衮衮诸公、乱臣贼子为维系肥马轻裘浆酒霍肉的生活水准，总是将诛求无已的搜刮大网撒向天下烝民。

沂蒙虽地处偏僻，但不乏膏腴之地。那广为传播的"青山绿水多好看，风吹草低见牛羊"的民歌，是对沂蒙风光的真实写照。在"土里刨食"的农耕社会中，世事若不板荡，鸡犬桑麻、饱食暖衣的农乐图在沂蒙处处可见。民国初叶，沂蒙百姓所以陷入涸辙之鲋的困窘，是因了赋苛税重，吏治腐败。

解放后，山东省史志办及山东大学历史系曾多次组织人员，对民国年间临沂地区的赋税进行过调查，记录了百余当事者的口碑资料，赋税名目之繁多，花样之荒唐，听来令人瞠目。

当时的田赋，一年要预征数次，且年年加码。从民国初年每两正银合二元二角，到张宗昌祸鲁后期，每两正银竟飙升至十九元二角。除正银外，另设地方附加税及各种苛捐杂税，计有：百户捐、牛头捐、羊只捐、羊毛捐、房屋捐、防务捐、黄河捐、飞机捐、过路捐、小车捐、篓头捐、花生捐、小榨捐、大榨捐、养儿捐、户口捐、小脚捐；屠宰税、烟酒税、丝绵税、鱼菜税、鸡狗税、发票税、行务税、树木税、集市牙行税等等，还有教育费、地方建设费、军队过境费、军队支应费……世人皆云，民国税多，由是观之，信哉斯言。

苛捐与腐败常常是一种社会并发症。那时，大官大贪，小官小贪，其势汹汹，如恶虎扑羊，其徒济济，若飞蝗噬青。《临沂县志》载："民国五年十月，县知事萧仁晖，经省议会弹劾，解省查账，所吞公款吐出，赃款无果而逃……"执法犯法者，《志》中也屡见不鲜："十六年一月，禁烟督办方乃昌来沂，设官膏局，抽灯捐；八月，法院审判官徐鹏志诈民取财，由十七军二师党部押解赴省。"《志》中，对以此地贪官去治彼地之民的事例，也不乏记录："十八年二月，卸任县长周琼林一次侵吞公款四千大洋，监视数日逃去，复署临邑县（俗称北临邑，今属德州管辖）"；"二十二年六月，县法院检察官胡景清，滥罚巨款，吞没保证金，经各法团各区呈控，查实吐赃，调任他县。"……其时，旧日县衙的皂隶差役，已改为戴大盖帽的政警。政警下乡催捐征税，当差办案，各村必得杀鸡宰羊，置酒招待，并付给鞋袜费（即跑腿费）三元五元不等，否则，政警必寻衅滋事……

如此横征暴敛，巧取豪夺，使得沂蒙百姓室罄空悬，罗掘俱穷。张宗昌主鲁时，蒙山一带连年哀鸿遍野，饿殍载道。饥民无所不食，树皮草根，剥挖殆尽。平邑山中，有种软体白石，碾碎锅炒，略带米香味儿，四方饥民，皆来挖取，以充饥肠。然石头毕竟不是米面，饥民食后，常大便不通，腹胀而死。在费县某些村镇街头，竟出现了卖人肉者……

1928年冬，蒙阴斗方名士、代县知事左超，在呈送省府的《报灾请恤呈文》中，这样写道："……频年以来，凶荒、兵燹、疠疫，纷至沓来，奇灾殊祸，非惟近今之世所未有，亦前古之时所未闻。死亡流离，盖已损十之五六矣。所遗残黎，强半槁项黄馘（大半人颈项枯瘦，脸色苍黄），奄奄就毙……一村之中，其死亡者，日或数人或十余人。甚至有人死求人抬村之中不能得者。送死之具，初犹用棺，继则用箔，终则箔亦用尽，割取田中禾本编之捆缚以掩埋者……自五月至八月，数月之间，死者据查已达二万三千余人，迄今犹未已焉……"此触目惊心的呈文，送达省府，竟泥牛入海。

一边是倒悬之急的债户饥民，一边却是穷奢极欲的城狐社鼠。

《山东文史资料》载，抱犊崮下的煤城枣庄，在民国时期，"虽处偏僻山野，豪华不亚都市"。尤其是中兴煤矿俱乐部里，"终年管弦丝竹，悬灯结彩，香衣鬓影，宴无虚席，军政绅商，以招妓侑酒为乐……"。

1925年10月，驻江苏陆军第七师蒋旅进驻临沂，上至旅长蒋毅，下到护兵马弁，军纪败坏，形同猪狗。蒋旅在临沂驻扎仅仨月，年底又奉调海州（今连云港市）。该旅以载运"军事物资"为由，向临沂县衙征调大车百余辆。可开拔时，车上竟坐着二百余名丽人红袖，她们一个个穿绸裹缎，簪花戴翠，搔首弄姿，于众目睽睽之下招摇过市。可到海州不久，这批从各地诱拐来的女子，被丘八们玩腻后，或被转卖外埠，或在当地沦为娼妓……

1933年韩复榘的六十六旅驻防临沂，至七七事变后调防，历时五载。旅长李占标更是一淫棍色狼。时"扬州班"到临沂开设妓院，李占标将这些南国粉头花娘一一玩遍后，又专为雏妓"开包"。开包前，老鸨为其举行合卺仪式，大肆铺张，挥金如土。更有甚者，李占标还指派心腹，以每夜陪睡五十块大洋的重资，到民间搜寻十七八岁的黄花处女，大施淫威，逼良为娼。李占标在临沂的五年里，朝朝美酒，夜夜新郎，不知糟蹋了多少处女的贞操。上行下效，李旅官兵，四处猎艳，偎翠倚红……

军阀奢靡，千金买笑，全靠搜刮民脂民膏。

一边是黎庶百姓生计无望，走投无路；一边是达官显贵纸醉金迷，花天酒地。于是，社会安定的天平便大大倾斜了。

惯匪刘黑七为匪之前，曾到青岛的车站、码头卖过一年多苦力。这山陬里走出的小小羊倌，首次目睹了一个贫富悬殊两极世界的另一极，怎能不心潮如捣。他返回锅泉庄后，对几个同伙绘声绘影地讲述了山外的花花世界后，发誓说："我以后管的人要比这羊群还要多，非找几个大闺女当老婆不可……"

《蒙阴县志》载："蒙邑匪祸，明以前无考。"县志在陈列了明清之间仅有的几次匪患后，述道："然罹祸虽酷，皆由外寇。而本邑之为匪者，则无也……"这足以说明，沂蒙本是民风淳朴之地。民国初叶，此地土匪如毛，实是贫穷和腐败这两个魔鬼沆瀣一气，教猱升木，逼民为匪。

刘黑七匪部中曾流传着一串歌谣："锒牛顷地靠沙河（形容富农），不如钢枪压着脖（意即为匪）"；"要想欢，上戏班；要想玩，撑花船；要使钱，上刘团（指黑七匪伙）；要看媳妇亲兵连（亲兵连专护黑七众多的妻妾）"；"跟着师长（黑七）到处串，给个知县也不换"……在有着等级的阶级社会中，工农学商，五行八作，三教九流，各色人等的养家糊口、敛财聚富的手段可谓多矣，唯官吏靠权力的侵吞，土匪靠暴力的掠夺，纯属"无本生意"。前者最卑鄙，最龌龊，最无耻；后者最酷虐，最暴戾，最凶悍。但两者所攫得的金钱中，每个铜板里总有百姓含血带泪的痛哭！

对饥民来说，那是一只馒头几张煎饼便可当作旗帜挥舞的年代。当被贫穷压瘪了的百姓，即使一死也难完成对命运的征服时，他们中的少部分人，面对物欲的诱惑、罪恶的教唆，很容易选择人生的堕落。当赵嬷嬷、孙美瑶、刘黑七们把盗旗贼幡轻轻一举，有那么多赤贫之民沦为土匪，也就不难理喻了。

四

沂蒙近代匪事，向我们展示了一个特定时期的历史怪圈。

铆焊和紧箍这个怪圈的主要链环是"官匪勾结""兵匪一家"。

沂蒙近代土匪，与人们惯常在唱本里、戏台上听到、看到的江湖侠客、绿林响马，迥乎其异。其时的土匪，抢劫不分贫富，杀人不分老幼，纯是社会一大公害。对这些乌合之众，只要当权者对百姓略有几分爱怜之心，降伏这些亡命之徒，虽无鹰拿燕雀之易，但也绝无牵牛下井之难。

民国初时，山东军政显要从田中玉到熊炳琦，从张宗昌到韩复榘，无人不喊要剿匪，无人不嚷要缉贼，省政府年年发兵，月月进剿，匪患非但未灭，反而愈剿愈猴。

血的征剿需要鼓角，然时代的鼓角却暗哑了。在蒙山沂水间，我总算觅到了除暴安良、造福一方的两位人杰：一为爱国将领杨虎城，二是民族英雄范筑先。

1929 年 2 月，国民革命军杨虎城部由皖北奉调临沂，旨在剿除旧军阀张宗昌的残余势力，绥靖地方。时惯匪刘黑七盘踞莒县，祸民半载有余。莒县商绅民众早闻虎城将军英名，派代表赴临沂，陈述刘匪祸莒弥天大罪，吁请杨部剿刘。虎城听罢，血脉偾张，拔剑挥军，直逼莒城。黑七亦晓虎城忠直刚烈，早已派众匪在临沂至莒县必经之路的夏庄、大店，修筑碉堡，深挖堑壕，并亲率三百余名敢死队员驻守。农历正月十四，杨部星驰而至，直取夏庄、大店。刘匪拼死顽抗，虎城志在必克。经一昼夜奋战，两据点顽匪几近全毙，唯黑七带数匪狼奔莒县。逃回莒城的当晚，正是元宵节，黑七知在劫难逃，便再次剽夺城中民财，率匪部沿台潍公路向北仓皇逃遁。

虎城将军进驻莒城，目睹劫后惨状，怒火中烧，急令部队一律轻装，穷追刘匪。黑七部因女眷、财物极多，匪伍臃肿，行动迟缓，见杨部追逼神速，刘匪部将女眷、财物弃之于途。杨部眼看逼近刘匪，正欲包围聚歼，不料张宗昌的残部直鲁联队师长顾震率部而来，对杨部突施截击。杨部猝不及防，官兵伤亡甚众。面对顾部的疯狂拦击，杨部处境险恶。虎城将军身先士卒，亲率警卫连冲在一线，官兵大受激励，有进无退，将顾部一举全歼……

黑七率匪伍逃亡诸城境内，又连屠数村，筑起匪窝。虎城将军侦知后，不顾连经恶战的伤亡和疲惫，又星夜率部赶至刘匪驻地，秘密对刘匪形成兜抄。关笼抓鸡，出手得卢，刘匪部桑落瓦解，一败涂地，除黑七带两个贴身护兵化装逃匿外，众匪及眷属皆成网中之鱼。

虎城将军二月来鲁，八月调豫，戎马倥偬，时虽半载，功莫大焉。杨部不仅肃清了张宗昌残部，端掉了匪枭黑七的黑班底，还在鲁南、胶东一带，剿灭了残害百姓多年的诸如张大脸、毛大将等大小土匪十余人，虎城将军所到之处，境靖民安。

仁人志士的品格如烛光，在风雨如晦的暗夜里尤显宝贵。他们总是最大限度地燃烧自己，将希望的光亮呈示给绝望的社会。因此，当他们的生命消逝后，其人格的彩虹仍会不时地在历史的屏幕上闪耀。

1933年春，临沂县因吏治腐败，群匪为虐，搅得人心惟危，民怨沸腾。省主席韩复榘来此视察时，恐生变故，急电令时任省府督察处处长、第三路军军法处处长的范筑先，来临沂兼为县长。

范公居官清廉，无出其右。到任后，他不顾年事已高，经常下乡查政、督学，为给区、乡省得几升草料，竟弃马学骑自行车，所到之处，一律拒摆酒宴，只食米粥菜蔬。范公生活无多嗜好，烟酒茶一概不沾。某日，范公至私立文峰小学巡视，此校乃一赵姓地主所办。赵为讨好县长，多置美酒佳肴。范公当即严词斥责，赵一再解释，此宴乃个人所设，非用公款。范县长勉强就餐，食毕交五块大洋以做饭资……上峰来人，范公不卑不亢，不摆烟茶，待以清水，请以便饭，或让勤务到街头买两碗馄饨，或亲自带来者到饭铺叫盘包子。纵是高官显贵莅临，范公亦复如斯。即使来者不快，范公仍我行我素。

范县长禁烟禁赌禁娼，多有举措；勤政肃贪，言出法随。军阀土匪，常以烟土为伴，其时沂蒙山中，多有罂粟种植。范公知临后，亲带随员，四处察访，将所种鸦片烟苗，铲除净尽。某日，范公率县府人员例行会操，发现征收处主任张某面黄肌瘦，疑其侵吞公款吸毒，经亲查在张某口袋里搜出白面一包，范县长着人当场将张某逮捕，查实法办。范公对贪官污吏，深恶痛绝，每每发现，决不姑息。当他得知有数名政警下乡当差仍索要"鞋袜费"时，即令执法人员将他们各打二百军棍，当堂剥去警服，永不录用……

1934年春，早又重聚匪伍的刘黑七部，遭冀鲁豫三省国军会剿的重创后，又率残部三千从河南窜至鲁西，直趋鲁南。一时间，剿刘大军云集临沂城乡。各路人马均趁机敲诈地方钱财，县府里索要财物的副官们蹎蹎挤挤，不可悉数。一日，范筑先身着戎装，手持马鞭，将有恃无恐的副官们召至县大堂。范公晓之以理后，厉言正色道："凡剿匪部队，范某只供开水、芦席，额外索取，纯属扰民。我范某现仍兼第三路军军法处处长，谁若再敢无理纠缠，休怪范某无情！"顿时，丘八们的威风为之一扫，诺诺退去……

刘黑七再次被逐出沂蒙后，临沂当地的小股土匪及散匪仍在滋扰百姓。范公亲率县中武装，弭盗锄奸，根除匪祸。范公勤政三载，临沂大治，社会平和宁靖，百姓乐业安居。有村夫进城粜粮未售，放诸城中桥下五日，俟下集来取，米袋仍在……

范公离任那天，城内万人空巷，百姓扶老牵幼，夹道相送。沿街门前皆摆有桌子，桌上铺着红纸。或放明镜一面，清水一盆，喻范筑先为政明如镜，清若水；或置一束青葱、一碗豆腐，喻范县长居官一清二白。范公一出县府，百姓啜泣成声。从晨至午，范公一行尚未走出三里长街……

像杨虎城将军、范筑先先生这般独步清流的耿介之士，在一个举世昏昏天下汹汹的社会中，仅靠个人品格的支撑是无力回天的。社会是那样的势利，它必然是贪婪者的大餐桌、冒险者的大赌场。

女匪赵嬷嬷所制造的八里巷惨案，本来是完全可以避免的。当时临沂驻有山东陆军第五混成旅,该旅的九团就屯兵郯城。赵嬷嬷与徐大鼻子等率千余匪徒围攻八里巷时,在村外田间干活的村民们曾狂奔飞跑至驻军九团,跪请救命。该团团长戴某闻听事态严峻,边集结队伍边电话请示临沂旅部。此时,九团如发兵去救八里巷的千余村民于水火,可说是举手之劳。然而,旅部接电话者说旅长有事,九团几次催问,仍不得下文,团长只得解散待出征的队伍。第五混成旅少将旅长名李森,此人好宾客,尚宴会,喜女色,对防区内的匪患一贯熟视无睹。他对手下人立下三条铁规定:在他会客、打牌或和姨太太吃喝聊天时,不得向他报事,如若违犯,严加处治。当驻郯城的九团团长给旅部打电话告急时,李森正同牌友打麻将,三小时后送走牌友,他又跟姨太酌酒调情……这时,八里巷的代表急如星火地闯进旅部,呼天抢地哀求李森发兵。此刻,只要李森一点头,准予九团讨匪,八里巷的民众仍可免于大劫。然而,李森借口军饷未发,伸手要银,身无现银的八里巷代表答应事后交款,而李森坚持一手交银一手发兵。就这样,时间一分一秒、一刻一时、一天一夜地过去了。八里巷民众凭借围墙与千余悍匪搏斗了近两天,圩子终被土匪攻破……

骇人听闻的八里巷惨案发生后,郯城的士绅率民众代表赴省城济南申冤。时省长熊炳奇和军务督理郑士琦,均是吴佩孚的嫡系,"二琦"靠"吴大帅"的威风做官,哪管草民死活。接到状子后,根本不予理睬。一时,省城舆论大哗。不久,消息传到北京,引起《道心报》主编张耀远的关注,张之故里乃临沂,出于对土匪、官府的愤慨和对家乡父老的同情,《道心报》连续发表"八里巷惨案"的文章,张亲撰社论,发在头版头条。社论正题为"山东盗匪如毛",副题是"鲁南几无净土,军政大员熟视无睹"。《道心报》散发济南,省城各界声援之声日高,"二琦"这才慌了手脚,即措辞严厉地电令李森剿匪。李怕丢官,这才命令下属和各县的警备队以及地方民团全部出动,共剿赵嬷嬷。赵率众匪东逃西窜,惶惶然若过街之鼠。这天,众匪被包围在临沂城南的沟壑密林间,眼看就被聚歼。匪婆赵嬷嬷先用钱财买通了临、郯、费三县警备队,又将八千块银圆交李森的教练官耿某,托耿去贿赂李森及部下,央求网开一面。李森见钱眼开,徇法植私,将仅在八里巷就欠下七百条人命债的罪当凌迟的赵匪婆,施以宽宥。赵嬷嬷借夜幕当即遣散数百名匪徒，仅携两个女儿及最贴心几个干儿子化装潜逃……

人格与尊严，是构成称之为"人"的最起码且又是最崇高的元素。然而，在这里，金钱的硫酸却那样一点一滴地销蚀了官军的尊严，泯灭了李森之流的人性。为了金钱，官与匪辄是朋比为奸，兵与匪常会猫鼠同眠。

刘黑七初扯匪幡时，山东督军张宗昌曾派装备精良的"欧营"予以剪除。但欧营奏捷归来时，俘虏的不是土匪，而是百姓的牛马猪羊……1925年，张宗昌派主力"宁旅"，合同县警备队及民团，对日见壮大的刘黑七匪部进行围剿，总算把刘黑七包抄到蒙山主峰龟蒙顶上。可当三路兵马攻上龟蒙顶时，竟不见一个匪徒。原来，黑七重金买路，从山后进剿的"宁旅"早让众匪逃之夭夭。1927年秋，张宗昌又着两团精锐对日益猖獗的刘黑七进行轮番清剿，摆出一副灭此朝食的架势。剿匪整个过程毋庸细述，仅从"雷团"与刘匪的一次"战斗"，便可尽窥个中蹊跷。其时，刘匪占据着蒙山套里的摩天岭，雷团驻扎在山下的东武安镇，兵、匪相隔八华里。早晨八九点钟许，雷团在迫击炮的掩护下接敌，炮弹声声炸裂，硝烟笼罩山崖。继而，步兵发起冲锋，山上山下，枪声响成一片，战斗显得异常激烈。午前，雷团攻上摩天岭，把刘匪打跑。官兵脱帽休息，却在帽子底下放有排排子弹。刘匪即刻反攻，官兵佯作不支退下，匪徒们上山掀开帽子，取走子弹，换上银圆，复又用帽盖上。雷团二次冲锋，刘匪复又败走，官兵们各自收起帽下的银圆，"战斗"遂告结束。如此反复"交火"多日，刘匪喜军火充足而游弋他乡，官兵乐钱袋鼓鼓而拨马回营……

韩复榘与土匪的勾结比之张宗昌有过之而无不及。韩的部队多吃空饷，枪支、弹药皆无定数。韩部中私卖枪弹与匪者，不乏其人。倘若说张宗昌的雷团用子弹换银圆的"帽子戏法"，尚能遮民众一时之耳目，那么韩复榘部队与土匪的枪钱互换，就显得过于明目张胆了。韩的剿匪部队常与黑七匪伙，在约定地点挖道战壕，刘匪把金银财宝放诸壕内，韩部朝天空放几枪，便跳进壕内取走财物，遂将枪弹置于壕中。官军一撤，刘匪即把军械取走。顽童们见韩部朝天放空枪，常尾随其后捡铜制的弹壳去换糖块吃……

在那有枪就是草头王的年代，饥民中的地痞流氓劫枪当了土匪；"钢枪压脖"，便能掠来大批钱财；钱财不仅能使土匪于绝境中买条生路，而且能换得官军提供的枪械；有了枪械更不愁无匪兵贼马，人马多了必引起政客、军阀的关注；军阀、军棍们为在全国内战的棋盘上多一分筹码，常将已成气候的土匪收编；招安后的土匪匪性难改，此时已养痈遗患，常惹得天怒人怨，当局不得不与土匪反目为仇，再行围剿……

惯匪巨奸刘黑七，就是在这样一个历史的黑洞里钻来钻去，浮上沉下的。

刘黑七朝秦暮楚，有奶即娘。1927年冬，直系军阀张宗昌第一个给黑七戴上师长高帽，黑七部在弹冠相庆的同时，又暗通驻河南冯玉祥部的师长韩复榘，韩赠黑七两千袋面粉、一万七千块大洋；黑七获利而去，却投靠了后台更硬的何应钦，何将黑七部收编为新四师；时隔年余，蒋桂冯阎中原大战，刘又倒蒋投阎，阎锡山给黑七戴上二十六军军长的桂冠；1931年，黑七脱离阎部，窜到河北大名，想法投靠了张学良；同年，黑七又窜回齐鲁，与已是山东省府主席的韩复榘再度勾结，韩将黑七部收编为山东警备军，韩、刘分任正、副总指挥，黑七部的军饷由省府供给。黑七虽领官饷，但匪性有增无已。半年不到，韩不得不断掉已经失控的黑七部的军饷，并杀掉刘匪驻济联络处的全部人员。黑七暴怒，率匪部北窜，路过河北霸县时，掘了韩复榘的祖坟；半年后，黑七投靠伪满，被任命为第三路军总指挥，黑七趁此时机，招得千余名善骑的关外胡匪；又是半年不到，黑七脱离伪满……刘匪部此时已如无缰野马，百无禁忌，甚至在津浦线上劫火车，绑架英商。1934年春，刘匪二次窜回山东，蒋介石急电冀鲁豫三省军政，联合会剿刘匪。与黑七结下"鞭尸"之仇的韩复榘，这次才算动了真的。驻鲁部队倾巢而出，动用了飞机、大炮、铁甲车、探照灯，韩复榘亲率手枪旅的两个营，坐镇泰安指挥。此次剿刘，旷日持久，耗资巨大，然黑七及部分匪中骨干，仍漏网而逃。闹得韩复榘无颜面对国人，不得不向蒋介石两度电请辞职……不到一年，黑七又借政局腐败之尸，还其枪多匪众之魂，继续任意荼毒生灵，草菅人命，敛钱聚财……

从20世纪20年代中期至40年代初，黑七匪部素常保有万名匪徒，盛时竟达三万之众，先后流窜为害鲁、豫、苏、皖、冀、津、晋、吉、辽等十几个省市，成了闻名全国的混世魔王。

是物欲与权欲锻造了"官匪勾结""兵匪一家"的链环。

由一个个这样的链环，铆焊成了一个庞大的社会怪圈。

杨虎城、范筑先们仅靠个人品格的力量冲不破它。

历史的良知，只能在这个怪圈里哭泣……

五

解读沂蒙匪事，我们不能不把目光瞄向"人"的自身。

在人类社会中，人的各种欲望的实现，既受政治、经济、文化等诸多因素的制约，更受法律与道德的框范。在社会动荡的年月里，由土匪构成的团体，无疑是一种极度扩张个人欲望的组织。人生常有两种悲剧：一是欲望难遂，二为欲望得遂。人一旦踏入匪的轨道，两种悲剧便会集于一身。欲望的种子播入土匪心灵的城堡，长出的必然是罪恶的野草。

土匪以劫钱掠财为业，绑架"肉票"是土匪获得钱财的惯用伎俩。一般说来，土匪绑架"肉票"有其选择性，然而在20年代末，刘黑七匪部却阎王不嫌鬼瘦，采用的是拉大网的方式。黑七对于有大刀会会员、敢于反抗的村镇，一律破围屠村，大开杀戒。对于束手就擒的屯落，先是把阖庄财物抢劫一空，然后再把村中男女老幼，统统解到"囚票点"。这种囚票点，刘匪部在沂蒙设有多处。

蒙山中有个秋子峪，是黑七手下一郭姓头目主掌的囚票点。我们仅从这个囚票点里，便可知"肉票"们身置虎吻后的九死一生。

1929年隆冬的一个深夜。郭姓头目率匪徒，将费县西柴城村的二百多名老幼绑架到秋子峪。在囚票点寨门前的空地里，摆有几张桌子，匪徒们先逐个登记"肉票"的家产，凡报半亩、一亩、二亩地者，土匪认为没油水可榨，均当场击毙。中有一家境稍好的中学生见状灵机一动，谎称家有土地百亩，且在青岛、济南开有店铺。土匪闻听大喜，便将这中学生羁押于"阔票棚"。后面的"肉票"，为暂免一死，也纷纷或多或少地虚报了家

102

产。匪徒根据"肉票"所报财产的多寡，分别囚于"阔票棚""穷票棚"。阔、穷票棚中的"肉票"，一律五花大绑，只给少许瓜干菜团和凉水维持生命。匪徒们狮子大张口，信天要价，这可苦了"肉票"的亲友，他们变卖家产，四处讨借，亦很难达到匪徒所索数目。对"穷票"，匪徒一般是榨干油水即击毙；对"阔票"，匪徒们采用的则是零刀削肉般的折磨，非让你倾家荡产、灯枯油尽不可。今天先割一只耳朵，送其亲友催赎；明天再剁一只手，给其亲属下最后通牒。阔票棚里，整日哭天号地，鲜血淋漓……当时，秋子峪囚票点里，有两个"小肉票"，一是十岁的男童叫小捻，一是九岁的女孩叫小琴，他们的亲友砸锅卖铁，磕头作揖，求爷爷告奶奶，总算凑足了赎身钱。然而，小捻回家后，冻烂的下肢从膝关节处脱掉，成为终生残疾；小琴那冻坏的双手，也从手关节处脱落。其母见状，泪水和面，包了加进砒霜的猪肉馅水饺，母女同食，双双而亡……

冥冥中，有一把最能衡度人与动物分野的界尺，它的名字叫良知。良知飘忽于天地之间，匿藏于肉身之内，人类对它最熟悉也常常将它遗忘。良知，是人的心匣中最为宝贵的珍珠。我们常从没有语言、没有意识的小猫小狗乃至刺猬的眼睛里，读到温和友善的目光，那简直是一首首柔情的诗。然而，刘黑七们竟这般对待"肉票"，土匪们在获得钱财时，早已完全摈弃了"良知"这个作为"人"的标识。

就这样，刘黑七从一个"掷石牧羊"的穷光蛋，一跃成为鼎铛玉石的暴发户。他用贪心金、狠心银、昧心钱、黑心财，不仅在济南、青岛、南京、上海购得公馆别墅，还在天津租界里买下洋楼华寓，就连在他地处山坳的老家锅泉庄，也耗费巨资修起一座五个大院构成的"八卦"庄园，石砌的围墙既高且宽，墙头之上可操兵跑马。金玉满堂的地主，驷马高车的官宦，很难与之比肩。一人成魔，鸡犬升天，贼母王大脚也行有轿，食有鱼，呼奴唤婢，俨然草头太后……

那年月，土匪一夜暴富，实为司空见惯。曾协同赵嬷嬷血洗八里巷的徐大鼻子，不过是个有着五六百人的中小匪首，可在1924年，当某团官军清剿他时，仅从其个人的窝赃点里，就搜出二十多万块银洋，足足装了五大牛车……

在人类心灵的城堡里，有爱有恨，有善有恶，贮满各种情愫，"报复"即是其一。报复心理不一定是个人品行上的缺陷，实为人性中的通性之一。人在内心中很少不存有报复心理者，只不过有人直露于外，有人深藏于内，有人在这种心理闪过后很快消除，以德报怨，表现出一种豁达宽阔的胸襟。无法无天的土匪总是将报复心理化为血淋淋的行动。刘黑七们的"大破圩""大屠村"是对整个社会乃至整个人类的蔑视，已大大超出报复的范畴。土匪们为匪前，多有个人恩怨，一旦成匪，即行报复，他们常从这种报复中，寻找某种满足与刺激。

制造过临城劫车大案的孙美瑶，在抱犊崮一带为匪时，所架"肉票"，多为富户，对待"肉票"，也不像赵嬷嬷、刘黑七那般惨无人道。某日，一地主被从孙美瑶的囚票点里赎出，放行前，突有一匪持枪将其拦住，让其摇头给众匪看。这地主年过六旬，学小孩摇头未免难堪，见持枪匪满脸怒气，且刀逼胸口，又不敢不摇。地主将头摇摇，群匪捧腹大笑。但持枪匪对地主那货郎鼓般的摇头，不予认可，让其再摇，地主复摇后，又未通过。原来，这土匪与地主同住一村，十年前因岁不丰登，这土匪奉母命至地主家借粮，并主动提出春借两斗高粱，夏还两斗小麦。坐在太师椅上的地主听罢，双目微合，手握念珠，似轻风过耳。借粮童再三哀求，询问借还是不借，地主方将头似摇非摇地动了动。借粮童悻悻而归。地主的摇头状深嵌进他的记忆……此刻，持枪匪做了个地主当年摇头的样子，又逼地主再摇，地主连摇十余次，方获准下山。

蒙阴县那个世代忠厚、力大如牛的石增福，沦为土匪之后自然不会忘记仇人石二麻子。当年，因趁饭时怀揣两张煎饼哺育饥儿而被东家视为贼的羞辱，令他耿耿于怀。当上匪首重返蒙阴，他即把地主石二麻子绑架上山。石增福喝令土匪，用铁丝刺穿石二麻子的两只眼皮，再在眼皮上各挂一铜钱，遮其视线，石增福问看到的是啥，石二麻子答曰："是钱。"石增福仰天大笑："知道你就认钱，限你七天交足一万大洋！"石二麻子的家人变卖所有家产将人赎回，一户地主遂成为赤贫……

在人类社会中，有些团体和个人，即使天良丧尽也会大念其《圣经》。似乎只有土匪这种组织形式，才敢于把一个"恶"字，明目张胆地书写在自己的旗幡上。他们公开背叛伦常理念，贸然颠倒人生法则，常常用人性之恶，作为呼朋引类、凝聚团伙的黏合剂。

巨匪孙美瑶麾下，有一自成系统的匪杆。匪首名孙守庭，自幼卖馍馍，绰号"馍馍刘"。他驭匪的基准是：放纵匪徒人人把坏事做绝，个个公开行恶；唯有坏事做绝，才消放下屠刀之念；唯有公开行恶，才能引起民众公愤；有了公愤，匪徒们才会死心塌地，抱伙成团。馍馍刘杆中，"架票""催票""撕票"也与其他匪杆有所不同：架票时，七狼八虎一齐上，兔子要吃窝边草，越是百姓熟悉你的地方，越是让你充当马前卒；催票时割下的耳朵、剁下的手腕，派匪徒轮班去传送，让你人人手上都沾血；撕票时，诱逗匪徒创新招，或刖或剐或磔或劓或髌，手段愈残忍愈有赏……

在行恶方面，馍馍刘常给属下做"示范"：1920年夏的一天，馍馍刘率匪攻破滕县山外民寨时，阵亡一匪。破寨后烧杀完毕，馍馍刘说："这个兄弟跟我跑了这些年，还未成家就土了（死亡之意），我给他说个媳妇吧。"他将在准备掳走的青年妇女中，亲自挑选了一位俊俏的处女，抓鸡般活活地放入棺中，用粗钉牢牢将棺木钉死，与亡匪一起埋葬……

我还是要重点剖析一下惯匪刘黑七这个畸形的社会怪胎。刘匪杀人手段之残，聚集匪徒之多，活动范围之广，怙恶时间之长，可谓全国匪首之冠。当时，不少沂蒙百姓把黑七鬼化、妖化、魔化乃至神化。然而，只要剥去黑七的层层匪衣，一个涌动着无尽欲望的贪婪的恶魔形象，就会现形于世人面前。

黑七为匪时，在八个结拜的匪兄贼弟中，岁次第七，众匪让其执牛耳，是因其胆大泼天，枪法超群。那是黑七做羊倌时的一年，锅泉庄窜来十余土匪，土匪仅鸣三枪，村人皆吓跑，唯黑七藏于卧牛石旁，静观动静。土匪劫财离村时，一持枪匪徒后尾压阵，黑七从怀中掏出石块，以掷石击羊角百发百中的本事，对准几十步开外那压阵持枪匪的后脑勺，嗖地掷去，打个脑浆迸裂。黑七纵身扑上，夺得"马连匣子快枪"一把。黑七率匪首次破圩时，他手持双枪，左右开弓，一枪一个，两个圩上守护人应声而倒。小鬼崇拜阎王，黑七先是以操枪的奇技淫巧，折服了众匪。

刘匪麾下之徒，成分淆乱，可谓鸦集兽聚。黑七为匪后半期，连国民党中失意的政客、士绅中的利欲之辈，也如蚁附膻，如蝇逐臭，甘居刘麾下为"高参"。黑七目不识丁，胸无点墨，却将万匪之众玩于股掌，招之即来，挥手即去。他统匪诀窍是紧紧抓住人性中的致命弱点。

凡为匪者，一是爱钱，二是贪色。黑七将钱当作拢匪的圈套，以色作为"美丽"的诱惑。

匪幡初举时，枪弹是土匪的命根。深谙枪杆子里面出钱财的黑七，尤为重枪。凡在抢劫中夺得枪弹者，除按黑市高价给以赏赉外，还让匪徒以枪入股，再次分赃时，便可分得人、枪双份。此举使匪徒夺枪时往往如鼠斗穴，施勇逞狠。每当铁杆匪徒家中有困难时，黑七总是施以银圆，让铁杆更加铁心……

破圩劫村，刘匪部总能掳得大批青年妇女，黑七总是让匪徒们恣意淫乱。后来，刘匪部几度被军阀招安，被日寇收编，亦匪亦军，亦伪亦顽。黑七属下大头小脑，也都闹得了师、旅、团长的名分。黑七着人四处搜罗美色，不断给他们配备小妾侧室……

黑七为匪时间一长，也渐次摸准了军阀政客们欲望的脉搏：有的志在南面称孤，有的意图雄长一方，谁都想扩充自己的势力。而黑七的万余人马，对谁都不能不是一个可以增重的砝码。此时的黑七，通过金钱铺路，早已买通各路诸侯中的要员赃吏，他们常常为黑七通风报信，黑七对各派系的明争暗斗、嫡庶亲疏，了然在胸。狡诈的黑七自然明白，他身率的是一支匪伍，早已播臭千里，不管哪派收编他，仅是一时借用，一旦成就大事，必会卸磨杀驴，过桥抽板。于是刘匪不管哪派哪系，凡给奶者，猛咂一口即窜。军阀割据的年代，必然会产生巨大的社会空隙。滑得不能再滑的黑七，瞅准了这缝隙，像巨蟒一样拿云播雾，钻游于半个中国……

有些口碑资料称，黑七其人坏归坏，恶归恶，但对其母王大脚却极尽孝道，常将母言当"圣旨"。1928年7月，刘黑七第三次大劫费县城，把商号店铺抢拿净光后，又大得一笔横财。这时，黑七派心腹用四人轿把王大脚从锅泉庄接来，并强令全城人出门迎接。黑七亲临轿前以示孝敬，见其母的大脚露在轿外，忙拉轿帘遮盖。王大脚掀帘下轿，当众斥骂黑七：

"儿不嫌娘丑，狗不嫌家贫，我脚大给你丢人啦！实话告诉你，你能当上师长，就是我这双大脚带给你的福气！"黑七不顾体面威风，当众给母叩头作揖，诺诺认错。有些被黑七部所绑"肉票"的亲属，几经周转，求到王大脚门下，大脚也常令黑七放人……这就是人说的黑七孝母的依据。然黑七孝母的衣食均沾满百姓鲜血，多少慈母幼童惨死在黑七屠刀之下。孽子为匪，母不以死相劝，早已枉为人母，黑七孝从何来?！

剥去黑七某些虚伪且带有欺骗性的匪衣，这个魔鬼的心旌上写的全是"恶"字。

较之韩复榘麾下那个"朝朝美酒，夜夜新郎"的色狼旅长李占标，刘黑七更是一个不折不扣的采花大盗。李占标用搜刮的民膏，以每夜五十块大洋的价码专寻民间处女"破瓜"，而黑七猎艳则全仗暴力。他把玩女人称作"换衣裳"。不管是流窜还是打仗，每到一处，黑七总是遣匪徒捉来仨俩女人陪宿，以发泄兽性，不管肥瘦妍媸，玩完即弃。黑七荡南扫北，所掠美女做妾充小者，多以地名冠之：在莒县，黑七巡街时见一卖大饼少女姿色出众，便遣匪抓来，称"莒县太太"；在热河慈县，他骑马撞见一已婚女子觉有塞外风味，便当即让匪擒来，称"慈县太太"；在胶东平度，匪徒们于驻地搜出一地主家庭出身的女中学生，黑七见其玉容花貌，便千方百计使其屈从，封为"平度太太"……天津租界的洋房，是黑七放浪形骸的淫窝，除多藏美姝丽媛外，还常从妓院里拉回路柳墙花。

衣冠禽兽的黑七，所蹂躏糟践的女子无计其数。这羊倌出身的匪枭，玩女人常常"土法上马"，变换花样。黑七为恣意取乐，有时竟让喽啰捉来几个肤白乳大的青年妇女，凌逼她们将衣服剥得精光，再将铜铃铛系于她们的乳上，让她们擀面条给匪首们吃。擀面杖在桌面上来回滚动，系在乳上的铃铛也随之叮当乱响，匪徒们淫笑不止。黑七称这叫吃"响铃面"……

1933 年 8 月底，黑七率匪部流窜至察哈尔省南口的山峪里，被宋哲元的部队围困，眼看堵截峪口的兵马将至，黑七部面临全军覆没之灾。黑七急命众匪人人身上绑上干草秫秸，准备怀抱枪支从峪顶滚滑下山，夺路逃窜。见一切就绪，黑七召来旅、团长们，命令说："坠脚东西统统甩掉，马匹要打死，老婆孩子一个也不留。"要女人不要命的匪徒们沉静有时，无一动手。黑七凶狠狠劝道："留得青山在，不怕没柴烧。窜到山东、河南，每人再给你弄个女学生，年轻漂亮的。"说罢，黑七先砰砰两枪将自己两个老婆打死，又命手枪队、机枪连一齐摆开杀势，噼里啪啦，一阵扫射，部中所有家眷、孩童及骡马，统统鸣呼哀哉！

黑七率众匪滚滑山下，狼狈逃遁。

南口山峪里，那刚刚被击毙的骡子的头还在轻轻地颤抖，那刚刚被枪杀的战马的腿还在痛苦地抽搐，那奄奄一息的女眷们的身上的弹孔里，还在涌流着殷红殷红的血，那尚存一丝二气的孩童们的细手嫩脚，还在微微地颤动……这惨景，这惨状，与刘黑七当年用活鸡蘸煤油点火破圩大屠村的惨烈，何其相似乃尔！不过，这次匪徒们的枪口，对准的是他们自己的妻妾和儿女。虎毒尚不食子，人恶如此，天道宁论！

…………

伟大的人道主义作家托尔斯泰有云（大意）：吾有人性之托尔斯泰，亦有兽性之托尔斯泰，而兽性之托恒为人性之托所压倒……这为"人一半是天使一半是魔鬼"的名言做了注释。

唯有土匪这种组织形式，将天使美的因子荡涤殆尽，而把魔鬼恶的细胞生满全身。

六

良知，也如同深藏人体内的燧石，它迸发的火花，可随时燃亮人的心灵。当土匪们用罪恶之水将燧石之光全部浇熄后，心灵的枯井里便盛满了灰烬。尽管这些走肉行尸仍以及时行乐去打熬岁月，但随着时光的流逝，死魂灵便在恐惧中日夜战栗。他们心中自有一份罪恶的清单，他们应该知道生命的幕帘该怎样降落。

凶狠的土匪，实则神经极为脆弱。惯常，他们不敢使用正常人的语言，多用黑话。

土匪最怕暴露姓名：如姓杨的呼爬山子，姓黄的唤槐花子，姓郭的叫盖口子，姓于的呼顶浪子，姓马的唤高腿子，姓王的叫虎头子，姓孙的呼兔辈子，姓刘的唤顺水子，姓赵的叫走俏子……

土匪行恶，也多用贼语：如抢掠称"使钱去"，屠村谓"打旮旯儿"，烧房称"烧红窑"，绑票谓"请客去"，割耳称"送山风"，剜眼谓"取照子"，剁手称"拿耙齿"，割鼻谓"去闻香"，砍头称"凿母子"……所劫财物，土匪也自有称谓：牛叫"春子"，驴叫"条子"，马叫"高风子"，猪叫"黑毛子"，金叫"蛋黄子"，银叫"白雪子"……土匪自称"山马子"，谓官军是"花腰子"，呼"大刀会"是"槽肚子"……

土匪黑语几乎泛及各方各面：山叫"老硬子"，河叫"大横子"，阴天叫"上幔子"，下雨曰"摆浆子"，酒叫"火山子"，筷叫"对方子"，鞋叫"踩壳子"……

因"茶"与"查"、"饭"与"犯"同音，土匪最为忌讳。他们把吃饭称作"上传子"，喝茶叫作"上泉子"。土匪对"网"更是讳莫如深，若遇上网鸟、捕鱼者，他们认为是自投罗网，非将对方打死不可。有些特别迷信的土匪，遇见网后，常常三五日不敢出门……

人类社会制造的怪圈，永远圈不住正直的历史老人。历史老人用良知的丝线织成的天网，终将沂蒙匪事中的大头小脑一一擒获。

女匪赵嬷嬷用八千块大洋，从赃官李森那里买了条生路后，率两匪女及贴身的干儿潜逃威海，躲进一家小旅店里，准备乘船取道大连下关东。因盘缠不足，赵嬷嬷派一干儿秘回临沭县一个窝赃点里取银，被八里巷幸存的几位村民侦知，飞报当地驻军及省当局。赵嬷嬷及其匪女、干儿被临沂警备大队擒获归案。当赵嬷嬷及两匪女被押到临沂法场那天，临沂城里人山人海，恨不得食其肉寝其皮的沂蒙百姓，莫不拍手称快。刀斧手手起刀落，匪婆匪女便身首异处。切齿愤盈的八里巷的幸存人，索回三颗人头，回村后用桐油炸成"炭球"，悬诸高杆，示众多日……

也曾欠下八里巷血债的徐大鼻子，自知罪不容诛，携爱妾"小白鹅"潜逃苏北，整日杯弓蛇影，惶惶如丧家之犬，遂吞金自尽。小白鹅被官军缉捕后，供出徐匪在郯城的窝赃点，二十万块银圆即被起获。当徐大鼻子的尸体被牛车拖着游乡示众时，那满当当的五大牛车银圆，徐匪不仅不能

109

带至阴间挥霍，反倒成了他渔夺乡里的血证……

制造"民国第一案"的巨匪孙美瑶，招安后所辖一旅人马驻扎在枣庄城外的某镇。孙部匪性难移，经常三五成群，溜进枣庄，声色犬马，寻欢滋事。是年秋日，孙的部属与驻枣庄的吴团在街上发生冲突，孙部的人被殴打败归，孙美瑶闻之大怒，即率手枪队蜂拥进城。孙手提盒子枪沿街叫骂，手枪队也剑拔弩张，一个个宛如市井无赖，把吴团团部包围。闹得当街商家打烊谢客，满城百姓关门闭户。新任兖州镇守使张某老谋深算，孙美瑶被招安后，张某将孙收为门生，表面上视孙为嫡系心腹，实则早感到招安孙部是开门揖盗，便暗存杀机。孙部与吴团发生抵牾后，张某一面急告吴团闭门不出，一面星速赶来枣庄，在下榻处设华宴对孙美瑶好言抚慰。并择一吉日，再开盛宴，特邀枣庄士绅军要相陪，为孙、吴两部调解。"鸿门宴"举行那天，枣庄中兴煤矿俱乐部里，悬灯结彩，人到熙熙，马到攘攘。当孙美瑶喜滋滋步入酒楼的第一道门时，孙的随从被侍者极为客气地请进酒楼一厢。孙美瑶在要员的陪同下兴冲冲进入二道门过堂，这时，潜伏在过堂内的两个便衣骤然向孙扑来，一便衣将手攥的白石灰向孙的双目一拍，孙顿成"瞎子"，这便衣就势将孙半按在地，另一便衣举起"鬼头刀"，噌地朝孙的脖颈砍去。孙还没反应过来，便脑袋搬家。这个被招安后仅过了四个月旅长瘾的一代匪枭，就这样匆匆奔上了奈何桥。

孙美瑶麾下那个"以恶治匪"的馍馍刘，闻凶讯化装潜逃至枣庄车站，被吴团的士兵查获，在滕县民众的强烈要求下，由官兵解到当年馍馍刘把一少女活活钉进棺材与亡匪同葬的村寨，将其就地正法。那花季少女的冤魂若九泉有知，当会涕泗滂沱……

曾血洗瞭阳崮并把崮顶当作屠场淫窝的悍匪李殿全，在官军、民团围崮两个月后，水断粮绝，众匪被犁庭扫穴，一网罗尽。周围数十里的百姓纷纷拥上瞭阳崮顶，对李匪鞭尸三百，仍难消心头大恨，又将其尸泼油火焚，撒骨扬尘……

给"肉票"眼皮上串两个铜钱的匪首石增福，曾被鲁南民团招安，在当上营长，移防胶东后，身在官军仍行匪事，被逮捕枪决……

惯匪巨奸刘黑七的下场更为可悲。

110

1937 年卢沟桥事变后，黑七再次投日，被委以"皇协军前进总司令"，三度窜回山东，继续祸国殃民。刘匪先鲁北，而胶东，于 1939 年春又蹿回沂蒙。刘部协助日寇，合同各路伪顽，对我抗日根据地日骚夜扰，为鬼为蜮。我鲁南军区老三团、老五团，与刘匪黑七几经交战，黑七部损兵折将，大败亏输。黑七悬心吊胆，惶恐恐如惊弓之鸟。他找来五六个替身，扮作假黑七，以避不测。晚上睡觉，黑七有时宿在羊圈，有时眠于马厩，连随从也难知其所在。1943 年 11 月 15 日深夜，我老三团、老五团，对黑七部的穴巢柱子山发起攻击，经三小时激战，刘匪固守的明碉暗堡，全被摧毁，大围小圩，悉被攻破，匪兵贼马，折戟沉沙。清扫战场时，在黑七居住的小圩子内，我老三团主攻连的战士仅在正房内擒得黑七小妾，打开东西两厢房，房内堆满铁箱，箱内全是金砖、金条、金元宝，唯独不见黑七踪影。原来，大围墙被炸塌时，黑七趁混乱带一副官一警卫从小圩子的围墙上坠绳而下。慌不择路时，副官被俘，警卫被毙，黑七只身踉跄逃窜。我潜伏在坟地等待打"出水"之敌的一战士，见一黑影短、胖、矮、粗，认定是黑七，便穷追不舍。一颗仇恨的子弹出膛，正中黑七头颅。这个横行半个中国长达二十九载，屠杀无辜百姓多达二十余万人的混世魔王，终于结束了罪恶的一生。

因"黑七乃乌鱼精下凡，刀枪不入"之说，在沂蒙流传甚盛，初时，百姓皆不信黑七亡命。民兵只得抬其尸体，四乡示众。当百姓"验明尸身"后，不由想起黑七破圩屠村杀人如麻的那一桩桩一幕幕不堪回首的往事。藏怨衔恨的乡亲，愤难自持，人们有的拿剪子，有的握锥子，有的攥斧头，有的挥菜刀，恨不能将黑七碎尸万段……

几年后，乡亲们终于从山旮旯里搜出刘匪母王大脚，不由分说，便一阵乱棍将其打成肉饼。生下孽种且有纵子行恶之罪的王大脚，同其子黑七一样，受到了永恒的诅咒！

天地浮浮沉沉，春秋来来往往。过去了，那狗吠鸡跳的霜晨；过去了，那冤魂啾啾的寒夜；过去了，那村村白骨收于一坟的悲惨；过去了，那百里禾田无颗粒的凄凉；过去了，那灌满泪珠的沂河；过去了，那枯草汪血的蒙山……

对于昨天的世界，曾有人满足也曾有人淡漠过它的野蛮与荒疏；面对当今的时代，有人沉湎也有人追逐它文明里包裹着的自私与冷漠。既然，"人"的躯体内或多或少地潜有"恶"的元素、"匪"的因子，那么，抑恶扬善，惜爱释怨，便永远是一部人类常读常新的大书。

善良的人们啊，请不要忘记：只有对历史的苦果进行痛苦的咀嚼，才能举起未来欢乐的杯盏。

1999 年 9 月 16 日于军艺

《沂蒙匪事》赘语

《沂蒙匪事》和《祖槐》（见《中篇小说选刊》1999 年 6 期），都是篇幅较长的散文，这是我首先应该向读者说明的。

小说是人类创造的伟大的谎话，散文贵在真实。如果说好的小说是作家从千百万吨生活的矿藏里提炼出的几斤"谎话"（这"谎话"有时比真实更真实），那么，以真人真事为特质的散文，却排斥作家的虚拟性。特别是写历史题材的散文，一旦存有情节和细节的虚构，作者不仅会失却了历史的责任感，也会被熟知你所描写的那段历史的读者嗤之以鼻。

好的小说当然可以当散文来读，但散文是不可以当小说来写的。我以为，散文不论长短，最要紧的一个字眼是"真"，即从真人真事中自然流露出的作者的真情实感。我曾在一篇阐述艺术真善美关系的小文中写道："真善而不美者有之，若慈祥之老妇；真美而不善者亦有之，若色彩斑斓之毒蛇，唯不真而善美者不见。"我这样说的目的无非强调，"真"是一切文学作品赖以生存的基础。即使神话故事、科幻小说、童话寓言，若不充溢着人类的真情实感，也不会打动读者的。

拙作《祖槐》通过明初农民大迁徙的那段历史，试图去思索整个人类的生存空间，抒情色彩略浓一些；而《沂蒙匪事》则是一篇记事散文，偏重于写事。文人非史家，对某一段历史作宏观纵横之说，必得征而有信，才能防止以讹传讹，才能表征盛衰，殷鉴兴废。《匪事》中所记述的每个人物，每个情节、细节，乃至每个地名、村名都是真实的，我都努力做过考证。小说典型性的获得依靠想象和虚构，散文中的"真"，当然也需要作者去发现，去提炼和提升，才能获得文学所需要的东西。

喜欢读一点中国近代史的人，恐会与我有同样的感觉，那就是不忍卒读。晚清以来至20世纪的前半个世纪，外扰内患，天灾人祸，常会使读史人心灵的弦索禁不住悚悚战栗。前些年我到沂蒙山中生活时，翻阅过大量的地方史志，在沂蒙"民国志"中，有名有号的土匪多达五十八杆，有关匪患的记载，更是连篇累牍。仅蒙阴一县，在民初的三十余年间，竟发生六百余起匪祸。匪祸之烈之惨，亘古少有。每当我与20世纪同龄的沂蒙山中的长者们谈及匪事时，他们亲睹亲历的每一个情节和细节，都曾使我陷入久久的沉思。

《匪事》写的是"匪事"，而不是"匪史"。即使写一本比砖头还厚的书，也难将那一桩桩令人闻而窒息的匪事全部记录下来。关于写《沂蒙匪事》的缘由，我在《匪事》的开头和结尾都已表述过。我的用意在于，通过几杆土匪、几桩匪祸、几个近代匪首，去剖析滋生土匪的社会因子。这其中有地理环境闭塞、文化素质低劣的原因，有贫富悬殊、官逼民反的原因，也有吏治腐败、兵匪一家的原因，更有人性中"恶"的一面在动荡年代里毫无顾忌地大释放的原因，这才使"土匪"这个特殊的社会群体恣意横行，这才结出了"土匪"这个历史之树上的大毒瘤。在解剖这个"毒瘤"时，我尽量避免去写那血淋淋的场面，有些地方点到为止；我力求将粗俗野蛮的匪事，写得远离地摊文学，写得稍雅致一点儿。因为我知道，真实似火，它可以烛照黑暗，也可以灼人致死。

感谢《中篇小说选刊》在选载了《祖槐》后，又选载这篇东西，使更多的读者读到它。编辑部的同志决定选载时曾电话中问我：你的《匪事》是否旨在呼唤人性复归？我回答"是"。选家眼光锐利，一下便把作者的创作意图看清了。

沂蒙山是一架善良、憨厚、纯朴而富有奉献精神的大山，我在以前的作品中曾多次赞颂过这架大山的品格。《匪事》中写到的匪首赵嬷嬷不是沂蒙山人，据说刘黑七的爷爷辈上也是从外地迁来沂蒙的。我想匪首的祖籍何处并不重要，因为他们毕竟不是来自异国，而是我们这片土地上长出的怪胎与恶胎。况且，"文革"时期，悲剧曾又一度在沂蒙重演。当时，一大批被划为"保守派"的干部和群众，被逼上了沂蒙山中的马陵山，称之为"马陵山土匪"。于是，所谓的"土匪"与所谓的"棒子队"曾多次展开枪战、炮战，死者六百，伤者近万，被捕者达四万之多，使革命老区沂蒙山又一次元气大伤。这新的"匪事"是在当时山东当权者的导演下，沂蒙人打沂蒙人的一场混战。历史的河流有时被搅得十分浑浊，只有经过岁月的沉淀，才能看清底细。所谓"马陵山匪事"比民初的"匪事"更为复杂，更难诠释，现在去作纵横之论，显然为时尚早。

一个有竞争的社会才是一个生机勃勃的社会。一个有序的社会才能实现公平竞争。竞争里当然含有竞争者的欲望。然而，一个有序的社会在尽可能满足单个人欲望的同时，也与某些人的欲望的无限扩张，构成了永恒的抵牾。不顾社会残破，不顾损害他人，不择手段地去实现个人欲望的人，不论他是高官还是平民，我们都能从他们身上看到"匪"的因子。

人类将一切飞禽走兽驯服之后，已到了正视自身"弱点"的时候了。

2000 年 4 月 2 日夜　急就于军艺

飘逝的绝唱

一

那是一个理性晕眩的年月。文化原野上的寻找被完全冻结，精神土地上的耕耘被视为非法。人们本来多彩的心灵，仅能在"语录本"组成的红海洋里统一洗涤与净化。

当时我还不满二十岁，在青岛某野战军军部搞报道。眼见图书馆的大量藏书即将付之一炬，生性爱书的我，遂生"窃书"之念。那时写稿没有稿酬，却多有像章赠予。我用数百枚像章"买通"了图书管理员，获得古今中外名著四百余册。我虽为士兵，但因写报道分得一间单人宿舍，这便有了"金屋藏书"的条件。尽管当时有八个完美英雄常在耳边纵情歌唱，尽管红灯一盏已把征途照亮，但每至夜阑人静，我还是房门紧插，怀着好奇心去读那些"黑书"。开初，我尽管提醒自己且莫"中毒"，但在那散发着墨香的书页里，却发现了那么多坦然奔驰的灵魂，那么多有着七情六欲的精灵，他们或长啸或低吟或悱恻或缠绵或欢悦或悲伤，都以难以抵御的鲜活与迷人"俘虏"着我。美不胜收的精神大宇宙，在有限的书页里进行着无限的拓展……

记得看《红楼梦》读到第二十三回时，有这样的细节：宝玉把他正偷读的《西厢记》推荐给林黛玉时说"真是好文章，你要看了，连饭也不想吃呢！"黛玉"接书来瞧，从头看去，越看越爱，不顿饭时，已看了好几

115

出了。但觉词句警人，余香满口。一面看了，只管出神，心内还默默记诵"。儿时，我仅看过一些《西厢记》的年画，读初中时，也翻过《太平广记》里的不足三千言的《会真记》，对那能使林黛玉齿颊留香的《西厢记》却未读过。我忙从那堆"黑书"中匆匆查找，竟找到了中华书局及古典文学出版社刊行的诸多版本的王实甫的《西厢记》。

古往今来，描写爱情的读物，车载斗量，恒河沙数。然经历史筛选，能摆到书架上的却万不及一。当精神产品的监督岗哨被拆除以后，王实甫的《西厢记》重又光灿于世，可资一读的金人董解元的《诸宫调》也随之出版，连昔年被士林所不齿、明人李日华所编的"南西厢"也搭车兜售。有了比较便有了鉴别，在众多的"西厢"中，独"王西厢"乃旷世一绝唱，"若玉环之出浴华清，绿珠之采莲洛浦（朱权）"，是真正的花间美人。

今人出游，往往会被古时文人用美的魔杖点化出的诗意所诱引。也许年轻时读"王西厢"曾产生过心灵的震撼，那"绝唱"的发祥地普救寺，早已成为我精神故乡中的一株菩提树。

是什么使王实甫的一管弱笔那般神奇而空灵？

是什么使佛寺中一双情侣的心灵像琥珀般晶莹？

是什么使西厢里两个恋人的情感如醇醪般浓烈？

在新千年的第一个仲春，我心灵的马车里载着几多困惑、几多惆怅，来到永济市普救寺，重温那让人思索不尽、咀嚼不尽的如幻如真的故事。

二

永济，地处黄河中游，位于山西南端，舜帝在此建都时称蒲坂，后改称蒲州。

世界上，大凡一部经典作品的诞生，都离不开独特的历史、地理尤其是文化的烛照。当我一踏上永济这片古老的土地，便强烈地感受到，一曲旷世绝唱在这里诞生，乃天经地义之事。

九曲风涛的黄河，由内蒙古草原掉头向南，劈开黄土高原，直泻华夏腹地，浩浩荡荡的大河将这腹地分为河西与河东，成为秦地与晋域的天然分界。黄河以她金色的乳、旋转的浆，溉泽着永济这片丰土吉壤。

位于河东的永济，南傍中条山。三月的中条山，是由碧绿、草绿、葱绿、翠绿、黛绿、石绿、墨绿、铜绿编织的奋发的世界。遍山野花静谧踊跃地开放着：银白的龙柏吐蕊，金黄的连翘绽放，火红的春梅播香，艳紫的杜鹃含苞……花是中条山春的佩环、春的金钗。中条山中多清泉流溪，那清粼粼碧玉般的泉水，是大山梳妆的明镜；那条条流溪里柔美舒展的涟漪叮咚作响，是奇峰怀抱里的琴弦。

名山藏古寺，胜地多道观。中条山中那星罗棋布的名庵古刹分明在告诉我，往昔的中条山和山中那造物主的杰作五老峰，更加旖旎雄奇。清康熙时有碑文赞曰："条山秀甲三晋，五老峰嶙峋萃峻，秀丽更甲条山。"晋代郦道元《水经注》中对五老峰褒扬有加："奇峰霞举孤标秀出，罩络群峰之表。"从有关方志典籍中，我还得知，中条山中多珍禽异兽。那流云般的珍禽曾抖翮振翼，鸣绕枝头，曾凌虚翻飞，冲刺绝顶，它们是大山的精灵；那数不清的走兽曾在山岩上翻滚嬉戏，宣泄着过剩的精力，也曾在山谷中腾骧奔逐，呼啸着不倦的生命旋风，它们是奇峰的魂魄……

永济城西，有蒲津渡遗址。十年前，考古工作人员从黄河故道的深土里，发掘出四尊小山似的唐代铁牛。此时，铁牛仿佛用那双双诚实的眼睛在告谕我：唐时的蒲津渡口是何其喧哎与炽盛。

早在春秋时，这蒲津渡口就架起黄河上第一座以舟楫竹索相衔的浮桥。盛唐时，浮桥的竹索易为铁索，蒲津渡两岸，各就地铸造了四尊铁牛，牛以执缆，充作地锚。八尊铁牛重达三百吨，牛之壮硕，足使"河蛟失其怒，阳侯（古代传说中的波涛之神）敛其雄"。《永济县志·开元铁牛铭》中，曾这样赞颂铁牛的作用："桥如长虹，筏如游龙，缆之维之，如砥如埔。"正是这浮桥，使一条古驿道西接长安，东连齐鲁，北达幽燕……

就在这蒲津渡遗址旁，还深埋过连当今六岁稚童也知晓的名楼——鹳鹊楼。那灿若仙子的被称为鸟中"贵族"的鹳，曾在黄河那辽阔的水面上，进行着美的翔舞……

汲中条之灵气，纳大河之膏泽，藉渡口之来风，凭华楼之情韵，曩时的永济，当然要出诗出曲出美女出才子也出爱情。

旷世文宗韩愈攀拾中条山，情不自禁地吟道："条山苍，河水黄，浪波纭纭去，松柏在山岗……"

一代诗翁王之涣登临鹳鹊楼，口占的那首向被推为五言绝句之首的诗篇，仍令今人怀着"欲穷千里目"的憧憬，去进行着心灵的登高。

中国的成语有着极其惊人的概括力。对古代四大美女西施、赵飞燕、貂蝉、杨玉环，墨客骚人仅用"沉鱼落雁""闭月羞花"八个字便言尽了她们的曼美之态。唐代两位顶尖级的大诗人李白、白居易那"云想衣裳花想容""回眸一笑百媚生"的诗句，都是极言杨玉环美貌的。杨玉环就出生在当今永济市的独头村。

美是充满生命的人和物。然而，山水再美不是诗，诗是诗人多情的产物；胜景再佳也非画，画是画子情感的挥洒。因此，只有"江山如画"之说，而绝无"画如江山"之理。同样，美哉丽哉的爱情，也需要审美家去鉴赏，去挖掘，去升华。这一切都离不开培植美的文化土壤，发现美的文化目光。

河东一带，向为人文荟萃之地。在永济的邻县闻喜，有山村曰裴柏，裴柏仅二百余户人家，历史上竟出了六十四位宰相，成为名贯三晋的"宰相村"。永济市虽无一村出过那么多宰相的风光，但古时的永济，也代有英贤文圣，彪炳史册，比之闻喜毫不逊色。至今，当地百姓仍自豪地唱着这样一首歌谣：

> 一巷三阁老，
> 对门九尚书。
> 站在古楼往南看，
> 二十四家翰林院。
> 大大小小知州县，
> 三斗六升菜籽官。

旧时的科举制度，是文人通向仕途的基本途径。像那"三斗六升菜籽"一样多的大官小僚中，即使筛簸掉大半靠捐官、买官、世袭及裙带关系爬上官位的人，余者如果在历史的走廊里排列起来，也称得上毂击肩摩，张袂成荫了。最令我浩叹的是，仅从一本《唐诗选》里，就能列出张巡、王维、卢纶、吕温、柳宗元、聂夷中、柳中庸、司空图等八位永济人的名字。

一座崇尚"六根除净"的梵王宫，何以变成情波激荡的武陵源？只要走近普救寺，这个谜底便不难揭破。

普救寺突兀于平川的一高高塬上，塬阔达七万平方米，南、北、西三面临壑，也许因昔年永济多才子的缘故，此塬称"峨嵋"，塬也有了诗意。塬西数里处，便是蒲津渡，风涛黄河为普救寺系上了一条金色的飘动的绶带。陡峭的塬南脚下，便是西承蒲津渡口向东延伸的古驿道，这给秦晋齐梁的代代风流才子，踏着大河的情波流韵，来普救寺盘桓提供了坦途。站塬上，十里外的中条山悠然可见，面对那似虎似豹似鹤似鹳，若游若吟若飞若啸的五老峰，词人曲家，焉能无诗。

普救寺始建于南北朝晚期。唐武则天敕命扩建后，常御驾来寺焚香，时称"武娘娘功德院"。明嘉靖乙卯冬，唐寺于大地震时倾圮一旦。越十载，一座明普救寺又拔塬而立。抗战期间，寺内起火，除佛塔独存外，明寺又沦为废墟。直到 20 世纪 80 年代，山西旅游部门为使游人来峨眉塬探赜索隐时，不再徒生"空留佛塔映斜阳"的唏嘘，遂拨巨款按唐时旧制重建了普救寺，还"商心别具"地在原唐寺临壑而建的后花园上端，筑起大院中套小院的"情侣园"，以使前来游玩的现代情侣们，再度新翻西厢曲，双至西厢咏西厢。

我面对的普救寺是今人的"复制品"。

"复制品"里往往很难含纳历史文化的原汁原味。

好在从塬上发掘出的隋唐之佛雕石刻犹在，好在杨、李王朝时佛殿、经阁之檐角上的琉璃、瓦当、鸱吻、兽头多有遗存，好在唐寺铺地用的镌有乳钉纹、莲花纹的方砖大量出土，且又嵌在今寺的甬道上，更好在历代文人咏吟普救寺的妙文华章美不胜收，我还是能从这复制品里捕捉到它的悠悠古韵。

普救寺的山门建在塬南壑下,与钟楼、佛殿、舍利塔同在一中轴线上,它们次第层层见高,浑然一体。站塬下仰而视之,犹如天上宫阙。我猜度,唐寺所以这样建构是为了让人景仰佛的庄严。但因这寺有了崔莺莺、张生那令人可望却难及的灵与肉的完美结合后,它更生发出几多崇高感和神秘感。

倘若将唐时的普救寺喻作一鸿篇巨制,它的结构布局,堪称大笔勾勒,足以显示古蒲州文化的汪洋恣肆。而具体到寺中的每个建构、每处细部,也无不回环跌宕,曲处下笔,呈示着古蒲州文化人的绮思机心。

盛唐时期,大到建筑小至服饰,都是色彩迸发的年代。泱泱大唐,仿佛要把普天下最瑰丽最炫目的色彩,全部采撷过来装点它的雍容华贵。遵武则天敕命扩建的普救寺,无论是金钉朱户的山门,还是琉璃重檐的钟楼;无论是富丽堂皇的经阁、禅房,还是镂金雕玉的配厢、亭榭,无不五颜争辉,七色竞彩。中条山中的飞禽走兽,绘影绘神地融进了殿宇檐角上的塑雕;五老峰下的奇花异卉,神完气足地化入了回廊里的图案。这唐寺内,曾有百株大夫松矗立着秦晋的风骨,又有千竿君子竹摇曳着吴越的妩媚……

这山这河这浮桥,这塬这寺这佛塔,更有古蒲州丰厚的文化意蕴,都为元人王实甫从历史的幽井里打捞那个唐时发生的、几经笔传舌播的佳话,去重新建构一座经典爱情的琼阁,提供了用之不竭的檩楹甓砆。

三

绝色女子是上苍鬼斧神工的大艺术。

这大艺术喷射出的大美,曾倾倒过几多王朝,也曾疯魔过朱门绣户、蓬庐茅舍;这大美曾使盖世英雄五尺刚化为绕指柔,也曾使布衣韦带神魂颠倒情难自持……

自从祖露着赤裸裸的真实的亚当与夏娃,在我们居住的这颗星球上碰撞出第一缕美的彩虹后,人类就沸腾起一种原始冲动里纳含着的伟大的渴望。在人类历史的进程中,曾有多少人乘着生命的一叶扁舟,驶向鼓荡着大雷雨的爱河情海，不畏舟摧楫折的死生，遥望美丽如海市蜃楼般的彼岸，去进行着灵魂的探险。

王实甫笔下的崔莺莺、张君瑞就是这样的探险者。

似乎上苍早就为这对恋人心灵的约会做过精心的设计。只要细读过《西厢记》的人，站在普救寺山门前，双目微合，脑际中便不难幻化出唐贞元十七年杏月，那旷男怨女相识前的情景。

两辆来自京师的马车，颤颤悠悠地碾过蒲津浮桥，辚辚萧萧地向普救寺驶过来了……

一辆载着前朝崔相国的棺椁，另一辆坐着相国的孤孀郑夫人、爱女莺莺、稚子欢郎及丫鬟红娘。莺莺年方十九，针黹女红，诗词书算，无所不工。此时，郑夫人举家扶亡夫灵柩，欲去相国之故里博陵安葬。恰值蒲州军乱，无法东行，不得不寄篱于普救寺的"梨花深院"……

一匹瘦马由书童牵引，驮着洛阳才子张君瑞沿着古驿道由东而西，款款连连地走过来了……

张生之严君曾官拜礼部尚书，不幸五旬溘然长逝，继而慈闱又玉楼赴召。父母双亡，张生裘弊金尽，书剑飘零。他自幼萤窗雪案，刮垢磨光，胸有丘壑，笔有藏锋。然命运多舛，及至二十三岁仍功名未遂，冷衾无侣。适逢是春德宗降诏，开科取士，张生自恃有陆海潘江之才，视金蟾折桂如拾草芥。赶考途中，他一无挂碍，悠然自得。下榻蒲州后，他先是赏玩了蒲津渡口，志存高远地口占了那"竹索缆浮桥，水上苍龙偃"的诗篇，又被那直侵碧汉的舍利塔所吸引，便信步东向，来到普救寺山门前，游也豫也地拾级而上，移步于喷射着盛唐华彩的寺中……

寺中九曲回廊傍近月亮门的一侧，曾是张生的"惊艳"处。

当长叹"花落流水红，闲愁万种，无语怨东风"的莺莺，遵母命与红娘走出"门掩重关"的梨花深院，穿过月亮门，款款点点地来到寺内，"弹着双肩，只将花笑拈"时，蓦地被游兴正浓的张生窥见了，莺莺的绝世姿容立时攫住了张生的目光，燃亮了他的双瞳。惊呆过后，张生石破天惊地呐喊道："呀！正撞着五百年前的风流业冤！"

张生虽一介寒士，但毕竟是官居一品的礼部尚书的遗孤，且又来自向被誉为"国色天香"的牡丹之故乡、唐时之陪都洛阳，用张生自己的话说，他见过的玉人何止万千，为什么独有崔莺莺使他"眼花缭乱口难言，魂灵儿飞在半天"呢？

这是因了莺莺是一美于众美的殊美之女子。

正当张生忘情地鉴赏着莺莺的绰约风姿时，被红娘一眼瞥见，她忙扯起莺莺的素纱长袖，欲往回返。被人欣赏向为美姝丽媛的一大快事。实际上，张生瞧莺莺时那如痴如醉的憨态早被莺莺觑到了。此刻，她仍不嗔不喜，莲步轻移芳径，临去时蓦然回首，向张生投以"秋波一转"……

至美者的"秋波一转"，是天国瑶池里的圣波在人世间的俄而一闪，它仿佛能把世界上的一切曼妙与绚丽都集中于那芳菲一瞬。至美者秋波一转里流泻出的美，与轻佻女郎吊眉眼时所传递出的光，有着云泥之别。至美者秋波一转里所生发的美感，与美学家理论上的美感最为接近，它不包括生理上的快感和经验上的欲感。它是一种人们像崇拜圣母时一样的圣洁的美感。

随着莺莺"临去秋波那一转"，沉浸于"兰麝香仍在，佩环声渐远"的氛围里的张生，心灵中产生了一种如沐圣雨、如饮琼浆的不可言喻的愉悦。

太理性太实际的人，只会用功利的彩笔精心涂抹自己的脸谱，他们常是把生理冲动裹上层层纹饰，不许它露出本来的面目，以适应他人纷纷、纷纷他人的社会。这样的人，绝不可能成为经典爱情的主人。男子多是先拥抱功名利禄，然后再拥抱女人。

张生却是封建士大夫阶层的"异类"。这位原本有着"云路鹏程九万里"志向的才子，在接受了绝色莺莺那"秋波一转"的朦胧的深浅莫测的爱的信号后，便断然决定不再赴考，抛弃那触手可及的"书中自有黄金屋"，而去追求眼前的"颜如玉"。他几经周折，终于借居于普救寺大雄宝殿的西侧一厢，去做灵魂的探险者。

我从张生的"惊艳"处，走进了大雄宝殿。这里曾是张生闹道场的地方，这里曾上演过一幕因"美"而生发的佛门闹剧。当三月十五月圆时，众和尚为崔相国做水陆道场。张生闻知，也随了一份斋追荐父母，欲再睹莺莺芳容……

在张生焦渴的殷盼中，素缟白裙的莺莺踏着月色走来了，犹如"玉天仙离了碧霄"，当莺莺袅袅婷婷地走进大殿，张生凝目而睇，但见莺莺"檀口点樱桃，粉鼻儿倚琼瑶，淡白梨花面，轻盈杨柳腰"，如白荷出水，似月夜玉兰。楚楚动人的莺莺，不仅再次惊煞了张生，也使庄重肃穆的佛殿里的众和尚，乱了方寸，没了章法。

王实甫仅用《乔牌儿》《甜水令》两小段曲牌，便将众和尚睹美时销魂夺魄的情状，描绘得颊上三毛：那坐在法座上的年老法师，两眼直勾勾地瞅着莺莺，竟忘了念经；那击磬的班首，因目不转睛贪看莺莺，竟把手中的磬锤改变了方向，将身旁小和尚那光光的秃头当成木鱼儿敲；而被敲的小和尚因全神贯注莺莺，竟也不知疼痛……此时大殿内的众僧徒，不论老的少的、丑的俊的、愚钝的聪明的，无不呼不给吸，神色恍惚，心摇目荡，颠三倒四，以至于烛尽无人点，香灭无人燃……

佛门本是训谕人们收敛内心截除欲念，以达物我两忘四大皆空的地方。但有着鲜活肉体的人毕竟不是石雕的罗汉，在至美者面前，也会解除心灵的防御和装饰，敞开并袒露出人性中爱美的本相，还原为凡胎俗骨。

爱美的天性贯穿人类的起始和终极。《诗经》有"美目盼兮"的咏吟，而汉代乐府诗《陌上桑》，则将人的这种天性描摹得活龙活现：

行者见罗敷，
下担捋髭须；
少年见罗敷，
脱帽著帩头。
耕者忘其犁，
锄者忘其锄；
来归相怨怒，
但坐观罗敷。

诗中的行者、少年、耕者、锄者，来的去的，怨的怒的，皆因争睹罗

123

敷的花容月貌而忘乎所以的情状，与《西厢记》中的法师、班首、头陀以及张生迷恋莺莺俏娇之丽的场景，可谓异曲同工。

今普救寺的佛洞里，藏有一刻有莺莺手掌印的唐砖。据传，当莺莺在大雄宝殿追荐先父亡灵时，被众和尚盯得娇羞难禁，作罢道场，不待红娘搀扶，便匆匆欲返闺房，在抬脚迈越大殿门槛时，不慎腰一闪，险些跌倒。莺莺右手提着罗裙，只得将左手触地，因支撑力过大，便在门前的砖尘上，留下了那沾有香脂腻粉的纤纤玉手的清晰印记。时被寺内一青年匠工发现，便画影刻形，烧砖标记。这遗存千年的至美者的掌印，印证着当美的闪电划过时，人们崇拜美的心态是何等狂颠⋯⋯

爱美是人的天性。审美则需要文化。缺乏文化的审美，仅是一种表层而原始的欲的冲动，全然没有温文尔雅，而粗野的"审美"，甚至把"美"放逐到娼妇的位置。

王实甫是美的鉴赏家，细检《西厢记》，他笔下的崔莺莺、张生也是美的鉴赏家。莺莺蔑视众和尚那贪婪而充满肉欲的目光，选择的是夺路而逃；而对才情俊逸的张生对她的鉴赏，却显得不嗔不喜，仪态万方，且临去时报以"秋波一转"。我猜度，张生在"惊艳"时，必定会从大家闺秀莺莺那"秋波一转"里，读到了比国风、楚辞、汉赋、唐诗还要美的风韵，读到了比中条山中那挂有露珠的龙柏花、连翘花还要美的风雅，也读到了比翔舞在辽阔黄河水面的鹳鸟还要美的风姿⋯⋯

我徜徉在普救寺中，思绪绵绵。

尽管北周时那石雕的菩萨仍以千古不变的笑容和目光面对着今天的世界，尽管那高耸的舍利塔早已易名莺莺塔，尽管那竹影摇曳的铺有唐时乳钉纹、莲花纹方砖的甬道上曾留下绝代佳人的芳踪，尽管张生"惊艳"时的月亮门仍像唐时那般雅致，然而，人们再也不会像张生那样，为上苍创造的"大艺术"喷射的"大美"所照亮，所融解，所俘虏，所征服了。类似张生"惊艳"的事情，在当今这个世界上再也难以发生了。即使一千个佳丽同时摔倒在地，两千只玉手的印痕嵌入埃尘，也绝不可能再有人为她们画影刻形了。

美早已从深宅大院的秋海棠的花影里走了出来，美早已揭开了那被金幔玉帐所笼罩的神秘的面纱，以千种风情、万种妖媚，呈现于世。人性解放是惠风，佳丽是杨柳，没有惠风吹拂的杨柳，我们这个世界将多了多少寂寞，少了多少欢欣！

这无疑是人类社会文明一次质的飞跃。

然而，正如美的艺术造型都有着它的黄金分割线一样，人类人性及个性的解放，也应该有着它的临界点。

1971年盛夏，法国"自然派"的金发女郎们，首先撕开了美的面纱，半裸于海滩浴场。此风一开，旋即蔓延到希腊、西班牙和意大利等各国海滩。继而，全裸女子又纷纷祖示在西方各国政府划定的全裸海区。法律在满足了"自然派"吁请的同时，也使得女子的胴体，不再成为人世间永恒的秘密……

更令人瞠目的是，在当今日本的一些温泉宾馆及酒店里，竟出现了一道名叫"女体盛"的菜肴，把扶桑人的"饮食文化"推上了"极致"。中国有古语曰"秀色可餐"，而真正将之付诸"实践"的却是我们的东邻。"女体盛"是将处女的胴体作为菜盘，这"菜盘"须经三沐五浴，再用冰水冲淋后，才能仰躺在餐桌上。食物可摆放在处女胴体的任何部位，食客们可边吃边品评处子的身条容色，醉者亦可拿筷子捣其肌肤，亦可将食物酒水任意喷吐在胴体上，而"盘子"则必须忍气吞声，纹丝不动地忍受着这一切。日本这个在"二战"期间曾野兽般地蹂躏过异域女子的国度，在和平时期，竟这样"文质彬彬"地"消受"着自己的女同胞……

当五洲的美女同聚一城，同登一台，进行着美的竞选的时候；当寰球的服装模特儿共汇一地，共在一厅，尽情地展示着美的时候；当外域的酒吧里，顾客悠闲地喝着咖啡，在几个小时内，便把各种族的美女的胴体于脱衣舞中全部览遍的时候，那"大艺术"的震撼力便大大减弱了，人类接受美的信号也随之迟钝了。

在我们这个国度里，当某些大款在流光溢彩的某些舞厅里，拍着佳丽的脸蛋像拍凉粉一样随便的时候；当某些大腕们在忽明忽暗的独自包下的恋歌房里，面对一排丽人像挑选一碟儿下酒菜一般随意的时候；当某些烛光憧憧的酒吧间里，三陪女闪着挑逗的目光，与腰缠万贯的洋佬阔少，同吃"交杯酒"的时候，美在遭到亵渎的同时美也失去了对自身的珍爱……

四

当痴男怨女的心被封建礼教的蚕茧密密匝匝所包裹的时候，两心之相知、相应、相求、相恋直至以身相许，可谓艰矣，难矣，苦矣，涩矣，绝少矣！有情人那鲜活的心，只能在门阀观念的钳制下屈从，只能在伦理纲常的樊篱中禁锁，只能在封建道德的桎梏下呻吟。

封建婚姻连"眼缘"都显得那般悭吝，"心缘"更无从谈及。"饮食男女"只能在洞房花烛夜掀开红盖头时，方识得"庐山真面目"。张生虽意外地获得了莺莺"秋波一转"的眼缘，但要想与莺莺达到心灵的相互印证，进而喜结连理，则必须以全副身心为赌注，在古老礼教的重压下昂起头颅，在门阀理念的高檐下昂起头颅，在含情脉脉的抚慰和恶意目光的扫射中昂起头颅，在希望的曙色和绝望的暝色中昂起头颅。

大凡读过《西厢记》的人，都知悉在崔张爱情道路上横亘着"三座大山"，而每一座都是那般难以逾越。

一乃封建礼教。

莺莺作为已故崔相国的千金，更需恪守"非礼勿视，非礼勿听，非礼勿言，非礼勿动"的孔孟之道。加之崔母尤崇周公之礼，"治家严肃，有冰霜之操"，内无应门五尺之童，年至十二者非呼唤不得步入中堂，这就使莺莺成为幽禁在深闺中的一只不能飞鸣、不敢跳跃的小禽。虽然张生借居的西厢与莺莺寄住的梨花深院仅隔一墙，但"男女授受不亲"的古训，使得矮矮花墙变为阻挡崔张萌发爱情的"世界屋脊"。

二是门第差别。

莺莺之父乃"一人之下，万人之上"统领六部九卿的相国，驷马高车，南面百城，门第是何等显赫；而张生虽曾是礼部尚书之子，然家道中落后，孑然一身，早已沦为断梗飘蓬的白衣饿夫。崔张门第相较，判若霄壤。传统婚姻最讲究"门当户对"，门第常常是男女构筑香巢的第一块基石。莺莺早已不属于她自己，她属于一个家族，代表一个阶层，倘若嫁给张生，会被簪缨之族诮为彩凤随鸦，会大大有辱崔氏门楣。

三为名花有主。

此时莺莺已许给郑尚书之子，崔相国夫人之侄郑恒为妻。"好马不配二鞍，好女不嫁二男"是封建婚姻的金科玉律，莺莺必须生为郑家人，死为郑家鬼，玉楼赴召后其贞节牌坊也必须立在郑氏松楸里。如果莺莺冒天下之大不韪，见异思迁，琵琶别抱，不啻把自己置于被封建文化审判的"荡妇"的位置上。

可望而不可即的事物里，包含着神秘，神秘是一种大美。朦胧缥缈的爱，当也属神秘的范畴。自从人猿揖别以来，向往爱便成了我们居住的这颗星球上的饮食男女，对于星星和月亮般的憧憬和敬礼。越是神秘的东西，人们越想走近；越是难以采撷的"感情禁果"，人们越想摘之品之。汉字中"二人"为"天"，可见爱情之于人类，本是至高无上且能笼盖一切的。尽管封建礼教的桎梏是那般严密结实，但浪漫爱神，却从不顾及那些虚伪的道德，一旦具备生发爱情的氛围与环境，那被囚禁的"情感的狮子"便会冲破囚笼，上演一幕幕荡魂摇魄的爱的悲喜剧。

普救寺就具备着崔张滋生爱情的环境和氛围。

曾作为武则天"功德院"的普救寺，无论是梨花深院还是寺后花园，都有着相当贵族化的生命空间。花园中，有叠石假山，碧池清溪，可使有情人流连于绿波微漪、岚影沉浮的情致里；有飞檐翘角的鸳鸯亭两座，小桥曲径将二亭相连，可使"一个潜身曲栏边，一个背立湖山下"的情侣唱诗酬韵，鸾凤和鸣；长松矮柏、翠竹柳丝掩映下的花荫里，有当年武则天黉夜焚香的拜月台，更可供才子佳人共绘一幅清丽柔美、恬静温馨的月夜幽会图……

寄身于禁欲的梵王宫里，崔母误认为是来到一片净土上，竟放松了看管莺莺的警惕性，她不仅恩准大门不出二门不迈的莺莺，到有着武陵源般景致的寺中遣兴释愁，还特许莺莺于夜阑人静时至后花园拜月焚香。当"惊艳"后的张生从和尚嘴里得知莺莺夜间的芳踪后，未待月上东墙，这"至情种"便来到花园墙角伫候。他"侧着耳朵儿听，蹑着脚步儿行；悄悄冥冥，潜潜等等"，"等待那齐齐整整，袅袅婷婷，姐姐莺莺"……

氛围很奇妙。优美的氛围，常常使人也变得优美。古人所谓"景乃诗之媒（谢榛）"，"会景而得心，体物而得神，则有灵通之句"，"不能作景语，又何能作情语耶（王夫之）"等诗论，无不道出了特定的优美氛围，可大大提升人们的审美感知。

月朗风清，玉宇无尘，银河泻影，花阴满庭……在这如诗如画的氛围里，莺莺由红娘伴陪，走进了花园里。

有情人眼里，无物不情。此刻，在张生看来，皓月宛似天生玉质的美人，望之弥近，接之弥远。随着薄雾轻起，香霭四溢，这多情才子怎不诗兴勃发：

> 月色溶溶夜，
> 花阴寂寂春；
> 如何临皓魄，
> 不见月中人？

这缘境而发的诗句，伴着明月清风字正腔圆地送入莺莺耳中，岂能不勾起幽闭深闺的怀春女的几多凄楚、几多悲怆！莺莺也是"胸藏锦绣，笔吐珠玑"有着文君之才的淑女，对父母包办的那门当户对婚姻显然是不满意的。她的表兄郑恒乃器小盛大、耽于逸乐的膏粱子弟。面对有着司马相如之才之貌的张生，她仿佛一下觅到了以吐胸中块垒的知音，当即和道：

> 兰闺久寂寞，
> 无事度芳春；
> 料得行吟者，
> 应怜长叹人。

这是棋逢对手的应唱，这是"七步"与"八斗"的酬和！莺莺的和诗比那"秋波一转"时所生发出的圣光更具魅力，张生当会陡生醍醐灌顶近乎奢侈的感受。月下的莺莺，更像天使的化身！

在经典爱情里，诗常常是传情递爱的媒介。

诗是情绪的色彩。空灵与和谐，是诗的生命。诗不是人的某一感官的享乐，而是全感官乃至超感官的精灵。是诗，使莺莺获得了"心有灵犀一点通"的愉悦；也是诗，使张生得到了"千古难得一知己"的快慰。

在经典爱情的读本里，爱情本身就是优美而纯洁的诗。

现代恋人，恐很难走进崔张以诗为媒的那种环境与氛围中了。

生态失衡已使大自然不复完整，更不复灵气弥漫。人类生存空间的狭窄使心灵空间也日见拥挤，连动物也日渐蠢笨，退化失却了灵气。商业性流行文化的气浪，早已将人们胸中的浪漫诗神卷走，条条消费信息的管道给现代人的心中注满物欲，心也不复空灵。

当我们于夏夜走在上海滩上，看到一张长椅上挤着几对恋人旁若无人地拥抱热吻的时候；当我们于暑日站在青岛浴场，看到海浴的人群拥挤得像一锅饺子的时候，你会不胜唏嘘：早年恋人们那种花前月下，羞羞答答，执手相对的时代早已逝去。当我们在某个公园的树荫下或草坪上，看到一对对时髦男女侧身而卧，身边残存着一堆生活垃圾的时候；当我们在某条街巷或某个商店，看到一双双俊男靓女因了一件鸡毛蒜皮的生活小事，而突然相互指鼻大骂的时候，你会感慨不已：心被现实问题塞满的现代人，已经失却了那份心境那种素养，去走进经典爱情中的诗情画意了。

崔张月夜和诗，仅是爱神向这双痴男怨女投来的一抹云霞。对于崔张来说，要想将理想的彩云降临到现实的普救寺，仍戛戛其难。抑或上苍有眼，有意用赤绳将崔张系定，竟遣凶贼孙飞虎来"推波助澜"。

叛逆孙飞虎本乃蒲津渡河桥守将，闻得莺莺"眉黛青颦，莲脸生春，有倾国倾城之容，西子太真之颜"，便统领五千人马，将普救寺团团围住，欲掳莺莺为妻……封建婚姻那坚如磐石的根基被另一种恶势力所撼摇，崔母在生死攸关时刻，也顾不得门当户对、三从四德的封建教义了，竟答应谁能退得贼兵，愿倒赔房奁将莺莺许他为妻。恰张生儿时的同窗杜确，弃文就武后已官拜征西大将军，统领十万人马镇守蒲关，接张生告急书信后，旋即拨马而来，将"半万贼兵，卷浮云片时扫净"……

然而，人有时又是最负情的动物，在变故过后，崔母竟把诺言掷诸一

129

旁，让张生与莺莺以兄妹相称后，那副封建婚姻卫道士的面孔比先前绷得更紧了。矮矮的花墙，遂又成了阻隔崔张爱情的楚河汉界，使得月下西厢，顿成梦中南柯。一个相思染沉疴，一个悲泪湿香罗……

当张生欲悬梁殉情时，玲珑剔透快言快语的红娘告知张生，小姐深慕于琴，可用琴声倾诉衷肠。

又是一个月色溶溶夜。琴声响起来了。焚香拜月的莺莺被琴声吸引。但闻琴声如发髻上的珠宝嘀铃铃作响，似长裙上的佩玉叮咚咚有声；既像房檐下的铁马儿随风晃动，又像窗帘下的金钩儿敲打窗棂……"其声壮，似铁骑刀枪冗冗；其声幽，似落花流水溶溶；其声高，似风清月朗鹤唳空；其声低，似儿女语，小窗中，唱唱"……

琴声中，莺莺与张生进行着灵魂与灵魂的碰撞，心灵与心灵的低语，情感与情感的交融。

琴声，如同一块巨大的磁石，牵引着莺莺情难自已地走出花园，径直向张生的书房奔去。弹琴的张生觉察窗前人影幢幢，知是莺莺来了，遂更弦一曲，边弹边唱起《凤求凰》："有美人兮，见之不忘。一日不见兮，思之如狂……张琴代语兮，欲诉衷肠……愿言配德兮，携手相将！不得于飞兮，使我沦亡。"凄凄然的琴声，意切切的词赋，更有一种摄魂夺魄的力量，莺莺禁不住潸然泪下……

斯时，音乐又成了崔张发展恋情的酵母。

音乐，以音和时间来表达人的情绪的和谐，它有无垠的想象空间，有无限度的弹性，能变幻出无穷的花样，能纳得下无尽的内容。人类的喜悦需要音乐来表达，心灵的创伤需要音乐来抚慰。美的音乐，能使人的灵魂进行深呼吸，能使人超凡脱俗，让人在杳杳冥冥中悟得灵性的奥义。

张生正是将满腹心事付给瑶琴，才使所有的痛苦在琴声中得以柔化，悲凄的眼泪也随着美的旋律化作轻烟。

莺莺纯洁的心也在透明的音乐里洗涤着，升华着，这柔弱女子更坚定了与封建礼教抗争的信心，并渐次由内心的反抗化为外在的行动。

莺莺以红娘作冰下人，经过"锦字传情""妆台窥简""乘夜逾墙""倩红问病"等一波九折的熬煎，终于义无反顾地走进了张生的书房，共赴"月下佳期",实现了她与张生灵与肉最完美的结合。

现代都市里的红男绿女,对崔张这种以优雅音乐结情系爱的方式,恐也很难理喻了。

音乐源自地母,发自天籁,出自心灵,大自然美妙的声音是优雅音乐的母体。在所有艺术门类中,音乐是最富"占有性"和"侵略性"的。绘画、雕塑、小说、诗歌,人们不喜欢的可不必寓目,而音乐却能直侵人们难以设防的耳膜。机器的轰鸣、喇叭的吼叫、喧嚣的声浪,使现代都市人一直处于高分贝的旋涡之中。人们很难有那份心境去接受优雅音乐的浸润,不少浮躁的心灵,只能在七彩镭射的激光灯下,在疯狂的迪斯科里去寻求强刺激……

经典爱情,是青油孤灯下泛黄的线装书,它需要读到地老天荒海枯石烂;经典爱情,是孟姜女万里寻夫送寒衣,它忠贞的泪水足可以哭倒长城;经典爱情,是王宝钏寒窑中的爝火,它虔诚的热力足以消熔武夫的铁石心肠;经典爱情,是罗密欧与朱丽叶饮鸩而亡,同栖一穴魂灵的矢心不二、之死靡它;经典爱情,是哭瞎眼睛的阿炳的《二泉映月》,也是简爱对罗彻斯特远隔千里的呼唤……经典爱情在追求的过程中透出美丽,它使"等待"比"获得"更具魅力。经典爱情的琴弦上常常谱满离恨曲,经典爱情的花笺上每每写满断肠诗。

经典爱情中的男女,几乎无一不经过身心的煎熬、情感的折磨。耐心、韧性、体谅、包涵是经典爱情的代名词。在爱的清规戒律和婚姻法则早已变更的今天,现代人在品味经典爱情时,大可不必去仿效了。然而,绝对的自由也往往会葬送自由的魅力。当有人在仅是一次邂逅中便陷入情网的时候,当有人在一杯三色鸡尾酒刚刚饮罢就坠进爱河的时候,当有人在蓬蓬嚓嚓中三旋两转就投入他人怀抱的时候,这种"闪电式""快餐式""急急风式"的恋情,必然会制造出一批"速死"的婚姻……

唾手可得的东西往往不被珍视。爱的尊严一旦被轻视,便经不起咀嚼,很快变得乏味。爱情一旦省略必要的发酵,酒就酿成了醋,也就缺少了经典爱情中的那三分幻想、三分诗意、三分激情,剩下的仅是欲的疯狂。

五

　　相传，明代有一儒生名唤丘琼山，平素恋栈名胜，忘情山水。某年春日，他行至太岳腹地，忽见古寺一座，巍立于虬柏盘松之间。进得佛殿，丘生暗吃一惊：禅堂四壁，画满《西厢记》的画图，莺莺红娘，绘影绘神，尽态极妍，勾魂摄魄。一排僧徒释子，目盯画幅，打坐修行。丘生不悦，趋前诘问一闭目趺坐的老衲："佛门僧人，应六根清净，洁身自好，焉容得痴男情女的肮脏俗画，乱涂禅堂，使佛头着粪？"老和尚手握念珠，从容答曰："施主有所不知，僧徒正是从这些画中领悟佛学真谛。"丘生不解，越发诧异："真谛缘何而悟？""阿弥陀佛，"老僧双手微合，平心静气道，"《西厢记》中张生'惊艳'时，不曾唱过'怎当她临去秋波那一转'乎？僧徒们正是从'秋波'里悟禅的。"见丘生仍大惑，老僧一语破的："柳下惠乃一俗骨，尚能坐怀不乱，彼能之俺僧家更能为之。崔莺莺初识张生临去时那'秋波一转'，风靡了张解元，却风靡不了吾等恪守佛门戒律的僧人。"……

　　应该说，人是我们这个世界上唯一具有意志的动物。但意志再坚强的人也有某种弱点，都有对某种诱惑的不能抗拒。美色，在诸多诱惑里是最迷人也是最难抵御的诱惑。老和尚掌管的僧徒们面对禅堂上莺莺的"秋波"，心灵上能否修行得了无尘垢，人们不得而知。但老和尚从美色入手，教众僧徒收心敛性，却恰恰抓住了人欲中的根本。

　　渴望爱情，是人类永远难以逃脱的天然律。从某种意义上说，爱情是人的生命的中心与精华，爱情对于青年人，则更是生命的一种不可或缺的养料。然而，不了情谁也说不清，相思债哪个还得起。现代科学宣称：人的大脑是由一百五十亿个神经元组成的，可贮存一千亿个信息单位。以目前的科学水准，要造一个相当于人的大脑功能的电子计算机，需耗资三千亿美元，而这计算机与人下围棋时，仍常常要败在人的手下，可见人是万千生灵中最复杂的高级动物。人的情感的领地，是世界上所有差异里面最为繁复的地方。眼、耳、鼻、舌、身、意，六根难净，灵识相纠，各自寻着不同的路数发展变化。人的见异思迁、喜新厌旧、欲望无尽、"爱河饮尽犹饥渴"的天性，决定了爱情是个答案无穷、永存歧义的课题。

经典爱情的画幅深藏在艺术王国的宝库里，林林总总，灿若云锦，但这些画幅只能在人类向往美的心匣里蓄放，在现实社会里却很难觅到它的倩影。艺术本是痛苦的产物，经典爱情无不是人们在不断地痛定思痛之后，用理想的丝线编织的爱的霞缎。

王实甫的《西厢记》亦然。

不朽的作品，常常缘自幻灭。不朽作品撼动人心的程度，往往与那个时代幻灭的程度成正比。

"只识弯弓射大雕"的蒙元统治者统一中国后，华夏史页上曾出现过最令人难以卒读的章节。蒙元王朝将国人分为十等：一官，二吏，三僧，四道，五医，六工，七猎，八民，九儒，十丐。看来，将知识分子划为"臭老九"并不是"文革"的发明，其"专利权"当属蒙元统治者。元时，儒生学子的地位之卑贱，几与乞丐等同。加之元代在八十余年里中止了科举制度，堵塞了知识分子唯一通往仕途的道路，大多数知识分子只能在社会最底层呻吟挣扎。正直的知识分子，大都具有良知，良知是人类心灵中最为宝贵的珍珠。毁灭物的珍珠还称不上幻灭，粉碎心的珍珠才是一个时代最大的悲惨。当知识备受轻贱和凌辱时，真正的知识分子往往比芸芸众生有着更多的焦虑和痛苦。当良知的光明被恶魔扑灭，当良知的伤痕连上帝也无法医治时，受压抑的良知往往会驱使着诗人去呼唤，差遣着词家去抒发……

永济一带大量的文化遗存证明，发生在普救寺里的崔张恋情故事，是有其生活原型的。最早将这故事形诸文字的是中唐与白居易齐名的大诗人元稹写下的《会真记》。时隔不久，元稹的文友李绅又将这传奇故事写成诗体的《莺莺歌》。无论是《会真记》还是《莺莺歌》，都将张生描写为始乱终弃的薄情文人，绝代佳人莺莺都落了个"为郎憔悴却羞郎"的悲剧下场。北宋诗人秦观、毛滂都写过《调笑转踏·莺莺》，痴情的莺莺也是落了个"薄情年少如飞絮，梦逐玉环西去"的结局。

男女恋情的凄婉悲剧，更能揭示人的本性，使人清醒地看到人性中

"魔鬼"的一面。细检经典爱情的版本，悲剧结局居多。这其中，既有社会因素酿成，亦有人性弱点使然。遥想一代俊逸司马相如，在抚琴高吟《凤求凰》时，他爱卓文君的情感是何等炽热何等奔放何等癫狂，然司马氏高官得坐骏马得骑后，又犯了人类那喜新厌旧的古老的错误，徒令卓文君泣歌《白头吟》……

王实甫写《西厢记》时，并没有在前代文豪设下的路标前停步，他在金人董解元之《西厢记诸宫调》已把悲剧改为大团圆结局的基础上，又将崔张的恋情故事进行了高度升华，在大大强化崔张以人性殊死对抗封建礼教的描写中，把笔锋直刺整个社会。元代是一个吞咽着宇宙间一切天光的历史大黑洞，在那惊人的黑暗里，魑魅翩翩，怨鬼啾啾，官、吏、僧、道，酒地花天，工、农、儒、丐，猪生狗活，整个社会都在做着死之梦。面对这个黑洞，王实甫将自己的心光、胆光与灵魂之光化作希望的火焰，在无尽的黑暗里翔舞……

文有鼓点，教人心颤；诗有佳句，令人眼新。我在读《西厢记》时，常常惊诧：在心灵的珍珠被一个社会碾成齑粉时，王实甫怎会写出恁多大珠小珠落玉盘般的珠圆玉润的文字？

元代社会虽然黑暗，但上苍创造的大自然的原生态并没有遭受多大的破坏。庄子曰："天地有大美而不言。"对古蒲州山川胜景了然于胸的王实甫，该是从那无言的大美里采撷到美的情思的。那九曲风涛的黄河，那蒲津渡凌空飞架的浮桥，给了王实甫海立云垂般的奔放；那凝固在普救寺建筑上的盛唐的最绚丽的色彩，那寺中摇曳多姿的千竿君子竹的青翠，给了王实甫错彩镂金般的典雅；中条山中那锦缎似的清泉碧溪，五老峰上那霓裳似的飞霞流云，给了王实甫出水芙蓉般的洁美；山林间那戛玉敲金的鸟鸣，黄河水面上那灿若仙子的鹳鸟，给了王实甫如梦如幻的空灵……我甚至觉得，《西厢记》是蘸着中条山中那金黄的连翘花和银白的龙柏花上的露珠写成的……

面对元代那偌大的历史黑洞，王实甫在自我营造的美的氤氲里，石破天惊地喊出了"愿天下有情人都成眷属"。此语既出，遂成为叹观止矣的不朽名句。倘若说，莺莺的"秋波一转"疯魔了张解元，那么王氏的

《西厢记》一行世，即疯魔了整个社会。王氏于黑暗中这炽热的呐喊，得到了炽热的回应，蒸发着血气的心灵与受压抑的心灵产生了电磁般的共振……

爱情的含义虽难诠释，但却是全世界的通用"密码"。

"文革"中，我用像章换得的那四百余册"禁书"里，有一套《莎士比亚全集》。在读《罗密欧与朱丽叶》时，我发现莎翁与王氏笔下的主人公为争取恋爱自由时，其处境与心境何其相似乃尔。我曾在王剧与莎剧中各自的一段独白下，沉吟良久，并画下了着重号。

王剧中，当张生接到莺莺那"待月西厢下，迎风户半开，隔墙花影动，疑是玉人来"的脍炙人口的书简后，急切盼望天黑逾墙与莺莺相会时，有着这样的内心呼唤：

> ……欲赴海棠花下约，太阳何故又生根？（看天云）呀！才晌午也……碧天万里无云。空劳倦客身心，恨杀鲁阳贪战，不教红日西沉！……无端三足鸟，团团光烁烁，安得后羿弓，射此一轮落？谢天也！却早日下去也！呀，却早发擂也！呀，却早撞钟也！拽上书房门，到得那里，手挽着垂杨滴流扑碌跳过墙去。

莎剧中的女主人公朱丽叶，出生于维洛那城，是有名的世族凯普莱特家的独生女。这父母掌上的明珠，偏偏爱上了本城另一望族、与凯普莱特家族结下世代积怨的蒙太古的独生子罗密欧。朱丽叶焦灼地盼望日落，殷切地等待与情人罗密欧相会时，也有这样一段内心独白：

> 快快跑过去吧，踏着火云的骏马，把太阳拖回到它安息的所在；但愿驾车的法厄同鞭策你们飞驰到西方，让阴沉的夜幕赶快降临。展开你密密的帷幕吧，成全恋爱的黑夜！……来吧，黑夜！来吧，罗密欧！来吧，你黑夜中的白昼！

王氏与莎翁，遥距几万里，时隔三百载。肤色有别，语言迥异。但他们笔下的张生、朱丽叶，各为赴情人的花下之约，都嫌太阳落得太慢。在内心独白时，一个引用了中国古代神话传说"后羿射日"，恨不得用后羿之弓将太阳射落；一个援引了西方古典神话太阳神之子"法厄同驾车"，巴不得法厄同用马车将太阳拖回安息的所在……

张生与莺莺面对的是门第的差别，罗密欧与朱丽叶面临的是家族的怨恨，两对恋人，要比翼双飞，都需冲破世俗的樊篱。只不过因了时代的差别、民族的不同、文化的差异，莺莺在渴望爱情时，羞涩、矜持、含蓄；而处在欧洲文艺复兴、后人文主义思想浪潮中的朱丽叶，则显得大胆、火辣、奔放罢了。

叛逆精神是人类进步的最活跃的因子，也是一切艺术创新的助产婆。王剧与莎剧，都是以有生命的人性或挑战于礼教或挑战于神权的纪念碑。如果说，莎翁是欧洲"世纪的灵魂"（彭·琼生）；那么，我们也可毫无愧色地说，比莎翁早了三百多年的王实甫及大元曲家关汉卿等，则是黑暗元代的孤傲灵魂。

六

普救寺的大钟楼，兀立在峨嵋塬半坡上，飞檐斗拱，崔嵬雄秀。佛门的晨钟暮鼓，旨在警策世人万念俱空。谁曾承想，曩时叛将孙飞虎率半万贼兵围困佛门时，这雄伟的钟楼却一度变成了"观阵台"。

峨嵋塬下南、北、西三面旷野的厚厚泥土里，虽没有留下叛贼孙飞虎们那被射穿的甲胄，也没有留下白马将军杜确及其兵勇们那正义的箭镞，但在这巍巍钟楼里，却留下了永远不能被岁月卷走的美与丑的记忆，善与恶的哲思。

野蛮起始于动物性。人间的暴力是野蛮的同义语。动物对配偶的占有多靠"力的公平竞争"，人间的暴力有时也能使美色屈服。暴力对美色的霸占，比动物的野蛮走得更远，但暴力和爱却永远不能同居一室。孙飞虎式的对美色的掳掠，无论在任何时代、任何国度，都会为世人所不齿，最终落个"身与名俱裂"的下场。

社会自划分阶级以来，权力便成了人世间最浓烈的美酒。当权力为一个阶层、一个家族乃至为一己的利欲服役时，权力在冠冕堂皇、道貌岸然中对美色的占有，常常显得轻而易举。这种权力的占有较之暴力对美色的霸占，则显得更直接、更贪婪、更无耻。

在门第高耸等级森然的社会里，权力对于婚姻是格外慷慨的，它能让衮衮诸公、贵胄子弟享尽人间艳福；权势对于爱情又是极为吝啬的，它常使痴情男女陷入山险水恶的逆境。当莺莺与张生偷情成功，爱得死去活来天旋地转的时候，被崔母察觉。老夫人明知爱女与张生木已成舟，非但不网开一面，却仍抱着封建权势的僵尸不放。她以相国之门三辈不招白衣女婿为由，威逼张生赴京赶考，并气汹汹扬言："得官呵，来见我；驳落呵，休来见我。"就这样，一根权势的无情棒，又把一对比翼鸟打得各自西东……

在封建社会里，权力常常把爱情扭曲，权力不仅要求美色望尘而拜，而且把美色玩弄于股掌之上。纵观中国古代四大美女，无一不是权力的玩偶和政治的牺牲品。西施和貂蝉，在权力设下的"美人计"的圈套里，充当着政治图谋的孤注一掷的砝码，她们身寄虎吻，只能灵肉分离，曲意承欢，以醒为梦，以梦为醒，在苟且偷生里咀嚼着青春的最大不幸；赵飞燕和杨玉环，是封建皇权幽禁在金丝笼里的两只画眉，是皇帝老儿消愁解闷的天生尤物，她们虽珠围翠绕，象箸玉杯，承歌侍宴，春游春从，皇恩多浴，雨露偏占，但在满朝文武那狐猸惑主、祸水误国的讥讽里，终未逃脱"红颜薄命"的厄运……

细检能在中国历史的回廊里留下倩影的绝代佳丽，也几乎无一不是权力供桌上的祭品。

充塞于汉宫中的采女王昭君，因不屑用银两贿赂宫廷画师毛延寿，看钱下笔的毛氏，便将天仙再世的王昭君画成了寻常胭脂。汉元帝按图索美时，王昭君自然不会进入天子的视野。恰大汉帝国为巩固北方疆域，需一女子充作公主与匈奴联姻，王昭君李代桃僵，奉旨出塞。皇宫里举行欢送仪式时，元帝见昭君姿容绝世，艳压后宫，不免心旌摇荡，怎奈事关外交，覆水难收。毛延寿因犯欺君之罪而身首异处，王昭君也"一去紫台连朔漠，独留青冢向黄昏"……作为民族团结的使者，王昭君已彪炳于史册；但作为一个鲜活的生命，她无疑是在权力的导演下，做了一场销蚀青春撕碎灵魂的高级游戏。

明末江南名妓陈圆圆，出身于货郎之家，少女时便艳惊乡里。因家贫父母将其寄养于经商的姨夫家中，圆圆冰雪聪明，诗词歌赋，一点就通。时逢江南年谷不登，重利轻义的姨夫，将其卖给苏州梨园。圆圆初登歌台，扮演《西厢记》中的红娘，人丽如花，似云出岫，莺声呖呖，六马仰秣，使台下看客凝神屏气，入迷着魔。圆圆遂以色艺双绝，名动江左。初时，圆圆曾与"明末四公子"之一的冒辟疆相恋。出身书宦之家的冒公子，工诗善文，风流倜傥。冒在《影梅庵忆语》中，曾这样追忆过陈圆圆的风姿："……盈盈冉冉……真如孤鸾之在烟雾，令人欲仙欲死……蕙心纨质，淡秀天然，平生所觏，则独有圆圆耳。"就是这样一个南国红袖，却成了权力大餐桌上的宛如当今日本温泉宾馆里的"女体盛"。权贵们将这"女体盛"视为禁脔，竟兵戈相见，诱发了那"恸哭六军俱缟素，冲冠一怒为红颜"的大事变。

当冒辟疆和陈圆圆缔下鸳盟，只待洞房花烛红叶题诗时，冒的父亲忽接朝廷敕命，令其赴襄阳任监军之职。其时，李自成的两股主力已对襄阳形成南北夹击之势，襄阳险如垒卵，监军一职，无疑是送死之官。冒辟疆别陈圆圆急赴京都，奔走豪门，斡旋权贵，历时半载，方使父亲易地为官。这期间，圆圆因无人庇护，先是被田贵妃的妹夫汪起光掳去为妾，继而又让汪的岳父——国丈田弘遇夺去为侍姬。明将吴三桂对"色甲天下之色，声甲天下之声"的圆圆垂羡已久，他自恃功高盖主，又硬是将美人从国丈手中夺来，作为自己的爱妾。李自成攻陷北京后，宰相刘宗敏在分得三十名宫女后，仍淫心难收，又霸来圆圆做内宠。手握重兵、镇守山海关的吴三桂原本是打算归附李自成殿下称臣的。刘宗敏的掠色之举，竟改写了李闯王那短命的大顺朝的历史。明末清初的有关史料记载的吴父派家丁规劝儿子归降时的一段对话，虽寥寥数语，却道出了权力对美色占有的难以克制的欲望。当吴三桂得知其父被囚时，毫不在意，因为这政客深悉，归降后父亲当会安然无恙；当吴三桂得知家产被抄后，淡淡一笑，因为这军阀知道，只要大权在握，旧的家产不仅会完璧归赵，新的财源也会滚滚而来。当吴三桂得知爱妾陈圆圆被刘宗敏霸占后，却怒不可遏了。于是，他不顾落个汉奸的骂名，决然率清兵入关……就这样，李闯王们的宝座，在一个"换手率"极高的南国佳丽的嫣然一笑里，訇然坍塌……

在夫权社会中，人类历史仅是男性的荣耀。美色要么是权力的奢侈品，要么是权力的兴奋剂，要么是权力的家奴，有时甚至沦为"家畜"的地位，只充当着传宗接代的角色。

16世纪法国诗人埃罗埃，写过一部《完美的女人》的长诗。诗中的美女能集迷恋男子的各种特点和手段于一身，无论何时何地都能使情偶乖乖地拜倒在她的石榴裙下。然而，这仅是一种煎水作冰的幻想，世上绝不可能有这等天生尤物。

正因为如此，在男权社会里，权力对美色的占有总是显得那般贪多无厌，得陇望蜀。于是便有了皇帝的三宫六院七十二妃嫔，三千佳丽幽后宫；于是也便有了官僚权贵的三妻四妾、内宠别室、使女侍婢。封建法典，一方面将权力对美色的广纳博采视为天经地义，一方面又训导天下黎庶"存天理，灭人欲"，弱水三千，只取一瓢。

夫权社会的逐渐消亡，使许多文明国家实施了"一夫一妻制"。然而，人性的永远不完美，决定了婚姻的永久不完善。在资本主义国度里，权力对美色的蚕食与鲸吞，美色对于权力的乖顺与附庸，比之神权社会、封建时代，有时竟显得有增无已。

大独裁者墨索里尼权势熏天时，美色对他的躁竞可谓如蝇逐臭，如蚁附膻。墨氏每年都会接到数以万计的情书，最多的一个月里，竟接获情书达四万二千封之多。当今的出版商，已把这些情书节录，冠以《卡洛·迪塞》的书名付梓行世。情书来自各个角落、各行各业各种身份的女性，其中有明星也有舞女，有尼姑也有歌伎，有贵妇人也有村姑，情书大都写得柔情蜜意，香艳缭绕。每日拆情书成为这大独裁者的一大快事，墨氏常从随函附上的玉照里，择其貌美而善解人意者，邀约她们下榻威尼斯宫恣意淫乐。据引迎那些轻佻女子的守门人回忆，在墨氏掌权的二十余年间，他每天都有妖冶女郎相伴，共做露水夫妻。

象征美国最高权力的白宫，历来都是产生绯闻的地方，现任总统克林顿并非是始作俑者。

坐在轮椅上的罗斯福，是美国历届总统中的佼佼者，也是"二战"中世界公认的反法西斯英雄。然而，大山近处不显高，仆人眼里无伟人。罗氏尤喜在椭圆形的总统办公室里与美人单独幽会。他与年轻漂亮的女秘书丽海狄小姐的耳鬓厮磨、与雍容华贵的雷获菲夫人的卿卿我我，早已不是锁在保密箱中的机密。肯尼迪总统在任职期间，最喜与金发女郎一道裸泳聚会。在白宫为总统健身而建造的游泳池里，肯氏与池中的"美人鱼"一起搅波戏浪时，耳听莺声燕语，辄是乐不可支……肯氏的继任者约翰逊，在入主白宫后的私生活，更为"绚丽多彩"。他格外喜爱俏丽的女记者，对肯氏留下的两位女记者，不仅"鹊巢鸠占"，而且宠爱有加，昵称她们为"漂亮的黄鼠狼"。约氏还把在选美时入围和折桂的佳人带回白宫，将她们作为总统助理秘书的人选。约氏更喜乘游艇于海上踏浪，在众目睽睽之下竟热吻伴游的娇女……

至于大名鼎鼎的美国将领麦克阿瑟，更是个寻花问柳的识途老马，他因狂饮"爱河"而染上性病，美国人戏谑地称之为"梅毒司令"。

…………

美色是使人感官无比欢快的精灵，也是教唆人生堕落的魔鬼。混迹于我们干部队伍中的某些"公仆"，在五音乱耳、七色迷目中心摇目荡。于是，美色向权力献媚，权力为美色折腰的故事，国人谁都能道出八条十则；于是，美色为"公仆"设下陷阱，"公仆"因美色身败名裂的案例，也连篇累牍地见诸报端。"三妻四妾"的婚姻制度虽早已投进了历史档案馆中，而"包二奶""包三奶"丑剧与悲剧，仍在人世间轮番上演……

普救寺的山门前，有刚刚矗起的崔莺莺与张生的白色大理石雕塑。这对恋人，是躲过孙飞虎以暴力对美的掳掠，是战胜以郑恒为代表的封建权势对美的占有，最后以张生赶考得中，回归到权贵中，才得以完成金玉良缘的。我站在这洁白的仍散发着岁月清新的玉雕前，面对眼下这个他人纷纷、纷纷他人的世界，我仿佛觉得，千年崔张仍和历史一起呼吸，一起交流，一起思索：

暴力对美色的霸抢远未结束；

权力对美色的侵吞仍显贪婪；

划过苍穹的彗星，虽拖着个长长的尾巴，但一闪而过，而人类历史的尾巴，为何总是拖得这么久，这么长……

七

《西厢记》中的红娘，是美好、善良、纯真和聪慧的化身，是王实甫为中国乃至世界艺术长廊留下的千古不朽的形象。

18世纪意大利喜剧大师哥尔多尼创作的《一仆二主》，至今仍蜚声世界剧坛。剧中，出身赤贫的男主角特鲁法尔金鲁，为多讨得几个小钱，在侍奉二主时所显示出的鉴貌辨色、见机而作的高超本领，辄令观众笑而开怀。比特鲁法尔金鲁早登舞台四百余年的红娘，是"一仆三主"。面对威严的老夫人，她穿针引线，巧设鹊桥，是玉成崔张姻缘的关键人物。她行芳志洁，推襟送抱，当崔张两人绣帏之中"效绸缪""百事有"时，她甘愿站窗外立苍苔"将绣鞋儿冰透"；她剑胆琴心，高义薄云，当老夫人发现崔张破绽对她施以棍棒时，她不屈不从，对"赖婚"的崔母剖之以是非利害，动之以骨肉情感，大煞了阻碍崔张联婚的"强敌"——老夫人的威风，把崔母从"原告"或"主审"的位置一下推到了"被告席"上……

明代文士陈眉公，曾盛赞红娘为"苏张舌，孙吴筹"。把一个被封建阶级鄙夷的"小贱人"，同战国时代舌粲莲花的纵横家苏秦、张仪相提并论；将一个楚楚可怜的"小丫头"，与战国时期运筹帷幄的军事家孙武、吴起等量齐观，足见陈氏对《西厢记》中的红娘是何其倚重。自红娘亮相以来，学人延誉，百姓垂青，不胫而走，举世传颂。也使得自元以降的辞海里添了一个条目，"红娘"遂成了"媒人""媒妁""月老""冰人""伐柯人""撮合山"的同义语。

古往今来，美人与爱情总是跟随着世纪，追逐着时代，来也神秘，去也神秘，歌也匆匆，哭也匆匆。时代一变，爱情观与婚姻观总是首先发生嬗变。类似《西厢记》的经典爱情，多是诗为媒，琴为媒，红娘为媒。当社会进入商品经济时代、信息不仅是一种工具而变成一种时尚的生活方式时，文字征婚、"汉显"约会、电视联姻、网上爱情遂也充溢在现代传媒里，使得红娘的作用大大弱化。这是社会的进步，而非时代的悲哀。

当某些人由偶像崇拜变为金钱拜物教，把世上的一切都当作商品甚至把良心、人格乃至贞操都在光天化日下廉价拍卖的时候；当某些人把深奥的人生哲学变为单一的物质消费，把内心的种种欲火全部化作生活燃烧的时候，"赵公元帅"必然会在"急急风"里占据着舞台中央，而把"红娘"挤到了社会的一角。

现代社会以金钱为媒，用钞票铺设婚床，滥觞于西方发达国家。

希腊船王是世人皆知的巨富，他在最后一次婚姻中，为给自己家族的躯体中滴进几滴贵族血液，竟不惜耗掉全部财富的一半，迎娶了美国已故总统肯尼迪的遗孀。然而，当他们用金钱刚刚把爱巢造好，却发现这爱巢仅是物质的堡垒，而绝非精神的家园。总统遗孀闻不惯船王的铜臭味，于是，一架吵翻，分钗破镜，各不相谋，异处独居，直至船王谢世……

丽泰·海华丝在影城好莱坞，享有"爱神"之盛名，是金钱的彩霞给这"爱神"罩上世界级巨星光环的。丽泰少女时代，一文不名，只身初闯好莱坞时，还是个受污辱被损害的角色。一剧组在美女丛中拔选四位古埃及宫娥时，丽泰以其艳丽绝伦而当选。影片开拍前，为增强宫女们的性感，副导演要亲自在四美女身上从脸到脚涂一层凡士林油。丽泰坚辞不受，拒绝脱衣，被副导演弃之不用，赶出了好莱坞。不久，丽泰与亿万富翁爱德华不期而遇。丽泰那明亮媚人的眼睛，那珠贝般晶莹的牙齿，那颀长轻盈的身材，那看一眼就使人陶醉的胸脯，尤其是那榴花般充满肉感的红唇，一下使得爱德华目眩神迷。他向可做女儿的丽泰求婚，一心成名的丽泰提出条件，要爱氏帮她成为好莱坞明星。在钱可通神的社会里，富可敌国的爱氏，把这"条件"视为区区小事。于是，爱氏不惜重金，延揽各方专家，对丽泰进行专业训练，雇用编导、服装师、化妆师，专为丽泰服务，他甚至还聘请行家教丽泰骑马、击剑、开摩托、驾飞机……像雪片一样任意挥洒的金钱，终于铺平了丽泰的成名之路。从《有翼天使》到《荡女姬黛》，丽泰接连拍了八部使影迷狂颠的影片，终于身价百倍，成为红透世界的巨星……

年轻与漂亮，是上苍赐给美女左右衣兜里的独有财富，是当今社会美人自我推销的天然"名片"。西风东渐后，中国迅速出现了一批诸如女公关、女模特、女秘书、女招待、礼仪小姐、歌女、舞女等职业女性，人们谓之"粉领阶层"。这些女子从安分、贤淑的"传统"中走了出来，去追求"反传统"的"潇洒"与"浪漫"。美女应该是社会所共有的风景线，美的解放，也使得人类社会向上的外形更加摇曳多姿。然而，在这个仍以男人意志、能力、智谋为主宰的社会里，由各方"美女队"结成的"粉领阶层"，常常成为洋佬外商、大款巨腕最直接的"猎艳"目标。追求虚荣，渴慕奢华，是"粉领阶层"中某些靓女的共性。虚荣需要金钱去包装，奢华需要金钱来粉饰。周旋于生意场和交际圈中靓女们的那张张漂亮的脸蛋，往往是她们自我介绍的"红娘"。在杯觚交错中，在悠悠舞步里，美色与金钱常常会一见"钟情"，一拍即合。就这样，美色温驯乖巧、小鸟依人般地投入金钱的怀抱，成为金钱的俘虏。

"粉领阶层"中的某些靓女，不顾年龄悬殊、语言障碍、文化差异，下嫁外国。在诸多失败的跨国婚姻中，人们不仅可以读到"昭君出塞"似的辛酸，从那陷阱和圈套里所透出的光怪陆离的情感经历，也远远超过那些面壁虚构的通俗小说……

"粉领阶层"中的一些丽人，只要金钱不要名分，心甘情愿地委身港客台商、大款巨腕，不自珍爱地充当他们的"四奶""五奶"。这些"长包女"和"包客"大都签有"供求合同"，被包年限及应付款项签订得一清二楚。这种畸形的婚外恋，常使得大妻小妍醋海生波，鸡扑鹅斗……至于选美时参选的女子中，常有大款做其后盾已是不争的事实；模特登台时那款款的"猫步"里，辄有金钱的魔杖在幕后操纵也不乏其例……

当一些靓女把自己的美色当作盛宴，让金钱这个"食客"尽情饕餮时，上苍赐给她们的那青春的富有便沦为精神的贫穷。她们用金钱为自己打造的巢穴，实则已成了埋葬自己灵魂的坟墓。在这坟墓里，没有泥土的清香，没有碧草的芬芳，她们少女时代的那一片纯真、一份希冀、一缕情思、一声祝福，全都深埋在这里。她们的躯壳虽寄生在这"坟墓"里优裕地活着，但心灵之花却过早地枯萎了。

真正的爱情，从来不是金钱的产物，而是男女情感的化合。

《西厢记》中的"长亭送别"，把人世间的离情别绪推到极致。被崔母逼试的张生，眼望萧瑟秋景，面对珠泪盈眶的莺莺，泫然唱曰："碧云天，黄花地，西风紧，北雁南飞。晓来谁染霜林醉？总是离人泪。"

莺莺面对即将起程赴考的张生，也凄然吟道："但得一个并头莲，煞强如状元及第。"眼看就要与情人分离，莺莺"泪添九曲黄河溢，恨压三峰华岳低"……

经典爱情这种浓得化不开的情感，早被商品经济的潮水大大稀释了。当今那些将爱情视同儿戏的青年男女，对于这种情愫恐很难理解了，那些将男欢女爱视作"汉堡包"和"热狗"的及时行乐者，怕要对之嗤之以鼻了。

那情场中的大亨们左拥右抱、夜夜新郎的故事，世人的耳朵早已听得磨起老茧；那出没于桑拿城、夜总会、按摩房、KTV 包间的三陪女，一夜间接纳三五个"情哥"的事，人们也早已见多不怪了。然而，1999 年春发生的一则"金屋藏娇"大案，却引起了举国的震惊和愤懑：

深圳宝安一信用社主任邓某，贪污公款达 2.3 亿元之巨，这鲸吞的巨款大都用来包养情妇和豪赌。邓某包养的"第五奶"名小青，乃江浙美女。在邓某包养小青三年多的时间里，为使小青齿牙春色，他竟花掉一千八百四十万元之巨款，为其置华宅、买名车、购名钻……有道是"情种"多出自富贵之家，而农家出身的邓某，挥霍的却是人民的血汗钱……

莺莺失身张生后，怕张生停妻再娶，曾数度开说张生且莫将她休了。在"长亭送别"时，为再次提醒张生，又口占一绝："弃掷今何在，当时且相亲。还将归来意，怜取眼前人。"

世事沧桑，物是人非。封建宗法中的"夫为妻纲"，在 20 世纪 50 年代渐次转化并蔓延成一种"妻管炎"的时代流行症。如果说妻对夫的"管与严"中还含纳着偏私之爱的话，那么近些年兴起的妻休夫的现象，则颇耐人寻味了。南方某些开放城市有关部门的调查显示，在百对离婚案中，妻子"休"丈夫者，竟高达百分之七十。而执意离婚的女子，多天生丽质，长袖善舞。1995 年夏，一艳丽惊人的村姑，因以色谋财而深陷囹圄的个案，一度成为人们茶余饭后的谈资。这从大山皱褶里走出的青娥，初时给城里一富家做保姆。眼花缭乱的都市生活，使她的眼界洞开；钱色交易的蛛丝马迹，更使她窥得某些婚姻中的虚妄与荒唐。于是，她竟"东施效颦"，十年内，她先合肥，而北京，而天津，而内蒙古，后武汉，从委身私营业主到下嫁国营公司经理，十次结婚十次休夫。当她腰缠百万时，东窗事发，终因重婚、诈骗罪锒铛入狱……

假如莺莺再世，凭着她的才貌双绝，她大可不必徒生被休的悬孤；倘若她愿领婚姻之"新潮"，她不仅可让"张生"们俯首帖耳，且总能找出种种借口，接连将十个"张生"休掉；只要她愿意以色媚俗，她也许能当上丽泰那样的影后，也许能成为亿万富姐，像当年扩普救寺为"功德院"的武则天那样，蓄养面首，荡检逾闲。

如果人性中的贪婪欲望全部释放，奢靡必然会成为人生的锁链。美国影星安东尼·帕金斯，生前曾自诩同两万多个女子有染，但终做柳自铐，死于艾滋病；前几年，深圳有一小小采购员，执意要于一年内，吃掉"百鸡宴"，当他狎妓的"目标"实现时，不仅性病缠身，而且还要在高墙里默默吞噬因色胆包天而结下的苦果……

毋庸讳言，现代人的生活愈来愈丰富多彩，人生怡乐的方式也远远超过了往昔。但现代人的孤独与寂寞、迷茫与倦怠，却比往昔有增无已。现代人在精神迷茫与心灵孤独时，往往需要感官的刺激，刺激麻木后则需要更强的刺激，当这种强刺激不能如期而至，那寂寞与孤独的心灵，便会在这喧哗与躁动世界里没处安放。

人啊人，你是多么古怪而又难以捉摸的动物……

八

时间是无情的大剪刀，它不仅可以剪裁历史的春秋，也可以裁剪人类情感的流云。

《西厢记》大行天下后，崔张那冲破封建婚姻的阴霾所透出的爱的霞

145

光，曾使多少痴男怨女在情感的旱野里枯苗望雨，也曾使多少有才无命的文人骚客，于青油孤灯下口齿生香。明末清初的书评家金圣叹，在《贯华堂第六才子书》中，面对大笔如椽的《西厢记》，更是击碎唾壶："……《西厢记》，必须扫地读之。扫地读之者，不得存一点尘于胸中也。《西厢记》，必须焚香读之。焚香读之者，致其恭敬，以期鬼神之通之也。《西厢记》，必须对雪读之。对雪读之者，资其洁清也。《西厢记》，必须对花读之。对花读之者，助其娟丽也……《西厢记》，必须与美人并坐读之。与美人并坐读之者，验其缠绵多情也。《西厢记》，必须与道人对坐读之。与道人对坐读之者，叹其解脱无方也……"在金氏看来，经典爱情是何等诱人而圣洁，它庄严里包含着虔诚，决不能掺涉丝毫的人生游戏。

德国诗人海涅说过："换一个时代，换一批鸟；换一批鸟，换一种歌曲。"

我徘徊于中条山中，我徜徉在黄河岸畔，强烈而深切地感受到，尽管九曲黄河已失却了它昔日壮观的风涛，但它仍是峨嵋塬怀抱中的一条飘动的绶带；尽管中条山中的珍禽异兽大都已经绝迹，但那银白的龙柏、金黄的连翘仍在吐艳播香；尽管邈远苍穹下的普救寺是今人的"复制品"，但它仍不失唐时的富丽华赡；尽管蒲津渡古老的浮桥早被现代的桥梁所替代，但那新出土的四尊唐代铁牛仍以诚实的目光诉说着历史。然而，《西厢记》作为风行过几朝几代的绝唱，却被岁月的河流，漂走了它那迷人的情韵。当今之世，人们在解读《西厢记》时，恐很难产生金圣叹式的圣洁情感了。普救寺作为历史文化的遗存，虽能引得游人如织，但它再也不可能成为爱情的"感化院"了。

古希腊的帕尔纳索斯山上，有块巨大的碑石，碑上的一行希腊文历几千年风雨，字迹虽已模糊，但内含的深意仍振聋发聩：你要认识你自己！

昔日的哲学家说，人与动物的区别在于能制造工具，但今日的人类已能够复制生物体。随着克隆羊、克隆牛的相继出现，人类能够复制出新的亚当和夏娃将也不是神话。然而，人类在驯服了一切飞禽走兽时，却永远驯服不了自己；人类即使能复制一切生命，却永远复制不了爱情。

在一个人欲物欲横流的社会里，那一双双充满欲望的眼睛和一张张饥渴的嘴，无不哭着要求满足。但人既是自然的人，也是历史的、文化的、法律的人。一个有序的社会，在尽可能满足单个人欲望的同时，也与自然人的欲望的无限扩张构成了永恒的抵牾。

爱情永远是人类常读常新的"陈词滥调"。

当梁祝化蝶的情愫早已飘逝，当崔张联姻的绝唱早已曲终人散，当罗密欧与朱丽叶忠贞的灵魂也早已深埋墓穴的时候，在放纵的性欲已使艾滋病成为"世纪之泣"的当今，世界上一切善良的人们，不得不倚着纽约自由女神思索，倚着巴黎圣母院思索，倚着埃及金字塔思索，也不得不倚着我们古老的长城和巍峨的昆仑思索——

何处才是人性解放的最后"底线"！

2000 年 3 月于北京

东方之神

一

人是上苍未完成的动物，又是唯一能说梦、解梦的动物。

"生年不满百，常怀千岁忧。"人生命之暂短和宇宙之无限构成的永恒大落差，使人类永远感叹苍茫六合的玄奥神秘；人在梦幻里构筑的七宝楼台与现实中遇到的泥淖沼泽形成的强烈大对照，也辄使人类悲叹命运是个难以挣脱的大网。于是，自人猿揖别后，人类便创造了众多的神祇，于有限内去求无限，从痛苦里去寻挣脱，在困惑中去觅超腾。

在艰难的历史跋涉中，华夏民族不仅诞生了一长串名垂竹帛的文人、武人、哲人、圣人，也涌现出秦皇汉武、唐宗宋祖那样有作为的皇帝；我们极具想象力的先祖，凭借东方的智慧、明哲、超脱，也创造出诸如玉皇大帝、三官大帝、王母娘娘、南极仙翁、泰山老母等等不可悉数的神明。当时光老人穿越宋元明清时，赫赫神州又塑造并渐次神化出一位人上之人、帝上之帝、神上之神——关公。

今天，毋庸开启那沉重的长满锈斑的历史大门，或信仰或敬重关公的人们，只要一闭上眼睛，面前便能幻化叠印出关公那允文允武、乃神乃圣的英姿神态。

他那"九尺五寸"的身躯，曾使芸芸众生"仰之如日月"；他那"声如巨钟"的话语，曾使魑魅魍魉"畏之如雷霆"；两道卧蚕眉，一双丹凤

148

眼，曾能窥见人世间的所有善与恶；八十斤重的青龙偃月刀，曾掌管着大千世界的全部罪与罚；他那有着夏的炽热、春的温暖的"面如重枣"的脸庞，曾给多少在苦海中叹息的人们送去心灵的舟与帆；这美髯公那"一尺八寸"长的一部黑胡须，也曾演绎出多少济困救贫、禳灾祛病的故事。就连为他扛刀的马前卒周仓，也是"忠义仁勇"的代表，甚至他那追风赶月的赤兔马，也是真善美的化身……

科学乃大脑的思索，信仰是心灵的虔诚。历史老人对那些匆匆过客仅做短暂的拥抱便道别，对新来的客人也不过是虚与委蛇地道几声寒暄。然而，在汉文化圈和亚汉文化圈内，人们对关公的信仰与崇拜，竟是历千载而不衰。

1986 年，我曾两度赴香港与当地文化界人士进行学术交流。闲暇时，我在友人的陪同下穿街走巷，发现所有的商店、货栈、宾馆几乎都供奉着关公像。90 年代初，我曾到广州、深圳、福州、温州等地出游，发现一股关公热正在东南沿海的城乡潜滋暗长，其香火之鼎盛，崇拜者之众多，并不亚于香江。

有两桩亲眼目睹的事儿，更令我感慨良多。

1995 年秋月的一天，我陪北京文学界的朋友登泰山，在岱顶宾馆前，恰遇马来西亚一华裔旅游团。时值正午十二时，旅游团的领队从随身携带的一红木匣里，取出一尊木雕关帝像，恭恭敬敬地摆放在大理石石阶上，率众三拜九叩后，方入宾馆进餐。膳毕，又再拜关圣。经交谈，方知他们无论在家还是出外，午时两拜关公，从未辍歇。

农历六月二十四，是关公生日。前年仲夏，我赴运城常平村关帝家庙，观看一年一度的关公圣诞大典。在大典举行的前一天，我路遇来自台湾的六十余人组成的"忏悔团"。其成员皆为六十岁以上的老翁，他们以前都曾缧绁缠身，有过刑事犯罪。距关帝家庙还有二里许，"忏悔团"便让包租的旅游车停下。下得车后，他们整衣理容，便开始了三步一拜、五步一叩的祭奠仪式。叩头时，他们前额触地，砰砰有声，不足一公里的路程，竟叩拜了一个多小时。及至关帝家庙时，几乎所有成员的额头上都凸起紫亮的血疱，并渗出殷红的鲜血。中有一年逾七十的老者，额头上虽有大疱，却没沤出血迹，他便感到这是对关圣的虔诚度还欠缺。走进关帝殿时，他遂用头猛触祭案之角，当滴滴鲜血从额头流到腮边又滴到胸襟时，他那爬满皱纹的嘴角上才溢满笑意……

关公诞辰，通常由民间自发各自在左近的关庙祭奠。这天，常平关帝家庙里来自全国各地的香客难以计数，当地的参拜者更是络绎不绝。通往运城的各条公路，都出现堵塞。关帝家庙的殿内院中，到处香火缭绕。我看到，飘飘袅袅的紫烟从祈祷者的头顶上拂过，他们似在云里雾里荡漾……

对关公的信仰与崇拜，我们不能随意作简单的肯定或否定。我只是觉得，任何从事中国传统文化研究的人，对这种"烛影长悬周日月，炉烟不散汉风云"的关公现象，都不应小觑。

近些年，有报刊披露，对"三国"烂熟于心的毛泽东，生前曾多次谈及关羽。

1956 年，印度总理尼赫鲁访问中国时，毛泽东与尼氏的一段对话，很值得咀嚼。尼氏说：美国厉害，他们有原子弹。毛答：原子弹算什么，我们有关老爷的大刀。尼氏云：原子弹杀伤力很大。毛以不容置疑的口吻答曰：关老爷的大刀成千成万地杀人，我们不怕美国的原子弹……

1959 年，无神论者毛泽东回到阔别三十二载的故乡韶山。一日午后，毛泽东在村前走来走去，乡亲问他在找什么，他说是寻找关帝庙。并对陪同人员说，他小时候经常患病，母亲便将他带到关帝庙中，磕头烧香后，让他吃下香灰，后来他的病就好了。他还说，那时中国缺医少药，要使病情好转，很大程度上要靠精神上的支撑。当乡亲告诉他关帝庙早已拆掉时，他喃喃地说：怎么拆了？拆它干什么？……至于毛泽东从哪个角度不赞成拆关帝庙，我们很难猜度；但有一点可以肯定，至少在"文革"前，毛泽东对百姓信仰关公，还是有着某些宽容度。

中国百姓和旅居海外的华裔，敬仰关圣不难理喻，但外国人信奉关公则颇值得我们深思了。

泰国的法院在开庭之前，全体法官都要面对关公像信誓旦旦，而后方能进行司法审理。其用意在于，法官应像关公那样，吾心如秤，不可偏私。

加拿大是个信奉基督教的国度，《圣经》中戒律有十，其一是耶和华是唯一真神，其二为教徒不得崇拜其他偶像。但近年加国警察署下达一道指令，允许华裔警察在办公室里摆放关公像。缘由是：一香港籍警察移居加国后，连破数个大案要案，既快且准，似有神助。加国警察署诘问其由，这位华裔警察回答：他每次办案前，都先要在家中祭拜关公……

曾一度是世界风云人物的里根，在竞选总统时，曾偕夫人专程赴旧金山、洛杉矶等地华人居住区内的关帝庙中，向关公祈祷，以保佑其竞选成功，并将参拜时的录像，数度在电视台播放……

历史是探索过去和感知未来最明亮的眼睛。关羽生前为将、为侯；死后封王、封帝、成圣、成神。追寻关公这一从人到神的衍变轨迹，不仅有助于我们对传统文化的扬弃和继承，对寻找民族精神的坐标也不无裨益。

二

在苍生众庶面前，横亘着一道道人生的路堑。在这些路堑旁，分别赫然醒目地写着国与家、群与己、理与欲、穷与达、沉与浮、毁与誉、力与命、死与生等警示性的路标。那些能够腾越这些路堑者，就是人中豪杰，铁中铮铮；那些不能或不敢跨越者则为凡夫俗子；而避开这些路堑或绕道甚至反其向行走者，则常常会跌入深堑而不能自拔，甚至会沦为千夫所指的败类。即使英髦俊彦在其一生中，也不可能将这些人生的大路堑一一腾越，能跨越这些路堑的大半者，便可称人杰中的伟丈夫，能全部超越者，就是神样的完人了。

寻找汉末名将真实的关羽，我们必须从他的诞生地开始。

在常平村关帝家庙前，左右各竖有一座木构牌坊，上面分别镌刻着"灵钟鹾海""秀毓条山"。鹾海是指自古闻名的解州（今为运城所辖）盐池；条山是指横亘运城境内的中条山脉。运城一带，旧称"河东"；河东一域，古叫"中国"。嫘祖养蚕，黄帝大战蚩尤，后稷教民稼穑，伯乐虞坂相马，尧舜禹分别在河东一带建都……如果没有这些先祖的名字及那些颇具神秘色彩的故事，华夏民族的上古文明史，将会显得何等苍白；在关公诞生之前，河东还养育出商代名相傅说，春秋五霸之一的晋文公，以及介子推、百里奚、赵盾、董狐、张仪、卫青、霍去病等灿若星列的风云人物，如果没有他们，中国古代历史的舞台，也绝不会有那么多有声有色的活剧。倘若关羽不是诞生在这片皇天后土上，他生命的底色，当也会缺乏应有的亮彩。

武圣关公太奇伟太古老了。然而，只要清醒的理智之光还在闪动，多少代人用想象的雨雾凝在关圣身上那厚重而晶亮的霜花，还是能够消融的；只要我们在历史的经经纬纬里去审慎地进行爬罗剔抉，还是能够还原出一个真真实实的关羽的。

在旧中国，对芸芸众生来说，历史只是一张永远翻阅不完的兵燹、战乱、灾荒组成的图幅，安分守己、逆来顺受的黎庶，没有半点儿资格走进历史的册页。因关公出身寒微之家，致使当今的史家对他的身世及生日，仍众说纷纭，莫衷一是。

公元219年（建安廿四年）关羽荆州遇害时，年五十有九，已是天下无人不知晓的名将。通过他的卒岁，史人还是能推算出他生于东汉延熹三年（公元160年）。至于他生于这年的何月何日，则难考稽了。荆州及东南沿海一带定为农历五月十三，内地有的定为六月二十二或六月初二，台湾同胞则定为八月初十。历史的某些事情无独有偶。就拿中国共产党的生日而言，因共产党初创时，人少势微，且没取得合法地位，又加之党成立时军阀及特务横行，会址不得不两易其地，故而生日为哪天便没有明确记载。及至到了延安，建党元老毛泽东与董必武商定，始将党的生日定为"七一"……

关羽的祖考，史书上向为阙如。就连其祖辈、父辈，亦无任何记载。及至康熙十七年，解州州守王朱旦，在一篇雕章镂句的《汉前将军壮缪侯关圣帝君祖墓碑铭》中，才首次披露了关羽之太翁和严父的名讳及身世。

此《碑铭》得以谋篇成文，甚是荒诞不经。

王朱旦称，《碑铭》的材料来源于关公故里一书生于昌的一个梦。于昌在梦中梦见关帝授他"易碑"两个大字，并言按梦指点，他在关帝祖茔的石盘沟，发现残砖一块，上有三十字碑文。王朱旦还称，他在河北涿郡时，曾夜梦关公请他喝酒，并嘱他为自己述写生平。书生与州官的两个梦再加一块三十字的残砖，便成了王朱旦写的近千言《碑铭》之依据。至此，阙逸达一千五百年的关公家世，才有了貌似清晰的枝蔓：关羽的祖父关审，是位饱学之士，这老先生崇尚老庄，信奉道教，并以象数之学和孔孟之说推行教化。但他逢乱世而不仕，视功名利禄如过眼烟云。劳作之余，他熟读"五经""四书"，隐居训子。关审殁后，其子关毅克缵祖学，恪守封建礼教，为父守墓三载，极尽孝道，而此时关审之孙关羽，尚未降生……

这篇由梦幻的丝线而苦心孤诣编织出的《碑铭》，连当时极为推崇关圣的清朝廷也不敢相信。但《碑铭》中提到的关公的生辰为六月二十四，却被皇家采纳，并沿袭至今达三百余载。

清之前，世人连关羽的祖辈和父辈的名讳和身世都不知晓，其家谱更是无从谈起。关羽成圣后的《关帝家谱》，是以关公为轴心上下左右辐射的。关龙逢乃夏朝末年夏桀的大臣，因敢于多次直谏夏桀荒淫无道、滥杀无辜，而被暴君"炮烙"残害。"关龙"乃复姓，"逢"是名字。因关龙逢墓距关羽的故里仅三十里之遥，后人便穿凿附会地将关龙逢请进关帝家庙，并当作关家始祖世代供奉。

关于关羽年轻时的职业，也众说不一。有的说他是卖豆腐的，有的说是打铁造车的，还有的说是边读书边习武的。从不同版本的正史所提及的关羽喜读《春秋》一事看，关羽出生在一个半耕半读之家，不是没有可能的。但关家绝非殷实富户，且年轻时的关羽生活在社会的底层，则也毋庸置疑。

西晋人陈寿所撰的《三国志》，向被史学界视作研究"三国"那段历史的最权威的著作。陈寿之父曾为马谡帐下参军，马被诸葛亮所斩时，陈父亦受髡刑。故而坚定的"拥曹派"陈寿在著《三国志》时，难免不掺进个人恩怨的成分。陈寿写《武帝（曹操）传》时，不吝笔墨，极尽铺陈之能事，洋洋洒洒万余言，而在写《关羽传》时却惜墨如金，仅区区九百五十四字，且字里行间闪烁其词，语焉不详。但陈氏还是能以史家的良知，把关羽"忠义仁勇"的品格，勾勒出一个大体轮廓。

对关羽的离家出走，《传》中仅用了"亡命奔涿郡"五字。至于关羽何以离家出走，陈氏却讳莫如深。殊不知，关羽的出走，恰恰是因了一桩不畏于天、不愧于人的英雄壮举。

东汉末年，解州城内有一名唤吕熊的恶霸，百姓詈骂其为"熊虎员外"。吕熊勾结城中七位异姓豪富，朋比为奸，欺诈百姓。他们巧取豪夺，草菅人命，强暴妇女，无恶不为。百姓畏其势焰熏天，即使听他们在街头跺跺脚儿，双腿便也会簌簌颤抖。作为罪魁的吕熊，还是个采花大盗。他将城周围的水井悉数填塞，仅留他自家院中的深井一口。百姓欲饮活命之水，必须遣家中少女去汲取方可。而吕熊逡巡于井旁，见有几分姿色者，便大发兽性。某日，有一韩姓老汉向关羽痛不欲生地哭诉，其女儿在汲水时被吕熊蹂躏。关羽闻听，眦裂发竖，于黄夜潜入吕熊之深宅大院，先挥剑将这祸首裁为两截，继而杀性大发，又将另七姓豪强歹人，斩斫殆尽。关羽归家，将除霸事禀告父母，双亲非但未加责怪，反而对此尚侠好义、扶弱抑强之举倍加夸奖。父母急令关羽逃命天涯，并速送儿媳胡氏及孙儿关平至外地亲友处避难。二老自知在劫难逃，双双坠入自家深井而亡。现关帝家庙的古塔，乃昔年当地乡亲为祭奠关公之亡父亡母，在原水井之上而建……

关羽悯冤除霸离家出走的故事，在荆州，在涿州，在解州，有五种版本。但不论哪种版本，皆称关羽亡命奔涿郡，是仗义杀人。不论哪种版本，也丝毫没有谈到关羽杀人是因一己之仇、一人之冤、一情之念、一家之恨而进行的仇杀或情杀。

昭善瘅恶、见义勇为，是人类心匣中弥足宝贵的珍珠。正是关羽为民挥剑之一杀，才奠定了武圣关羽人格大厦的第一块基石。而在《关羽传》中这本应不可或缺的一笔，却被陈寿老先生给"贪污"了。

真正的朋友，是另一个自己，也是一个灵魂寄托于两个或多个躯体内的自己。真正的朋友，如同嵌在自己心灵天幕上的星星，如果其中一颗陨落，就不能移来另一颗星填补他的位置。刘、关、张的"桃园三结义"，即是对人类友情的最经典的诠释。陈寿在《三国志》为刘、关、张各写的传中，对"三结义"实在应多缀几笔。然陈寿在《先主传》和《张飞传》中只字未提三人结拜之事，在《关羽传》中也仅写有"先主与二人寝则同床，恩若兄弟"，凡十三字。"桃园结义"虽不见诸正史，但历代史家经多方考证，加上"刘关张"结拜之地——河北涿州市的大量文化遗存却能告诉我们，"桃园三结义"的故事是可信的。

东汉末年，战乱频仍，生灵涂炭。斯时刘备虽是汉朝宗室之后裔，但与关、张邂逅时，早已沦为卖草鞋织苇席的市井细民，与亡命流浪的关羽和杀猪卖肉的张飞，同处社会底层，且三人皆有救世济民之心志。再加之异姓之间拜为祸福同受、有难共当的兄弟，是中国古老的习尚，故而"刘关张"结为香火因缘，具有共同的思想根蒂和阶级基础。

在陈寿的《关羽传》中，人们能读到这样的情节：关羽降曹后，曹操遣张辽试探关羽去留之意。关羽叹曰："吾极知曹公待我厚，然吾受刘将军厚恩，誓以共死，不可背之。"这足可表明，刘、关、张曾按民俗，举行过结拜仪式，且面对苍天立下过诸如"不求同生，但愿共死"之类的誓言。

正史中更能印证"刘关张"曾结为金兰之好的史实是，关羽被吴杀戮后，刘备那种种反常的失态。刘备明知伐吴会使"孙、刘"联盟毁于一旦，也会为曹操篡夺汉家神器提供最佳良机。但一向对诸葛亮言听计从的刘备，却不顾包括孔明、赵云在内诸多文臣、战将的劝阻，一意孤行。当秦宓"上陈天时必无其利"再加规劝时，向以仁厚为本的刘备，竟怒火中烧，将秦宓投进大牢……此时，刘备已在成都建蜀称帝，一国之君不顾江山社稷铤而走险御驾亲征为一员大将复仇，如果单从刘与关的君臣关系解释，于国于家于情于理于己于人都难以说通，但为以践"桃园三结义"之誓言，倒也顺理成章。

关羽另一结拜兄弟张飞，在闻听二哥遇难后，涕泗滂沱，肝肠寸断，昼夜酗酒，怒鞭部下，在接到先主伐吴之令后，未待出征，便被帐下将张达、范疆杀死。刘备也因伐吴失败而白帝托孤……关、张、刘在短短时间内相继归天，便应了"三结义"时"但愿共死"的誓言。

在中国，朋友为"五伦"之一。但朋友有多种多样：道义相砥，过失

155

相规，畏友也；缓急可供，生死可托，密友也；甘言如饴，游戏相逐，昵友也；利则相攘，患则相倾，贼友也。刘关张的"桃园三结义"，虽带有浓厚的封建宗法色彩，也不乏政治集团的共同利益，但他们对于友情的矢志不渝，之死靡它，不仅为纷纷他人、他人纷纷的人世间，谱写了一曲千古绝唱，也是对当今那"富在深山，五眼枪赶不走扯淡亲戚；穷在街头，三尺钩也抓不住知心朋友"之世风的莫大讥讽。

按中国传统观念，在两军对垒时，投降是种为人不齿的叛逆行为。即使在改革开放的今天，抗美援朝时的战俘，也仅是得到了社会的少许宽容。人格如同一张白纸，一经生死关头的污染，便永远无法还原于以前的洁白。

关羽降曹，按其刚烈的性格，理应杀身成仁，舍生取义。但当时的境况却不允许他这样做。因为刘备的两位夫人身陷曹营，需他保护，他得井下救人；在群雄竞起、天下豪杰各择其主的汉末，羽毛未丰的刘备，也不得不在各路诸侯相争的夹缝中游弋；刘也曾随曹操，附袁绍，依刘表；再说，曹操虽雄踞一方，但仍打着汉室的旗子。有史料表明，关羽降曹的条件，也相当苛刻。其中最关键的一条是：一旦得知刘备的下落，即弃曹奔刘。

历史上的曹孟德，也绝非后来百姓所认知的那种老奸巨猾、口蜜腹剑、插圈弄套、嫉贤妒能之辈。作为一个杰出的政治家、军事家，他不仅广募贤能，且有着识才的目光，用才的胆魄，容才的胸襟。得到关羽这样的名将，他自会施尽一切笼络手段。陈寿《关羽传》中载，关降曹后，寸功未建，曹便将他"拜为偏将军，礼之甚厚"。当关羽于万马丛中斩颜良后，"曹公即表封羽为汉寿亭侯……曹公知其必去，重加赏赐"。曹对关除了拜将封侯外，至于"礼厚"后到什么程度，"赏赐"了哪些珍物，陈寿未加胪列。"七分史实，三分虚构"的《三国演义》，却对此记述得甚是细致。曹赐关"美女十名"，"上马金，下马银"，"三日一小宴，五日一大宴"，并将吕布的宝马赤兔赠关羽为坐骑。为保护关羽那长长的美髯，曹操甚至命人以纱锦作囊……凡此种种，可谓关怀备至，体贴入微。

上马赠金，下马赐银，显然有些张大其词，但赠赤兔，赐美女，恐不为失真。良将爱战马，曹操自会阿关羽之所好；赐美女是汉代上层社会的习尚，贪色且大具诗才的曹孟德，自会更懂得英雄难过美人关的内涵。

欲望是人类最本质的东西。就连呱呱坠地的婴儿，一睁开眼睛便知道去吸吮母亲的乳汁。在人的一生中，权势、货利、声色，常是对人诱惑力最强的浓烈的酒。然而，面对物欲，作为肉身的人，能不能有所节制和节制的程度大小，则要靠人自身理智的强弱和德行的高低。节制犹如一根丝绳，有时甚至能把人的所有珍珠般的美德都串联在一起。面对权、财、色等各种各样的诱惑，身在曹营的关羽之一言一行、一举一止，都迸发出作为人杰的灼目亮彩。曹氏赠予的十名美女，他从未染指，全部用于照料两位嫂嫂；对所赐金银也一一封存。当他得知刘备下落后，义无反顾地"尽封其所赐，拜书告辞，而奔先主"（陈寿《关羽传》）……

关羽横刀跃马，征战一生，有诸多赫赫昭昭的战绩，本应写进志书，而陈寿在《关羽传》中却"偷工减料"。抑或是为让后人在读这仅有九百五十四字的《传》时，不至于味同嚼蜡，陈氏不吝笔墨，记下这样一个情节："羽尝为流矢所中，贯其左臂，后创虽瘉，每至阴雨，骨常疼痛。医曰：'矢镞有毒，毒入于骨，当破臂作创，刮骨去毒，然后此患乃除耳。'羽便伸臂令医劈之，时羽适请诸将饮食相对，臂血流离，盈于盘器，而羽割炙引酒，言笑自若。"我们应钦佩陈寿写人状物的文字功力，他仅用百字便将关羽"刮骨疗毒"时的坚强与刚毅，写得呼之欲出。

罗贯中在《三国演义》中，对这一绝妙情节进一步发酵。罗氏先是将斯时已故去十一载的神医华佗从阴曹地府中请出来，为关羽治伤。继而，又故作曲笔，这样描述：

……公袒下衣袍，伸臂令佗看视。佗曰："此乃弩箭所伤，其中有乌头（按：一种剧毒性植物）之药直透入骨；若不早治，此臂无用矣。"公曰："用何物治之？"佗曰："某自有治法。但恐君侯惧耳。"公笑曰："吾视死如归，有何惧哉？"佗曰："当于静处立一标柱，上钉大环，请君侯将臂穿于环中，以绳系之，然后以被蒙其首。吾用尖刀割开皮肉，直至于骨，刮去骨上箭毒，用

157

药敷之，以线缝其口，方可无事，但恐君侯惧耳。"公笑曰："如此，容易！何用柱环？"令设酒席相待……

在"两惧"与"两不惧"的对答后，罗贯中又详述了手术过程。在钢刀刮骨窸窸之声中，帐上帐下的观者皆掩面失色。而关公仍与部将马良弈棋，饮酒食肉，谈笑风生。手术毕，"……公大笑而起，谓众将曰：'此臂伸舒如故，并无痛矣……'佗曰：'某为医一生，未尝见此。君侯真天神也！'"

意志和毅力是衡量人的灵魂大小的天平，自制力是人的德行的保障与支柱。一个没有自制力的人，很难实现其有价值的人生。关羽的"刮骨疗毒"，是在向人的意志、毅力和自制力的极限挑战！"拥曹贬刘"的陈寿也许不会想到，仅这一情节，便使关羽成了顶天立地的千载伟丈夫！

关于关羽的英武，陈寿在《关羽传》中，仅云关羽"随先主周旋，不避艰险"，又在《张飞传》中略缀一笔："飞雄壮威猛，亚于关羽，魏谋臣程昱等咸称羽、飞万人之敌也。"在于禁的七军被大水所淹，大将庞德被关羽所杀，致使兵多将广的曹孟德也不得不计议迁都的事件发生后，陈寿面对三国史上这无法剜掉的一页，才不得不在《关羽传》中写下"羽威震华夏"五字。

大树参天，不会没有偏枯的枝叶；倘若苛求人做一个完人，那么天下配活者恐怕一个也难找到。极具个性的真实的关羽，自然也有其弱点。将黄忠、赵云讥为刘备"爪牙"的陈寿，焉能不记关羽的缺陷。他在吴、蜀的一些人物传中，云"羽善待士卒而骄于士大夫"。在《关羽传》中，他记有这样一事：关羽闻知马超投降刘备后，致书诸葛亮，问马超才能可与谁人类比。诸葛亮回书作答，言马孟起雄烈过人，是一世之杰，但不过仅与刘邦手下的武将鲸布、彭越一样，可与张飞并驱争先，"犹未及髯（指美髯公关羽）绝伦逸群也"。关羽见此信大悦，将"绝伦逸群"的赞誉，示宾客观看。显然，关羽不仅恃勇孤傲，且尤喜听军师孔明的赞扬。最显示关羽恃才傲物性格弱点的是孙权"遣使为子索羽女"求婚一事，关羽不仅不许婚，反而辱骂吴使，言："虎女焉能配犬子。"关羽粗暴的拒婚，不仅有悖于"孙刘"联盟的大局，也为关羽荆州之败埋下了祸根。难怪陈寿在《陆逊传》中，称"羽矜其骄气……"

少犯错误是做人的准则，没有过失则是天使的梦想。一个没有半点儿缺点的人，便也失却了真实生活中的人格的魅力，只能是无血无肉的丈二金身。关羽的弱点和过失，不是人格的缺陷，在平民百姓看来，那"骄于上厚于下"的缺点，甚至还是美丽的。

关羽"忠义仁勇"的品格，有时连他的敌人也不得不敬重和嘉许。据《吴历》载，孙权袭杀关羽后，"送羽首级于曹操，以诸侯礼葬其尸骸"。还有史料表明，曹操接到关羽首级后，刻沉香木为躯，以王侯礼葬关羽于洛阳……

纵观关羽的一生，他将"群与己、国与家、理与欲、穷与达、力与命、生与死"等那些带有警示性的人生路堑，大部分都腾越了。这就为后世的文人创造一个至大至刚的人杰形象，展开了想象的空间，更为朝野上下共同建造那座至忠至义、至仁至勇的关圣神殿，提供了色彩瑰丽的"金砖玉瓦"。

三

艺术是人类梦中的天国。文学又像是尘世向天国焚烧的一炷心香，袅袅紫烟能将尘世与天国氤氲在一起。理想、爱情、恩仇、美德、幸福，人类在现实中难以获取的东西，都希冀在文学和艺术中找到。

有的人活着，但在活着人的心中死了；有的人死了，却在活着人的心里永远地活着。关羽生前，不论是在解州、在涿郡，还是在许昌、在荆州，凡他生活和征战过的地方，在黎庶百姓中都留下了乃勇乃仁乃义的品格魅力。三国是历史上最动荡不安也是英雄迭出的年代。对于没无妄之福却多无妄之祸的草民来说，就更容易生发出对英雄的呼唤。这种呼唤是芸芸众生精神自救的一种折射。关羽殁后，他的义举和美德便在百姓中口传舌播，门到户说，在你加一枝儿他添一叶儿的过程中，一株伟岸的英雄之树，遂也渐渐在百姓心灵的原野里兀立起来。

南北朝刘义庆编纂的《世说新语》中，有诸多依据民间口传整理的三国故事。至宋代，随着口头文学的盛行，三国故事从"讲史"中剥离出来。说书人为能抓住听众，唯恐故事不离奇、不惊险、不曲折、不激昂，便对三国史实进行了大胆的编排和演义。斯时的大文豪苏轼，在《东坡志林》中，对于当时艺人争说三国、百姓喜听三国的情状，曾有这样的记述："……涂巷中小儿薄劣，其家所厌苦，辄与钱，令静坐听古话。至说三国事，闻刘玄德败，颦蹙有出涕者，闻曹操败，即喜唱快……"三国故事能将顽皮淘气的孩童紧紧吸引，并能随着故事的起伏，时哭时笑，时怒时喜，可见当时由群众口头流传，又经舌灿莲花的艺人加工成的三国故事，已是何等涉猎成趣，扣人心弦。

三国以降的史籍，"拥曹贬刘"与"扬刘骂曹"，曾几经反复。西晋陈寿的《三国志》，首开"拥曹"之先河，誉曹操是"非常之人，超世之杰"；年隔不久，东晋习凿齿的《汉晋春秋》，则为"扬刘"之滥觞，首提"帝蜀寇魏"论；北宋司马光的《资治通鉴》中，又尊曹为正统；而南宋朱熹的《通鉴纲目》里，则又回到东晋习凿齿的"寇魏帝蜀"说。自南宋至明朝，程朱理学逐渐占据儒学的正宗传承地位，故而使朱熹的《通鉴纲目》广为流播，及到清代民国，刘蜀为三国正统的观念，便一直无人敢以卵击石，以指挠沸。

首次将民间艺人口说三国的那些单独的、片段的故事，有头无尾地结集成文字的是《三国志平话》，此书成于元至治年间，凡八万字，虽插有图幅七十，但难称图文并茂。《平话》文字粗劣俚俗，错讹百出，读来像是为艺人说唱三国时写的提纲。《平话》也非一无是处，它毕竟让后人窥出三国故事的梗概，且关公的艺术形象亦见雏形。

元曲是继楚辞汉赋、唐诗宋词之后，中国文学艺术的琦山隽峰。关汉卿、王实甫、郑光祖等元代最著名的剧作家，都写过三国戏。元杂剧中三国的曲目凡四十余种，以关羽为主角的多达十二出，依次才是张飞、诸葛亮、刘备、周瑜、曹操。斯时的才子词人，好像谁都愿意为关公"拈就一管生花，万紫千红，齐向毫端吐"。关羽的同姓乡党关汉卿执元曲之牛耳，他所撰《关大王单刀会》杂剧，词句明净爽飒，珠玉纷呈，长吟短唱，庄谐杂出，读来荡气回肠，齿颊留香。他不仅借关羽的对立面孙权的岳丈乔阁老之口，详述了关羽大半生的赫赫战绩，且把"上阵处三绺美须飘，将九尺虎身摇"的关大王渲染得英武绝伦，八面威风……

印度曾长期沦为大英帝国的殖民地，这期间有人曾征问英王：假如印度与莎士比亚两者择一，你将做何选择？英王毫不迟疑地回答，莎士比亚！这里，我们对侵略者的行径且不作挞伐。要说的只是：一个国度的伟大诗人及其诗篇，是这个国度最瑰丽而珍贵的宝石；一部称得上经典的长篇小说，也常常是一个民族的心灵秘史。

三国的那段波澜壮阔、惨烈悲怆的历史，一直在呼唤大手笔为其状摹。直至千载后的元末明初，罗贯中才从历史深处翩翩走来。我们无意将罗公与莎翁相提并论，就中国古典名著的艺术成就而言，罗贯中较之曹雪芹也稍逊一筹。但一个不可撼摇的事实是，罗的《三国演义》，是我国古典章回长篇小说的开山之作，也是一部迄今为止最优秀的历史小说。

透过《演义》的字里行间，人们无不会得这等结论：罗贯中是个彻头彻尾、彻里彻外的"尊刘骂曹"派。但罗之尊刘，却并非完全因"正统"思想使然。

在我读小学时，村中的关庙尚未拆除，我至今犹记得庙中的那副楹联："师卧龙友子龙龙师龙友，兄玄德弟翼德德兄德弟。"今天想来，这楹联是以关羽为轴心，既几近包括了刘氏政治集团的主要人物，也颂扬了他们的仁德。罗氏的《演义》，就是力图把儒家的道德理想，寄托于"德化"的政治。才高八斗的罗氏甚至不顾作小说不能叠床架屋、理重事复之大忌，竟在《演义》中有七处提出"天下者，非一人之天下"，"惟有德者居之"。要论正统，刘表、刘璋与刘备皆为汉室苗裔。当时，表、璋仍深沐皇恩，拥兵据地，而刘玄德却是个卖草鞋的皇室宗亲之弃儿。但《演义》中的表、璋，皆被描绘成无才无德的酒囊饭袋，而刘玄德则被渲染成志存高远、德隆望尊的谦谦君子。《演义》中的"刘玄德携民渡江"，把刘备的"德"展现得无以复加。面对曹操南下荆州重兵的围追堵截，刘氏全然不顾妻离子散，更不惧刀在其项之危，携十万百姓一道草行露宿，虽每日仅行十余里，但他仍与庶民共度鱼游釜中之险……

罗贯中托他人之诗赞刘备曰:"临难仁心存百姓,登舟挥泪动三军。"

三国时,刘玄德也确实是个有德之君。正是靠了他的德,才使神机妙算、智珠在握的诸葛卧龙甘愿为其鞠躬尽瘁,死而后已;也使从不服天朝管的主儿毛张飞,愿唯刘备马首是瞻;更使得骁勇无比的黄忠、马超甘心归顺,望尘而拜……

1981年3月,被世界称作"花都"的巴黎,曾召开了一次有获得过诺贝尔奖的世界级科学家、文学家、政治家参加的会议。会上,竟破天荒地形成了这样的宣言:"如果人类要在21世纪生存下去,必须要从两千五百年前的孔子那里去寻找智慧。"这些当代人类的精英及风云人物,所以这样推重我们的孔老夫子,是因为在孔子那博大而精深的思想体系中,在人的修身方面,讲求"内圣外王",力求知行统一;在人的操守方面,强调社会正义感,追求人的社会责任心。

孔子说"君子以义为上",又云"好仁者无以尚之";孟子曰"仁者人也",他将"仁"与"人"直接等同;荀子云"人有气有生亦有义,故为天下贵"。儒家思想的旗旌上,最醒目的五字是:仁、义、礼、智、信,而"仁"则飘扬在这旗旌的最亮眼处,且"仁"又必须与正义连在一起招展,才能显示出人的最灼目的美德。在儒家先哲们看来,仁义的价值最为宝贵,仁义存,则人的价值在;仁义灭,则人与狗彘无异。

文学艺术的天国与尘世之间有一座桥梁,但这桥梁不是以钢筋混凝土铺设,而是靠作家用形象思维的翅羽去载接。罗贯中显然细心披览了历代史家关于三国的史籍,也注意了民间大量说三国的口头文学,并汲取了元杂剧三国人物戏中的精粹。这位饱吮着儒家文化乳汁成长的文学巨匠,如同当今的采石工,一下钻进历史大山的胸膛,先采来花岗岩荒料,运进他那形象思维的"加工厂",并将荒料解成条条板材,再一一磨出华美的花纹,然后去构建一座充满儒家学说氛围及色彩的文学华厦。

《三国演义》洋洋七十万言,粉墨登场的人物一千三百余。罗贯中在这千余众中簸来筛去,披沙拣金,甄选别择,鉴识辨认,最终圈定:只有他的乡党关羽,才是儒家学说最出色的实践者,才是儒家文化最为典型的代表人物。

莎士比亚说:"勇敢是世人公认的最大美德,有勇的人是最值得崇敬的。"又说:"感发人心的忠勇,可以使一根纺线竿变成一柄长枪。"深谙小说之道的罗贯中自会清楚,他的乡党关羽沙场遇难后,得以昭彰后世的重要因由是英武,且民间早有"关爷刀上一点红,杀退曹操百万兵"的颂词,如果不将关羽的骁勇写足,读者肯定不会"买账"。

在《演义》中,罗氏挥动如椽之笔,挥写出了关羽万夫难敌的英姿。破黄巾,关羽一刀将程远劈为两段;拒董卓,云长温酒斩华雄;虎牢关下,三英大战吕布,使手持方天戟的天下第一勇夫,首次遇到劲敌仓皇逃遁;徐州城外诱杀车胄,关羽不过是一弹指顷;曹军寨前,云长生擒王忠,兵不血刃,仅作猿臂轻舒;斩颜良,万军丛中关羽如入无人之境;诛文丑,云长只在跷足之间;千里护嫂走单骑,关羽虽人饥马乏,但过五关斩六将皆出手得卢,一刀胜似一刀快,杀蔡阳,张飞限定三通鼓,一鼓未绝,蔡阳便匆匆登上鬼录;单刀赴会,关羽身寄狼吻,但谈笑自若,呈示出虎将的大智大勇;水淹七军,活捉于禁,怒斩庞德,展现出关羽运筹帷幄,以水代兵的儒将风范……

为将关羽的英武描绘得颊上三毛,在三英大战吕布时,罗氏将张飞、刘备作为关羽的陪衬;斩华雄,劈颜良时,罗氏先让华、颜连斩各路诸侯几员名将、猛将后,才让关羽披挂上阵……罗氏为丰满关羽的形象,不顾史实,不惜张冠李戴、移花接木:华雄本为孙策所诛,文丑原乃曹操所杀,蔡阳实是刘备所斩,水淹七军,史载是天泼豪雨所致……而罗氏却将这些都一股脑儿地记到了关羽的"英武簿"上。

小说本是伟大的谎话,但这"谎话"有时比真实更见真实。人的个性里蕴含着思想,有性格魅力的人犹如天上的行星,其行为总是按其个性的轨迹运行。鞭打督邮,本乃刘备所为,罗氏将这顶高帽戴在毛张飞头上,不仅在尺寸上严丝合缝,且更能弥散出张飞个性的气味。以关羽那寒光凛凛的青龙偃月刀及他那万死不惧的个性,将三国中某些骄人的战绩嫁接关羽身上,亦完全符合关羽的性格特征。

罗氏写关羽的英武,其手法近似国画中的泼墨大写意,在粗犷恢宏的画面里,更能显示出关羽英武的神韵。一个文章高手,必须能同操几副笔墨。作为孔老夫子忠实信徒的罗贯中，在写关羽的"仁义"时，却有着工笔画般的精勾细描。

"桃园三结义"是《三国演义》的开篇，但刘关张三人及与他人之间的仁与义，却贯穿至这三位异姓兄弟相继去世之时。

关羽降曹后，与曹操同还许都途中，曹欲乱关羽君臣之礼，让关与其两位嫂子共住一室，而关秉烛立于户外，自夜达旦。至许都，曹操拨一座府第与关羽居住。关却将一宅分为两院，内院住刘备两夫人，门内派老兵十名把守，他自居外宅……读过演义的人，大凡都能记得这样两个细节：

　　一日，操见关公所穿绿锦袍已旧，即度其身品，取异锦作战袍一领相赠。关公受之，穿于衣底，上仍用旧袍罩之。操笑曰："云长何如此之俭乎？"公曰："某非俭也。旧袍乃刘皇叔所赐，某穿之如见兄面，不敢以丞相之新赐而忘兄长之旧赐，故穿于上。"操叹曰："真义士也！"然口虽称美，心实不悦。

　　…………

　　忽一日，操请关公宴。临散，送公出府，见公马瘦，操曰："公马因何而瘦？"关公曰："贱躯颇重，马不能载，因此常瘦。"操令左右备一马来，须臾牵至。那马身如火炭，状甚雄伟。操指曰："公识此马否？"公曰："莫非吕布所骑赤兔马乎？"操曰："然也。"遂并鞍辔送与关公。关公再拜称谢。操不悦曰："吾累送美女金帛，公未尝下拜；今吾赠马，乃喜而再拜。何贱人而贵畜耶？"关公曰："吾知此马日行千里，今幸得之，若知兄长下落，可一日而见面矣。"操愕然而悔。

小说的要旨是将思想隐匿于有血有肉的人物形象中，因此它比哲学和科学更能给人们以明确性和说服力。罗贯中用"赠袍"和"赐马"两个细节，便把关羽的"忠义"展示得酣畅淋漓。

宽容和忍让是人格成熟的另一重要标志。宽宏大量是一种美德。

关羽脱离曹营后，护送两位嫂嫂履险如夷赶到古城，竟遭到张飞百般误解。关羽极力辩白，甘夫人也出面为之做证，但毛张飞手中的丈八蛇矛仍舞来挥去，"义愤"难消。直至关羽斩了曹操的大将蔡阳，张飞才疑虑冰释。古人说宰相肚里可撑船，又云大将头上能跑马。至刚至烈的关羽，此时却委曲求全。罗贯中未着一个"义"字，却使"仁义"的关羽尽得风流。灵感，从来不拜访懒惰的文人。写到此，罗氏并没有收笔，继续将关羽之"义"，向更高境界提升。当张飞命部属杀猪宰羊摆宴时，关羽却说："兄长未到，甚酒食能充肺腑也。"次日，他不惮千里走单骑的劳顿，又径奔汝南，北走冀州，直至寻到兄长刘备，兄弟三人方"欢喜无限，连饮数日"。

施恩图报是小人之情，有恩必报为君子之愫。《演义》中，罗氏虽将曹操写成大奸巨恶，但因曹对关有过知遇之恩，为丰满关羽"仁义"的形象，便极力渲染了关羽不顾曾在诸葛亮面前立下生死状，却在华容道义释曹操的情景。并赋诗赞曰："拼将一死酬知己，致令千秋仰义名。"

《演义》中，黄忠是关羽遇到的唯一劲敌，长沙城外的首次交战，两人大战一百余合，胜负未分；次日再战，又杀了五六十合，仍雌雄难决。当关羽欲施拖刀计时，黄忠竟马失前蹄。面对这天赐良机，关羽如果斩了黄忠，无疑会成为天下第一英雄。然关羽不乘人之危，让黄忠回城换马，再做力的公平竞争。正是因了关羽的义薄云天，才使得本也具有仁义品格的黄汉升也投桃报李。再做交战时，这神箭将军只射关羽头盔而不伤其额。正是英雄惜英雄，才为后来黄忠归顺刘备创造了前提……

关羽的仁义，既感染了他的敌手，也濡染了他身边的部卒，甚至还熏染了他的战马。关羽于临沮罹难后，坚守麦城的王甫与周仓，一当即坠城而亡，一旋即自刎以终。那匹被孙权掳去的赤兔马，亦为悲悼主人，数日不食草料而死……

一部"据正史，采小说，证文采，通好尚，非俗非虚，易观易入，非史氏苍古之文，去瞽传诙谐之气，陈叙百年，概括万事"（明《百川书志》）的《三国演义》，是封建历史的百科全书。书中虽多有对妇女的轻视，也不乏对帝王将相之权力的津津乐道；因了历史的局限性，书中也自然缺乏民主倾向。但它仍是迄今为止一部对中国百姓影响最大的历史小说，也是自明以还的封建统治者研究谋略与权术的必读书。

毛宗岗批注《演义》时，说书中有"三绝"："奸绝"曹操，"智绝"诸葛，"义绝"关羽。正是因了关羽的"至仁至义"，他便成了千百年来朝野上下尤其是平民百姓最为敬仰的人物。

罗贯中对关羽形象的塑造与传播，居功至伟。《演义》行世后，汉剧、川剧、蒲剧、豫剧、湘剧、徽剧、滇剧、昆剧、秦腔等中国主要地方剧种，以及后来的京剧，都以《演义》为蓝本，创作上演了大量的关公戏。于是乎，在中国辞海里又多了"关戏"这样一个名词。而以一人之名成为中国戏曲一条目者，仅关羽一人而已。于是乎，在中国戏曲舞台上，关公的脸愈来愈红，曹操的脸愈来愈白。

在艺术魔杖的不断变换和挥舞中，一个"忠义仁勇"的关公形象，遂也成为不朽。

四

运城常平村的关帝家庙，是在关羽祖宅原址上建立起来的。历经千余载的历史风雨，这里的一殿一宇、一亭一塔、一坊一碑、一砖一石，无不长满历史的苍苔。

庙内有十大名柏，株株都有着神奇乖谲的传说。关帝殿前左右的两棵巨柏，其状之奇特更匪夷所思。左侧的古柏不仅形如昂首奋身的苍龙，且顶端有两无叶的曲枝，酷似一双倔强的龙角，峥嵘地伸向长空；右侧的巨柏，树围达四米，根部兀然突出的大根球，酷肖威武雄猛的卧虎，昂首向天而啸。由是，人们将这两棵古树，分别称为龙柏、虎柏，并衍生出是玉皇大帝派它们来守护关公的。

在专祀关帝夫人胡氏的"娘娘殿"前，有古桑一株，乍看平平常常，细观其底部却有五根粗若碗口的根茎，各延伸一米余方扎入泥土，犹如巨龙之五个利爪；树身之上，有五根粗细相等的枝干与"五爪"对应，仿佛是人工刻意雕成。因关帝庙中供奉着关家五代人，当地百姓遂神化为"五世同堂桑"。更为玄妙的是，这古桑每岁从暮春到深秋，一直开花结果不止，这与他处桑树每年只一度花果的生长规律迥乎其异。外地的拜谒者及当地百姓，无人敢摘树上桑葚，将落地之果视作神果，不孕妇女则常捡而食之，以求子嗣不断，承延香火……

孙权安葬关羽的陵墓，坐落在湖北当阳城郊。关陵内外，松涛呼啸，绿树葱茏，鼓楼寝殿庄严，石坊碑亭肃穆。走进这被百姓称为"神地"的关陵，人们会看到自然界无所不在的奇特灵魂。一是陵内的古树无头，传说是因关公遗骸无首的缘故；二是陵墓四周的树木皆弯曲生长，均向关陵做"躬形大礼"状，百姓称为"百龙捧圣"；三是每当晨昏，众鸟来仪，绕枝鸣唱，人们谓之"百鸟朝圣"……

大自然是上苍的艺术。人类图腾意识的形成和造神的肇始，盖源于人对自然万物的惊异。运城常平关帝家庙之龙柏、虎柏、古桑，湖北当阳关陵之"捧圣树"及"朝圣鸟"，皆是大自然的生命奇观。但这些奇观，却无一不充当着人们在神化关公时激活和扩张想象力的向导。

中国曾是一个多神的国度，百姓信仰的神林林总总，数不胜数。神界系列充盈于三维空间：天宫、地狱和人间。

天宫里居住着最高规格的神与仙。《封神演义》十三回中有这样的描绘："天宫异物般般有，世上如他件件稀。金阙银鸾并紫府，奇花异草暨瑶池。朝天玉兔坛边过，参天金乌着底飞。"那是旧中国百姓心向往之的洞天福地。地狱里栖止着阎罗判官、牛头马面、阴魂幽灵，且备有刀山油锅、铡刀斧钺、木枷铁索等械具刑具。在昔时人们的心目中，那是一个阴森可怖的悲惨世界。另外还有指不胜屈的神祇游弋于人间，它们附着于万物万有之上。昔年的中国百姓，进山要拜山神，下河要拜河神，出海要拜海神，生火要祭灶神，吃米要祭米神，喝茶要祭茶神，出门要祭门神，甚至为睡觉安稳，还要祭祭炕神……最迷信的时代往往是穷凶极恶的罪行最多的时代，孤苦无援、四处碰壁的百姓，不得不请出名目繁多的神，以祈佑护。仿佛哪个小庙的神拜不到，也会大祸临头。

在旧中国，历代的名将贤臣，死后多被百姓奉为神灵。屈原《国殇》中"身既死兮神以灵，魂魄毅兮为鬼雄"的咏吟，就是对民间这种人鬼一体的信仰所做的最早注脚。铁面无私的包拯殁后，百姓将其尊为地狱中赏善罚恶的阎王，即是明证。忠义仁勇的关羽，殁后本也应加入到鬼雄的行列，但他却从没进过阴司冥府，而是在上清天堂里步步高升。

大量的民间传说及史料表明，对关羽的信仰与神化，发轫于平民百姓。关羽麦城遇难后，有关这虎将乃系天宫青龙转世之说，便于华夏大地尤其是在荆州和解州广为流播。一条上苍派到人间的"勇加一国，敌号万人"的青龙，何以败在"碧眼小儿，黄须鼠辈"孙权的手下，百姓自会不顾史实，杜撰出一些奇异的故事去自圆其说。百姓认为，关公麦城之败，并非其不能折冲樽俎，拨云见日，而是因当时云空中有人传上帝之诏，让关氏父子返回天宫。于是关羽、关平弃却马刀，不屑再与凡夫俗子一决胜负，才躯壳被擒而魂灵归天。继而，各地百姓根据这"青龙转世说"，又衍生出一串串关老爷耕云播雨、显圣佑民的故事……

惠特曼有言："没有信仰，则没有名副其实的品行和生命；没有信仰，则没有名副其实的国土。"旧中国的历代统治者，似乎也深谙此道，他们同时更明白，要使某种有利于巩固政权的信仰广为普及，必须将这种信仰最大限度地宗教化。

将关羽推向神坛的第一人，乃南陈和隋时的和尚智顗。

佛教于西汉末年从印度传入中国时，仅被视作一种方术。且斯时的道教徒们，竟造出老子入夷狄为浮屠的假说，对佛教进行损贬。随着佛教徒日渐增多，至南北朝，上流社会中亦多有信佛者。然佛教毕竟是舶来的宗教，欲在华夏大地扎根，必须掺糅进中国的传统文化。智顗俗姓陈，其父在南梁时被封为益阳侯。这位出身簪缨之族的和尚，熟读诗书又精通佛法，使他有智慧为佛教具有中国特色找到切入点。佛教初传中国时，有诸多教义相互矛盾的宗派，但各自皆称其本经为释迦牟尼亲口所述。智顗融合了各宗派之争，创立了"天台宗"。南陈光大年间，智顗云游荆湘时，杜撰了一个神奇的故事：一日，他遥望当阳玉泉山，但见山色如蓝，紫云如盖。月夜，他进得山中，见一具王者风范的美髯公立于面前，曰："吾乃汉末前将军关某，天帝命吾主此山，敢问法师何处驻足？"智顗遂将愿在玉泉山建寺的想法以告。关公答曰："感师道行愿，舍此山作师道场。"智顗当即对关公授五戒，并尊其为伽蓝（即僧院）护法神。智顗因此僧名鹊起，南陈皇帝曾以国礼将其迎入太极殿。隋杨广在为晋王时，曾封智顗为智者，他登上九五之尊后，对智颢益发敬重。信仰之于信徒，从来不只是一种学问，更是一种行为，只有身体力行才有意义。杨广是中国历史上鲜有的昏君，他弑父杀兄，奸母淫嫂，横征暴敛，穷奢极欲，这种"六根皆脏"的人物，怎配与佛结缘！但智颢还是凭着皇权之杖的魔力，一生督建大寺院三十五座。这便使关公以伽蓝护法神的身份走向全国，并在其本来威风八面的身躯上，又罩了一层明晃晃的佛光！就这样，智颢大师凭借关公在百姓中早已形成的不可撼摇的威望，大大提高了佛家的地位。

关公作为军神形象，被列入国家祀典，始于唐高宗上元元年。斯时大唐疆域辽阔，物阜民丰，一代英主李世民留下的文治武功，余威犹存。其时与孔子文庙并峙的武庙里，主祀是姜太公，关羽仅为陪祀。且莫小视这个陪祀，它为此后关羽成为中国的武圣，做了强有力的铺垫。在唐以前历史上，猛将如云，兵家如雨。仅就汉代及三国而言，论谋关羽不及韩信，论勇关羽难敌吕布，但韩信头上长着"反骨"，而吕布则是朝秦暮楚的"三姓"（丁原、董卓、王允）家奴。盛唐皇家所以激赏关羽，自是倚重其忠义的品格。

在华夏漫长的农耕社会里，神祇常是统治者用来控制人心的法宝。中国历来有一个得道升天的道教的天堂，和一个生死报应的佛家的地狱。道教为东汉人张陵所创，张陵俗称张天师，"天师"之位，由其子孙世袭罔替。作为舶来品的佛教，抢先将关公推向神坛，这就不能不引起"国产品"道教的酸溜溜的忌妒。道教徒们似乎一直在等待机会，想出师有名地把关公请进他们的道观。

也算天助道教。宋真宗时期夏辽不断兴兵南侵，危及北宋朝廷。笃信道教的赵恒，不思励精图治、富国强兵，反在一班佞臣的撺掇下，整日装神弄鬼，靠道徒手中的拂尘去驱妖禳魔。这位说假话从不脸红的皇帝，竟伪造上天命符，把玉皇列为国家奉祀的偶像，且谎称轩辕黄帝因他"善修国政，抚育下民"而下凡，并称轩辕是赵姓始祖。他敕令"天下梵宫并建圣祖（轩辕）宝殿"，以求取得百姓对他所编造的各种谎言的认同。更为荒诞不经的是，他与第三十代道教天师张继先，心领神会一拍即合地共同臆造了中国造假史上最"杰出"的谎言——"关公大战蚩尤"。

东汉以来，盐铁一直为朝廷所专营。关羽故里的解州盐池，向为朝廷的财政支柱。真宗大中祥符七年，因连岁旱魃为虐，盐池水涸，致使皇家税收锐减。解州官员不敢隐瞒，如实上奏朝廷。真宗即派大臣吕夷简到解池祭祀。吕至解州后，夜做一梦，梦见上古时被轩辕杀死的蚩尤，怒冲冲曰："吾乃蚩尤神也。奉上帝命来此主盐池，于民有功，于国有益。今朝廷崇以轩辕，立庙于天下，吾乃一世之仇也。此上不平，故竭盐池水。朝廷若能除毁轩辕之殿，吾令盐池如故。若不从，竭绝盐池，五谷不收……"吕夷简返回京都，将梦中所遇报奏真宗。时有佞臣献言，说蚩尤乃邪神，张天师足可擒之。真宗驰诏张天师进京，共议讨蚩尤事。张天师在宫中画符焚之，须臾披甲佩剑的美髯公关羽浮空而下，真宗便命关羽去战蚩尤。不几日，捷报驰来，蚩尤大败亏输，盐池产盐如初……

这等今人听来啼笑皆非的故事，却被写进《广见录》《三教源流搜神大全》等书中，且将关羽战蚩尤描绘得有根有蔓，极尽曲折惊险。然而，正是这"天字第一号"的谎言，关公才堂而皇之地成为道家的头号尊神。

昏君兼杰出的书画家宋徽宗赵佶，同他的老祖宗赵恒一样痴迷道教，并自诩他是"上帝元子太霄帝君"降世，让朝臣们尊他为"教主道君皇帝"。他敕令在汴京及全国诸多城市修建道教宫观，且设道官二十六等，与朝廷官员一样领取俸禄。他不惜民财，大兴土木，运太湖石到汴京修建皇家园林，《水浒》中官逼民反的情景，便是此公"德政"的真实写照。他在位时，曾四次谥封关公：先"忠惠公"，而"崇宁真君"，而"昭烈武安王"，而"义勇武安王"。尽管赵佶这位书画大家，为关公画的帽子愈来愈高迈，越来越华贵，但关老爷的大刀似乎不屑保佑这位昏君。赵佶最终被金太宗完颜晟掳走，沦为阶下囚，封为"昏德公"，郁郁客死他乡，魂栖北疆边塞……

蒙元统治者入主中原后，虽将汉人视作劣等族种，但对关公却推崇备至，也许是因了元世祖忽必烈尊佛尚武的缘故。

出身卑微、既当过放牛郎也曾剃度为僧的朱元璋，可能深悉关公在民众心目中的地位，在他于鄱阳湖大胜陈友谅、完成实现皇帝梦的关键一役后，便精心编造出关羽率十万阴兵助他制胜的"天方夜谭"。明成祖朱棣在关羽事上的想象力，也像其父皇一样天马行空，在他御驾北征雅失里时，曾煞有介事地向三军宣称，关大王正率兵为大明军队做前导，定能所向披靡……

朱明王朝的神器承传到神宗朱翊钧的手中时，皇权政治固有的兴衰周期率，眼看又要应验。十岁即位的神宗，成年亲政后，长年深居幽宫，只知纵情声色，不见廷臣，不理朝政，致使阉人专权，特务横行。加之天灾频仍，黎庶田园不保，庐社为墟，饿殍遍野，百姓甚至易子而食。斯时，明王朝历代"积压"下来的皇子皇孙多达十万余人，却无一愿意降低生活标准，个个仍是锦衣玉食。有这么多的巨口大张之兽，百姓哪堪重负！专制政治，向来都是力图把百姓的灵魂关进笼子，锁入地牢。为消民冤，神宗对关公采取实用主义，又将关老爷抬出，妄图作为一种"精神鸦片"，去麻醉万民的神经。他在位期间，曾三度大封关公：万历十年封关公为"协天大帝"；十八年封关公为"协天护国忠义帝"；四十二年再封关公为"三界伏魔大帝神威远震天尊关圣帝君"，同时对关羽夫人及其二子乃至周仓，也封后、封王、封公。

清兵入关前，满人对关公的崇敬度，毫不亚于汉人。满族除将关公当神灵祭祀外，皇太极还命人将《三国演义》译成满文，作为八旗官员及将领们的必读书。史称"千古一帝"的康熙，深知满人政权要扎根中原，实现他"耕凿九壤同"的政治主张，必须将满文化融入汉文化中。而中国传统文化的主体则非佛非道，乃是儒家学说。儒学历经封建时代的种种变异，早已构成了华夏民族的共同心理状态和性格特征，并由此沉淀转化为一种文化形态结构。儒家无须与佛道两家争夺关公，因关公本身就是儒家学说最忠诚的实践者。清统治者大概深悉，"大树特树"关公的忠义仁勇的形象，对巩固其政权会获得事半功倍之效。康熙在位时，巡曲阜，临解州，谒孔子，拜关庙，并御题"义炳乾坤"的匾额悬于解州关帝庙之崇宁殿上。他的儿子雍正和爱孙乾隆，也把儒家学说奉为治国之圭臬，崇孔尊关的程度，更是青出于蓝而胜于蓝。为肃清陈寿在《三国志·关羽传》

171

中，对关公评价"不到位"所造成的"流毒"，乾隆甚至还专门降旨，对陈寿展开了"革命大批判"，诏曰："……陈寿与蜀汉有嫌，所撰《三国志》，多存私见，遂不为之定论，岂得谓公……"其时，关羽已被作为武圣与文圣孔子一样，列为国家春秋两季的举国大祭，并以朝廷名义颁发统一祝文，规范大祭时的规格……

在清政权统治中国的近三百年间，从顺治到光绪，历代皇帝曾十数度对关羽进行加封，至光绪五年（1879 年），对关羽的封号登峰造极，可谓旷古未有。今天，当我们读着这"忠义神武灵祐仁勇威显护国保民精诚绥靖翊赞宣德关圣大帝"的长达二十六字的尊号时，在被关圣的威严压得难透一口气的同时，有谁不会感到，即将灭亡的清王朝，当时却把汉语中最珍贵、最美好同时也是最沉重的字眼，皆一股脑儿地加在了我们的关老爷身上了！

中国朝野共奉关羽，如果说宋元是发展期，明代是盛行期，那么清代无疑是鼎盛期。在明清两朝，有一种现象颇值得我们玩味：李自成揭竿、白莲教起义、义和团举事、袍哥会暴动，他们对关老爷，或当作军神叩拜，或当作旗帜挥舞，或作为偶像去募兵买马……在朝野双方敌对的这副大棋盘上，并没有因"楚河汉界"的阻隔，而影响同拜关公的"合作"与"联动"。这种"国粹"现象，在世界史上，恐为鲜见。另有一种情状也值得我们咀嚼：自宋以还的关帝庙里，有道士主持，也有僧徒念经，作为儒家代表的政府官员，不仅参入春秋大祭，还负责协调关庙的管理……像这种三教归一的祭拜场景，在世界宗教史上，恐也是独有的奇观。

就这样，关羽在儒、释、道三大教派的共奉中，在朝野上下的同尊里，被一朝一朝、一代一代的人们神化了。这诚如一副楹联所云：

儒称圣，释称佛，道称天尊，三教尽皈依，式瞻庙貌长新，
无人不肃然起敬；

汉封侯，宋封王，明称大帝，历朝加尊号，翘是神功卓著，
真所谓荡乎难名。

172

五

在旧中国，宗法观念、纲常伦理渗透于社会道德与生活的一切领域，任何事体都要在"礼"的框范下，分个三六九等。人死之后皆要魂归泥土葬入坟墓，但因逝者生前的身份地位不一，不仅墓的规模判若霄壤，且在称谓上也要分出贵贱尊卑。庶民之墓叫坟，王侯之墓曰冢，皇帝之墓谓陵，圣人之墓称林。古时虽有不少先哲贤达被誉为兵圣、书圣、诗圣、画圣、药圣、茶圣等等，但墓被称为"林"者，仅有文圣孔子、武圣关羽。因关公又曾被封谥为帝君，故其墓还能同时以"陵"谓之。

历代统治者，对修建孔庙向有严格规定，文庙只能建矗于县以上的城镇。因信仰关公的善男信女多如恒河沙数，这就使得当权者对关庙事极难做出硬性规定。于是，自南陈、隋朝以来，关庙逐年有加，及至明清，关公已是英名妇孺知，庙食盈寰中，香火遍天下。

在遍布神州的大小关庙中，从建造意义及建筑规模而言，有四座最为著名。关羽殁后，有"身定当阳，头枕洛阳，魂归故里"之说。孙权以王侯礼葬关羽尸骸于当阳的墓地，后人称为关陵，当是关公最早的庙宇之一；曹操葬关羽头颅于洛阳的墓地，关公成为武圣后便称为关林，与曲阜的孔林可堪伯仲；运城常平村的关帝家庙，原为武圣故宅，在此建庙自有其不可替代的意义；始建于隋的解州关帝庙，是历代皇家及大臣朝拜关公的圣地，经宋明清三朝不断扩建，其庙宇之轩昂，殿阁之雄伟，文物之珍贵，为海内外关庙之最，享有"武庙之祖"的称誉。

打开清《京师乾隆图志》，我们会惊讶地看到，那画有关帝庙的标志密密匝匝，触目皆是。当时仅城内专祭武圣和主祀关帝的庙宇就有一百一十六座，加上京郊的关庙，不下二百余数。富丽堂皇、飞檐点金的紫禁城，是皇帝后妃、龙子龙孙居住的场所，斯时竟也设关庙四座。在这红墙禁地，身披绿袍、正襟危坐、左手捋美髯、右手持《春秋》的关帝雕像，以其凛不可犯之姿，更平添了大内中的威严。曾被称为"中国第一园"的圆明园，云飘碧空，绿溢幽径，亭轩错落，回廊曲折，假山叠翠，竹篁摇

173

荫，喷泉溅珠，湖波潋滟……但在这样一座中西合璧、本是皇帝休闲的园林内，竟也建有六座关庙。这说明皇帝即使在游也豫也之时，亦不敢轻慢关公，以祈武圣佑其国祚……

我们完全可以想象出，昔年京华春秋两度大祭关圣时，从二百余座关庙中飘出的那一缕缕紫烟，会将京都的天幕濡染得朦朦胧胧、冥冥淡淡，那些真正信奉关圣信徒们的心灵，当会被那紫烟驮着、举着，悠悠忽忽地飘进他们梦寐以求的天宫瑶池……

斯时，京都这般尊关，泱泱神州，处处也复如斯。《承德故关帝庙碑文》中记曰："关帝庙祀遍天下，各直、省、府、州、县，建祠设像，守土官吏岁时展谒，典礼视文庙。"此系指官方尊关，而大量地方史志无不佐证，明清时的中国，不论是汉文化圈内还是边远的少数民族地区，不论是山陬溪畔还是天涯海角，凡是有人群居住的地方，几乎村村寨寨都立有关庙。《天山客话》中载："塞外虽二三家，必有关帝庙。"

如果说一座大的关帝庙就构成了一个小的信仰圈，那么星罗棋布于全国的关庙，则构成了一个庞大的疏而不漏的关公信仰网络。

神是早期人类蒙昧无知的产物。在旧中国，当神秘莫测的大自然呈示出种种异兆、人们茫然难得其解的时候；当巨灾大祸骤降善良的茅屋无辜的村落、处于弱势群体的百姓又无法抗御的时候；当外寇入侵烧杀抢掠、统治者只顾酒地花天、手无寸铁的百姓只能望敌兴叹的时候；命运的缰绳一直不能攥在自己手中的芸芸众生，总是请出他们心目中的神。百姓辄以神的超力，作为脆弱文化心理的支架；也辄以神的超世关怀，来慰藉破碎呻吟的灵魂。笃信关老爷乃"青龙转世"的人们，自会把悲天恤民的关公当作心目中包打天下、神力无边的偶像。

遍览宋代以还的史乘方志，披阅明清以来的宣卷稗说，采撷轶散民间的传闻，有关关公"显圣"的记述及碑文，俯拾皆是。如果将之搜集起来编纂成册，简直可以堆成一座书山。大而言者，关圣常能降妖护国、平寇破贼、除瘟禳灾；小而云者，极富人情味的关爷更能体恤忠孝、断决疑案、披善惩恶、示医疗疾、佐学举仕、佑人发财，甚至惠及黎庶的娘生日孩满月。

在《解梁关帝志》中，关圣"救水厄"的记载，被描绘得神乎其神："（明朝）隆庆年间，广平府淫雨浃旬，山水暴涨，浸入东门，城中男妇嗷号，震天动地。顷见城上云雾中，关圣一脚踢倒城门楼，橹门以填实，略无罅隙，用是雍住水头，城得不没。"

明朝末叶，日倭屡犯我东南沿海，武圣伏倭的故事，被渲染得玄之又玄：嘉靖四十一年，倭寇狂攻福建仙游城之南门，门内有关庙，有人见关帝将城门锁住，匹马单刀与敌鏖战，倭寇辙乱旗靡，一败如水。俟守城官卒入庙祭拜时，但见关帝像汗水涔涔……同年，倭寇数度滋扰江苏太仓，太仓城内，亦有关庙。每当寇来，"城内白雾漫空，如有神护"，令倭贼杯弓蛇影，趑趄不前……而关圣于鹏城（今深圳）近海，大胜东洋船队"一役"，更被岭南百姓夸张得颊上添毫，勾魂摄魄：明时为御倭酋，鹏城设立军事城所。某年冬夜，月黑风高，一队东洋战船，从大亚湾偷袭鹏城。时鹏城军民已进入黑甜之乡，眼看日倭下船登岸，鹏城即遭血洗。忽然，立闪裂空，惊雷滚地，豪雨似瀑，梦中军民，悉被惊醒。众人仰望云端，只见赤面关公，龙盔虎靴，身跨赤兔马，左有白脸白袍白马的关平相伴，右有黑脸黑袍黑马的周仓相随，共率天兵天将，凌虚杀向倭寇船队，搅得海水呼啸，惊涛摩天。俄顷，日倭船队，帆折舟摧，葬入深海。须臾，天开云散，月朗风清，关帝驾返天宫……

一部中国近代史，写满了华夏民族陆沉的羞耻、兵败的屈辱。"华人与狗不得入内"的"禁标"，曾把轩辕子孙的尊严剥个精光；那一纸纸割地赔款的条约，曾像切菜刀般将四万万同胞的心削成碎片。面对列强残酷的洗劫、洋佬野蛮的屠戮，不甘为刀下鱼肉的中国百姓，在呼佛佛不应、唤道道不语的情状下，关圣成了他们唯一的保护神。

在抗日战争中，关帝在全国各地显圣的传说又不绝如缕。据传，日军团山田司令率兵进犯解州时，曾数度炮轰解州关帝庙而不能击中。山田大惑，进庙拜关帝并抽签，卜问能否渡黄河直取西安。摇出的签上竟写着："过河不难，兵马死完。"山田怒火中烧，抽刀欲砍关帝神像，刀刚出鞘便断为两截，这日军团司令骇得魂飞魄散，刚出关帝大殿，便倒地而死……香港出版的《武圣堂集》中，载有这样一则奇闻：1942 年，日空军狂炸南

175

宁，市民妇孺，多避入天主教堂，认为日军不会轰炸外国教会。谁知教堂亦不能幸免，炸弹当空而下。市民扶老携幼，冲出教堂往市郊疏散，日军飞机追踪射杀，并向人群中空投炸弹。但枚枚炸弹皆被电杆上的霉旧电线托住，未能着地爆炸。事后，有人说其亲眼看到，日机轰炸时，当空有一红面长髯骑马的巨人，将炸弹一一双手接住……

明末、清末、民初及抗战时期，那些难以历数的关公显圣战敌酋的故事，大都有发生的时间地点，目睹者有名有姓，有的甚至还是名人。但今日观之，我们敢断言它们无一不是当时的人们凭借想象力而杜撰的。明代倭寇偷袭鹏城时的帆折船沉，抑或是台风骤来所致；江苏太仓几度白雾弥漫免遭寇袭，大概也因气候因素。至于其他关帝显圣御敌的故事，抑或是有人故意假托虚言，来激励民众之斗志……

关羽在抗战时期，确实也曾起到过某种特殊作用。前些年，我在沂蒙山采访时，曾同当年山东纵队的几位老敌工人员交谈，他们皆说关羽的威名厉害，是当时瓦解伪军的锐利武器。那时，我军经常印刷关公"身在曹营，夜读《春秋》，心存汉室"的图像，秘密散发，并在关公像下印有这样的对联："赤面秉赤心，骑赤兔追风，驰驱时勿忘赤帝；青灯观青史，仗青龙偃月，隐微处不愧青天。"汉奸和伪军也是中国人，无所不在的关公信仰也曾烙在他们的"胎记"上，这就为争取他们存在着一定的可沟通性及可趋同性。作为人，他们当中除罪大恶极者和死硬分子外，关羽的震慑力，常能唤回他们尚未完全泯灭的良知。也确有不少伪军因惧关公或投诚或反正，以求将功折罪……

纵观关公在国难当头时的"显圣史"，无疑是中华民族苦难史的一种缩影。有些传说虽然是那样荒诞不经，但它们仍不失为我们这个民族用屈辱和生命写就的一份特殊的带血的文化遗产。

宋元明清时，在百姓心目中，关公是神格最高贵、神职最多样、神性最正派的神灵。黎庶每逢遭际疑难之事，总是敞开心灵的门扉，从各自灵魂的秘密甬道里，将关圣恭请进来。

在长白山莽莽的原始森林里，来自汾河之畔万里为病母寻药的孝子，曾在关公的庇佑下，觅得一棵千年"双头娃娃参"；在江南水乡泽国，当

176

肆行无忌的瘟疫就要吞噬万千生灵的时候，关圣也曾秘授"三字谶语"，让百姓贴于门户而驱走了瘟神；在京都阴森恐怖的大牢里，因抨击奸相严嵩而即将被秘密处死的忠良苗裔，也曾在关圣的搭救下，逃出虎口魔掌；在偏僻的山野，一黄卷青灯、苦读寒窗的农家学子，因将关帝塑像耳内的蜂巢清除，而深得关爷的垂怜，关夫子遂在这学子的梦中讲解《春秋》奥义，致使这学子在乡试、府试中联榜及第，殿试后又被钦定为翰林……而在神州每一个角落，恶人歹徒因丧尽天良遭关爷刀劈的传说，更是不可胜记。

关公成了旧中国各个阶层竞相尊崇的神灵。贤臣良相敬其忠，武夫劲卒尚其勇，侠士豪杰慕其义，田夫野老尊其公，村姑慈妪崇其正……

曩时，"商贾"并非是一个光彩的字眼儿。在百姓眼中看来，是"无商不奸"；在文人雅士的笔下，对商人的评判就更为尖刻了。曹植在《乐府诗》中云，"巢许蔑四海，商贾争一钱"；白居易在《琵琶行》中曰，"商人重利轻别离"；刘采春在《啰贡曲》中道"莫作商人妇，金钗当卜钱"……假如说三国时有七步八斗之才的曹植，将视名利如浮云的巢父、许由捧到了天上；那么中唐时的大诗人元稹在《估客乐》中，则将被利欲熏黑了心的商人贬至骨髓："一解市头语，便无邻里情。"可谁能料到，自明代以来，大义参天的关夫子，竟成了商旅们顶礼膜拜的财神爷。

明朝以前，华夏大地作为一个诸多神灵舞蹁跹的国度，商贾们也曾供奉过两尊财神：武财神赵公明（俗称赵公元帅），文财神比干。在《封神演义》中，赵公明是周武王的宿敌，死后方被姜子牙封为"金龙如意正一龙虎玄坛真君"，此公率领招宝天尊、纳珍天尊、招财使者、利市仙官四位正神，专管"迎祥纳福、追逃捕亡"。但这武财神在荣登封神榜之前，曾有过剜抠不掉的"历史污点"：《搜神记》中载，赵公明是有名的瘟君，曾率疫鬼三千在人间传播瘟疫。彼"瘟神"当武财神，在百姓看来，他只配当棺材铺老板的同伙。比干是大暴君殷纣王的叔父，曾位居少师，主管过朝中财政。比干见纣王嗜杀成性、荒淫无道，曾数度冒死直谏。纣王的爱姬妲己，是个地地道道的"九尾狐狸精"，被比干视为国事日非的祸水之源。妲己装病卧榻，言只有比干的"七窍玲珑心"，方能疗她之疾。须

177

臾离不开妲己的纣王，全不念君臣之义、叔侄之情，竟将比干的心肝剜出，当草药让妲己服食……比干虽是耿介之臣，但将之尊为文财神后，百姓却并不认同，常讥讽那些"重利轻别离"、丝毫无"邻里情"的商贾，供奉的是位"少心无肝"的残疾之神。

自宋以来，商贾们见社会各界人士对关公的崇拜趋之若鹜，而他们尊奉的文武财神，在民众眼中却有着或"政治"或"生理"上的缺陷。商旅们在自惭形秽之余，想将关圣尊为财神，自在情理之中。但将"一剑万人敌"的武将尊为财神，实在是文不对题，神不符位，必须胪列出若干名正言顺的理由方可。能将算盘珠儿拨得噼啪啪响的商人们，当然能从历史的纸页里及民众的口碑中，剔爬出关圣能当财神的论点及论据。

关羽当年身陷曹营时，曾将曹操给予的厚赠，记录得丁一卯二，所得俸禄的使用，也日清月结。辞曹奔刘时，关将曹赐的金银布帛悉数留下，并附有一本"收、支、转、出、存"的分毫不爽的账簿……这等弊绝风清、不饮盗泉的仁义之士，可谓天下无二。有此论据，商贾们自会理直气壮，尊神有名。

流播于晋陕荆楚民间的那些关于关公的美丽传说，当然也不会从那一双双极善捕捉商机的灵敏的耳朵边溜走。有一则传说，不能不使商旅们喜上眉梢。关羽督荆州时，有一名唤王三的乡亲，前来拜望。"官大不藐乡邻"的关羽，设宴款待后，问王三因何来荆。王答来荆投奔关府，是想借关爷威名做点杂事儿。关羽以为王三前来"跑官"，遂正色道："汉室弊端乃卖官鬻爵，奔走权门，关某公道直行，绝不做这等偏私之事！"王三见关爷曲解己意，忙说他身怀酿酒绝技，欲在荆开一酒店。关羽听罢，点头称妙，并助资让王三开张。分手前，关羽一再叮嘱："荆州一地，好酒无多。尔要货真价实，童叟无欺，切记商海无涯诚作舟，贾山有路信为径。"酒店办起后，王三铭记关爷教诲，造酒时精择其料，在工序上也不惮其繁。故而所酿之酒，开坛后香飘街巷，荆民皆争购之。这时，有三五泼皮无赖，冒充关羽亲兵，来酒店索金讨酒，王三一时拿不出巨金，酒店即被砸烂。关羽闻知，派人侦缉凶手归案。嗣后，王三酒店，生意越发兴隆。为感关爷大恩大德，王三遂将关羽像挂诸酒店正堂，一时间，荆地商家皆仿效之，关羽俨然成了斯地商贾的保护神……

有了这些演义和传说中所传递出的理由和依据，将关圣尊为财神，有谁还敢置喙！

近些年，山西祁县的乔家大院，已成了向旅人展示昔年晋商曾创造过"富甲海内"之奇迹的窗口。看到那在中国古建筑史上堪称第一流的豪宅阔院，游人会以为晋商的发迹地是在晋中平遥一带。可当我翻阅宋明的文献时，却明白无误地得知，晋商发祥地不在晋中，而在关羽的故里晋南运城。运城解州盐池，在宋代曾占国家财政收入的一大半。皇家为确保解池盐税不"跑冒滴漏"，曾派一秉大公的包拯到解州主持盐政。明初，北部边境少数民族觊觎中原，明王朝在北疆屯兵多达八十六万之数。军需物资的采购曾一度落到晋商的头上。斯时北疆边关封锁，晋商的一斤盐有时能从外蒙古人手中换得一匹马，如此高额的利润，大大肥了部分晋南的商人。晋商富后为官，官后复又经商者，代有其族。官商一体，代代累富的晋南商人，为后来晋陕两地的巨商联袂登上中国商业舞台，谱写了嘹亮的序曲。清代，晋商设立"票号"，不仅一度控制了全国金融，而晋陕各地商家还组成了一个个有分有合、实力庞大的商贸集团，与我周边国家开展多边贸易。从明初至清末，晋商成为中国商业舞台上的"头牌演员"，长达五百载之久，这在世界商业史上也堪称奇迹！

晋商所以能长期"飞黄腾达"，除了精明过人外，他们一直信奉的财神爷关公，也的确时时刻刻在道义上给他们以嘉勉、激扬、规箴与警策。关公的"仁义"，是晋陕商家们抱团成伙的黏合剂；关公的"诚信"，则使晋商机智却不油滑，热情却不虚伪，重己而不排他，决不为眼前蝇头小利而掂斤播两背信弃义，这就使得鼎兴时的晋商，具有关羽大将般风度的大商家之心态。

晋陕商贾发财之后，又在当时经济发达的一些重镇和商埠，建起座座山陕会馆。这些会馆，就像当今城市中一些银行、电力、电讯等国家垄断行业所建的大楼一样，都是在当地最能显示富有、阔绰与财大气粗的标志性建筑。这些会馆，也如同当今五星级宾馆的多功能厅一样，可派多种用场。商会既可在此议事、休闲，也可演戏酬宾，还有一个商家们不可忘却的功能，内设关帝庙，大摆其谱地拜祭关公。商家雄厚的物质基础，为成为财神的关圣，又涂上了一道道色彩绚丽、璀璨夺目的光环……

连文人雅士、黎庶百姓曾嗤之以鼻的商贾，也将关爷请出当了财神，至此，我们的武圣人，也就成了一位多内涵、多外延、多角度、多方位、多功能的"全能之神"！

六

十年"文革"是个理性晕眩的年代。

以某文痞《评新编历史剧〈海瑞罢官〉》为开台锣鼓，古老的中国上演的一出空前的荒诞剧拉开了帷幕。继而，风雷鼓板阵阵疾，九百六十万平方公里的大地，变成了一个发疯的大舞台。一群群声称要主宰新世界的人们，"急急风"似的卷进城市中的大街小巷，随心所欲地横扫一切"牛鬼蛇神"，清除一切"封资修"。在神州的每一座村落，农家的神龛上被改贴为"造反有理"之类的标语……

在诸多关庙中，都曾镌有这样一副楹联："先武穆而神，大宋千古，大汉千古；后宣尼而圣，山东一人，山西一人。"关羽先岳飞而成神，后孔子而为圣。著述《春秋》的孔子与实践《春秋》的关羽，作为儒家文化和传统文化的总代表，在誓把旧世界砸个天翻地覆的"文革"中，势必会首当其冲，其文化遗存也必会在劫难逃。但这文武两圣，在浩劫中，遭际却有所不同。

"文革"伊始，在孔子的故乡曲阜，来自首都的"造反干将"率全国各地红卫兵，先是怒冲冲地将孔庙中的孔子雕像及一些碑碣石坊砸了个稀里哗啦，又气呼呼地窜进孔林，不仅将孔子墓掘地九尺，且把孔子第七十六代孙孔令贻之坟头刨开，撒骨扬尘……

在关公故里解州，则是另一番景象：当来自京城和各地的红卫兵潮水般涌至关帝庙前气冲牛斗地呼喊"砸烂封建主义最后一个堡垒"的时候，解州的红卫兵及民众，组成了一道道水泄不通的人墙，不准任何人冲进武庙，动关爷一根毫毛。这种剑拔弩张的对峙，长达四十六天，解州关帝庙终得以保全。

近几年，我到东南沿海一些城乡，了解关帝庙在"文革"中之遭际时得知，乡村中的小关庙与北方一样，在"文革"前就或坍塌或拆除，其庙之檩梁多在1958年大炼钢铁时，被投进炉膛，付之一炬。但作为文物古迹而留存于文化名城和重要商埠的关帝庙，在"文革"中几乎没有遭到多大的冲击。

关帝庙侥幸逃脱浩劫而"硕果仅存"，武圣关羽也未像孔老夫子那样，被送上历史的审判台进行"缺席审判"、狂遭口诛笔伐，这不能不说是一种极为奇特的"文革"现象。对此，当今的文化人会有各自的"哥达巴赫猜想"式的推理和演算。

我们感受生活时可以充满激情，但思考时必须具有理性的冷峻。

国人心目中的关公，既是真实的又是艺术的还是神化了的一尊复合型的道德雕塑。除却农耕社会中人们对这尊道德雕塑神化和迷信的成分外，关公代表着中国传统文化的伟大品格。关公文化作为传统文化的一种深厚积淀，早已凝结在华夏历史与文明的骨髓中，流淌在炎黄子孙的血脉里。以"四人帮"为代表的文化专制的刽子手们，可以让文人"挂笔"，令歌者"封喉"，可以冻结精神原野里的全部耕耘，但他们手中的屠刀，却绝不可能将国人代代薪尽火传所凝练成的道德与文化的链环，全部斩断。

在不断变化的人类社会，人格是一个永远不变的定式。由个人一系品行和操守构建成的"人格长城"，是黑风吹也吹不倒、浊浪冲也冲不毁的。关羽的高尚人格，虽在陈寿《三国志》中有所记述；虽在罗贯中《三国演义》及元明清大量戏曲中，有着多侧面多角度的刻画；虽还在三国以后历代诗家那汗牛充栋的诗词歌赋及楹联中，极受赞誉，但在旧中国文人雅士和平民百姓看来，对关羽这尊雕像的塑造，仍有阙如。

昔年，国人心目中的圣人和君子，应立身、立业、立德、立言。前"三立"关羽自具之，而"立言"在武将关羽身上，却是"一大空白"。宋明清以来的文人，对关圣"立言事"，可谓费尽心思，绞尽脑汁。

以梅兰松竹喻人格，向为中国文人的笔墨传统，那就让武圣画画竹子。画竹亦有雅俗之别，那就让武圣画风竹雨竹；画风雨竹亦有轩轾之分，那就让关夫子的风雨竹以"竹叶组字成诗"。这样，不仅可使武圣的所画之竹标新立异，亦可让关夫子跻身诗家行列。关夫子《风竹图》曰："不谢东君意，丹青独立名。莫嫌孤叶淡，终久不凋零。"《雨竹图》云："大业修不然，鼎足势如许。英雄泪难禁，点点枝头雨。"据《关圣帝君圣迹图志》中载，关圣竹诗石刻，于明宣德年间，在徐州创铁佛寺地下挖得。至今，关羽竹诗碑刻在运城、荆州及山东的肥城均有遗存。关羽"风雨竹画"的来历虽众说纷纭，但1980年上海人民美术出版社发行的《中国美术家人名辞典》中，还是将关羽作为中国竹画的鼻祖收录进去。

山西运城博物馆藏有关羽的十二字篆书石碑四块。古碑上书有："读好书，说好话，行好事，做好人。"关羽何时又成为书法家的，正史无记载。但南宋著名哲学家、教育家、"程明理学"的代表人物朱熹，却对十二字篆书为关圣所书深信不疑，并赋《篆迹赞》诗四首，对"关圣语录"，极力推许。据传，这四句话是关羽写给儿子关平的。今天读来，人们会觉得，这与我们的开国领袖勉励青年人时的题词，异曲同工。

中国历史上的圣人，似乎只有在哲学上有所建树，方可传之久深。周公制作礼乐，建立典章，孔子作《春秋》，述《论语》；老子有含宏万汇的五千言《道德经》，庄子有汪洋恣肆的《秋水》《马蹄》《逍遥游》……武圣关羽在理论上也应有自己的套数，方能昭彰后世，泽被万民。宋明清以来，伪托关公的著述，堪称累累若若。流传最广泛的有《关帝永命真经》《忠义经十八章》等，这些或三言或四言或七言、合辙押韵、便于流传的著述，涉及国家与社会、公德与人格，是包罗万象的人生与道德的宣言。现在读来，除却其中因果报应的迷信成分、三纲五常的封建糟粕，简直可以成为当今社会公德、做人准则的普及读物。

一国之命如一人之命。一人之命在元气，一国之命在人心。在皇权专制政治下，民众最希冀官吏具有虚堂悬镜、铁面无私、唯才是举、脂膏不润等品行。在百姓看来，作为华夏第一神的关圣，只有比具备这些品行的官吏远胜一筹，才能成为恶人的审判官、好人的保护神。文人们虽在艺术上对关羽的人格有着多侧面的塑造，但百姓仍觉有"遗珠之憾"。于是，便又杜撰出若干关圣清正廉明的故事，进一步给关圣这尊道德雕像描金绘彩。

关羽让"马童挂帅"的传说，在荆楚久播不衰：关羽督荆时，虽年逾五十，却仍有闻鸡起舞的习惯。一日清晨，关羽在拍马山演兵场舞刀，见有人在场上骑着一匹红马来回驰骋，定睛一看，原是关兴的马童在练骑术。关羽连观数晨，马童天天如斯，而此时的关兴却仍在军营鼾鼾大睡。不久，关羽再攻樊城，校兵点将时，关兴威风凛凛地骑于红马之上，恭候父亲点其领兵挂帅，而关羽却令关兴下马，命马童上马。马童率兵攻下樊城返荆时，关羽出城六十里，在一桥边摆酒设宴，亲为挂帅的马童接风洗尘……

呼朋引类、沆瀣一气，任人唯亲、以售其奸，向为官场最大的腐败。关公让马童挂帅之一举，足可让关羽的官德光风霁月！

在荆州，还流传着一则"关羽怒斩关平"的故事：荆州城外的二贤庄，有一王姓人家，孙子王鹏与祖母相依为命。一日，祖孙俩到寺院进香，归家途中，王鹏被一疾驰的战马踩死。王鹏之祖母告至县衙，县官见状告的是关平，不敢审理。老人出得县衙，正欲自尽，却被关羽一部将救起，领至关府。关羽听罢老人来由，不容分说，即令人抓得关平，绑赴法场问斩。关平在王鹏遇难时，并未骑马出行，知定是关兴所为，便甘愿替弟顶罪。张飞之子张苞得知此情，便央求王鹏之祖母刀下救人。老人情怀大恸，亲至刑场搭救关平。时关兴早毅然而出，承认己过。关羽放过关平，又斩关兴。王鹏之祖母向关羽叩头求情，言若不刀下留人，情愿撞柱而死。关羽部属也纷纷跪地乞求饶恕关兴，关羽仍不应允。恰曹军进犯，王鹏之祖母再求关羽，让关兴戴罪杀敌。关羽这才免关兴一死，并将老人接至关府，颐养天年……

百姓这些关羽为官清正、不徇私情的传说，都是将关公作为一撇一捺的"人"的骨架来塑造的。即使将关公作为神来美化时，百姓也多是以他们心目中的清官形象，去进行发酵升华的。譬如：一关庙的和尚，假关爷的名义以给关帝圣像敷金为由，搜刮贫苦百姓的钱财。关圣闻知怒不可遏，一巴掌将这和尚的嘴巴扇歪……"歪嘴和尚念错经"的掌故，即由此而来。又如：在某地关庙中，临坛的关圣曾错判民间一案，在为冤者平反昭雪之后，关帝即陷入深深自责，遂下令烧掉此处关庙，永不许再建！

…………

就这样，历代的文人墨客，用最精美的理想彩笔，描绘出武圣那乃文乃武、左宜右有，既立身立业又立德立言的超世通才形象；就这样，普天下的芸芸众生，以最深情最殷切的寄托，补缺拾遗，把关公美化成上不愧天、下不怍民的万世人极的"心灵标本"。"文革"时，样板戏中那些"高大全"的一号人物，与这"心灵标本"相比，定会自愧弗如，相形见绌！

如果说，"四人帮"对孔子的批判，是因了这老先生曾有"克己复礼"之类的言论，这就为"四人帮"无端将之引申为孔丘要恢复奴隶制度、让历史大倒退找到了"口实"；如果说，"四人帮"发动的"评《水浒》、批宋江"运动，是因了被称作"及时雨"的宋江不仅与阎婆惜曾有"男女关系"的污点，而且有出卖梁山好汉的群体利益而投降朝廷的史实，使"四人帮"有辫子可抓；那么，面对关公这尊无疵可寻、无瑕可摘的华夏民族的道德雕像，"四人帮"文化专制的屠刀，则极难找到下刀之处。

关公的神圣雕像，早已兀立在中国百姓善良的心田里！

…………

"天不生仲尼，万古长如夜。"一个没有哲学巨子的民族，是一个精神瘫痪的民族；一个没有伟大英雄的民族，是世界上最没出息的生物之群。当一个民族的哲学巨子和伟大英雄仙逝之后，他们不仅把超人的哲思和高尚的品格作为弥足珍贵的遗产交给了自己的民族，同时也交给了整个世界。

当今，孔老夫子已成为人类有史以来的世界"十大哲人"之首，这是华夏民族难得之骄傲！早在 1665 年，奥匈帝国于维也纳出版的世界各国地图中，在我国的版图之上，立着一位民族的精神代表人物，他就是关羽。当时维也纳出版的世界各国地图上，每个国度的版图上方，只画有一个伟人来代表其民族，足见我们的武圣关公在那时之世界，已影响广深。近年，美国芝加哥大学人类学博士焦大卫，在研读了中国关公信仰的大量资料后说："我尊重东方大神关羽，他应该受到所有人的尊重。他的仁义智勇直到现在仍有意义。仁就是爱心，义就是诚信，智就是文化，勇就是不畏艰险。上帝的子民如果都像关公一样，我们的世界就会变得更加美好。"

信仰是报晨的大鸟，它常在黝黑的夜里为曙光的到来而讴歌；信仰是辉煌的光波，它能引导着人类不断地进行着自我完善。关羽的陵墓早已松柏拱矣，关圣作为一株凝有"忠义仁勇"的精神巨柏，却仍以其芬芳的松香长留在我们这个民族中间，并向世界四面八方的每个角落中弥散它的馨香。

据关公研究会搜集的资料表明，目前世界上有一百四十八个国家和地区建有关帝庙。

祖国的宝岛台湾，人口两千余万，竟有八百多万同胞系关圣信徒。台湾岛上，专祀关圣的庙宇三千余座，加上其他供有关帝神像的寺庵，多达一万四千座。台湾同胞信仰关圣之痴迷，达到令人难以置信的程度。台北市的行天宫（即关庙），每逢群体祭拜关圣的前几天，即使有身份的太太及小姐，为谋得担当祭拜关公时的"义务工"，亦需三更即起去排队挂号，稍一去晚，便很难排上……台湾苗栗县的恩主公庙（亦系关庙），是上世纪70年代兴建的，在十周年建庙庆典时，据该庙统计，关圣已收义孙义女十四万人之多……

位居南洋群岛的马来西亚，面积虽不太大，但却设有关庙八千余座。素有花园之国美称的新加坡，城中的忠义庙，威严壮观，宛如宫阙。日本是个有神无鬼、缺乏宗教感的宗教大国，在其诸多大城市中，皆设有金碧辉煌的关帝庙。每逢大祭时，商界及企业界的巨头，分批率员工前往关庙叩拜关帝，以求部属以"桃园结义"的精神精诚团结，为他们谋得更大利润……

本文在开篇中已描述过美国、加拿大、泰国等国家元首及政府工作人员信奉关公的情状，毋庸再赘……

至此，我们完全可以说，关公早已成为超时空、超民族、超国界、超信仰的"东方之神"！

七

康德说：设定上帝的存在是道德上的必需。

西方有哲人又说：一颗巨大的良心就是一座庙宇。

从这个意义上讲，中国经过上千载、亿兆人美化神化的关公，既是悬在人们头上的一把亮铮铮、光闪闪的良心宝剑，又是华夏民族用传统文化锤炼出的一个民族的人格坐标。

开国之后，随着一次次破除迷信的运动，中国农村的关庙早已荡然无存。恪守古道热肠的百姓，对关公只能作心的祭奠。改革开放后，海外的"关公热"，温化了蛰伏在国人心中的关圣情结。先是东南沿海的一些城镇，人们重新请出关公当财神；继而，在河北、河南、湖北、湖南……凡关羽生前留有足迹的地方，当地政府也无不以关公文化搭台，唱经济大戏。

自上个世纪 90 年代初，关羽的故里运城，每年都于金秋时节举办为期七天的关公文化节。这期间，运城市内，人山人海，掎裳连袂；解州关帝庙中，履舄交错，户限为穿。大祭仿明代祭圣之规范，所用乐器有笙、管、埙、笛、筝、鼓、柷、敔、编磬、琵琶、云锣等，足具古雅乐"金、石、丝、竹、土、匏、革、木"的八音之设。祭礼所用牺牲，也按明祭旧制，采用最高大礼太牢（整牛、整猪、整羊）。祭礼程序分鸣鼓、上香、行初献礼、奠玉帛、进俎、行亚献礼、读祝文、望燎、行终献礼，另外再加上饮福酒及各类艺术表演……应该说，在被称为"武庙之祖"的解州关帝庙内，举行这等祭圣活动，不仅是对关公文化的一种开掘、弘扬和拓展，也能成为我们紧密联结海外华裔侨胞的一条无形的纽带……

然而，令我们担忧的是，在东南沿海的一些城镇，关圣雕像已无所不在，甚至被唯利是图的商人将之放进桑拿浴、恋歌房、三陪室……这无疑是对关圣这尊民族道德雕像的最大亵渎。更有甚者，有人借百姓"崇关"的从众心理，敛钱聚财，重建关庙，大搞迷信活动……当高楼大厦已压得地球透不过气来的时候，在人满为患、寸土寸金的土地上再建庙宇，是一种对国家乃至对整个人类都不负责的行为。倘若关公真能显圣，定会重掌猛击那些"歪嘴和尚"，甚至会放火烧掉榨取民脂民膏所建起的有辱他那巨大良心的关庙！

当今，与时俱进的中国之商品经济的列车明显提速加快。然而，某些人的道德情操却被风驰电掣的经济列车，甩出了轨外。

近日，我在报上看到一则消息，读罢瞠目结舌，惊怪骇异。消息称：某电视摄制组在拍的《武圣关公》连续剧中有这样的情节：三个莫须有的女子，与武圣有情感纠葛，甚至还有"私生女"。圣人也得搞腐化，把神圣的关爷写成了一个"老流氓"。对此，运城关公研究会常务副会长孟海生，拍案而起，两度致信广播电视部，阻止了该剧的拍摄与播放。"文革"初期，孟海生系解州中学的红卫兵头目，是他率众与从全国各地涌来的红卫兵对峙了四十六个日日夜夜，才保全了解州关帝庙。今天，他出乎正义，又阻止了影视圈内个别人对关公的"圣头着粪"。

我猜度，《武圣关公》的编创人员，大概只顾迎合世俗去追逐票房价值，却对播放后可能造成的严重后果没有顾及。而最根本原因，是编创人员对关圣的历史成因，所知无多。

明清两代，关戏备受朝野上下垂青。但朱元璋和雍正帝即位期间，唯恐优伶亵渎关圣，都曾降旨禁演关戏，"如有违者，法司拿究"。明洪武以还，清雍正以降，帝王们见关戏难罢，只得开禁。但对梨园子弟演关戏，订有诸多"天条律例"。譬如，演关戏必须用文乐、雅乐，不得用武戏所惯用的武乐、粗乐；扮演关公者必须貌端行正，演关戏前，或一月或半月不得行房事，且要素斋；演出前夕，扮关公者必须沐浴；登台之前，所有演员必须焚香齐拜关圣；演出之时，演关公者的一招一式，均不得有失君子圣人之风范。对看关戏的观众，也立有诸多规矩，君臣黎庶，谁人也得遵行。即使颐指气使的西太后那拉氏在关戏开演时，也得离座而起，前迎几步，做恭敬状后，方可重归座席……

前些年，台湾台北市有人为庆贺一座新影院落成，曾拍有一部关公在曹营的影片。谁知，仅因影片中有关羽与两位嫂夫人"眉来眼去"的几个镜头，便引得观众义愤填膺，血脉偾张，人们攘臂瞋目，吹唇唱吼地冲上舞台，扯碎了银幕，并纵火焚烧了影院！

欧洲当代学者认为：宗教想象力的丧失，是 20 世纪人类悲剧的原因之一。

中国古人云：君子有三畏，畏天命、畏鬼神、畏圣人之言。

"人"作为上苍未完成的动物，在自造自塑自捏的"超自然力量"的神祇面前有畏惧感，这在相当大的程度上能抑制人的动物性本能和约束违背社会公德的行为。人是不能"无所畏惧"的，因为在人欲物欲的诱惑面前，人的理性与自觉还相当脆弱。我们可以不信鬼神，但是人与魔鬼之间并非隔着汪洋大海，有人随时可以把心交给恶魔，甚至干脆沦为魔鬼。由"鬼"变成人常常需要一个痛苦的心路历程，而人堕落成"鬼"有时仅是一步之遥。

科学技术的猛锐发展，已使人类进入信息文明和数字文明时代。但人类物质大厦的摩天而矗，却没有使人类的精神大楼同步苦拔。有良知的文化人，面对人性之恶自古已然、于今为烈的现状，莫不椎心泣血。

君不见，先是一个个后是一窝窝所谓的公仆，大搞权钱交易，动辄受贿几百万、几千万，而那每一张钞票里都浸透着百姓"锄禾日当午"的血汗；君不见，某些西装革履、道貌岸然的所谓父母官，寡廉鲜耻地拜倒在石榴裙下，二奶小妾偏房侧室列队成排，演出了一幕幕权色交易的丑剧；君不见，在某贫困地区，有的乡镇干部像吸血鬼般地向百姓猛摊硬派，甚至还出现过历代官场最骇异的丑闻，被敲骨吸髓后的百姓若交不出钱物，可用家中黄花闺女代之，去陪伴他们臭味相投的上司……

官德失范的本质是道德的堕落。面对这些黑色幽默，我们不能不呼唤关公，希冀他快快挥起那曾怒斩过吕熊的利剑，将那些罪恶深重、民皆曰杀的贪官墨吏一一斩尽！我们同时也期望，身陷曹营时关羽那种"金银美女之赐，不足移之；偏将军汉寿亭侯之封，不足以动之"的高尚情操，能给正直的人民公仆以警策与启迪！

君不见，当今之中国，怎一个"假"字了得！假化肥、假农药、假种子、假警察、假军官、假文凭、假论文、假记者……简直除了母亲之外，到了无处不有假的地步。君不闻，我们的消协会长在历数食品行业的"恶行"时，是何等令人心折骨惊：炸油条掺洗衣粉，做蛋糕加化肥，香油里放柴油，牛奶中加人畜尿，用氨水发豆芽，用福尔马林泡海参，用病猪肉制香肠，将防空洞里的积水当矿泉水……民以食为天，我们还敢吃什么！君不见，股票市场更是个大黑洞，去岁银广夏的黑幕被媒体揭穿，该公司两年间曾虚报利润七亿多，当庄家和公司联手把散户的钱全部吸进黑洞、靠"老鼠仓"大饱私囊后，银广夏的股价从七十四元狂泻到两元多（按十股送十股后计算），他们这种食言而肥、利令智昏的行径，令多少中小散户血本无归，使多少下岗炒股的工人雪上加霜、避坑落井！君不闻，绿茵场本是球迷激情迸发的乐园，足球赛本是众目睽睽下的"文明战争"，然而，假裁判，假输赢，把公平竞争的文明战地，变成了肮脏的金钱交易所。激情无比的球迷在大跌眼镜之后，无不詈骂：我们还能相信什么，世间还有没有真玩意儿！

凡此种种，我们焉能不呼唤关公。关羽对经商酿酒的乡人王三那番谆谆告诫，已像暮鼓晨钟般回荡在我们心头！而那些将关公当财神爷供着的不法商家，及利欲熏心以造假暴富的"企业家"，千万莫忘中国的那句古语：举头三尺有神明！倘若再那般疯狂作假，你们这些"信奉关公"的人，难道不惧怕关爷的大刀！

最令人堪忧的是，当某些人率先突破道德底线后，他们便像曾率三千疫鬼在人间传播瘟疫的武财神赵公明那样，造成了群体的道德沉沦，伦理失落，精神瘫痪，灵魂迷失！君不见，有多少花季女子，把美色卖给金钱，把青春押给衰老，在进行钱色交易时，简直与畜牧市场上骡马牛羊的交易没有任何区别！君不见，大西北某市一副市长，率浩浩车队行进时，一骑自行车的少年因避车而从桥上跌入深深水渠，乘车者和围观者，竟无一人下水搭救，眼睁睁静观着一个鲜活生命，成为水下冤魂！君不闻，某省某县某村，有二十余人因用未消毒的针管不幸染上艾滋病毒，这些带毒者以极为阴暗心理报复社会，竟窜到某大城市扬言传播病毒，造成了一座城市的惊恐……

面对这一角角陌生、冷漠、麻木、残忍及戕害他人的灵魂废墟，善良的人们岂能不深切地呼唤关公，让关公那正直、仁义、充满着善与爱的大纛，重新在人们的心灵里猎猎飞舞！

…………

去岁金秋十月，我参加毕运城关公文化节的开幕式后，欲乘车返京。在运城火车站前，凝视广场上那尊关公跃马握剑、双目微睁的巨型铜雕，我心潮起伏，思绪绵绵。

我想起雨果在《临终告白》中写下的那段平凡却振聋发聩的话语："真理、光明、正义、良心，这就是上帝。上帝如同白昼。……我的凡眼很快就要闭上了，但是我精神的明眸将一如既往地灿如朝霞。"今天，关羽的凡目已闭上了近一千八百载，但他的那双丹凤眼似乎一直在明亮地睁着。我觉得，他一直在用最纯正的目光，读着神州沧桑的变迁，读着历史的春秋，读着人间昨天的浮沉和今天的沉浮，读着文明也读着野蛮，读着血泪也读着欢笑，读着贫穷也读着富有，读着卑污也读着高尚……

关圣的双目，将永远在中国传统文化里醒着。

良知的珍珠，将永远不会在中华民族大多数人的心匣中遗失……

2002 年 4 月 10 日于北京

附:《东方之神》缀语

《东方之神》四万两千言，是我散文中最长的一篇。《中篇小说选刊》编辑部来电要转载，按惯例必须写一创作谈，只得再唠叨几句。

任何文体都有自己的艺术规范，作家必须揣摩不同文体间的差别，以求较为熟练地驾驭某种文体。但是，作家一旦进入创作，文体的规范又显得不那么重要了。真正成为作家创作强大驱动力的，往往是心灵中急于释放的不吐不快的情感和久久郁积于胸的痛苦。

关于武圣关羽，早在三年前就是我想要写的一篇文章，为此，我曾两度到山西晋南采访。这期间，我写出了《祖槐》《飘逝的绝唱》《沂蒙匪事》《国虫》等篇章，对《东方之神》却迟迟不敢动笔，因为这个题材太古老、太沉重、太庞杂、太宏大了，我一再怀疑自己是否有驾驭和表现这个题材的能力。霍布斯曾指出："人们不是生而为公民，却是被造就为公民。"这确是一语破的之论。倘若说一个国家人民的道德水平尚达不到被称为公民的标准，那只能说明负有造就"公民"之责的国家的失职，而不能反过来指责人民的人性和素质。吏治腐败则民风不正，官德毁则民德降，古今中外，莫不如此。面对商品经济大潮的冲击，社会上所出现的种种不良现象，使正直的人们痛心疾首地感到：以法治国，势在必然；以德治国，迫在眉睫。于是，我硬着头皮写出了《东方之神》。作品一旦问世，便属于社会，至于是否能达到我写此作的目的，只好任凭广大读者去月旦臧否了。

关羽作为中国的武圣人，是经过代代国人共同塑造出来的一个传统文化的"心灵标本"，寻找关羽就是寻找中国传统文化所定位的"人格的坐标"。当然，处在21世纪的中国，我们应不断扬弃、修正并注入这"人格坐标"以新的内涵。我们知道，道德、伦理问题的出现有着深层的原因。作家及舆论界对道德的呼唤仅是软性的，而不断完善我们的体制和法制，才是硬性的。但不管软性或是硬性，都是在框范、约束和调节人的行为，使之达到做一个堂堂正正的公民的标准，重新建构国民的道德意识。

一个作家的声音有时会显得势弱音微。但对作家来说，任何时候都应忠实于自己的职责、自己的良知、自己的灵魂、自己的人格，把脉管中真实的血的蒸气，奉献给善良的读者。

2002 年 10 月 3 日急就于军艺

永难凋谢的罂粟花

一

1999 年初冬，身居京都的我，忽接家乡五莲一文友寄来的邮件，内有一书为《金瓶梅作者丁惟宁考》，书中夹有一函云：由中国金瓶梅学会与五莲县政府联袂举办的第四届国际金瓶梅学术讨论会，日前在五莲召开，会上部分学者、专家经过大量举证，认定《金瓶梅》为《续金瓶梅》的作者丁耀亢之父丁惟宁所著。丁惟宁乃明嘉靖乙丑科进士，曾官至监察御史，后蒙冤罢职归乡赋闲。考证者认为，《金》书是丁惟宁在五莲九仙山下丁氏家族于明代石筑的别墅里写就的……

读罢此信，我惊奇得口舌打结，头顶不啻响了个炸雷。

2002 年盛夏，我应山东临清市主要负责同志之邀，前去采风。刚至下榻处我即发现，放诸案头的竟是一本《临清与金瓶梅》。前五莲赠书我阅后信疑难决，今临清书又以大半篇幅，考证出《金瓶梅》作者为谢榛。谢榛以诗名噪一时，是明代"后七子"的中坚人物。对《金》书作者的"谢榛说"，我早有耳闻，但读罢考证谢榛的多篇文章，亦难心悦诚服……

我知道，关于《金》书的作者，历来都是众说纷纭，莫衷一是。自清康熙年间有人提出"王世贞说"，二百余年无人驳倒；直至 20 世纪二三十年代，鲁迅、郑振铎、吴晗等否定了"王世贞说"后，50 年代中期则有人提出"艺人集体创作说"；改革开放以来，关于《金》书作者的推测，又相继冒出"李开先说""贾三近说""屠隆说""王稚登说"等等，使《金》书作者竟达到五十余位！

这是一种极为奇特的文学现象。它既说明《金》书有着令人无法抵御的艺术魅力，又表明在"文化搭台，经济唱戏"的当今，一股新的《金》书研究热，正在我国悄然兴起。

真正的文学作品，是作家用心灵的雨露乃至血汁浇灌出的花朵。这花朵并不遵循自然界荣枯绽谢的规律。普希金曾充满自信地宣称："我的灵魂在百音交响的竖琴中，将比我的遗骸活得更长久，能逃避腐朽与灭亡。"这位俄罗斯旷世文豪告知我们，时间对文学艺术的筛选是极为严酷无情的。时间会使一些没有色彩，没有光影，鄙陋、傲慢乃至用虚假的充沛精力写出的平庸之作，朝开暮谢，零落成尘；时间也常将一些"设文之体有常，变文之数无方"（刘勰），"真文不媚时，甘受人弹戈"（孔尚任）的艺术奇葩，永不枯萎凋敝，散发着永恒的色彩与声响。

被清人张竹坡称作"天下第一奇书"的《金瓶梅》，就是一部无论历史如何变迁，时尚如何嬗变，都能给社会借镜、给世人以警示的不朽巨著。

《金瓶梅》成书不久，有缘得之一睹的文人墨客，即对其臧否有异，月旦不一。明"公安派"文学代表人物袁宏道，在仅得到半部手抄本"伏枕略观"罢，即盛赞《金》书"云霞满纸"。袁氏读得全本后，又称《金》书与《水浒》同为"逸典"。同时得到手抄本的大书画家董其昌则认为，《金》书为淫书，"坏人心术"，"决当焚之"。在与袁、董迥然不同的观点之间，东吴弄珠客为《金》书所写的序言，倒算得上不偏不倚，激浊扬清。弄珠客首先判定《金》书为"秽书"之后，便宕开一笔，云："读《金瓶梅》而生怜悯心者，菩萨也；生畏惧心者，君子也；生喜欢心者，小人也；生效法心者，乃禽兽耳……"

一部《金瓶梅》①，怎一个"淫"字了得！《金》书作者，那秉笔血淋

---

① 拙文中所引的故事、人物、情节及人物对话，皆以齐鲁书社1989年出版的《新刻绣像批评金瓶梅》全本为据。引文中的谐音字、借字、俗写字，笔者未敢改正，敬请读者谅之。

淋社会现实的果敢，那直逼人性之恶的无畏，自然会被封建统治者所不容。在清代，《金》书一直被列为禁书之榜首。但仍有一些研究它的士子才人，在文字狱的屠刀下，做着险峻峻走钢丝般的游戏。其中最有代表性的人物当属张竹坡。他在《金瓶梅读法》中指出："《金瓶梅》是一部《史记》。然而《史记》有独传，有全传，都是分开做的。《金瓶梅》却是一百回共成一传……"又说，"我看此书，纯是一部史公文字。"

辛亥革命，终使中国封建统治的漫漫长夜露出第一抹曙色；五四运动，又使古老的华夏文明与现代世界文明，在剧烈的冲撞中试图接轨换岗。扼杀、禁锢人性的中国封建礼教的锁链沉重而久长，堪称世界之最。砸烂旧枷锁，开创新文化，便义不容辞地落到一批最先觉醒的博学多才之伦的肩头，他们自然也会把目光瞥向对封建文化大厦有着炸药包威力的《金瓶梅》上。对《金》书的研究，新文化运动的主将陈独秀、鲁迅、胡适推毂于前，吴晗、郑振铎、施蛰存、冯沅君、阿英等相继于后，他们既对《金》书钩稽源流，考刊作者、判定成书年代，又揭橥其离经叛道、标举灵性之内蕴。

《金》书作者是冒着杀身之祸，笔耕砚田、缀字成文的。他抛下一个"兰陵笑笑生"的化名，给中国文学史留下了难以破解的"斯芬克斯"之谜。兰陵笑笑生所以隐姓埋名，藏形匿影，玄机不露，无疑是因了一种策略性的自我保护。"五四"新文化运动中的一批中坚，尤其是建国前后的部分文史学家，他们摩挲古籍，沉潜史册，遐搜博采，无不对《金》书进行了锲而不舍的考究。他们对《金》书作者之谜虽未得出确切的破解，但凭着谨严笃实的学风，使《金》书的研究成果依然绚烂可观。吴晗、郑振铎等大学者对《金》书之成书年代及"以宋讥明"的考证，言之凿凿，至今无人能推翻。特别是鲁迅对《金》书之"同时说部，无以上之"的评介，更是深中肯綮。

改革开放后，言路广开。荒谬错乱的"十年浩劫"终于一页一页地翻了过去，这就为《金》书的研究，开辟了一个宽松而全新的环境。一大批《金》书研究者，从地域、方言到作者，从政治、经济、宗教到制度，从民俗、服饰、饮食到性学，进行了多渠道、多层次、多视角的考稽。他们或放谈时政，或针砭末俗，或玩味世态，或评点人生，可谓孳乳繁衍，百体纷呈，代有名家，形成了一股继"红学"之后，蔚然大观的"金学"热。

近年来，报章披露了毛泽东对《金》书的评价：《金瓶梅》"写了明朝真正的历史。《金瓶梅》是《红楼梦》的祖宗，没有《金瓶梅》就写不出《红楼梦》"。老人家这一宏论，更使得"金学"研究，如水益深，如火益热。

《金瓶梅》是山东方言的"活化石"。其作者是明嘉靖、万历年间的齐鲁文士或久居山东之墨客，当是不争之论。

有关《金》书故事发生的背景地，虽曾有"扬州考""淮安考""徐州考"等，但认为《金》书是大运河文化的产儿，却是异口同声，同功一体。过去与当今的不少"金学"家，把《金》书故事的发生地指认为山东临清，我深以为然。

临清是一座明代文化的博物馆。一部朱明王朝的兴衰史，在临清浓缩。

临清地处会通河（东平至临清山东段运河）与卫河的交汇处。山性使人塞，水性使人通。自明初会通河疏浚后，骤使临清成为"居神京之臂，扼九省之喉"的京杭大运河上的第一大码头。作为黄金水道上的临清，是明代贯通东西南北的水路要冲。江南、山陕、辽东、齐鲁的丝绸锦缎、贡粮税银、青瓷碧茶、玉石珠宝、薪炭铜铁、竹木棉麻、兽裘羊毡、山珍草药、盐糖油醋、时令瓜果、百货器物，无不在临清集结转运。当时的临清运河里，北上的漕船，南下的货舟，首尾相接，来往如梭；那官船私货，樯帆为路，碧波为程。这就使得临清在明朝中叶，变成一个新兴的商业都会。

在市井社会与农耕社会之间骤然形成的大反差中，在宋明理学与商业文化所产生的抵牾里，人的欲望之口在不停地张合，贪婪的手指在急剧地颤抖，这就使得繁华的临清，出现了前所未有的纷扰和错乱。这一切都会为《金》书的作者，去描绘一幅封建社会的"末世放浪图"，提供了俯拾皆是的色彩与染料。

历史是顽强的。它的车轮虽有时会穿过沼泽泥淖,有时会隐入山谷丛林,有时会驶进兵燹与战火,有时会碾过天灾与人祸,但它在行进中总能留下或多或少、永难抹去的履痕。《金》书中所描绘的一些民间习俗,至今仍在临清承传绵延。《金》书中多次实写的临清钞关、临清码头、临清闸、晏公庙、广济桥、土山、流沙河、箍桶巷等二十余处遗址故迹,虽经岁月的风剥雨蚀,但至今或犹存于世或留有残迹。今属河北邢台市管辖的清河县,距临清五十里,并不濒临运河。《金》书常写到的清河守备府、莲花庵、砖厂等地点,也只能在临清找到它们的遗存。凡此种种,无不佐证:《金》书明写清河,实写临清;笔描开封,实指北京。

《金瓶梅》不是栽植在人类精神家园中的菩提树,而是在人性生态大恶化环境下,于商品经济的萌芽丛中,冒出的一株既斑斓夺目又含有毒汁的罂粟花。

二

不朽的文学巨著,常常是读者解读社会与人生弱视力的放大镜与望远镜。读者常能借助"放大镜"下形形色色人物形象的投影,观照出无奇不有的花花世界;也能凭借"望远镜"对视力的延伸,在历史与现实的经经纬纬里,窥得作品深藏的意蕴。《金》书问世四百余年来,某些能得之一阅的读者,仅是对充斥于书中的淫乱情节去欣赏、玩味。这种或食而不化或邪魔入里的阅读,实则是没有从《金》书作者所构筑的迷窟里钻将出来。

《金》书不仅是一部"究天人之际,通今古之变"的大书,更是透过封建社会末世的市井人物风俗画,射向腐朽皇权的一支极具穿透力的嚆矢。

宋时的山东段运河,早成废流;元代重凿后,因黄河泛滥成淤又成为干河。《金》书的研究者们,从书中多次提及的"朝廷运河初开"等字眼里,从明代始有的专为买军马而储银的"太仆寺"等称谓中,从大量烙有朱明王朝中晚期印记的情节和细节间,断定《金》书写的是嘉靖至万历年间的事体。

　　由放牛娃、贫僧登上九五之尊的明开国皇帝朱元璋，和他在"靖难之役"中夺得皇位的儿子朱棣，在历史上，都算得上是励精图治的有为之君。然而，封建皇权制度那任何金石药散都不能医治的痼疾，也未能使朱明王朝逃避开它所固有的兴衰周期率。在"朕即国家"的封建社会里，国家的头号敌人是暴君和昏君。所谓昏君和暴君，是指那些为了最大程度上满足自己无限膨胀的各种私欲，而将国家纲纪、法度当成稻草人一样随意践踏的帝王。

　　明自正德帝朱厚照以降，上自朝廷庙堂之宇，下至五侯四贵之阁，到处都弥散着浓烈的膏腴锦绣、声色犬马、挥金如土、隋珠弹雀的奢靡之风，究诘其风源，首先来自作为国家头号人物的朱厚照。

　　朱厚照在为东宫太子时，就在以刘瑾为首的史称"八党""八虎"太监们的教唆下，放鹰逐兔，走马斗蟀，宣召歌伎，狎昵媟亵，耽于逸乐。当他坐上龙墩，后宫虽有佳丽三千，但仍难满足他的淫欲。在"八虎"的陪同下，他完全不顾天子的颜面，时而出没于楚楼秦馆，时而走游于花街柳巷，醉眼蒙眬里，还经常闯入民宅，奸淫良家女子。为掩饰其寡廉鲜耻的禽兽行为，他先是罢免接着又不设专事皇帝起居注的"尚寝诸所司事"这一官职。

　　刘瑾生于陕西，自阉进宫前乃一目不识丁的青痞无赖。但因他极会溜须拍马、望风希旨，竟成为朱厚照难离左右的"私爱"。正德二年八月，在刘瑾的撺掇下，朱厚照下令在西华门外，建起一片金碧辉煌、勾连栉比的殿宇。殿宇两厢设有琼宫仙阙般的密室，一厢置有虎豹狮熊之猛兽，一厢藏有雪肤玉貌之美女。人称斯殿为"豹房"。朱厚照自豹房建起后，便昼夜浸淫其中。他先从猛兽那里获得感官刺激，继而便在美女身上放浪形骸。锦衣卫都督同知于永，也是个摇尾乞怜、做小伏低的无耻之尤。为邀买帝心，他向朱厚照进言称，西域女子，不仅体白肩圆，袅袅婷婷，且善解风情，胜似汉女百倍。朱厚照听罢大悦，速命于永前去寻觅。于永在京城奔波数日，终在达官贵人的府第内，觅来一群能歌善舞的西域丽姝。朱厚照一看，个个妖冶绝色，遂留之豹房，待如嫔妃，不分昼明夜暗地与之交欢媾合……

　　一切有生之灵，都有着从异性那里获得快乐的本能。作为有意识的人来说，除非理智让他懂得什么叫"过度"，不然，他永远不晓得什么是"满足"。朱厚照有玉玺金印握于掌中，有阉竖佞臣阿其所好，自会更加恣意妄为地放诞比虎豹还要百无禁忌的本能。于永献西域美媛不久，朱厚照又敕令礼部移文各布政司，精选全国各地通晓技艺的女子进京。一时间，日有百名优伶进京待召。豹房之内，整日管弦丝竹，音动梁尘；红唇粉靥，莺声呖呖……

　　除纵情声色外，朱厚照还大兴土木。他先后下令工部大修了太素殿、凝翠殿、昭和殿、光霁殿等等，凡皇家的御用场所也大都或扩建或修葺一新。如此的大肆挥霍，必然会导致国库空虚。朱厚照虽几次下令在全国增税加赋，但国家财政仍是左支右捂，捉襟见肘。面对"天字号"工程，工部大臣不敢停工，便奏请朱厚照采取卖官之策，来弥缝国库之缺漏。朱厚照当即准奏，遂开了明朝公开标价卖官之先河。朱厚照将卖官之权柄交给刘瑾。刘瑾是个满身铜臭、见钱眼开之徒，谁给他的贿赂多，他就把乌纱帽扣在谁的头上。一个名叫刘宇的低级官员，贿刘瑾黄金万两，当即被封为兵部尚书。狐假虎威、手眼通天的刘瑾，借此机会，敲诈勒索，大发卖官横财。各地布政使晋京朝觐，刘瑾是不可逾越的第一道关口。朝觐者至少要向刘交上献金两万两，否则不是官帽丢失，就是引来杀身之祸。布政使们只得向京师的豪富之家举借，复职后再取官库所贮加倍偿还。时人称此为"京债"。由于卖官鬻爵之风盛行，致使从中央到地方，到处都有"文官目不识丁，武官不发一矢"的丑闻与荒唐。

　　当罪恶戴上皇冠、当造孽披上龙袍时，国家任何纲纪的利剑、法度的长矛，都必会被一一折断；当声色货利成为帝王支配全部生命力的动机时，他必会将人性之恶释放到极致。朱厚照是个恨不得将天下美女全部搜来，供他一人淫乐的皇帝。朱厚照尤喜巡游，在出巡时，他不仅到处猎艳，还广搜异禽猛兽、珠宝珍玩。正德十二年，身为都指挥佥事的武将江彬，又投朱厚照所好，在塞外宣府城内，建了一座与西华门外"豹房"毫无二致的镇国府，使朱厚照在观赏猛兽的同时，又尽享塞外女子之禁裔……朱厚照对进献美女的官员赏赐极厚。延缓总兵马昂犯罪被罢官，但他将色艺无双、已婚怀孕的妹妹从妹夫家中夺来进献给朱厚照后，马昂不仅官复原职，还意外得到朱厚照御赐的华宅和蟒衣。朱厚照巡游时，其宠臣江彬便带士兵到处抢掠美女，不管官家民家，已婚未婚，都兼收并蓄。正德十三年三月，朱厚照出巡昌平、密云时，沿途掠得良家女子数十车。更令人发指的是，朱厚照在正德十三年一月出驾塞外宣府时，竟将掠来的几百名妇女置于装饰豪华的车辆里，并掺进一些和尚，强令他们袒裼裸裎，打情骂俏，使皇家的斯文荡然无存……

一个人的德行及生活方式，既取决于他所处时代的氛围与习气，也取决于他骨子里和血液中所承传的种种物质特征。嘉靖帝朱厚熜的所作所为，便深深印证了这样的道理。正德帝朱厚照因巡视江南取乐时落水受惊，回京不久便死于豹房。因其过度淫乱，未留子嗣，其叔父兴献王的儿子朱厚熜承袭皇位，登上大宝。这位在藩王府钟鸣鼎食、肉山脯林中长大的膏腥子弟，也是个不折不扣的大色鬼。他登基不久，就因纵欲过度生过几场大病。嘉靖三年冬，他听说江西道士邵元节工于炼丹，胸有长生之术，便急召邵进京。在邵的授意下，朱厚熜先后在钦安殿、内皇坛、乾清宫、坤宁宫、五花宫、西暖阁、东次阁等处建醮设坛，祈求神仙佑其长生。整个紫金城内经常是红烛高烧，香烟缭绕；老道士手执法剑，嘴里念念有词，小道士击鼓敲钟，咚咚有声。一片威严肃穆的皇家禁地，竟变成跳神弄鬼的大道观。仅皇宫内的祷祀活动，每年就耗用黄蜡二十余万斤，白蜡十多万斤，各种香料数十万斤……

嘉靖十八年，邵元节病死前又向朱厚熜推荐了一方士陶仲文，陶画符念咒、阿谀逢迎的本领，更胜邵元节一筹。陶教唆朱厚熜用童女初至的经血做原料，制作"元性纯红丹"，说服后可长生不老。于是，朱厚熜便传谕全国各地官员，挑选即将初潮的少女进京。三年之内，便有数千名民间淑女被召进宫内。这些女子，充当着采经血炼丹和供朱厚熜淫乐及做奴婢使用三重身份。明"后七子"的领袖王世贞，曾写一《西城宫词》，记述了这些少女的悲惨遭遇：

两角鸦青双结红，

灵犀一点未曾通。

只延身做延年药，

憔悴春风雨露中。

　　嘉靖二十一年初冬的一个深夜，这些奉旨进京的民间女子因不堪凌辱，便发动了史称的"壬寅宫变"。十几个宫女，乘朱厚熜淫乱后酣睡之际，先用黄绫蒙其脸，又用长绳勒其颈。因宫女们慌乱中结绳时误拴为死扣，只将朱厚熜勒昏，并未勒死。朱厚熜被太监救活后，参与宫变的宫女全部被处死。

　　吏治腐败是封建皇权制度的最大腐败。官员任免，常是皇帝一人钦定。若是遇上明君，还尚能唯才是举，因能受任；要是碰上昏君，则断然会呼朋引类，任人唯亲。这必然会造成"用不才之士，才臣不来；赏无功之人，功臣不劝"（唐·王维）的混乱政局。朱厚熜从称帝到死一直沉湎道教，始终与一批窃幸乘宠的道士沆瀣一气。他曾拜邵元节为礼部尚书，给一品服俸；后又尊陶仲文为帝师，并接连加封陶为少保、少傅、少师。一个道士将"三孤"尊号集于一身，这在朱明一朝，是绝无仅有的奇闻。陶仲文的子孙、徒弟，也大都被封官加爵，白日飞升……

　　卑躬屈膝、谄媚求荣从来不会出自正直、纯净的心灵。见朱厚熜对道士是那般尊崇，委官授职又是那样的昏聩，一些心地卑劣的无耻之辈，也纷纷赞玄奉道，不惜缩小和出卖自己的灵魂，削尖脑袋钻进皇权政治的核心。

　　严嵩本乃弘治十八年进士，因在嘉靖初登基时发生的"大礼仪之争"①

———————————

　　① 朱厚熜作为兴献王朱祐杬的儿子，因其堂兄正德帝朱厚照无子嗣，才"捡漏"当上皇帝的。朱厚熜称帝后，为归入"正系"，欲将已故的兴献王，追尊为"皇考"，迎进太庙，而将当过皇帝的朱厚照之父朱祐樘称"皇伯考"。一些大臣纷纷上疏反对，也有一些像严嵩一样拍皇帝马屁的官员，上疏为朱厚熜辩护。刚登基不久的朱厚熜下令，逮捕了反对他的官员二百二十人，四品以上夺俸，五品以下受杖。有一百八十余人被施以杖刑，中有十七人被打死。后人称此为"大礼仪之争"。

中，不顾礼法，为朱厚熜辩护有功，被擢升为礼部侍郎，转南京礼部尚书。严嵩见嘉靖帝痴迷道教，便常献"青词"，以悦帝心。"青词"是祷祝神仙的文字，因写在青藤纸上，故称"青词"。青词要用骈体文去写，读来须抑扬顿挫、辞采飞扬。进士出身的严嵩，便焚膏继晷，雕章镂句，使出浑身解数不断向朱厚熜献青词。这名为写给神仙的青词，实是唱给嘉靖帝的颂歌。颂歌盈盈，乐煞了"活神仙"朱厚熜。他便将严嵩调至京都，委以当朝首辅。严嵩独揽朝纲，竟哄得一心修道的嘉靖视他为掌上珍珠一般。奸相治国，使得官场丑闻百出，民不聊生；也使得边患北来，倭寇东侵，国将不国，朝将不朝……

英国人哈伯特说："一个父亲胜过一百个校长。"反言之，一个淫乱、骄纵、奢华而无教的皇帝，必然会濡染出暴殄天物、虎狼狼贪的不肖子孙。嘉靖帝因服丹中毒崩殂后，其子朱载垕在位六载，也因荒淫无度而中年短折。十岁登基的万历帝朱翊钧，在亲政后便暴露出其从祖辈、父辈那里承传下来的贪多务得、荡检逾闲之本性。他日夜躲在后宫，美姬常拥，纵酒作乐，动辄大醉，醉后必怒，太监、中官，常因此而毙命于杖下。万历还抽鸦片，玩花鸟，更醉心于珠宝珍玩。他二十二岁时，便开始为自己修建被后人称为"定陵"的墓地。定陵动用工匠三万，历时六载，耗银八百余万两，这相当于当时全国田赋两年收入的总和。万历对钱财的奇贪，可谓敲骨吸髓，前无古人。这位曾二十五年不临朝的皇帝，尽管极少过问军国大事，但对"赵公元帅"，却比历史上任何一位皇帝都顶礼膜拜。他敕命赋官"税不止商"，连百姓走船行车、养鸡饲鸭、拦马圈牛、起房架屋，也必得交纳税银。税使过处，"百用乏绝"，"十室九空"。万历这位无耻的皇帝，还全然不顾封建社会君臣之名分，竟然在宫中聚赌当庄家，赢臣下的银钱。更有甚者，他还暗示矿监们以探矿为名，到处开掘古墓，搜挖金银玉器等陪葬品，使富有四海的皇家，变成一群盗墓贼……

明中晚期皇权政治的极端腐败，必然会熏染着王府贵胄，浸染着六部九卿，感染着胥吏隶役。在九十九个贪官及享乐者面前，那不贪不乐的第一百个，便必会被视为"异端"。于是，整个官场便你贪他贪我也贪，不贪白不贪；我乐他乐你也乐，不乐白不乐。

封建王朝最看中的是一个"权"字。朱元璋在开国之初，为防止藩王割据威胁皇权，在权力方面对诸藩王法禁极严，使各藩王府几成一种政治摆设，而在俸禄方面又极优厚，朝廷还专门赐予诸藩王府乐曲、乐户，让藩王们在温柔乡中消磨掉政治野心。明中晚期，各藩王府无不过着"金钗象管，乐奏钧天""人乳蒸肉，牛心作炙"的靡丽生活。嘉靖帝好道，王公贵族们也大炼金丹。封国在武昌的楚王朱英，把大量金银财宝交付道士，以期炼出延年益寿的丹药。楚王府的前庭后院里，正殿偏宇旁，到处矗立着炼丹炉，整日烟熏火燎，使华美的藩王府俨似一座砖瓦窑……

　　三公六卿在贪婪及享乐方面，严嵩及其子严世蕃，当为无出其右者。作为采花大盗的严世蕃，称得上一日三餐有美酒，一夜三度做新郎。他在一年之内竟作践蹂躏美女多达九百六十余人。更为下流、卑污的是，严世蕃还将与其交媾女子的姓氏、籍贯、身条容色及淫乱过程，俱写在纸上，并藏之金匣。后人将这种"性交记录"，斥之为"淫筹"……

　　封建社会中的知识分子，大多是喝着儒家文化的乳汁长大的。儒学让人讲求"修身、齐家、治国、平天下"。在他们身上，不乏儒家提倡的"国家兴亡，匹夫有责"的使命感。当君王昏庸时，他们当中也不乏以死进谏的耿介之士。在明代中晚期，当丑恶像一个巨大的枢纽，旋转于皇权的天门时，面对权势那沉重的铁墙，士大夫那"济世拯民"之心，只能柔软得像一只只绣花枕头。于是，历来愿意承担精神导师的知识分子，便完成了一个由愤怒导致悲伤，由悲伤导致失望，由失望导致妒忌，由妒忌导致效仿的心路历程。袁宏道公开喊出"打倒自家身心，安心与世俗人一样"的口号，表明当时士大夫阶层的彷徨、尴尬与无奈。当时的文人学子，大都与袁宏道的心境一样，致使享乐之风遍布士林。比袁宏道稍晚一些的明末著名文学家张岱，在"自为墓志铭"中，坦陈他有十二好："好精舍，好美婢，好娈童，好鲜衣，好花鸟，好美食，好骏马，好华灯，好烟火，好梨园，好鼓吹，好古董。"这惊人的直率之言，与传统士子的精神追求大相径庭。这"十二好"，与当今某些人"以情人多为潇洒，以没情人为傻帽"的公开标榜，颇有点儿异曲同工之妙。

　　当良知的火苗被皇权的魔爪掐灭，当心灵的珍珠被专制的磨盘碾成齑粉，当"文字狱"的铁钳紧紧钳住文人之口的时候，愤世嫉俗的兰陵笑笑生，只得借宋朝覆灭时留下的酒杯，以浇晚明时期社会黑暗的块垒。《金瓶梅》就是在这样的大历史背景下，产生的借古讽今的伟大现实主义作品。

清朝开国之初，因写《续金瓶梅》而蹲过大狱的山东诸城文士丁耀亢，在其《续》书三十四回中曾援笔发问："（朝廷）没有廉耻，又说甚么金、瓶、梅三个妇女？即知西门庆不过一个光棍，几个娼妇有何关风俗？"五十八回中，丁氏又将笔锋直指封建皇权："世上风俗贞淫，众生苦乐，俱要说归到朝廷士大夫上去……"

丁耀亢的这两段诛心之论，当应是我们阅读《金瓶梅》时，打开兰陵笑笑生所设下的一个个迷窟的钥匙。

三

大运河是封建帝王享乐的产物。无心插柳柳成荫，隋炀帝抑或始料不及，他的这一"不仁之举"，却为后人开了"万世之利"。

当明代直通京都的运河疏浚凿通后，临清便成了守护京都的军事要冲，也成了保障朝廷和京都市民及北部边关部队供给的商品集散地。《金瓶梅》中多次写到的临清钞关，向由朝廷直派官员署理，说明当时的临清遍地是黄金，简直可以用笆子去搂。《金》书中数度提及的砖厂，也是由皇宫直派宦官幸臣摄行。当时临清的运河两岸，有官窑近四百座，年产御砖千万余块，使北京成为从临清运河上"漂来的城市"。其时，京城所需的绫罗绸缎且不说，仅北部边关的八十万军队，年需棉布就多达两千万匹，这又使临清"冠带衣履天下"。《金》书中还这样描写过临清码头："……商贾往来，船只聚会之所，车辆辐辏之地，有三十二条花柳巷，七十二座管弦楼……"

据《临清州志》载，明代中叶，临清人口达百万，其中外来人口"十之有九"，可与当时的杭州比肩。万历年间，临清征收的税银占全国税收的四分之一。我们完全可以想象，当时的临清是何等的繁华：徽商浙贾，风从云集；晋客辽贩，趋之若鹜；酸子文臣，纷至沓来；三教九流，麇集鳞聚……当时临清的白昼里汹涌着生存竞争的激流；在夜间，巨宦富商、纨绔子弟所需的玩乐场所，临清也无不打点舒齐，又使得这座新兴商业城市的绿衣人踪，"夜夜此地飞千斛"……

斯时的临清，既是冒险家、投机者的掘金之地，又是富贵者、有钱人的享乐之域。

一个注定要发迹的人，当然不乏观察社会的机灵。他总能从急剧变化的世态世风里，像千眼神那样瞄准每一个随机应取的机会；也会像千手神那样，全面捕捉到大发横财的每个机遇。《金》书中的头号主人公西门庆，就是在封建皇权殿宇的腐木里，在资本主义萌芽丛中的缝隙中，骤然钻出的一株硕大的毒菇。

西门庆之父西门达，乃是一本小利微的生药铺小店主，并未给西门庆留下大宗遗产。西门庆其人文不通翰墨，武也仅是花拳绣腿。作为一个地痞青蛇，他的身上没有任何优良品质的播种，除笃信"钱可通神"之外，再没有第二种教养。但他在结团伙、拉关系、跑官场、抱粗腿等方面，却是个无师自通的"天才"。在小本经营生药铺期间，他就通过巴结、贿赂县太爷，"专在县里管些公事，与人把揽事过钱"，甚至还管些"挑贩人口"的勾当。这种小索小取、零打碎敲，只能积累些许钱财。但要完成从"饶有几贯家资"到跻身"大暴发户"的跨越，却仍比牵牛下井还难。

西门庆虽为一城狐社鼠，但"壮貌魁梧，性情潇洒"，且能口灿莲花，深得市井女子欢心。他原始积累的第一桶金，是从贩布商杨某的遗孀孟玉楼身上掘得的。这位"行过去花香细生，坐下时淹然百媚"的闺中旷妇，与西门庆见面交谈后，便不顾亲娘舅的百般劝阻，带着两个丫鬟、一个琴童，毅然决然地琵琶别抱。除相当可观的陪嫁品外，她还带给西门庆"现银上千两"，"好梭布三百筒"。西门庆用这飞来的横财，建起一个绸缎铺。

像西门庆这样的人，对财与色的占有欲，总会得寸进尺，得陇望蜀。当他从孟玉楼那里财色兼得的同时，也将贪婪攫取的目光，瞄向了"结义十兄弟"中的花子虚之妻李瓶儿。李瓶儿不仅从她叔公公花太监那里继承了万贯家资，而且还是一个秀色可餐的美娘。对女人，西门庆不仅是个在舌尖上甜言蜜语，肯用功夫的家伙；且在性技巧上，会施展各种能博得淫妇心痒难挠的花样。对西门庆玩女人时的十八般"武艺"，李瓶儿早有耳闻，且跃跃欲试。当她"送货上门"将西门勾到手后，西门那降伏女人的"龙马精神"，使她在肉体上获得了极大的满足。于是，她与西门联手，先是气死了丈夫花子虚；继而，又蹬掉刚刚招赘的蒋竹山，不顾一切地嫁给西门为六房。李瓶儿给西门带来的财产，巨矣，多矣。其中有"六十锭大元宝，共计三千两"，还有"四口描金箱柜、蟒衣玉带、帽顶绦环、提系条脱，值钱珍宝玩好之物"。另有花家的房产及李瓶儿私藏的珠宝、衣饰无算。这又使得西门庆在原始资本积累的过程中，探囊取物般地挖得了沉甸甸的第二桶大金。西门仅用其中的少许银子，便新建起解当铺。

运气来了，城墙都挡不住。这正如即使将一个幸运儿抛进大海，他也会口衔着一条大鱼被风浪推回沙滩一样。善于结交官府的西门庆，早就和八十万禁军提督杨戬的亲戚陈洪结为儿女亲家。在李瓶儿的家资悉数流进西门家时，杨戬因受参劾使陈洪受到株连，西门庆的女婿陈敬济来岳丈家避难，又给西门带来"许多箱笼床帐"，"另具银五百两"，这"第三桶金"，虽卑不可观，但毕竟也给西门的原始资本积累，增添了一些筹码。

在腐朽皇权制度面前，暴发户常会向吸血的魔鬼拍打自己的钱袋，使他们于垂涎欲滴中乖乖就范；而且大量的金钱，也会使得权威瘫痪。虽然权威们有时会有着虎的傲慢、狮的威仪、驴的固执、狐的狡黠，但暴发户总能通过金钱的拉绳，使他们一步步地走近自己。

西门庆在小本经营时，在交结县衙中的狼胥狗吏时，便尝到了靠官经商的甜头。当他有了雄厚的资本，当然更会膨胀起他那要成为巨富的勃勃野心。这"千神眼"似乎比谁都看得透彻，大商人只有依附于大高官，其利润获得才能收到以一得十，以十取百的乘法效果。

正当他想入非非，做着更大的金银梦时，一场突如其来的恐惧，却将其魂魄惊到爪哇国里：斯时金兵犯边，掠过雄州地界，因兵部王尚书不发兵，累及提督杨戬，杨戬又株连到陈洪，已与陈洪结为儿女亲家的西门庆，也被朝廷视为杨的死党，列入"或投之荒裔以御魑魅，或正之刑典，以正国法"的名单之中。

有时候，最大的冒险倒能展示出最大的"智慧"。西门庆急派家人来保、来旺直接进京打点。两位家人用银子开路，财物搭桥，几经周折，终见到奸相蔡京之子、祥合殿大学士兼礼部尚书蔡攸，送上"白米五百石"。蔡攸写了个条子，派管家安石带来保拜见了右相李邦彦，奉上"五百两金银"。李邦彦见五百两金银，"只买个名字"，便提笔把即将服刑的西门庆改为贾廉……

一个发迹的痞子的智慧，只有在人间黑暗的地狱中，才能开花结果，没有官场的腐败，这种罪恶之花，是断然不能绽放的。性命已进地狱口，却被金钱唤回来的西门庆，通过这次化险为夷，进一步深得银子能推动官场旋转的奥义。不久，当西门庆又派来保进京见蔡京的大管家翟谦，为山东沧州王霄云等十二名羁押在监的盐商说情时，被西门庆用银子喂肥了的翟谦，不遮不盖地告诉来保，六月二十五日，是蔡太师寿诞，让西门庆备份厚礼，前来贺寿。行动要看时机，就像开船要看涨潮。对于这天赐的绝好良机，西门庆自会紧抓不放。他当即请金银名匠，在家中的卷棚内打造了"四阳捧寿的银人，每一座高尺有余"，打造了"两把金寿字壶"……李瓶儿为成其丈夫好事，又将花太监私遗她的"织金边的五彩蟒衣"及一些罕世之物，倾箧献出。当蔡京寿诞时，西门庆派来保、吴典恩及时赶到蔡府。奸相蔡京看到这"黄烘烘金壶玉盏，白晃晃减皺仙人，锦绣蟒衣，五彩夺目；南京纻段，金碧交辉"的厚礼，竟乐得唇似绽桃。他当即拿出几张皇帝钦赐的"空名告身劄付"（即空白官员委任书），封西门庆为山东提刑副千户，将自称为西门庆小舅子的吴典恩封为清河县驿丞，封来保为山东郓王府少尉……

来保、吴典恩离别蔡府时，狗仗人势的大管家翟谦，直接提出一个要求，让西门庆选一个十五六岁的女子，为之传宗接代。一代色魔西门庆自会晓得，"色弹"的笼络与"银弹"的贿赂同等重要。于是，经过精心挑选，买来"粉黛盈腮，意态幽花秀丽、肌肤嫩玉生香"的十五岁的韩爱姐，赠予翟谦，并互以"亲家"相称。从此，翟谦便牢牢地掌握在西门庆手中，并死心塌地为西门卖力。

蔡京再逢寿诞时，西门庆备了二十余抬更重更厚的大礼，亲自送至蔡府。在翟谦的撮合下，西门庆拜了"除却万年天子贵，只有当朝宰相尊"的蔡京为义父。至此，西门庆成了在封建皇权最高权力圈中，可以任意游走的官商。后来，由于蔡京的提携，西门庆再度沐猴而冠，由山东提刑副千户升为正千户，同时又在翟谦斡旋下，西门庆还觐见了当朝天子……

在独裁的封建皇权下，命运是一个瞎眼的、喜怒无常的施主，竟对西门庆这等市侩、豪猾、恶徒、无赖，毫不选择地去随意慷慨施恩！

封建皇权的特征是家天下，族天下。每当改朝换代之初，诸多马上得天下的开国皇帝，为圆其龙腾云涌、万世一系之美梦，不得不借鉴前车之覆，制定出十分严苛的法律。朱明王朝伊始，也曾颁布了有着四百六十卷的《大明律》。那总章细则可谓洋洋洒洒，那天条戒律更是严丝合缝。其中，对犯有贪赃罪的官吏处置尺度，超过历朝历代。譬如，官吏贪污获赃白银六十两以上者，除砍下头颅，挂诸官衙左侧之土地庙的高竿上示众外，还要剥下其皮，充塞稻草，摆置衙门公堂一侧，以为后任者鉴。再如，官吏出行乘坐官府的牲口、车船时，携带私人物品的重量，亦有严格标准。乘牲口，携带私人物品超过十斤的，每五斤笞十下，每十斤罪加一等，最重的杖六十下；坐官船，私物逾三十斤者，每十斤笞一下，每二十斤罪加一等，最重的杖七十下……为加大法典的宣传力度，朱元璋还令人汇编案例一万余件，并亲作序言，户发一册，以谕百姓，以儆贪吏。"欲影正者端其表，欲下廉者先之身"，朱元璋对执行《大明律》，率先垂范。马皇后亲生女儿的丈夫欧阳伦，因贩运私茶，被朱元璋得知，便当即下令将这当朝驸马处死。开国元勋汤和的姑父，因私瞒常州的土地，不纳税粮，朱元璋也毫不留情地将其施以极刑……

人的行为如同水，置于方中则方，置于圆中则圆。引申开来说，皇帝对法律实行什么样的游戏规则，就会滋生出什么样的官吏。当有为之君以法律的方圆，去管束官吏们欲望血液的奔流时，社会便相对清明；而当皇帝带头被各种欲望搅得周身血液沸腾时，不仅会认奸为宠，销刚为柔，塞智为昏，染洁为污，也会使得法律的方圆，被皇权私欲的砂轮，磨得千孔百漏。于是，"狡吏不避刑，贪官不避赃"，使整个官场变为鬼蜮世界。

曾为正德帝朱厚照修造"豹房"而势倾朝野的太监刘瑾，在谋反企图暴露后，不仅从其府第中搜出了伪玺、衮衣等觊觎神器的证据，更抄得"黄金二十四万锭，又五万七千八百两；元宝五百万锭，又一百五十八万七千八百两；抄得宝石两斗"；"黄金甲胄二副，金帐钩三千对，玉带四千一百六十二条"；又抄得皇家御用物品无算……面对这琳琅满目、富可敌国的赃物，整日在豹房中淫乐的朱厚照也惊讶得瞠目结舌。继刘瑾之后，那个在塞外为朱厚照建"豹房"、到处抢抓美女的武将江彬，在朱厚照死后被嘉靖凌迟处死。从其华宅中，搜得"黄金七十柜，白金二千二百柜，他珍宝不可胜计"。嘉靖四十四年，那个曾在一年内与九百六十余女子有染，并写成"淫筹"匿于金匣中的严世蕃，终于伏诛，从其甲第中搜得"黄金三万余两，白金三百余万两，他珍宝服完所值又数百万"。当一个个一窝窝的巨贪大蠹显形于世后，庙堂内外，无不哗然，朝野上下，无不震惊。巨贪的巧取豪夺、诛求无已，不仅使卷帙浩繁的《大明律》成为一大车废纸，也使得各级官衙正堂上高挂的"明镜高悬"的自我标榜，成为贻笑黎庶的哈哈镜！

封建皇权的最大弊端在于"官本位"。从孔老夫子的"学而优则仕"，到唱本中的"书中自有黄金屋"，无不训导莘莘学子，韦编三绝，唯官是作。中国古谚"升官发财"，更是一语道破个中玄机。其实升官与发财，是两个概念。中国历代王朝官俸不高，要想通过做官发财，只能靠一"贪"字。在农耕社会，贪官食言而肥，也只能靠着对其所辖庶民的横征暴敛。明中晚期的资本主义萌芽，无疑会给贪官墨吏，带来一个敛钱聚财的新契机。官商、商官就是在这段历史之树上结出的两大毒瘤。倘若说，升官与发财还可以强行将之扭成香酥的"麻花"，但官与商却实为风马牛不相及。商人靠资本获利，盈亏自负；官家论级取薪，旱涝保收。官与商在这种历史条件下，所以能结成刀斩不断的"鸳鸯扣"，其实质是权钱交易。商人通过贿官、买官、买名，能获得巨额利润；官家只消批条子、给关照、赠官帽等举手之劳，即可获得高于俸禄十倍乃至百倍的"灰色收入"。所以官与商，商与官，才一拍即合、相见恨晚、称兄道弟、辅车相依。

对商人来说，与官联姻，与权交媾，必能生出更大的金娃娃。西门庆十分懂得，把一块银子掰成十瓣花的人是蠢货，将一锭银子生成十锭的人才是"好汉"。他凭着在商海中的"超前意识"及与生俱来的"前瞻性"，无时无刻不在孤心寡诣地打造自己的"金钱生物链"。他不是一个守财奴，为结成一个更密更大、盘根错节的关系网，他今日设华宴，明日摆豪场，"银弹""色弹"双发，白道黑道齐行，将各路诸侯官吏、各方地蛇青皮，一一尽收关系网中。

《金》书中，重笔浓彩地写了西门庆三次大摆华宴款待高官显爵的场面。一是宴请由京回乡省亲的蔡状元和安进士；二是宴请已升为扬州御史的蔡状元和直管山东的宋御史；三是宴请钦差大臣黄太尉和山东的高级官员。第一次宴请，是因蔡状元乃奸相蔡京之义子，安进士已纳入储备官员的梯队中，前途不可限量（安后任工部主事）。西门庆为日后利用蔡、安，提前做好铺垫。第二次宴请是通过蔡御史，结交顶头上司宋御史。第三次宴请，更显出西门庆的兼权熟计，高下在心。参加这次宴会者达千人，堪称当时山东的"第一华宴"。山东的高官显贵，所以一呼皆至，完全是冲着钦差大臣而来，这使西门庆不仅赢得了最大的体面，还向各级官员及当地百姓传递出这样的信号：我西门某人手眼通天，谁要与我过意不去，这权势向来是不吃素的。三次大宴请，西门庆无不极尽殷勤、讨好、逢迎之能事。如在宴请蔡状元和安进士时，西门庆向这两个尚未"脱贫致富"的候补官员，分别厚赠金银，使蔡、安受宠若惊。在宴请蔡、宋两御史时，宋御史初来乍到，还假作正经，借有公务提前离席，西门庆不仅将席面的山珍海味及金杯银盏，统统送至宋御史临时下榻的府衙，而且还将包括席面在内的二十抬礼物，一并奉上。而对席后留住在家花园中的蔡御史，西门庆让歌伎董娇儿、韩金钏相陪，并一再叮嘱蔡乃南方人士，让两歌伎施出浑身解数，务必要用"南风"将蔡御史服侍得遍体通泰……

当质为商、表为官，商为第一岗位、官为第二职业的西门庆，穿上副提刑的行头，披上正千户的虎皮之后，这个钱与权交尾生出的怪胎，在商海之中，便更如夜得灯、如帆得风、如鱼得水、如虎添翼了。他真的成了刀过竹解、游刃有余、捞钱诈财的"千手神"了。他不仅在家中"放官吏债"，开着药铺、缎铺、解当铺、细绢铺、绒线铺等五个铺面，而且在外面"江湖又走标船，兴贩盐引，东平府上纳香蜡"。他仅凭着自己写给临清钞关主事钱龙野的"青目一二""令烦青目"的几张纸条，便多次使自己从江浙运来的大宗货物，得以偷税逃税；他仅凭蔡御史的一纸批文，便获得"三万盐引"的买卖许可证，大获暴利。他在当提刑副千户时，就与当时山东司法的最高长官正千户夏提刑，朋比为奸，多次贪赃枉法，仅在具结谋财害主、本应处以凌迟之罪的苗青一案中，便得到大笔赃银。在扶为正千户后，西门庆把处理每桩案件，都当作敲诈勒索的机会，原告被告统统吃。这时，他手中好像有一根魔杖，魔杖指处，鹿马易形，财源滚滚……

《金》书中从西门庆登台亮相到纵淫暴死，总共不过六年时光。在这短短六年间，他靠着独有的心计、心数、心算，靠着歹人也难以企及的狠心、黑心、负心、贪心、野心、兽心，一跃成为富甲临清运河码头的大官商、大暴发户！

与此形成鲜明对照的是，《金》书中那些无权可靠、无势可依、钻营无术、投机乏力的商人，社会并没有给他们提供公平发育、自由竞争的市场。命运的骰子只消向他们轻轻一掷，他们便从富商沦为贫民。盐商王四峰、揽头李智、黄四，原也跻身富商之列，但最终都身陷囹圄。从江南来临清的丝绵巨贾何官人，因没有黑恶势力做保护伞，不仅在谢家酒楼包占王六儿时，被坐地虎刘二打得鼻青脸肿，而且在经营上也大折其本，最后不得不回湖州老家，重操锄把子。西门庆淫死后，其婿陈敬济在沦为街头乞丐时，因遇到已成为周守备夫人的庞春梅，又旧情重续，并成为其面首，才毫不费力地从骗过他钱财的杨光彦手中，一举夺得谢家大酒楼，日进斗金。坐地虎刘二，仅靠其表哥张胜是周守备的亲随，便开起洒家店，聚妓卖笑，大赚花柳之钱。当张胜因杀死陈敬济被周守备打死后，刘二的洒家店当即便关门大吉，而他也被乱棍打死……

《金》书以大量事实表明，在专制封建皇权制度下，没有依附权势的"商"和不受商人金钱滋润的"官"，如同两个冰炭不投的妒妇，绝不可能同住一室；只有权与钱同衾共枕时，两者才能互为"心中事，眼中泪，意中人"。

借宋之尸，还明之魂的《金瓶梅》，既是一幅百官受贿的官场"丑行图"，又是一部西门庆劣迹斑斑的官商发迹史。从某种意义上说，四百多年前的西门庆，既是当今某些官商的"授业师"，又是眼下某些官倒的"祖师爷"！

四

曾被列为"禁书榜首"的《金瓶梅》，是一部不宜公开流播的书。改革开放后，全本《金》书虽有刊印，但那仅是供研究者、学者披涉；即使"洁本"，也不应提倡青少年阅读。抑或是为了吸引读者的眼球，《金》书作者不吝笔墨，摛藻雕砌，叠床架屋，写尽了男女交媾合欢的淫姿浪态。说它是一部明代性生活、性技巧、性虐待、性工具、性药品的十全备忘录，当不为过。这对缺乏抵御和辨识能力的读者来说，观看全本《金》书，无疑会起到败坏人心风俗的负面作用。

人看问题，需要三百六十度才算全面。我们在阅读《金》书时，切不可从成堆的性交描写中，忽视、淡忘了它鞭笞和讥讪封建皇权的深刻意义。在人类历史的长河中，某种立国的理论，某种治世的学说，总像黄金一样耀眼且沉重，但它们却常常被束之高阁而不被践行；相反，那些据此或被阉割或被歪曲的谬论，却像灰暗而轻微的牛粪，在现实生活的大地上到处飘浮。如果说《金》书对官商、商官的描写，是射向封建皇权吏治的光焰逼人、睥睨当世的投枪和匕首；那么，《金》书更以一群被淫欲奴役的市井人物形象当作集束"手榴弹"，彻底炸塌了用"宋明理学"作为思想支撑的明朝皇权大厦的根基。

伟大的国家，常常是产生伟大哲人的国度。始出周代的《周易》，至今仍被世界级的大学者们视为东方神秘哲学的鼻祖，其深奥的内核至今仍难破译。《周易》将宇宙乾坤释为阳中有阴，阴中有阳，白中有黑，黑中有白，实中有虚，虚中有实，既循序渐进，又相互转化。这些阐释，至今仍是不刊之论。《周易》云："男女媾精，万物化生。"古人根据《周易》的道理，把人视作一个与宏观世界功能相似的微观世界，把男女的结合视为天地相互作用的小型复制品。天为阳，地为阴，男为阳，女为阴，天与地在雷电风雨中交媾，恰如男女行房阴阳相撞时的"云雨"。

一个哲学命题确立后，常常会被统治者断章取义地为其所用。周王朝把"王"视为天，王代表着最大的"德"。为使"王德"得到最大程度的弘扬，这就需要大量的"阴"去滋补。于是，王便有了一后、三夫人、九嫔、二十七世妇、八十一御妻的特权。这些奇数是从古老巫术数字中推演出的。奇数代表自然界的正力，也代表男性及其潜力；偶数代表自然界负力，也代表女性及其潜力。三是一之后的第一个奇数，九是三的三倍，三与九、九与九相乘，便得出二十七和八十一的数字……这等荒唐的数字游戏，这等荒谬的"采阴补德"说，便为"王"提供了偌大的淫乐空间。

崇尚《周易》的孔老夫子，如今已被世界推举为"十大哲人之首"。当年他看到东周王朝礼崩乐坏，王"德"不行，强调治国以"仁"为本，创立了儒家学说。细检儒家的经典，关于性的论述，并不偏激。儒家的另一代表人物孟子说"食、色，性也"，先秦儒家的集大成者荀子也认为"欲不可去，性之具也"……自汉以来，儒学便成为历代封建王朝治国的理论基础。但历代统治者在利用儒学时，无不削足适履，扭直作曲，有的甚至抽筋拔骨，张大其词。到了宋代，程颢、程颐、朱熹创立的理学渐成气候。程、朱在注释儒家教义时，又掺糅进道家的炼丹术和佛家禁欲主义。这不仅给儒学披上了神秘的外衣，也更助长了封建皇权固有的独裁与专制。特别是程、朱提出"存天理，灭人欲"之说后，在男女关系方面，理学更是强调女性的低下和严格的两性隔离，主张禁绝一切婚床之外的异性之爱。明代仍像宋代一样，将程朱理学当作官方唯一认可的教义。这时，被扭曲了的儒家学说，渗透于人们生活的各个方面。尤其是女人的贞洁，变成了十足的道德崇拜。有关法典规定，女子凡有"无子、淫洪、不事姑舅、口舌、盗窃、妒忌、恶疾"等"七出"之一者，丈夫即可单方面休妻。深藏闺阁、严守贞节、有善莫名、有恶莫辞、忍辱含垢、正色端操、无好戏笑等等清规戒律，迫使女子以"弱"为自身之美，以"柔"为阳刚所用……这一切的一切，都是妄图泯灭掉本是与男性共撑人类生命之轴的女子的各种欲望。女人的灵魂，只能在礼教的桎梏中呻吟；妇女的欲望，只能在戒律的钳制下潜伏。

对男子的施性行为，有关法典亦有极为严苛的条文。诸如广置姬妾、爱妾弃嫡、看传奇小说、听淫曲俚词、纵妇女艳装，擅入他家内室、结交嫖赌朋友、议论女子妍媸、遇美色流连顾盼等等，都有明细的处罚规定。甚至男子做了淫梦，也要算为"一过"。

压抑人性的法典，是一种最大的暴政。如果这种法典仅施于芸芸众生，而对皇室贵胄及达官显爵毫无约束，那就不仅彻底暴露出封建皇权的虚情矫饰和极端脆弱的文化心态，而且也会因上行下效而造成世风的淫靡。历代帝王早已不遵循商周从巫术中推演出的嫔妃数量，其后宫佳丽少者三千，多者逾万。明代这种让平民百姓"弱水三千、只取一瓢"，而让统治者"爱河尽饮"的道学，循的是哪家"天理"？灭的是哪个阶层的"人欲"？这种对狼讲自由，对羊谈驯服的道学，实在是不折不扣、彻里彻外的假道学！

自亚当和夏娃偷吃分别善恶之树的禁果被逐出伊甸园后，性爱便成为有了智慧的人类感情生活的第一需要。它在适应人的动物性本能的同时，也在为人类去寻求自身的永存之道。性冲动是人的心理感受中最为敏感的神经元，它比蜗牛的触角还要微妙灵敏。人在这种个体感受中获得的欢乐是最大的欢乐，获得的享受也是最大的享受。然而，人类若不主动地去改善和协调这单纯享乐的肉体之欲，也只能等同于其他动物。伪道学用极为过分的禁锢，试图去泯灭人的性的本能，只能会像往空气袋里不断注入不通畅的空气。当这死寂的空气越汇越浓时，只消外部投来一根细针，这空气袋便会于瞬间发生爆炸。明中晚期，当上流社会那淫乱的黑幕被层层揭开，当手工业的发展形成了市民阶层，当商品流通使人的欲望空前扩张时，市井中那被压抑关闭了的红男绿女的情潮，像洪水决堤一样倾泻而出，也就不难理喻了。

从潘金莲、李瓶儿、庞春梅的名字中各取一字定为书名的《金瓶梅》，是明朝末叶上流社会的淫乱，在市井人物身上的折射和缩影。《金》书是我国第一部以家庭生活、市井人物为主要描写对象的长篇小说，它从"入欲始"，以"破欲终"。书中的金、瓶两女性，是由性压抑者变为性疯狂者的；庞春梅则受淫乱的西门家族传染后，而加入"性疯狂"病患者的行列。

潘金莲原系裁坊之女，幼年丧父，疼爱她的母亲曾送她读过三年女学。她九岁被卖到王宣招府乐班，习品竹弹丝，十五岁时王宣招死，她又被转卖给张大户做婢女。张大户的主家婆是个凶狠的妒妇。潘金莲十八岁被"软如鼻涕"、年过六旬的张大户偷偷收用后，遭主家婆百般殴打凌辱。大户无奈，只得将潘金莲赠予武大。宣招府的浮华生活，使潘情窦早开；六旬老叟张大户为之破身，又使她初尝了人间禁果；"三寸丁"武大郎的性无能，使"玉貌妖娆花解语，芳容窈窕玉生香"的她，不能不产生柴门闭晚、空心网挂、与怨同眠的性抑郁。一心渴望得到性爱的她，在勾引武松未遂后，欲火更烧得她肺焦肝枯。这正如煤炉上加盖反增加内火，情欲愈是受到遏制，潘金莲那颗性饥渴的心，就愈发炽热地燃烧。当王婆牵线，她与情场高手西门庆相遇后，便如同一梭一梭织成的布匹那样，把两颗淫心紧紧地织在一起。

李瓶儿初嫁大名府梁中书为妾，梁乃奸相蔡京的女婿。梁的夫人是有名的河东狮吼，曾将府中不少饶有姿色的婢妾打死，埋入府内后花园中。李瓶儿平日住在梁的书房内，仅是一只供梁观赏却很少碰触的"花瓶"。李逵大闹大名府时，梁中书与夫人各自仓皇逃逸。李瓶儿死里逃生时，带上"一百颗西洋大珠，二两重的一对雅青宝石"，奔东京投亲后，嫁给花太监之侄花子虚为正室。花老太监虽是个阉人，但花心不死，一直霸占着李瓶儿不放。他不仅上任广南时，将李瓶儿带在身边，即使赋闲回清河，仍让李瓶儿住在他卧室的外间。李瓶儿虽为花子虚的妻子，但实则是花太监排遣性苦闷的工具。加之花子虚是个眠花醉柳之徒，在花太监死后，亦很少给李瓶儿以性爱。李瓶儿虽从花太监那里继承了万贯家产，成为大富婆，但穿金戴银、山馐海错的生活，却填补不了这"怀色不遇"的一代丽人百无聊赖的空虚心灵。由于花太监的性挑逗、性摧残以及花子虚的性疏远，遂使得李瓶儿的性苦闷，更甚于潘金莲。在极度性饥渴的女子身上，会产生强烈的"性磁场"，这是一种常人难以抗拒的力量，它能让欲望战胜理智。当花子虚于家中宴请西门庆、应伯爵等几个结义兄弟时，久慕西门庆床第功夫的李瓶儿，那女性应有的自我防护系统，竟完全崩溃。她趁西门庆离席解手让丫鬟密约西门，让西门数度翻墙入室，偷期迎奸。当花子虚让西门庆设圈套气死，欲娶李瓶儿为妾的西门庆因朝中杨戬事发受到株连，便未能将李瓶儿及时娶进家门。已被西门庆掀起性欲狂焰的李瓶儿，孝服未满便饥不择食地招赘了蒋竹山。蒋是个"镴枪头，死王八"的性无能者，丝毫不能满足她的性需求。她毅然休了蒋，又死乞白赖地央求西门庆收她为妾，并把全部家资悉数运至西门庆家中，甘当西门庆的性俘虏……

庞春梅原系西门庆的正房吴月娘的丫头，潘金莲嫁西门庆为五房时，成为潘的婢女。潘为独占西门，很快就与姿色出众的庞春梅结为同盟，主动让西门庆收用了她。从此，她的淫情如蜗牛升壁，涎液不干不止……

环境常常是造成人的命运悲剧的重要因素。金、瓶、梅三女性，由性压抑走向性疯狂，首先是上流社会教猱升木的结果。金、瓶二人，都曾分别在王宣招府、张大户宅、梁中书衙和花太监的官邸生活过，都目睹过其主人纸醉金迷、伤风败俗的糜烂生活。将他们满口仁义道德、一肚子男盗女娼的二律相悖行径，尽收眼底。金、瓶二人，早就看透了上流社会那粉饰外表、糟透其里的庐山真面。明代末期，在龙楼凤阁、朱门甲第中，流传着《胜蓬莱》《风流绝畅》《鸳鸯秘谱》《繁华丽锦》等一批"春宫图"。这些图册，以写实笔法，描尽了男女裸体，画尽了各种性交场景。《金》书中几次提及的春宫图，便是由花太监从宫中盗出，交给李瓶儿，李又传西门庆，西门庆又传潘金莲，潘又独霸起来，交庞春梅保管。从春宫图的传递路线中，我们不难发现淫风的源头来自朝廷。作为倡导礼教的天子和大臣，首先背叛了礼教，这无疑是给"类人猿"穿上了龙袍蟒服，更能显示出他们十足的兽相。

皇权蹂躏道德，市井必会藐视道德。这种从中枢里传导出的道德损害，会使某些人的良知完全泯灭，也会使人性之恶在万物里处处作案。《金》书中的潘金莲，就是一个欲火燃烧起来而不可遏制的超级荡妇。这个"从头看到脚，风流往下跑，从脚看到头，风流往上流"的天生尤物，既不为男子生存也不为任何人生存。她嫁西门庆不久，便私通仆人琴童，使主母房中变成了极乐世界；陈敬济到西门庆家不久，她便与之先调情后成奸，使丈母娘的闺榻化作同女婿颠鸾倒凤的淫床。为满足淫欲，她以各种鄙俗不堪、低贱下流的手段，百般迎合西门庆：夏日里，她寸丝不挂，让西门庆用绫带将其双足吊在葡萄架上，任西门庆百般摧残蹂躏；冬夜里，为怕西门庆受冻着凉，她主动启樱口当尿壶，让西门撒溺……当一个人变成淫兽时，其行为往往比兽更凶狠。为早嫁西门庆，她用砒霜药死了武大郎；为争得专宠，她驯狮猫吓死了李瓶儿的幼子官哥儿；为泄私愤，她用长舌作利剑，逼得西门庆的姘头宋惠莲悬梁自缢；后来她又以三丸胡僧药，使西门庆与之行房时精干髓竭，即使西门庆几度昏死，她仍强行与其性交，使三十三岁的西门庆，匆匆登上"淫鬼录"……

皇权制度下的社会，是一个男权话语的世界。封建大家庭的一家之主，俨然就是一个"小国王"。这"小国王"在家中有至高无上的权威，妻妾奴婢，都需无条件地服从他。作为新贵、官商的西门庆，不仅在家是个任意淫乱的"小天子"，在外边也是个为所欲为的"大孽主"。家中虽有六房妻妾，但仍不能满足他的肉欲。伙计及仆人的妻室，诸如宋惠莲、王六儿、贲四嫂、来爵儿媳妇等，都成了他任意奸淫的"性器具"；家中的丫鬟乃至奶妈，也大都成了他的"拔脓膏药"。这个在家中处处有暖肌香肤、玉体酥胸的色魔，仍不餍足地经常到外边寻欢作乐。他不仅梳笼了歌伎李桂姐，奸了李桂姐的姐姐李桂卿，还包占了妓女吴银儿、郑月儿。西门庆还是个典型的性虐待狂：他曾先后在性伙伴王六儿、如意儿、林太太等人的身体敏感部位，焚烧酒浸的"香马"，恣意取乐。他在首次服用胡僧药，在王六儿身上放荡了大半日后，仍不满足，回家又与刚来例假的李瓶儿强行房事，导致李瓶儿患血崩症不治而亡……西门庆是春宫图的"身体力行者"，为满足兽性，什么下三烂的花样，他都悉数一一试遍。在短短的几年里，他不仅与十九个女子有染，还鸡奸过两个男童……

腐朽的封建大家庭的结构，是没落的封建王朝制度的小小"复制品"。这大王朝的皇帝与小王国的"天子"，实为一丘之貉，一路货色。从这个意义上讲，西门庆虽是个色狂淫魔，但比之建"豹房"的正德，比之聚数千少女的经血炼丹求长生并与之淫乱的嘉靖，比之年有"淫筹"九百余的严世藩，只不过是小巫见大巫罢了。

"德厚者流光，德薄者流卑。"上流社会的腐化必会导致市井的堕落。朝廷点起一堆"淫火"，市井便必会亮起万盏"欲灯"。在《金》书中所着力描述的西门这个封建家庭中，男的淫，女的淫，仆人淫，丫鬟淫，除吴月娘外，几乎无人不与"淫"字沾边。

庞春梅为潘金莲第二。在西门家，她与潘一起与陈敬济姘识奸合，嫁给周守备后，她于金屋中仍与陈敬济淫乱，最后患了"色痨"，淫死在周府老仆人之子周义身上。

陈敬济为西门庆第二。在西门家时，他与丫鬟元宵淫猥，又与小丈母娘潘金莲于花园的卷棚下成奸。他与潘曾隔窗榥咂舌、品箫，不分时间、地点地淫亵。被吴月娘逐出家门后，他又包妓女，奸丫头，恋道士。恶始必有恶终。这风流孽障，最后在周府与春梅淫乱时，因共谋欲杀周守备的亲随张胜被张窥听到，便死在张的鬼头刀下。

在西门的深宅大院里，到处淫欲横流。贲四嫂与玳安、孙雪娥与来旺、吴二舅与李娇儿、玉箫与书童等等，一个个不分主与仆，仆与仆，都是"左右皮靴没反正"的淫乱。即使专为西门庆写礼帖、做贺章的温秀才，也全然不顾知书识礼的儒者身份，成为有名的"温屁股"，不断与书童搞同性恋……

明代中晚期，在堕落与淫乱日益侵蚀着市井社会人心的时候，美与丑，善与恶，都处于一种不可思议的不平衡之中。这时，人的动物性一面，最容易毫无遮盖地显露出来。《金》书中所描写的整个市井社会里，也同样是淫气弥散的"混沌世界"。与西门庆结盟的另外九个小兄弟，无不流连于烟花之寨，醺醉于勾栏柳巷。管砖厂的太监薛内相，竟也举止狎昵，把歌伎李桂姐"掐拧的魂也没了"；经常出没西门庆家的薛姑子，也愉情养汉；临清码头晏公庙里的道士金宗明，不仅在酒楼里包乐妇，而且还与其师弟鸡奸。有个叫陶扒灰的老头，在《金》书中只露面一次，在他当众评判王六儿与小叔子韩二通奸应施以绞罪时，旁观者当即揭发这陶老头，说他儿子连娶的三个媳妇，全让他扒灰了。这对贼喊抓贼者的致命揭短，臊得陶扒灰无地自容，巴不得有个地缝也钻了进去……

画外有画，方是好画；词外有词，方为好词。我们在披涉《金》书时，应把"宣招府西门庆初调林太太"时的一段场景描写，视为《金》书中的一个文眼。林太太在宣招府中与西门庆首次见面的后堂大厅里，正面墙上，挂有王家祖爷太原节度颁阳郡王王景崇的身影图；迎门的朱红匾上，写着"节义堂"三字；两壁还挂有隶书一联："传家节操同松竹，报国勋功并斗山。"林太太与西门庆就是在这堂厅的内屋里，进行了连野兽都自愧弗如的性放浪。将"节义堂"变为风月场，旧礼教压抑人性，逼人作伪的"精义"，被揭露得淋漓尽致，刻肌刻骨！

"龟"字，在明代以前，曾是一个神圣的字眼，麟凤龟龙，被古人并称为"四灵"。在殷商时，龟壳被用于占卜，龟被视为元气所在。后来，古人还将龟作为墓碑的趺座，印章上也常雕有龟钮。"龟龄遐寿"一词，也常常作为晚辈对长辈的祝福。到了明代，龟的隐喻意义，竟成了人们的忌讳。从《金》书中媒婆几次提到西门庆"养得好大龟"的话语中，我们得知，"龟"此时已成了男性阳具的同义词。龟有俗名曰"王八"。清代的史学家赵翼在一论龟的文章中，诠释了"王八"一词的来由：王八即忘八，即"忘礼、义、廉、耻、孝、悌、忠、信八字也"。晚明以来，"缩头乌龟""戴绿帽子""王八蛋"便成了骂人最损的话。

明代学者吕坤在《呻吟语·治道》中云："变民风易，变士风难；变士风易，变仕风难；仕风变，天下治矣。"《金》书的作者，虽揭示出官风之于民风的极端重要，但面对江河日下的世风，却显得惊慌失措，无可奈何。书中虽让西门庆、陈敬济、潘金莲、李瓶儿、庞春梅，都遭到因淫而死的报应，但除了让人们皈依佛教的老调重弹外，并没提供一点儿治疗社会痼疾的灵丹妙药。那毫无节制的性描写，不仅冲淡了《金》书的批判意义，也限制了该书的流播。《金》书在性解放方面，只有摧陷性，而没有廓清性。文学在直逼人性时，不能放弃对人类精神的关照。建设新的人类精神长城，仍需要新的道德作为基石。在这方面，《金》书似未建寸尺之功……

五

中国烹饪艺术的精美入化，在世界首屈一指。故有人借题发挥曰："中国文化是吃的文化。"近些年，有饮食文化专家，从《金瓶梅》一书中查找并胪列出，书中写到的面食多达五十五种，酒类多达二十三种，干鲜水果多达三十二种，茶叶及饮料也有二十二种之多。《金》书提及的各种食、喝、饮及调味品，林林总总，竟多达三百余样。《红楼梦》比《金》书问世晚了一个世纪，但《金》书比《红》书所写的食类品种，却有过之而无不及。国家特一级烹饪师、食文化专家李志刚，不仅有《金瓶梅饮食考》一书行世，而且还经十余载的探究研磨，推出了金瓶梅全宴。"金宴"在 1988 年国际首届华人烹饪大赛中，获一金四银五块奖牌。继而，"金宴"又参加了 1999 年台北中华美食节，连展五天，竟有十二万人前来亲恭其盛，可谓观者如织，食者云从，一时间，成为港澳台地区及东南亚诸国媒体关注的热点。

吃与穿常常能作为一种多元的综合，映现出某个特定历史时期社会的光影，人生的色调。《金》书的前七十九回，几乎章章都不厌其烦地写了各种宴会或宴席。透过那些或嚼得两腮鼓胀或喝得双目猩红的大席小宴，我们可以清晰地窥到，在刚刚形成的商品经济的市井社会里，人的生存观念和价值取向，是怎样发生了不可逆转的嬗变的。

中国经历了漫长的农耕社会。农耕社会的特质是封闭或半封闭的自给自足的自然经济。历代皇权为其统治需要，向把逆来顺受的"农"，当作"本"；而将放浪江湖的"商"，视为"末"。"日出而作，日落而息"，是平民百姓老驴拉磨式的生活重复；瓜田李下话桑麻，是芸芸众生的精神寄托，"三十亩地一头牛，老婆汉子热炕头"，是一般农家的最高生活目标。在连接京都的大运河未开凿前，临清左近一带，仍处于纯自然经济状态。据有关地方志载，斯时这里"其民朴厚，好稼穑，务蚕织"，"士习诗书，节俭之风自古而存"。当大运河疏浚后，临清这古寂的小城，却一下子变得兴旺、繁华、喧腾、嘈杂起来。

追求新颖、感受奇妙、渴求舒适、企盼富贵，是人类通有的情愫。那些生活清清苦苦、平平淡淡，岁月重叠如同一日的农耕男女，一旦接触到官宦、商贾的奢华生活时，焉能不像刘姥姥初进大观园一样看得目瞪口呆。当江浙那溢彩流霞的绸缎，将他们的粗布土衣映衬得暗淡无光时；当水陆杂陈的美食佳馔的诱人香味，隔庭飘进他们那因终年啜食粗米糙饭而嗅觉也显得迟钝的鼻孔时；当西湖龙井、黄山云雾、武夷山茶、老君眉的口感，远远胜过他们粗黑碗里的大碗茶时；当用扬州的胭脂朴粉、杭州的金钗银簪装扮起来的贵妇及歌伎，将当地的少女娇娃比得惭光羞艳时，他们不能不发出枉活于世的喟叹。新的生活方式已悠悠生出，旧的生活困境却迟迟不散，那些难以抵御奢华生活诱惑的稼穑男女，便毅然冲破篱笆墙，纷纷汇入市井中，迅速完成了由农到商的角色转换。据《临清州志》载，当时"逐末者十室而九"。学人也不再"安贫乐道"，官宦也不再"乐治桑麻"，不断向被视为"末"的商贾传秋波，递媚眼。《临清州志》还记载了当时的世风："……仆也绮罗，婢皆翡翠，陈歌设舞，不必缙绅，婚丧之仪越礼制而不顾，骄奢相效，巧成伪风……"

鲜衣美食、驷马高车、豪宅华舍、顾盼自得、招摇于市，常常是新贵与暴发户所刻意追求的一种"境界"。仿佛只有这样，才能显示出他们是"人上之人"。作为新贵和暴发户两顶帽子同时戴在头上的西门庆，就是这"一富先摆阔"人物中的"杰出"代表。他在刚刚完成原始资本积累后，便扩宅修园，大兴土木。《金》书中详细描绘了他所建花园的铺张扬厉：园内建有燕春堂，春光中桃李争妍；筑有临溪馆，夏日里荷莲斗彩；矗有叠翠楼，秋风中黄菊舒金；立有藏春阁，雪地里白梅横玉。园中还修有月窗雪洞，水阁风亭，到处是松墙竹径，曲水方池；既植有南方之蕉棕，又栽有北方之葵榴，"四时有不谢之花，八节有长春之景"……蔡状元下榻这花园时曾艳羡不已；宋御史多次来这花园做客，还被楼阁内那琳琅满目的书画文物，惊讶得全身怔住。特别是那座"八仙捧寿的流金鼎"，更令其垂涎欲滴，一再暗示西门庆送他一尊……

攀比，首先来自人与人之间占有财富的强烈不均衡。攀比者那雪亮的眼睛无所不察，而眼睛传给心灵的每次颤动都很难平息。蔡状元、宋御史

220

对西门庆这暴发户的富有，产生了心理不平衡；而西门庆赴京给干爹蔡京上寿时的所闻所见，也当会造成他心理的不平衡。蔡京的官邸如同"宝殿仙宫"对西门的刺激自不待说，仅早膳、午餐、夜宴，均有二十四个绝色女子在旁奏乐、侍膳这一点，就会把西门这个尤爱长头发的淫棍活活羡煞。翟管家请西门用早餐，美味竟也多达"三十来样"……如果把蔡京、翟管家比作地主和中农，这富甲清河的西门庆，充其量也不过是扛活的长工而已。在一个以夸富、比富为荣的浮华社会里，朝廷的大臣会与皇上攀比，各地官员会与身边的富商攀比，大宅门内的仆人会与主人攀比，市井中的穷家会向富户攀比，一级比一级，一层比一层，就构成了晚明社会浓烈的世风奢靡。相互攀比好似一个套结，将各色人等的良知越勒越紧，勒得上上下下都被金钱迷住了心窍。

金钱是市井社会运转的唯一的启动器和润滑剂。《金》书就是以西门庆为圆心，以金钱为半径，画出了一个使大官小吏、小商大贾、男奴女婢、帮闲篾片、媒婆鸨母、尼姑僧道各色人等都难以跳出的罪恶圆圈儿。在商品经济萌芽期，在官商勾结的社会形态下，腐败是必然的。腐败中最活跃的中介之一就是女色。于是，"权""钱""色"，便成了三位一体的连体婴儿。

年轻和漂亮是装在女性左右衣兜里的宝贵财富，一些市井女子，为改变生活困境，只有把"色"当作商品出售。她们为了能和周围人在生活上一比高下，不惜羞辱与降格，把自己的年轻与漂亮，当作一把热烙铁，去灼烧自己道德与心灵上的最敏感部位。西门庆先后与十余个下层女子交媾，令人唏嘘的是，她们中竟没有一人反抗和拒绝，全都是一拍即合，一见倾心，一面如旧，声气相投。西门庆与女仆人、来旺媳妇宋惠莲成奸时，西门仅是让丫头玉箫送去一匹缎子，宋便在大白天急不可待地赶至西门家的花园内，伫候西门前来播撒雨露。在经常得到西门庆赏赐的碎银、衣物，特别是用八两银子做成的一件头饰后，宋惠莲为了丈夫来旺也有个好出路，她竟只穿裙子不着内裤，随时供西门奸淫。李瓶儿与其幼子官哥儿死后，奶妈如意儿为常留西门家中，在西门庆为李瓶儿守灵时，仅把她一搂，她便黏鳔住西门不放。为获得更多的赏赉，她听西门说潘金莲在冬

221

夜曾为他吮过尿水，便急忙张口仿而效之……刚进西门家门的女仆贲四嫂，被西门相中，也是百般顺从，干尽了低级下流之事。即使出身簪缨之族的林太太，听皮条客文嫂传信说西门庆要来会会她，为能傍上西门这个新权贵、大财神，竟也提前将冬日的闺阁，收拾得"麝兰香霭，气暖如春"……

在商品经济萌芽期，人的一切肮脏行为，都是因金钱而引起的。潘金莲敢于害夫嫁西门庆，长期的性压抑固然占有很大比重，但西门家的"钱过北斗，米烂成仓"，也是一个很诱人的因素。她每每在西门庆淫荡达到高潮时，总是趁着西门的兴头儿，讨要贵重首饰，华美衣裙。潘金莲还是个视钱如命、根毛不拔的"铁母鸡"。当含辛茹苦才将她拉扯大的亲生母亲带上礼品，到西门家为她过生日时，她竟连六分银子的轿钱都不付，甚至还破口大骂并羞辱其母："没有轿钱就别来……"这认"钱"不认母的骚货，可谓天良丧尽！

身为西门庆二房的李娇儿，听说丈夫要去梳笼她的侄女李桂姐，她对姑侄同侍一夫，不仅不感到羞耻，反而乐得满面春风。为讨得西门欢心，让侄女从西门的钱袋里多抠出些银两，李娇儿忙托仆人玳安，速给家中送去一锭银子，让李桂姐洁樽以候，扫榻以待……

在金钱的诱惑下，邪恶常常穿行于道德沦丧者的血肉与骨髓。他们从不接受良知的拷问。在《金》书中，以色谋财者，最无耻最卑鄙的莫过于韩道国、王六儿夫妇了。这对狗男女将如花似玉的十五岁独生女韩爱姐，通过西门庆卖给蔡京的大管家翟谦为妾，已够下三烂了。当西门庆看上了王六儿，让引线人冯妈去撮合时，王六儿受宠若惊。见面后，立马便做了一场露水夫妻。当王六儿主动向丈夫说破她与西门的奸情时，戴上绿帽子的韩道国，不仅没有恼羞成怒，反而再三叮嘱王六儿，千万不要怠慢了西门这个从天而降的财神爷。从此，韩道国就心甘情愿地当起"活王八"，王六儿更是不断花样翻新地刺激西门庆的性欲。为牢牢拴住西门庆的淫心，她还用自己的头发和五色绒线缠就了一个同心结样的淫具，送与西门庆。披阅《金》书的张竹坡，言"金莲不是人"，骂"如意儿是顶缺之人"，痛斥王六儿"是不得叫作人"的人。女色虽不是金钱的同义语，但女色常常可以化为财富。王六儿就是靠着出卖色相，才过上了小康生活的。西门庆给王六儿买了丫头，让其弟王经进门当了伙计，又花一百二十两银子为其夫妇买了一座宅院，并将丝绸店交付韩道国经营，还给了他一部分股份。这真是一人售色，鸡犬升天！

在金钱至上的社会里，金钱如同浸油的木柴，会不断点燃和喷射人的欲望的火舌。"色中饿鬼兽中狱"的西门庆，正是靠着大把大把的银子，才使其占尽花街上风，兽欲得以完全释放的。当他有了官哥儿，向永福寺捐了五百两银子，吴月娘劝他收住花心，多积攒些阴功时，这位看着《百家姓》，烧包得不知姓啥好的淫棍却说："咱闻那佛祖西天，也只不过要黄金铺地，阴司十殿，也要些楮镪营求，咱只消尽这家私广为善事，就是强奸了姮娥（即嫦娥），和奸了织女，拐了许飞琼，盗了西王母的女儿，也减不了我泼天富贵。"这得意忘形的一段表白，就把西门庆这个金钱拜物教徒的嘴脸，勾勒得颊上三毛！

色与钱与权联姻，大都需要中介。《金》书中写了十三个媒婆，她们一个枭风卖雨，架谎凿空，凭着一张说起话来像黄莺打啼的嘴巴，借着把一束稻草说成一根金条的舌头，使一对对淫男浪女，霎时间鲛帐同奸，使一双双孀妇鳏男，眨眼间绣床同淫。她们急匆匆地穿行于市井的大街小巷，仍是被金钱的魔杖所驱使。西门庆死后，撮合山薛嫂在将春梅卖给周守备时，通过卖家压价，买家提价，一下子就赚得了三十七两五钱银子。冰下人陶妈与薛嫂，为撺掇成知县之子李衙内与孟玉楼的婚事，竟与算命先生串通一气，在婚帖上将孟玉楼的年龄属相，改得与李衙内的生辰八字成为最佳配对。哄得李衙内赠了她俩丰厚的银钱与绸缎。在皮条客中，最贪婪最狠毒的莫过于王婆子了。杀害武大她是主谋，潘金莲被吴月娘扫地出门、寄住她家中后，她将潘金莲这个尤物，囤积居奇，待价而沽，一而再再而三地提高潘的卖价，最后竟高于卖主吴月娘定价的五倍。她不惜作奸犯科，冒着杀身之祸，将潘出售给昔年的仇人武松。在王婆子的皮条客生涯中，不知她赚了多少黑心金、昧心银，仅从潘嫁西门又售武松的两次人肉生意中，王婆除首饰、财物外，净赚白银多达一百一十两……

在金钱至上的商品社会里，所谓"友情""知己""朋友"，仅是一种贪婪、薄情的交易，一种欲望、利益的交涉，也是一种相互之间心照不宣的契约，根本不存在忠诚、牢固与持久。《金》书中写了一批为蹭吃蹭喝蹭色蹭钱而像藤萝一样，依附权势、拥抱金钱的帮闲人物。与西门庆结义兄弟的应伯爵、吴典恩等九个狐朋狗党，一个个都是"弹簧脖子轴承腰，头上插着风向标"的势利眼儿。结义兄弟，本应以年龄排齿序，应伯爵年龄最大，当排为长，而他却置"长幼有序"于不顾，说："如今年时，只好叙些财势，那里好叙齿？"在他的一再推举下，有钱有势的西门庆，遂"义不容辞"地当上了这十兄弟的黑老大。最能表现这帮既以酒聚，又以利合帮闲人物之嘴脸的，莫过于《金》书十二回中所描写的这样一个情节了：当西门庆与他的几个结义兄弟，在妓女李桂姐处喝花酒喝得昏天晕地后，临出门时，孙寡嘴趁机把李家的镀金铜佛掖进了裤腰；应伯爵借与李桂姐亲嘴之际，将她头上的金琢针顺手拔了下来；谢希大就手将西门庆的川扇儿藏进袖中；祝实念则乘机偷走了李家的一面水银镜子；常峙节则趁着西门庆酩酊大醉，将借西门庆的钱，提笔写了在了西门的嫖账上。

在西门庆生前，这伙帮闲人物，巴不得给其主子舔痈吮痔，即使西门庆放个臭屁，他们也会捧在手中闻香。这帮乌合之众，所以完全撤去人的理性的岗哨，如蝇逐臭，如蚁附膻，全是为了一个"钱"字。应伯爵靠着为西门庆拉生意，买庄园，打官司，从中揩得银钱多多。其家中不仅酒肉不断，且呼奴唤婢。缺米少炊、无立锥之地的常峙节，也因巴结上西门庆，不仅买得一座院落，还开起店铺，当上"小老板"。一介青皮吴典恩，因有西门这棵大树的荫庇，竟也当上了相当于县级干部的清河巡检……

《金》书在第一回中，便开宗明义地写道："一朝马死黄金尽，亲者如同陌路人。"书中以众多的市井人物形象，阐释了以钱谋色者，钱尽而情绝；以财交友者，财去而谊断的世态之炎凉。西门庆淫死当天，他的二房李娇儿，便趁吴月娘临盆生子在即、忽然昏迷时，从月娘箱中偷走了五锭大元宝，又重返花街，再张艳帜；韩道国与来保，在从扬州贩货返回临清码头时，途中得知西门庆已死的消息，韩当即将部分布匹卖掉，换银千两，携带他的老婆、西门庆的头号姘头王六儿，一起匆匆远遁东京；来保也趁机藏了八百两银子的货物，叛主而去。

最卑鄙、最背信弃义的当属应伯爵和吴典恩。遥想当初，西门庆对应、吴这两个猪狗不如的盟兄弟，是何等的信任和放纵：当吴典恩进京为蔡京上寿时，吴冒充西门庆的小舅子而得官，西门庆不仅未嗔怪，反而赠银百两让其上任时摆摆酒场。应伯爵在西门庆与干女儿李桂姐淫乱时，乘机吃李的"嫩豆腐"，西门庆不仅不愠怒，反而抿嘴而笑；当西门庆邀其女友、歌伎韩金钏同游郊外内相花园，应伯爵趁韩溺尿、从背后用树枝挑韩的花心时，西门庆不仅未加责怪，反而乐得前仰后合……这一切无不表明，西门、应、吴三人之间的关系，从不设任何篱笆，曾是何等的亲密！可当西门庆淫死后，应伯爵在西门的尸骨未寒就改换门庭，投靠了新上任的副提刑千户张二官，就像往前伺候西门庆一样，百般讨好新主子。他甚至立即将西门庆的二房李娇儿引荐给张二官，让张先奸后娶……吴典恩更是一点儿恩典都无有。当西门家的小伙计平安儿从西门家当铺中，偷得一匣金头饰去宿娼，被吴的巡捕捉到后，吴不但不将缴获的赃物还给西门家，还对平安儿施以重刑，逼其诬陷吴月娘与玳安有奸，妄图敲诈吴月娘的银两……

小人崇拜小人，小人共同崇拜的是"赵公元帅"。金钱虽能收购权势，收购美色，收购朋友，收购体面，但当这些用金钱焊铆起来的人际关系的链环，一旦被外力斩断，顷刻间烟消云散且不说，有的甚至会反目成仇、火中取栗。

在商品经济的萌芽期，社会上的一切都成了金钱的奴隶。在人格市场和商品市场上，人格与商品的估价原则，与骡马的交易、猪羊的出卖，似乎没有什么两样。《金》书的作者，将市井社会中上上下下、形形色色的各式人物，当作一堆堆炸药包，去炸向晚明皇权大厦赖以支撑的"礼义廉耻孝悌忠信"八根理论支柱。《金》书以蔡京、杨戬等一群权奸，否定了"忠"；以众多赃官、贪官否定了"廉"；以孟玉楼、李瓶儿的三嫁及林太太的偷情，否定了"节"；以陈敬济偷丈母娘，潘金莲虐待亲生母否定了"孝"；以来保等人的叛主否定了"信"；以西门庆奸占义弟花子虚之妻、应伯爵和吴典恩生死易交、投井下石，否定了"义"；以韩道国出妻献女、甘当龟公的龌龊，否定了"耻"。另外，《金》书在十四回中还以花子虚四兄弟，为争夺花老太监的遗产闹得不可开交，以至于将官司打到东京，否定了"悌"；在七十一回中，以西门庆私穿何太监赠送的、只有王公大臣才能穿的"飞鱼绿绒蟒衣"的僭越行为，否定了"礼"。《金》书把明代皇权"八大"理论支柱全部炸折轰塌，留下了一片道德的废墟，在呛人的浓烟和刺鼻的火药味里，仿佛让人们看到了封建皇权的末日……

　　明中晚期的资本主义萌芽，是在浓重的封建皇权专制的阴影下破土而出的。集聚大江南北大量财富的临清，必然存在着极大的不平等，必然会有畸穷畸富的两极分化。有一个富人，必须有一万个乃至更多的穷人做铺垫。众生之血汗，万民之脂膏，大都流到了贪官、官商、官倒们的腰包里。《金》书中提到县以上官吏多达百余人，除曾孝序一个清官不贪，还遭到蔡京的迫害外，其余大官小吏不是靠裙带关系提溜上去的，就是靠用银子买来的。官既然是靠钱买来的，买官者必会变本加厉地在百姓身上敲诈勒索。周守备在《金》书中还算得上是一个"有士君子大节"的官员，他在由守备擢升为山东都统后，一年内却也"撰得巨万金银"，装了满满两大车，拉回了清河县……

　　在竞争极不公平的商品经济初期，既造成了人们消费上的天差地别，也造成了劳动报酬上的判若天壤。李瓶儿死后，仅买棺材就用了三百二十两银子，买孝布用了一百两银子，整个丧事下来，耗银少说也得千两。而当时老百姓的黄花闺女卖给富人当丫头，也不过四两或五六两银子。李瓶儿一口棺材，就能换得六十多个丫头！潘金莲喂养的狮猫，"牛肝干鱼都不吃，只吃生肉"；而普通老百姓，病重时"连块腊肉都吃不到"。《金》书中所描写的歌伎，每出场一次，最低可挣得一个月的生活费，如果能逗得主人和客人高兴或者卖身，那就会以蚯投鱼，赚它个囊满箧丰。书中十几个姿色出众的歌伎、娼妓，无不簪花戴翠，满身珠光宝气；而在西门家宅旁磨镜的老叟，磨了八面镜子，才获铜钱五十文……

　　一边是平民百姓的生计无望，走投无路；一边是贪官、官商的笙笛箫管，酒地花天，社会安定的天平必然会大大倾斜。《金》书是以金兵南侵，"二帝"被掳收篇的。而现实中的晚明，当万历死后第七年，李自成便义旗高举，一呼百应；当书商在崇祯年间偷偷刻印的《金瓶梅》的墨迹未干，李自成的义军便攻陷了北京城，清兵的铁骑也闯过了山海关……

六

我徜徉在临清的运河岸畔，心灵中灌满了它那轻柔的波涛。我追寻着，思索着，让思想的小舟在感性和理性的长河里沉浮。

这条大运河太古老也太漫长了。自鲁哀公九年，吴王夫差下令凿通了连接长江和淮河的邗沟，到隋炀帝不惜劳民伤财开掘了南达余杭、北至涿郡的大运河，使海河、黄河、淮河、长江、钱塘江五大水系得以贯通后，一条伟大河流的交响乐，便回响在东亚大平原的黄金水道里。到了明代初叶，大运河被重新疏浚和拓展，便将江南和京都紧紧系结在一起。这条在世界上最长最古老的大运河的缔造者，是千千万万的民众。是他们用如同运河一样流淌的血水和汗水，在灌溉着两岸沃野的同时，也滋养着一个民族的灿烂文化。大运河是一条斩不断的水流，关不住的水流，冻不死的水流，是一条将北国的粗犷与南方的妩媚相互融合的水流，也是一条把历史与现实、昨天与今天，永远链接的水流，更是一条见证岁月和历史的水流。它告诉我们，自明中晚期以来，正是因为它过多地承载了封建帝王及达官贵人们的铜臭气、珠宝气、脂粉气、酒香气，才数度断送了我们这个古老民族与世界工业文明早日汇流的机遇。

如今，电动火车的逐日追风，高速公路的纵横交织，万吨巨轮的劈波斩浪，超音飞机的腾云驾雾，使得大运河已基本完成了它那如牛负重般的历史使命。但它的漫长与崎岖、青春与迟暮，将永远大写在中华民族那厚重的史册里。

饱蘸着大运河之水写就的《金瓶梅》，是一部明代社会的百科全书。作为明代的经济名城、《金》书主要故事发生地的临清，今天虽已失缺了它往昔名声的响亮，但临清钞关、水闸、挖码头时堆起来的长长的土山等遗迹，以及晏公庙遗址上的苍劲的古槐，却仍像一个个历史老人一样，在向人们讲述着《金瓶梅》里曾发生的故事。这些故事，能够让我们穿过时空的隧道，用理智的目光，刺透历史的浓雾，去品评昨天，断想今天。

227

站在这古老的运河之滨，我想起恩格斯的一段名言："人是从动物发展出来的，这点就已决定了人永远不能完全脱离动物所有的特性，所以问题只是在于这些特性多些或少些，在于兽性或人性的程度不同。"一代哲人的话告诉我们，禁欲和纵欲，都会将人类世界扭曲。横流物欲的一尺尺进逼，会使人类精神一寸寸退缩。而物欲的节制有度，常会使人迸发出美德的火花。《金》书中的蔡京、西门庆、潘金莲们的尸体，虽早已化作累累白骨，但他们物欲的丑恶、淫欲的肮脏，随时都能死而复活，睡而苏醒。面对当今某些人的利令智昏和花魔酒病，如不给以唾弃和鞭笞，如不用健全有效的法治去代替人治，必然会使更多的人，被极度膨胀的欲望的魔爪，死死地拽住衣角，一步步拖进罪恶的深渊……

岁月的黄沙，无法湮没《金瓶梅》那"象外生义"的厚重生命；历史的尘土，也不能掩盖《金瓶梅》那"神警骨峭"的批判力量。

《金瓶梅》既是一株媚中含毒永难凋谢的罂粟花，也是一朵伴随着人类走向永恒的"警世之蕾"……

2004 年 9 月 6 日于济南

篇外附言

天下第一奇书《金瓶梅》和中华文学的扛鼎之作《红楼梦》，堪称中国古典文学的"绝代双娇"。遥想"文革"期间，要不是毛主席让许世友等武将们也要读读《红楼梦》，即使当时的革命文艺工作者也是难以窥见《红》书倩影的。那时要想读到《金瓶梅》，真称得上痴人说梦了。

记得"语录本"刚刚组成红海洋时，部队的大小图书馆都忙着焚书。当时我还不满二十岁，在青岛某野战军军部搞报道。那时写稿没有稿费，但报社却常常赠给报道组花样繁多的革命伟人像章。我用数百枚像章"买通"了军部、师部的图书管理员，先后获得古今中外名著四百余册。《三国演义》《水浒传》《西厢记》《红楼梦》……中国古典名著应有尽有，唯独没有《金瓶梅》。我第一次读到《金》书大约是1973年冬，那时我调济南军区文工团创作室工作有三个年头了。室里一位写歌词亦写诗的同事，其父曾当过济南市副市长，当时虽未"解放"出来，室里的同事们仍把他视为高干子弟。他对人友善又是"侃家"，总是亲切叫我"葆"。开始他大概认为我是从农村入伍的，外国文学可能没读几本，对我言必侃雨果、大仲马、巴尔扎克、普希金。见我对这些大作家并不陌生，他觉得有点儿奇怪。我便不无卖弄地告诉他："我还有屠格涅夫、列夫·托尔斯泰、契诃夫、叶赛宁、易卜生呢……"当他见到我用像章换得的那些藏书后，便经常向我借书，我用激将法激他："你关系广，有本事弄套《金瓶梅》来瞧瞧！"说者本无意，听者倒有心。几个月后的一天，他闯进我的宿舍："葆呀，你看！"我拿过一瞧，是几册线装本的《金瓶梅》，但只有二十余回，前后也不连贯，是"神龙"既不见头也不见尾。也许因他借我的一套十册的契诃夫戏剧集给我丢了两册，这只有二十余回《金》书，他放在我处一年多也没有催还……1986年四五月间，我作为中国作家代表团的成员赴美参加中美作家第二次对话会，往返都在香港停留。在港的几天中，香港一位既会看风水也写散文的先生，几次打电话要宴请我。但团里日程排得很满，我未能践约去见那位颇为富有的先生。在我们返京时，他托人送我一套全本《金瓶梅词话》，这部《金》书乃石印，字虽大，但繁体字缺点少横无撇的，页页随处可见，读来很费功夫……1987年，齐鲁书社出版了印刷精美的上下两册的洁本《金瓶梅》，该书附有清人张竹坡的点评文章及旁批。当时山东作协新创办了一刊物叫《当代企业家》，该刊主编系我好友，他不知从何处搞到了全本《金》书，并责令该刊一位老会计将洁本删掉的部分，一一用毛笔抄录。那老会计善书法，蝇头小楷写得很受看。复印机一开，一份变成了十份、百份，使当时山东的不少作家朋友，因此而有了"全本"《金》书。1988年，齐鲁书社刊行了印刷同是精致的上、下两册厚厚的洁本《金瓶梅续书三种》，中有丁耀亢的《续金瓶梅》、紫阳道人编的《隔帘花影》《金屋梦》。1989年，齐鲁书社又出版了印刷豪华的全本《新刻绣像批评金瓶梅》，中有明末及清代的插图多幅。当时购此书需持证明信，除高级干部外，有一级职称的作家、重点大学的教授可持证明购得。一时间，京都及各地我熟悉的作家、评论家、书画家纷纷给我打电话，让我帮助购买。我买了二十余套，方应付过去。与我联系晚一些的作家朋友，我只得用洁本，加上那位会计补抄的三十余页"蝇头小楷"来应酬……我之所以不厌其烦地写我及一些朋友读到全本《金》书的过程，是为了让读者从中看到一点儿我们改革开放的轨迹。

时至今日，研究《金》书的读物，可谓车载斗量，恒河沙数。厚达五六百页乃近千页的诠释《金》书方言、典故的《金瓶梅词典》，也多有出版。全国性的、国际性的《金》书研讨会，也时有召开。关于《金》书的"作者考""饮食考""地域考""方言考"等著作，亦联翩付梓。遗憾的是，我没有更多精力去阅读这些书，仅是对其篇目略知一二。

小说本是人类伟大的谎言。但这谎言有时比真实更真实。"以宋讥明"的《金瓶梅》，更是直面晚明社会现实的巨制。它的艺术成就比《红楼梦》逊色，当是不争的事实。如果说《红》书是"玫瑰梦"，那么《金》书可称"恶之花"。美与丑都是现实的存在，审丑也许是另一种审美方式。只要是封建独裁政治，不管如何开明，讲真话的空间总是十分狭小，马屁文章的天地也总是广阔无限。我想，《金》书的伟大，也正在于此。

感谢《中篇小说选刊》选载了这不是小说的《永难凋谢的罂粟花》，使它有缘与更多的读者见面。我的这篇拙作称不上研究《金》书的论文，因它缺乏学者的严谨。只能算我翻阅了一点儿明代史，读了几遍《金》书的一点儿感悟和札记。作品一旦问世，便属于社会。善良读者自会明白作者的写作动因，毋庸我在此喋喋。那么说，这篇附言，也许是空话，废话了。

2004 年 12 月 6 日急就于军艺

绿色天书

上苍是最富想象力和创造力的魔幻大师，它从袖口里轻轻抖出的每件东西，都会让人惊讶得说不出话来。

西双版纳的热带雨林，就是上苍从袖口里撒落在华夏版图上的一卷翠得让人眼亮、美得叫人心颤、神秘得令人窒息的"绿色天书"。

甲申年初夏，我在云南部队一熟悉版纳风物的文友的陪同下，探访了早就心仪已久的热带雨林。

这天清晨，我们从景洪市出发，沿着澜沧江边的公路，直奔版纳东南方的雨林谷。车在行进间，忽有淡淡薄雾飘来。冥冥的雾气，游移着，升腾着，像片片轻柔的纱巾，披在了江两岸的翠峰碧嶂上，流瀑飞泉间。"睇雾始疑空，瞻空复如有"，雾霭濡染下的山水，显得格外妩媚。越往前走，缥缥缈缈的雾越汇越厚，越积越浓，像涌动的乳白色奶汁，仿佛能把车子飘浮起来。车抵近雨林谷时，弥天大雾简直变成了一幅偌大的撕不开、扯不断的白色锦缎。

上午十时许，太阳的万条金线才穿透了雾幕。我急不可待地闯进谷下的林中，奇异的现象出现了：在我目所能及的范围内，但见各种树木的叶轴、叶柄、叶脉、叶鞘上，都凝着一层晶亮的水珠，正滴滴答答地下落，如同脉脉春雨，瞬间便打湿了我的衣衫。

陪同的文友告诉我，"热带雨林"一词，是根据"雾能化雨"意思，从英文翻译过来的。"雾雨"，是热带雨林的显著特征。

时近中午，浓雾才全部散尽。在湛蓝如洗的天空下，我站在雨林谷对面一傣寨竹楼上，引颈仰望，终于窥到这"绿色天书"的封面。它阔茫茫，气滔滔，是那样的辽远、恢宏、幽邃、渊深。凝目细观，我惊异这"天书"的封面不仅构架宏伟，且跌宕崛奇。它大抵由四层植物群落组成。最上层是五十到六十米高的巨树，那碧森森的树冠直薄蓝天；巨树之下为翁翁郁郁的大树，它们荫翳交叠，像是给雨林搭起了密难透风的天棚；"天棚"之下的植物群落，由棕榈和其他高约二十米上下的乔木组成，它们身壮叶肥，昂扬苗拔；最下层是由中小乔木和灌木结成的绿色方阵，它们堆青叠翠，在微风中，闪动着绿色涟漪……由四层植物群落构成的雨林谷，无不绿意盎然。墨绿、黛绿、深绿、碧绿、石绿、翠绿、葱绿、油绿、青绿、豆绿、水绿、嫩绿，人世间的绿有多少种，都能在这里觅到它们的色彩，即使世界顶尖级的油画大师梵高再世，也绝不可能调配出这太多太多的绿色！

目睹这"绿色天书"的封面，已使我心醉神迷；浏览它的"内文"，更令我荡魂摇魄。

沿着世界自然基金会主席菲力浦亲王在 1986 年来此考察时率人辟出的小道，我进入雨林群落的最低层。在这里，一步一景，三步一奇，千木万卉，快绿怡红，各有各的精神，各有各的光影和色彩。

首先跃入我眼帘的是，一片野芭蕉旁的几株海芋。这形似北方芋头的植物，叶阔若轮，径长达米，有植物学者誉之为"雨林牌雨伞"。大雨袭来，游人可蹲踞其下避雨；烈日当头，过客也可折一柄遮阳。海芋近旁是簇簇香茅草，在雨林中它虽属于无名之辈，但内涵却不同凡俗。乍闻其无味，用手摇之则淡香四溢，愈摇香味愈浓，沁人心脾。此草晾干后，香气经久不散。傣家少女常多采撷，或插入瓶中，或掖于枕下，使竹楼中的闺房，变为兰麝之室。在一灌木丛下，我窥到几株形状怪异的猪笼花儿，此花呈淡黄色，状若长形小竹笼，笼口有一铜钱大小的笼盖，可自然开合。笼盖开时，笼中的芳香会诱得虫依蝶偎。当虫蝶身陷笼中，花蕊分泌的黏液，将它们牢牢胶住后，笼盖遂闭合。当"猎物"的残躯化作此花的养料后，笼盖复又开启，再诱虫蝶……

"民间有遗贤，草中有灵芝"，在这雨林底层的腐叶里，树根旁，到处生满连植物学家也不能完全说出名字的各种菌菇。它们或状若耳轮，或形似小伞，或单株栖息，或结群麇集。其色彩更是五彩缤纷：赤赤者似玛瑙，灿灿者如金盘，蓝蓝者像宝石，皎皎者若冰玉。如果单纯用审美的眼光，来观赏这些各臻其妙的菌菇，它们当中自然不乏艳品、珍品、逸品和神品。我有幸目睹了它们中的"仙品"：在一株自然枯朽倒伏在地的树干上，生长着三只刺杯菇，其形状与大小酷肖喝葡萄酒用的高脚杯，颜色艳红艳红，通体透亮，纤尘不染。周围有草类植物的数片绿叶作为衬景，益发显示出这三只"红杯盏"玉蕴山辉般的光莹。我低头细观，头午的雾雨，还给它们各自斟上了半杯琼浆。抑或是欲将杯中之物自饮自啜，抑或是惧怕入侵者玷污了其美艳与高洁，它们的"杯体"上，竟生满了细长的玉刺儿……"乾坤有精物，至宝无文章"，面对这三只美绝艳绝的"红杯盏"，任何语言的表述，也只能是刻鹄类鹜。

在这雨林底层生长的草类植物们、菌菇生物们，虽是这雨林中的芸芸众生，但它们和大树们一样，同样疯狂地眷恋着雨林的大地，同样疯狂地挚爱着这里的雾雨和清泉，它们的心灵同样都连着明月和星辰，也同样追求着生命的丰富和完美。

走进雨林"第二群落"，亚热带常见的棕榈科植物，呈现在我的面前。它们娇姿临风，亭亭玉立。一棵贝叶棕首先攫住我的目光。古籍记载，贝叶棕的叶子从柄算起，长达三丈余，需数人合力方能扛起。眼前这株贝叶棕，那扇圆形的叶片虽仅有两米长，但仍能令我叹为观止。贝叶棕所以被版纳傣族极为推重，是因傣家所信奉的小乘经文及民族历史，皆靠它的叶片得以承传的。昔年的佛教徒采来贝叶，按规格裁成叶条，打捆放于锅中加酸角、柠檬煮之，洗净、晒干、压平，即可成为贝叶纸。刻经、写史的文士们，先在叶纸上用墨线弹出行间，再用刀刻字于上，涂以墨汁，用布擦抹，残墨留在刻痕内，便可显出清晰字迹。用这种毫无污染制出的天然纸张，镌刻并装订的经文或史籍，防腐、防潮、防蛀，可保存百载而不损……

热带雨林中的许多植物，是那样意外的怪异，意外的荒唐。在这里，还生长着一种树干中能够"蓄粮"的桄榔。桄榔的嫩茎可作菜蔬，其味鲜醇，不让甜笋。俟幼株长成大树，檀棕的茎干便开始暗自生产"粮食"，囤积于树心内。随着"蓄备粮"的累积，树干便现出滚圆的肚儿，那臃肿的样子颇像身怀六甲的少妇；观其常青不凋的羽翎状巨叶，是那样情得意满，也很易令人联想到昔年那"囤中有粮，心中不慌"的富裕中农。人们将檀棕干内的树心刨取后，经浸泡沉淀，便成"面粉"，用之做糕制饼，其香馥馥；东南亚一些国家，还将之加工成大米，打进国际市场……

　　徘徊，盘旋，踯躅，蹩躞，低首弯腰，折来趄去，在向导的带领下，我们好不容易才钻出了这雨林的第二层植物群落。正当树阻藤拦疑无路时，忽见一倚在古榕下的木梯竖在眼前。拾级而上，我们登上了一长五十余丈的空中走廊。此廊以藤绳为"桥"，古榕为"柱"，每隔八九米，便依树设一仅容一人驻足的瞭望点。此廊也是菲力浦亲王来考察时所铺架。我蹑足其上，一步一摇，三步一晃，终于站在了第一个瞭望点上。

　　如果不是身临这热带雨林，我怎么也想象不出，世界上竟还有这等由藤萝编织出的壮观。在古树与巨树之间，有长藤若巨龙凌空斜插，难见首尾；有巨藤像大蟒曲盘，闪鳞亮甲；有粗藤扭结成风车形挂诸高树；有细藤弯曲成吊环状系于枝丫，它们千变万化，组成了各种各样的几何图案……

　　在第三个瞭望点上，我看到一株四薮木的枝叶下，缀挂着十余只状若锦囊的精美物体。但见一群身披黑褐色羽毛、尾部闪着白亮点的鸟儿，从"锦囊"中飞出飞进。我想这该是织袋鸟了，那袋状的巢穴，是织袋鸟用各种叶丝精编而成的。"花随玉指添春色，鸟逐金针长羽毛"，织袋鸟虽无一双巧手，但它们那灵动的小嘴，却毫不亚于绣花女的纤纤玉指。

　　我站在这位于雨林群落第三层的空中走廊上，见谷两旁有望不断的古树，有数不清的佳木，有看不尽的名杉。昂首上观，雨林第四群落的伟岸乔木，仍是高难企及，我仅能从它们亲吻蓝天的树冠的缝隙中，偶见几抹金亮的光束，如探照灯般地投射进来。低头下望，雨林第二群落的树木，尽收眼底。它们青幢碧盖，浓绿生云。谷下有清溪湍湍，叮叮咚咚；耳畔有幽禽唱和，婉转清扬……置身此等仙境，我焉能不顿生"偶然临险地，不信在人间"的感觉！

············

　　直到上世纪70年代中期，国外的植物学者们还纷纷断言，中国根本不可能有热带雨林。应当说，海外权威们的推论并不出格离谱。这是因为热带雨林的生成，应有必备的条件：年平均温度，必须高于二十四度；最冷月份的均温，也不得低于十八度；且必须是海拔低的热带湿地。若以此"戒律"框之，版纳位于北回归线热带边缘，其山地海拔姑且不论，即使河谷盆地的平均海拔也高达五百米。版纳年均温度及最冷月份的均温，皆比能生成热带雨林的温度低二至三度。纵观整个地球，与版纳处在同一纬度上的中亚、西亚、北非、西南非，除少数地带是稀树草原外，多为干旱沙漠。然而，只有共性而无个性，大自然的神秘与伟大就不存在了。上苍似乎特别恩宠版纳，遗赠了版纳诸多可以生成热带雨林的"硬件"和"软件"。上苍曾轻手一拨，便使得古南大陆和古北大陆发生过掀天揭地的融合；因了它的格外垂青，处在两个古大陆接合部的版纳，却躲过了那场生物史上罕有的浩劫。上苍也曾重足一踩，使整个地球发生了造山运动；因了它的特别眷顾，隆起的世界屋脊喜马拉雅山和云贵高原，作为远、近两道屏障，为版纳挡住了来自西伯利亚的寒流罡风。上苍还让版纳的地形由北至南徐徐倾斜，以便使得这片风土吉壤敞襟亮怀，去随时拥抱来自太平洋和印度洋的暖风湿流……

　　判定一个地带的森林，是否为热带雨林，除了具有若干标识性的树种外，还应有特异的生态景象，诸如"绞杀现象""独木成林""板根奇观""老茎生花""空中花园"等等。这一切的一切，在版纳这卷"绿色天书"里，都有重笔浓彩，尽态极妍地展示。

　　匆匆如走马观花般探访雨林谷后，我深知对雨林的了解，还仅是一鳞半爪。在以后的十余天中，我又先后参观了版纳葫芦岛热带植物园，走进了补蚌、绿石林、广南里等几处雨林保护区。我不辞劳顿地在林海里穿行，贪婪地读着"绿色天书"中的每个标点、每行文字、每一段落，力图凭暂短去感知漫长，以有限去领悟无限，用幼稚去拥抱古老。

　　在补蚌自然保护区内，我看到了一株最能展示雨林"板根奇观"的树——四薮木。这棵版纳雨林中最大的板根树，太壮阔，太磅礴了。我刚抵近它，便感到它生命发出的光波是那样强烈、巨大和顽强。这棵有着十五层楼高的参天大树，最能摇撼人心灵的是它的根基部分。十四块像用厚厚钢板雕成的飞机机翼样的板根，呈辐射状分布于树下的四周，最高者达八米，最长者达十五米，其整体根块，占地亩余。这版翼与版翼间形成的空间，似深壑，像幽洞，若庭院，可容百人在其间小憩。我不知这些深插入地的版根，为使那粗大的树体能镇定地屹立于雨林，曾经受过多少风抽雨袭，电击雷劈……

　　崇高是大自然喷射出的壮美，崇高也是对渺小的一种艺术征服。雨林中若没有崇高的望天树巍然耸立，这"雨林"便名不副实。过去，"热带雨林"的桂冠所以没有戴上版纳那高昂的头颅，是因当时还没觅到望天树这一最关键的"要件"。从开国之初，以蔡希陶为领军人物的植物学家们，在版纳的雨林里，胼手胝足，风鬟雨鬓，查查找找，寻寻觅觅，终在1974年于勐腊的广南里发现一株高达八十八米的望天树。继而，在这补蚌保护区内，又有大片的望天树显出了神姿。"隐士托山林，遁世以保真"，望天树这版纳雨林中最大的"隐士"，一旦露出庐山真面，便石破天惊。世界上所有植物学家的目光，都惊异地投向了版纳。为便于域外学者的考察，版纳人在这补蚌望天树的族群里，凌空架起一道离地面五十米高的"藤桥"。当美、英等国专事研究热带雨林的博士们来此考察后，连连赞叹："雨林，这是典型的热带雨林！"

　　我攀缘上架在望天树树干间的"藤桥"，顿感自己被一群具有崇高品格的生命所燃亮，所融解，所俘虏，也深感人的生命渺小和暂短。望天树那笔直笔直的树干，直插天际，仿佛从来不知世上还有"卑躬屈膝"之谓。它们光洁的树干上，没有枝杈，没有斑痕，没有寄生物，身同金玉质，伟岸超人寰。在这热带雨林里，望天树无疑是"拔剑平四海，横戈却万夫"的最高统帅，也无疑是这"绿色天书"中的头号主人公！

　　中国传统山水画的构图，历来是"丈山、尺树、寸马、豆人"，人在画幅中的比例所以如此之小，我想那该是古时的画子们，因敬畏自然所产生的情愫使然。热带雨林应是人类精神的"疗养院"，它虽不能包治百病，但看一看这崇高的望天树，至少可以缓解当代人贯常患有的藐视及虐待大自然的"狂傲症"!

齐整、单调是平庸者的趣味,参差、丰富才是造物主的美学。在版纳的雨林里,每种草木都是独特的,没有哪种形象去重复另一种形象。

初进版纳时,雨林谷中那愈摇愈香的香茅草,那能诱虫蝶入笼的猪笼花,那能产粮、"蓄粮"的槟榔,曾让我击节称奇;继而,葫芦岛植物园中,那随着人的歌声和琴声能蹁跹起舞的跳舞草,碧池中王莲的那可让稚童站、卧其上而不沉的硕大荷叶,也令我扼腕嗟讶;而嗣后在另几处热带雨林中的所见所闻,则更叫我惊异得瞠目结舌。

雨林中,有会"流血"的草,其名为血苋,搓揉其茎叶,可有如血的汁液溢出;也有会"流血"的藤,学名老鸦花,其碗口粗的藤体稍有破损,殷红的"血液"便流淌不止。在雨林中,我还不时能碰上会"流血"的树,这种名叫龙血树的躯体内,饱含着血色的树脂。龙血树寿高龄遐,无树可与之比肩。美国的巨红杉、非洲的波巴布树,能活到五千岁,已被宣称为生命史上的奇迹,但它们与龙血树相较,仅能称作小弟。龙血树寿长可达八千余岁,用"万寿无疆"来赞誉它,倒也实至名归。

在这些雨林里,我们还常常被粗大却扁平的扁担藤拦住去路,陪同我的文友用木棍轻敲藤体,即发出像古编钟一样深沉浑厚的声响,这是其体内蓄满"泉水"所致⋯⋯

在"绿色天书"中,花儿们仅是主角和配角们的小小点缀,但它们无不竭尽绵帛,尽显造化之功。

版纳雨林中有多种变色花:使君子花初绽为白,又开粉红,再放大红,使得同一花序三色兼备;嘉兰花乍绽呈淡绿,隔夜为鹅黄,越数日,鹅黄遂成金黄,继而,金黄又化为橙红和鲜红。在这里,还有许多按时准点开放的花:时钟花总是晨开暮谢,日日放,夜夜凋,一年四季,花朵常闹枝头;油瓜花总是于子夜怒绽,花开速度之快,仅在十秒之间,绽放全过程,用摄像机能清晰抓拍。更令人百思不解的是,在这些雨林中,还有一种在同一时辰,同时开放的花树。这种人称大树鱼藤的树木,在雨季时的某一天,无论其身居雨林的哪个角落,也无论相隔多远,它们总像接到上苍的密令一样,会在同一个时辰,将雪白的花朵,同时扑棱棱地披满枝头。

穿行于版纳雨林，我还深深感受到，万物之诡谲乖张，充盈于天地之间。在这里，到处有能"流油"的猪油瓜，触目可见号称"世界产油大王"的油棕果。这里，还生长着木材中比例最重的树——黄黑檀，它材质坚硬，入水即沉，纹理堪与黑色大理石媲美，是制作名贵家具、高档乐器、精美工艺品的绝佳材料。在这里，我不时还能碰上高大粗壮的箭毒木，它是雨林中最毒的树种。倘若将其洁净的躯体戳破，会流出含有巨毒的白色液体。昔年的猎人，常将之涂于箭镞，虎豹鹿麂，一旦中的，会当即毙命……

在版纳热带雨林里，万千生命中的每种生命，都能找到各自的生存位置。它们都有充分的权利谋求生机与繁荣。雨林下那仁慈的地母，对它们不分高低粗细，不分长短宽窄，不分三六九等，不分嫡生庶出，毫无取舍、毫无嫌弃地全部容纳了它们。孕育着它们的"生"，滋乳着它们的"长"，展示着它们的"茂"，欢呼着它们的"美"。

秩序是造物主的第一铁律；保持良好的秩序，是它创造万物万有的初衷。版纳雨林这卷"天书"，看似那样盘根错节，目迷五色，莫可名状，但这里所有的物种，皆各自负载着生命的密码，在地母的怀抱里，有秩序地去完成各自的荣枯和死生。

雨林中的"绞杀现象"，往往是"独木成林"的成因。"独木成林"，是"绿色天书"中最富巨匠气象的插图。绞杀者多为榕树类中的大青树。大青树上结有串串珍珠般的小果实，果内米粒般小的种子，其壳坚硬。鸟儿们啜食果实时，常将消化不掉的种子，遗于大树枝丫。千万粒种子中，总能有一幸运者，借助枝丫间腐叶中的养分，破壳发芽。幼芽很快喷射出许多蚕丝一样下垂的气生根。气生根饱吮着空气中的水分、养分，渐次变粗变长，直插入地，先将被绞杀的树干紧紧包住。越数载，长成的大青树的嫩枝上，又喷射出若干气生根。这些气生根不久也插进大地，渐渐生成小桦树树干样的根柱。绞杀者经过韬光养晦，此时已变得雄心勃勃。于是，它便以锐不可当之势，向被绞杀者展开全方位进攻。下端，它那插入大地的排排气生根，果断地与被绞杀者，争抢着土中的水分和养分；上端，它那刚刚形成的树冠，也机敏地与被绞杀者争夺着空间和阳光。被绞杀者节节溃退，元气尽失，变得枝枯叶焦。其残躯朽干，也成了绞杀者慢慢享用的"补贴粮"……就这样，一颗小小的种子，突破、勃发、抗争、挺进，经过一番番的"攻城略地"，终于壮大成了绿光四射的庞然大物；就这样，那蚕丝般细的气生根，经过一次次的"盛食厉兵"，它们不仅支撑着母体，使之衍变成洋洋大观的"独木成林"，且每根深嵌于地的气生根，也成为这"林"中自豪的一员。

在版纳绿石林雨林一悬崖之下，我看见了一株屹立在石壁之上的古榕。它有着企图笼罩大地的浓荫，也有着妄图吞没白云的豪迈。树的主干下，有二百余根气生根根柱，远远望去，像一片挺立在峭崖上的"桦林"。抵近崖下细观，那根根粗大的气生根柱上，又垂下了一大片绵长细密的气生根丝，飘飘悠悠，挂诸石壁，宛若波浪起伏的"瀑布"，顺悬崖倾泻而下……

不少探奇者著文，将会绞杀的树咒为"恶魔"。实则它们是上苍为雨林不断更新派遣的使者。正如雨林中那一生只在岁暮开一次花便寿终正寝的翠竹和贝叶棕一样，死并非是生的对立面，悲壮的死总是赓续着壮丽的生。正是有了绞杀树在忠诚地履行着它的天职，才使得雨林永远高吟着铁流似的生命进行曲。

热带雨林虽有着植物生存的激烈竞争，但每种生命，却从不违背上苍设定的生存法则。

油瓜花所以定时在黄夜快速开放，是为适应一种仅在夜间出飞的虫蛾，为之传花授粉；"扁担藤"所以蓄水，是因它的藤体只有爬上三四十米高的乔木枝头，方能开花结果，这就需要有足够的"蓄备水"，不断地向顶端输送……在版纳雨林，探奇者随处都能看到，老茎生花，树干结果，这是因为在遮天蔽日的森林里，仅有十几米或二十余米高的木奶果、木瓜榕等，若在枝头开花，显然不易招蜂引蝶，且它们的果实大都成团成堆地生长，树枝必难承重；木菠萝的硕大果实，有的重达二三十公斤，若不挂果于树干，无疑更会轻重失宜……

大自然无处不充满智慧。上苍创造热带雨林时，在给望天树、四数

239

木、大榕树、毒箭木巨大生存空间的同时，也仿佛周密地考虑到雨林绿色群落间，那些空闲着的地方。在雨林随处可见的"空中花园"，便是上苍点燃起的智慧的火焰。

在巨树的枝丫间形成的空中花园，多由造型奇特、终年常青的鹿角蕨、鸟巢蕨等附生蕨，和应时开放的各种附生花卉，共同构筑。与绞杀树有所不同的是，这些附生的蕨类与花类，仅靠着像海绵一样吸水能力极强的气生根，去吸收空气中的水分、养分生存。它们不仅丝毫无碍于大树的生长，反而会给大树缀上美的佩环，绕上亮的玉带，插上靓的金钗，益发使得巨树雅望异常。

"春兰似美人，不采羞自献"，在广南里雨林深处，我与一株粗壮的毛紫薇树邂逅，目睹了由兰花组成的"空中兰园"。这大树上，到处缀满了各种兰花，它们萃成束，结成团，或串串下垂于树干，或簇簇上蹿于枝丫。蝶兰紫红紫红，吊兰紫中镶着黄边，鸟舌兰呈玫瑰之色，羽唇兰黄绿相间，密花石斛美靥如月，重唇石斛灿若佳人红唇……它们幽生林樾，闹绿酣红，无人自芳，香胜麝檀……若没有上苍赐予这百兰生长的最佳统一性和规定性，在一株大树上，焉能有这么多匪夷所思的色彩的绚丽！

……………

我在雨林的绿色波涛里，浮浮沉沉，仿佛走进了一座美轮美奂的绿色圣殿。但总感到这圣殿的大门，对我紧紧关闭着。我知道，这高贵的圣殿里一定珍藏着"天书"中最深奥的智慧，最纯净的思想。我既无法靠近它，也根本不可能读懂它。

上世纪中叶，西方国家的雨林专家曾做过计算，占世界陆地面积仅百分之七的雨林，却生长着全球一半以上的植物品种。有植物学家，在美洲哥达加雨林中一百平方米的小小地块上，竟查数出二百三十三种同时生长的植物。这是用达尔文"优胜劣汰"的进化论，很难诠释的现象。版纳的面积，仅为全国的五百分之一，而植物种类却占百分之六。在版纳雨林已知的五千余种植物中，有千种可作药材；全国香料植物拢共五百种，云南占三分之二以上，而其中不少名贵品种分布在版纳。

西双版纳是我国天然的药材库、香料库、生命基因库。云南向被誉为华夏的"动植物王国",而版纳热带雨林,就是这"王国宝库"中的和氏之璧、隋侯之珠。

在版纳雨林中,也曾有过植物和动物无比严格、无比美妙的生命联结。它们在冲突中形成的和谐,曾像那邈远无垠的夜空中万点星光的交织。雨林的翠峰碧溪中,那爬行的、飞翔的、潜游的、攀缘的、呼啸的、奔驰的林林总总的动物们,都曾各按固有的节奏与旋律、风貌与英姿,沸腾着生的冲动,啼唱着生的欢乐,翔舞着生命的彩练,呼啸着生命的旋风。它们曾是这"绿色天书"中,最汪洋恣肆、最神完气足的华章。版纳的雨林,曾是亚洲象的家园、小鼷鹿的故乡、大野牛的乐土、印支虎的洞天福地、白颊长臂猿的世外桃源……因这些哺乳动物在雨林中已寥若晨星,现均纷纷登上了国家一级保护动物的名录。

自从筑巢于树的原始人走出森林后,自然界渐次留下了被人类"征服"的印记。

公元16至17世纪,当欧洲的探险者在亚马孙河流域惊异地发现热带雨林不久,人类也成为达尔文进化"彩票"中的头号中彩者。谁知,这头号"中彩者"竟成了热带雨林真正的"绞杀者"。

人的本性中有着一种永不餍足的贪婪。现代工业文明的发展,使人的欲望又有了前所未有的膨胀。自19世纪始,勃兴的西方列强,无不把攫取的目光投向热带雨林。它们先是在雨林中砍伐佳树名檀,斫斩香木香草,杀戮奇禽异兽,用以满足和装点贵族们的奢侈和高贵,用以炫示大亨们的身价和派头。继而,它们又与虽拥有雨林、经济却不发达的国家联手,将大片大片的雨林像剃光头一样,刮净削尽,化为可赚取大量英镑和美钞的经济林场……因了人类对热带雨林这种一次性、彻底性的"绞杀",使得不可悉数的独有动植物品种香消玉殒,永远从地球上消失,也使得大量罕见物种处于濒危状态……

到目前为止,雨林在美洲、亚洲、非洲的总存有量,仅为区区八万平方公里。上苍创造的多卷体的"绿色天书",早已被人类撕扯得七零八碎,仅剩下些断章残页……

直到20世纪50年代初,版纳的雨林还基本完好。但由于"大跃进"

241

年代的狂热，和十载"文革"的浩劫，又加之人口的急剧增加，版纳雨林也曾遭到空前破坏。雨林有的被辟为橡胶园，有的被夷为"大寨田"。幸有将森林作为图腾来供奉和敬畏的傣族父老的精心呵护，方使版纳在今天仍有一百余万亩的雨林和三百万亩次生林，耸立于滇西南边陲。

我雨林之行的最后一站，是距版纳首府景洪市仅有八公里之遥的原始森林公园。在这公园内，热带雨林应有的"要件"及"配件"，一应俱全。与版纳其他几片雨林保护区不同的是，在其山门前，有一座人工圈定的孔雀园。园内饲养着千只绿孔雀，供游人观赏。孔雀是鸟类中最典雅端庄的"公主"，她如今也载入国家一级保护鸟类的花名册。孔雀是美丽和善良的象征，向被傣族视为吉祥物。因昔年景洪一带的雨林中，孔雀成群翩飞，傣家也把景洪称作"孔雀之城"。眼下这孔雀园内，只只绿孔雀像美人似的都拖着金翠色的长裙，不时向游人开屏。那光彩四溢的雀屏上，颗颗眼状的斑点若蓝宝石似绿翡翠，闪闪灼灼，分外艳丽迷人。但我觉得，园内这人工孵化饲养的孔雀群，美则美矣，但因失却了那优哉游哉的雨林故乡，似乎少了些原有的灵性和自由翔舞时的韵致……

我举目望着眼前这仍有着四层植物群落的雨林，思绪绵绵。人类的悲哀在于：在应该珍惜的年代里不懂得珍惜，而在懂得珍惜的时候，却失去了珍惜的机会。在商品经济的列车已失去了人文理性驾驭的时代，我们不能不担忧，上苍这最富想象力的魔幻大师，从袖口里抖落出的"绿色天书"，还在人们对它的深奥去粗浅解读的时候，它却悄悄地从我们身边消失了，飘去了……

2004 年 6 月 6 日于济南灵岩寺

上苍的艺术

是谁的意境、谁的想象，让风打了几个旋儿，便把五千年的时光伫留在一棵棵老枣树上？是谁的构图、谁的手痕，让绿色的云落在了这片土地上，将璀璨的星化为累累的果，缀满这偌大的枣林？近年来，我曾几度亲近乐陵，面对那由两千五百万株枣树，结成的茫茫然、滔滔然、浩浩然的五十万亩枣林，辄会发出这样的浩叹。

坐落在鲁北平原上的乐陵，是一座历史文化古城。地以物显，物以地彰。乐陵因盛产金丝小枣而名播域内海外。东临渤海的乐陵，是黄河冲积平原。早在远古时期，枣树便眷恋上这片退海之地。到了商周，枣树就成了斯地先民的"铁杆儿庄稼"，经过祖先们不断地对其进行"优生优育"，乐陵枣出落成华夏枣家族中的"美媛丽姝"。后来，人们给她起了个美丽的名字：乐陵金丝小枣。

金丝小枣与他地枣的不同之处，不仅在于皮薄肉厚、丰肌细核，还在于熟透晾干后用手一掰，便能扯出一缕缕柔美的、晶亮的、二寸多长的金丝儿。我曾将他地枣与之做过比较，他地枣大多扯不出丝儿来，要么扯出的是银丝儿、铜丝儿、铁丝儿。就其口味而言，也不能同日而语。乐陵金丝小枣这种舍我其谁的"定义式"的个性，展现出上苍的艺术。

初夏时节，我曾走进乐陵枣林。这时，三春的花事已经结束。在这里，我却看到一个最纯净、最素雅的枣花的海洋。五十万亩枣林，仿佛接到了上苍的统一号示，在一夜之间全部爆发性地绽开了。那一枝枝、一串串米粒般大的枣花，密密匝匝，攒攒挤挤，层层叠叠。抑或为保持微躯的

243

素洁，枣花没有以华美的衣饰和妖冶的装扮，给自己平添半分骄傲，而是以淡淡的浅黄，平易为裳，谦冲为怀。它们似乎懂得，过大的蓓蕾会影响家族的繁盛，艳丽的脂粉会损伤整体的合一，华美的珮饰会阻隔亲密的团结。亿兆枣花在望不到边际的枣林里，一起舒眉展眼，以幽幽的芬芳，汇成无涯的和谐，连空气中都弥漫着醉人的清香。五彩缤纷的蝴蝶翩翩鼓翼，把枣林当成忘情的天国；嘤嘤吟唱的蜜蜂穿梭忙碌，恋栈着枣林这甜蜜的城邦。徜徉在这连吸口气都感到清香的枣林里，我的身躯、生命和心灵，都成了这花香的"俘虏"，就像洗了一次"枣花浴"似的遍体通泰。这里没有猜忌，没有约束，没有督饬，我感到什么烦恼、忧伤、愁闷都不存在了。

世界上的一切事物，常是弱小里含纳着博大，孱弱里蕴藏着刚强，休看枣花这般细密、质朴，却集中代表了枣树的品格。春天，杏花开了，桃花笑了，枣树却谢绝春之神的邀请，兀自忍耐着寂寞，为的是让林间麦苗在和风的熏育下尽快苗拔。当麦苗半尺高时，枣树才急急钻出嫩芽；麦子灌浆时，枣树才匆匆开花。它们没有浓荫蔽日、枝叶蔓披的欲望，极力缩小着自己的树冠，为的是让夏日的谷粟更多地去承接甘霖和阳光。它们的根须不像其他树木那样霸道地扩张地盘，而是极力往深处扎，为的是让其他作物更多地吸吮土中的养分。深秋，当麦苗刚刚拱芽，枣树便把落叶化为麦垄的养料。隆冬，枣树又手扯手地以它们的身躯，为越冬作物遮风避寒。枣树从抽芽开花到果熟叶落，只有一百七十天的时间。这"叶不争春，花不争艳，根不争地，冠不争天"的侠骨柔肠，唯枣树所独有。

仲秋时节，我来到深不可测的乐陵枣林，那闪金耀红的枣子，灿烂着我的眼睛。老枝新柯上，那一嘟噜一串的金丝枣儿，像玛瑙镶嵌在树丫间，像宝石辉耀于枝叶里，它们以果实的纯焰，强烈点燃起人们的甜蜜意识。嫩红、浅红、绯红、绛红、浓红、紫红、玫瑰红的枣子，斑驳陆离，溢光泛彩。世上有多少种红，在这枣林里都能觅到它们的倩影。这是谁家的顽童，躺在枣树下，正张着口儿，待风摇下的枣子落进他的嘴中；那又是谁家的小狮子狗，娇憨而悠闲地甩着毛茸茸的尾巴，扬着敏锐的鼻孔，恣意吐纳着枣林间的香甜……在枣林的一隅，我看到有农人在自己的枣园里忙着收枣。他们挥竿的挥竿，捡枣的捡枣。坠落的枣儿像不断流的阵阵红雨，又像一个个的调皮猴儿，跳到人们的头上，蹦到人们的肩上，更多的则是在地上滚来碰去，铺起一层又一层的大红毯。枣林，你丰收的土地竟是这般的馨香而热烈！

移步枣林腹地的百枣园，我领略了千形万状的美的精灵。园内有枣树六千余株，荟萃了国内优质枣四百二十八种，堪称华夏枣的大观园。园中，有乐陵本地枣一百六十余种，仅金丝小枣就有六十四种。圆红、小躺、笨铃、小木、响铃、小脆、紫皮、秤砣、亚腰、马铃、梨枣、辣椒枣……它们无一不是上苍意志的雕刻、大自然情感的结晶。那上扁下圆、中间有一圈儿缢痕的磨盘枣，精美绝伦，酷肖农家的磨盘；那花瓶枣，像是从钧窑里刚刚出炉的小小瓷瓶，其彩釉似在流动，闪烁着海棠红般的光泽，绮丽莹润；茶壶枣通体流泻着天籁神韵，旖旎无匹，那小巧的壶嘴儿，玲珑的壶把儿，直如明清紫砂壶大师们匠心独运的微雕……乾坤有精物，至宝无文章。面对百枣园内这么多极态尽妍，雅望异常的各种枣儿，任何语言的描绘，只能是刻鹤类鹜。

赵朴初老人在礼赞乐陵金丝小枣的诗中云："妙味宜天人，色香绝凡尘。"我与友人在乐陵枣林中穿行，随手摘下各种形状的枣儿，细细品尝着。香甜、蜜甜、酸甜、辣甜、脆甜、酒甜、蔗甜……毫不夸张地说，世上的甜有多少种，我们从乐陵小枣里，几乎都能品得出来。

中国是枣的故乡。直到今天，中国枣的总产量仍占世界的十分之九，而乐陵枣又占中国枣产量的十分之一。枣文化在中国源远流长，乐陵的枣文化最早与仙道文化结缘。睥睨天下的秦始皇东巡时路过古乐陵，见红枣遍野，瑞气腾空，便在此驻跸，以压制这里的帝王之气，古乐陵遂有"厌次"一名。在仙道传说中，仙家们常来古乐陵食枣，以求长生不老。徐福渡海东瀛时，曾在此挑选了五百童男五百童女，古乐陵又有了"千童城"之谓。枣的营养和药用价值，早已被我们的先祖一再验证。在《黄帝内经·素问》中，枣为五果之首；在张仲景《伤寒论》之一百一十三例经方中，就有六十二例用了枣。泰山顶上的碧霞祠里供奉的碧霞元君，被百姓俗称为泰山奶奶。泰山奶奶本是乐陵人氏。昔年，她曾用金丝小枣做药引子，治愈了诸多疑难病症，仙逝后被尊为神灵。迄今，碧霞祠里的解说员仍向善男信女这样介绍泰山奶奶的功德："本是乐陵人，尊为天下神，济世扶苍生，碧霞第一君。"

金丝小枣，是上苍写给乐陵人的一封佛偈般的"书信"。金丝小枣的主产区，集中在径流乐陵的马颊河与漳卫新河之间的一大片丰土吉壤里。有一种怪异的现象，令人百思难解：漳卫新河的南岸是山东乐陵，北岸为河北省的盐山、南皮两县。一河之隔，不足二里之遥，南岸的枣子是金丝儿，北岸的枣子却是银丝儿。在乐陵庞大的枣家族里，还有一种在《山海经》里就提及的乐陵无核小枣。苏东坡在啜食了这枣中极品后，逸兴遄发，曾以潇洒遒劲的苏体，挥写下《求无核枣帖》。乾隆年间的《乐陵县志》云："邑有虚心枣，实小无核，亦名无核枣。移他处则生核。"由于无核小枣是稀世之果，外地人纷纷移而栽培。令人嗟讶的是，移栽他地的无核小枣，竟又生出核儿来。由是观之，乐陵的金丝小枣和无核小枣是不可复制的，也是难以"克隆"的。是乐陵土壤颗粒及微量元素的主主次次、有有无无、分分合合、紧紧松松，造成了乐陵枣的独特和唯一，还是其他因素决定着乐陵枣的品质，直到今天，农林专家们尚未得出令人服膺的结论。这些奇异的现象，也许只有上苍才能诠释。

冬日，风舞雪飘之后，乐陵的五十万亩枣林，又变成了一个银铺的世界、玉碾的乾坤。我曾在大雪初晴，来到乐陵，欣赏过枣林的绝佳景致。雪后的空气，纤尘不染，透明清爽，加上雪光的反射，树影的变幻，人们像是走进了童话般的境地。久居闹市的我和朋友们，那松散的筋骨，在清凌凌的雪野里产生了有力的约束，也给我们倦懒的身躯来了一剂绝烈的刺激。我们的身心受到了凛冽而纯净的洗涤，无不精神抖擞。那一行行、一排排龙干虬枝的枣树，连绵、深邃、肃穆，充满着宗教的意味。枣林里，那历经战乱、天灾、人祸仍幸存的千岁龄的古枣树，不时可以看到；百岁乃至五百岁的老枣树，更是触目可见。它们身上留下的疤痂和斑痕，像各朝各代遗下的一枚枚军徽，在雪地里、阳光下，熠熠闪亮。古枣树、老枣树与处于青年、壮年期的枣树，平心静气地排列着，组成了一个个庞大的方阵，像是在等待春风的召唤、夏雨的命令。

我踏雪细细观看，每一棵古枣树和老枣树，就是一个天然的大盆景。从千年老枣树那甲骨文、青铜器般的肌肤上，我感悟着时空的苍茫，领略着唐诗宋词的风韵。一棵棵挺立的老枣树，就是一个个挺立的鲁北大汉，它们比历史上尸位素餐的昏君和阿谀逢迎的政客要高贵、永恒十倍百倍；比之历史上那些为争地盘而穷兵黩武的枭将也威武、雄壮千倍万倍！我想，若有国手级的画家冬日来此写生，定能在老枣树的身上，画出华夏的魂魄、民族的精神！

　　金丝小枣与乐陵有着前世之缘、今世之情、后世之约。上苍把金丝小枣的神奇梦幻，仅赋予乐陵这片神性的土地，是乐陵人的福分。乐陵的枣事，也曾几经兴衰。近三十余年来，乐陵金丝小枣才真正进入黄金发展期。五十万亩的大枣林凝结着乐陵人的憧憬与希冀。在人们崇尚绿色的当今，乐陵枣林无疑是华北平原上一个蔚为大观的存在。我想，乐陵人定会百倍珍惜这天赐的奇果，这膏血绘、汗水描的。

2012 年 10 月 15 日于济南

净土上的狼毒花

近些年，寻梦香格里拉，已成为国内外诸多旅人的时尚。

人是爱做梦的动物。梦从广义上讲，是人类面对世事的艰辛，生存的痛苦而生发的幻想、理想、追求和期望。1997 年 9 月 14 日，云南省政府郑重向世人宣布，位于该省西北部的迪庆藏族自治州就是传说中的香格里拉之后，迪庆，便成了一个能够给予人们以精神滋养和灵魂慰藉的审美符号。

对我来说，在梦的幻境中度日并将梦当成生命阳光的年龄早已过去，我不愿让迷离的梦境再去占领自己的时光与心灵；然而，2004 年初夏，我还是鬼使神差地走进了香格里拉。

说到"香格里拉"，我们应当感谢英国作家詹姆斯·希尔顿先生，是他在 1933 年出版的长篇小说《消失的地平线》中，首创了"香格里拉"这读来香艳、听来顺耳的词汇。

《消失的地平线》讲述的故事离奇却不复杂：20 世纪 30 年代初，南亚次大陆某国巴斯库市发生暴乱。英国领事馆的领事康韦、副领事马里森，及一更换了名字的美国金融诈骗犯和一年轻的女传教士，乘坐专用小型飞机仓皇出逃，欲飞往巴基斯坦某市。飞行途中，四位乘客发现飞行员已经易人，飞机也偏离了原定航线。实际上，这是由香格里拉的最高喇嘛早已预谋好的一次劫持，其目的是想让"精神和肉体"均十分优秀的康韦，来做最高喇嘛的继位人。夜间，飞机降落在一狭长的山谷间。已身负重伤的飞行员，在临咽气之前告诉四位安然无恙的乘客，说这里是中国的藏区，只有到香格里拉的喇嘛寺，才能找到食宿。恰在这时，一位坐着轿椅、能讲一口纯正英语的张姓汉族老人，在十几个藏民的簇拥下出现了，他们把康韦等四人带到了香格里拉的最高权力中心——喇嘛寺。香格里拉的山谷里住着以藏族为主的数千居民，他们虽各自信仰着儒、释、道、东巴等宗教，但彼此之间却心心相印，亲如一家。这雪域高原上的环境美丽迷人，人与自然更是天人合一，水乳交融。最令人慕叹的是，香格里拉的山民无不长寿，百岁老人看上去童颜乌发，只有十八九岁。最高喇嘛年已二百五十多岁，理政香格里拉已达百余年。他虽已是秋后之柳、风前之烛，但思维仍极为敏捷，中外发生的大事无不通晓。还叫人骇怪的是，这里龟鹤遐龄的长者们，一旦出离此地，很快便耸肩缩背，老态龙钟，甚至会魂归普陀，一命呜呼。

在希尔顿的笔下，香格里拉是一片无与伦比的有着原始自然美的人间净土，这里的社会生活像高原湖水般透明清澈，人们的心灵也如同雪山一样圣洁无尘。对比正在走向自我毁灭的西方现代机器文明，可谓判若云泥。小说通过康韦与张姓汉族老人和最高喇嘛的多次长谈，揭示了这样的思想：人的行为有过度、不及和适度三种状态，过度和不及都是罪恶之源，只有适度才是完美的。

《消失的地平线》虽称不上经典小说，但它刊行后，却震撼了西方世界。1936年，好莱坞拍成了同名电影。随着主题歌《这美丽的香格里拉》的广为吟唱，香格里拉遂一下风靡了全球。当时，饱受第一次世界大战摧残的国家，还未能从惶惶不可终日的恐惧中解脱出来，却又面对着二战的威胁。在人们不堪忍受那毫无理性的杀戮时，香格里拉自会成为欧洲人乃至正在遭受经济危机之苦的美国人的一个存放全部理想的寓言。

"香格里拉"这个由希尔顿首创的英文词汇，源于藏语"香巴拉"。其藏语含义为"心中的日月"。香格里拉的英文解释是"与世隔绝的世外桃源"。《消失的地平线》问世后，香格里拉便成了一个神圣的字眼。美国总统的度假地在改名戴维营之前，曾一度称为香格里拉；美国一艘战舰的名字，也以叫"香格里拉"为荣。更有西方世界的一些探险家、旅行家，不惜冒着生命危险，梯山航海，露宿风餐，来喜马拉雅山一带，苦苦寻觅西方人眼中的"东方伊甸园"。1957 年，印度国家旅游局公开宣布，位于克什米尔的巴尔蒂斯坦镇是香格里拉；后来尼泊尔又向世界宣告，香格里拉就是他们国家的木斯塘。因希尔顿在小说中明确写道，香格里拉在中国藏区，故而近些年来，云南的丽江、西藏的芒康、四川的稻城等地，也纷纷宣称，他们那里就是香格里拉。

1996 年初，一个由国内外十二位学者及旅游专家组成的"寻访香格里拉考察团"，来到了迪庆藏族自治州，他们经过一年的勘查及论证，感到迪庆的山川风物、宗教民俗等与希尔顿在小说中的描写最为吻合。于是便认定，香格里拉在迪庆。2002 年 5 月，迪庆州首府所在地中甸县，也改称为香格里拉县……

当现代传媒将这一认定和改称告知世界后，人们惊异在这连空气中也弥散着物化气味的世界上，竟然还存有晋人陶渊明笔下那"芳草鲜美，落英缤纷"，"不知有汉，无论魏晋"的世外桃源；更惊异于整个地球已被人类的乱钻、深凿、超伐、狂采、滥垦而"文身"得千疮百孔的当今，讵料还有这样一片具有原始自然美的净土。于是，在迪庆这片"十万春花如梦里"的神奇山川里，迎来一批接一批的肤色不同、语言各异的寻梦者、觅梦客、探梦男、圆梦女。

一时间，香格里拉成了人类一个共有的梦。

我探访香格里拉，是从被列为世界文化遗产名录的丽江古城出发的。峻急汹涌的金沙江，是一道天然的分割线，把丽江市和迪庆自治州划分为两大片，东南岸为丽江，西北域是迪庆。车子溯江而上，两岸断崖绝壁，丛山叠峰，逶迤蜿蜒；时见泓窄水急，旋涡相套，险浪相逐。山中有水，水中有山，山缠水绕，美若蓬莱仙境。车子驶过金沙江大桥，便进入香格里拉的地域。我知道，闻名于世的虎跳峡就距此不远；但急于赶路的我，却不能不留此一憾。况且，这里几乎是三里一景，十里一奇，即使生于斯、长于斯的人，也不可能览尽这"水送山迎人，一望一灿然"的人间胜景。

迪庆属青藏高原南延部分，是横断山脉的西南腹地。梅里雪山、白茫雪山、哈巴雪山，纵横南北数百里，平行并列，地形呈纵深切割之势，海拔悬殊，最高六千七百四十米，最低一千四百八十米，这就使游人能领略到多物种同长一山的立体生态之美。澜沧江、金沙江自北而南纵贯迪庆全境，它们以那"飞湍鸣金石，激流鼓雷风"的澄波，润泽着这片人间仙境的树的葳蕤、花的纯正、草的清碧……

香格里拉无疑是上苍以超迈的意志挥洒出的一帧美轮美奂的画幅，以饱满的情绪吟唱出的一曲浑厚而多声部的交响乐，以飞动的灵感谱写出的一首汪洋恣肆的长篇抒情诗。

车子在岚回雾绕、耸绿拱翠的盘山路上行驶了两个多小时后，越过一道垭口，视线顿觉开阔起来。司机缓缓将车停下。下得车来，公路两旁山坡上的杜鹃花长廊，如同磁石般一下攫住了我的目光。世界上恐很难找到这样大片大片既开得茂盛又显得端庄大方的杜鹃花丛了。它们像织不完的锦缎那般绵延，直铺到半山腰的杉林旁；它们如无边的丹霞那般耀眼，呈现出静态的喷涌之势，连阳光都被熏染成香的。进得花丛凝视，有的花大如碗，宛若沾着露珠的红玛瑙，在灼灼燃烧；有的花细如豆，如同冰肌雪肤的少女的美靥，嫣然动人……置身这杜鹃花丛，即使再忧伤的心灵，也会贮满光辉，也会在短暂的瞬间里物我两忘，使自己的身心与大自然拥抱在一起。

每到一地览胜，我首先想看的是那里的水。我知道，整个人类的文明史和整个地球陆地上的自然美，向来都是依照淡水的分布而形成的。在迪庆辖区内，有许多明秀清丽、风物奇绝的高原湖。仅香格里拉县就有纳帕海、千湖山、属都海、碧塔海等许多晶莹如镜的湖泊。它们如同一枚枚偌大的玉佩，镶嵌在蓊郁苍茫的青山翠峰间。

有一首歌里这样唱道："高山的湖水，是躺在地球表面的一颗眼泪。"在香格里拉县城下榻后的头两天，我流连忘返于千湖山和属都海之间。千湖山藏语称"拉姆冬措"，意为神女千湖或仙女千湖，它们分布在海拔四千米左右的森林地带，十亩以上的湖泊有一百六十多个，十亩以下者数以千计。属都湖，积水面积十五平方公里，湖四周的原始森林遮天蔽日。

我尽情观赏着这上苍滴下的一颗颗"眼泪"。这些"眼泪"靛蓝凝碧，波光盈盈，明艳生辉，即使在阳光的透视下，也见不到一点儿尘埃。我想，这些"眼泪"，应是上苍最原始、最纯乎其纯的情感的流泻。人的身上，蕴含着大自然的全部因素。只要人有意，山水自有情，人便可以和他身外的一切相互感应。在人生名利场上摸爬滚打已感疲惫的我，真愿意做这一颗颗"眼泪"里的"心囚"，永远在它们的澄波里，轻松地荡漾着……

　　碧塔海，位于香格里拉县城之东三十五公里处。来到迪庆州首府的第三天上午，一直处于兴奋状态的我，来到碧塔海湖畔。藏民传说，香格里拉的高原湖泊，是仙女梳妆时不慎失落的镜子的碎片，而碧塔海就是这些碎片中镶着绿宝石的最美的一块。碧塔海湖面约五百余亩，被安放在环立如屏的翠嶂青峰间，看上去水波不兴，静若处子。湖中心有一小岛，古时曾矗有宝塔，如今却是杉、松挺拔。在一藏族青年的陪同下，我沿着湖畔茂林修竹中弯曲幽僻的小径，登上了一刳木小舟。小舟沿湖边缓缓移动，从岸边杜鹃树上飘下的落英，一瓣瓣，一片片，一层层，深红的、粉红的、绛红的、银白的、乳白的、雪白的花瓣，流光溢彩，璀璨晶莹，像是要给这蓝色的湖面，缀上天然的碎花图案。斯情斯景，很容易叫人想起宋人范成大那"镜平波光倒碧峰，半湖云锦万芙蓉"的诗句。这时，只见成群的游鱼在湖边沉浮自得，悠然相戏，不时探出头来，嘴儿一张一合，啜食着水面上的花瓣……碧塔海中，鱼类繁多，其中有一种鱼属第四冰川时期遗留下来的古生物，极为珍贵，生物学家称之为"碧塔重唇鱼"。每当杜鹃落花时节，穿梭游弋于湖边的鱼群，纷纷争食水面的花瓣。对这里的鱼儿来说，杜鹃花虽是它们最可口最富营养的食品，但因花中含有微毒，鱼儿食罢，便如大醉一般，成片成片漂浮在水面上，翻晒着肥胖而雪白的肚儿。"杜鹃醉鱼"是碧塔海的一大景观。独木舟沿湖边轻轻移动，不远处一群袒胸露腹的醉鱼，似乎感受到了水的波动，即刻从醉梦中醒来，扭着尾巴，摇着划翅，甩起一层层水花，匆匆潜入深水。鱼儿醉了，旅人焉能不醉。

　　独木舟向湖心荡去，深不可测的湖水愈来愈蓝了，是青蓝还是碧蓝，是宝蓝还是湛蓝，是士林蓝还是海军蓝，我说不出。我只能感叹，碧塔海是上苍滴落在这高原上的最富有诗意的"一颗眼泪"。碧塔海，在藏语中意为"幽静的湖"。此刻，不时从岸边传来鱼儿争食花瓣的跃水声，这就使得整个碧塔海越发显得清幽、沉寂。幽静，是躁竞喧嚣的当今世界，用金钱也难以赎买的大美。这种大美，也许会使一些被物欲塞满身心的人们，还原为圣洁的婴孩……

置身这碧塔海，我恍若晋人五柳先生笔下的武陵渔夫，误入桃源仙境。我想，若不是关山迢递，云路迤逦，五柳先生当时若能到碧塔海一游，定会为后人营造出比他的《桃花源记》更令人向往的梦想家园！

希尔顿在《消失的地平线》中，描写了一个幽深、神秘的"蓝月亮峡谷"，迷倒了一代又一代的探险家。实际上在金沙江、澜沧江和怒江三江并流的迪庆，到处可觅到这样的胜景。这天下午，我来到香格里拉乡城公路十公里处的碧让峡谷。这峡谷与希尔顿笔下的"蓝月亮峡谷"几乎如出一辙。这里谷深狭窄壁高千余米，谷最窄处仅有十米余。千仞危崖如天工神斧砍削而成，看上去像凌空而挂的气势磅礴的绝妙丹青。嶙峋峥嵘的山崖上，绿意森森，到处长满溢碧滴翠的冷杉、云杉。这里虽为高海拔地区，却能见热带的棕榈树，扶疏其间。谷底两侧，老树新柯，连同那拥碧的野草，播香的山花，无不自得其乐，充溢着热烈的生存欲望和生存快感。俯首望去，碧让河的水太清太洁了。清得能照出石的灵魂、树的灵魂、花的灵魂；洁得令人心颤，不忍涉足。它那纤尘不染的粼粼清波，仿佛能拂拭生命的尘垢，能照彻人的心胸，并把心胸里的蕴蓄瞧个明白……

陪同的藏族青年告诉我，这里便是藏胞心中的"蓝月亮峡谷"。每当月亮照进这峡谷时，月光和峡谷都是蓝色的。我虽无缘一睹蓝月用其清亮、温柔和妩媚所营造的诗的意蕴，仅这迷人的称谓，就像透明的音乐一样，洗涤升华了我的心灵。

在游历迪庆山川的日子里，我无时无刻不在惊诧大自然的玄奥。后来我才领悟到，假如将迪庆这片洞天福地喻作上苍赐给人类的一篇回环跌宕、一唱三叹的绝世文章，那么，碧塔海不过是一个小小的微不足道的句号，碧让峡谷也仅仅是一个短短的可有可无的破折号；当我来到耸立于迪庆西北部德钦县境内的梅里雪山面前时，方感到这架雪山，才是造物主留给我们的一个大大的笔酣墨饱的惊叹号。我在钦德县城西南侧的飞来寺旁的藏胞民居里，苦苦伫候了三天，因了飘绕的冥冥的雾气所遮掩，也未能窥到这架大山主峰那积满厚重白雪的金字塔状的神姿。但从香格里拉县城到飞来寺沿途那"忽焉四季，转眼寒暑"的立体自然景观，和藏族特有的人文景观，已深深地震慑了我的心灵。站在这座壮丽、肃穆、威严的雪山面前，我倍感人的渺小和生命的短暂。我知道，在人与自然与宗教方面，梅里雪山是我穷毕生精力，也不可能读懂的一部大书。

从梅里雪山回到香格里拉县城之后，我这才先后仔细探访了濒临县城的大中甸、小中甸两处草原坝子。在寻梦香格里拉不断升温的今天，大小中甸已成为最富视觉冲击力的景点。这两处草原坝子，是藏胞居住相对集中的地方。那每个村口用镌刻着藏文的青石砌成、寓意神指引的玛尼堆，那挂满长绳、在风中哗哗作响的五颜六色的经幡，那用粗大原木支撑、屋顶用何嘎土打实抹平的藏胞民屋，那用结实的原木铆榫起来像是要背负太阳的青稞架，那有着小布达拉宫之称的松赞林寺……这一切均构成了独具藏族个性的人文标识。这些标识，记载和传递着藏民的历史、宗教、习俗和文化的信息。那青稞酒、酥油茶、奶酪、糌粑，那色彩绚丽的民族服饰，那节奏感强烈的藏族舞蹈，也不知倾倒了多少天下游人。

和谐是众美之源。人与自然的和谐，才能使人感到安闲、惬意、舒爽和怡乐。走进位于县城西北隅的大中甸草原，我真切地感受到，这里的居民，生活在一种人与自然真实而亲密的关系中。纳帕海三面环山，水面有三十余平方公里，大中甸草原便与这湖敞开的博大胸襟相亲相吻。水浸湖边树，花映原上草，靠着那清粼粼、甘冽冽湖水的润泽，大中甸草原的牧草，显得那般丰厚繁茂。红、黄、蓝、紫、白的各种野花点缀其中，草底虫吟，花动香浓，飘逸出"野花向客开如笑，芳草留人意自闲"的恬淡意境，如擎出一个古代馨香的故事。雄壮的牦牛，向被称为"高原动物之王"，在这里却看不到它们的威武与剽悍，它们踱着绅士样悠闲的步子，时而啃噬着青草，时而以安详的目光，注视一下过往的游客。骏马在冷兵器时代，是速度的象征，可在这绿毡般的坝子里，膘肥体壮的它们，也同样显得从容不迫，只是在偶尔听到身着盛装的藏族姑娘的一声鞭响时，它们才振一振长鬃。三五成群的羊儿，像一片片落地的白云，在草地上徐徐移动……

　　打破这静谧、松弛、融洽，如同梦幻般世界的是那一拨接一拨的来自海内外的游人。他们或漫步在草原河边的小道上，游心骋目；或偶尔闯进路边的碧草里，纵情品览；或侧卧在花丛中，尽情闻吸着花的清香。这初夏的大中甸草原独有的斑斓与鲜亮，使所有的游客都激动得不能自已，每个人的脸颊上无不荡漾着醉梦样的光辉。我看到有几位像是来自西欧的金发碧眼的女郎，竟然双目微闭，两手合十，长跪在路边的草丛里久久不起，像是这片温柔的土地，唤起了她们孩童般的纯真；她们又像摇篮里的婴孩，在静听着妈妈那用甜蜜和微笑包裹着的祝福，走进了绿草茸茸、鲜花盛开的梦境。

　　我眺望着远处林木叠翠、烟岚明灭的座座青山，遥视着更远处那银光闪烁、玉洁冰晶的雪峰，呼吸着这大中甸草原清新里含着淡淡草香的空气，沐浴着从纳帕海湖上吹来的清凉而和畅的柔风，仿佛觉得自己那颗已被岁月磨出老茧的心，软化了，年轻了。我本是来自山野的孩子，山野的流溪、碧草、小花所组成的带有芬芳的"文字"，应是我最早读过的第一本书。后来，我走进了省城，住进了大都会，常年生活在像鸟笼一样由钢筋和水泥组成的方格里。近些年，虽有了电视、手机、因特网，足不出户也可尽晓天下大事，但随着山野间那些小树、小草、小花的名字渐渐在记忆中消失，我生命中产生了本不该有的空缺。在寸土寸金的大都市，匆匆行走在人与人碰头磕脑的柏油马路上，那种光着脚丫儿，踩着黑褐色的泥土，能够沉淀你的惊慌、使你坚定与轻松的感觉，也找不到了。我也许早已背离了大地，把在坚硬的马路上散步说成是"在大地上行走"，实在是一种矫情和名不副实。今天，漫步在这柔软的草地上，复归自然的我，才又真正听到了大山的心跳，感受到了大地的呼吸。一时间，大中甸草原，让我找回了昔年山野孩子的童真，忘却了人生经历的痛苦，扬弃了高傲的自我，超脱了尘世的猥琐与虚荣……

　　同大中甸一样，位于县城南边的小中甸，也是香格里拉这首田园诗中最美的段落。在这片同样被人们称为世外桃源的土地上，山光水影，嫩绿新碧，房屋篱墙，牧马闲牛，羔羊家犬，一切都显得浓淡相宜，错落有致。214 国道纵穿小中甸草原，透过车窗朝外展望，我觉得又进入了另一个似幻似真的梦境。走下车来，见早有十几辆旅游车停靠在公路两侧。游客们正在那金灿灿、黄澄澄的花丛中，观赏、戏耍、拍照。我的双瞳也蓦地被那浪涛般活泼的光彩燃亮了。进得尺余高的花丛，只见那一片片、一簇簇、一丛丛、一枝枝、一朵朵像浮雕般精美绝伦的黄花，熠熠辉耀于草原之上，尽情地展示着一种美对人的视力的征服。也许花开有早有迟，也许花儿承接阳光拂照的角度不一，这庞大的黄花家族，分别呈现着淡黄、浓黄、浅黄、深黄、嫩黄、鹅黄、杏黄、米黄、奶油黄、柠檬黄等各种黄的色彩。小说家们描写黄花的夸张言辞，诗人们刻意推敲的咏花诗句，都会在这真实而瑰丽的黄花家族面前，黯然失色。这大片大片的带有挑战意味的黄花，仿佛在向人们宣示，它们就是这草原上因家族集体的勃发而创造的美的奇迹！

我的视觉得到极大满足后，才问陪同我的藏族小伙子，此花叫啥名字，答曰：狼毒花！

听报花名，我心头咯噔一震：如此颜娇姿美的黄花，为何起了这样一个狰狞、凶狠而歹毒的名字？藏族小伙子告诉我，前些年狼毒花只是星星点点地开放在小路旁、山石间，近几年才连方成片地出现在草原上，成为香格里拉的一大景观。游客到此，观赏狼毒花，已成为必不可少的项目。

藏族小伙子的这番话，令我心中茫然，疑窦顿生。在无数动植物天天都在消亡、灭绝，沦为现代人类文明牺牲品的今天，原本只是香格里拉一种小小点缀的狼毒花，今日为何能高擎着金色的生命杯盏，形成了一个生机盎然、光艳四溢的花的"城邦"？这对我来说，不能不是一个大大的哑谜。

回到县城宾馆，我急忙打电话给军艺的文友，让他速去请教中国科学院植物研究所的专家，问明狼毒花兴旺的原因，并尽快告我。翌晨，文友的电话来了，言其讨教了一位植物学博士，博士的解释大意如下："狼毒"是这种黄花的学名，华北地区的百姓俗称"闷头黄花"。狼毒花多见于我国的东北和俄罗斯的西伯利亚，其根、茎、叶均含大毒，可制成药剂外敷，能消积清血。亦可做农药，用以防治螟虫、蚜虫。但人畜绝不能食之。狼毒花根系大，吸水能力极强，能适应干旱寒冷气候，周围的草本植物很难与之抗争。那位博士还说，他曾数度进行过实地考察，在宁夏、陕西、内蒙古等黄河流域的一些草原上，多次见到过遍地开放的狼毒花。过度的放牧，公路的修筑，人和畜的定居，破坏了大自然的原生态，是狼毒花蔓延的原因。狼毒花在我国某些地区，现已被视为草原荒漠化的一种灾难性的警示，一种生态趋于恶化的潜在指标。

博士的解答，使我多日来因走进香格里拉而被这里山川的灵秀与绮丽所陶醉的心，一下子揪紧了；那拥抱世外桃源而发生的梦幻，也似乎转瞬逝去。我知道，一切社会问题的答案，往往不是事物的中心，"中心"常常存在于形成"答案"的来因去迹里。

来到迪庆后，我强烈地感到，一个民族文化的形成初期，自然生态对其文化的影响，每每会起着决定性的作用。当这种文化发展到成熟、稳定并自成体系后，它反过来又会对自然生态发生着影响。尤其是由宗教信仰所育化孕结出的生存哲学和生命方式，对保护自然生态的作用至关紧要。当佛教的行善、惜生、因果轮回等观念与藏族对自然崇拜的原始宗教相融合后，藏传佛教便使藏胞形成了独特的生态理念。在藏民的心目中，山有神，水有灵，树有神，草有灵，万物都有神灵。狩猎、砍树是杀生行为，要进行严格节制。藏民盖房非砍树不可时，每砍一棵树，都必须跪在地上祈祷，向神陈述不得不砍伐的理由，求神原宥自己的过失。在藏传佛教寺庙周围二十华里内，凡能听到寺庙钟声的地方，则不能砍一树，打一鸟。因此，在"文革"前，寺庙周围几十里内，无不古树参天，百鸟争鸣。每年农历的正月初一到十五，所有藏民都要种树。老人常告诉晚辈，每种一棵树可增寿五载；反之，则要折岁五年。藏民很少有人愿当木匠，他们深信，万千生灵都有生死轮回，人会变成树，树会变成人。当木匠必须会砍许多树，死后会有神灵去锯他们的脖子。藏民还认为，除了天上的日、月、星辰和雨雪这四样东西外，他们生存所需要的一切，都是大地山川恩赐的，是大地山川时时在呵护着他们。这种由宗教情绪控制的将大自然奉为主，把人视为仆的关系定位，使往昔的藏胞生活在一种半是真实半是虚幻的氛围里。只要能维系起码的生存需求，他们绝不对大自然进行额外的索取。正是这种把大自然当作最高感恩对象的生态理念，才使得昔年迪庆的田园牧歌，回环往复，历几千载长吟而不衰。

然而，宇宙间除了变化之外，绝没有什么是永恒的。实际上，被人誉为香格里拉的迪庆，早已不是人类梦幻中的世外桃源。那刻在县城中百年木房上"造反有理"的标语告诉我们，建国以来，那一场场无高不止、无远弗届的政治运动，也都曾波及这天偏地远的迪庆。有资料显示，1958年"大跃进"时，这里的一些草原湿地，曾被强令进行过稻改。在高寒地区种植水稻，无疑是凿冰求火的幻想。伴随着稻改的必然失败，这里的部分牧场、湿地，也曾遭际到前所未有的破坏。在那毫无秩序可言的"文革"中，更有一些不法之徒潜入深山老林，大肆砍伐古杉名木，疯狂猎获珍禽异兽，致使那些人迹可至、有路可走的原始森林里的动植物，也曾蒙受过亘古未见的劫难……

当改革开放的惠风穿越千峰万嶂，吹拂进迪庆这片古老而神奇的土地后，自治州的历届领导人，理所当然地会把"脱贫致富"视为执政的第一要务。迪庆有着九百万亩天然牧场，一时间，大力发展畜牧业，也顺理成章地成为各级官员喊得最为响亮的口号。

然而，世间之事，包括人对财富、荣誉和欢乐的索取，皆有一定的尺度。超过了这个尺度，就会一步步走向毁灭。随着畜牧业在迪庆超常规的跃迁，牲畜的数量成五倍、十倍的速度增长，过度放牧的弊端便渐次凸现出来。州农牧局做过估算，全州天然草场的最大载畜量为二十九万头黄牛单位，而到2001年，全州却已拥有三十九万头黄牛单位。过度的放牧，导致了牧场的全面退化。目前，在迪庆天然牧场中，中度退化的草场占总面积的百分之三十七，重度退化的达百分之四以上。过去，六至十亩草场就满能喂饱一头牛，而眼下需二十亩草场能养活它。

一种生命的单方面扩张，不仅会使其他生命受阻，同时也会祸及单方面扩张者自身。我走进香格里拉县一座海拔近五千米的高山里，访问了宗巴村的藏民大吉扎家。这里，有一大片夏季天然牧场，大吉扎家的小木屋就坐落在牧场草地上。前些年，他把家中的积蓄全部用来买牛犊、羊羔，养起二百多头大牲口。这个数目，相当于包产到户前全村的牲口总量。他

258

家很快富裕起来，并在县城附近的坝区，建起了两层楼房。也许正应了那"大祸似福，大凶似吉"的古语，当牧场严重退化后，牧草大量减少，他家的牛羊常是饥肠辘辘。尤其是到了冬季，因没有储存下足够的草料喂养牲畜，大牲口饿得只剩骨架子，牛犊、羊羔则啼饥号寒，奄奄待毙。万般无奈的大吉扎，只得将羊羔、牛犊大都杀掉。望着挂在木屋前木梁上的一张张羊羔、牛犊的皮儿，这个藏族汉子，面部呈现出挖心摘肝似的痛楚，不时地用手背擦拭眼中的泪滴。

迪庆这种一度缺乏科学依据，过分发展畜牧业的举措，在开端之时便已包含着潜在的结局。随着牧场的退化，狼毒花乘他草他花之危，乘虚而入，"凤"巢鸠占，也就不难理解。在迪庆这个千百种名花芳集、无数种碧草嘉会的植物王国里，造物主并没有给狼毒花以更多的生存位置。往昔，它们只能躲在石缝中、山沟边自惭形秽。但造物主对它们也不偏私，赋予它们耐寒冷、抗干旱、忍饥渴的品格，使它们能在死神的觊觎和劫难面前泰然处之。世界上的每一种生命，都有壮大自身的渴望。不甘心平庸、不满足现状的狼毒花，无时无刻不在期待着以梦想的花朵，去拥抱它们的未来。狼毒花由单生而群居，由山陬而草原，由弱小而强大，这并非是上苍的本意，而完全是人的行为，为这个黄花家族不断拓展了生存空间所致。

自迪庆的首府中甸县城更名为香格里拉后，旅游又成了这个自治州的支柱产业之一。为给游客提供便捷的交通、舒适的住所、幽雅的环境，于是，宽阔的国道修筑起来了，草原上的机场兴建起来了，一幢幢星级宾馆也拔地而起了。于是，在千载无人开挖的草坝上，在亘古游人罕至的湖泊旁，一处处带有展示性和表演性的藏族村落观光点也构筑起来了。这些基础建设所需的沙石、木料，大都是就地取材。县城的几条主要街道两侧也需花草映衬，于是，成方成块的坝上草皮也被揭运过来了……

站在县城神川大酒店五楼的阳台上，我放眼望去，只见县城周围的山体，有不少地方被"开膛破肚"。来到迪庆飞机场左近，人们挖沙的情景更是令我惊骇。原始草地的土壤层大约有六十厘米厚，下面是有着同样厚度的灰黑色细腻沙土，再下面则是清冽可鉴的地下水。土壤层上长满的茂草野花，被挖沙人东一撮、西一团地弃置草原上。坑中的沙被挖完后，再另掘新坑挖之。我看到，前几年被掘挖过的草地，坑坑洼洼，七高八低，疯长的狼毒花，恣意舞动着它们狂欢的身姿。而新开挖的土坑，又一个连着一个；前来拉沙的拖拉机熙来攘往，川流不息。这些沙全部被县城建筑工地上的包工头买走，挖沙的村民，每月可得款千元。

修筑路基，劈山取石，揭草挖沙，凡被人们挖过的地方，草原的生态无不遭到毁灭性创伤，使得只适应在原生态中生长的花草，失却了容身之地。即使公路两侧那些重新平整过的草地，也成了狼毒花的乐园。有关部门抽样调查显示，开挖过的草地，物种数量急剧下降，由原来的四十多种，锐减到十余种。

我在纵穿小中甸的国道上徜徉，只见路两旁，已成为齐戳戳、金闪闪的狼毒花的长廊；我驻足于那些被开挖过的山体旁，眼前也泛起密匝匝、浪滚滚的狼毒花的金黄。

我知道，迪庆自治州向以名花佳卉的品种珍贵而繁多著称于世。那有着数百个品种的杜鹃，各呈异彩，各臻其妙；那镶嵌在雪峰下的格桑花，是圣山鬓角上的色调谐和的佩环。那有着六个花瓣、瓣上缀有豹点的滇蜀豹子花，那高洁雅美的蓝玉簪龙胆，那如丝线织成的壮若绒球的簇花铁线莲，那若佳人般沉静娴美的黄花杓兰，那像是出自昔年皇宫的绣花荷包般精致的包叶雪，那不可名状、令人过目不忘的全缘叶绿绒蒿都无一不是上苍以万年之功，创造出的花中仙品。迪庆的不少名花佳木，早在百年前就远嫁欧美的一些国家，定居于这些国家的皇家花园和国家公园。往昔，名不见经传的狼毒花，在这些高贵的花仙面前，即使当丫鬟，做女佣，怕也够不上格儿。而今，它们却以家族的空前繁荣，列阵成方，以人世间三原色中的"黄"，作为耀眼的头饰，像一个妖冶而放荡的美女，以锐不可当的挑战性、摧残性，以欲壑难填的独霸性、占有性，以媚笑煽情的蛊惑力、迷乱力，装模作样、傲慢自负地闯进了香格里拉百花的宫殿，竟成了不可訾议的花中"皇后"！

狼毒花是以家族的空前鼎兴结成的庞大、整齐之美，迷乱了游客的眼球的。但是，当地牧民却深深领略了它们的歹毒。凡狼毒花称霸的草地，

260

地表裸露，寸草难生。牲口误食了它，便会中毒死去。大小中甸草原上，每年都有牛犊、羊羔，因偶食狼毒而亡。牧民们只得让牦牛和羊群远离狼毒花丛。老牦牛还会管教小牦牛，不要误食狼毒。

眼见富饶美丽的草原，不断被狼毒花蚕食鲸吞，县农牧局也曾发动全县百姓，义务铲灭这用美丽包装起来的灾害。人们在挖好的深坑里，放进灶灰，投下农药，然后再填土将狼毒深埋。谁知，来年春天，开挖过的土地，草更少了，狼毒花的长势更加凶猛……

在人的智慧、耐力与狼毒花的坚韧、倔强之间展开的拉锯战中，人很快败下阵来。一花入园，百花惭色。狼毒花这"花中妖后"的领地仍在不断拓展，与此同时，县农牧局还实施了四万亩人工草场工程，并从澳大利亚引进了优良草种。新造人工草场，必须对已退化的草地进行翻挖平整。这就意味着毁掉了原来的植物群落，重新组成一个新的生态系统。土质、气候和海拔的高低，都决定着草木的生死荣枯。在大自然环环相扣、精密而微妙的系统面前，人又显得那般软弱无能。三年下来，引进的草种不再发芽，荒芜的草地又成了狼毒花的疆域。

在眼下的香格里拉，狼毒花已是蔚为大观的存在，且此花于深秋时，从茎、枝、叶到花，又衍变为火红色，看上去比夏日里的风姿还要绚烂夺目。遂有人提出，既然灭不了狼毒倒不如把它们圈围保护起来，当作供游人观赏的景点。这种想法，倒也奏效。每届深秋，状若火焰、血一样鲜红的狼毒花，又吸引着游人的目光和消耗着他们的胶卷。更有一些迷恋色彩的摄影家，选择着最适当的角度，不停地按动快门，将秋日的狼毒花拍成一幅幅雅美的图片，并当作对大自然的颂诗，发表于画册、画报。还有激情澎湃、挥洒啸傲的诗人这样吟唱道："……柔情的倾诉，深深的依恋，牛羊悠悠地漫步于大地，狼毒花点燃了草原……"

当财富成为一个国家、一个民族、一个地区乃至每个人跨入新世纪门槛的唯一的钥匙时，谁都想将这把钥匙牢牢地掌握在自己手中，去主宰自己的命运。由贫困向着富裕挺进，是人类共有的情结。从这个意义上说，任何人都无权责怪迪庆各民族的父老乡亲，对现代物质文明的追求。当我们当中的一些人，已住进了宽敞的小楼，坐进了私家的轿车时，还在让香格里拉的藏胞，用牛粪去点燃炊烟，用脊背去驮载沉重的水桶，用酥油灯去熏黄古老的梦境，实在是不公平、不人道的。

迪庆成为旅游热点后，既给当地政府和百姓带来了财富，也打破了藏胞那曾有的田园牧歌式的生活状态。我参观了几处新建的藏胞民居观光点，只见队队游人摩肩而来，接踵而去。藏胞不停地向游人献哈达，敬美酒，展歌喉……这里的藏胞已不能按过去的方式生活了，他们必须生活在游客的梦想里。为满足寻梦人的猎奇和需求，他们必须生活在近似虚构的场景中，必须像演员那样时刻想到面对的观众，把本来的日常生活，变为具有感染力的舞台表演。"世外桃源"般的岁月，在这里已不复存在。藏胞虽得到了他们应该得到的，却失去了不应该失去的。

在《消失的地平线》中，康韦、马里森等人被劫持到香格里拉后，大自然的奇美和藏传佛教的玄奥令康韦心醉神迷。他曾决心终生留住下来，但经不住马里森的再三撺掇，最终还是出走。离开香格里拉后，康韦一度失去了记忆。恢复记忆不久，他从泰国曼谷出发向着西北方向，去重新寻找那片曾使他眷眷恋栈的圣土。作家希尔顿虽未向读者描述康韦寻找的过程，却在全书的最后一行援笔发问："您认为康韦最终能找到香格里拉吗？"这一诘问，振聋发聩，余音无穷。

在物质文明高度发展，人类精神却渐渐被掏空了的当今，香格里拉不应是一个地理概念，更不应是一个可以争相抢注的商标。在被物欲的力量紧紧控制着的人类面前，它应该是人类心灵的荒漠上，重新播种希望的一片净土。

迪庆是全球五十个生物多样性保护地区之一；不久前，国家环保总局公布的我国保护生物多样性的十七个地区中，迪庆排在首位。发展经济与生态保护，是当今世界最为严峻的命题。开发不易，保护更难。在这两难的选择中，开发者的超人智慧、才能、想象力和科学精神是关键所在。面对狼毒花用美丽包裹着的严酷现实，所幸的是，迪庆的领导人和有识之士，已清醒地感受到这美丽背后藏匿的巨大隐忧。大自然的原始生态，是人类绝没有能力复制的。创现世伟业绝不能为后世留下难以消弭的灾祸。大自然的生态之美，才是迪庆弥足珍贵的第一财富。基于这种认识，州政府提出了退牧还草，退耕还林，限制马的数量，改良牛的品种，发展猪和羊等新的富民举措。有专家甚至提议，应在迪庆建立"生态特区"，寻找新的资源管理模式。凡此种种，无不是在寻找发展经济与生态保护的最佳契合点……

就要离开香格里拉了，尽管狼毒花曾使我的心情一度沮丧，但我仍应该说，这里的雪山、湖泊、峡谷和草原，仍是我所有到过的地方中最富自然之美的地域。2003年，美国生态学家鲍伯·麦瑟雷在迪庆进行了为期一年多的考察后说："从一个生态学家的眼光来看，香格里拉依然是世界上最美丽的地方之一。"香格里拉，本是佛陀的理想王国。其魅力在于那是一个可以贮放人类梦幻，但又可望而不可即的天堂。我们既然将一种美妙的梦幻，当作了实有的存在，并将神性的香格里拉，变成了世俗的香格里拉，还认定了它的所在地，那么，我们就应该以藏胞对大自然那种宗教般的意志、虔诚和敬畏，殚精竭虑地去维护它的高洁与神圣。今天，对大自然的原始之美，说一声"珍惜"，应该比任何词汇使用得更加频繁。如果我们再蹈"不慎其前，而悔其后"的覆辙，那么，在不会太远的将来，即使世俗的香格里拉，也会像希尔顿所担忧的那样，真的消失在东方的地平线上……

2005年9月8日于济南灵岩寺

263

梦幻仇池山

上苍造物，奇绝万象。位于甘肃西和县南端的仇池山，就是上苍以诡谲乖张的形式创造出的美的经典。

甲午年盛夏的一天，大雨初霁，我与军旅画家李翔、夏荷生结伴而行，游览了这座心仪已久的大山。

在传统文化出现断层的今天，外地恐很少有人知晓仇池山了。殊不知，自我国最早的地理书《山海经》对仇池山有所记述后，直至明清，在近千部典籍文献中，无一不把仇池山视为洞天福地。其声誉之隆，不让蓬莱、普陀与武当。

仇池山挟裹在陇南的十万大山之中。当我们乘越野车刚抵近仇池山下，便觉察出它的卓尔不群。从深深峡谷中流来的西汉水，缠绕着山的西面、南面；曲折回环的洛峪河，亲吻着山的东边；两河在山的东南脚下交汇，浪涌波翻，訇然作金石之声。抬头仰望，峻嶒的丹崖，浓郁的赤红里透着明丽；千仞危壁，若天工神斧砍斫而成；裂缝纵横的峭岩间，生有簇簇灌木，又给山体平添了几分森严。

仇池山的西南脚下，有一泉水汩汩喷涌的"神鱼洞"，至今仍有冬潜春来、夜伏晨出的游鱼出没。观罢神鱼洞，我们再次登车，沿着挂在峭崖上的"之"字形叠加的砂石路，颠颠簸簸，蜿蜒行进。约一时许，方行至位于仇池山顶西北端的伏羲崖前。下得车来，我们登上海拔一千七百九十三米的崖顶。回首南望，山上那二十多平方公里的田畴，连阡累陌，尽收眼底。这危崖擎平川，云端藏大野的景象，我还是第一次见到。驰目骋

264

怀，远处的峰，近处的山，颇似大海起伏的波涛；而脚下的仇池山，则像停泊在波涛中的巨舰。伏羲崖就是这巨舰的瞭望台，山顶周边参差不齐的峭岩，就是这巨舰的护栏。

有关书籍记载：古时四面孤绝的仇池山顶，有良田百顷，有土可煮盐；泉九十九源，润气上流……陪同者告诉我们，眼下的仇池山上，除部分泉源干涸及已无煮盐之土外，大致还保持着原貌。我想，正是上苍赋予仇池山这独一无二的规定性，以及这千了百当的适于人类生存的完美性，才使得这座大山走进了历史的书页。

神话传说往往生发于名山胜水。神话是古代先民凭借想象的翅羽，捕捉到的超自然的"大我"。《山海经》载，仇池山是中华民族人文始祖伏羲的诞生地，也是战神形天的葬首处。在拜谒了伏羲洞又瞩望了状如"形天之首"的绝壁后，我偏执地认为，那幽暗的洞穴和枯燥的绝壁，表象虽那样孤寂，但华夏民族的生命力、想象力、抗击力和凝聚力，抑或就是从这里肇始的。

曩时，只有一线鸟道可供登临的仇池山，有险可依，有水可饮，有地可耕，有盐可煮，必然会成为远古先民的乐园，农耕社会的天堂。仇池山一带，曾是我国一古老民族氐人的发祥地。炎帝、形天皆为氐人先祖。形天乃炎帝下属一部落首领，在炎帝与黄帝争王的那场大战中，形天被黄帝砍头后，仍"以乳为目，以脐为口"，手执利斧、盾牌，继续抗争。魏晋南北朝时，氐族杨氏以仇池山为大本营，建立了仇池国。当代史学家经反复考稽发现，仇池国虽几经衰落，但氐杨仍像刑天那样猛志常在，不屈不挠，世凭天险，披蟒踏靴，享国凡三百五十八年。其立国时间之长，强盛时疆域之大，在"五胡十六国"政权中，无可匹者。国以山而名，山因国而显。这种个例，在中国历史上莫此为甚。

诗常是诗人从历史与人生的笑口与伤口里涌出的情感晶体。安史之乱后期，诗圣杜甫辞官不做，举家由陇入蜀时，曾在今西和县盘桓数日。国难家仇、世乱民忧的残酷现实，使杜翁只得假陇南的山川风物，排遣内心深处翻腾的叹息。他曾在三首诗中，礼赞过仇池山。在专咏仇池山的《秦州杂诗·十四》中，杜甫深情吟道："何时一茅屋，送老白云边。"但其结庐归隐仇池的夙愿，最终还是消失在凄风苦雨里。

旷世文豪苏轼，更是仇池山的"超级粉丝"。对杜诗推崇备至又熟读子史经集的他，贬谪颍州时，曾夜梦山川清远的仇池国。醒后，他记梦赋诗，将仇池山奉为远胜桃源仙境的地方。在贬扬州时，他将获赠的两枚奇石，渍以盆水，放置案头，并命名为"仇池"。睹石忆旧梦，他在《双石》诗中吟道："一点空明是何处，老夫真欲住仇池。"此后，从未到过仇池的他，以灵妙逸想之笔，又写下八首咏吟仇池山的诗篇。苏轼将卧云归隐的梦幻，永远贮放在仇池山上。

诗因山而咏，山因诗而彰。自杜甫、苏轼之后，仇池山不仅是一座神性的山，又成了一座诗性的山。

我们漫步在仇池山顶的田间小道上。昨夜那场豪雨，把眼前的一切洗涤得益发浏亮、洁净与明媚。那如同薄荷香一样凉丝丝的空气，使我们遍体通泰。面对大自然这最美的诗笺画页，我们都变成了无愁童子。路边田埂上，红白黄蓝紫的各种野花，在草丛里掩映着，在阳光下绽放着，在蜂蝶的亲吻下羞晕着。抵近被翕翕郁郁树林笼罩的村落，看得见牛儿在斜坡上悠闲地啃草，小鸡在阡陌间自在地觅食；看得见猫眠花下，犬迎主归，鸟雀枝头弄日影，鹅鸭溪边理羽毛……

山有水而媚，土得水而沃。我们来到位于山顶东北隅的"东水无根"。此乃仇池山的八景之一。只见一长方形的硕石，被三块巨石撑起，形成一尊天然大鼎。"鼎"内有一小圆池，四季蓄水，满而不溢，游人用手掏尽，顷刻"鼎"内复又水满。山顶西南端的"西石勺"，尤令我们流连忘返。一石窟内，从光滑的石壁上飘然而下的清流碧水，犹如玲珑的珠帘，浮动的白练，泻入又圆又深的石潭。我掬一捧泉水啜饮，泉水清爽甘冽，给人一种"多少人间烦苦事，只消一点便清凉"的快感。陪同者说，仅这一潭之水，就可满足山上两个自然村七百余口人的生活用水了。最难忘怀的还是"小有洞天"。未进洞内，我们便闻得泉水铮铮有声，刚进洞口，又见一汪泉水，明如宝镜。愈往里走，愈觉洞中清幽秀雅。正难解其故，忽见洞顶有一自然天窗，将缕缕阳光投进洞中，才使得陆离的天光与洞内清碧的泉水交相辉映，虚虚实实，如影如幻，给人以赏玩不尽的趣味。相传，伏羲曾在洞内夜观天象，演绎八卦；杜诗中"潜通小有天"，苏诗中"一点空明是何处"，指的就是这里……

"风泉留古韵，笙磬想遗音。"正是这些喷涌了千万载的山泉，滋润着仇池山巅的沃土，才有了这云端大野上的厚重的文化积淀，也有了眼前这山花的纯正、庄稼的葳蕤、果实的香甜、碧草的芬芳。

下得山后，我们又在当年仇池国的中心地域小住数日。翠山连绵之区，林泉峡谷之间，诗眉画眼，俯拾皆是。同来的两位画家说，陇南的每座山都可入画，一泉一石都散发着灵性。住在小镇客栈，夜闻蛙声，阁阁欢唱；晨见家燕，呢喃觅食。一日三餐，农家自产的菜蔬和鱼肉，味儿清纯地道，使我们完全放松了因警惕污染食品而绷紧的神经……

在这他人纷纷、纷纷他人的物化世界里，在这地球被"文身"得千疮百孔的当今，仇池山一带，仍不失是一片有着原始美的净土。伏羲崖上一尘不染的清风，可以梳理人们杂乱的思绪；"神鱼洞"的灵泉，能够浸润人们被现实碰撞得已显粗糙的心灵。昨天的痛楚需要反思，未来的憧憬需要安排。从这个意义上说，仇池山一带的青山绿水，仍是今人可以贮存梦幻，使心灵得以小憩的胜地。

2014 年 10 月 26 日于济南

呼伦贝尔记忆

一

　　人类的记忆常是文化的记忆，人类的历史也靠文化的链环得以衔接和赓续。

　　由拓跋鲜卑氏开创的北魏王朝，离我们已十分遥远了，整个鲜卑族在我们这个多民族的国度里，也早已失却了席位。然而，这个隐遁于历史深处的民族，似乎又距我们很近很近。今天，当人们在淮水以北的大半个中国旅行，徜徉于锦山秀水间的时候，会常常与北魏王朝不期而遇。它那斑斓多彩的历史衣袂，常常会飘忽在人们的眼前。

　　北魏时在其辽阔的疆域内，曾有着三万余处梵宫佛寺；石窟、石刻、碑铭，更是不可数计。历经战乱、兵燹和风剥雨蚀，而侥幸逃脱岁月磨难的北朝古迹虽多有损毁，但今人仍可借这些文化遗存，"究天人之际，通古今之变"。

　　拓跋鲜卑入主中原后，胡风汉制，崇佛尚道尊孔。信仰是精神的劳动，信仰是人类认识自己智慧的结晶。当这智慧的劳动转化为有形有色有彩有声的辉煌艺术品时，便成了一个民族心灵之树上结出的文化圣果。

　　在生我养我的齐鲁，于南北朝时，曾是拓跋王朝的辖域。北朝文化的流风遗韵，越一千五百余载，代代相沿，迄今仍在山东大地上袅袅不绝。

　　文化名城青州市驼山下的龙兴寺，因规模宏大，气势非凡而向有"九州佛国"之誉。1996 年，在驼山开掘出的四百八十余尊北魏佛教造像，被列为中国该年度十大考古发现之首。傍依云门山的玲珑山，因有了北魏书法宗师郑道昭的摩崖石刻，而益发玲珑剔透。我每到青州访古，总感到鲜卑人播种斯文、耕耘风雅遗留下的文化浓香，仍弥散于林泉之下，缭绕于白云之巅。

位于胶东半岛的莱州市和平度市，山河雕丽，阡陌如绣。莱州的文峰山、大基山，平度的天柱山，也因有了郑道昭的碑刻及多处摩崖石刻，而名重域内海外。郑公之书法，被奉为"隶楷之极"，在中国书法史上，向有南王（羲之）北郑之誉。20 世纪 80 年代，国家文物部门饬令对文峰山下的郑碑严加保护。此碑早已被玻璃密封罩盖，上系铜锁数把，钥匙由数个部门分掌。即使当今国内顶尖级的书画大家，欲以自己的巨幅精品换此碑拓片一张，也已万万不能了。国内外游客欲一睹此碑芳容，只能凭栏凝睇。

在南北朝时，中国的五岳，除南岳衡山外，均为北朝领地。西岳华山始建于北魏的崔嵬宏伟、飞檐点金的西岳庙，至今仍是华山第一大佛寺。腾誉世界的中岳嵩山少林寺，也是拓跋鲜卑的原创。悬于刀削般悬崖上的北岳恒山悬空寺，以建筑的"奇、险、巧"著称于世，北魏人将力学、美学、宗教，精妙地融为一体；在其"三教殿"中，鲜卑人让释迦牟尼、老子、孔子并排端坐，让儒释道三教的祖师同居一室。面对此寺，今人不得不惊叹北魏人天才的构想，超拔的设计。

五岳之尊的泰山，是一座中国传统文化的"博物院"。鲜卑族统治时的北朝，在这架文化之山上，也留下了极为厚重的一笔。北魏法师僧意，在此创建的玉泉寺，至今仍晨钟暮鼓，香火氤氲。泰山的道家圣地岱岳观，也为北魏所建，道家音乐也是北魏所创。至今仍有众多游客来岱岳观求签问卜，圆梦起课，禳灾驱魔。

郭沫若曾说，泰山是中国历代书法的展览馆。泰山上的碑铭、石刻，多达六千余处，其中以仅存九个半字的《李斯碑》和经石峪的《金刚般若波罗蜜经》之石刻最为著名。经石峪石刻，镌于斗母宫东北一公里处的花岗岩溪床上。现存一千零六十七字，南北长五十六米，东北宽三十六米，每字之大，在半米上下，蔚为壮观。凡书画当观韵。抑或是为让石刻起到"溪中生花"之妙，原创人将经文刻于清澈可鉴、悠悠流淌的溪床之上，让山色与石色共丽，书韵与水韵齐流。这肇自然之性，成造化之功的绮思妙构，竟出自北朝无名氏之手。汉语有"榜书"一词，原指写在宫阙门额上的大字，后泛指招牌一类的大型字。千百年来，作为书法大字的鼻祖，经石峪的石刻被代代文人骚客心慕手追，赞誉之词，不绝如缕。近代国学大师康有为初识经石峪时，惊叹不已，称其为"榜书第一，书法津梁"……

近些年来，我几乎遍览了北中国的名胜古迹。细检北魏的文化遗存，应该说，那遍布北中国的佛教造像，才是鲜卑族献给中华民族和整个人类的最具代表性的文化符号。大同云冈石窟、洛阳龙门石窟、敦煌千佛洞、天水积米崖、巩县石窟寺、响堂山石窟、永靖炳灵寺石窟等等，均为鲜卑族石窟造像的经典之作，而大同云冈石窟，则是北魏佛像艺术皇冠上的璀璨宝石。

今年盛夏，呼伦贝尔市文联的友人，约我去领略大草原、大森林的旖旎风光。其间，我和十余位文友一道，探访了一个神秘的山洞——嘎仙洞。一步入这古老的山洞，我茅塞顿开，豁然贯通：一个创造了那么多美的文化符号的鲜卑族的生命之源，竟从这里流出。

今日，我要记述的一切，不仅与兴安岭大森林有关，更与呼伦贝尔大草原有关……

二

从走进呼伦贝尔这片令人心驰神往的土地的那一刻起，我仿佛是在大自然赋予的幻与真、梦与醒的感觉中度过的。它闪现在我眼前和萦绕在我脑际的，首先是一个"大"字。

静卧神州北陲的呼伦贝尔，是个地级市，面积为二十六万三千平方公里，幅员之大，是鲁、苏两省的总和，人口却仅有二百七十余万。境内有八万平方公里的天然牧场、十二万平方公里的天然森林、三千多条河流、五百多个湖泊。那世界三大草原之一、被誉为"北国碧玉"的呼伦贝尔大草原，给予我们的是大辽阔、大安闲；那被称为"中国历史幽静后院"的兴安岭大森林，给予我们的是大神秘、大幽深；那斗折蛇行的条条河流，给予我们的是大蜿蜒、大滋润；那浸润着马背民族精神的呼伦湖，给予我们的是大澄澈、大宁静；而那晖河及根河湿地，给予万千生灵的则又是大接纳、大包容……

这天一大早，我和文友们从呼伦贝尔市驱车东行，去鄂伦春自治旗访古。车刚离开市区，顷刻间便驶进了碧草连天的大草原。隔窗眺望，但见草色浓浓淡淡，起起伏伏，宛如偌大的绿色绒毯，无休止地向天边伸展。时有羊群似团团白云飘落在绿毯之上，偶见马群在葱绿的草地上踱着绅士般悠闲的步子。这脱掉尘埃之气、清逸灵透的意境，已超出了画图的色彩，而化生出人间天堂的意味。途中，我们数度恳请司机停车，以爽耳目。每每见到的是，红、白、黄、蓝、紫的各种野花，在草丛里掩映着，在阳光里闪亮着，在微风里绽放着，在蜂蝶轻轻地亲吻下羞晕着。香草在我们的膝边，熏风在我们的脸上，微笑在我们的周围。没有拘束，没有猜忌，没有讥刺，没有督饬，这里留给我们的是放松心灵中的永难抹去的绿的记忆。

经过五个多小时的行程，大兴安岭的万顷苍翠涌入了我们的眼帘。大兴安岭北起黑龙江漠河县，南至内蒙古赤峰市，南北长一千四百公里，东西宽三百公里，其百分之八十多的林区面积在呼伦贝尔境内。大兴安岭与亚马孙雨林，并称为地球上的两大肺叶。一扑进大兴安岭那阔茫茫、气滔滔的怀抱，我顿生千岭结一绿，世外疑无天的喟叹。大兴安岭林区里，有大小河流七千一百余条，山中有水，水中有山，山缠水绕，水山相亲。

"天地之大德，曰生。"正是地母以她的宽厚和仁慈托起了高高的兴安岭，并以她乳汁饱满的胸脯，孕育着这里的"生"，滋哺着这里的"长"，展示着这里的"茂"，高擎着这里的"美"！

车子在林区的土路上跳荡着。我们在潺潺河溪叠叠岭、蓝蓝湖色青青山的林海里穿行着……日暮时分，我们才住进了大兴安岭东麓的一家林区宾馆。

呼伦贝尔的大草原和大森林，共同谱写了一卷卷游牧民族充满激情和戏剧性的叙事诗。开国后尤其是近几十年来的考古发现，进一步证明了大兴安岭森林是人类早期的栖息地之一，是东胡、鲜卑、室韦、契丹、女真、蒙古等众多马背民族的生命源头。

"鲜卑"作为一个民族称谓，意为生活在森林里的百姓。在蒙语中，"鲜卑"和"室韦"也为森林之意。"鲜卑"一名，最早见于周初。《国语·晋语八》中，有周成王在今宝鸡市的岐山会盟天下诸侯时，不屑和南面之荆蛮、北方之鲜卑为盟的只言片语的记载。成稿于公元554年的《魏书》，是二十四史中第一部记述马背民族创建的封建王朝的正史。《魏书·序记》载："国有大鲜卑山，因以为号，其后，世为君长，统幽都之北，广漠大野，畜牧迁徙，射猎为业，淳朴为俗，简易为化，不为文字，刻木纪契而已……"北魏第三代皇帝拓跋焘掌国时的真君四年（公元443年），拓跋鲜卑祖先的老邻居——乌洛侯国，遣使朝贡时禀奏：乌洛侯国西北，拓跋先祖的旧墟石室，保存完好，"室有神灵，民多祈请"……拓跋焘闻奏，即派中书侍郎李敞，率队从代京平城（今大同市）出发，北行四千里，来到乌洛侯国使者所言之"石室"，以马、牛、羊为牺牲，告祭天地，并将"祝文"刻于石室之壁。此举在《魏书》的纪、传、志中均有记载。《魏书》不仅誊录了石刻"祝文"的全文，且将石室"南北九十步，东西四十步，高七十尺"的空间大小，也笔录得颇为翔实。然而，大鲜卑山位于北疆何域，石室又藏在哪座山岭？千百年来，却一直是史学界的"哥德巴赫猜想"。

历史的经经纬纬里，总是沉潜着若干神秘；有时候，历史最精彩的篇页，往往匿藏得很深很深。自北宋以降，修史者对《魏书》中的"旧墟石室（亦称石庙）"的记载，凭主观臆断，多有修改。司马光编著《资治通鉴》时，避开"石室"之谓，屡称"旧墟"为"石庙"。宋人王钦若等辈所编的《册府元龟》一书中，数黑论黄，竟将《魏书》中"石室南距代京可四千余里"，改为"石室南距岱宗可四千余里"。这将"大同"变为"泰山"的篡改，虽两字之易，却谬以千里。后来，有人把大鲜卑山推定为燕山；有人则认为大鲜卑山不过是神话传说之山，难定其真实位置，可谓以讹传讹，三纸无驴……

唯坚忍者方能遂其志。20世纪70年代以来，考古学家米文平，便痴迷于对拓跋鲜卑的"石室"及"祝文"石刻的寻找。他曾费时年余，查访了呼伦贝尔域内的诸多山洞，均因与《魏书》记载之"石室"不符而告返。1979年盛夏，米文平偶闻鄂伦春自治旗境内有一嘎仙洞，便抱一线希望，前来探究。见洞之规模，与《魏书》记述凿枘相应，遂喜出望外。然而，考古毕竟是将结论建立在实据上的学问。米文平三探嘎仙洞，仍未觅见"祝文"之踪影。有"石室"而不见"祝文"，无疑是劳而无功，苗而不秀。1980年7月29日，他率同行四进嘎仙洞，终在石壁的苔垢下发现一凹痕，经洗苔除垢后，北魏"祝文"惊现于世。如同虎符的一半与另一半得到了对接，一个千古历史谜题，终于破解！

继而，米文平又带人对洞内的泥土进行挖掘，先是见到了一千五百余年前，北魏人刻石时所遗下的花岗岩碎片；再行开掘，除发现了獐、狍、犴、鹿、野猪、黑熊的众多兽骨外，还发现了大批旧、新石器时代的文化遗存，又印证了《魏书》所记的拓跋氏在大鲜卑山积"六十七世"之言，绝非无妄之说。

嘎仙洞石刻祝文的"显身"，石破天惊，它向世人宣示，嘎仙洞就是鲜卑人先祖的"旧墟石室"，大鲜卑山就是大兴安岭！

我这次来大兴安岭的首要目的，就是去探访嘎仙洞。我和文友们从鄂伦春自治旗政府所在地阿里镇出发，乘车沿嘎仙河边狭窄的柏油路，向西北方向而行，只见河两岸高林巨树，遮天蔽日，悬葛垂藤，绕岩挂石。不到半个小时，车子便在浓密的树荫下停了下来。举目仰望，但见一巍然高耸、陡似斧削的悬崖，矗立于浩茫的原始森林之中。悬崖的石壁上，赫赫然有一宛若三角形的巨大洞口，这便是我心仪已久的嘎仙洞了。沿人工铺凿的石阶登攀而上，进得洞中，我神情为之一振。这天然山洞，深达一百余米，宽近三十米，高有二十余米；穹顶高旷，浑然天成，石壁平直，细滑如切。看上去，古意苍苍，威严肃穆。

北魏石刻镌于洞内西侧的石壁上，刻辞十九行，全文二百零一字。这颂扬拓跋先祖功德，祈祷皇天之神护佑鲜卑子孙福禄永延的祝文，字大如拳，古朴刚劲。字里行间，折射出一种玄奥、雍容的宫廷气象。

我紧靠着护栏，久久凝视着栏内石壁上的祝文。嘎仙洞祝文的"惊艳"于世，除印证史实外，最关键的是，大鲜卑山地理方位的确定，不仅校正了北国历史地理上的几处谬误，厘清了历史地理上的一些疑团；而且还为后人研究游牧民族的地缘、天缘、人缘和风神脉息，提供了一个向四周辐射的基准点。从这多重意义上讲，嘎仙洞的祝文，作为马背民族的第一份石刻原始档案，和璧隋珠不足方其珍，凤毛麟角无以喻其贵！

嘎仙洞是鲜卑民族最古老、最真实的历史证人。它曾见证过一个坚忍的民族，是怎样面对凶兽的觊觎、蛇虫的叮咬，不畏雷霆的炸响，不惧雪暴的肆虐，一代又一代顽强生存的。它也见证了一个无畏的民族，是怎样以强烈的求生存意识，在部落首领推寅的率领下，让那似马非马、似牛非牛的森林"神兽"——驯鹿，驮着兽皮，驮着桦皮制作的生活器皿，驮着老人，驮着稚童，驮着渡河用的桦木舟，西迁，西迁，南行，南行，奔向呼伦湖畔，奔向大草原……

三

人是自然的产物。一个民族的文化，也常是地理与环境的文化。这正如宽广时可响遏行云，绵长时如旋雪回风，婉转时可余音不绝的蒙古民歌长调一样，它只能生发于呼伦贝尔这样的大草原上。

近二十余年来，我曾四次走进大兴安岭；在造访我中蒙、中俄边防部队时，也曾三度穿越呼伦贝尔草原。我没有浪漫诗人的灵感，也不具备菩萨的慧眼，但在领略了呼伦贝尔四季之美景后，也不由一次次感叹上苍造物之诡谲万象。

没有百鸟之鸣唱、珍禽之争翔，就不是呼伦贝尔。

呼伦贝尔那星罗棋布的湖泊与湿地，是天鹅、灰鹤、银鸥、鸿雁、丹顶鹤、蓑羽鹤、白琵鹭等诸多候鸟，北徙南迁的重要驿站。仲春时节，我曾在晖河湿地和乌兰诺尔湖，观赏过万鸟云集的盛景。那一群群周身洁白的天鹅，舒展着翅羽，在幽蓝的湖上，时而高翔，时而低回，时而在碧波中一起一伏，像一艘艘游弋的小白船；那头顶着丹霞般耀眼红球的丹顶鹤们，则收敛起雪白的蓑毛，举着赤色的长喙，像饱学之士一样，在湖边踱着优雅的步子，而靛蓝的湖泊，仿佛是上苍为它们精心设计的镜匣；那颈项或白或黑，脑后翘着小辫样羽翎的蓑羽鹤，站立时只觉得它那流线型的身躯黑白分明，飞翔时却能望见它的躯体竟是红、黄、蓝、白、黑五彩纷呈……这些天地间美的精灵，它们的每一根骨骼，每一节肢体，每一条筋脉，每一片羽毛，无一不贯穿着宇宙间的丰沛活力，是呼伦贝尔肥美的水草与邈远的天空，给它们提供了自由生存的机会，也赋予了它们远行万里的定力、耐力及明察天候的神异。

没有繁花似锦，也不是呼伦贝尔。

北国杜鹃是呼伦贝尔的市花。暮春时节，在大兴安岭最长最深的神指峡里，那胭红、金红、橘红、猩红、绯红的杜鹃花，于这峡谷两岸的河边岩旁，壁缝石隙，林中树下，一齐绽蕾怒放。微风徐来，像陈酿一样馥郁的香味，飘洒在空气中，曾令我深深陶醉。这样的场景，在呼伦贝尔的每座山岭的苍松白桦间，会随处可见。北国杜鹃，擎出的是一则则古老而馨香的故事。呼伦贝尔从春到秋，花事不断。翠雀、瞿麦、柳兰、紫菀、毛菊、芍药、山丹、刺玫、苞鸢尾、山丁子、金芙蓉、梅花草、野罂粟、天蓝苜蓿……争芳竞艳，应时开放。这些身着各款"时装"、千娇百媚的"小娘子"们，受了碧水清溪的润泽，受了晶亮甘露的涵濡，受了明丽阳光的温慰，她们即使不能放声曼歌，也要在轻柔的风中欣欣摇舞，也要把襟底怀中的清香，尽情吐泻。她们仿佛要把马背民族那几百阕的情词哀曲，融汇于胸中。

没有百草之吐翡铺翠，还不是呼伦贝尔。

"海拉尔"在蒙语中意为"野韭菜"。海拉尔现为呼伦贝尔市府所在地。它辖区内的草原，凡最翠绿之地，必然生有茎肥叶厚的野韭菜。它们比肩争头，攒攒挤挤，密密连连。我对羊肉并无偏爱，但每次来北国草原，总感到这里的羊肉吃来不膻不腻，其香郁郁，其味馥馥，一羊上桌百味淡，我常是尽情饕餮，大快朵颐。当地文友告诉我，这是因羊常食野韭所致。在这草原上，野韭虽为寻常之草，但它们却以爱美、爱色、爱香的群体烈情，成为百草中的主宰。每届盛夏，那雪白、月白、露白的野韭花结成的花海，呈喷涌之势，铺展到无涯的天边。进得野韭丛中，你便会觉得，野韭以黛绿作为永远一致的符号，以银白作为永远统一的头饰，去集体展示生命原力的内动，以实现群体生命的彻底痛快。

没有冰雕玉砌的大洁白，仍不是呼伦贝尔。

严冬时节，那一场场大雪，是呼伦贝尔向世界发出的圣洁的敦请和邀约。我曾在大雪过后，目睹过这里森林与草原的雪景。但见山若玉雕，石似晶铸，粉塑千桦，银裹万松；它们与大草原一望无垠的雪野连在一起，共同构成了童话般的银色大天堂。雪的母性般的宁静与端庄，柔软与纯净，磊落与厚重，使我领悟到"精神澡雪"的意蕴。雪国的大洁白，以诗意般的沉默，赐予人们诗意般的思索。希冀、渴望、追恋、向往，是一切生命的本质。奇寒酷冷，并没有降落万物生命的帆篷，而是更加强劲了它们的筋骨。在我眼里，那舞雪举翠的獐子树，那挂银盔、披银甲的兴安松，则像蓄势待发的士兵，在静静等待生命冲锋的号角……

我从介绍呼伦贝尔的有关资料上得知，在距今二万至三万年前，呼伦湖畔即有古人类活动。呼伦贝尔的草原与森林里，至今仍有三千多种野生植物和四百多种野生动物。我们完全可以说，呼伦贝尔几乎包容了大自然的所有色彩，也收藏了人类历史与生命进程的所有符号。

今天，走进呼伦贝尔的人们，多以审美的目光，来观赏这里的山川风物与民族风情。而两千多年前，拓跋鲜卑从密林深处的嘎仙洞迁徙到这大草原，则完全是为了求得民族的生存与壮大。

人类的先祖，在一个地方留下的物体或痕迹，常会成为今人解读这一方民族文化品格和精神气质的向导。从呼伦贝尔草原上发掘出的大批的墓葬和文物可以印证，拓跋鲜卑大约是在公元前50至5年迁来这大草原的。他们大约在这里生活了七代。在那近二百年的时光里，拓跋鲜卑渐次完成了从狩猎民族到游牧民族的转换。

因鲜卑没有本民族的文字，在入主中原前，拓跋氏历史上所发生的重要事件，全靠代代严谨的口传心授。他们当时在呼伦贝尔草原上的生活境况，史少记载。但我们仍可调动丰富的想象力，去再现他们的部分生存场景。

　　逐水草而牧、大量繁殖的马、牛、羊，其肉其皮其毛其乳，可使鲜卑氏衣食有着。那饱食百草的壮牛和常啃野韭的肥羊，被宰杀、炙烤后，会让鲜卑人吃得两腮鼓鼓，口角生香；那鲜美的牛乳、羊奶和浓稠的奶酪，能让拓跋孩童胖嘟嘟的脸庞吹弹可破，也能使鲜卑汉子脸泛红光；那湖泊河流中捕捉不尽的活鱼跳虾，强化着一个民族的体魄与智慧；那与中原通商换得的美酒及自酿的马奶酒和野果酒，勃发着一个民族的剽悍与豪气；那大泽中天鹅与丹顶鹤的仙子般的倩影，岁岁会给他们带来美的惊喜；白云下百鸟的合鸣，是上苍送给他们的天外音响；草原上的百花，可让拓跋少女任意编织戴在头上的花环；大雪后的大原野，则又是鲜卑少年强身习武的大教场……

　　从有"森林之舟"美誉的驯鹿的脊背，骗上蒙古马的雕花马鞍，是拓跋鲜卑走向历史大舞台的最关键的跨越。

　　在世界文明史上，人类对马的征服，是一次最高贵的征服。历史跨上马背，是人类文明的第一次大跨越，马也成了冷兵器时代速度的象征。

　　蒙古马是大自然的杰作。英雄史诗《江格尔》中曾这样深情地赞美它："如同离弦的箭一样快，像火花似的闪耀，气势磅礴……把那公牛和大象吓得心惊胆战。人们一看那漫天的红尘，就知道是阿兰扎尔神驹来临。"蒙古马体格虽小，但头大颈短，体魄强健，胸宽鬃长，皮厚毛粗，耐寒，耐劳，耐热，站着便能入睡。它虽有着扬蹄能击碎狐狼脑壳的凶悍，但对主人却俯首帖耳，忠心耿耿。成吉思汗曾把战马训练得"千马为群，寂无嘶鸣，下马不用系控，亦不走逸"。呼伦贝尔经过改良的蒙古马——三河马，至今仍是中国唯一可与欧美马争雄的国产马。20世纪30年代，三河马曾在上海国际赛马大会上，以最快的速度，力挫群雄，拔得头筹。

　　历史上，中原汉民族与周边民族的争战，基本是荷锄民族与马背民族的战争。在秦汉时，将北方各大游牧部落统一了的匈奴，一直是荷锄民族心中最大的痛。西汉初年，在著名的"白登山之战"中，汉高祖刘邦曾被匈奴冒顿单于率领的四十万骑兵，围困于今山西大同市的来掠山，达七天之久。汉军以重金向冒顿单于的阏氏（即王后）行贿，方得以救驾。当时匈奴的四十万骑兵，竟能以马的颜色分类编队：南面全为红马，北面皆为黑骏，西面均为白驹，东面悉为青骥。那其势汹汹、其马济济的浩大场面，诠释着当时匈奴畜牧业的高度发达和驭马本领的炉火纯青。匈奴就是凭着"所向无所阔，万里可横行""怒行追疾风，忽忽跨九州"的蒙古马，不断对荷锄民族进行着不图占领，只为掠掳之战争的。匈奴人竟有这样的奖掖"条例"："凡斩得首虏者赐一卮酒，所抢掠财物归抢者所有，掠得的人口作为其奴婢。"秦嬴政修筑的万里长城，关锁不住蒙古马那奔星般飞扬的马蹄；汉军戍边将士的短刃长戈，也抵挡不了匈奴人那呼啸飞卷的狼旗马鞭。中原被大劫后的集镇茅舍，常是一片狼烟野火；塞外的王廷牙帐里，则是征服者的狂饮与狞笑……

面对匈奴铁骑恣行无忌的烧杀抢掠，刘汉王朝靠宫中的美姝丽媛与匈奴的和亲之策，只能求得短暂的绥靖；汉武帝举全国之力数度重创匈奴，也只能换取几十载的和平。

汉宣帝神爵四年（公元前58年），匈奴内部发生"五单于争位"，匈奴的势力才大为削弱。后虽有王昭君的夫君呼韩邪单于率部臣汉，而漠北之匈奴却仍像草原野韭一样，割了此茬，又生彼茬。直到东汉和帝时，又几番重挫匈奴，方使得部分匈奴西去欧洲，部分匈奴南归中原……

在人性色彩的板块上，永不满足的欲望是重要的色块。它既能支配生命的动机和力量，也是幻想未来的刺激素。华夏民族同匈奴掠夺与反掠夺的号角乍歇，北方另一马背民族——鲜卑，驰驱中原的金鼓又鸣。由拓跋、慕容、宇文等诸多部落组成的鲜卑民族，随着匈奴的桑落瓦解，便乘虚而入，尽占匈奴故地。

拓跋鲜卑自嘎仙洞一带迁居呼伦贝尔大草原后，经过七代人的养精蓄锐，势力已空前壮大。这期间，他们早就以草原雄鹰一样高远而犀利的目光，瞄向了中原那较之游牧经济，高着一个等级的农耕文明。追求新颖、渴望舒适、期盼富有，是人类通有的情愫。当鲜卑的首领们，觉察到自己那夏闷冬寒的流动毡房，怎么也比不上中原雕梁画栋的殿堂和向阳敞亮的茅舍时；当他们看到自己那用灰褐色粗糙的兽皮制成的衣物，怎么也比不上中原绸缎的光鲜亮丽时；当他们觉得自己那用桦皮制作和泥土烧制的器皿，怎么也比不上汉人的金杯银盏和木制漆器精美讲究时；当他们感到毡房外夜间的狐鸣狼嗥，更不能与中原之华堂里、戏台上的丝竹笙歌同日而语时……焉能不怦然心动，见异思迁，图谋中原！

于是，鲜卑人一路西迁南下，历经九难八阻，历时一百余载，先吉林，而赤峰，而乌兰察布，而包头……当拓跋首领子微定都盛乐（今呼和浩特市和林格尔县）时，其所部已"控弦骑士达二十余万"，初步具备了与北方其他游牧部落争雄的能力。

于是，拓跋鲜卑人以呼伦贝尔大草原赋予的大视野，带着大兴安岭森林的充沛元气，带着呼伦湖候鸟迁徙时的颖异，带着碧草百花一样的灵性，也带着草原狐的狡黠、大漠狼的凶狠，跨上纵鬃扬尾的蒙古马，去不断进行力的征服、美的创造！

四

杰出的英雄人物，常是改写历史的一个符号、一个指数。北魏王朝所以能结束"五胡十六国"长达一百三十多年昏天黑地的大割据，是因为出了开国皇帝拓跋珪和第三代皇帝拓跋焘，这两位上马会打仗、下马可安邦的豪杰。

拓跋珪的祖父什翼犍在盛乐建立代国不久，即被氐族创建的前秦所灭。幼年丧国丧父的拓跋珪，其童年是在匈奴贺兰部的舅舅家度过的。其时的北中国，攻伐与战乱是上演不尽的剧目；颠沛与苦难是百姓吞食不尽的涩果。公元386年暮冬，失散的拓跋各部落头领会聚牛川（今内蒙古锡拉木河），一致拥戴年方十五岁的拓跋珪赓继代王之位。同年，他率部族从牛川重迁故都盛乐，并改国号为北魏。

其时的北魏，南有独孤部，北有贺兰部，东有库莫奚部，西有铁弗部，阴山以北还有高车部及柔然部，可谓四面多垒，虎视狼窥。聪颖异常、心雄万夫的拓跋珪，在拓跋族面临生死存亡的关键时刻，发出了铿锵有力、铮铮有声的决定性呼唤。公元387年仲秋，他联合鲜卑慕容氏的后燕，击溃了占据山西北部的匈奴刘显部，将河套以东的大草原尽归拓跋；公元388年盛夏，他亲率士饱马腾的队伍，东征库莫奚部于落水（今赤峰一带），使大片土地为北魏所统。公元389至390年，拓跋珪率军先破高车部，又平吐突麟部，再伐贺兰部，并将塞北的纥突、纥奚等多个游牧部落，尽属北魏。

"若建非常之功，需待非常之人。"在"五胡十六国"时，仍以狼为楷模、仿效狼的群体攻击、贪欲永不餍足的匈奴后裔所建的几个政权，一直是拓跋珪的心腹大患。为御虎狼之师于国门之外，公元391年初冬，拓跋珪主动向漠北的匈奴别种柔然出击。面对屡战屡胜的北魏骑兵，柔然从游牧地狼山西逃，拓跋珪西奔六百里，进行大追击。此时，部将以粮草难继为由，建议暂且偃旗息鼓。拓跋珪率骑兵征战，每人至少配正、副两匹战马，轮番换乘，马歇人不歇。拓跋珪果断决定，杀副马为食，又打马追风，率部狂奔三日，终在大戈壁的南床山下追上柔然部众，将其分割包围，杀得柔然一败如水，鱼溃鸟散。此大捷，使柔然大部将士或倒戈卸甲，或俯首就擒，魏军获牛羊、军资无数。

拓跋珪在击败柔然南返途中，匈奴铁弗部刘卫宸遣其长子直力鞮，率九万兵马进犯魏国南部。拓跋珪闻警，仅率五千精骑及部分辎重车辆，星夜赶到后，即被直力鞮的九万大军围得水泄不通。久经战阵的拓跋珪了无惧色，急令部下以车身为屏，结成方阵，从缝隙中射杀匈奴骑兵。经几番箭矢如雨的拼杀，直力鞮的九万兵马溃不成军。拓跋珪兵不歇刃，马不离鞍，以破竹之势，直捣铁弗部的大本营悦跋城（今内蒙古伊金霍旗西北一带）。魏军后续部队火速赶来后，刘卫宸父子闻讯仓皇弃城而逃，拓跋珪分遣轻骑紧追不舍，生擒直力鞮，刘卫宸也为部下所杀。刘氏父子的余党五千余人逃至盐池（今属宁夏），亦被紧紧追赶的魏军全部投尸黄河。此役，北魏获战马三十余万匹，牛羊四百余万头，成为以"驯鹿"为图腾的鲜卑民族，敢于以少胜多，全歼以"狼"为旗帜的匈奴强敌的典型战例。

统帅有狮子般的雄心，士卒就有咆哮的勇气；统帅胸有良谋、腹藏吞吐天地之气，士卒就会迸发出所向披靡的力量。时光跨入公元395年，能与拓跋鲜卑在北中国争雄者，只有慕容鲜卑建立的后燕王国。同年五月，后燕的开国皇帝慕容垂，派太子慕容宝率兵八万出中山（今河北定县）北进，抵近五原（今包头）时，大造船只，欲渡黄河与魏军决战。慕容宝所领部队虽少，但均为人马披甲的重装骑兵与步兵，且极富作战经验。北魏军队虽多，但大都为轻装骑兵，与后燕铁军正面对抗，胜算无多。拓跋珪以逸待劳，避实就虚，暗将精锐部队匿藏于河套一带，使慕容宝百余天都觅不到魏军主力的踪影。其间，拓跋珪屡派斥候（侦察兵）擒获燕主信使，切断慕容宝与燕都的一切联络，并广散年逾七十的燕主已病亡的假讯，动摇燕军军心。急于继位的慕容宝难辨消息真假，便焚烧渡船，率燕军且防且退。是年十一月初三，风雪骤降，黄河冰封。藏器待时的拓跋珪，亲率两万精骑，连夜踏冰过河，在参合坡（今内蒙古凉城一带）将睡梦中的燕军包围。慕容宝在部属护围下逃走，五万燕军束手被俘……

翌年深秋，拓跋珪趁慕容垂新死、后燕内乱之机，以"司马九伐"之威，率四十万大军伐燕。魏军多路出击，马啸旌飘，绵延两千余里。在这长达一年的战役中，魏军分兵攻城略地，将后燕领土悉数占领，把晋、冀、鲁、豫的大部土地，划入北魏版图。

十年征战，拓跋珪将呼伦贝尔大森林、大草原赋予鲜卑民族的刚毅、奔放、神勇、机警与豪烈的性格，展现得淋漓尽致。但作为第一个人主中原的马背民族，如何得到荷锄民族的认可，进而得到拥护，这是比打天下还难上百倍的历史大课题。所幸的是，拓跋珪以草原一样的大胸襟、大包容，向历史交上了一份颇为合格的答卷。

与秦汉时以掳掠为业的匈奴不同，跻身农耕文明，是鲜卑族多少代人的梦寐以求。拓跋氏对夺得的中华半壁江山，自会分外珍惜。

拓跋珪自幼就攻读汉家兵书与历史。戎马倥偬中，对汉人的典章、制度、语言、文化及风俗也多有涉猎。为更好地掌控中原，他做的第一件事就是，将北魏的国都由盛乐迁至战略要地平城（今山西大同市）。他让跟随多年的朝中汉臣，将长安、洛阳、邺城等历代皇都的设计蓝图，一一寻来，萃新奇，熔精华，建起了像中原王朝一样的宫殿楼阁、园林亭台；并立下新皇登基必祭黄陵，拜孔子的规矩。马背民族"兄终弟及"的传位制度，所频发的豆萁相煎、弑父杀兄的史实，让拓跋珪想来不寒而栗。与汉廷的传位规则两相考量，拓跋珪决计实行汉人"立太子"之制。汉武帝暮年确立宠妃钩弋所生的年幼的刘弗陵为太子时，怕钩弋成为吕后第二，便赐死了钩弋。拓跋珪邯郸学步，竟将汉武帝这非常时期的一时之举，定为北魏王朝代代必遵的金科玉律。

为富民强国，也为了加速鲜卑人的汉化，拓跋珪强势推行屯田制。他将战争中所掳的游牧部落的牧人改为农民，让他们到大片荒芜的土地上从事农耕。这等于国家办了无数个小农场。由于分配时注意向农人倾斜，大大消弭了归顺者的国灭之恨。他还把京郊附近的地片，划为"畿田"，由皇室直接管理，并亲自到"畿田"参与劳作与督导。他多次下诏，强制解散靠血缘关系建立起来的鲜卑部落组织，分地分土让他们定居，或从事农耕，或在分得的地片里放牧。此重大变革，加速了鲜卑人由半奴隶社会向封建社会的过渡……

这一切举措的实施，不仅使众多平民衣食有着，也强化了国力，为北魏王朝在政治、经济、军事和文化上的不断壮大，夯下了坚实的台基。

公元 424 年，拓跋珪的孙子拓跋焘继位，成为北魏第三代皇帝。他初登龙墩，柔然首领大檀便趁北魏第二代国君拓跋嗣新丧，统骑兵六万，入侵云中（今内蒙古托克托县）。年仅十六岁的拓跋焘御驾亲征，率骑兵日驰夜奔，三天两夜即赶至交战地。魏军未及休整，就被柔然的兵马里里外外围了五十多重。拓跋焘挥军布阵，镇定自若，首先射杀了前敌先锋将帅，柔然兵马大乱。拓跋焘一马当先，冲向敌群，柔然大败亏输……首战奏凯，尽显少年天子卓越的军事才能。匈奴铁弗部，曾被拓跋珪几近斩草除根。当时，仅有首领刘卫宸的小儿子刘勃勃只身独骑逃走。勃勃投奔了后秦高平公没于奕，并成了没于奕的乘龙快婿。勃勃兵权在握后，凶残地杀死其岳父，借后秦之尸还刘氏之魂，在统万城（今陕北靖边）建立夏国。统万城在拓跋焘时，早已大名鼎鼎。其城墙既高且宽，用石灰、白黏土、糯米汁搅拌夯筑，有崤函之固。欲破此城，戛戛其难。公元 427 年，拓跋焘率轻骑三万，长途奔袭，突现统万城下。他采用声东击西、引蛇出洞的战术，终使城中夏军出城，落于魏军布下的口袋阵。夏兵大溃，夏主赫连昌（刘勃勃次子）率残部弃城而逃……

拓跋焘即位后，匈奴后裔柔然又成为东起外兴安岭、西逾阿尔泰山、南到外蒙古大漠、北至贝加尔湖的强大游牧国家，对北魏王朝构成了严重威胁。公元429年春，拓跋焘发动了他称帝后最大一次对柔然的主动出击。其时，柔然无备，民畜遍野。魏军云盔雾甲，如天兵飞降，柔然措手不及，仓促烧毁帐舍，慌不择路，狼奔豕突。拓跋焘兵分数路，飞马急追，在东西五千里，南北三千里的大漠和草原上，展开了地毯式的大搜捕。使得柔然三十万户牧民归降北魏，敕勒部（即高车部）亦有三十万人投降拓跋。拓跋焘将这些降顺的部落，迁至漠南几千里的北魏边境，在魏军监督之下，从事农耕和畜牧，岁岁向拓跋皇廷交贡纳税。继而，拓跋焘又东征辽海，平定北燕；西出秦陇，翦灭西凉……在这一连串的征战中，拓跋焘与其祖父拓跋珪一样，将奔袭战、运动战、游击战、阵地战、攻坚战、歼灭战，演绎得出神入化，使北魏成为中国历史上第一个由马背民族创建的饮马长江的王朝。

拓跋焘一统北中国后，偃兵息武，大倡文治。比其祖辈、父辈，益发求贤若渴，礼贤下士。在选贤任能时，他对有大略者不问种族，有大才者不分贵贱。他多次下诏，征选遗落稗野民间的逸士。当他得知一些州郡官员，在延揽人才时，有胁迫行为，又再下敕令，告诫群臣，对征召士子，要高看一眼，厚爱一层。受拓跋焘惜才、爱才诚意之感召，通晓经义的学者、文章冠世的名儒，纷纷来到平城。拓跋焘对北魏所灭诸国中的汉族官吏，不计前嫌，量才录用；他对从南朝归顺而来的廊庙之才，更是青眼有加，委以重任。斯时，南朝刘宋皇室，见北魏良将如雨，谋士如云，常使反间计，图谋造成北魏君臣失和。拓跋焘以过人的明察和任人不疑的胆识，数次戳穿了南朝谋士的鬼蜮伎俩。这就使得在南朝有志难伸的高人介士、骥子龙文，纷纷越江而来，汇聚北魏。对此，北魏高允曾写下《高士颂》，以志其盛。

拓跋焘早就意识到，只有提升鲜卑官员的汉化水准，才是巩固政权的有效手段。为拓展汉语的表达功能和书写领域，他令朝中汉臣新造汉字千余，经他一一审定后，诏布天下。他在北讨南征时，即在京都城郊办起太学，让鲜卑子弟，研读汉族经史，学习儒家文化。

拓跋焘在生活上远避奢靡浮华，衣不多备，食不多味，行不多车马，要求后宫也要节衣食，俭财用，禁侈泰。他赏罚严明，对为国尽力尽忠者，不论是士卒还是官员，多有赏赐；而对外戚内亲，从不多赐额外财物。朝中权臣，曾多次上谏拓跋焘修缮扩建皇宫，以彰天子威仪。拓跋焘以夏都统万城虽皇宫豪华、城墙坚固却被本朝所陷为例，严词驳回权臣奏章。他即位不久，便按农户贫富程度，诏令富裕户照常纳赋，中等户免赋两年，贫困户免赋三年。在审定朝臣制定的法律时，凡不利百姓之处，他下令一一删改……

凡此种种，使马背民族与荷锄民族的融合，很快闪出了一抹亮眼的曙色。

乱世造就了拓跋珪，历史选择了拓跋焘。这祖孙二人在北中国山川大地上留下的刻痕，早被岁月久久地尘封，鲜为今人所知。但这些一千五百多年前的旧事逸闻，却仍能与时间抗衡，成为当今的鉴戒、后世的教训。

五

皇后作为封建帝王的嫡妻，凭借着香宫贵位，隔一帘纱幕，在中国历史上编织出了多少或悱恻或缠绵或凄美或残忍的故事。由于封建史家的大汉族情结及大男权主义，对北魏参政一朝、摄政两代的冯太后，鲜有提及，甚至连她的雅名芳字也给隐去。然而，论及冯太后其德其才其智其绩，都远远高过在历史上大出风头的汉吕后、唐武后、清慈禧者流。这位不被史家看重的冯太后，却是北魏中兴的真正的"总设计师"。正是她，在北魏江山社稷的画稿上，硬黄匀碧，尽情挥洒，写下了标新立异、恢宏隽妙的画卷。

冯氏祖籍河北，生于长安。祖父曾是"十六国"时的北燕国君，父亲曾为北燕广平公。拓跋焘平燕时，冯氏的祖父为停战言和，屈将冯氏的仪态绝丽的姑母献给北魏后宫，成为拓跋焘的昭仪。幼年的冯氏，失母丧父，便被姑母带进宫中。冯昭仪对侄女呵护备至，"五经""四书"，天文地理，文学历史，宫廷礼仪，无不悉数传授。冯氏冰雪聪明，口不绝吟，很快便以容貌靓丽，顾影合度，温文尔雅，成为宫中的"小明星"。公元452 年，十三岁的拓跋濬即位，成为北魏第五代皇帝。冯氏十一岁便被封为贵妃，十四岁时，她艳压群芳，"美"挫另外三位竞选对手，成为拓跋濬的皇后。

拓跋濬登基前，宫中宦官宗爱，在八个月内连弑拓跋焘、拓跋余两帝，弄得朝野上下人心惶惶。幸有忠于魏室的几位大臣，诛杀了宗爱，方稳定了朝局。冯氏立为正宫后，便同十六岁的拓跋濬鸾凤和鸣，共克时艰，采取宽刑简政、与民生息等安国之策，渐次使北魏物阜民康。正当这对琴瑟和谐的帝、后，欲大展强国富民的抱负之时，天不假年，年仅二十六岁的拓跋濬竟驾崩于平城。

按拓跋葬仪风俗，国丧三日那天，皇帝生前所御用器物，要在陵前全部焚烧。失君之痛，令冯皇后肝肠寸断，不能自持。她挣脱搀扶的宫女，纵身一跃，投进熊熊烈焰之中。太监们手疾眼快，速把皇后救起，才使得昏迷的冯氏安然脱险。

这纵身一跳，使一身素缟的冯氏，在鲜卑人的心目中，俨然成了一浴火重生、圣洁无比的天鹅。

这纵身一跳，不仅使冯氏这位汉家女，在满朝文武心目中的形象越发高大；她以死殉夫的忠贞，也在民间传为美谈。

拓跋濬称帝后第四年，立两岁的拓跋弘为太子。根据开国皇帝拓跋珪立下的"子贵母死"的规矩，太子的生母李夫人即被赐死。拓跋濬便让他极为信赖的皇后冯氏，抚养太子弘。母亲是伞，是豆荚儿；稚童是伞下的宝贝，是荚里的金豆儿。冯氏对拓跋弘精心鞠育，恩同再造。从另一个角度说，冯氏取得了对太子的抚养权，也就等于为她竖起一架攀上北魏权力峰巅的天梯。拓跋弘继位时，仅有十二岁。前朝权可倾国的大将军乙浑，觉皇上年幼可欺，便盗用皇帝诏令，呼朋引类，肆无忌惮地诛杀异己，不臣之心昭然若揭，弄得京都平城一片腥风血雨。幼帝拓跋弘只知在母后冯氏面前啼哭。是冯氏只手擎起了北魏皇权之安。为保全母子生命，冯氏先是以屈求伸，封乙浑为丞相，总揽朝政；继而又暗中笼络朝中几位耿介之臣，派兵一举将乙浑诛杀，灭其三族……

在这场捍卫皇权的角逐中，年轻的冯太后显示出过人的政治智慧，由一代佳丽变为铁腕人物。她断然从幕后走向前台，临朝听政。她重用一批治国能臣，使朝局趋向稳定。一年后，拓跋弘的长子拓跋宏出生，冯氏还政于拓跋弘，悉心鞠养皇太孙。

拓跋弘掌国初始，凡朝中疑难大事，还请母后定夺。随着羽毛渐丰，生性优柔寡断的拓跋弘却变得自以为是。对母后的治国方略，他畏首畏尾，不予实施。冯氏对拓跋弘多次规劝、敦促乃至训斥，使他抵触情绪愈来愈大。见国事日非，头绪难理，十七岁的拓跋弘便将帝位禅让给五岁的拓跋宏，当起了太上皇。他躲进崇光宫，日夜礼佛。当冯氏以太皇太后的身份，辅佐孝文帝拓跋宏处理朝政时，太上皇拓跋弘竟指指戳戳，时常插一杠子。朝中前尚书李欣，调相州任刺史两年间，横征暴敛，强取豪夺，当他把十大车金银珠宝及细软之物运回京都平城时，激起了民变。冯氏当即将李欣打入死牢。李欣唆使其女婿向拓跋弘告密，言太皇太后冯氏，与中领军李奕有苟且之事。太上皇闻知，当即将李奕诛杀，赦免李欣。弘、欣二人密谋，要用糕点毒死冯氏。东窗事发，冯氏气得蛾眉倒竖，凤眼圆睁，她果决出手，派人鸩杀了拓跋弘，再度临朝柄国。

痛苦的报酬是经验。养子反目、面首被诛的事实告诉冯氏，不采取霹雳手段，其命运注定会重蹈覆辙。她先是将拓跋弘的左辅右弼、心腹大臣清除殆尽；又将幼主孝文帝拓跋宏生母一族在朝中的势力也一一肃清。与此同时，她将胞兄冯熙及两个情人王叡、李冲委以重任；将德高望重与前朝皇帝若即若离的大臣，收买拉拢过来。另外，冯氏还擢升了一批对她忠心耿耿的宦官，让他们死心塌地充当自己的鹰犬耳目……

皇冠虽仅是一顶镶金缀珠的帽子，但争夺起来，从来都是刀飞血溅。胜者必须既是猛虎又是狡狐，冯氏概莫能外。值得庆幸的是，冯氏翦异排他，绝非仅为一己之私，而是为了大展她积蕴已久的政治抱负。

汉人史家在著录这段历史时，处于男权心态，对冯氏养面首一事，多有指责。历史上，秦始皇后掖中有万名丽人的香阵，唐玄宗宫廷里有四万美媛的艳景，可史家在记述时，不过是理重事复，甚至津津乐道。其实，性爱是人类心理感受中最为敏感的神经元，是人生享受中最大的享受，人在这种感受中获得的快乐也是最大的快乐。二十四岁守寡、雪肤玉貌的冯氏，仅与二三情人宠臣，在宫闱里两情缱绻，效鱼水之欢，当在情理之中。

思危则安，思亡则存，思乱则治。太皇太后冯氏在掌控了朝局后，便展开了多层面、系统性的政治和经济体制的大变革。

公元484年，她首先推行了"班禄制"。在这之前，北魏的大官小僚，仅靠战争掠掳，来满足或豪华或小康的生活。拓跋焘统一北方后，战争益少，单靠掠夺，已是短绠汲深。于是，贪污之风盛行，官员中出现了贫富悬殊的巨大反差。曾在拓跋焘朝写下《高士颂》的高允，此时已身居中书令高位，但他仍清廉自守，不饮盗泉，竟全家栖身破草房，仅靠咸盐煮青菜度日。然而，像高允这样的清官，毕竟寥若晨星，而大贪小贪却如过江之鲫。冯氏对各级官吏及皇室成员，一律按官阶定禄，统由国家发给米、帛、田户、力役等。同时，她还主持制定了极为严苛的惩贪刑法，凡贪污、勒索之财务达一匹绸绢之价值者，即判死刑……

民不富足而政权稳固的王朝，亘古未有。志存高远的冯氏，于公元485年，又在北魏紧锣密鼓地推行了"三长制"和"均田制"。

此前，北魏各地实行"宗主督护制"，宗主以"督护"地方的身份，代朝廷征收租税。这些宗主们，名义上虽自称一户，实则为三五十家，甚至多达百余家。他们瞒报户口、把应交赋税据为己有的劣行，使得国库空虚，佃民一贫如洗。加之显宦豪强广吞田产，强占山林牧场，使国家可控土地，益见稀少；无田可耕、啼饥号寒的百姓走投无路，以武力抗争的事件，时有发生。为解黎庶于倒悬，冯氏派出大批官员，在夏收秋种时节，出人不意地于田间清查户口。在彻查人丁之后，她排除一切阻挠，雷厉风行地推行起了"三长制"：五家为一邻，五邻为一里，五里为一党；邻有邻长，里有里长，党有党长。三长制之实行，赋役由此前所谓一户，变为真实的一家，朝廷可直接掌控，这就大大加强了北魏王朝的中央集权统治。

"三长制"初成，冯氏又以孝文帝的名义下达了"均田令"。均田制规定：凡十五岁以上的男子，每人授露田四十亩，女子减半；奴婢授田数与

287

平民相同；一头耕牛授田三十亩，以四头为限；官员也按职位高低，授予数目不等的公田。露田、公田为粮田，所有权归国家，且根据人口、耕牛的变换情况，随时调整。另外，每个男子授桑田二十亩，女子五亩，用以种植桑、枣、榆、麻等经济作物。桑田为"世业田"，可代代相承。冯氏还采取特别优惠的政策，鼓励百姓由地少人多的"狭乡"，迁至地广人稀的"宽乡"……均田制所含纳的内容，环环相扣，细针密缕。在甘露普洒人间的同时，还尤为眷顾鳏寡孤独等弱势群体。

均田制的推行，使北魏的生产力像井喷一样尽情迸发。广袤的山川大地上，每一片，每一垄，都成了天下黎庶忘情恋栈的"伊甸园"。拓跋鲜卑由开国之初，学习荷锄民族田园生活的"仿本"，一下变成具有原创色彩的农业文明的"正版"。这具有全新意义的封建均田制，成为北齐、北周、隋唐的"沿用本"，历三百余载而不衰。且为以后各朝各代的统治者，在如何对待"农田"这个事关国运的大课题上，提供了不可或缺的"蓝本"与"参照本"。由是观之，冯氏的均田制，无疑是中国农业文明史上的一块永闪光华的里程碑！

一代国色安天下，锦绣心机"史"中藏。自幼饱读史书的冯氏，深谙封建王朝的覆亡，多由腐败引起，而腐败又往往从皇室内部发端，尔后上行下效，蔓延全国，最终导致政权彻底崩溃。冯氏二度柄国后，面对北魏王室及各级官员的腐败日甚一日，在推行班禄制前夕，就大造"反腐倡廉"的舆论。她以华夏历史为殷鉴，亲自为北魏王室成员，撰写了珠圆玉润，文采斐然，朗朗上口，多达三百余章的《劝戒歌》。《劝戒歌》告谕王室成员要自珍、自重、自廉、自律，守节不移，公忠体国，并将之定为皇室学馆的必读本。

冯氏儿孙辈的王室成员，在反复诵读《劝戒歌》后，尚能遵章守规；而与冯氏同辈的诸王，却对冯氏的良苦告诫，视为耳边轻风。怀朔镇将、汝阴王拓跋天赐、雍州刺史、南安王拓跋桢，均是冯氏之夫君拓跋濬皇帝的弟兄，这"二王"贪赃枉法，纸醉金迷，为北魏王朝的两大巨贪。冯氏派两个"专案组"，分头去彻查二王之后，将二王押回京城，欲施以极刑。朝中几位老臣再三跪请，冯氏迫不得已，才免二王一死。但在以孝文帝名义颁布的诏令中，仍列举二王十恶不赦的罪行，以儆效尤，并将二王打入囚牢，终身禁锢。时隔不久，冯氏得悉，她派出的"专案组组长"、朝中大臣闾文祖，在赴长安侦破南安王犯罪事实时，有受贿行为，便当即革去闾文祖的官职……

冯氏在这场"反腐风暴"中，对皇族中的二王尚且如此严惩，对其他贪官污吏更不手软。当她接到知情者举报秦州刺史尉洛侯、雍州刺史目辰、长安镇将陈提等人贪污不法时，气得周身颤抖，便即刻派人去查清了他们的罪行，旋即下令处死洛侯、目辰，发配陈提。这之后，冯氏又以孝文帝的名义，下诏罢免了从中央到地方的一千余名只反小贪，不反大贪，只捉"苍蝇"，不打"老虎"的办案官员……

这一系列厉法禁、令必行、罪则治的反腐举措，使得侥幸漏网的贪官，捻神捻鬼，睡不安枕，黑手不敢再伸；而那些本来清正的官员，益发勤政廉政，脂膏不润。

人类社会进程犹如浩浩东去的长河，它既是历史的，又是现实的。一千五百余年前，太皇太后冯氏在北魏的反腐刺贪的史实，已超越时空；她所擒拿的那一批批赃官墨吏，仍如同从当今河池里捕捉的鱼鳖虾蟹一样，在我们面前活蹦乱跳。

班禄制、三长制、均田制和整饬吏治等全方位的大变革，使北魏很快走向鼎盛与辉煌。据《魏书》记载，太皇太后冯氏辅佐孝文帝掌国期间，"百国千城，莫不欢附"，"九州致贡，殊域来宾"，"商胡贩客，日奔塞下"……当时北魏辖户五百万，人口两千五百万，是当时世界上人口最多的国家之一。

司马迁有云："恃德者昌，恃力者亡。"太皇太后冯氏，深明"俭为德之共，奢为恶之大"的奥义。她清茶淡饭，衣不完采。她经常带着皇孙孝文帝深入民间，访贫问苦。在均田制实施的第二年，北魏大旱，百姓望云霓而断颈，禾苗盼甘霖而折腰。冯氏在开仓赈灾的同时，下令停建朝廷的楼堂馆所，并把宫中与纺织无关的宫女，发送出宫。不久，又在宫中停止制作皇室所用的绫罗，还把宫中十分之八的衣物珍宝、太官杂器、太仆乘具、内库弓箭刀铃，以及外府的大半衣物、缯布、丝纩一一分发给六镇戍兵、贫民和残疾人。

　　冯氏见皇孙孝文帝已能不折不扣地贯彻她的治国大计，便淡出了政治舞台。这时，冯氏越发显得宅心仁厚。她的心境像秋日的呼伦湖一样淡定、澄明；她的心态像大雪后的呼伦贝尔草原一样宁静、轻软。一天，冯氏身体欠安，需服菴闾子。御厨因夜间失眠，误把稀粥当汤药端给了太皇太后，而且稀粥里还有一只死蜻蜓。孝文帝见状，勃然大怒，下令处死御厨。冯氏摆手制止，用筷子挑出蜻蜓，边喝粥边笑吟吟道：御厨做的这粥太香了，连小蜻蜓也飞来凑热闹……

　　公元490年深秋，冯氏魂归普陀，享年四十九岁。纵观冯氏刚柔并济、王霸张弛、屈辱过、哭泣过、仇恨过、挚爱过、欢笑过、开明过、光辉过的一生，会令多少男性君王自愧弗如！

　　孝文帝嘉给皇祖母的谥号为"文明太后"，可谓实至名归。

六

　　文化是个复合体。它包括信仰、宗教、道德、法律、知识、艺术、风俗及人作为社会一员所形成的习惯等等。文化是一个国家与民族的生存之根，是生生不息的灵魂与血脉。最终印证一个国家和民族伟大的，是她的文化。北魏王朝在文明太后冯氏主政时期，在中国历史上第一次形成了游牧文化与农耕文化、华夏文化与外域文化兼容并蓄的显著特质。

　　这特质集中体现在大同云冈石窟佛教造像上。

　　云冈石窟位于今大同市西郊武周山南麓，石窟依山而凿，东西绵延一公里，现存石窟五十三座，造像五万一千余尊，佛像最高者达十七点八米；动植物花纹浮雕图案，更是不可胜数。其工程之大部分，告竣于文明太后柄国期间。

　　公元446年，太武帝拓跋焘西征长安镇压"盖吴起义"时，发现一寺庙内，暗藏兵器，群聚淫乱，遂发生了历史上有名的"太武灭佛"事件。这之后，北魏朝中，内侍宗爱"连弑二帝"，引得朝野上下，说佛谈禅，甚嚣尘上。即位不久的文成帝拓跋濬，在皇后冯氏及大臣们的极力撺掇下，再度复法兴佛。

公元 452 年，拓跋濬颁诏：凿石造佛，如我帝身。僧师与工匠于兴安初年，凿出一尊魁梧的"兴安佛像"。这尊释迦像的脸上、足上，竟各有黑石，冥同拓跋濬面上、脚上的黑痣。这将梵宫之"梁"，换作帝王之"柱"的手段，显示出拓跋王朝过人的精神统治智慧。这种艺术上的胆略和气魄，也只有马背民族才能做得出来！

翌年，西域高僧昙曜，应诏来到平城。不久，他即被拓跋濬与皇后冯氏尊为帝师。在冯皇后的董理下，由昙曜主持，皇家又相继开凿出"昙曜五窟"（现第 16 至 20 窟）。五窟从开国皇帝拓跋珪到时任皇帝拓跋濬，一帝一窟，依次而建。每窟一石门，一石窗，外壁雕满千佛，主佛释迦均高达十三米以上。它们或坐或立，无不假释迦之躯，雕皇帝之态，借释迦之仪，传皇帝之神。使云冈石窟，成为神圣不可侵犯的拓跋皇室祖庙。

这借佛之望、增帝之威的"僭越"，挣脱了中外造佛艺术的绳墨，恰恰成为鲜卑人在佛文化上的独创。那一尊尊圆髻方额、高鼻深目、眉眼细长、嘴角上翘、巨耳垂肩、身躯健硕的释迦，神情既威严又可亲，气度既恢宏又睿智。在这里，释迦俨然成为从呼伦贝尔大草原上走来的"顶天立地奇男子，炤古腾今大丈夫！"

一切能够永存的艺术作品，是用它时代的本质雕刻的。昙曜五窟中的释迦，是西域造像艺术东传后的顶级作品。从五尊释迦眉梢、嘴角上流溢出的微笑里，每个人都会有着不同的解读。我们读到的可以是，佛家那普度众生的慈悲、亲和、怜悯与宽容；也可以是，一个从刀林剑丛中杀出的马背民族，在文化上的自信、自觉、独尊与高贵。这佛爱无涯和权力至上、佛光普照和皇恩浩荡的巧妙契合，所形成的独特风格，使昙曜五窟产生了永恒的艺术魅力！

我曾两次拜谒过云冈石窟。鲜卑族对游牧文化的守望与眷恋，令我感慨良多。各民族的文化差异，是每个民族的特征和标识。舍弃这种差异，其文化就成了不伦不类的摹本。云冈早期开凿的石窟，形状与穹顶，均如同放大了的巨型草原毡包，大佛释迦身着的袈裟，或披或袒，那厚重的衣纹，酷肖草原的毛纺织品。云冈之中晚期开凿的佛窟，呼伦贝尔大森林、大草原的美的元素，仍随处可见。拓跋氏将有着"森林神兽"之称的驯鹿，镌于石窟门楣，让鲜卑族的图腾，在佛堂里占有一席之地；拓跋氏将挺拔修直的白桦，刻于石窟立柱，使庄严的佛殿，平添了隽永秀逸的诗意。梵宫本是莲界，而云冈的一些石窟里，却将大草原上的花草，点缀其间，使莲花的梵宫，益发气韵生动。鲜卑人还将佛教中"白马吻足"的故事，刻于佛堂明窗两壁，让他们刻骨铭心的爱马情怀，得以细腻感人的展示。石窟里护法神鸟那折扇般的翅羽，飞天那翩然而翔的衣袂，很容易让人们联想到呼伦湖畔白天鹅、丹顶鹤们的典雅、娇娜、舒展的舞姿……

风格是思想的衣裳。鲜卑族毫不掩饰地对游牧文化的守望与眷恋，足以引导人们走进他们灵魂的秘境。

守望与包容，是民族文化发展的两个密友。鲜卑族在建筑云冈石窟时，一刻也没有忘记艺术上的兼收并蓄。文明太后冯氏主政时，云冈石窟汉化倾向日见明显。在洞窟形制上，不仅有毡包形，更多地出现了具有荷锄民族风格的前后殿堂式和方形中心塔柱式。随着石窟面积的大幅增加，雕刻的形式及内容，也异彩纷呈。这些佛窟里，虽仍以释迦、菩萨为主雕，但释迦的十大弟子，及飞天、比丘、力士、金刚、伎乐天等，皆一一雕在殿内两侧、四壁、窟顶及由雄狮、大象驮起的廊柱上。佛经的故事，也多被雕在石窟各处，使中国传统建筑的云冈石窟，充满了佛国仙境的浪漫。云冈六窟之中心塔柱下的佛龛里，有一"九龙灌顶"的石雕。原佛经中，有二龙为释迦吐净水沐浴的情节，而在这里却变为九龙。"九"在中国为最高之数，"一言九鼎""九五之尊"，是皇帝常用和专用的术语。英国历史学家汤因比的"佛教一进入中国即被中国化了"的说辞，在这里得到了确切的佐证。

最能代表云冈艺术之兼收并蓄的，当属第十二窟。此窟亦称音乐窟。其前室北壁上，伎乐天们，手持中原、草原、西域、中亚的各种古代乐器，或拨或弹或吹或奏或击或打或敲，组成了一支庞大的"交响乐团"。这场面，这情景，仿佛是在看不见的皇室巨手的幕后指挥下，共同吹奏着北魏的经济强盛曲、文化繁荣歌。

智慧的人类为使各民族及个人的历史能彪炳千秋，常以文字的形式，或铸于铜鼎，或写于竹帛，或载于纸页，有的帝王甚至将自己的形象塑成金身。而从嘎仙洞石室走出来的拓跋氏，最钟情、最信赖的却是石头。拓跋濬在复法兴佛的诏令中曾云：纸帛易破，泥塑易碎，金像易烁，唯石雕可与天地共长。云冈石窟，实则是一部拓跋王朝的石刻之历史，"无韵之离骚"。

历史常是胜利者的自我宣传。作为胜利者和为北魏谱写出壮美华章的文明太后冯氏，有资格被雕于这石刻历史上。

文明太后掌国后的云冈佛像，一改此前清一色男性佛像的单调，在一些雕像中，出现了女性化特征。女人，常被誉为上帝微笑的化身；没有一种力量，能比一个自信而美丽的女子的微笑，更能征服人心。这将佛像女性化的艺术变革，使云冈佛像的佛光，更能照彻人的心胸中的蕴蓄，夺人魂魄。第七窟之"六美人"之佛雕，"宝相庄严，拈花带笑"，是变革后的代表作。云冈石窟，雕有多幅有关太子的佛经故事。那"姨母养育太子"的情景，仿佛不是来自佛经，而是冯氏抚养两代太子的移花接木。云冈有近四百处释迦与多宝二佛并坐的雕像，此乃暗喻文成帝拓跋濬与皇后冯氏，"二圣"共理朝政。孝文帝拓跋宏对祖母冯氏，至孝至顺，在祖母过世后，特颁诏将最豪华的第六窟命名为"佛母洞"，旨在称颂创造出"正版"农业文明的太皇太后的大功大德……

建筑与雕塑常是考量一个国家文明的尺度。云冈石窟，是以皇权的意志，集北魏的高僧逸士、画师国手、能工良匠，建造的国家级工程。

云冈，是今人解读北魏政治、经济、军事及文化艺术的石刻的"四库全书"。

云冈的全石化建筑，富丽堂皇，雍容华贵，闳阔深沉，巧夺天工，既具自然美，又富规则美；云冈的石像、石雕惊世骇俗，别树一帜，豪宕奇峭，流丽精工，是形诸于石的诗，也是形诸于佛的画。

云冈石窟，是荷锄民族与马背民族联袂创造的文化宝石，也是中华民族献给全人类的艺术明珠！

"城中好高髻，四方高一尺；城中好大袖，四方全匹帛。"云冈石窟的修建，引得北魏疆域内的礼佛造像，蔚成风气。各地官员及百姓，仿效皇家之举动，纷纷推陈出新，佛为我用。妻子为亡夫造佛者有之，儿子为先父造佛者有之，子孙为先祖造佛者亦有之。一时间，竟出现了梵宫遍立、万佛争竖的景象。达官贵妇及富豪，也学着皇廷的样儿，将家族历史、个人生平刻在石头上，一股"墓志铭"之热，也兴起于北魏……

　　文化的力量在于对人的心智、美学、道德的培养。倘若说文明太后冯氏董建的云冈石窟，足可以在世界美术史上永灼其华；那么在她精心启蒙、训迪、教化乃至激励、鼓舞下成长起来的一代英主拓跋宏，该是她的最得意"作品"。

　　文明太后谢世后，独掌朝纲的拓跋宏承袭了祖母的衣钵，以文治为中心，加速汉化，完全实现了鲜卑族与汉族的大融合。

　　孝文帝拓跋宏在位期间，最大的举动，是于公元495年秋将帝都从平城迁至洛阳，使这个荒废了一百七十余年的汉、晋古都，又以万象更新的姿态，矗立于中原大地。街道的宽阔，宫殿的巍峨，佛寺的华美，自不待言。那为富商大贾专划的居住区，那为雅士、艺人专辟的街道，那为酒家、茶客规置的酒肆茶楼，无不绿树掩映、错落有致。那为江南来客专建的"金陵馆"，那为东方来宾专造的"扶桑馆"，那为塞外友朋专设的"燕然馆"，那为西域睦邻专修的"崦嵫馆"，也是人到熙熙，马到攘攘。龙门石窟，也应运而生。当时的洛阳，成了亚洲文化的中心。

　　迁都洛阳前后，孝文帝对鲜卑族全盘汉化。他先是修订刑律，将此前斩刑犯人时"除衣裸体"、一人犯罪"株连全族"等之酷恶之法废除；接着又改官制，中央及地方一律按汉制设立文武官吏，同时取消王公贵族世袭爵位的制度。他下令废陋婚，厉禁鲜卑同姓人通婚，并亲做月下老，促成皇室子弟与汉族官员的儿女，结为姻亲；他敕令改制鲜卑服饰，无论男女，一律着汉服。他颁诏讲汉话，朝中凡三十岁以下的鲜卑官员，"不得以北俗之语，言于朝廷，若有违者，免所居官"。为把汉化进行到底，他将鲜卑族的一百一十八个复音姓，全部改为汉姓；并率先垂范，将"拓跋"改为"元"，自尊元宏。于是，"丘穆陵"易为"穆"，"步六孤"易为"陆"，"独孤"易为"刘"，"贺赖"易为"贺"，"纥嵇"易为"嵇"，"尉迟"易为"尉"，"拔拔"易为"长孙"……并定魏、陆、奚、贺、桓、刘、于、长孙等八大姓为国姓，与朝中汉族崔、卢、郑、王四大姓，享受同等政治待遇。孝文帝将朝中鲜卑人的籍贯，通通改为洛阳县；同时还命令死于洛阳的鲜卑贵族，不得还葬平城……

服饰、语言乃至姓氏，是每个民族的特征和标志，是血肉关系中最亲密、最不应该泯灭的部分。孝文帝的激进改革，后人褒贬不一。鲜卑这个民族经过无以复加的汉化，最终消失，无疑是一个民族的悲哀。但换一个角度看，荷锄民族与马背民族第一次真正的大融合，对推动中华文化大发展的意义也不应低估。

一个民族的文化越是悠久，文明越是彬彬有礼，它风尚的诗意则会愈来愈少。要使一个民族的文化经久不衰，就必须不断给其注入新的刺激与活力。

书法，是中华民族精神家园里独有的一方仙苑；书法，是中国传统文化的核心。书法在篆、隶、楷、行、草五体之外，还有一体曰"魏碑"。魏碑正是野性飞扬、悟性灵动的马背民族鲜卑人，在对汉文化的冲击与融合中诞生的。它上承汉隶，下启唐楷，隶楷兼备。康有为言魏碑有"十美"：一曰魄力雄强；二曰气象浑穆；三曰笔法跳跃；四曰点画俊厚；五曰意态奇异；六曰精神飞动；七曰兴趣酣畅；八曰骨法洞达；九曰结构天成；十曰血肉丰美。与康齐名的梁启超，对魏碑也情有独钟，说："书法以北魏为主系，唐为润系。"在我国现存的诸多魏碑中，以莱州的《郑道昭碑》、西安碑林中的《晖福寺碑》和孔庙的《张猛龙碑》，最享盛名。自北魏以降，历代书法大家，大都视魏碑为圭臬，经反复研摹，方自成一格。清代的书法大家赵谦之，近代的书法巨匠弘一法师、于右任，都曾师从魏碑……

胡风汉制的北魏，对中华文化的巨大贡献不独石雕、石刻及魏碑。那"天苍苍，野茫茫，风吹草低见牛羊"的《敕勒歌》，至今仍是受众面最广的古民歌之一；那《木兰辞》中之"朔气传金柝，寒光照铁衣"的警句，至今仍勃发着中华儿女的豪气。大受毛泽东激赏的郦道元的《水经注》，至今仍是研究中国古代江河及历史地理的经典教本；贾思勰的《齐民要术》，至今仍是探究古代黄河流域农业技术的必读书。北魏还大量翻译了佛经，使儒释道三教，在中国初成鼎足之势……

从呼伦贝尔大草原走出的鲜卑族建立的北魏王朝，在中国历史上存在了一百四十九年。这在封建王朝的"周期律"里，寿命不算长也不算短。鲜卑族虽然消失了，但这个在中原大地上，曾留下过嘹亮歌声和矫健身影的杰出民族，是永远不会在中华史册上消失的。它的历史活着，它的文化活着。鲜卑族与汉民族，早已你中有我，我中有你。隋文帝的独孤皇后是鲜卑人，唐高祖李渊的母亲是鲜卑人，李世民的长孙皇后是鲜卑人，唐代诗人元稹是鲜卑人，辽金诗人元好问也是鲜卑人……隋唐五代，有大批鲜卑人南迁成为客家人，客家人代有英杰辈出，更是不争的史实。

文化的强大影响力，是人类不断前进的助推器。北魏王朝在文化上的开放、开明与开通，为李唐王朝提供了借镜，为托起一个盛唐搭起了平台。李唐政权持汉制，取胡风，一改秦始皇的"非秦纪皆焚"、汉武帝的"独尊儒术"，将少数民族视为中华民族大家庭的兄弟，以更广阔的襟怀、更大的包容、更全面的融合，将中华文化推向了风光无限的峰巅。

七

拜别嘎仙洞，沿着鲜卑族西迁、南下的路线，我们在呼伦贝尔的额尔古纳市的根河岸边驻足。它的北面、东面是大兴安岭，西南面是呼伦湖，南面是千里一碧的大草原。

呼伦贝尔，是一片何等神奇、神秘而神圣的土地啊！它既是马背民族的主要诞生地，也是游牧文化的重要输出地。

这里曾走出契丹族。契丹建立的大辽国，其疆域面积是北宋的一倍。它与北魏王朝一样，胡风汉制，在中国的经济史、文化史上，也留下了一道道瑰丽的风景。

这里曾走出女真族。女真人曾龙腾虎踞，掌控过大半个中国。大金国面对以奢靡拥抱着皇权、怯懦猥亵着果敢、阴谋扼杀着忠勇、淫乱侮弄着情爱的南宋，抵瑕蹈隙，发起过翻江倒海的进击。马背民族带给荷锄民族的是一声声惊雷、一个个震撼。女真人在无情冲击腐朽南宋王朝的同时，也十分注重用汉文化的儒雅，去填补本民族剽悍心灵的露缝。当时的金朝，上自帝妃，下至百官，以赋诗填词为尚。海陵王曾吟出"大柄若在手，清风满天下""提兵百万西湖侧，立马吴山第一峰"的豪迈诗句。金章宗和李妃于琼华岛并坐赏月时，竟也玩起汉人联对、组字的游戏，章宗口占"二人土上坐"，李妃即刻对以"孤月日边明"。章宗用两个"人"于"土"上组成"坐"字；李妃以"月"比己，以"日"喻帝，用日、月结成"明"字……

这里诞生了有着谜一样色彩的英雄的蒙古族。呼伦湖周边的敖包山、马蹄坑、脚印湖、拴马柱、石马群、苍狼白鹿岛之自然景观，无不与一个如雷贯耳的名字——成吉思汗，联结在一起。成吉思汗的母亲诃额仑，生于呼伦贝尔，长于呼伦贝尔。成吉思汗九岁时与他日后的皇后孛儿帖，也在呼伦贝尔赤绳系定。一代天骄成吉思汗，正是以呼伦贝尔为大后方，率领着他的蒙古大军，挥动着"上帝之鞭"，像一道道闪电，似一阵阵狂飙，掠过贝加尔湖，掠过叶尼塞河，直达里海；他的马队长啸于天山脚下、帕米尔高原；他的马队丈量过外兴安岭的山山水水，也丈量过云南边陲的岭岭峰峰，并与南海一起高歌……当时的元朝，是世界上疆域最大的国家。这梦幻般的谜题，曾令整个世界骇异、费解和太息。蒙古族在打开亚欧文化通道的同时，也创造了本民族的灿烂文化。长达十万行的蒙古英雄史诗《江格尔》、卷帙浩繁的《蒙古秘史》，早已被世界众多国家翻译出版。研讨这两部巨制，已成为当今世界的国际性学科……

蒙古族为中华民族定都北京，举行了奠基礼。今北京北海的团城内，有一元初用整块大玉石雕成的"渎山大玉海"，至今它仍睁着巨大的玉一样眼睛，用公正、诚实的目光，见证着一座伟大城市，是怎样在荒野里诞生，于泥淖里分娩……

满族的前身是从这里走出的女真人。满族创建的大清国也曾创造出和盛唐"贞观之治"一样民富国强的"康乾盛世"。清朝鼎盛时的国土面积为一千三百八十余万平方公里，是当时世界上国土面积最大的国家……

20世纪30年代至80年代，在内蒙古赤峰、辽河流域，不断发现的"红山文化"，震惊了中外。蛇形原龙、鹿形原龙、马形原龙、猪形玉龙的出土，宗教礼仪性的大规模的建筑群"积石冢、神女庙、石祭坛"的显现，一再确证，北国的游牧民族和中原的华夏民族，同出一脉，同为炎黄子孙，同是龙的传人。

天地浮浮沉沉，春秋来来往往，朝代更更替替。以唯物史观去观照历史，自北魏以来，荷锄民族与马背民族的战争，是兄弟阋墙、争坐江山的争斗。在这部长长的历史连续剧里，荷锄民族与马背民族，都曾当过权力的主角与配角。在南北朝、宋辽金时，也曾同为 A 角。纵观中国历史，中华民族总是在割据、对立、抗衡中，最终走向统一的。统一，是中华民族的主题词；统一，是中华民族大发展的最牢固的基石。历史上的每次大统一，各少数民族都以一股股新鲜的血液，激活了汉民族的肌体和机能，优化了汉民族的基因和品质。今日之大同市，曾是北魏京都、辽金陪都、元朝西京，当属历史上民族融合的"金三角"地带。大同自古出美人。从北魏至明朝，大同曾出过二十五位皇后、九位嫔妃……

文化同世间的万物万有一样，也会有着诞生、发展、衰退乃至消逝的过程。古埃及、古希腊、古巴比伦、古印度等原生态的"母文化"，同中华传统文化一样古老，一样著名，后均因外族的占领和外族文化的侵蚀，渐次消亡了。中华文明何以历五千年而不衰，在呼伦贝尔这片古老的游牧文化的输出地，在当今这片仍有着四十三个民族居住的圣土上，我们似乎能找到某些答案。

崇尚天人合一，讲究和平仁爱，追求综合包容，是中国传统文化的精髓；但也打有安土重居、封闭自守的农耕文明的烙印。正是因为汉文化有着巨大的向心力和凝聚力，才使得历史上的马背民族和其他少数民族心向往之。然而，正如近亲婚姻，"其生不蕃"一样，单一的文化是不会有强大发展动力的。一种文化必须有多种异质文化的不断刺激、掺和与交糅，才能在互补中，焕发出勃勃生机。历史上，马背民族对汉民族的一次次冲击，只会像磨剑石一样，磨去的仅是中华传统文化的惰性，而其剑体越发显得光华四射。

正是五十六个民族文化差异的相互砥砺，才共同书写了中华民族精神的图谱！

呼伦贝尔的记忆，很多很多。它既是中国的记忆，也是世界的记忆。

呼伦贝尔是"中国历史的幽静后院"，也是当今我国硕果仅存的环境后院。

徜徉于根河岸畔，流连于大草原的碧草清流之间，鲁迅在《中国地质略论》中名言，倏地闪现在我的脑际："中国者，中国人之中国。可容外族之研究，不容外族之探险；可容外族之赞叹，不容外族之觊觎者也。"

物质丰富世界，文化设计未来。我们正处在经济迅猛发展，传统文化失忆的年代，也处在物欲横流，真善美最容易被击碎的年代。为振兴强大中华民族的国力，我们汲取西方文化的先进部分是完全必要的。但对某些国家的侵略文化、霸权文化、损他利己文化，我们应像大草原的雄鹰一样，时刻保持高度的警惕……

要守住中华文化之根！

2011 年 9 月 28 日于济南

我眼中的老龙湾

　　大自然中有若干真正的美的个例。沂山北麓、临朐城南的老龙湾，就是上苍造物的美的典型。我每到老龙湾畅游，总感到这里的一切自然景物，无一不是从地母的筋骨中迸出来的，血液里激出来的，性灵里跳出来的，智慧中喷出来的。

　　老龙湾古称熏冶湖，因传说有神龙潜居其间而得名。远在4.5亿年前，这里还是一片汪洋。上苍将脚轻轻一跺，这里便发生了地质学所称的"加里东运动"，使海中的地壳隆起为山，海水渐渐退去；上苍把手轻轻一点，海浮山下便有了今日我们见到的三百余亩湖水，海浮山上也留下了宽六百米、长一千二百米的石海。这石海是迄今为止我国北方所发现的规模最大的"喀斯特"地貌景观。这喀斯特地貌，与广西桂林的山水、广东肇庆的七星岩和湖南武陵源黄龙洞的自然景观一样，充溢着造化之奇、天籁之妙、流动之韵。

　　老龙湾是由成千上万个泉眼，从特殊的地下岩层结构里喷出的泉水汇成的。它本是寂寞天地的寂寞伴侣。自打它偶尔被人类发现之后，这里便激起了一次次感叹的狂潮。湖周边的一些未名泉，也纷纷有了或因豪侠或因帝王或因雅士来此一游而命得的芳名。春秋末期，冶炼巨匠欧冶子，在老龙湾的主泉旁淬火铸成了一批"龙泉"宝剑，这主泉便有了"铸剑池"的大名。战国时代，齐宣王的虽奇丑无比却大有贤德的无盐娘娘，因在湖边一个泉中洗过战马，此泉便得名"濯马泉"。秦始皇东巡琅琊时，因喝了齐人献上的"千日醉"酒，便驱驾来老龙湾驻跸，在飘飘欲仙时挥毫篆书"神池"，以敕封酿造此酒的泉池。后人便将这泉以"秦池"谓之。在《水经注》中对老龙湾多有生花妙笔的郦道元（字善丰），少年时曾多次跟随任青州刺史的父亲出游老龙湾，他乐不思归的那个泉子，后被命名为"善息泉"……宋代范仲淹、富弼等名相硕儒，也曾常常陶醉这里的湖光山色，流连忘返。富弼还为弃官隐居的当地名士刘概，建起了一座名曰"良公斋"的馆舍，老龙湾遂成了刘氏的私家园林。越三百年，园林易主明代大散曲家冯惟敏。冯氏又在这里留下了戏楼、化雪桥、云栖亭、江南亭、清漪亭和小蓬壶等人文景观。这些人造的"第二自然"，与老龙湾的天然之美、野性之美相映成趣，成为游人既适情更适性的曼妙造像。

老龙湾的神性、灵性，盖源于汩汩喷涌的泉水。

浪花里有音乐的银钟，碧波下有奔驰的生灵，湖岸边有绿色的挥洒，山崖上有生命的翔舞……这是春天、夏日的老龙湾，给我留下的最为深刻的印象。

每次抵达老龙湾，我总能感到有一阵阵湿润的水汽，摩挲着我的面颊，轻绕着我的肩腰，而从竹林里吹来的竹叶的清香，山崖上飘来的野花的馥郁，使我感到自己的身心仿佛与自然在同一脉搏里跳动，同一音波里起伏，就连呼吸也变得无穷的畅快。

老龙湾的泉眼，千姿百态，但无一不按上苍的意愿而恣意涌流。主泉"铸剑池"的泉水，从岩下的石罅中咕嘟嘟地冒涌，势如龙喷蛟吐，声似滚雷走鼓，清湛湛的泉水，曲玲玲地流转，在阳光的照射下，若霓若虹，是献给游人的"精神圣餐"。清澈见底的湖中，随处可见或铜钱般大或豆粒般小的密密麻麻的泉眼，它们像一群群顽皮的精灵，蹦跳起落，在湖底以无声的语言，吐出了最完美的诗句；那珍珠似的水泡儿，升腾于水面，幻化成一个个嫣然灿笑着的美人涡儿。濯马潭的泉水，则别出机杼。此处之水，比重颇大，投以硬币，良久才能沉入潭底。此潭水深盈丈，晶明透亮，即使有指甲般大的螃蟹从石隙爬出，人们也能瞧个清晰。濯马潭的水在"云桥"下汇入主湖时，竟在水面上留下一条玻璃纹似的明显水线，若投石击破水面，俄顷又复原状。

老龙湾的水最深可达四米，都像濯马潭的水一样，能映出晴霞的纯洁，朗月的光华。我想这里的水应是上苍最原始、最纯净的泪滴汇聚。更为奇特的是，老龙湾的水温常年都是18℃。正是造物者这恒温18℃的运命逻辑，方使得投生在这湖中、湖畔及海浮山下的万千生物，凡类可尽其性，都实现了生命的彻底通快。

水是一切生命的终身乳娘。从地岩里冒出的老龙湾的水，富含多种矿物质和微量元素，是地地道道的"天然矿泉水"。秋日里我和朋友们曾在"江南亭"前的石桌旁，从"秦池"中取水煮沸沏过一种名茶，其汤色之清绝，味道之芳菲，令我嗟讶。我想《红楼梦》里品茗高手妙玉，若遇得此等泉水，就不必煞费苦心地去蓄雪化水烹茶了。夏日里我也曾用从"濯马泉"里汲取的水擦过脸，那水像泡过薄荷叶一样清爽，像绸缎一样滑腻。我想昔年那"温泉水滑洗凝脂"的杨玉环，若知道天下竟有这等柔软且富有质感的泉水，定会让唐玄宗动用千乘万骑，沿驿道将老龙湾的水络绎不绝地运往长安。

老龙湾的南岸，有一片江北最大的天然淡竹林。淡竹的故乡在江南。老龙湾的淡竹，无论身个儿、竹节和叶片，都比江南的淡竹挺拔、粗壮、肥厚了许多。它们就像昔年放开了裹脚布的女子一样，勃舒而刚强，倜傥不羁而又大大落落，尽情释放着被拘泥被束捆的生命能量。它们那活生生、热辣辣的生命激情，就像"铸剑池"的水一样涌出，难以遏控。它们的每一叶片，都像用桐油刚洗过一样，不见一丝儿枯黄，是熠熠有光的墨绿。那每一杆竹体，都像特大号的绿笛一样，一齐昂首向天，高吟着生命的"解放曲"。

老龙湾北岸的石竹丛旁，有若干株树身巍峨的垂柳，遒劲有力地矗立着。在人们的认知中，垂柳高不过杨粗不过槐。可老龙湾的垂柳，却挣脱了这世俗的"清规戒律"。它们仿佛忘却了自身应有的婀娜多姿的框范，每一枝条，每一纤维，每一叶脉，都一反矜持、拘谨和彬彬有礼的常态，张扬着生的自由、活的畅快。它们有的比白杨还高，比古槐还粗。从它们头上纷披下来的一层层、一叠叠翡翠般的垂帘，共同编织着生命的织锦。老龙湾畔的角落里，还放胆尽兴地生长着松柏、洋槐、法桐和楸树等各种树木。那高耸劲拔的法桐，直逼云天；作为来自浪漫之国的树种，在这泉

302

水恒温18℃的清凉世界里，仿佛忘却了自己的国籍，异化成像山东大汉一样豪烈、刚劲的风骨。土生土长的楸树，更不示弱，它们无不伟岸英武，试与法桐一争高低……

纳海浮山之灵气，汲老龙湾之膏泽，这里山崖上、路径边的花草，也都找到了它们惬意生存的乐土。二月的迎春、连翘，三月的紫槿、榆叶梅，五月的洋槐，六月的榴花，都以清泉孕育着的生命律动，形成了一种不可比况的空灵与谐和。你刚织出金色的云，它又腾起紫色的雾；你才托起白色的雪，它又绽开火红的霞……它们次第灿烂着这片水湾，最大限度地彰显出泉的清韵、花的秀逸。

老龙湾也是百鸟最能展现生命底气和元气的城邦。它们或戏耍于湖面，像陀螺似的风一样打转；或抖翅于柳梢，那忽忽闪动的翅羽，飘逸着力与美的风姿；或停栖于枝丫，卿卿我我，无所顾忌地谈情说爱；或在竹林里鼓动着舌底簧，大展歌喉，唱得山花入神，唱得小草大醉。在这里的鸟儿们看来，即是一声霹雷震酥了山野，也撼不动老龙湾这"爱墙"内的自由。

白鹭，向有"环保鸟"之誉。对生存环境的要求，它们极为挑剔，对污气浊水，它们会宁死不屈。十年前，五百余只白鹭，经过多次侦察，反复筛选，最终圈定了老龙湾这片没有恫吓、没有欺诈、没有生存压力的洁水圣地，以为家园。它们年年春天来老龙湾畔的法桐上筑巢，生儿育女，秋日南归。恒温18℃叮咚作响的泉水，洗得它们雪白的裘毛益发雅洁；天然矿泉水里生成的活鱼跳虾，喂得它们那增之一分则嫌长、减之一厘则嫌短的流线型躯体，流贯着一种灵性飞扬的精神。望着老龙湾里这令人心颤的娇娇美者，我赏识它们哲人的睿智和孩童般的纯真。人类也应艳羡它们不被查户籍也可来去自由的生存选择。

当天寒地坼、北方的江河结了厚厚冰层的时候，老龙湾便由夏日的清凉世界变成了太虚世界。乳白色的雾气在湖面上升起，如仙女的轻衣飒飒袅袅、飘飘冉冉。轻雾像迷离的月色一样，使老龙湾清晰的画，变成了朦胧的诗，使人更有玩味的余地。置身其间，如临天宫瑶池。此时，北国江河里的鱼儿，在冰层的"囚牢"里早已冻得收肩缩背，筋抽肉僵，血液似乎也不再流动，无奈地开始了漫长的冬眠。而投生在恒温18℃的老龙湾里的金鲤、青鲫、白条鱼，却一如往前，在这明净的"水晶宫"里，快快活活，自自在在，优哉游哉，挥洒着各自过剩的精力。老龙湾墙外，有一池又一池的人工养殖的虹鳟鱼和中华鲟。这两种鱼对水质和水温的要求，非常严苛。老龙湾的恒温泉水，足以满足它们的生理要求。它们乔迁这里后，没有生存的烦恼，在"暖榻"上睡，在风光里长，繁衍着它们的后代。那被称为水中"活化石"的中华鲟，在老龙湾里找到了恣意释放生命基因的"硬件"和"软件"。即使在滴水成冰的隆冬，仍有两米多长的中华鲟，以小舟似的肥硕身体，在这人间瑶池里，耕波犁浪。

生命是一切生物心中的无形的太阳。一切生命都努力寻找适应各自的生存环境，无不以最天然、最真挚、最本色的生存状态，作为自己生命的最高梦想。我在穿越了时光的隧道、历史的风尘仍在美丽着的老龙湾里，所见到的一泉一池、一竹一柳、一草一木、一鸟一鱼，仿佛都在向我诠释着生命的本质和意义。

2012 年 12 月 8 日于济南

国　虫

一

　　人从大自然万物万有那里获取的无穷乐趣，都是上苍馈赠给人类的最完美的礼物。

　　近几年，我把目光瞄向体长仅二十毫米的小蛐蛐，绝不仅是未泯童心的放飞和复归，而是想从这神秘的小虫豸身上，去观察、理解和破译回响在宇宙中心的最响亮的音符——"人"。

　　去岁元宵节前夕，我到山东名虫产地宁津县采访。该县在上个世纪90年代初，曾连续举办过两届全国性的蛐蛐节。

　　宁津尤集乡陈家村一捕虫农人，向我讲述了一桩听来令人不胜唏嘘的故事：这农人曾捕得一"红砂青"名虫，被上海某玩家购去。红砂青在上海斗场上连战十数场，皆扼吭拊背，致敌死命。此虫于深冬寿终正寝，虫主先是打造金棺将虫装殓，接着乘飞机从沪至济，继而又租乘奔驰直奔陈家村。虫主与捕虫人一起祭拜圆寂的红砂青小虫后，虫主趁风高月黑，独自悄悄掘深窟将金棺埋葬，让这虫中的"常胜将军"魂归故里……

　　济南有一陈姓玩家，嗜虫如命，素以饮酒斗虫为快。前年初冬，陈因一爱虫猝死而痛不欲生。他将放大的爱虫遗像端置案几，每日焚香叩拜，追荐亡灵。嗣后的一段时日，人们常见陈双手捧着玻璃制作的小棺材，内装其爱虫遗体，在闹市中踉踉跄跄，呼天唤地，泣如雨下。不明就里的观者视其为"疯子",而圈内人则叹其为"虫痴"……

"金棺葬虫"的上海虫主与"哭祭亡虫"的济南玩家之作为,虽有悖于世之常情,但凡了解中国昔年蟋事的人,便会觉得这不过是邯郸学步而已。

前些年,宁津县领导层因对"虫经济"见解歧异,在鼓励农民捕虫、卖虫的同时,不再举办全国性的蛐蛐节。山东另一名虫产地宁阳,便抵瑕蹈隙,及锋而试,人弃我取,再举蟀帜。

宁阳自 1998 年始,每年都于仲秋时节举办"中华蟋蟀全国友谊大赛",迄今未断。

早就听说每当处暑节令过后,宁阳的虫市便开始火爆起来。为一睹虫市景况,我于 2000 年 8 月中旬的一个清晨,驱车来到宁阳县的泗店镇。

泗店既是名虫产区也是全国最大的蟋蟀集散地。肥城至兖州的公路主干线在镇中横穿,公路两侧是宽展圹埌的虫市。

虫市上到处摆满小桌子,每张桌后皆端坐着收虫人。他们来自全国二十多个省市,以沪、津、京、杭、西安人居多。当地青男壮夫因夜间捕虫此时正在酣睡,卖虫者多是农妇村姑和稚童。他们或车推或肩挑或手提着装有蛐蛐的七彩纷呈的瓷罐陶皿,从四面八方潮水般涌向虫市。未及中午,虫市已是比肩继踵,人山人海。卖虫者和买虫客挨着,挤着,移动着,整个虫市连衽成帷,人声鼎沸,望去已达到饱和程度。

陪同者告诉我,近几年每届八、九两月,全国各地来宁阳的购虫者多达十万之众。十万弄虫大军潮涌宁阳,岁岁使得几千万只蛐蛐背井离乡。

见镇中虫市已无法穿行,我和陪同者只好绕过泗店,沿乡间土路再踅回公路干线上。

这里另有一番景象。

在宽阔的公路左侧的白杨树下,呈"一"字形摆下一张张木桌,桌的前后左右,皆叠放着五颜六色的虫罐。与泗店大虫市所不同的是,这里的坐桌人均是卖虫者而不是购虫客。在公路右侧,则停放着首尾相衔的轿车:林肯表露着主人的派头,奔驰呈现着虫客的尊贵,蓝鸟展现着买主的潇洒,福特炫示着玩家的阔绰……那"一"字形摆开的卖虫桌,见头不见尾；而轿车排列的长蛇阵，则从这泗店一直排到二十华里外兖州市的漕河。路中央的过往车辆，只得蜗行牛步，沿途不时有警察在维持着交通秩序。

这些乘豪华轿车而来的购虫客，或有曼妙女郎相伴，或有虫行家跟随，他们千挑百选，不计虫价高低，只希冀能购得虫中的元帅或将军。

从泗店到漕河只不过区区二十华里，但我仿佛觉得是在漫长的历史走廊里穿行。

眼前的购蟋潮，很容易令人想起曩时的斗蟋热。

小小蛐蛐，你那美妙绝伦的歌唱，曾给多少童稚带来欢悦，曾给多少长者送上温馨，曾让多少墨客骚人诗兴遄发，曾使多少丹青画子落笔成珍……但在这美丑共生、善恶共存的人世间，你那尖锐犀利的牙齿，又咬破过多少微卑、龌龊、贪婪、邪恶的灵魂……

小虫性烛照出大人性。

小斗栅联结着社会大舞台。

二

殷代的甲骨文中的"夏"字形似蝉，"秋"字状若蟋蟀，足见华夏先民对应时而生的夏蝉与秋蟋早有认知。

蟋蟀在我国分布极广，北起沈阳南至海口，西从陕西东至沿海诸省，到处都可以见到它的倩影。上海人称它"赚织"，北方人叫它"蛐蛐"，玩家们叫得最干脆："虫。"

汉字与洋文的区别在于，洋文仅仅是一种语言符号，而单个汉字除有语言符号的功能外，还具有情感荡漾的空间。我们的老祖凭借方块汉字独具的张力和魅力，竟给蟋蟀这可爱的小精灵起了近三十个名字。因蟋蟀鸣如机杼之声，民间自古就有"促织鸣，懒妇惊"之说。故而，这小虫又称趋织、促织、络纬、促机、梭鸡等。另外，它还有蛬、王孙、樗鸡、莎鸡等称谓，而它真正的学名叫"斗蟋"。

蟋蟀入诗，始见于我国第一部诗集《诗经》。《唐风·蟋蟀》中云：

"蟋蟀在堂，岁聿其莫……蟋蟀在堂，岁聿其逝……"《豳风·七月》中亦歌曰："五月斯螽动股，六月莎鸡振羽，七月在野，八月在宇，九月在户，十月蟋蟀入我床下。"可见那时的先民，对蟋蟀的生活规律已相当熟悉。

情感是人生最重要的一部分。人类的情感不仅仅是人与人之间单元的旋律，而需要大自然多元音符的协奏和共鸣。蟋蟀作为冥冥中的鸣虫，极易溅起人的感情之海的波澜。

国人畜养蟋蟀，始自圈在皇宫中的幽怨宫娥。

西晋武帝司马炎本是一贪色之君，灭吴后，更不忘及时行乐。一道诏书下去，五千吴女尽归晋主。这些原吴主孙皓宫中的娇娃，个个明眸皓齿，雪肤花貌，玉臂蜂腰，袅袅婷婷。再加上原晋宫中的五千佳丽，后宫美女竟多达万人以上。武帝终日游乐于脂粉丛中，常不知该幸临哪宫为好。一班佞臣便给武帝出了个怪诞主意：让晋主乘坐一辆羊拉的宫车，任凭羊车停在哪里，便在那里纵欲。宫女们为得武帝几滴雨露，个个大展媚技，施尽手段。有宫女晓得羊喜食带盐的竹叶，便折来竹枝洒上盐水，插在宫门前，招引羊车。众宫娥采女见此招灵验，皆仿效之。结果羊车刚在此宫停歇，又到彼宫住脚，弄得武帝云里雾里，昏头晕脑。即使晋主有龙马精神，日御九女而不倦，这万名美女三载方能轮一圈儿。这就使得万名宫娥"似将海水添宫漏，共滴长门一夜长"（唐·李益《宫怨》）。

风流皇帝唐玄宗，面对众多的后宫粉黛，也曾遇到像司马炎一样的难题。玄宗便在后宫中做起"随蝶所幸"的游戏：开元末，玄宗常于宫中大宴嫔妃，他让嫔妃采来鲜花各自插于发髻，玄宗亲捉粉蝶放之，蛱蝶落到哪位嫔妃头上，他便临幸那位。后因杨贵妃专宠，此酷谑游戏方才告罢。

司马炎的"竹枝引车"与李隆基的"随蝶所幸"，是历代宫娥悲剧的缩影。宫女们身锁幽宫，虽锦衣玉食，珠环翠绕，但孤独这个魔鬼却终生与她们如影随形；寂寞的泪水至死也冲刷不掉她们心灵的锈斑，抑郁如同闷塞的火炉，会将她们青春的心烧成灰烬。对于"鸳衾半拥空床月"的宫女们来说，蟋蟀那动听的鸣唱，自会给她们死寂的心带来某种复活，带来些许生气。由此看来，畜养蟋蟀之风首先在皇宫中兴起，自是不难理喻的了。

五代唐废帝时翰林学士王仁裕所著的《天宝开元遗事》中，有这样的记载："每至秋时，宫中妃妾辈皆以小金笼提贮蟋蟀，闭于笼中，置之枕函畔，夜听其声，庶民之家皆效之也。"

　　自中唐始，玩养鸣虫便逐渐传播开来，普及民间。因蟋蟀秋尽则殒，然达官贵人玩兴犹浓，常引为憾事。至明代，有玩家进行人工繁殖，经多次试验，获得成功。他们先让雌蟋在土盆中产卵，以土置暖炕，日日洒水，用棉被覆盖；俟五六日，土蠕蠕动；越七八日，虫出；再置之蔬叶喂养，仍洒水被覆，几经蜕变，满月后虫则鸣。这种人工繁殖蟋蟀的方法，至今仍被北京一些养虫专业户沿用。

　　清康熙帝尤喜鸣虫，每年元宵节，除观灯、赏花之外，与大臣一道聆听蟋鸣是宫中一大娱乐项目。每逢设宴，宫人便将蟋蟀置于绣笼之中，放于宴厅之侧。听着声不绝耳的"嚁嚁"之声，康熙帝龙颜生辉，众臣子也乐哉悠哉……

　　古今中外的出色诗人，总能从一朵鲜花中窥见天国，于一滴露珠里参悟生命。蟋蟀的鸣叫，自然会成为中国历代诗人的审美意象。晋人阮籍，唐人杜甫、孟郊、白居易，宋人苏东坡、杨万里等诗家，都对蟋蟀多有咏唱。因深秋之后，蟋蟀的鸣唱由旺叫时的金腔玉韵渐次变得凄切婉转，且中国古代文人素有"逢春而喜，遇秋而悲"的笔墨传统。故而，他们在借蟋蟀"托物言志"时，表达的常是孤独、失意、思乡、怀旧及忧国忧民的种种情愫。

　　诗圣杜甫在《促织》诗中吟道："促织甚微细，哀音何动人。草根吟不稳，床下夜相亲。久客得无泪，放妻难及晨。悲思与急管，感激异天真。"耳听床下成双的蟋蟀发出的鸣唱，久客他乡的杜子美，此时思亲的泪水虽早已流干，但闻声生怀，还是依稀见到老妻夜难成寐的情景……读来令人感同身受，徒增忧伤和凄凉。

　　唐人张乔在《促织》诗中，则这样唱道："念尔无机自有情，迎寒辛苦弄梭声。椒房金屋何曾识，偏向贫家壁下鸣。"诗人在向蟋蟀发出为何不到锦门绣户去促织，反到柴门蓬牖鸣个不停的质问中，既表达了诗人对贫富悬殊的愤懑，又对劳动人民寄予深切同情。

遍览历代诗家咏吟蟋蟀的诗词歌赋，大都离不开一个"悲"字。就连遁入佛门、四大皆空的明高僧善持，也情难自禁地咏道："西风吹蟋蟀，切切动哀音。"

在西方一些国家，无论是记述昆虫的典籍还是描写蟋蟀的文学作品，都将蟋蟀称作"芬芳土地的灵魂""幸福生活的歌者""大自然歌手中的天才领唱"。同是一种小虫的鸣叫，西方的学者文豪与东方的骚人墨客，何以出现如此大的落差，我猜想，抑或是因了我们这个国家历史上战乱频仍，兵连祸结，常会使得人们"感时花溅泪，恨别鸟惊心"；抑或是因了我们这个民族长期浸润在孔孟之道、阴阳五行等传统文化的河流里，便也多了些屈原、杜甫式的沉郁之波，而少了些雨果、普希金式的浪漫之涛……

我真正领略到蟋蟀及诸多鸣虫清扬激越的合唱，是在上个世纪80年代初的一个孟秋。

那时，我在济南军区歌舞团任创作员。为反映农村实行土地承包后的巨变，团里欲组织一台"放歌秋野"的演唱会。我同团里一作曲家和几位民乐演奏家，奉命赴宁阳采风。

初秋的宁阳，绚丽缤纷的色调令人目不暇给，到处有金子般的黄、翡翠般的绿、玛瑙般的红，宛如油画家精心绘制的各种色块的大组合。

这实在是一片充满大丰收希望的土地。

一天晚饭后，县文化馆的陪同者神秘地告诉我们，他要安排一场"秋野演唱会"，来激发我们的创作灵感。

这天晚上八时许，我们乘车来到宁阳泗店镇乡间的田野里。

大半轮水淋淋的月亮挂在中天，给秋野洒下朦胧的银雾，群星宛若亮晶晶的宝石，缀满幽远深邃的天幕。片片玉米，块块金谷，垄垄瓜架，行行树木……一切都融入月夜的帷幕里。泥土的潮气，野草、菜蔬、庄稼散发出的气味，汇聚成秋野特有的芬芳。我们坐在长满莠草的田埂上，侧耳谛听，"秋野音乐会"此刻正渐入佳境。无垠的原野里，似有千万个歌手同时亮开歌喉，它们有的高吟，有的浅唱；有重音，有分合，组成了大自然的交响乐。

"噔绫绫，噔绫绫——"那振翼鸣叫的是金钟儿；"呦呦呦，呦呦呦——"那一展歌喉的是油葫芦;"梆梆梆,梆梆梆——"那鼓翅敲打的是梆子头;"吱吱吱,吱吱吱——"那用尽丹田之力歌坛献艺的是花铃子;"唧唧唧,唧唧唧——"那急促鸣叫,发出近乎金属撞击时才有的清脆声响的,当是蝈蝈的歌声和乐段了……

也许因蟋蟀家族最为庞大和兴旺,那"瞿瞿、瞿瞿"的鸣唱,此起彼伏。千百万只蟋蟀的鞘翅,如同纯银制就的一架架琴弦,它们演奏出的声音,没有蝉鸣时的沙哑,更妙在它们知道如何抑扬顿挫。这就使得蟋蟀们的演奏,既浑圆洪亮而又极富节奏感。在这"秋野演唱会"上,蟋蟀家族既是最出色的领唱者,也是大合唱的主声部。

作曲家们醉了,连声称叹:这是上帝的歌唱。

演奏家们迷了,纷纷扼腕击节:这是天外的声响。

置身于这"秋野演唱会"的我,仿佛感到身内的宇宙与身外的宇宙已融为一体,而身外的宇宙是那样深邃、玄奥、广袤、无穷。千百万只鸣虫鼓动着诗与音乐的翅翼,载着我的心灵在天地间自由翱翔……

这次宁阳之行的"秋野音乐会",令人销魂夺魄,在我记忆的回音壁上,留下了永难消逝的音符。

十余年后,我在一刊物上读到这样一则消息:1993年2月21日,英国摇滚歌星埃尔顿·约翰,在澳大利亚墨尔本的露天广场上举行演唱会,因无数蟋蟀齐声鸣唱,欲与歌星一比歌喉,使得歌星自愧弗如,只得取消演出,与数万歌迷一道同闻天籁。

蟋蟀的确是大自然最高超的歌手。如果人类仅仅用它那美妙的歌声来悦耳陶情,无疑会使人们品味到天人合一的欢愉。然而,我们的老祖宗最早发现了蟋蟀的斗性,有人又将其斗性用以赌博,这就给大自然中这可爱的小精灵身上,涂上了铜臭和血腥。

三

人的本能中包含着各种欲望。

大自然万物万有的多样性,简直达到了极为豪奢的程度,佛家要清净

311

的"眼、耳、鼻、舌、身、意"之六根所产生的欲望,人类皆能从大自然中得以满足。

人人都有权利这样说:"大自然是上苍为我创造的。"而小小的蟋蟀,就是上苍派遣到人间的欢乐小天使。

前些年我参加中美作家对话会时,曾在美国大地博物馆内,看到宋人苏汉臣的《百子图》。图上有七个垂髫小儿在做斗蟋蟀的游戏。斗蟋场地的背景,是奇石垒叠的假山、挺拔莹润的竹林、青翠欲滴的芭蕉。从场景上看,应是江南一望族舍中的花园。一半身在画内、一半身在画外的顽童,似在伏地捕蟋,地上摆有几只蟋罐和一方形斗蟋笼具,一小儿半蹲于地,手执斗栅往蟋盆里倒虫,余下的娃儿们或立或坐或趴,悠然自得地望着倒蟋蟀的小伙伴……

此画题额《百子图》,应有百子,然画中仅有七童。我猜度,匠心独运的画家,定是将藏在罐中和匿于竹林丛里的小蟋蟀也计算在内了。因为稚童与蟋蟀都是大自然的宁馨儿。图中,稚童们那一双双眸子里流溢出的纯净目光,和挂在张张小脸上的灿烂的笑,实乃人世间最完美的诗句。

我看到两位白发盈颠的侨胞,在《百子图》前久久驻足。从两位长者那留恋的目光和追忆的神情里,我读到了老叟们常有的"返童性"。

斗蟋本是充满稚趣童兴、老少咸宜的游戏。凡是在山野间长大的孩子,哪个不曾留下戏嬉蟋蟀的甜蜜记忆。然而,斗蟋之风的盛行,同畜养蟋蟀一样,并非肇始于茅舍,而是发轫于宫廷。

宋人顾逢在《负暄杂录》中写道:"斗蛩亦始于天宝年间,长安富人镂象牙为笼而畜之,以万金之资付之一啄。"顾氏之说,仅为一家言,并无史料佐证。在顾氏之前的五代唐废帝时的《天宝开元遗事》中,只记载了唐玄宗时宫女"金笼畜蟀听其鸣"的情景,而只字未提斗蛩之事。况唐开元年间,诗人迭出,灿若星列,人间万象,市井百态,皆在诗家笔下得以淋漓尽致的表述。李隆基有斗鸡之好,不仅史书多有记载,诗仙李白在《古风》中,亦有绘影绘神的描写:"路逢斗鸡者,冠盖何辉赫;鼻息干虹霓,行人皆怵惕。"而当时的民谣,则对宫廷大肆斗鸡引发的社会弊端,做了无情的抨击:"生儿不用识文字,斗鸡走马胜读书。贾家小儿年十三,富贵荣华代不如。"显然，民谣中的贾家小儿，因驯鸡有方而得皇家垂青，白日升天，骤然暴富。倘若当时玄宗有斗蟋之癖，史家、诗人、民谣，焉有不记、不吟、不讽之理。

穴居的蟋蟀，常是昼伏夜出，且只有雄蟋才具有善鸣好斗的习性。雄蟋为争夺住穴和情侣，交斗多发生在夜间，日出而作日落而息的农人很难窥见。自唐天宝年间之后，幽怨宫女"畜蟋闻声"之风不绝。后人猜度，发现雄蟋善斗的"专利"，大概应属于大内中的宫娥或太监。他们抑或在畜养蟋蟀时，不经意地将两只或多只雄蟋放于一笼，偶然间发现了小虫的斗性。

争斗是一切生命的本性。文明人类的躯体内，不乏"蛮性"的遗留，人的攻击性可谓根深蒂固。有正义、非正义之分的战争，固然是因政治、经济、信仰、文化等诸多因素所引发的，但人躯体内的雄性荷尔蒙通过战争得到释放，也是当代一些科学家、哲学家经过反复研究得出的结论。小狗小猫刚离母怀，便会追逐扑咬；顽童刚会行走，便无师自通地模仿士兵交战。各种体育比赛，都是"文明战争"的上演。

观赏自然界的各种生命的争斗，是人的天性使然。

雄蟋在玩家用芡草的撩拨和引逗下，往往斗性倍发，逞勇显威，极富观赏性和刺激性。

雄蟋的斗性，由宫人发现并变为一种游戏，很快传播到民间，自是顺理成章之事。

凭借正史之所记，野史之所载，诗文之所叙，乃至今人从宋墓中发掘出的斗蟋用的过笼，我们便可清楚地知晓，斗蟋之风盛行于南宋。

其时，最大的蟋蟀玩家，当属奸相贾似道。

贾似道的姐姐乃宋理宗最宠爱的贵妃。身为国舅的贾似道飞扬跋扈，权倾朝野。当时，贾既是右丞相又兼枢密使（宋军最高统帅），但贾胆小如鼠，从不亲临战场。宋度宗时，贾既是宰相，又是太师。度宗昏庸无能，只知享乐，将朝中大小政务皆委于贾，赵家的天下实则成了贾家的江山。贾似道声色利货，无一不好。度宗赐予贾似道的府第，位于杭州葛岭（今西湖边新新饭店处），名曰半闲堂。半闲堂倚湖傍山，岚影沉浮，府中楼台亭榭，廊腰缦回，中有一"多宝阁"，内藏贾从全国各地搜刮的宝玩，其数量之多之珍贵，远远超过朝廷。贾从宫中、民间、青楼乃至尼庵，广采美女，充斥后庭，日夜淫乱。这奸相最大的嗜好是斗蟋作乐。每届秋时，贾与群妾踞地斗蟋，外人皆不敢抵近或窥视半闲堂。某日，贾一妾之兄来府探妹，被斗蟋正迷的贾似道瞥见，一怒之下着人将其妾兄投入火中烧死……这畏敌如虎的佞臣，却将小虫相斗戏称为"军国大事"，乃至元军兵围襄阳，朝廷岌岌可危，他都充耳不闻……

如果说见于《宋史·贾似道传》中的这些史实，足令读史人声罪致讨；那么野史中关于贾似道养蟋的一则逸事，听来更会叫人咒诅唾骂。每当这奸相获得蟋蟀中的超品之后，他便珍如拱璧。为增强虫王之斗性，他在喂养时有着独出心裁的奇技淫巧。他竟让十数粉面桃腮的宫女，先沐浴净身后，又于夜间将宫女们皆双臂捆绑，裸身投进门户洞开的库房，让飞进的蚊虫，去饱吮宫女之血。继而，他又命家丁捉来吸足宫女之血的蚊虫，去喂蜘蛛，再将因吃饱蚊虫而肠满肚肥的蜘蛛，去喂养他心爱的蟋蟀……

贾似道只顾奢靡腐化，从不抵抗元军，加上卜昼卜夜地淫乐和斗蟋，致使大宋江山很快断送他的手中，被后人斥骂为"蟋蟀宰相"。

蟋蟀本是上苍派来人间的欢乐天使，却被"蟋蟀宰相"酿造出如此登峰造极的人间惨剧。倘若上苍有眼，也不得不怀疑她创造蟋蟀这小精灵的初衷。

蟋蟀岁岁秋鸣，国人年年玩虫，乐此不疲。至明代，斗蟋中心已由杭州转至北京。

明宣宗朱瞻基，乃明成祖朱棣之长孙。朱瞻基初登龙墩时，推贤进士，广开言路，崇尚节俭，还算得上朱明王朝的一位好皇帝。但朱瞻基在外安内定后，却由少时"夙夜不倦，日诵万言"的书痴，变成了历史上有名的"蟋蟀皇帝"。

在皇权社会中，皇家的权力如同司天的魔杖，天子在享乐方面的每个念头、每个奇想，乃至每个示意的眼神，总会很快得到实现。《弇州史料》中，收录了宣宗的这样一道诏书："敕苏州府知府况钟：比者内官安儿吉

314

样采取促织，今他所进促织数少，又多有细小不堪的。已敕他末后运自，要一千个。敕至，尔可协同他办，不要误了。故敕。宣德九年七月。"身为堂堂天下之主，一国之君，为小虫事又是下诏，又是差人，又是催办，这在历代皇帝的诏书中，恐是绝无仅有的。况钟以为官清风两袖、彰善瘅恶，而甘棠遗爱，口碑载道，但面对敕令，这苏州府尹也不得不将进贡蟋蟀去当作最大的"政治任务"来完成……

野史记载，宣德八年，朱瞻基得一异虫，形似蟑螂，又如蜘蛛，其貌不扬，初时并不得宣宗恩宠。有大臣见此虫翅上似有两点梅花，便取一美名"梅花翅"。此虫交斗时，骁勇无比，竟使得宫中所畜养的虫王皆俯首称臣。宣宗这才移情别恋，独钟梅花翅。恰在这时，苏州一姓朱的镇抚，献上一只名曰"金丝黄麻头"的凶虫。此虫头呈蜜蜡色，两须橙黄，六足粗壮，两翅灿若金箔。宣宗御览后，乐不可支，因梅花翅多日无厮杀对手，便传旨着梅花翅与黄麻头于金銮殿上捉对格斗，并着臣子宫人聚殿观阵。

黄麻头与梅花翅几经交口，有万夫不当之勇的黄麻头来了个"霸王举鼎"，将翅折肚破的梅花翅拼力甩出斗栅……

宣宗看得目瞪口呆，直至殿下百官伏地山呼"吾皇洪福，金虫奏凯"时，才恍然醒悟。当他得知此虫乃朱镇抚所献时，便传旨："金丝黄麻头赐宫花披红巡各殿，朱镇抚加官两级，赤金万两。"

《吴县志》载，朱镇抚横征暴敛，残民以逞，被百姓詈骂为"吴中四凶"，并把朱这种"巧将秋色媚天子，水晶盆虚笼小虫"的行径，视作吴人的"百年大辱"。

趋炎附势，阿谀逢迎，攀龙附凤，望风希指，是"皇权政治"的一种通病。帝王希冀长生不老，有人会传炼丹之技；万岁耽于温柔之乡，有人会献秘房之术；圣上喜听颂歌盈耳，有人便能杜撰出天降祥瑞、紫气东来的种种吉祥征兆。天子朱瞻基缠绵斗栅，自然会有人阿其所好。

朱镇抚以一只小虫，官进两级的"示范性"，自然会使得一些官迷们，巴不得搜尽天下名虫集于一宫，以达他们升官晋爵之目的。

其时，全国盛传这样的民谣："促织嚁嚁叫，宣德皇帝要。"曾多次标榜"朕以安民为福"的朱瞻基是否知道，为了他一人一己斗蟋时生发的情感上的欢快，竟使多少百姓为进贡小虫家破人亡。

《明朝小史》中，曾记下这样一则故事：苏州枫桥一小小粮长，接郡督一再催交名虫的指令，只得用一匹骏马易得一上品小虫。粮长之妻听说小虫乃大马所换，纳罕惊怪，便趁其夫不在舍时，悄悄打开虫罐看个究竟，谁知小虫从罐中一跃而出，被正在院中公鸡一口啄食。妇人深感惹下祸端，便自缢而死。粮长归家，见罐空虫失，妻子悬梁，既为亡妻悲伤又觉虫差难交，他也寻一根粗绳自尽，与亡妻一道匆匆奔向奈何桥……

由是观之，一代文章圣手蒲松龄在《聊斋志异》中的名篇《促织》，并非向壁虚构，徒托空言，而是以小虫刺斫大明王朝之腐败，可谓力透纸背，刻肌刻骨。

宣宗的嗜好熏染着宫廷，浸染着大臣，感染着京城，也习染着百姓。于是，从帝王后妃到三公六卿，从富商大贾到贩夫走卒，举国上下掀起了养蟋、斗蟋的沸沸扬扬的狂潮。

一代文魁"公安派"代表作家袁宏道，曾在《促织志》开篇中，情景交融地勾勒出了当时京师"蟋蟀热"之炽之盛："京师人至七八月，家家皆养促织。余每至郊野，见健夫小儿，群聚草间，侧耳往来而貌兀兀，若有所失者。至于溷厕污垣之中，一闻其声，踊身疾趋，如馋猫见鼠。瓦盆泥罐，遍市井皆是。不论老幼男女，皆以引斗为乐。"

人们所以捕捉蟋蟀"如馋猫见鼠"，当然不全是为了娱乐，攫取金钱的欲念，使更多的捕虫人、玩虫者忽略了快乐天使那精妙动人的音乐，使更多的斗虫人加入到了赌徒的行伍。《万历野获编》中记载："吴越浪子尤酷好此戏，每赌胜负，辄数百金，至有破家者。"

宣宗仅在位十载便驾崩，但由这"蟋蟀皇帝"点燃起的全国性的"斗蟋热"，却丝毫没有降温。斯时，除农家的翁媪男女及部分文人雅士将斗蟋作为娱乐外，大部分玩家、斗家则将小虫当作一种赌具，使斗蟋成了赌博的代名词。

明代文人陆粲在《庚已编》中记述了吴人张廷芳因斗蟋乐极生悲、悲极生乐的逸事：张廷芳乃一赌狂，初时每斗必败，银钱输光后，只得变卖家产物业抵虫债，其岁岁逢秋必斗，直赌得倾家荡产，身无寸缕。后经高士指点，获一虫王，每战必胜，不消十数日，便又成豪富。冬至虫王死，张悲恸欲绝，号啕大哭，为报小虫知遇之恩，张铸一银棺，盛葬小虫……

在斗蟋史上，向有南虫、北虫之分。至明代，南北玩家们斗遍全国诸多名蟋产地的名虫后，通过类比、辨析，渐次发现北虫之斗性优于南虫。在北虫中，又以鲁虫为翘楚。齐鲁之宁阳、宁津、乐陵、德城等地的蟋蟀，相威猛，色苍秀，骨丰实，牙坚硬，皮枭老，性刚烈，斗期长，色品俱全，大受斗蟋场上斫轮老手的垂青。

明自宣宗后，从京都大邑到穷乡僻壤，以小虫为赌具的博局，随处可见，只是赌资多寡而已。就连军中将领也痴迷于斗虫赌场。

明末将领马士英，曾身居南明小朝廷的东阁大学士、太保之要职。当清兵大军压境，小朝廷如同鱼游釜中之时，马士英仍容头过身，大斗蟋蟀，被后人嗤为"蟋蟀相公"。

从南宋的"蟋蟀宰相"贾似道，到朱明王朝中叶的"蟋蟀皇帝"朱瞻基，再到这"蟋蟀相公"马士英，后人从中得出了蟋蟀既亡宋又亡明的结论。作为"欢乐天使"降临人间的小小蟋蟀，蒙受这等奇耻大辱，实乃悖情悖理。这些人世间闹剧、惨剧的上演，绝不是小虫儿的过错，而是人性残缺的悲哀。

满族人入关，天下一统。兴起于漠北马背上的民族，本不晓得蟋事，但因受到汉文化的浸润和融合，又加之蟋蟀这小精灵有着不可抗拒的魅力，清宫里的帝王贵胄，乃至八旗子弟，也很快染上斗蟋的嗜好。因康熙帝尤喜蟀鸣，宫中遂有了专司畜养蟋蟀的虫师及太监。因"促织"有催人"纺织"的寓意，京都的斗蟋活动，也每每由朝廷的织造府牵头组织，且于斗前在大街小巷张贴海报，以招徕百姓前往观看。当然，小虫仍必须作为赌具的角色，方可诱发人们踊跃参与的激情。有史料证明，酷爱权力的慈禧太后亦酷爱斗蟋赌博。她每届岁秋都要住进颐和园，于重阳节这天开局斗蟋，历时一月方休。仅此一项，那拉氏每年都大获一批银两……

民国时期，军阀战得糜沸蚁动，昏天黑地；小虫儿也咬得肉薄骨并，双锋插云。津门的蟋事在清代就可与京都比肩，这时，旌分五色的天津租界里，又从全国各地涌来大批寓公，蟋事更呈烈火烹油之势；而斯时的十里洋场上海，自会不甘人后，斗蟋也斗得蝍蟖沸羹，不亦乐乎。还有资料表明，抗战时期，全国局部性的斗蟋比赛仍是"雷打不动"，日寇投降的第二年秋，沪上的蟋事更是日甚一日，达到历史高潮……

蟋蟀，这上苍派来人间的"欢乐小天使"，面对国人历千载而不衰的斗蟋潮，也不得不为满足人们的感官刺激，更不得不慑于金钱的淫威，而乖乖俯首听命了。

四

任何一个国家的文化，都是这个国家这个民族心灵之树上的果实。

近些年来，国人喜把衣食住行、吃喝玩乐及一些有趣的群体行为，均提纯到文化的层面去追根溯源，去诠释阐解，并成为一种习尚和时髦。酒文化、茶文化、食文化、陶瓷文化等古老传统文化，纷纷进入学者们的研究视野，这自在情理之中；园林文化、建筑文化、服饰文化等等，成为学人的研究课题，当也不穿凿附会；至于猴年有人话猴文化，鼠年有人说鼠文化，兔年有人论兔文化，便显得"文化"的价值大为贬值；再至于新近有人在小报上提出什么烟草文化、厕所文化、厨房文化等等，不免令人觉得是凿空之论、郢书燕说了。当今，"文化"一词使用频率之高，已使我们感到这个词汇的"通货膨胀"。

20世纪80年代末，有专家学人亮出了"蟋蟀文化"的旗帜。不明就里的人们听到还有这种"虫文化"，难免忍俊不禁。历史是政治、经济和文化的见证，只要我们对古往今来的中国有关蟋蟀那卷帙浩繁的典籍进行研读，只要我们从万签插架的书海里，去搜寻那些关于蟋蟀的忽明忽暗的历史鳞片进行组合，便会惊愕地发现：那藏在书页里"小精灵"之迷人的歌唱和勇猛的交斗，所折射出的人性大宇宙，足令我们在传统文化的长河里沉浮；而与"小天使"相关联的诸多学科与艺术领域，会把我们引进虫学与美学的"高等学府"。

琴棋书画、花鸟鱼虫，古称"八艺"，向被视为高官贵爵、文人骚客、隐士逸民修身养性的雅文化。在"八艺"中，唯有蛐蛐可走出高堂华舍，普及民间。秋野劳作的农夫，捉得一对斗蟋，就地挖坑，便可席地而观；山间秋牧的顽童，捕到一只蛐蛐，放入苇编小笼，投进几颗青豆，便可夜听其唱……

人在亲近自然的静观中，在渗透自然的默察里，与"欢乐小天使"的心灵得以同化，这就孕育出蟋蟀文化的雏形。

《诗经》中的大部分篇章，是由草木鸣虫所引发的。自春秋战国以来，吟述蟋蟀的诗文不可胜记，自宋代以后，关于斗蟋的民谣、歌诀也不绝如缕……斗蟋之戏的普及性及博彩性决定了斗蟋文化的雅俗共赏，瑜瑕互存。

恶贯满盈的乱臣贼子，死后总会被钉在历史的耻辱柱上。他们生前所做的某些善事，也往往随着其尸骨入土。"蟋蟀宰相"贾似道却似乎是个例外，他编纂的《促织经》竟是我国第一部研究蟋蟀的专著。看来，这位奸相不仅善于渔猎美色与宝玩，而且还工于搜罗天下关于咏记蟋蟀的妙文及民间畜养斗蟋的秘方及歌诀。《促织经》分上下两卷，集"论赋、论形、论色、论养、论病"于一册。今人读来，除觉个别处缺乏科学依据外，通篇都是人们长期捕蟋、畜蟋、斗蟋经验之结晶。致使后来的蟋事研究者想绕也绕不开这奸相的著作，成为蟋蟀行家和玩家的必读书。

习俗往往是人类文化生活的向导。随着斗蟋热的久盛不衰，更多的文化人也情不自禁地加入研究蟋蟀的行列。以诗文灼闪才华的明人袁宏道，于万历年间著有《促织志》。此文分"论畜、论似、论体性、论色、论形、论病、名色、养法、治法、总论"等章节，对蟋事抽丝剥茧，言必有中，读来文采郁郁，辞藻华瞻。写有《帝京景物略》等著作的崇祯七年进士刘侗，也撰有《促织志》。文中分"产、捕、辨、材、斗、名、留、俗、别"等段落，也将蟋事写得如画如真，妙趣横生。自明至民国，有关蟋蟀的鉴谱、秘要之专著多达十余部。其中民国时期李石孙所纂集的十二卷《蟋蟀谱》，是自宋以降，文人学者与玩家歌咏、研究蟋事的集大成之作。

爱因斯坦有言："科学所追求的是概念的最大的敏锐性和清晰性。"

当我漫游于自宋以来国人对蟋事研究的书林里，不得不惊叹：即使最博学的昆虫学家和最精到的解剖学家，也难以对小小蟋蟀做出这般纤毫无误的钩稽与考究。

在一般人看来，蟋蟀这个小精灵，虽然五颜六色，但不外青、紫、黄、黑、红、白等，而经历代玩家及爱好者的辨析，仅青色蟋蟀，古谱上就离析为紫青、黑青、淡青、蟹青、油青、稻叶青、竹叶青、芦花青、生虾青、熟虾青、蚰蜒青、青麻真青、青麻铁青等凡三十余种，而且每种青色均有歌诀描绘。即使对色彩尤为敏感的油画家，见青之色竟有这多种，也会击碎唾壶。

古谱中对紫、黄、黑、白、红诸色，也复如斯。

在寻常人看来，除雌蟋三尾外，雄蟋皆两须、两牙、两尾、六爪，在形体上差异并不大。而历代虫家凭着那机敏锐利的目光和对大自然多种昆虫的感知，却将斗蟋的形状进行了细化加形象化，古谱记有"蝴蜂形、蝼蝈形、蜘蛛形、螳螂形、蚱蜢形、玉蜂形、枣核形、龟鹤形、土狗形、虾脊形……"等近二十种形态，且每种形态，亦有歌诀论之。如《论蚱蜢形》歌曰："头大肩尖腿脚长，秀钉模样最难当（难以抵挡之意）。侧生身分高而厚，斗到秋深赢满场。"

选虫如选将。经历代玩家之实践，古谱上对蟋蟀的须、头、额、眼、牙、项、背、翼、爪、腹、尾等每一个部位，都有精到的辨析及破说，就连人们用肉眼极难观察到的比米粒还小的蟋蟀之铃门（即肛门）及其排便情况，古谱上亦有准确的考释：虫粪细小且坚实，说明虫之强壮；粪粗且酥软，证明虫之孱弱；如果铃门红若涂朱，是为难得的骁勇之将；倘若铃门色成姜黄，则虫已近垂暮之期；而铃门发黑，则是罹病之兆……

历代虫家薪尽火传，对小小蟋蟀的食、饮、住、行乃至生活隐私，也记述得细致入微。明本《重刊订秋虫谱》中，载有"促织三拗"，说的是蟋蟀有悖常规的三种行为：一是斗蟋在交斗时，胜者鸣叫而败者无声；二是雄、雌蟋交配时，雌蟋压在雄蟋背上；三是交配后的雄蟋，斗时情绪亢奋，变得更加勇猛……

辨别蟋之鸣声，是选将拔帅的要诀之一。令人嗟讶称叹的是，历代"九段捕手"及高超的玩家，其耳朵灵敏得如同当今的声谱仪，在一片蟋鸣中，他们竟能分得出：哪是独处的蟋蟀怡然自得的"鸣叫声"；哪是受扰蟋蟀向其同伴发出的急促的"警戒声"；哪是相斗的蟋蟀吟出的高亢的"竞斗声"；哪是寻欢的斗蟋向雌蟋唱出的缠绵的"求爱声"，乃至哪是雄蟋在交配时哼出的亢奋的"做爱声"……

国人对小小蟋蟀的研究可谓卓矣，越矣，显矣，著矣，精矣，绝矣。倘若自明以来的袁宏道、刘侗、李石孙辈再世，他们足可挟其著述，款款走进当今的高等学府，去客串讲授——"动物界之节肢动物门之昆虫纲之直翅目之蟋蟀科"的知识，即使将他们聘为昆虫学博导，也能名至实归。

在蟋蟀文化中，还有一道奇异的风景线：历年斗蟋，每岁产生的虫王，皆堂而皇之地登上由文人雅士编写的《功虫录》。录中，对每秋"殿试"中跃过龙门的"虫状元""虫将军"皆"诰封"赐名，并对虫的形貌、体长、身重、颜色及所斗场次及战场表现，皆一一形象化地备述。述后，还附有或五言或七律的颂诗。

清《功虫录》载，宁阳有一小虫独占鳌头后，即被"诰封"为"骁勇大虫王青金翅"。对该虫，录中有无名氏颂诗四首，其三云：

项阔头圆体象奇，
青金翅背美容仪。
诸雄胆破仓皇北，
清口威名竹帛垂。

这是独具中国特色的蟋蟀文化中的一畸形现象，这是旧中国有闲阶级和帮闲文人对小虫"嗜痂成癖"的折光。

天地间，每一种生命都有其独具的自然法则。小小蟋蟀从羽化成虫到死，仅有三个月的时光，故被称为"百日虫"。它们钻土为穴，以五谷杂粮为主食，间啜其他昆虫。蟋蟀是宽厚仁慈的大地之母怀中的小乖乖，上苍给了它们最大的自由。然而，当它们被人们玩于股掌之上后，尤其从唐代开始被"召进"皇宫后，它们在失去自由的同时，也虫分五等，身有九级。这小乖乖们被人为地拉开了"阶级的差距"，生活的差别。

皇族鼎贵，为炫示富有和满足人性中的虚荣心，对小虫儿的吃住，进行了极为奢华的安排。金编银铸的小笼，玛瑙雕成的虫楼，碧玉镂镌的虫室，无不小巧玲珑，精美绝伦。这足令身栖草棚茅舍的农夫发出"人不如虫，虫比人贵"的喟叹。

至宋代，玩家们渐次发现，小虫儿有喜阴避光的习性，这才将它们从金玉之舍中解脱出来，让其改为盆居。在英语中，陶瓷是中国的同义语。而小虫盆居，更能让皇室巨富去显示花样繁多的奢靡。从宋平章盆（"平章"乃南宋奸相贾似道官号）、元至德盆，到明宣德盆、清慈禧的御用虫盆，其盆体、盆盖上，莫不描金绘彩，有的甚至镶有珍珠和宝石。盆体、盆盖上的塑雕及图案，或仿青铜，或摩汉魏，或肖脸谱，或雕云鹤，或镂狮球，或刻龙描凤……在不大的虫盆上，魏紫姚黄，争奇斗艳，竟把中国古老的陶瓷文化推向了极致。

皇室里的虫盆中，蟋蟀的小食板多为玉制，饮水用的水盂，居住婚配用的铃房，提蟀交斗时用的过笼，皆由官窑烧制，其图案之精美，颜色之绚丽，足也令人眼花缭乱。

雄蟀只有在人的撩拨下才会交斗。农家小儿折根黄草当茭草，既能顺应虫性也能玩个尽兴；而皇家和贵权用的茭草，则常是鼠须或貂鬣所精制，而茭筒则是象牙镂空而成……

如果将这些宫廷及王公们使用的集"诗、书、画、镂、塑、雕、铸、锻、烧"于一体的虫盆、虫具汇聚一起，足可组成一道充分展示中国传统文化艺术的长廊。

难怪当今最负盛名的大鉴赏家、大收藏家、学者王世襄老先生，在饱览民国时富家养虫的精舍美器后，在《秋虫篇》一文中，不乏风趣地写道："……我有时也想变成蛐蛐，在罐子里走一遭，爬上水槽呷一口清泉，来到竹林啜一口豆泥，跳上过笼，长啸几声，悠哉！悠哉！"

我常想，自宋至清，皇族显贵为蟀事，曾消耗了国人多少聪明才智，曾挥霍了国家多少金银资财！倘若明清时当权者把玩蟀的浓兴移出半分去倡导科学与民生，我们这个古老民族的心，也不至于在清末被列强那一条条、一款款辱国条约的利刃，戳成碎片……

《论语》中说"子以四教：文、行、忠、信"，又云"智者不惑，仁者不忧，勇者不惧"。儒家文化那庞大而影响深远的思想体系，早已无孔不入地渗透在国人的观念、行为、习俗、信仰、思维方式、感情状态之中，当然也不会不氤氲于"蟋蟀文化"里。以松竹喻人格，以牛马比君子，常被历代有良知的文化人，来阐释做人的道理。清人王浣溪曾提出促织有"三德"，同是清人的冯雪云则云蟋蟀有五德："鸣不失时，是其信也；遇敌必斗，是其勇也；寒则归宇，识时务也；伤重致死，是其忠也；败则不鸣，知耻辱也。"但这种声音，在沸反盈天的清代斗蟋大潮中，毕竟显得力弱音微。

…………

中国的蟋蟀文化，不谓不博大精深；但它又是一颗多味的果子，今人咀嚼起来，很难分辨它是涩，是甜，是酸，是辣……

五

近代人恩溥臣所撰的《斗蟋随笔》，实际上是一本近代"功虫录"。书中记有从清光绪二十一年到民国二十九年的四十六年间，全国斗蟋决出的"功虫"，计有二十六只。因《斗蟋随笔》的手抄本发现时已残缺，人们能读到的功虫只有二十一只，其中山东虫占十七只，宁阳独占八只。作为一县之地，宁阳在全国当是无出其右。

从明清以来，山东便被玩虫者誉为"蟋蟀王国"，而宁阳、宁津名虫产地所产之虫，又是这"蟋蟀王国"中的"御林军"。

古谱言："蟋蟀所生必在地脉灵秀之地，燥湿得宜之壤。"

凡于秋日来宁阳的玩虫人，看罢这里的锦山秀水后，都会得出这样的结论：虫王应该产生在这里。

宁阳北倚泰岱，南襟曲阜，孔子喟叹的"逝者如斯夫"的大汶河，横亘东西，穿越县境，境内有数十条汶河支流，经纬交织。西部有重峦叠嶂的神童山，东部是沃野平畴。

神童山中，虬干曲枝的古松、古柏，华盖如伞；扶疏叠翠的老橡树，巍峨峥嵘；古庙、古刹隐现其间，表明这里曾是道家、佛门的洞天福地。神童山下连绵的丘岭上，有二十万亩百年大枣林。远远望去，郁郁苍苍，茂茂密密，如同凝固在山脚下的汗漫的青黛色云烟。枣林里棵棵老枣树枝干交叠，遮天蔽日，串串玛瑙般圆润的大枣，压弯了干，压颤了枝，嫩红、浅红、绯红、绛红、浓红、紫红、玫瑰红、杜鹃红的枣儿，斑驳陆离，溢光泛彩。枣林四周，间有座座梨园，嘟嘟噜噜黄澄澄的鸭梨缀满枝头，人们在饱享丰收喜悦的同时，也会为梨枝的负重而担心⋯⋯

走进盛产名虫的泗店、乡饮、磁窑、伏山等几个乡镇的沃野里，映进人们眼帘的是一片五谷丰登景象：那大片的玉米比壮汉还要高过一头，每棵秸秆上甩有一对尺把长的棒槌；齐腰深的豆田里，串串饱鼓鼓的豆荚，似要在金风里随时炸裂；块块棉田里，株株都是金铃吊挂，绽出雪一样洁白的花絮⋯⋯

斯山斯水，斯情斯景，岂能不令人发出这样的咏叹：宁阳虫的鸣唱所以格外清脆嘹亮，宁阳斗蟋所以数度打遍天下无敌手，是神童山的钟秀赋予它们超迈的神韵，是大汶河的清波洗濯了它们油亮的翅羽，是枣林梨园的花香熏柔了它们婉转的歌喉，是沃野中的夏霖秋露补足了它们滂沛的元气，是田畴里的豆谷糜粟强健了它们刚劲的筋骨⋯⋯

历史是一出永远没有结局的连台本戏，常是"龙笙"乍歇，"凤弦"又起，而每一次的闭幕，又是这出戏的新情节的开始。

开国后，赌博、狎妓与嗜食烟土等旧中国遗留下的沉痼恶习，被理所当然地明令禁除，斗蟋之戏也被视为玩物丧志而销声匿迹。

⋯⋯⋯⋯

改革开放后，国人的物质生活开始由温饱向小康过渡。衣食有着的人们，自会通过各种传统的和引进的娱乐方式，去宣泄过剩的精力。斗蟋之戏，作为一项有着千载历史且极富诱惑力的民俗活动，当然不会被国人遗忘，蟋事潜滋暗长，当在情理之中。

"奇"是诱发"好"的先决条件。1981 年，上海电视台率先播放了蟋蟀格斗的录像。小精灵那交口如闪电乃至得胜之虫发出的鸣唱，既极大地满足了城市中孩童的好奇心，也令昔年的老虫迷心中麻痒，旧梦重温。

1985 年，天津由民间发起成立了全国第一家蟋蟀协会，继而上海、杭州、苏州、济南、广州、西安、沈阳、哈尔滨等二十几个城市，也先后成立了"蟋协"。至此，在建国后中断了近四十载的蟋事之链环，终被虫迷们焊铆起来。

有着文化积淀的人类，不仅能不断创造出新的娱乐方式，而且也能对传统的娱乐方式，进行着花样翻新。

1989 年深秋，全国"维力多·济公杯"蟋蟀大赛在上海举办。翌年秋，亚运会在北京隆重启幕，为使亚洲及世界来京的友人一睹中国古老文化的丰富多彩，亚运会组委会特成立了龙潭庙会指挥部，展示各种民间游乐活动。庙会指挥部还委托北京长寿协会蟋蟀研究中心，举办长城杯蟋蟀大赛，特邀京、津、沪、鲁四地的玩虫、斗虫高手参加角逐。这就使得斗蟋之戏，由纯民间活动堂堂正正地走向了社会前台。

在济公杯和长城杯举办之前，香港在斗蟋大赛中，山东宁津所产之虫，高歌奏凯，两度夺魁，宁津遂引起全国虫迷的高度关注。在济公杯和长城杯的大赛中，宁津虫又折冲尊俎，独占鳌头。此后的 1992 年秋，上海队与天津队两军对垒，上海尽遣宁阳虫搦战，结果宁阳虫以泰山压顶之势，使天津队大败亏输，比分是10:0。此一战使宁阳越发名声大噪，使全国虫迷对宁阳虫口中啧啧，厚爱有加。

跋涉于大沙漠中极度干渴的旅人，会把昂贵的金银珠宝视为沙砾，而把一壶清水当作救命的甘露。这是人们在特定的环境和特定的生存状态下，出现的商品价值的移位。在悠长的岁月里，宁阳父老从来没把遍野欢蹦乱跳的蛐蛐儿视为"金玉有价虫无价"的商品。在农业学大寨的年代，人们甚至把蟋蟀视作吞食五谷的害虫，必欲除之而后快。

昔年，宁阳百姓常听瞽人演唱《济公传》。当说书人演唱到济公这位急公好义的传奇和尚，曾用三只蟋蟀戏耍临安罗相府的罗公子、一只蟋蟀能值千两银子时，宁阳乡亲们无不哑然失笑：这是唱书人逗咱乐的，若蛐蛐那么珍贵，咱宁阳岂不满坡遍地都是金银了……

地处孔孟之乡的宁阳，民风淳朴，向把土地、稼穑视为安身立命之本。建国之前，宁阳以捕蟋谋生者仅有一王姓之家，住县城北关王家店。

王家地无一垄，仅开有一小茶铺，王家祖孙三代以捕虫、卖虫补少米之炊。王家三代捕虫人，自珍自爱，他们于谷地豆垄中捕虫时，从不损伤一棵庄稼。于瓜田李下捉蟋归去时，还每每插一"茶铺王氏来此"的标识，为的是让园主查看果瓜是否有失。见王家捕虫如此仁义，街坊邻里也"网开三面"。每当听到家院内有好虫鸣叫时，便夜不闭户，好让王家人来院中捕捉。看护场院的人，每当秋虫于夜间盛鸣时，也悄悄离去，是为了让王家祖孙在不受干扰的情况下，静辨虫鸣而获好虫……但宁阳百姓对当地少见的有地不种而玩蟋斗蟀的农人，一概视为不务正业的"二流子"，除了白眼还是白眼。

在我们居住的这颗星球上，上苍为人类创造了数不尽的奇物异宝，但它们只有纳入人的享用范围之内，才能显示出价值。

蟋蟀这小精灵被当成商品，自南宋以来，便有记载。南宋词人姜白石在《咏蟋蟀》一词的序中云："……好事者或以二三十万钱致一枚。"据明清时的有关资料记载，当时一只蟋中上品，能值几十两银子。清代的膏粱子弟，在冬日为听虫鸣，买一只人工孵化的蛐蛐或蝈蝈，也得花费几两银子……

当小蛐蛐在改革开放的经济大潮中再度成为商品时，宁阳百姓方知昔年瞽人说书时，那"只蟋千银"的说唱并非虚妄之词。

在上个世纪80年代，宁阳人首先懂得蛐蛐竟还能成为商品者，当属泗店镇南王村的王爵民。

时年五十三岁的王爵民，在刚告别开裆裤时便开始玩虫。在充满稚趣童兴的游乐里，对虫儿悟性极强的他，逐渐识别出哪种颜色的蟋蟀好胜，哪种形状的蛐蛐善打。"文革"后期的某年秋天，天津有一老虫迷名李永年，悄悄来到南王村捕虫，玩虫之心不退的王爵民闻知后，便给老虫迷当帮手。三个秋天过来，青年虫迷从老年虫迷那里学到了辨虫、捉虫、养虫等十八般武艺。这年深秋某日，老虫迷携在南王村多日所捕之虫兴冲冲北归，王爵民送蟀师至火车站。当列车员见老人包里装的全是一罐罐蛐蛐时，便顺手扔出车窗。时年七十八岁的津门虫迷，见状老泪纵横，王爵民也徒唤奈何……

进入 80 年代中期，沪、津、京的蟋事暗潮涌动，1988 年秋，上海一玩家来泗店镇收虫，王爵民捉得一只上品，得款一百二十元，这在当时等于一县级干部的月工资。后来，全国各地来泗店的收虫人渐多，王爵民便率两个儿子专事虫业。

某日，一农妇拿着一只连两元钱都难出手的小虫找王爵民，王凭着一双识虫慧眼，当即将虫买下，按照津门蟀师秘传的技艺，经一月喂养，小虫由红牙变为墨牙，被天津某玩家以一千五百元购去。是年秋，王爵民的大儿媳到圈中喂猪，往食槽里倒食时，忽有一蛐蛐跳在腿上，她顺手捉住，交公爹辨识，王一看竟是蟋中上品白牙青，出手便得八百元……

从此，"一只蛐蛐换一头牛"之说，便风传宁阳。

自 1995 年始，王爵民父子捕虫、收虫，往返沪、津，每年收入均在三五万元。时间一长，王爵民与京沪线上的列车长们混熟。一年秋，王爵民携一批蛐蛐往上海销售，列车长看上其中一只，想掏几个钱买下玩玩，王爵民当即拱手相送。那列车长至沪后，拿此虫到虫市上去晃晃价儿，没想到瞬间便有几十个玩家围拢过来，一玩家一下抢过这列车长手中的小虫罐，不容分说，扔下一万元的票子，匆匆而去……

此事传到宁阳，使宁阳的捕蟋潮陡涨。

这期间，全国的斗蟋热急骤升温，上海又成为全国的玩虫中心。有报刊披露，在 1997 年，上海孩童斗蟋不计其内，玩虫的成年人已达百万，而全国的玩虫者多达千万之众，且每年都呈上升之势。而在此时，宁阳人靠捕虫、卖虫致富者不乏其例。王爵民父子靠虫业已盖起两幢小洋楼，而泗店罗河村一罗姓农民，后来居上，一家五口连捕带收，靠小虫一季收入便达七八万元，近十载下来，日下正向百万富翁的行列靠拢……

在宁阳，农民见小小蛐蛐能为自己驮来新房，衔来票子，焉能不眼热心跳，心慕手追。

外地来宁阳的收虫者，不乏大款。上海一收虫大户，每岁初秋便住进乡饮镇的宫家村。这大款带有三个助手，外加一个专烧上海菜的厨师。每月三千元租住的民房内，冰箱、彩电、微波炉一应俱全，且在每年两个多月的收虫季节过后，就将这些家电便随意弃之，来岁再置新的。

求等性是人类的社会本性，人与人之间的生存状态在近距离的比较中，这种求等性的愿望会变得愈加强烈。虽然政治上已取得法定的平等，但在物质生活上又与城里人有着巨大差距的宁阳农民，见收虫大款如此大手大脚，自会更激起他们求富的欲望。

宁阳县的领导者们，见遍地皆是的蛐蛐，已成为县内重要的商品资源，为改变县里的贫困面貌，便理直气壮而不是羞羞答答地打出了"虫产业""虫经济"的旗子，并于1998年始，年年于秋季举办全国性的"中华蟋蟀友谊大赛"。

由于宁阳虫在全国各地的斗场上，骁勇无比，屡屡金蟾折桂，来宁阳的虫迷、虫贩愈来愈多，近几年，每年都高达十万之众。

宁阳，俨然成了虫迷心目中的圣地"麦加"。

十万玩虫大军潮涌宁阳，使县里的大小宾馆旅馆座座爆满。身份较低的虫客、虫贩，只得住进县城左近几个乡镇的农家茅舍。弄虫人中不乏钱袋鼓鼓的玩家，他们讲究的是吃喝娱乐一条龙；多数虫贩一住就是两三个月，小酒儿也得天天喝，这就使得宁阳生产的"蟋都酒"得以畅销；捕虫需要特制的工具，畜虫需要陶瓷器皿；来被誉为"蟋都"的宁阳一游，总得留个纪念，那胸前印有"中国宁阳"字样的中华蟋蟀采集衫，自会成为走俏品……

一虫带来百业兴，小虫儿咬活了大经济。近几年，宁阳农民每年卖虫收入达七八千万元，而十万弄虫大军扔在宁阳的票子多达三四个亿。

小精灵的身价在其所产之地，年见腾贵。继1998年鲁北宁津一虫卖得九千八百元的高价之后，2000年宁阳一虫又卖出一万八千元的天价。

宁阳乡饮镇南卫周村有一菜农，前年秋某日，在其栽种的一亩黄瓜塑料大棚里，忽然发现架下秧上爬满蛐蛐，便忙唤亲朋前来帮助捕捉。一亩黄瓜虽被折腾得架散棚破，但棚中的蛐蛐却卖得四万余元，创出一亩地里的蛐蛐胜过二十亩黄瓜的单位面积产值的纪录……

蛐蛐这小精灵身上所生发出的金钱的磁场，既牵引着捕虫者身躯上的每一根神经，也激活着众多玩虫人生命中的每一个细胞。

宁阳虫的捕捉时间大抵从处暑开始，持续到白露后的一周左右。2000

年的捕虫旺季，我二进宁阳观看泗店镇及肥（城）兖（州）公路那二十华里长的虫市之后，也目睹过此地农人夜间和白日捕虫的情景。

那是一个黝黝的秋夜，沉沉的夜幕像黑丝绒般笼罩着田野。我在磁窑镇一土岗上伫立静观。

大概是晚上八九点钟许，岗下的田埂地堰上，便有一拨拨、一群群的青男壮夫，人人头戴矿灯，身着迷彩服，手持捕虫网，肩荷装蟀器具，猫着腰，步捷身轻地或钻入墓地老林，或潜入豆丛谷垄，或匿身玉米田中。盏盏矿灯若流萤，似鬼火，在暗夜里忽明忽灭……

夜色愈来愈浓，秋禾已披满露珠。草儿花儿都睡了，连遥挂天际的星星也在打盹儿，而夜捕人却捕兴正酣。此时，蟋蟀的鸣声分外清晰。捕虫行家都深悉，上品虫大都在凌晨二至四时才开始鸣唱，它们的鸣唱虽然高亢洪亮，音传数里，但叫声暂短，且间隔时间长，捕虫人必须有足够的灵敏和耐心……

东方作曙，夜捕人才渐渐收兵，虽然他们周身被露水打得漉湿，脸上沾满泥尘，但眉眼和嘴角旁都洋溢着难以掩饰的喜悦。

翌日下午，我在伏山乡一片刚刚收割了的豆田里，又目睹了农人白日联手捕虫的场面。

豆茬地东西两侧的田边上，各站有二百余名壮汉。只听"哎嗨"一声领呼，两边的壮汉们同时发出的有节奏的"嗨嗨"声。伴着响遏行云的"嗨嗨"声，那石夯般沉重的齐步跳，震得大地簌簌发颤……此时，避光而昼栖的小精灵们正在土穴中蜷蜷沉睡，受此巨大惊扰，如同满月小儿听到霹雳，全身筋骨都要被震酥。于是乎，小乖乖儿纷纷跃出小小洞穴，仓皇出逃。这时，立在南北两侧的"娘子军"和"童子军"，适时出击，捕捉急蹦乱跳、失魂落魄的小精灵，人们不分雄雌，不辨优劣，尽将蛐蛐一一擒捉于水桶之中。包围圈越来越小，最终来了个"天网恢恢，疏而不漏"……

这情景、这场面，与昔年宁阳唯一的捕虫世家王氏三代人的捕虫"信条"，大相径庭。

捕虫本是玩虫人的一项极具雅趣的夜间户外活动。真正的虫迷，听到上品虫的几声夜鸣，会激动得全身发抖，连气儿都透不过来。有时为捕获一只名虫而又不伤其须爪，稔熟蟋蟀有着归穴性的玩虫人，常是一夜未获，三夜伫候，甚至等四五个晚上方能如愿……

面对眼前这"大兵团作战"式的竭泽而渔的捕虫场面，我不忍心责怪"面朝黄土背朝天"的农民兄弟，他们近似疯狂的捕蟋，也许是被一个"穷"字逼的！且这不近常理的狂追滥捕，毕竟还是靠体力去获得酬报；而不像某些城狐社鼠，是靠权力的贪占而自甘自肥！

当然，我的心同时也在隐隐作痛——

蟋蟀作为大自然天才的歌手，那声动梁尘的鸣唱，在商品大潮中似乎已经变了味儿，在某些捕虫人、虫贩乃至赌徒们的耳中，小精灵们那"瞿瞿、瞿瞿"的音韵，已变作金钱！金钱！金钱！

六

在商品社会中，商家赚钱的诀窍，常是把一种名产从丰富之地贩到稀少之区，并使其价格由低廉变得昂贵。

如果说宁阳、宁津等山东名虫产地的农人捕蟋捕得天旋地转，那么一些大中城市的虫市卖虫卖得更是水沸火烫。

作为近代全国斗蟋中心的上海，民国时期，蟋市主要集中在四马路（今称福州路）。当时四马路街两旁，有百余家虫铺虫店毗连一起，卖各种虫具的货栈商楼，也挨梁接柱。阴文的、阳文的、挂牙子的、带流苏的各色卖名虫、卖古盆古罐的招牌，令人目不暇给。三教九流，风从云集，阔老逸少，流连其间。被租界中的洋人，称之为"东方一大人文景观"。

80年代以来，蟋事暗潮初涌时，上海冷不丁一下冒出十数处蟋蟀非法市场。抽刀断水水更流，上海市政府因势利导，于1987年将浏河路定为蟋蟀合法市场，见蟋市人满为患，又于1993年一下辟出文庙、曹安路、旱桥、昆明路、本溪路等五大蟋市。其中尤以文庙为盛。

1998年秋，我到上海出差时，曾一睹文庙蟋市的火爆。

这里的卖虫者、买虫者、观虫者压肩迭背，磕头碰脑；声声叫卖，此

330

伏彼起；阵阵喝彩，涛涌浪涨。任何消费市场与这虫市相比，都会黯然失色。由两万余众汇成的气浪声波，简直要把文庙中那耳不杂听、耳不斜视的孔老夫子端庄斯文的雕像给冲歪了……

小虫的价格更令我咋舌，这文庙虫市上，到处挂有一块块黑板，上面各自醒目地写有："玉顶射弓红"一万五千元，参观费十五元；"白黄大翅"一万元，参观费十元；"寿星头"八千元，参观费八元……在黑板下的摊点上，还摆有各种出版社刊行的精美的斗蟋图册，上面印有各色名虫的玉照。有的摊主，还将自己所持有的名虫，拍成了放大十数倍的彩照，挂诸店旁，招徕买者……

文庙蟋市的市场管理人员告诉我，这里每天成交的小虫多达几十万只，价格高低不一。本地一般小虫一只十元左右，是家长买给小孩玩的；从外地贩来的小虫，价格也很悬殊，一般百元左右一只，这种虫能被多数虫迷所接受，至于名虫的价格，那就由交易双方各自去定了……

津、杭、苏等斗蟋热火的城市的蟋市，也是这般热闹。

正如绿茵场上欧洲的足球先生和中国乙级队的球员，其身价不可同日而语，也如我国演艺界的歌手，县级文工团的头号女伶与京城芳名盖世的女歌星之出场价有着天壤之别一样；同是两须两牙两尾六爪的斗蟋，其各自的身价，竟也判若云泥。一只虫王，在港澳台地区及东南亚一些国家，能换一辆豪华车早就不是奇闻。在宁阳，王爵民父子捕获的一只上品虫，被上海虫贩转卖到澳门，竟被炒到十七万元。

小精灵从大自然母亲怀抱里再次被变成商品后，因了它们的价格高低贵贱不同，也因虫主想从它们身上得到的欲求不一，它们又身份五等，有的成为盆中贵族、绅士，有的则沦为罐中的监犯囚徒。

小精灵有着自残性，一旦环境不适应，性情便变得乖戾。有的用头撞盆触罐，以求速死；有的牙噬己腿己腹，企盼玉楼赴召。凡有爱怜之心的真正虫迷无不晓得，这小精灵比大观园中的林黛玉还难伺候。

每到春夏之交，北京、济南的玩家们见面时总会问一声："接雨水了没有？"在一问一答中，双方便知对方年内是否还玩虫儿。因小精灵惧怕自来水中的漂白粉，人们只能用房檐流下的雨水洗盆刷罐，只能让小虫啜饮无污染的井水。养虫若无老盆古罐，凡购得的新陶皿，须用各种中药材熬水反复煮烫洗刷。小乖乖之娇贵，还表现在它们怕烟，怕酒，怕油，忌醋，忌碱，忌盐，现代工业文明创造的化工产品，诸如香水、香皂、口红、眉笔、护肤液等所弥散的异味，皆能给小精灵致命一击。小乖乖冷了不行，热了也不行，它们对居室温度的要求很苛刻。另外，最惧怕阳光的小精灵还有洁癖，每周需沐浴一至两次，暗室中沐浴的澡水须用井水自不待说，且浴盆必须木制。

真正的虫家，在饲虫方面也特别讲究小乖乖的膳食结构。古谱云"七分虫三分养"，现代人却站在营养学的高度，提出了"三分虫七分养"的新观念。行家们对小精灵所需营养结构，进行了程度不一的科学搭配，过去那种"南方米，北方饭"的饲养法已被淘汰。小乖乖所吃的食中，芝麻不可多，玉米、谷子不可少，除杂以黑豆、黄豆外，还要外加茯苓、丁豆、甘草、首乌、蒺藜、莲子、人参等。小精灵在早秋发育阶段，每周还得让它吃一至两次河虾或公鸡心。有条件的养主，还会以蟹腿内的蟹丝、鳗鱼背上的精肉，给小精灵换换口味儿……

在大千世界中，总有一些或大或小的谜团扑朔迷离地摆在我们面前，令人大惑不解。但只要我们用心去洞察和思考，总能窥出个中的部分奥妙。

某些玩虫人，所以对小虫这样百般豢养、千般呵护、万般珍爱，我猜度大致可分三种情况。一是家境富裕且有闲暇的玩虫人，他们将小虫视为小宠物而关怀备至，这是热爱生命而"推己及虫"的爱心使然。二是养虫有癖的玩虫者，他们把观小虫相斗，视为比打扑克更带刺激的一种游乐。这些虫迷，胜者得意扬扬，败者脸贴纸条，顶多以几盒烟一瓶酒为押注，赢家开怀大乐，输家赧颜一笑。三为将小虫作为赌具，进行豪赌的赌徒。情况常常会是这样，那些价格愈是惊人的小虫，愈有可能成为赌徒们的造钞机。他们借助蟋蟀那微小的躯体、善斗的品格，去获取巨额的不义之款，去赚得血腥的利息……

黄、毒、赌乃社会三大公害，世界上没有哪一位作家能写尽它们的罪恶。人一旦染上赌的恶习，便像狎妓一样着魔，吸毒一般上瘾。

小精灵成为豪赌者们的赌具后，人们就无法悬揣那隐藏在它身后的悲剧。赌徒们将渺茫的胜利寄托于小虫，吝啬的变得慷慨，稳重的变得浮躁，安分的变得贪婪，而命运之神却躲在一旁暗自冷笑，给赌徒们以无情的揶揄。

北京已进耄耋之岁的老玩家，莫不知悉清末民初"来大爷"因斗蟋而败家的故事。

"来大爷"名来幼和，曾住京城交道口圆恩寺处的一府第中。来家本是粤海豪富，在京城开着几家当铺，家资万贯，金玉满堂。来家食则山馐海错，穿则锦衣轻裘，出则驷马高车，动则呼奴唤婢。至来幼和这一代时，家中还雇有专司畜养蛐蛐和蝈蝈的虫师。来幼和吃喝嫖赌，无一不染，尤沉湎于斗蟋豪赌。十余年下来，来家的产业荡尽一空，曾被称作"来大爷"的来幼和，沦为小饭铺的佣工，像武大郎一般，当炉烙烧饼叫卖。最终流浪街头，落魄而亡。

民国初年，济南历城有两户财主，曾是地界相邻，田亩相挨。两财主每届秋高气爽时，便在毗连的地垄边的树荫下作斗蟋之戏。初时，两人以一垄地作为赌注，甲财主先是一垄一垄地赢；博局一开，乙财主越输越红眼，便一亩一亩地赌，仍是赢少输多；输家气急败坏，便十亩、二十亩地下注。两个秋天下来，乙地主的数顷良田尽归于甲。甲地主见不费吹灰之力，仅用蛐蛐的小口便咬出大片沃田，遂赌胆包天，竟提上几只上品虫，与济南府中的斗蟋高手相搏。乡下土财主哪是城中蟋坛老斗家的敌手！一个斗季下来，甲财主同乙财主一样，也难有糊口之田了……

人一旦走进赌场，就如同跨进地狱之门。赌场如同魔鬼的陷阱，只要赌者置身其间，必会愈陷愈深，从跃跃欲试到欲罢不能再到鬼迷心窍，直至走向人生最后的沉沦。

民国时的上海，有洪某耽于蟋赌着疯着魔，竟日忘归。洪某从父辈那里继承下一大笔遗产，且有花园洋房一幢。洪某自幼游手好闲，终日与一些花花公子以蟋赌为乐。洪某自恃家中堆金积玉，在下赌注时，常是一掷便是千块"袁大头"。然而，洪某斗虫仅为"小儿科"辈，常是每赌必输。至解放前夕，父传的家产几被他输尽，唯三百多只畜蟋老盆及十余部虫谱完好无损。

"文革"初期，红卫兵抄家抄得天翻地覆，洪某预感大事不妙。在其家被抄的前一天夜里，他竟神差鬼使地将老盆及虫谱转移于昔年的老用人家中。

80年代初，斗蟋之戏再演沪上。洪某年已望八，手脚不便，老眼昏花，但对蟋事仍念兹系兹。他自知亲自上阵去蟋赌难有作为，便寄厚望于儿子。洪某常给儿子"痛说斗蟋家史"，并一再讲述新盆难养好虫，老盆及虫谱躲过"文革"之不易，并敦促儿子潜心研读虫谱，好在博局上大展"经纶"，以洗昔年家耻。每届8月，洪氏父子四处寻虫，直至三百多只老盆里都装有蟋蟀。

下棋觅高手，弄斧到班门。1997年10月上旬，洪某见其子斗蟋已入得"法门"，便亲督儿子与玩虫奸诈而闻名的"小胡子"去交搏。一日，摆下博局，每局赌金为一万元。双方派遣的斗虫均从宁阳购得。刁钻的"小胡子"，以自己的下品对洪家的上品，以中品对下品，以上品对中品，结果因布兵摆阵有方，首局先赢。但洪家父子赧颜一笑，并不气馁。于是博局再开，洪家押以重金。洪某父子取出宁阳超品"银线乌青"，去战"小胡子"的"红牙青"。年迈的洪某心中窃喜，觉得"小胡子"太嫩。谁知，两虫相交，洪家的超品虫的触须竟然微微发抖，虫身也打着激灵，不战而退……

八十高龄的洪某，一眼便判断出"小胡子"之虫是喂过海洛因的"药虫"，便恶火攻心，訇然倒地。待儿子将洪某送进医院，经抢救方保一命。因突发脑溢血，洪某偏瘫在家，几近成了植物人……

香饵之下，必有死鱼。当蟋赌中的幸运者面对飞絮般的钞票倏然而来时，也常常会窃喜的笑容尚未逝去，悲苦的泪水又倏地注满心田。

上海有绰号"金六"者，曾用一只宁阳虫一口为其叨来过六十五万元。靠赌蟋发迹的他，也曾开起大小十一座饭馆。近两年却不见他来宁阳选虫、买虫了。宁阳的知情者经过打听，方知"金六"于去岁秋的蟋赌中厄运降临，竟将他的饭馆输得一家未剩……

上海某厂工人大A，粗壮高大，下岗后无所事事，便玩起虫来。大A

之妻虽三十有六，仍容貌秀丽，肌肤似雪，美艳动人。1996 年秋，在上海民间组织的蟋蟀擂台赛中，大 A 所持之虫，力挫群雄夺冠，获得奖金两千元。大赛中，上海一虫迷老 B，是年过半百的大款。他见大 A 之妻风韵天然，便暗暗打起主意。老 B 先是吹捧大 A 斗虫之技如何高超，使大 A 飘飘欲仙；继而又将大 A 拉进博局，与一杭州赌徒进行蟋赌，使大 A 连连获胜，钱袋鼓鼓。老 B 见大 A 已入彀，又引逗大 A 尽遣所持之虫与上海一些老赌手交兵。结果大 A 不仅将所赢之钱输个精光，还欠下了老 B 两万元的债务。屡试屡蹶、屡战屡败的大 A 急得抓耳挠腮，只得四处讨觅名虫，精心伺候。他见妻仍每日描眉画黛，怕异味影响小虫，见了妻子的化妆品就扔。为此，夫妻俩经常鸡扑鹅斗。老 B 乘虚而入，约大 A 狂饮。当大 A 喝得天旋地转时，老 B 索要欠款及利息。身无分文的大 A，央求来秋赢钱还债。老 B 执意不应，提出钱不还可以，但必须把其妻借于他用。大 A 气极返家，将老 B 之语尽告其妻。其妻听罢，非但没有懊恼，反而淡淡一笑。实际上，大 A 之妻与大款老 B 早已眉来眼去。这时，大 A 之妻便顺手拿起早已装好的衣物，投奔老 B 而去……

世间的喜剧有时不需金钱也能产生，但世上的悲剧大半是金钱的魔杖在导演。如果说，这些两人或数人相赌的蟋局，仅能使几家数人进入悲剧的幕帷；那么聚众大赌的蟋局，不仅会给更多的家庭降下泼天大难，而且还会危及社会安定。

任何科学的发明，都有它的"两面像"。它能实现人们的幻想，也能撕碎人们的幻想；它在播撒美丽的同时，也在诱发着丑陋。微机、网络等等，就是如此。

昔年赌徒们聚众斗蟋，对小小斗栅内的虫搏，只有虫主及一位执事（即裁判）能亲睹输赢。赌额下得大的赌家，也仅是坐在斗厅，听执事报告战况。那些站在厅外随彩的小赌户，只能从唱战者口中一传十、十传百地得悉小小斗栅里的战果。而彩电的发明、斗栅内战况的直播，足可使厅内厅外的随彩者，同步看到斗栅里的两虫交斗的每一个经过极度放大了的细节。胜虫一鸣，便知自己的输赢。这种现代传媒手段，能使随彩者感到蟋赌的"公开、公平、公正"，大大提高了蟋赌的诱惑性和刺激性，也更能招徕赌者，更加刺激某些人一夜暴富的欲望。

1998 年 10 月的一天深夜，上海某宾馆四层楼的大厅里，蟋局正开得火火爆爆。以前，随彩者进门费底价一万元，时已增至五万元。当警察将这蟋局包围时，赌徒们惊恐万状，慌不择逃。其中有蟋赌前科者六人，怕再入囚室，纷纷从四楼破窗而跳，结果死二伤四……

在上海，近些年每年破获的蟋赌案竟达一百多起，且有逐年上升的趋势。而津、京、杭、济等一些城市，蟋赌案也屡屡发生。1999 年秋，在济南三环路外的一家大酒店里，赌蟋者发生口角，众赌徒抽刀相向，刺得鲜血淋漓，致使数人重伤……

邪恶是对人类美好愿望的一种否定。蟋赌案的连连发生，使得某些媒体将本是"人间欢乐小天使"的蟋蟀，视为酿造悲剧、闹剧、惨剧的祸根，有的甚至呼吁取缔民间的斗蟋活动。

然而，我常常发问：小虫何罪之有？这正如江苏省民间促织研究会一副会长所言："菜刀是用来切菜的，有人拿它去杀人，我们不能对卖菜刀者兴师问罪。"

七

玩虫人用于两蟋交搏的斗栅，昔年多为陶制之盆，今多是有机玻璃所做。一般长二十厘米，宽十二厘米，高十厘米，其空间大小还抵不上山野村姑用的梳头匣子，可谓方寸之地摆战场。作为战场，它仅容得下古时窈窕淑女的三寸金莲，却横不开赳赳武夫的尺长刺刀。然而这小小斗栅里，却能贮满人的多种欲望和情感。它能使孤注一掷的赌徒，或一夕暴富，得意忘形，或一日败家，噬脐莫及；它在给众多虫迷带来感官刺激的同时，也能使当今某些"大哥大""大姐大"的表现欲、竞争欲、虚荣心等得以无所顾忌地宣泄。

宁阳县蟋蟀研究会驻会理事长王际云先生，以教授民间舞蹈及乐器见长，曾任县文化馆研究室主任。王氏自幼钟情蟋事，却从不想从小精灵身上求田问舍，因"虫"假私。近年来，白发皤然的王老先生，有三种编著

336

的蟋书行世。在由上海科技出版社刊印的其《斗蟋》一书中，尽收了王氏十数年来珍藏的各种名虫的彩照及两虫交口时的彩图。王氏在研磨古谱的基础上，对两虫斗口的口法，也一一在书中的彩图下做了形象的诠释。

我再次惊叹本来没有呼吸没有知觉的单个方块汉字，一经学人组合，竟变得那般活蹦乱跳，绘影绘神。仅两虫相斗交口时的口法，古今蟋人竟命名了近三十种。

两虫相遇，斗口连连，快如鸡啄米，转眼几十口，猛虫将敌手咬得手忙脚乱，不能应口而败阵，称曰"啄口"；两虫相咬，不分上下，双方均不敢贸然出口，像摔跤人相互围转，旋如推磨，谓之"磨盘口"；两虫搭牙，合口之间，一虫用牙将对方掀向一旁，甚至甩出栅外，叫作"挑口"；两虫交口，一虫咬敌虫之牙，双腿蹬地跃起，在半空中扭撕扯拉敌虫，称曰"飞叨"；两虫牙接，一虫钳住对方牙齿，用力左右摇摆、摔打，把敌虫咬伤摔残，谓之"摇口"；两虫相逢，一虫咬住对方，猛一抬头，用牙将敌虫高举过顶，同时提、拉、钳并用，叫作"霸王举鼎"……

小小斗栅内的小战场，虽没有古战场那种驱坚策肥、鼓鸣旌飘、矢石如雨、刀光剑影的壮观，但却不乏拼斗的惨烈、厮杀的悲壮、鏖战的血腥。对于躯体内含有"好斗基因"的人类来说，观两虫交战，随着"得胜将军"的鸣唱奏凯，会令人产生凌云直上的愉悦，登高一呼的心醉，甚至还会让人发出"人生能有几回搏"的感慨。

前两年，杭州一女郎闻得王际云对蟋事研究颇有造诣，每岁秋总是乘宝马车至宁阳，拜谒际云先生。这位杭州女子，体态袅娜，面容姣好，周身充溢着江浙美女的妩媚与清雅。她虽年仅二十四五岁，却因在生意场上游刃有余而成了"千万富姐"。每见到际云先生，这杭州女总是让助手递上一张五十万元的现金支票，让际云先生帮她选觅名虫。声言她买好虫，绝非用于赌场，她每年都要赞助杭州几位与她熟悉的虫迷一笔款子，民间组织公开会斗时，她仅是现场观斗，一饱眼福。际云先生不是见利忘义之人，他深知在名虫产地宁阳，能卖得上万元一只的蛐蛐并不多见，便为这杭州女子介绍了当地几位捕虫高手，让他们帮其捕捉好虫……

这杭州女郎常与际云先生谈及蟋事。每当谈到她资助的虫迷在会斗中

337

如何取胜时，她那白若凝脂的脸上浅浅的酒窝里也溢满了笑意。际云由此推断：此女玩虫，纯为取乐。

世界上最高明的外科医生也难以解剖美女的心思，就连弗洛伊德那样的哲人恐也难准确判断丽人的心理。我猜度，这位"千万富姐"觅蟋不摆赌局是真，但是否还有更高层面的情感需求。抑或是她在一些"奶油小生"身上寻不到大丈夫的气概，却从这小虫身上获得了某种精神的满足；抑或她本是一外柔内刚之女子，想从勇猛的小精灵身上，捕捉雄性的元气、勇气与志气，以使她在激烈如战场的商海中，高扬商帆，再图大举……

讲排场，爱面子是一种极具普遍性的社会意识行为。除精神病人和植物人，概莫能外。国内外一些文学巨匠，早已把人的虚荣心刻画得入木三分。

斗蟋之戏，从兴起那日起，便成了国人中某些玩家们展示虚荣心的一个窗口。

民国时期，津门的寓公遗老在参加蟋局时，常乘坐四人抬的雕花镶玉的太师椅，由家丁前呼后拥，招摇过市；他们装蟋罐蟀盆用的红木大圆盒也满身珠光宝气。主人进得斗局，在斗厅两侧的华室内，朝烟榻上一躺，就云里雾里，并不把斗厅里的胜负放在心上，赢了算是意外小钱，输千把两银子也不在乎，要的是这种派头……至于斯时京都中的巨卿军棍、财阀寡头在坐庄斗蟋以及拜祭虫王时的摆阔程度，更胜津门一筹。

当今的文学作品，比起万花筒般的社会现实，总显得黯然失色。诚如歌德所言："现实比我的天才更富有天才。"

一位真正的虫迷，向我讲述了一则当代大款斗蟋摆阔的逸闻，惊得我口舌打结，半晌无语。

上海一资产逾亿的民营老板，与外地一资产相当的豪富，相约在一黄道吉日，于杭州某大宾馆举行两虫相斗，并言定只重友谊，不下赌注，一局分胜负。

这沪上老板从宁阳买得一只"红头金翅"虫王，已试斗六场，连战皆捷。从沪上出发那天，民营老板偕其女秘，操茯手及扈从等一行十数人，

338

分乘六辆顶级豪华轿车,护送"红头金翅"赴杭。这老板知雄蟋喜"一夫多妾",早已让手下人在雌蟋中,精择了五位"美媛丽姝",让红头金翅在决斗前随时"采阴补阳"。老板焉能亲自上阵,他的操茇手,乃月薪三万元雇得,并许诺赢后再付重金。此操茇者乃"蟋林"高手,操茇时"诱、提、掺、抹、挽、挑、换、带、上锋牵、下锋牵"等十八般茇法,莫不心手相应,神乎其技……

为一只小虫,如此兴师动众,大摆派头,这与当年"蟋蟀皇帝"宣德为得胜之虫"披花游宫"可堪伯仲,异曲同工,也可足令民国时期京都津门的阔佬权贵斗蟋摆阔的场面相形见绌。当今绿茵场上最负盛名的罗纳尔多,拳击场上头号拳王泰森,出场比赛时,也绝没有这种阔气,这种派头……

如今体育比赛项目中的举重、拳击,均按运动员的体重,分为轻、重量级多个级别。斗蟋比赛,自明清以来,也是按雄蟋的体重来进行竞争的。因小精灵体重太轻,只得用"毫戥秤"来称其重量。斗蟋是以"厘"作为最大计重单位的(100厘等于按16两计斤的老秤的一钱),八厘蟋即称得上重量级选手了。

赌博的精义,就是人瘠我肥。有的赌徒为在那瞬息悲欢、倏忽成败的博局上追逐运气,常在小精灵的体重上用尽残忍。为减轻小虫体重所采取的种种手段,行话统称为"笼形"。在开斗前一天,有的虫主仅让斗虫食半饱并绝水,可使虫重下降一厘。斗蟋在饥不择食时有时会吞食同类,赌徒这样做的目的,既可减轻小虫重量,又使小虫在交斗时如饿虎扑食。有的虫主,还把斗虫从老盆换入干燥的新盆中,投进干燥剂,并用纸张裹严投入木箱,一囚禁便是半天,使喜欢潮湿的小虫体重锐减。还有些赌徒,在赌斗前,把虫罐放进80°高温的热容器中,进行热处理,使虫体脱水而减重。这时虫罐内的温度,比当今的桑拿浴室还要高出许多,人在这种温度里会身热如焚,怕冷怕热的小天使哪堪受得了这种折磨,它们辄是从"热囚"里放出搏斗一场,即魂归西天……

任何伪装都抵不过真实。赌徒们往日那种百般豢养、千般呵护、万般珍爱小虫的面纱,此时已被金钱的欲火烧得一丝不挂!

还有的赌徒在两虫相斗时施尽了阴险。有的在茭草上抹上蝇血，以血腥味儿刺激小虫的斗性；更有甚者，有人竟将当今体育比赛中厉禁的兴奋剂也使用到小虫身上；最不可忍者，是将毒药抹在小虫牙上，让小虫在毒咬敌手制胜后，自身也很快消亡……

　　古谱中有"小不斗大，嫩不斗老，长不斗阔，薄不斗厚，有病不斗寻常"等十二不斗的戒律，古人还从斗蟋身上发现了"鸣不失时是其信，败则不鸣知耻辱"等虫之"五德"，可当今某些看似道貌岸然的赌徒，竟变得那般凶残如狼，狡黠似狐。这不能不使人发出泰戈尔在《飞鸟集》中那样的哀叹："当人是兽时，他比兽更坏。"

　　斗场上发生的种种丑恶现象，引起全国各地"蟋协"的高度重视。在组织蟋蟀会斗时，"蟋协"将各代表队的斗蟋集中起来，统一喂养五至七日再进行比赛。发现有问题者，除禁赛外，并当即除消其会员资格。

　　中国是个向以"食文化"著称于世界的国度。但近些年的"食文化"里，却被某些人掺杂了暴殄天物的血腥味儿。在泛及全国的吃喝风中，有人以吃过豹肉、金雕、山龟、穿山甲、蓝孔雀、绿孔雀等，作为向他人炫耀的一种资本。在南方某些号称"野味"的餐馆旁，有的甚至还辟有专让食客吃的"动物园"。那顽皮可爱的猴子，被人塞进有圆洞的餐桌，露出当场被剃光的猴头，铁锤一敲，猴头洞开，食客用匙勺舀着热乎乎、白花花的猴脑放进酒杯悠悠品尝；那花纹斑斓的鹿麂，被人用抽血管刺进动脉，红殷殷一时不会凝固的鹿血倒进杯盏，供酒徒滋阴壮阳；更令人惨不忍睹的是，那憨态可掬的小熊，被人用利斧砍掉一前掌时，便吱哇乱叫着把另一前掌紧紧藏匿于背后……所谓"人之初，性本善"的人的天性，此时已被人的原始罪恶大大玷污了。

　　遍野鸣叫满坡腾跃的小蟋蟀，不属稀有保护动物。但当人们得知蟋蟀是治疗癌症、肝硬化等病的良药时，南方某些宾馆里又以炸炒蟋蟀，作为一种"食尚"。再加上玩虫之风席卷全国，致使京、沪许多老字号的中药房里，那曾货源充足的"中华蟋蟀"，已陷入断档……

八

2001 年仲秋，在宁阳举办的全国第四届"中华蟋蟀友谊大赛"开幕前夕，我第三次踏上了这片乐土福地。

捕虫、养虫、卖虫、买虫，是斗虫的"序幕"。近些年，这序幕一拉开，全国各地的十万弄虫大军便涌进宁阳，整个宁阳早已是轮毂相接，肩臂相摩，丝竹管弦，风雷鼓板，热闹得"舞袖飘金谷"，"游鱼亦翻荡"。如今的三秋，也早已成了宁阳人比春节还要红火还要长久的"秋节"。而这全国性的斗蟋大赛一启幕，便将这秋节推向了高潮。

大赛开幕这天，装扮一新的古城宁阳，街街花团锦簇，巷巷披红挂彩。

多年来，宁阳一直注重自然环境保护。县境西部的神童山，早就被定为省级森林公园；山下那二十万亩百年大枣林盛产的大枣，也被国家卫生部定为"保健食品"；宁阳农作物制种业十分发达，仅其黄瓜种的销售量已占全国的半壁江山。面对来自国内外的几十家媒体，聪明的宁阳人自然不会错过在全国蟋蟀大赛中，宣传其经济优势的机会。于是，"宁阳种子种天下，宁阳大枣誉四方，宁阳蟋蟀霸五洲"的巨幅标语，横街垂楼，举目皆是。

盛大的斗蟋开幕式，在县城中心的人民剧院前的广场上举行。四面直径长达四米的擂鼓，各有六名鼓手敲击，三十八面鼙鼓，同时擂动，丝桐唢呐，间或吹弹，共奏一曲由县文化局组织创作的《蟋都雄风》。伴随着撼天酥地的鼓声，旱船、腰鼓、狮子队，有光有声有色，耍舞得酣畅淋漓。

最令人动情的是孩童们表演的《蛐蛐舞》了。广场上，百名身着长袖彩衣的少男少女，组成了金谷起伏、玉荚叠浪的秋野。百对男女稚童扮作蛐蛐，他们头顶上那金灿灿的蟋须，摇动着幼童的烂漫，脊背上那亮晶晶的蟋翅，驮载着稚童的天真。在这黄绿错综、红蓝相间的"秋野"里，百对"蛐蛐"，时而腾跃，时而追逐，时而戏耍，时而搏斗……

随着百对孩童这惟妙惟肖的仿蟀表演，会场不时歉动，观者心中似有一条欢乐的小河在流淌……

来自全国的三十二支蟀队，经三天九十局的激烈角逐，在冠亚军争夺时，已成为宁阳虫对宁阳虫的表演。

宁阳虫的战绩再次证明，它们不仅是山东"蟋蟀王国"里的"御林军"，更是中国浩浩蟀族中的"常胜将军"。

大赛结束后，我造访了昔年宁阳唯一的捕虫世家"王氏"第三代传人王学谦。

在近十年宁阳兴起的捕虫、卖虫热中，身有辨虫捕虫绝技的王学谦，竟金盆洗手，没捕卖过一只蛐蛐。这位年近花甲、已退休的电气焊工，仍体健步捷，在家专事养兔。其祖传辨蟋秘诀，既不传儿孙，亦不示外人。我问他目下蟋情逐年见长，为何不重操旧业时，他憨厚地一笑道，其爷爷临终前留下遗言，说蛐蛐与人一样，也是有灵性的。只要温饱有着，就不要再去捕捉……

这位老捕蟋者还说，玩蛐蛐只观其斗而不赌不失其雅，听蛐蛐鸣唱，才是玩蟀人的至高境界。

王学谦的这番话语，引起我绵绵的思绪。

由于农药已成了各种鸣虫的"催命符"，"除草剂"也成了蛐蛐的"断肠砂"，再加上人们对蟋蟀的狂捕乱捉，已使"欢乐小天使"的生存环境日益恶化，生存空间愈来愈小。古谱上记载的德州名虫墨牙黄、保定名虫竹节须等，皆已绝迹多年。北京的老玩虫人无不知晓，昔年北京西北郊的苏家坨、东北郊的回龙观，所出的蛐蛐又大又好，所产蝈蝈的鸣声既响且脆。然而眼下，苏家坨的田野里，已无蟋跳蝈唱，而商楼林立的回龙观一带，水泥木板组成的楼房里，只能生传播疾病的蟑螂而不生小精灵蛐蛐了。

蟋蟀在西方某些国家的神话中是一种吉祥物。《简明不列颠百科全书》在"蟋蟀"词条中这样写道："有蟋蟀存在就等于好运和智慧，伤害蟋蟀便带来不幸。"宁阳的父老兄弟们，蟋蟀既是你们的"小财神"，也是你们芬芳土地的"保护神"，千万要百倍地珍爱它们——

因为每一种生命都有它的春天和秋天，都有它独特的生存价值。上苍即使创造一朵小花，也得需要千万载之功……

作者附记

吾孤陋寡闻，只知世界上有市花、国花，而未尝得悉哪市哪国有市虫、国虫。拙作篇名"国虫"，乃笔者一人之谵语耳。

我所以将蟋蟀称作"国虫"，一是蟋蟀文化在中国源远流长，二乃自然界之昆虫凡几百万种，却未见何种虫豸似蛐蛐，与国人情缘竟如此深广，将其称作"神州第一虫"，想不为过。

冠以市花、国花之花卉，须经市民、国民郑重公推。而不若时下遴选名模，经泳装、日装、晚装等诸项表演后，仅有十数评委打分计票，便可产生。

世人常将所在单位之漂亮女子，谓之校花、厂花，此并非其所在单位票选，只是人们窃语而定。我将蟋蟀称作"国虫"，连"窃语程序"也未走，更显荒唐也。

孩提时，我曾捕蝉于响杨亮柳，烧豆于旷野山坞，偶做斗蛋之戏，梦回常蟋唱聒耳。然投身军旅后，再未做此等游戏。今我五十又五，每忆儿时，辄嗟童梦难追。我将蟋蟀称作"国虫"，无非觉得它之鸣唱，委实怡人动听。

写此文时，我小住故宫后某部招待所，笔耕疲惫，常沿街彳亍。一日午饭后，刚至北海东门，耳畔有虫鸣之声不息，乃喜难自禁。趋前观之，虫鸣之声，却是从货摊之玩具内传出。玩具状若花生果，长三寸许，壳乃树脂做成。壳中或装蛐蛐，或盛蝈蝈，鸣虫皆为铜片所制，虫鸣之声采用感光技术、由蜂鸣器发出，壳盖开之虫则鸣，闭之声则哑。我购得几只，放诸床头，然此人工技巧之物，鸣声板滞单调，绝无秋野月夜虫鸣的天籁之音。

大自然的鸟鸣虫唱，能将人类生命中的一些痛苦的音符清除。明代袁宏道笔下之京都"家家皆养促织"的鸣声早已不再，岂不悲哉！

我想，即使从保护蟋蟀这"天才歌手"的角度而言，称其"国虫"，尚不会引起读者诸君之非议。

古人云"王顾左右而言他"，又曰"横看成岭侧成峰"。相信有读者看罢拙作，或许还能为我列出几条称蟋蟀为"国虫"的缘由来。

2001 年 11 月 2 日至 26 日于北京

最后的野象谷

　　书籍是前人留给后人的精神遗言。对于陆地上最大的哺乳动物——象，我们中的绝大多数人，是通过图书在心灵上打下深深印记的。"盲人摸象"的典故，盛誉象之庞大；"曹冲称象"的故事，极言象之沉重。这流传千古的"一摸一称"，不仅开启了代代童稚的心智，而且还似乎向人们透出这样的信息：大象不同于虎豹狼豺，是人类最可亲近的动物。实际上，象作为一种复合型的文化符号，早就凝结在华夏文明的篇章里。上古时代，黄帝乘坐的象驾之车，曰"象车"；古代，宫廷中贵妇人身穿的绘有各种图案的礼服，称"象服"。汉代宫廷里曾养活着一批"象人"，其职责是同擅长乐舞的优伶，在朝贺或宴饮时，一道献艺。象棋是我国最为普及的传统棋种，古即有之，当今的博弈规则，远在宋代就已定型……

　　然而，由于大象在我们的视野中早就"淡出"，当今十三亿国人中，虽有诸多人观赏过大象，但那仅是在一些大型动物园里。真正能有幸看到野生象者，恐万不及一。

　　几年前，云南边防部队一文友在军艺进修时，曾多次向我绘声绘色地讲述过西双版纳的野象谷，特别是野象的那些神奇的故事，曾在我的心海里，溅起过久久难以平静的涟漪。

　　今年初夏，当我走进西双版纳，探访了这里的几处热带雨林后，便暗自拿定主意：一定要看看野象谷，决不与野生象群失之交臂。

　　野象谷，位于版纳首府景洪市东北四十公里处的勐养自然保护区内。勐养，西濒纵贯版纳全境的澜沧江。在傣语中，"澜"为百万，"沧"为大

345

象，澜沧江意为"百万大象之江"。

到达野象谷时，已是日暮时分。我与陪同的当地部队文友一起，在服务员的带领下，沿着谷右侧密林中高架的观象走廊，直奔大树旅馆。所谓大树旅馆，实则是一间间架在大树枝丫间的小木屋。小木屋面积不足八平方米，是用木板篾笆搭成的。屋内两张小铁床之间，安放着一小小桌几；插入屋内的塑料管，可将山泉水导入。这里除了以烛代电外，起居盥洗，倒还方便。大树旅馆下边，从雨林深处流来的湍急的三岔河，在此打了个弯儿后，水势渐缓，形成了一个平坦的河湾。这河湾即是有名的"象塘"。大象有喜食盐、硝的生活习性，象塘水底的泥沙里，含有盐、硝之类的矿物质。大树旅馆的服务员告诉我，只要耐住性情，在此仃留二至三日，准能看到野象，一饱眼福。近半个月来，已有七批野象群光顾过这象塘……

黄昏来了，野象谷笼罩在莽莽苍苍的暮霭之中。朦胧的月光，初闪的星星，不动的藤蔓和树梢，加之偶然传来的几声猿啼鸟鸣，小木屋周围的一切，都显得那样寂静。正是有了这种寂静，才使我能把全部情感，都转移到对大自然的感知中。

"静坐云生衲，空山月照真"，面对着插在小几桌上的幽幽烛光，我并没有感到孤独。寄身于古树上这狭窄的小木屋，我仿佛觉得更能和雨林中的万千生灵，去进行无声的交流，它们也仿佛在向我讲着各种各样的故事。这些故事，或让我暗自发笑，或令我心生愤懑，我也为它们的命运与遭际而怜悯，而悲哀……

生命，是自然界的最大秘密。有关食草动物大象的生命密码，恐怕只有上苍才能诠释。地球上有象两种，即非洲象和亚洲象。同为象身，但两者差异之大，却不可究诘。非洲象的身高和体重均大于亚洲象自不待说，仅就生理特征和性情而言，也天差地远。非洲象不分雌雄，皆长有牙齿，而亚洲象仅雄性生齿。非洲象性情暴烈，很难驯养；亚洲象温良驯顺，与人无忤。两洲之象的区分还在于，亚洲象额部两侧皆长有人称"智慧瘤"的鼓突，而非洲象却无此明显标识……

应该说，亚洲象是上苍创造的既有恢宏气魄，又温顺纯朴的伟大生命。它们那似墙的躯体，如柱的四肢，米余长上翘的门齿，令人"望之俨然"；而那灵巧自如的长鼻，短脖上那两只扇形的巨耳，硕大头部嵌有的两只含着柔情的小眼睛，又使人"即之亦温"。当它们方步慢蹀时，悠悠然里透出绅士风度；当它们撒野狂奔时，能踏得山谷隆隆作响，又显示出所向披靡的雄壮。

上苍创造了万物。自誉为"万物之灵"的人类，无时无处不在企图去统治一切生灵。当人类把目光瞄向大象身上所具有的优良特质的时候，一部长长的有关大象命运的悲喜剧，便徐徐拉开了帷幕。

版纳是古代"百越"的一部分，亦谓"滇越"。"百越"曾有"乘象国"之称。傣族先民刚刚迁徙至澜沧江畔时，荫翳蔽日的雨林里，猛兽成群，吞噬人畜，傣家人的生命和财产，朝夕难保。先民们发现，喜食竹笋和芭蕉叶的大象，凶兽不敢近其身，便在新辟的村寨旁，广植翠竹、芭蕉，诱大象来食。象群一到，张牙舞爪的虎豹则退避三舍……"傣依象，象靠傣"的谚语遂由此而来，象也成了傣家人的守护神和吉祥物。不伤害大象，遂成了傣族世代相传的成规。

久而久之，傣家发现象是可以驯养的。象一旦被驯化，则对主人俯首帖耳，矢心不二。傣家纷纷驯养之，少则三五头，多则十余数。

先民首先用象来耕田。大象耕地，无须犁具，仅凭那盆大的四蹄。随着主人的几声呼唤，大象跃入田畴，四蹄蹈地，水飞土翻，壤糜泥易，萍烂草碎。牛耕，比之这瑰意琦行的象耕，实为等而下之。

大象，也同时成为"乘象之国"的主要运输工具。人们到雨林中搬运木材，象那灵活而有力的长鼻，成了伸展自如的"升降机"；那宽阔的脊背，也成了无遮无拦的"大车厢"。一象之工作量，常抵得上六七十名壮汉。

象的力量如此之巨，胃口也必定大得惊人。小山似的一堆翠枝嫩叶，不足大象一日之餐。但当时雨林中有大象食之不尽的各种植物，傣家只消派二三顽童，蹲踞象背，便可驱象群优哉游哉地去雨林牧放。顽童们即使熟睡于象背，其家人也毋庸提心吊胆，有了象这忠诚的守护神照看，凶兽休想动顽童半根毫发……

见民间养象未耗费一点儿资本，却收到鹰拿小鸡、鹫捕燕雀之效，官府当会艳羡不已。于是，官府或摊派农家或遣使仆人，到处建起专事驯养大象的曼掌（村寨）。《蛮书》记载，金代中期，傣族头领在滇西南建"景陇金殿国"，仅官府驯养的象就多达九千余头。

讲派头、摆阔气，是一种带普遍性的社会意识行为。从某种意义上说，规矩与排场，就是中国封建文化的总和。象的庞大与温顺，自会给昔年的统治者们，提供炫耀权势的想象空间。农家乘象，仅是以象代步；而各级土司乘象，则为了显示他们的尊贵。明代文献中，曾这样记述土司乘象时的奢华："俗以坐象为贵，以银镜十数为络，银钉银铃为缘，鞍之面以铁为栏，漆以丹，籍以重裀，悬以铜铃。鞍后奴一人，执长钩为疾徐之节，招摇于道。"大象被如此繁文缛节地披金挂银，被如此煞有介事地珠围翠绕，简直变成了一座让土司们展示轻浮与虚荣的"大观园"了。

在冷兵器时代，统治者也很容易想到将大象用于战争。公元前3世纪末，迦太基名将汉尼拔，曾率领军队及受过训练的大象群，历时半月翻越阿尔卑斯山，攻打罗马。英勇的大象们，在听到号令后，便不假思索、毫不犹豫、本能地黑云压城般地冲闯过去，重创了罗马城。中国有关古籍中，也记载了象群上阵的威武："象披甲、负战楼、若栏盾，悬竹筒于两旁，置短槊其中，以备击刺。"李白在《象》诗中吟道："神象何年至，传闻自战场。越人归驾驭，未许鼻亭狂。"诗仙虽未描写大象参战时的激烈，却把鏖战后大象安然自若的神态，状描得如画如真。

丽质往往容易破碎，优美也常常抵御不住人的侵袭。中国有古语曰"象齿焚身"，意为象因有了珍贵的牙齿才导致被捕杀。西非的象牙海岸共和国之名称，就是因为当年葡、法殖民主义者，疯狂掠夺非洲象牙而起得的。大象通身是宝。其骨其肉其胆，均有药用价值；其皮乃制革的上好原料。当然，最名贵的还是象牙。历史上，滇南土司多臣服于中原天朝。驯象、象齿及孔雀的翠羽，向为代代土司，上献朝廷的贡品。一只精美的象牙笔筒，可让皇上龙颜大悦；一个玲珑的象牙雕球，可令后妃齿牙春色；一管管象牙雕成的毛笔，可使文渊阁的学士们身价倍增；一只只斗蟋蟀装芡草用的象牙筒，也可叫王子王孙们颐指气使……直至清代，象的进贡仍未间断。清人在《贡象行》诗中，描写了土司遣人驱赶驯象晋京途中的场面："巨象垂牙鼻倒缩，小象蹒跚重千斛。喷砂卷石山谷动，居人呼汹避入屋。"

包括人类在内的一切会呼吸的陆地动物中，大象无疑是"力拔山兮气盖世"的勇者。庞大和力量，是上苍赋予它们的唯一"特权"。当它们以这"特权"与精明的人类展开较量时，这"森林霸王"却不得不迎风披靡，节节溃退。

在古代，华夏大地的广袤森林，曾是亚洲象的洞天福地。它们也曾是一个香火鼎盛、绵绵瓜瓞的庞大家族。亚洲象在商代，曾"拓疆"至黄河流域。南北朝时退却至长江南岸。唐宋时，大象的领地又缩至湘、黔、川、桂、滇诸省。至明代，大象的领地不断"沦陷"，仅盘踞云南一省。直至到了清代，大象的领地才少得可怜，仅剩滇南一隅，但数量仍还可观。

眼下，亚洲象在我国的"疆域"，已基本上被犁庭扫穴。大象仅在滇西南的三片雨林中，若隐若现，什袭而藏。南滚河雨林中仅有野象十余头，已是微不足道；版纳南部的尚勇雨林中，虽有野象六十余数，但它们一旦食难果腹，就逃逸到老挝雨林中，去"生活避难"，成为不拿护照的"跨国公民"。野象存量最多的，就是眼前这野象谷了，但也仅为区区三百余头而已。

就这样，亚洲象在我国朝甚一朝、代甚一代、年甚一年地有减无增，最后竟使得有着"百万大象之江"称誉的澜沧江，也早已徒有虚名。

…………

这天夜里，野象群没有抵临象塘。

在大树旅馆的小木屋里，我似醒似睡，蒙蒙眬眬地度过了一夜，思绪如同野象谷中的岚气，汇来飘去。早饭过后，野象仍未至。陪同的文友，见我怅然若有所失，便建议我先到毗邻野象谷的大象驯演学校，去观光、采访。

大象驯演学校是 1996 年建立的，在我国仅此一家。这里有高大宽敞的象房，有给大象上课用的训练场，也有供大象献艺的表演场。

佛教中有"香象渡河"的典故。经论里常以兔、马、象三兽之渡河，来阐释听闻教法有深浅之别。兔之渡河，浮于水面；马之渡河，身躯及半；而象之渡河，则全身沉入。意为在诸兽中，象之佛性、悟性最高。经论启迪释子佛徒，要像象那样全身心投入，去参悟佛理。当我走近大象时，方知它们果真是心窍通明的高智商动物。

下午三时，大象献艺演出开始。五头象按高矮大小，次第成行摆开，后面之象用鼻子各卷前象之尾，在音乐声中，由驯象师徐徐引进表演场。一声哨响，五头象先是前腿下跪，一齐向游客恭行佛礼；二声哨罢，象们又扬起前蹄向人们"招手"致意，长鼻同时在空中划出道道优美的弧线；继而，象们后腿直立，前身竖起；少顷，又前腿撑地，拿起大顶。俟象们干净利落地做毕"手、眼、身、法、步"各种亮相动作后，又在高架的独木桥上，做各种惊险的侧立或直立，并毫无闪失地一一通过了独木桥。往后，象们的表演愈来愈出神入化。它们或用长鼻托游客转圈儿，或和着节拍做各种舞蹈动作，或嘴叼芦笙吹奏，或用前蹄将足球准确地踢入栏网，或给自愿入场的游人按摩……象们那具有象性、人性乃至神性的独特表演，时而让游客屏声敛气，时而让旅人开怀大笑。

大象智慧的可靠标志，不仅在于它们能惟妙惟肖地做一些模仿性动作，而且更在于，它们在一瞬间的反应力和洞察力。驯象师告诉我，三岁前的幼象，经过训练，能听懂并理解人类使用的若干个词汇。每头驯象都有自己的名字，站在几百米外呼唤某象之名，它会循声脱群而至。象表演时，一些游客出于爱怜，会给象遗赠些钱币，以示犒赏；象们总是用鼻子接过，并连连点头致谢。倘若有人用假币欺骗象，它不仅会当面扔掉，还会气得怒目四顾。

更令我惊诧不已的是，一头名叫"冲鹏"的象，竟能识得人民币面额的大小，两元以下的钞票，它总是摇头拒收。收到钱后，它有时还跑到象校门口的小卖部里，去买啤酒喝，且专喝当地产的三元钱一瓶的澜沧江牌啤酒。当它用鼻子递给店主五元钱买一瓶啤酒，如不找回零头，它会站立柜前不走……

环境和习气都是很古怪的东西。在佛经中，亚洲象本是普贤菩萨乘御的坐骑，也是大力金刚①的名号。而眼下的驯象竟也如此专注地认钱、爱钱，真不知是大象的悲哀，还是人类的荒唐！

"象贤"，是古人创造的一个词汇，谓象有贤德。刘禹锡《蜀先主庙》诗中云："得相能开国，生儿不象贤。"在象棋的术语中，"象"同"相"。刘诗意为刘备得贤相诸葛亮，立业开国；而儿子刘禅，却无象之贤德。实际上，象非但不是"向钱看"的动物，而且它们身上，聚集着檀香一样名贵的美德，和能为它庞大身躯增添威严的品格。

大象是尊老护幼、团结友爱的楷模。成年象同人类一样，总把后代视为感情的结晶和义务的象征，它们对幼象，也总是当命根子一样宝贝。象专家们在野外考察时发现，在母象生仔时，象们总是精心选择最安全的地方，并用架架魁伟的身躯，筑成一座静谧的产房。象群游走尤其在渡河时，成年象们总是瞻前顾后，让幼象走在中间。此时的大象警惕性特高，很易攻击接近它们的人类。

象的寿命与人大致相等。每个象群都有固定的墓场。暮年老象能准确地预感它的大限之日，也总是提前半个月在其家族成员的护送下，前往遥远而神秘的象冢，躺在祖宗们的尸骨堆中，坦然地面对死亡。象的情感相当丰富而深刻。当老象仙逝时，象群里会发出怆天悲地的哭号；野象群中，若有一头象遭人残害，其他象会因哀伤而三年不发情，并停止一切生殖活动。象还会竭尽全力，去营救家族中落难的同伴；对伤势过重、生命垂危的同类，为减少其痛苦，象们还会对其实施"安乐死"……

珍惜友情、知恩必报，是大象天生的禀赋。在象校的驯象群中，有象名叫"冲瀑"。分管它的驯象师平日对它呵护备至，人与象如影随形般地难以分开。某日上午，这驯象师放牧"冲瀑"于雨林深处。"冲瀑"悠闲地卷食着象草，驯象师则依树专注地读书。蓦地，不远处传来几声小野象的惊叫，驯象师抬头一看，见一群野象从树林里钻出，正怒冲冲向他奔来。见来者汹汹，驯象师慌忙爬上身边的大树。这时，他方看清，野象竟

---

① 大力金刚的名号为"香象菩萨"。发情期的大象，鬓角会分泌出有香气的液体，故称"香象"。

有十几头，中间夹裹着两头幼象。也许出于保护幼仔的本能，三头母象用沉重的躯体，轮番撞击大树。驯象师骇得脖颈发硬，灵魂出窍。眼看大树即被撞倒，他只得双目紧闭，坐以待毙。忽闻一声沉雷般熟悉的象吼，他睁眼一看，原是"冲瀑"从谷下飞也似的冲将过来。"冲瀑"鼻卷一根树干，左抢右舞，似临无敌之境。通常，驯象是惧怕野象的。此时，野象见"冲瀑"这般神勇，竟后退了三十余米。"冲瀑"遂又以迅雷不及掩耳之势，冲到树下，把长长的鼻子当作"滑梯"竖起，将驯象师托到背上。未等野象反应过来，"冲瀑"已驮着主人，脱离险境，风驰电掣般地返回象校……

在情势危急、理智允许的情况下，不敢挺身而出的人，向被视为人中侏儒。象在各种行为中表现出的大仁大义、大智大勇，并由此所放射出的美德的火炬，足可成为搜寻与查照人类精神的探照灯！

下午五时许，我与象专家和驯象师们正聊得入港，忽有一服务员匆匆赶来说，缆车下面雨林中的象道里，有十几头野象出现，不少游客都已看到，并催我速登缆车，前往观赏。专为游客空中观林观象所设的索道，距象校不到三百米。我与陪同的文友，急乎乎登上缆车。车在林海上空徐徐滑行，俯首只见雨林葱茏，耸翠叠绿。但直到缆车运行到大树旅馆旁的终点站时，却未见野象的踪影。

晚饭后，我回到大树枝丫间的小木屋。连日的奔波与思索，使我的身体有些疲惫，但昨夜想到的一切，和今日听到和看到的一切，却仍在脑际闪现，让我无法中断车轮般转动的思绪。

美国学者卡曾斯有言："人这个名词，代表着一种复杂的、矛盾的无法预料其前途的，同时又具有既能行善，又能作恶的无限潜力的两腿动物。""森林霸王"大象的唯一生存障碍，就是人类。千百年来，大象所以被人类步步逼入绝境，无疑是因了人口的膨胀、森林的减少、兵燹的摧残，以及人对大象进行的无休止的力的驱使和美的掠夺。当亚洲象、印支虎、熊猫、孔雀等多种珍贵动物纷纷濒临灭绝时，国人中的有识之士和善良的人们，不得不用心去咀嚼老祖宗遗留的和我们自己酿成的苦果。他们就像贫穷的母亲那样，精心去数着筐篮中仅有的每一根细小的绒线，希冀能在人们的心匣里，编织出良知的锦绣；也像劬劳的父亲那样，小心地查点着家中仅存的每一根细小的火柴，以期去点燃起大象及一切濒危动物复兴的光束。

上个世纪70年代末，动物学家们经过夙兴夜寐、栉风沐雨、不敢告劳地悉心查寻后，估算出亚洲象在版纳也是在全国，仅存二百余头。专家们将这一数字公诸了报章，旨在唤起国人对大象的珍爱。然而，邪恶常常会对人类的积极愿望进行彻底的否定。物以稀为贵，在某些私欲熏心的"两腿动物"看来，这正是大发横财、利市百倍的最后机会。因此，捕杀大象的不法之人，竟有增无减。梦想用黄金铸造护身盔甲的稷蜂社鼠，总是敢于同法律的长矛进行对抗。1998年，当我国《野生动物保护法》正式实施后，一些不逞之徒仍铤而走险，以身试法，致使捕猎大象的恶行达到高潮。一捕象头目，率人用自制土炮，三天内竟明火执仗地惨杀野象十二头；一犯罪团伙，更加肆无忌惮，竟与外国走私头目勾结，他们用步枪毙象，三个月内竟使十六头无辜的野象倒于血泊中……几年中，就有六十余头弥足珍贵的野象，先后奔向了奈何桥……

当人一旦变成丧失理性的社会存在物时，他便成了这个地球上最凶残、最具破坏力的"两腿动物"。

盛怒源自欺辱，报复出自尊严的损伤。生性与人友善的大象，与人类为伍后，便是它为鱼肉，人为刀俎。眼看庞大的象家族，即将灭种绝嗣，温柔的大象，经百般忍耐之后，不得不挺起勇猛的胸膛，面对接踵而来的灭顶之灾。

上个世纪50年代，在版纳野象最多的勐腊、景洪两县，还经常有野象到村寨里玩耍。象对山民彬彬有礼，山民对象也含情脉脉。未曾发生过一起象伤人或人伤象的事件。象对人以牙还牙，以怨报怨，肇始于上世纪70年代初。

1972年，上海动物园为猎捕一头雌幼象作"种象"，曾兴师动众地来到版纳雨林。其中不仅有军警"保驾"和当地村干带路，还请来了电影厂的摄制组。首次捕猎，他们用麻醉弹击中了四头野象。"誓与家族共存亡"的象，在伙伴倒下后，仍视死如归，严守阵地。因捕猎者无法接近中弹象去解除麻醉，致使四头中弹象，旋即死亡。见同伴死于非命，一头雄象怒吼着向摄制组冲来，警卫人员遂开枪将之击毙……这次捕猎，虽让上海动物园如愿以偿，却付出了五头象死亡、四头象受伤的惨烈代价。象与人一旦反目，其仇恨必然是最深的。捕象者刚刚返沪，象群中的幸存者，便向当事人展开了疯狂的报复。它们把目标首先瞄准了为上海人带路的那位村干。它们先是用巨足踏平了那村干家的粮田，又用利齿挑翻了他家的竹楼。这样，象们还未解气，一头腿部受伤的"三脚象"，对与这次捕猎有关的人员，见则必攻，被攻者非死即伤。它一共用长鼻摔死八人，另有一人受伤后，侥幸逃脱。那位为上海人带路的村干，为躲"象难"，提前逃避，后来竟患了精神病……

胡马依北风，越鸟巢南枝，狐死必首丘，池鱼思故渊……一切有生之伦，无不有着各自的一片魂牵梦萦的故园。集真善美于一身的大象，更具有返土归本的情结。1994 年，勐腊县的两处橡胶林场里，都发生过野象伤人致死的惨剧。这两处林场，原都是大象之窝。喜欢游走的大象，仗着体硕力盛，曾于十年前，越境投荒，浪荡乾坤。当这些"出国公民"重返故里时，见自己的老窝已易为橡胶园，便怒不可遏。雨果老人对绝望时人的复仇力，曾有这样夸张且形象的描述："……忧虑能使一个女人的手指变成老虎钳；一个年轻姑娘惊骇起来，能够把她粉红色的指甲插进铁里。"柔弱女子尚且如此，何况力大无朋的大象！它们纷纷用长齿将树上的胶碗捋下，再用巨蹄踏成齑粉；它们用躯体撞断大橡胶树，用鼻子拔掉小橡胶树，使橡胶园一片狼藉。这样，象们仍觉仇恨未消，见人就追，追上就摔，竟使得胶园的八名职工命染黄泉……

大象味觉的灵敏度神乎其神。前几年，某山寨三青年进山打猎时，曾打伤一头野象。夜间回到村中，受伤野象便循味赶来，它将这三个青年猎手家的茅舍，全部挑翻踏烂，并将其中一人用鼻子卷起，摔了个脑浆迸裂。另两人见状，仓皇逃至外地。数月后，其中一人自觉危险期已过，便悄悄潜回村寨，谁知，当晚那头象便神秘地赶来，将之一脚踏死。另一人骇得再也不敢返乡……

人类在给大象留下了血的湖泊的同时，自身也留下了斑斑血痕。抚摸历史的疮疤和舔舐现实的伤口，对人类来说，无疑是件痛苦的事情。它会使一些悲观失望者心如死灰，也会使一些替天行道者奋袂而起。面对大象在我国即将绝迹，国家的野生动物保护人员和版纳人一道，齐心勠力，共挽大象生存于艰厄。

执法部门，首先对射猎野象的歹徒——处以极刑与重刑。借以敲山震虎，杀一儆百，使捕杀大象的恶行，基本上得以遏制。近十余年来，尚未出现一的猎杀大象的案例。

野象谷，是我国最后一片没有"跨国野象"的绿洲。当傣族的另一吉祥物绿孔雀，在雨林中消失后，笃信小乘佛教的傣族父老们，以沸腾着的良知，以比雨林中望天树还要高大还要正直的信念，保护着他们仅存的吉祥物野生象。野象谷的人们，在三岔河的谷旁岸畔，不时更新老化的竹林，栽植野芭蕉；还在三岔河底，定时埋放大象喜食的盐巴……象见人们对它们投来空前友好的信号，便不时从雨林深处，走到野象谷与人亲善。野象谷左岸，有一国道横穿雨林，当象们大摇大摆地跨越公路时，见车辆停下，为之让路；见观赏它们的旅客的脸上，莫不春风融融，象们便向人们行注目礼，以示感激。

环境对人来说，是生产力的一部分；对象来说，却是增强生殖的催助力。考察人员发现，在这勐养保护区内的二十余个野象群中，近半数为幼象和青年象。据估算，常来野象谷活动的野象，有百余头是近十年才出生的。

大生命必须有"大舞台"，方能上演波澜壮阔的活剧。体重四五吨的大象，每天活动范围直径达五十公里，每日要食用低矮植物数百斤。一头野象的生存需求，必须有两千亩原始森林才能保证。这样，不仅不损害雨林，反而能促使雨林不断再生和轮回。大象不是雨林的破坏者，而是雨林的更新者；大象不是雨林的剥削者，而是雨林自觉而忠诚的守护者。

勐养这片版纳最大的自然保护区，虽有林地面积二百六十余万亩，但多为国家经济林和村寨种植林，真正的原始雨林面积仅为三十余万亩。大象虽仅仅增加了百余头，但勐养的生态容量，却显得捉襟见肘了。野象是不能在人造的"第二自然"中生存的。填不满肚皮的野象，不得不走出雨林，去吞食农家的田禾。面对野象与人争夺生存空间的矛盾日益尖锐，专家们曾良工心苦地计划将部分野象实施"移民"战略，但放眼版纳及全国，哪里还有适合大象栖息的领地！

五十余年前，版纳原始雨林的覆盖率曾多达百分之六十，而眼前雨林的覆盖率已不足百分之十，且这些残存的雨林，已被切割成互不关联的一方方、一块块。版纳的那人类永远不能复制的热带雨林，早被美丽的橡胶林和多姿多彩的经济林所代替。这些看上去也很美的经济林，虽然按照当代人的思维模式，换取了眼前的幸福，却使大象永远失却了植根的乐土，温馨的故乡，逼迫大象即将与我们作永恒的告别……

次日凌晨，仍在床上辗转反侧的我，忽听到从大树旅馆其他小木屋里，传来窸窸窣窣的声响。文友伸手推了我一下说，大概是野象群来了。我连忙披衣走上观象走廊，见这里已站有十几位游客。这时，从不远处的密林里，传来野象折倒竹子、碰落芭蕉、撞断野藤的咔嚓咔嚓的声音。继而，又传来惊天动地的、喇嘛寺里长号声般的象的吼叫。不大工夫，象群来到小木屋下的象塘里。因眼前薄雾迷蒙，我只能隐隐约约地看到象们的轮廓。只听得见，象们不时汲水的咕咕声；只听得见，象们在塘中洗浴时翻滚的嘭嘭声；只听得见，小象们撒娇发出的吱吱声……我虽未清晰地一睹野象们的仪容与丰姿，但从它们那真实的存在里，感受到了这天赐宝物的神秘的心跳。

告别小木屋返京后的一段时日里，工作的繁忙、生活的琐碎，并没有冲淡我对野象谷的深深怀念。我想，野象谷的魅力与意义不在于"谷"，而在于"野象"。象是野象谷的灵魂。野象谷，不仅对于版纳而且对于整个华夏大地，都有着不可替代的重要性。大自然中的一切生灵，都和人类联结在一根线上。陆地上最庞大的生命——象，和作为"万物灵长"的人类，都是"地球号"宇宙航船上的乘客。一旦大象在这"航船"上空位，我们这个星球，会不会因了动植物那严格而微妙的平衡遭到破坏，因了多种生物像多米诺骨牌似的一个接着一个地倒下，而不可挽回地塌陷了人类生存的根基！

哦，野象谷，最后的野象谷……

2004 年 6 月 18 日于济南灵岩寺

渐行渐远的滋味

古人谈滋味，通常是论诗说文的。在这里，我是专说舌与口的味觉的。

"眼、耳、鼻、舌、身、意"，向被佛家称为罪恶根源的六根，要想修炼成佛，必须六根清净。作为一介文人，我食的是人间烟火，六根自是清净不了的。人有五官：耳、目、口、鼻、身。与这五官对应的是：听觉、视觉、味觉、嗅觉、触觉。听觉、视觉、嗅觉、触觉都是见异思迁、随遇而安的家伙。耳可以被五音所乱，目可以为七彩所迷，鼻可以因香风所醉；人之身一遇舒适，也常会寡情薄意，乐不思蜀，飘飘欲仙。

唯有味觉是恋栈原始，拒绝遗忘的。

味觉是由分布在舌头表层的味蕾，在接受物质刺激时产生的感觉，也就是人们常说的滋味。

在我的认知中，二十年前，不管是乡下人还是城里人，人们的好胃口都是随着季节走的。在"非人吃食食吃人"的当下，诸多食品、菜蔬、瓜果，都溜走了它们的原汁原味。让我不妨在此充当一个齐鲁荷锄老汉和撒网渔翁的角色，去追寻舌尖上的记忆，呼唤舌尖上的故乡。

煎饼·饼子·馒头

一提及山东，外地人往往会认为，煎饼卷大葱是齐鲁人的主食。其实这种说辞有点儿偏颇。在山东，真正以煎饼为主食的地域只有临沂、枣庄、泰安、莱芜、日照及潍坊南部、济宁东部的一些县份，总人口不到山东的三分之一。

煎饼，作为山东一种标识性食品，当是齐鲁先民智慧的结晶。在中国食品史上，应有它浓墨重彩的一笔。

食品常常是自然环境的产物。山东吃煎饼的地方，多为山区与丘陵地带。小麦、谷子、玉米、高粱、瓜干，均可作煎饼的原料。五谷的秸秆，秋日的枯草，树下的落叶，皆可以为燃料。煎饼易储放、耐饥饿自不待说；它能促进人的咀嚼肌的发达和牙齿的坚固，也是不争的事实。摊煎饼用的是圆形的鏊子。休看摊煎饼的工具原始且又简单，但最容易的常是最难做好的；最简单的也往往是最复杂的。昔年，在山东以煎饼为主食的地区，姑娘能否摊得一手好煎饼，常是未来婆家考量的重要因素。农妇村姑，若是做煎饼的高手，也会誉满邻里。

摊煎饼前，需将一种主粮用清水泡胀，再用石磨磨成糊儿。做法有"淋、刮"两种。淋者多为小米、玉米、高粱；刮者常为麦子、瓜干。淋煎饼的糊儿较稀，刮煎饼的糊儿较稠。淋煎饼用的是拇指粗、一拃长的圆木，刮煎饼使的是一月牙状的薄木片。这两者中间，均嵌有二十多公分长的细木棍儿。淋时，做煎饼人先用长把勺将稀糊儿扣在鏊子的圆心，手与臂便像飞旋的车轮，于目不交睫间，将稀糊儿摊于整个圆鏊上；俄顷，那大圆煎饼的周边儿便微微翘起了，一张或金灿灿或黄澄澄或红殷殷的煎饼就做成了。刮时，做煎饼人先将一勺稠糊儿扣在鏊中间，便用刮儿旋即刮转，于三四秒内，将一勺稠糊儿均匀地刮在圆鏊上。刮比淋略显从容，但摊煎饼人的手与臂亦需柔中见刚，徐中有疾。摊煎饼火大了不行，火小了不行，火不匀也不行。农妇村姑需脑眼手并用，鏊上鏊下兼顾。一勺复一勺，一张复一张。在烟熏火燎中，待数百张煎饼做成后，摊煎饼人的手与臂，常累得像是抽掉了筋骨。

摊煎饼是将原野上的粮和草，化为农家饭桌上美食的艺术劳作。我在济南军区前卫歌舞团当创作员时，曾在大型歌舞《东方红》中当过一节领舞的穆大姐，是团里的舞蹈编导。她到沂蒙采风时发现，姑娘们摊煎饼的过程里有曲、有谣、有诗、有画、更有舞，遂创作了《摊煎饼的小嫚》。

此舞将一群沂蒙姑娘的纯朴、俊美、勤劳推上了极致。《小嫚》参加了国家文化部国庆三十周年的会演，也成为团里的保留节目。

通过对粮食的泡、磨和或淋或刮的一系列流程做成的煎饼，能将各种粮食中最精华的部分，最纯正的味道呈示出来。即使以塞饱肚子为目的之瓜干煎饼和高粱煎饼，比起煮瓜干、煨高粱米、蒸窝头，就味道而言，不知提升了多少个档次。还有一种将糊儿发酵而摊成的酸煎饼，不仅肠胃弱了的老人喜欢吃，有些孕妇尤喜食之。做婆婆的见儿媳猛嚼酸煎饼，便预感到宝贝孙子不久会降生，梦中也会笑出声来。

煎饼有多种吃法，大葱抹酱是最低级的一种。卷上刚腌好的香椿芽或各种腌制菜蔬，吃起来会口角生津；如裹进炒豆腐条儿、炒鸡蛋、香菜梗炒肉丝儿，吃起来会满口流香。如将上好的煎饼撕碎，泡在滚开的猪肉汤、羊肉汤或鱼汤里，会让人吃得舌底咂咂，遍体通泰。

我最喜爱吃的是二十年前，那用小麦、小米、玉米做的煎饼。三者之间，我将小麦煎饼排为第一，小米、玉米煎饼，则难分伯仲。家乡日照盛产黄鲫子鱼。那时，用鏊子将黄鲫子鱼煎熟，就着麦子煎饼吃，我觉得是天下最美的食物。20世纪70年代，我常赴沂蒙深入生活，食宿大都在军分区及各县武装部的招待所里，因餐桌上很少放煎饼，我便到集市买一叠麦子煎饼和一包新鲜虾皮打尖儿。那时的煎饼与虾皮的品质，与沂蒙山人一样纯真。用麦子煎饼卷起虾皮一道吃，那软绵绵的筋道，那甜丝丝的醇和，那咸渍渍的爽净，当是山野与大海所拥抱，所亲吻才能发出的滋味。在我味蕾的记忆里，这滋味时隐时现，至今仍挥之不去。

改革开放前，山东大部分地区，农家的主食是窝头和饼子。

"要想吃好饭，围着烟台、威海转。"烟台、威海的饭菜，山馐海错，水陆杂陈，天上人间，美味多多。给我印象最深的主食，莫过于胶东沿海一带的贴饼子。胶东饼子以玉米面为主原料，掺以小米面和豆面。口味上乘的饼子，贴时需用六印以上的大锅，燃料以松球、松枝、劈柴为佳。做饼子前，农家一般要在锅的底部，炖上各种鲜杂鱼，熬上半个时辰；或将各种晒得半干、咸淡适中的杂鱼块儿放进瓦盆，置于箅子上，待蒸得六七成熟，方才贴饼子。贴饼子最讲求的是火候，锅太热饼子易煳，热度不够饼子易溜。饼子贴毕，需将锅盖扣紧，再将纱布包袱捋成长条，将锅盖周边围个严严实实。当北山的玉米、南岭的谷子、西洼的豆儿和来自浅湾深海的鱼儿，咸集一锅时，红中有蓝的火焰抚慰着锅底，向灶膛周边辐射。随着锅中咕咕有声的沸腾，谷物中的碳水化合物和鱼的高蛋白、低脂肪的分子，便异常活跃起来。它们在蒸气里互相氤氲着，浸润着，唛喋着，一道参与了这场"美食剧"的排演。

有经验的胶东农妇，根据火焰的高度和深浅，便知锅中水沸的高低；眼观锅边冒出热气的疏密，便能判断出饼子和鱼的生熟。熄火三五分钟后，锅盖揭开了，美食亮相了。用铲子将饼子一一取下后，所有饼底上都有厚厚一层黄中见红的嘎渣儿，而不见一点儿黑煳斑点，方称得上贴饼子手艺的"炉火纯青"。

贴饼子就鱼，是水陆美味的"绝配"。我曾以为，只有山东人好吃这一口儿。不承想，20世纪80年代中期，我数度陪南方文友至胶东，他们竟也爱上了这一口儿。伴着灶膛里松球、松枝燃后散发出的淡淡幽香，南方文友们左手拿着热乎乎的贴饼子，右手举筷夹起杂鱼，大吃大嚼，间或还咂咂有声地嘬几口鱼汤。他们一个个吃得两腮鼓鼓，像山东汉子一样风卷残云般地狼吞虎咽，完全失却了南方士子平素吃饭时，那上下牙齿慢慢咀嚼的儒雅。

在山东广袤的农村，改革开放的最大成效是，让父老乡亲们告别了在地瓜干子的王国里左冲右突的漫长岁月，走进了以小麦面粉为主食的时代。盼着吃上馒头，曾是北方农人撑持灵魂的精神支柱。在五谷中，唯有小麦历经了去岁和来年的秋、冬、春、夏四季。小麦经过秋雨的滋润，冬雪的覆盖，春水的浇灌，夏风的熏陶，方可完成它的生命旅程。它的生命元素里浸透过霜的清冽、露的晶莹、月的明丽、星的璀璨、日的辉煌。昔年，小麦向被北方农人视为高贵的象征。

一样麦子百样吃。在山东，就做馒头而言，味道最佳者当属胶东和沂蒙。究其缘由，是这两地的农妇，能够巧使善用"面引子"。

做引子，须先将石磨磨碎的麦子掺水攒成拳头大的团儿，让其发酵。当粗糙的麦团生出纤纤细毛时，便成为"曲"。这时，农妇会将煮熟的小米降温，加一点儿先前留下的"引根"，让熟小米发酵到冒气泡的程度，再将"曲"与刚发酵好的小米，掺和一起发酵晾干，"引子"就成了。根据面粉多少，配上引子和成的大面团儿，放于盆中发酵。对面团发酵程度的掌控，是做馒头的最关键一环。做成的馒头不能急着上锅，需要放在盖顶上，蒙上厚厚的纱布，让馒头"醒"一会儿。馒头蒸熟后，用手一摁，皮儿即刻弹起来，这是馒头好的一个标准；凉到半温后，用手撕开一角儿，便能将整个馒头皮儿脱下，这又是一个标准。

二十年前，故乡馒头的味道好极了。每逢回乡探亲，我最钟情的食物是馒头。面对满桌七盘八碗的菜肴，在母亲的催逼下，我不得不三筷两勺地吃几口菜，然后就单吃馒头，生怕菜肴的掺和，破坏了我对馒头的口感。馒头那甜丝丝、清幽幽、柔绵绵的滋味儿，仿佛将我舌上的味蕾全部激活了，胃中馋虫儿也早已蠢蠢蠕动，我往往来不及过分地咀嚼与品味，便急匆匆地咽了下去……

因了小麦味道的渐次退化，因了磨糊机、磨面机代替了石磨石碾，因了煎饼机、馒头机代替了鏊子和铁锅，近二十年来，我绝少在食堂和宾馆里吃馒头和煎饼了。我味觉的记忆是那样的顽固，那样的刁钻；宾馆里的煎饼、馒头，我打眼一看便知它们都是机械化的产物。即使在农家吃饭，我一口也能尝出那煎饼的糊儿、馒头的面儿，是机器磨的还是石磨推的，做它们时，烧的是煤炭、天然气，还是柴火。

在人的"五觉"中，唯有味觉是拒绝遗忘的。

时鲜菜蔬·塑料大棚

故乡俗语有"四鲜"："头刀韭菜香椿芽，新娶的媳妇嫩黄瓜。"这从农人心灵筵席上生发出的俚语，虽不雅洁，但却是生动的，精妙的。

韭菜是仁厚的地母，在春天里献给北方百姓的第一道美味。当人们对窖藏的白菜、萝卜，上顿接下顿吃得舌尖儿有些发锈的时候，韭菜会以一种不可况比的清纯和鲜嫩，给人们带来的是一种从肠胃里涌出来，从涎水里激出来的食欲。

韭菜本是寻常菜，但要在春天里提早获得它的鲜美，农人需在上一年的冬天到来前，就得付出诚实而辛勤的劳动。他们首先要在韭垄间划出一道道浅浅的沟儿，里面撒上炕土、羊粪或发酵后晒干的豆饼，埋好再浇上越冬水。接着，要在韭畦的北面，用高粱秸或玉米秆儿扎起一道严实的挡风帐。大雪时节，还得在韭畦上盖上厚厚的草苫子。每遇天气晴好，还得隔三岔五将草苫子掀开，让正在做着春之梦的韭菜，接受冬阳的拂照和呼吸新鲜的空气。当冬之夜的被褥叠起，春之晨的衣裳穿上，伴随着柳林含烟，桃李绽蕾，那一畦畦的春韭，在农人的精心伺候下，方才探出尖尖的嫩嫩的独芽儿。韭菜最忌重茬，一般情况下，两三年内必须换地重栽。韭菜那特有的鲜味儿，常引得韭蛆、葱蓟马等害虫儿循味猬集。韭蛆喜食韭的根部和嫩茎；葱蓟马专噬韭的心叶和幼芽。鸡粪、猪粪，易生韭蛆，农人种韭时忌施这些肥料。用农药灭虫，韭味会大变；草木灰能消毒灭菌杀韭蛆，农家在割了头茬韭后，往往会给韭畦浇罢水再撒上一层草木灰。若对虫害放任不管，畦里的韭菜不仅黄焦蜡瘦，也会稀疏得像漫画家华君武笔下三毛的头发。

当青在滋生，红在萌动，黄在壮大，衰老的枯枝重新展开嫩绿的梦，顽童们雀跃着吹响柳笛的时候，半是白梗、半是嫩叶的头刀韭菜，就可开割了。

据上世纪 30 年代中国一些文人美食家考究，"馋"字在英文里找不到一个适当的词汇。西方人偏重食物的质，中国人侧重食物的味儿。将头刀韭菜切成段儿炒肉丝、炒豆芽或切碎打上鸡蛋煎韭块儿，还未端上桌，它们那特有的清香、异香、幽香、辣香，便会引得人们垂涎欲滴。几筷子入嘴，口馋如愿，味蕾的感觉在恣情中不断满足后，常令人吧嗒着嘴儿，顿兴风木之思。头茬韭菜猪肉水饺，是我饭食中的最爱。家中每逢吃这种饺子，调馅总是由我亲自操作。头刀韭菜水饺煮过火，其滋味会大损。我总是让家人先将猪肉煮熟剁好，再拌上切碎了的韭菜。这样饺子皮儿一熟，即可出锅。一个水饺入口，喉头儿像有馋虫儿搔爪作痒。年过花甲后，我不能像年轻人那样大吃大嚼头刀韭菜水饺了，即使吃个七八成饱，也会给我留下绵长的回味。

时鲜菜蔬都有它们成长的季节。人们逢时按节轮番享受，大自然的这种调节从不逾矩。几乎与头刀韭菜同步，越冬菠菜到了清明时节，也有尺把高了。当今人们在酒店吃菠菜，多为食其叶儿；其实，它那翠玉般光鲜的梗儿，才是最为鲜醇的部位。梗儿老了不鲜，嫩了缺味，用手一掐即断，才是吃它的最佳当口。因孩提时在清明前后，奶奶和母亲用菠菜做的疙瘩汤，给我留下的印象太美太深，多年来，我总是在清明时节做几顿菠菜疙瘩汤解解馋儿。两者之中取其一。近些年来，因面粉的味道大不如往，选择原味菠菜，竟成了我的一大心病。

　　在济南我有一爱文学、喜书画的朋友，是位成功的企业家。他在济南东部山区的一水库上方，租赁了三十亩土地辟为菜园，一条未曾污染的山溪从园边潺潺流过，种菜也沿用最传统的方式。园中所产蔬菜，除能满足他的家族自吃外，也成了他赠亲馈友的最实惠礼品。五年前，我被列入随时可到他的菜园采割的三五知己之一。两年前，我曾建议他种两畦越冬菠菜，以备清明时分做疙瘩汤用。尽管我说得天花乱坠，他却认为此乃小儿科食品。但碍于友情，他还是让聘用的菜农种了两畦越冬菠菜。去年清明前，我向他介绍了做菠菜疙瘩汤的技法：先将一小把纯正的海米放于锅里，同时将一捏花椒放诸其边，倒上少许花生油煸锅，俟海米炸个半焦，花椒炸糊后，熄火将糊花椒取出，再添一些油，油热后放上姜片、葱花，倒上大半锅水煮沸，先下上面疙瘩，待面疙瘩快熟时，再将开水烫过的菠菜段儿放进锅内，一开锅就淋上几个柴鸡蛋，最后再放上一缕切好的头刀韭。锅又开时，一半是菠菜，一半是面疙瘩的美食便成了。我还提醒他特别应注意两点：第一千万别放酱油，第二不要趁热喝，等疙瘩汤晾得半温，再大口啜食之，方能品得出这疙瘩汤的个中奥秘。他一一按我的说法做了喝了，觉得这疙瘩汤别有一番滋味，去冬竟扩种了五畦越冬菠菜。今年清明前后，我家连做了三顿菠菜疙瘩汤，他竟后来居上，连喝了五顿，还打电话告诉我："今年吃了两顿头刀韭菜水饺，又连喝了五回菠菜疙瘩汤，这个春天太美了，没白过！"

　　任何生命都是一种自然体。从严格意义上说，一切生命都要遵循时间。昔年人们的好胃口，总是随着季节转换的。二茬韭菜尚未开割，小葱、油菜、小白菜、茼蒿、西葫芦、水萝卜又次第进入了农家的菜篮子；继而，黄瓜、大蒜、西红柿、土豆、老来少扁豆、菜花、青椒、茄子、苦瓜、辣椒、芹菜、芫荽……又连续不断地摆上农家的灶旁。正是这些时鲜菜蔬，以它们各自独有的味觉征象，方使得日子过得枯索落寞的农人和整日忙忙碌碌的城里市民，能够最大限度地品尝到大自然的真淳与苦、辣、酸、甜、咸的人生况味。

寻常菜蔬连四季，细忆风味舌生津。在诸多的时鲜菜蔬里，我爱茼蒿熬带鱼。茼蒿那"青衣擎出酒色绿"的色泽，带鱼那"细腻如滑香胜肉"的味道，在我童年记忆的板块上，镌刻下深深的印痕。我还喜欢老来少扁豆炖猪肉，忆及它会引发几多田园结庐情思。已逾耳顺之年的我，每届夏秋，它仍是我家餐桌上的常食之菜。

"韭菜黄瓜两头鲜。"春黄瓜下来时，大蒜也出土了。儿时，故乡河里多鱼。我常将泥盆儿罩上纱布捆严，中间剪一口儿，盆底投下油炒麸子，将盆儿置于河底。那些趋味而来的小白条鱼儿，便纷纷自投盆中。奶奶将白条鱼儿沾面油煎后，加新蒜拌以黄瓜，那"瓜掰乡园翠，盘入河中鳞"的诗意般的馨香，至今仍令我梦绕魂牵。秋黄瓜下来时，河虾正肥。我常将啃过的猪骨头和吃过的鸡骨头放于网笼，投入河边芦苇丛里。不消一顿饭的工夫，大半斤河虾便入笼了。母亲将河虾裹面油炸后，拌入秋黄瓜。秋黄瓜那"清汁簌簌先流齿"，炸河虾那"香味霏霏脍诱人"味道，是很难用文字来描述的。

大地是充满神性的。她让谁睡谁就睡，她让谁醒谁就醒，主导万物的生生死死，是她最高贵的职责。在北方，当春、夏、秋的菜蔬渐次消失，她又为北方百姓备好了冬日的当家菜——萝卜与白菜，以填补人们口味的空白。

"烟台的苹果、莱阳的梨，比不上潍县的萝卜皮儿。"二十年前，我的故乡五莲县与潍县同属潍坊市。潍县品种的萝卜，是乡人常种、常食之物。潍县萝卜，最早产地在流经潍县的白浪河西岸，后来种植面积逐渐扩大。经农人三百余年的栽培与选育，逐渐形成了大缨、二缨、小缨三个品种。大缨叶儿多，个头大；小缨叶儿少，个头小；二缨由大、小缨自然杂交生成。潍县萝卜呈圆柱形，细而长，地上部分占其躯体的四分之三，皮色深绿，外镀一层白醭。因此潍县萝卜亦称"高脚青"。它与我们在外地常见的挺着弥勒佛大肚一样的大白萝卜和又粗又长的白萝卜，就形体而言大异其趣。论其口感，更不能同日而语。小缨萝卜最宜当水果生食，吃起来那脆生生、甜丝丝，还略带一点辣味的口感，是任何一种水果都不能替代的。如今，潍县萝卜已像潍坊风筝一样，成了这座文化名城的标识之一。潍坊人现已将这标有"国家地理标志"的特产量化，小缨萝卜贵时可卖到七八元钱一只。潍坊人常将它装进精致的手提纸箱中，进省城，赴京都，以"小缨"去联络感情，去展现古城青春勃勃的魅力。

潍县萝卜可生可熟可腌，还能制成果脯。我最喜欢吃的是用大缨"高脚青"包的大包子。将当年的新豆做成的卤水豆腐切成丁儿，用油爆炒成微黄色，放于馅盆内，再将萝卜用礤床儿擦成丝儿，放于油锅，加姜末、葱花、食盐爆炒半熟，不放酱油，与豆腐丁儿搅拌一起做成馅儿的大包子，吃起来清香淡雅，较其他馅儿的大包子，味儿更觉清纯。

在上苍创造的上百种菜蔬中，胶州大白菜当是她的宁馨儿。白菜，古书上曰"菘"。胶州大白菜远在唐代就享有盛誉。《辞海》胶县条目中称："胶州产大白菜著名，谓之胶白。"

历代文豪、诗人、画家，对"胶白"多有吟诵和描绘。东坡居士有云："白菜美羔豚，冒土出熊蹯。"曾在我的故乡古密州做过太守的苏子瞻，将"胶白"喻作羊羔和土里长出的熊掌，可见他老人家对"胶白"的味道，是何等的钟爱。南宋诗人范成大也有诗吟道："拨雪挑来塌地菘，味如蜜藕更肥浓。"鲁迅先生在《朝花夕拾》中，这样描述"胶白"："大概物以稀为贵罢。白菜运到浙江便用红头绳系住菜根，倒挂在水果店里，尊为'胶菜'。"齐白石老人喜画喜食白菜，他在一白菜的画作上这样题跋："牡丹为花之王，荔枝为果之先，独不论白菜为菜之王，何也？"

1956年，苏联农业专家沙加诺维奇，来胶州考察，归国后出版了专著《中国宝贝——山东胶州白菜》。关于"胶白"，还有若干珍闻逸事：1949年，斯大林七十寿辰时，毛泽东曾指令选送五千斤"胶白"作为贺礼。1957年，毛泽东将"胶白"赠送宋庆龄，宋为此致函感谢毛泽东。1958

年，胶州北三里河小学敬献宋庆龄一棵四十斤重的"胶白"，再续一段人间佳话……

家乡五莲与胶州曾同属潍坊市。"胶白"品种，在乡梓也广为种植。白菜末伏下种，小雪时方全部拔收。经霜又着雪的白菜，其味道与不按节令收获的"胶白"大相径庭。儿时，我与大人冒着纷纷扬扬的雪花儿一道抢收白菜的情景，至今想来仍似在眼前，历历如绘。收获的白菜，要储放在两米余深的地窖里，隔十天八日，需在冬阳下晾晒一次。这种上承天光、下接地气的窖藏法儿，不仅能葆有白菜的原汁原味，且到春节前后，味道能达到最佳。窖藏的白菜和坑埋的萝卜，能吃到农历二月，基本上能与春天的韭菜、菠菜相衔相接。

"胶白"帮儿嫩薄，心儿卷束，纤维细，汁乳白，富含多种营养素。"胶白"食之清脆，淡而有味，生吃爽脆可口，熟食风味甘美。"胶白"可拌可炒可蒸可煮可熬可炖可荤可素，吃法繁多，老少咸宜。高级厨师以"胶白"为主原料，可做成五十多种菜品。海米拌白菜心，醋熘白菜帮儿，白菜猪肉水饺，都是北方人喜吃的食物。白菜、猪肉、地瓜粉条加上少许海米、酱油炖在一起，是我家冬日的常用菜，我总是常吃常新，百吃不厌。

"天覆地载，万物悉备，莫贵于人。"20世纪80年代，在农圣贾思勰的故里山东寿光，掀起了一场农业的白色革命。如今，当我们在隆冬时节，走进寿光那满坡遍野的白色塑料大棚内，看到里面那土里长的、水里生的、无土栽培的、营养液培育的翠绿的黄瓜、墨绿的韭菜、紫色的茄子、红艳欲滴的西红柿、绿袍红根的菠菜、圆圆的南瓜、长条的苦瓜、尖长的辣椒、椭圆的冬瓜、鲜嫩的芦笋的时候，我们不得不钦佩寿光父老的天才的创造。是他们将春、夏、秋的生命奇迹，在冬日里的大棚内一一汇集和演示。齐鲁人民早已把塑料大棚栽培技术，悉数无私地传授给全国各地，连驻守在海拔四千米的青藏高原上军营中及哨所里的官兵，也能在冬日里吃上从他们自己的大棚里采摘的菜蔬。对寿光人发起的这场"白色革命"的功绩，我们怎么评价，也不以为过。

任何事物都是一把双刃剑。毕竟，大棚里生产的菜蔬都是反季节的。

367

上苍创造一朵小花，也需万年之功。每种菜蔬都有各自的生命轨迹和基因密码；上百种菜蔬有着上百种的奥秘。可谓神秘连着神秘，谜底压着谜底。塑料大棚种植技术，仅是解决了蔬菜生长的温度、湿度、光度、空气等必备条件，以及破译了它们浅层次的某些密码；在这反季节的栽培过程中，其口味比之按节令生长的原生态的蔬菜有所减损，在所难免。我仔细品尝过一些按国家标准生产的大棚里的菜蔬，其口味有的减损小些，有的大些。好的能达到原味的七八成，差的只有五六成。当今，我们在市场上买的大田里生产的菜蔬，其味道也大大逊于二十年前了。造成味道退化的主因，显然不在大棚。

对昨日味道流失的认知，取决于对今天的怀疑。是诸多人为的因素，解构了蔬菜的原汁原味。

小米·大米

至圣先师孔子虽说过"食不厌精，脍不厌细"，但在他之后的兵圣孙武、宗圣曾子、亚圣孟轲、智圣诸葛亮、书圣王羲之等这些属于齐鲁，也属于世界的圣哲们，以及诞生于山东的历朝历代的学者、词人、诗家，在其著述和诗文里，是羞于谈吃论喝的。"吾善养吾浩然之气"，"宁静致远，淡泊明志"，"梦回吹角连营"……这些名言名句，人们早已耳熟能详；就连婉约派词家的代表人物李清照，竟也发出了"生当作人杰，死亦为鬼雄"的惊世绝唱。儒学"修齐治平"的思想，不仅在齐鲁先贤们那里一以贯之，也涌动在山东文化人的血脉里。近些年，得闲翻阅齐鲁的一些方志，我却惊异地发现，山东打有"国家地理标志"的特产、美味，实在太多太多，堪称全国之冠。这里，我先说说山东的小米与大米。

北方人通称的谷子，去壳后即为小米。谷子广植于华北、西北及东北地区。在中国，谷子已有八千余年的栽培史。谷子古称粟。因此，夏商文化亦称"粟文化"。古代帝王将粟谷当作神奉祀。稷为谷的一种，"社稷"一词，即由此而来。当今世界诸国种植的粟谷，均是由中国传出去的。

家乡有农谚说："只有青山干死竹，未见地里旱死谷。"春谷是个疯狂热恋太阳的大家族，给点儿雨露就灿烂。它们不厌地薄土陋，不惧干旱和饥渴的打击，不畏土中酸碱的劫难，不怕害虫的觊觎，种子于谷雨入土后，那不死的种子便扎下不死的根。在听到春雨的一声呼唤后，它们便冲破春天的寂寞与干旱，那看似最小却蕴藏着旺盛生命力的颗粒，便一下子爆发了。它们攒攒挤挤，比肩争高，分蘖、拔节、抽穗、扬花、壮籽，于孟秋时节，便以那黄澄澄、狼尾巴似的谷穗，走完了生命的旅程。谷子横向种植于北方的山川大野，纵向雕刻了中华民族勤劳、吃苦、坚忍不屈的性格。

昔年，小米是山东人的当家粮之一。用它熬成的小米粥，向有"代参汤"之誉。妇女怀孕后多喝小米粥，月子里天天吃拌以红糖的稠粥，香甜的奶水便像豆浆似的往外冒。即使缺少奶水的婴儿，如果能喝上小米粥顶层的米汁油儿，那圆鼓鼓的粉脸蛋儿，照样和喂奶的孩子一样吹弹得破。齐鲁作为孔孟之乡，昔年文风昌盛，科甲蝉联。清光绪年间，潍县西南关的一条陋巷里，就先后出过两名状元。这两名状元均生于贫寒之家，都是喝着小米粥就着咸萝卜头子长大的。明朝毛纪、清代张端两位宰相，同出生于莱州贫困的南隅村，被清顺治皇帝誉为"一隅二相"。这两位史上名相，也都是吃着小米饭长大的。

山东的小米也曾喂养过中国的革命，滋补过民族的尊严。

在封建社会，头戴皇冠的人及其皇室贵胄，都是统吃全国的最大吃家。在巡游之时，他们如在某地吃到某种美食美味，便旋即打下"贡品"的戳记。全国小米贡品有四，排序为：山东金乡小米、龙山小米，山西沁州小米、河北桃花小米。

《金乡县志》记载了金乡小米成为四大贡米之首的来由：清康熙帝下江南时，骑着白马于子夜时分，驻跸金乡境内一村庄，御前侍卫敲开一农户家门，有老妪跪献一碗小米粥。康熙喝罢，龙颜大悦，连称："好米，好粥，真乃人间至味也！"从此，这个村的产谷地被称为马坡，所在乡镇也易名马庙，马坡米遂也称为御米。

周恩来总理偏爱的食品甚少，但一直喜欢喝小米粥。新中国成立十周年的国宴上，周总理曾用金乡县的马坡小米招待过中外宾客。1968 年前后，周总理又多次指示，征购马庙乡马坡地的金谷米，用以招待外宾。美国前总统尼克松访华时，对马坡金谷小米做成的粥赞不绝口。临行时，还将几袋马坡小米带回美国。

四大名米之二的山东章丘龙山小米，是乾隆南巡时敕封的"龙米"。其产地在龙山镇一带，尤以龙山村石人坡的四百亩地里所产小米最为著名。龙山春谷，生长在山前洪水冲积成的黄壤上。有种名叫"阴天旱"的谷子，在阴天或下雨时，谷叶儿全像大旱时那样蜷缩起来。这种奇异的反常现象，只有上苍方可诠释。

我作为李家门里的长子，在襁褓时因母亲奶水稀少，是没有子嗣的大爷、二大爷抢着抱我去吃百家奶和喝着自家熬的小米粥长成的。因此，我对小米的味道特别敏感。至今，喝小米绿豆稀粥，吃小米干饭，仍是我偏爱的食品。

青灯有味是儿时。至今我还清晰地记得，农业合作化前后在抢收小麦时，全家老少吃小米干饭的情景：奶奶在做小米干饭时，先将两大碗肾脏形、暗红色的爬豆，煮个半熟；再将淘好的小米加水放入锅内，一道焖煮。这用爬豆和小米捞成的干饭，颜色黄红相间，饭块儿软硬相宜。吃这种干饭的最佳配菜有二：一是用新蒜薹加农家自做的酱，熬猪肉块儿；二是将红皮白心的水萝卜切成片儿，炒进猪肉片儿中，再加大酱添水炖煮。奶奶、母亲总是在鸡叫头遍就下炕，一个捞饭，一个炖菜。鸡叫二遍时，男劳力们便起来扒着、吞着、嚼着这等既解馋又扛饿的饭菜，身躯里便充满了弹性和力气。麦田里，半里长的麦垄，大人们能一鼓作气、不伸懒腰地从头割到尾；打麦场上，两百斤重的麻袋，大人们唾唾手，一下扛在肩上也不打晃儿。

投身军旅，特别是家安在济南后，我吃过金乡小米，也常食龙山小米。这两种小米，色泽金黄，用以熬粥，质黏味醇，米粒儿悬而不浮，味道香而不腻；稍加冷却，表面便有一层浓浓的米油儿，用筷子一夹，便可揭得下来。谷有春谷夏谷之分。麦收后种的夏谷所脱之米，其味道与春谷之米天差地远。新米和陈米，颜色也有差池。新米金黄，陈米暗黄，夏谷之米白黄，不用开口吃，我打眼一看便知，哪是新米哪是陈米，孰为春谷孰为夏谷。

天下之口有同嗜。据我长期观察，我的一些南方战友和朋友，也挺喜欢吃山东小米。1964年初夏，我在青岛海防守备连队当战士时，连里重机枪班的严班长，是从南京市入伍的。他是特等射手，饭量也大。其时，连里正在修筑战备坑道，严班长又成了优秀钻机手。打坑道是超能量释放的重活儿。连里的炊事班班长，是早我六年入伍的五莲老乡。这天中午，他大致按我奶奶和母亲的做法，为连里做的主食是小米、爬豆捞干饭，菜由蒜薹、肉块加大酱所炖成。抱了一上午钻机，体力透支的严班长，一闻到这诱人的饭菜味儿，便操起大碗，呼噜噜不歇气地一连吞下六碗小米干饭和一小盆带汤带水的蒜薹炖肉。待他举碗又要盛第七碗饭时，站在一旁的连长忙过来夺碗制止："好饭食也不能放开肚皮吃，撑死了，我可不给你开追悼会。"掌勺的炊事班班长，见这顿饭菜如此大受战友们的欢迎，忙乐哈哈地打圆场说："严班长，别吃了，晚上我还接着做……"

家乡麦收与连队打坑道时吃小米干饭的日子，离我已是很远很远了。为了找回当年那些难以忘怀的情愫与感觉，我总是在新蒜薹下来时，想吃上一顿那样的饭。近些年来，只施一次底肥而从不浇水的龙山"阴天旱"春谷，其米味儿还多有保持；但市场上出售的蒜薹味道却早已大变。去年，济南的好友老马，在他雇人种植的那三十亩菜园里，种了十几畦大蒜。芒种时节，我从他的菜园里，采了两捆儿蒜薹，按奶奶当年的老做法，捞了小米、爬豆干饭，炖了蒜薹和猪肉。咀嚼着谷香、肉香、蒜香、爬豆的面嘟嘟的甜香，以及汤水里咸渍渍的酱香，我大快朵颐，思绪绵绵，童年和连队生活的情景在我脑际一齐闪回，叠印。

南稻与北粟，是大自然恩赐人类的一对孪生姐弟。富养闺女穷养儿，该是大自然孕育这对姐弟的本意。富养闺女，就是让她出落成或是仪态万方的大家闺秀，或为贤淑俊美的小家碧玉；穷养儿子，就是要他经过日曝风袭的摔打，成为铁骨铮铮的刚强汉子。

水稻水稻，无水不稻。江南那纵横交织的水网，当是水稻这绿衣仙子梳妆理容的镜匣；绯红的朝霞，该是她经常擦抹的胭脂；晶莹的水珠露珠，应是她最心爱的首饰。人人都唱"锦绣江南鱼米乡"，殊不知，山东的水稻，才是"养在深闺人未识"的大家闺秀。

史载：远在唐朝，临沂的塘崖大米，便被定为皇家贡品。塘崖位于临沂城南二十里处，该村西北方有一月牙状的"塘圈"，其面积不足一平方公里，是正宗的塘米产地。这里地势低洼，常年湿润，土质黑黄，晒干的土块，坚硬难碎，水泡数日，仍保持原形。当今土壤学家分析，这里的泥土含"硒"量奇高。带有糯性的塘米，经大火蒸煮后，会弥散出扑鼻的浓香。做干饭、煮稀饭，只需掺上少许塘米，便香气四溢。当地有"一家煮饭四家香，四邻煮米香全庄"之说。塘米因地域小、产量低，在那只许皇帝"弱水三千"，不准百姓"舀水一瓢"的漫长岁月里，齐鲁百姓是极难品尝到塘米之味的。

能让齐鲁人民一饱自产大米口福的县份，应首推济宁市的鱼台。在鱼台发掘的汉墓中，曾多次发现先民种植的稻谷。这佐证着鱼台境内，最迟在汉代就种植水稻了。鱼台位于中国北方最大淡水湖——微山湖西畔，境内有十七条河流交汇贯通，是水稻生长的洞天福地。在旧中国，因黄河泛滥，战乱频仍，鱼台十年九涝，因此鱼台大米从未形成批量生产。

20 世纪 60 年代初，鱼台利用土肥水美的地理优势，疏浚河道，整改稻田，使鱼台大米的产量逐年骤增。鱼台大米以其独特的品质，很快征服了齐鲁，走向了全国，成为"国家地理标志"性产品，并远销十几个国家和地区。

继鱼台大米之后，黄河大米又声名鹊起。黄河大米，产于济南近郊的黄河之滨，自明清时便多有种植。到了 20 世纪 70 年代，种植区域延伸到滨州以西可用黄河水直灌的区域。这些背河洼地，昼夜温差大，大米蛋白质积累多；土地里的盐碱也来助力，使黄河大米蒸煮时，不用加碱就黏性十足。黄河大米，那晶亮的米粒，曾采集过、吮吸过宇宙中的星光与阳光，经受过北方春天干燥的风和夏日湿润的风，经历过四月绵绵的雨丝和七月狂泻的雨暴，颗粒中便浓缩着天地间的精华。北方稻多是非糯性的年生一季的粳稻，而南方稻多为年生两季乃至三季的非糯性籼稻。稻子的生长期愈长，米味儿愈浓。故而，无论是鱼台大米还是黄河大米，其味道比南方大米高出一截儿，是天经地义的。紧随鱼台大米之后，黄河大米，先是被指定为北京第十一届亚运会专用食品，后又在全国第一、二届农业博览会上蝉联金奖，被誉为"中国第一米"。

我在济南部队供职时，因军区在鱼台垦有生产大米的农场，食用鱼台大米，曾是家常便饭；黄河大米的主产地濒临泉城，鱼台大米接济不上，托人买些黄河大米，只消打个电话即可。淘米时，看着鱼台、黄河米那籽粒饱满齐整、玲珑剔透、珠玉般莹洁的样儿，我先有三分喜爱；揭开高压锅时，那桂馥兰熏般的米香，便飘出厨房，散进餐厅，我又有了几分陶醉。吃时，我咀嚼着它的细腻、通透、润滑、黏口的滋味，即使单吃米饭，口里也绝不感到寡淡。

世界上的一切事物都不是恒定不变的。变化有渐变和突变。近十几年来，面对鱼台、黄河大米那"速行速远"的味道，我不由大发"眼睛一眨，母鸡变鸭"之叹。先是部队在鱼台生产的大米，几于南米滋味相差无几，后来我几次托人买的黄河大米，也缺失了原有的味道。是鱼台、黄河大米出口赚外汇的任务重，上好的大米都出国了，是他地大米，贴上了鱼台、黄河大米的商标，玩起了偷梁换柱的把戏，还是我托朋友的采买网络不畅？这些谜底，我一时难以破解。

为能吃上一些纯真的北方大米，我开始了艰难的寻找。军旅书画名家李翔，出生于盛产大米的沂河岸边，对大米的味道相当敏感。他自告奋勇，愿为我完成这个寻找任务。他先是在享誉中外的北米产地天津小站一带寻觅，未能如愿；接着，他又把目光瞄向了东北的一些名米产区。在搞到一些类似用罐头铁盒包装的东北米后，他自己尝罢连呼"受骗上当"，我吃后也止不住地摇头。全国第一届十大杰出青年、中医博士王富龙，是我与李翔的好友。他出生于东北，对东北大米知根知底，人脉关系也广。五年前，他为我在吉林某地，寻到一种东北大米，我食用后，又找回了十几年前吃鱼台、黄河大米的那种味觉。我把这种大米戏称为"王氏大米"。根葱能买参价钱。王氏觅得的大米，先是六元钱一斤，后逐年提升为每斤十元、二十元、三十元，去冬竟涨到四十元。人们对绿色食品的渴求，由此可见一斑。

粽子·月饼·年糕

在人分三六九等的封建社会里，那些脚踝上沾满蜿蜒小路上的泥土，衣褶里浸渍着汗碱和泪斑的底层百姓，是很难分享到自己劳动成果的。于是，人间的智者怀着檀香般的慈悲之心，创造了诸多带有神化、仙化色彩的农历节日，让芸芸众生在尊天敬地祭祖宗的同时，也苦涩地满足一下心灵的救赎和对美食的欲求。

山东是礼仪之邦，民间节日之多，在全国恐无出其右。从正月"破五"开始，百姓月月有节过，月月可调剂一次或几回饭食。元宵节还没到，山东沿海的渔民，便于正月十三过起拜祭海神的"渔灯节"。正月十五闹元宵的情景，还在农家的炕头热议与回味，二月二龙抬头的"填仓节"匆匆到来。三月三是王母娘娘的生日，虽说各路凡界的神仙都应邀去参加蟠桃大会，而百姓们却也不寂寞；清明节的前一天是"寒食"，这天农家虽不生火，但早已做好的炒面，吞起来也别有滋味。清明这天，伴随着祖坟上纸钱化蝶的飘舞，吃了头刀韭菜水饺的农人，便扶老携幼，踏青观花荡秋千。四月初三是孟子母亲的诞辰，那些有上学孩子的人家，仰慕"孟母三迁"之风范，又过起"孟母节"。崇尚儒教的山东人，对从外域请来的神灵也不怠慢，四月初八是佛祖的生辰，善男信女们便过起"佛诞节"。当五月端午的艾香在门楣上尚未散尽，农家又迎来六月初六的"天贶节"。这天，人们要晒书，晾衣，挂红线于田间，虔诚拜祭太阳神。七月七是牛郎织女鹊桥相会的日子。七夕夜，吃过"乞巧饭"的新婚宴尔的小夫妻和待字闺中的姑娘们，自会心香祈祝。七月十五为"中元节"，百姓忌吃水饺，包上又大又圆的包子供奉于祖坟，上可告慰逝去的先人，下可教化活着的儿孙。八月十五月儿圆，瓜果月饼祭老天。九月九为重阳节，孝顺儿女自会陪长辈登高、赏菊，还要煮一锅长寿面。十月初一天渐寒，农家要到坟上为祖宗送寒衣，过起饭菜丰盛的"寒衣节"。十一月迎来"冬至节"，这天农家会烫上几壶小酒，炸上两盘萝卜丸子，包上一盖顶白菜肉的水饺，大吃大喝一番。进入腊月，腊八、小年、除夕接踵而至。穷过日子富过年，腊月是农人大饱口福的月份。

孩童时，我是最盼这些农历节日的。它们留在我记忆中的是千丝万缕的情感纠缠。在这些节日里，农家吃的各种食物中，我至今仍然依恋的是：端午节的粽子、中秋节的月饼、春节时的年糕。

每届农历四月下旬，故乡人就开始到山间、河边采集包粽子的柞萝（学名大叶麻栎树）叶和芦苇叶了。柞萝树可直接放养柞蚕。其叶子为深青色，呈长圆形，比壮汉伸开的巴掌还要大，叶周遭有锯齿状的唇边儿。根须深扎在大山岩下泥土、偎依着山泉溪流生长的柞萝树，叶唇上常漾着晨曦般的笑容。春风梳理过它的灵魂，春阳灿烂着它的面容。难怪对吃食格外挑剔的蚕宝宝儿，对它鲜美的叶汁儿爱得如痴如狂。柞萝叶采集下来后，需放于阴凉处反复地晾，才能晾出清新晾出鲜。做粽子时，需将晾干的柞萝叶放在清水里浸泡一昼夜，让叶复原变软。做粽子可用黍米也可用糯米，可包上几个红枣也可包上点儿红糖。这种柞萝叶包成的粽子，宽五六公分，长十几公分，呈等角长方形。煮前，需将两只粽子对起来，用泡软的稻草秸儿将两头和中间捆紧。这种粽子体硕米厚，需煮上四五个小时，方可熟透。

我吃过荷叶、苇叶粽子，但偏爱的还是家乡那用柞萝叶包的黍米大枣粽子。黍米也叫黄米，比小米粒稍大，黏性十足。柞萝叶粽子，每一对儿有一斤多重，孩童那红润娇嫩的小嘴儿是难以下口的，大人只能包些三角形的苇叶粽，让小孩们玩着吃。柞萝叶粽子中的黄米，紧紧黏在叶片上，黏得能扯出黄丝儿来，加上红枣的浸润，吃起来黏黏的、糯糯的、香柔柔的、甜滋滋的。家乡的大粽子，一对就能让我吃个饱。它虽不能登大雅之堂，却能调动我舌上的全部味蕾，去体味家乡大山的清新，山泉的甘冽。

直到现在，我每年都在端午节前后托家乡的亲友，包上五十对柞萝叶粽子，捎到济南，存入冰柜，每隔一个星期吃上一对儿。我拿这种粗老笨重的粽子，让北京几个文友、画家品尝，他们观其形品其味后，无不啧啧称奇。北京一位出生于鲁北平原的油画家，几次吃过柞萝叶黄米粽子竟上了瘾。今春，我们定下"君子协定"。其让在家务农的父亲用农家肥种一亩春黍子，以备两家做粽子和年糕用。做粽子用的柞萝叶，则由我从家乡提供。

"小时不识月，呼作白玉盘。又疑瑶台镜，飞在青云端。"李太白的这首《古朗月行》，常能唤醒世人对月亮的通有情感，也完全切合我儿时望月的心境。农历八月十五的那墨蓝蓝的夜空，显得分外皎洁清爽。那圆如大玉盘的月亮，高悬中天。凉沁沁的月光，泻满山野，漾在河中，透过树荫流进农家院，漏下了一地闪闪烁烁的碎玉。农家月饼的模样儿，等同于月亮的几何图形。当淡雅柔和的月光，抚摸着我儿时天真心灵的时候，我一边望月，一边吃着家中自做的月饼，在神话传说之惊异力、想象力的鼓舞下，真想拽着嫦娥那长长的衣袖，要飞，要飞，飞向那浩渺的天宇。

家乡的月饼，做起来很简单。先将面粉放在铺有笼布的箅子上蒸熟，再将湿块状的面粉，加花生油和成大面团儿，揉搓几遍，撕成一个个小面团儿，压成半指厚的面片。做月饼馅儿也不复杂，将炒熟的花生米、芝麻粒、核桃仁、杏仁用擀面杖擀成末儿，掺点儿捣碎的冰糖也就是了。将馅儿包进厚厚的面片中，放进刻有各种花纹的木模子里一一搕出，在铁锅里用温火翻烙几遭，月饼就做好了。这种颜色有几丝月白、几丝星亮、几丝日黄的月饼，吃起来硬中有酥，香中有甜，细细咀嚼，能品味出山野大地生发出来的原始的清香和甘饴。

多年来，我几乎没吃过市场上的月饼。看到某些月饼里面那五花八门的馅儿，就令我产生"杯弓蛇影"之惧。当今中国的许多礼品，看似相当名贵，实则是既不实用放在家中也难处置的东西。礼品月饼就是典型的个例。那些红木匣里装，钛铱盒里盛，黄缎白绸裹的月饼，在中秋节前一个月，便闹纷纷地招摇过市了。每盒月饼少则几百元，多则上千元，乃至近万元。它们往往是被你送他，他送你，玩起了月饼大旅行、大传递的人情游戏。我有一位好奇的画家朋友，曾在两盒名贵月饼的盒上打下了一小小暗记，想不到其中一盒竟转来转去，又转到了他的画案边……

人称刘罗锅的清代名臣刘墉的故里，距我村只有二十里路。他庄与我村，做月饼的原料、工序完全一样。诸城刘氏的后裔，在北京开了几处饭庄。近十年来，这些饭庄在仲秋期间，用家乡土法子大做其月饼。月饼的大小与人肉眼看到的中秋节的月轮相差无几，每八只装进一个用绿色竹篾儿编织的篮子里。这种用竹篮子提着月亮回家的妙想和其纯真的味儿，大受食客青睐。竹篮月饼常常供不应求。我每年都买得十余篮赠朋馈友。

我有一位曾在上海工作多年、后在中央某部供职的挚友，经常从上海捎来一些糖果糕点，送给我的家人品尝。投桃报李，我也不时搞一些山东地方特产给他。前年，我送他两篮刘墉后人做的月饼。他夫人尝罢，打电话给我，让我每年都给她家搞两篮子。家乡的土月饼登上了大雅之堂，实为我始料不及。

多年来，我每年都让家乡人给我做几次小菜碟般大小的月饼。我将每次捎来的月饼，裹上两层食品袋分装，存入冰柜，隔两三天吃上一只。吃着它，我仿佛又找回童年中秋节望月时的童真。我知道，童真是作家的利器，一两重的童真，能顶得上两斤重的小聪明。

腊月二十三，是灶王爷上天汇报一年来人间万象的日子。农家对神明们的态度，分敬、畏和既敬又畏三种。但对灶王爷的态度却跳出这三者的圈外，对他是既敬奉着又糊弄着。在百姓看来，灶王爷是数黑论白、多嘴多舌、不讲原则，吃了农家的好东西又感到嘴短的神灵。于是，农家便在小年这天，蒸起带枣的年糕，粘住灶王爷的嘴，让他口中带着香甜味儿，去"上天言好事，回宫降吉祥"。

安家济南后，于春节期间，我吃到了最具地域特色的山东乐陵年糕。黏米面和金丝小枣蒸成的年糕，色泽黄中泛亮，小枣如颗颗红玛瑙镶嵌其间，看起来艳丽夺目；吃起来黍香沁人，枣甜幽然。人们尤喜它的黏劲儿。将它切成片儿，放于热油锅内氽热，其黏劲儿分毫不减，还会在肥润中增添了些许酥脆。这些年来，我总是一进腊月，就托人从乐陵买些金丝小枣和黍米面，蒸上一锅年糕，春节便过得年年（黏黏）甜甜了。

瓜果有约

假如把山东的版图喻作一只"探海神龟"，那么这硕大无朋的神龟驮着的是一派苍茫、一派雄伟、一派坦荡、一派秀丽。齐鲁虽没有四时不谢之花，却生有八节常鲜之果。昔年山东的贡果和当今打有"国家地理标志"的水果之多之丰之美，胪列起来，令人咂舌。

我走遍齐鲁后发现，这大地上凡是驰誉中外的瓜果梨枣，都与天地有约，与日月有约。

先让我们把探寻的目光，投向"探海神龟"头颈部的烟台一带。烟台水果有三宝：苹果、莱（阳）梨、大樱桃。

有着"四乡福地"之誉的烟台福山区的亭口镇，是烟台大樱桃的主产地。被称为"北方春果第一枝"的大樱桃，是烟台水果大观园里的林黛玉。它甚至比林姑娘还显娇贵，还难伺候。土壤黏了不行，松了也不行，气温高了不行，低了也不行，天旱了不行，地涝了也不行，且惧风又怕冻。福山傍海、临河、依山，气候温润；土壤里既有点黏性，也含有河砂和硼砂，透气性好，最宜栽种大樱桃。烟台大樱桃果大形正，红如玛瑙，黄若凝脂，人见人爱，秀色可餐。

栖霞、牟平、文登、乳山等地生产的烟台苹果，是山东苹果的佼佼者。在烟台苹果的大观园里，曾是美媛如云。那楚楚动人的青香蕉、红香蕉、金帅、红星、黄金梨、重阳红、绿宝石、露蟠桃……当可作"金陵十二钗"视之。这些不寻常的胭脂们，各有各自的诗才，各有各自的画艺，各有各自的品位，曾在全国苹果的大市场上，以绝对的优势，显示出艳压群芳的风韵。

莱阳梨是全国梨中弥足珍贵的稀世品种。莱阳有五条河流汇聚于境内的照旺庄。古时，这里曾是一片巨泽，四百年前淤积成富含腐殖质和云母的一大片油沙地。我曾掬一把油沙摊在手上，见有金粉闪烁。在五河汇集的五龙河畔，这种油沙土，自会养育出莱阳梨独有的个性。莱阳梨看上去个大皮糙，皮上还生有点点黑斑儿，但它脆得掉在地上便一摔八瓣儿。其肉质洁白细嫩，吃起来清甜清甜的，且不含一点儿渣儿。这颇像《红楼梦》中快言脆语的刘姥姥，观其形虽觉粗笨，听其言虽感粗俗，但她能紧紧抓住贾母、王熙凤们滑动的思想，让人越品越有滋味。

让我们顺着"探海神龟"的脖儿西行，来到平度市的大泽山镇。这里以出产大泽山葡萄而名扬中外。大泽山因"群山环而出泉，汇为大泽"而得名。该镇北、东、南三面峰峦起伏，西面是渤海小平原，有莱州湾的海风不时吹来。得天独厚的地理、气候环境，与法国靠近地中海的区域相似。外国专家每来平度考察，都称誉这里是"中国的波尔多"。大泽山葡萄穗大粒饱，果肉呈可溶性，肉质又十分致密，用小刀剖开，浆液也不外溢。当地有歌谣唱道："眼看穗头美，刀切不流水，入口胜蜜糖，满口清香味。"近些年来，我每届仲秋，都能品尝到正宗的大泽山葡萄，足证此言不虚。

夏末，我们如果来到"探海神龟"脊背中部的肥城市，且莫错过品尝正宗肥桃的机会。同莱阳梨一样，昔年作为贡品的肥桃，早已誉满天下。清光绪三十四年《肥城县乡土志》载："东西洋诸国莫不知有肥桃者。"肥桃个头之大，为华夏桃中之最，一般都在一斤上下。八九成熟的肥桃，吃起来又脆又甜，很有咬头；熟透的肥桃插上根吸管儿，能让三岁稚童，美滋滋地吸个半饱。肥桃又称佛桃。我想，倘若真有王母娘娘在天宫举办蟠桃盛会，她定会将肥桃置于首席。

"探海神龟"西南边的龟背角上，有两种水果会令我们神往：枣庄石榴、曹州耿饼。

枣庄南部峄山之阳的黄壤里，有一道东西长四十里的石榴树走廊。它始建于西汉，现已辟为任人徜徉的榴园。园里生长着四十万株石榴。每届春夏之交，榴园里叶茂花繁。榴花以火焰般燃烧的灵犀，喷射出一种神奇而强劲的生命律动。枣庄石榴平均一斤重，最重可达三斤多。给它戴一顶"榴果之王"的桂冠，当无可訾议。每到仲秋，它那咧嘴笑时露出的籽粒，白里泛红、晶亮闪光，酷肖玉人嫣然笑着的珠贝般的牙齿。每逢石榴采摘时节，枣庄的朋友总会给我家捎来几箱。品尝着枣庄石榴那充满清甜，略带着点儿酸甜的滋味，我常生发"咬破水晶含露湿"的感觉。

耿饼，是由曹州耿庄一带的镜面柿子制成。耿庄一带，曾是黄河故道。泥土淤积层既厚且肥。镜面状的柿子，在八九成熟时即被摘下，用刀旋去皮儿，置于高粱秸箔上翻晒月余，再放进缸内，让其自然结上一层浓密的饼霜。耿饼，远在唐宋时就成为皇室贡品。20世纪50年代，曾在欧洲各国举办的博览会上多次获奖。70年代以来，它曾四度参加全国果品博览会，次次都获金奖。我想，凡是品尝过耿饼的人们，都会领略到什么是

379

"蜜甜"的意蕴。

细检"探海神龟"驮起的山东这片雄浑丰腴的大地，我们不难发现，在它的每个部位，几乎都有名瓜名果。

德州西瓜曾名播天下。清朝历代帝后，都视它为贡品之奇珍。日食万钱、浆酒霍肉的慈禧太后，对德州西瓜更是情有独钟。夏日炎炎，慈禧不仅自己启开饱满又涂有红唇膏的嘴唇，啖着德州西瓜消暑纳凉，还常以它施恩于她看着顺眼的宫女、太监。

夏津桑葚，自东汉年间就广为栽植。在当今那方圆二十华里的黄河故道上的桑园里，五百年以上的老桑树随处可见。夏津桑葚与普通桑树结出的紫色果儿有所不同，它的果儿乳白色里泛着油光。明清两朝，夏津桑葚一直是大内贡品。桑葚不易储放。昔年麦子灌浆时节，临清至京都的运河上，抢运夏津桑葚的御船，昼夜穿梭，鼓帆而行。

近三年来，每到小满时节，我都带着尚未上学的孙子檀檀，到夏津桑园摘葚，檀檀总是吃得小嘴上粘满稠稠的葚汁儿，还喊着要摘要吃。

沾化冬枣，曾被美国俄勒冈大学农学院生命科研所主任鲍依尔和教授福基高米，称为"世界第一奇果"。前些年，每届秋冬之交，沾化冬枣便以赭红光鲜的高贵气质，燃亮人们的双瞳；又以细嫩多汁的脆甜，征服过天下食客的味蕾。

且让我们把探寻的目光，聚焦在鲁中东部的历史文化古城青州。青州虽为县级市，却有三种烙有"国家地理标志"印记的瓜果：青州银瓜、青州蜜桃、青州冬雪蜜桃。

青州银瓜产于流经青州的弥河两岸沙地上。瓜呈长圆筒形，通体银白，瓜面有纵沟，中部凸起成棱，颇像昔年威风八面的皇帝老儿出行时，仪仗队所执的"金瓜""银锤"。在弥河沙滩地强光照、大温差环境中成长的青州银瓜，曾是明清两朝的皇室贡瓜。冰糖不足喻其甜，兰桂无以比其馨。民初京城四大公子之一、大收藏家、词家张伯驹先生的外孙珩玮见过很多大场面。他在军艺就读时，便成为我的小文友。每当青州朋友送银瓜到北京，我总是拿出两小箱让珩玮和他的母亲品尝。珩玮初尝银瓜时，曾调侃地对我说："人生一世，不吃青州银瓜，那是最大的'犯罪'。"

桃树是我国北方最常见的果木，已有三千多年的栽培史。古书有解："'木'从'兆'，十亿为'兆'，言其多也。"在群桃争芳的大比拼中，能"着红袍""挂宫花"者万不及一。青州蜜桃继肥桃之后，在20世纪80年代初，方登台亮相，就于2000年"中国百姓最喜爱的果王菜王评选大赛"中，金蟾折桂。青州蜜桃，以佛家圣地云门山为轴心，辐射方圆四十里。青州蜜桃有"青仲蜜""青霜蜜"两种，当它们身浸几番盈盈秋露，体着几度洁洁凝霜后，才能采摘。青州蜜桃只有山鸡蛋大小，用手一掰，桃核儿便可脱出。每当和文友们一道品尝这蜜桃时，我便油然想起苏东坡"西风吹好句，珠玉本无踵"的名句。那无脚无腿的珠玉，怎能跑上了青州蜜桃的霜红的笑靥呢？

1986年暮秋，青州曹家村一农人，在山中桃林里，偶然发现了一株青州蜜桃的变异树。此时，百果皆收，枝叶凋零，唯此树仍枝叶翠绿，果实高挂，人皆异之。市农科人员，遂对它定时进行细致观察：它与青州蜜桃同时萌芽，同时开花，同时坐果；可从六月到九月上旬，它的果儿却几乎停止生长；从九月下旬开始，它的果实转入第二个膨大期，霜降后更加快了增长速度。小雪到了，它开始着色；大雪到了，它才真正成熟。科研人员又用PAPD技术，将它与其他蜜桃类比，惊愕地发现，此桃绝非凡桃，极具推广价值。当地果农从这株大自然创造的母树上，采核育苗。采得神异种，结出神异果。冬雪蜜桃，其体积明显比当地其他蜜桃大出两圈儿。果儿的向阳面嫩红，背阴面雪白，吃起来比其他蜜桃，更觉清脆，更感清甜。我每品咂之后，常生发出"此桃只有天上有，人间难得几回尝"的喟叹。青州这片古老的土地，冷不丁跳出来的冬雪蜜桃，填补了山东冬月无鲜果的空白。冬雪蜜桃的繁殖能力极强，如今它的倩影已闪动在冀、晋、陕、豫、苏、滇、桂等诸多省份之适合它生长的土地上。至于其味道如何，我不得而知。

在齐鲁这"探海神龟"北部"裙边"上的乐陵，是金丝小枣的故乡。

乐陵金丝小枣，简直是上苍的艺术。它不同于其他枣之处，不仅在于皮薄肉厚，丰肌细核，还在于熟透之后用手一掰，能扯出两寸长的柔美金丝儿。我也曾将他地枣，与乐陵金丝枣做过比较，要么扯不出丝儿来，要么扯出的是银丝儿、铜丝儿乃至铁丝儿。在上古时，枣树便热恋上乐陵这片由黄河冲积而成的退海之地。在夏商周时，枣树便成了乐陵先民的"铁杆庄稼"。金丝小枣是上苍写给乐陵人的一则佛偈般的箴言。是土壤之颗粒和微量元素的主主次次、紧紧松松、有有无无、分分合合，决定了金丝小枣的品质。流经乐陵境内的马颊河与漳卫新河的中间地带，是金丝小枣的主产地。有一种怪异现象，令人百思不得其解：漳卫新河的南岸是山东乐陵，北岸是河北盐山、南皮两县。一河之隔，不足二里之遥，南岸的枣儿是金丝儿，北岸的枣儿却是银丝儿。在乐陵那庞大的枣家族里，还有一种在《山海经》里就提及的乐陵无核小枣。由于它是稀世之果，外地人均移而栽之。令人嗟叹的是，移栽后的乐陵无核小枣，结出的果儿竟又生出核儿来。由是观之，乐陵小枣是不可复制的，也是难以"克隆"的。乐陵小枣有近百种，可生食熟吃，可做糕可煮粥可嵌入面点，还可以用酒泡成醉枣，在冬春当鲜果吃。毫不夸张地说，世上有多少种甜味儿，人们仅从乐陵枣里，几乎都能品味出来。

瓜果有约，瓜果有秘，瓜果有情，瓜果有爱。各路瓜果结缘"探海神龟"，是山东人的运气，也给全国人带来些许口福。瓜果都有各自最敏感的神经，最怕触碰的软肋，也都有各自的生理需求。如果损害了它们的生物链，打乱了它们的生物钟，它们就无法向人类捧出个性化的果实。

如今，昔年山东西瓜家族中的一些"国色天香"，早已沦为寻常胭脂。昔年山东的名桃，因口味大不如以前，淡出了人们的视野。渤海一带的山东冬枣，产量已逾十亿斤，加上他地冬枣的鱼目混珠，已使正宗沾化冬枣，失去了它原来的高贵。凡此种种，何也！

名瓜名果最忌宽泛化、类型化种植。一拥而上、一窝蜂跟进，是中国人的通病。

素有"胶东屋脊"之称的栖霞市，现已被中国果品协会命名为"中国苹果之都"。上世纪80年代，栖霞人伐木为薪，从国外引进了优质高效的红富士品种。见其经济效益相当可观，山东产苹果的地市，便纷纷仿而效之。全国宜种苹果的省份，也来栖霞取经，大种其红富士。如今年产十亿斤苹果的栖霞，其红富士虽仍畅销大半个中国，但比之海拔更高，光照更强，温差更大的陕北、新疆的红富士，就甜度而言，已无优势，遂也被拖进了宽泛化的行列。由于类型化的种植，当今烟台苹果大观园里已无"金陵十二钗"，那"试才对额"时各自的风韵早已不再。如今，人们想品尝独具风味的青香蕉、红香蕉、黄金帅，则很难很难了。

我的家乡五莲，是山东苹果的主产地之一。五莲小国光，昔年也曾是皇室贡果。从 20 世纪 60 年代起到 80 年代末，小国光一直是五莲苹果的当家品种。它果实着色好，口感酸甜适度，风味清香爽口。它的最大特质是耐储放，十月下旬采摘后，不用进冷库，也可放到来年四月。它曾在京津、上海、南京、武汉、哈尔滨等大城市的冬春水果店里，独领风骚；它曾走进中南海、人民大会堂，也曾远销俄罗斯。进入 90 年代，家乡人仿照烟台人，将小国光果树一次性伐除，改种了红富士品种。当眷恋小国光口味的省内外采购单位，出以比红富士高出两倍多的价格、驱车进山寻宝而徒劳往返的时候，家乡人才感觉到类型化种植给他们带来的难言之苦。于是，一些果农从新世纪始，又重栽小国光。五莲小国光，有望再现当年立冬时节，那车到熙熙、人来攘攘的争购景象。

世上的名瓜名果，都有着属于各自的"定义式"语汇，来向天下食客讲述它们各自的个性和味道。类似的瓜果可努力去模仿它们，但永远成不了它们！

鱼，人之所欲也

大自然万物万有的多样性，简直达到了极为豪奢的程度。人类需要的百般口味，都能从大自然中获得满足。

山东半岛，突兀于渤海与黄海之间，是中国最大的半岛。山东有着北起漳卫新河入海口，南至日照岚山头的斗折勾回之三千公里海岸线。海岸线金镶银裹着滨州、东营、潍坊、烟台、威海、青岛、日照七市。海岸线上的大、小鱼港更是屈指难数。它们是岁月的一幅幅画，味道的一支支歌，滋味的一本本书。

少年时代，大海对我来说是朦胧的、抽象的，却又是具体的、实在的。濒临黄海的日照是个渔业大县，与我的故乡五莲接壤。我家住的胡同里，有户孙姓人家，是从日照渔村迁来的，以贩卖海货为生。孙家的长子是我小学同学，他家与我家相处甚好。有关大海的奇妙，我是从这发小的父亲那容不得乡人插嘴的讲述中得到的。发小的父亲常年结伙日照的鱼贩子，用驴队驮着、小车推着、扁担挑着各种海货，来我们村庄一带销售。当时，带鱼、黄鲫子鱼几乎不用上秤称，而是论堆估，乡亲们只消用一瓢麦子，几碗黄豆就能换得一堆，用盐一腌，便可吃上几天。大对虾虽只六分钱一斤，而将一个铜子儿攥出汗来的乡亲们也舍不得买。我那时吃的虽是隔天过夜的鱼虾，但总觉得比河鱼河虾更有滋味。

渔民形容海中鱼多，常用"海了"一词。关于海中鱼虾的"海了"，我是从孙家的长子那里听来的。他小学四年级便辍了学，跟随父亲一起去学着贩鱼和下海捞虾。他给我讲述的捞虾皮儿的画面，至今仍在我脑际闪回：从端午节后直到深秋，日照的片片浅海里，都会出现一支支海上"高跷队"，队员们踏着半米高的高跷，在一米多深的海水里，双手推着用细竹竿撑起的小网，推小虾儿。小虾多如牛毛。高跷队员每次擎网，都有二斤多小虾被收入虾兜。每天下来，每个"高跷队"队员，能推虾百余斤，用开水一燎，加盐晾干，就成了晶亮透明的地方名产——日照虾皮。我的发小经常会将一包虾皮儿塞进我的书包。对这美味，我不忍独享，放学路上，我会给要好的同学，每人捏一小撮儿。我们轻轻嚅动着嘴唇，仔细品味着大海的滋味，嘲笑着那些还没尝到新虾皮儿的孩子。

初识大海的富庶，是在我应征入伍之后。1963年冬，我来到军旅生涯的第一站——青岛胶南海防守备团二营五连。转年暮春，我每逢随老兵一道站末班岗巡逻时，正是渔民在浅海拔海螺壳、收八大蛸的时刻。渔民们常于头天晚上，将一根长绳拴着的三百多只海螺壳，成一线置于海底，翌晨就可以收获了。八大蛸最喜以螺壳为窝。渔民提绳时，壳壳都不落空。渔民用小铁钩儿将还在做梦的八大蛸一一钩出，就专等吃国家粮单位的后勤人员，前来购买了。渔民也总是在木船上支起的铁锅里，煮一锅八大蛸，就着饼子吃早饭。我和老兵站完末班岗，肚子也辘辘响了。未等靠近船只，渔民便热情地端过一盆用清水煮的八大蛸让我们品尝。正处于产卵期的八大蛸，最肥最鲜，那小拳头大的腹内，满满都是大米状的籽儿，蘸一点儿盐吃起来，那皮儿、蛸儿，又细软又肥润，那籽儿比腌得流油的鸭蛋黄儿，还要好吃得多。吃过后，渔民总是拒收钱，老兵总是掏出三毛五角扔下，拔腿带我就走。

1964 年，全军开展"大比武"。总参要求海防部队的基层官兵，都要具备万米武装泅渡的本领。整个夏天，我与战友们经常肩背枪支在海里进行游泳训练。各种鱼儿不时会撞了我的胸，碰了我的脚。我还经常发现，一些外形像小白雨伞、半透明、头顶上长着若干粉红色肉球球的海蜇，在身边游弋。某日，它们那太阳帽状的琥珀似的体腔，引起我的好奇，竟顺手抓起一只海蜇戴在头上，被它一下蜇得额头和耳部都肿了起来。我两天未能参加训练，被老班长狠剋了一顿。

秋日，海风一刮，海潮一退，防区的沙滩，常会落下一簇又一簇的白花花的海蜇，连里便组织战士们去捡海蜇。地排车、小推车、大抬筐一齐上，捡上三两次，炊事班用白矾加盐让海蜇脱水，储于一个大缸内。又鲜又脆可拌各种凉菜的海蜇，会让全连从冬到春吃不完。

每到春汛、秋汛，连里会在休息日，组织战士用笭网去拉一些杂鱼杂虾。这年深秋的一日下午，地方的船老大告诉连长，到黄海南部深海区越冬的带鱼，一群又一群，正在连队防区内的海中集结。连长遂命会驶船的几个战士，以独木为桩，在海中定置了挂子网。第二天起网，一网竟捕获带鱼两千八百多斤。看着那眼球饱满，角膜透明，银粉闪耀的猎物；看着那相互纠缠着，盘成团儿，连成捆儿，正在进行最后一次生死恋的带鱼们，我和战友们无不乐得嘴角儿咧到耳朵。

走出黄海岬角的一隅，我见识了更豪壮，更富有的大海。在守备五连服役两年后，我先是调到青岛六十七军报道组搞报道，四年后又被选拔到前卫歌舞团创作室烹文煮字。这便使我更有缘去亲近邈远的黄海、渤海。

1966 年，毛泽东发表了"五七"指示，提出全国各行各业都要办成一个大学校。部队原有的一小部分农副业生产，迅速得以扩大，去实现毛泽东提出的"生产自己需要的若干产品和与国家等价交换的产品"。当时，军所属守备师船运大队，聘请了地方的船老大，组建了船舶马力较大的海上捕鱼队。翌年五月，作为军部报道员的我，曾两次跟随捕鱼队，到黄海南部，去体验捕捞大黄花鱼的生活。在我过去的认知中，鱼儿们是一群群不会说话的哑巴，想不到大黄花鱼竟然也会唱歌。机动船在大海中耕涛犁浪，忽闻"咯咯"声、"呜呜"声，此起彼伏，聒噪于耳。"咯咯"之声，音阶颇高，就像铁锅里炒黄豆般一个个蹦出来的；"呜呜"声宛若孩童吹的小螺号，声调深沉而悠长。船老大告诉我，"咯咯"叫的是雄黄鱼，"呜呜"叫的是雌黄鱼。大黄花鱼的这种鸣叫声，是鱼群联络集结的信号。看来，大黄花鱼们似乎也懂得，"步调一致"才能奔赴理想的产卵场。船老大总能根据鱼叫声的高低和稠稀，判断出大黄花鱼的"大部队"在哪里，网网下去，总是大有斩获。我跟随船队头次出海，就分享了捕得大黄花鱼两万余斤的喜悦。

20世纪70年代初，已在前卫歌舞团工作的我，也曾有幸跟随军区养马场的捕捞队，于春汛时节，在黄河入海口的渤海湾捕捞过小黄花鱼。举凡大江大河入海处，都是鱼类、虾类产卵生籽的温柔之乡。黄河一路挟泥裹沙的入海口，富含从陆地上冲刷下来的多种营养素，自是小黄花鱼们最理想的繁衍地。那次捕捞，一网撒下拖到船边，网沉得拽都拽不动。几网拢来，满舱的小黄花鱼便压得船舷儿与海面齐平。

在寿光羊角沟渔港卸鱼时，我看到了用虾皮儿组成的银色世界。那用各种网具捕来的正在晾晒的虾皮，一箔连着一箔，像铺开的白色锦缎，望也望不到边儿；那晒干后的虾皮，成堆，成山，成岭，如霜雕雪铸……

鱼有鱼路，虾有虾道，四季轮转，寒暑易节。昔年的鱼虾们，总是沿着一个完整的生命圈儿运行。原属蓬莱县管辖的长山岛一带，是渤海和黄海的分界线。蓬莱与长山岛之间，是宽阔的庙岛海峡。长山岛以北，有大小岛屿十几个。其中，砣矶岛与大钦岛之间，又是宽敞的渤海海峡。这些峡与峡、岛与岛之间，是中国对虾、带鱼、鲅鱼、鲳鱼、黄鲫鱼、青鳞鱼、白鳞鱼、舌头鱼、扁口鱼、鹰爪虾等数也数不清的鱼类、虾类，来渤海湾、莱州湾生育繁殖、洄游的生命大走廊，大通道。

大海是一个具有双重性格的伟大生命。涨潮与落潮，微波与洪涛，怒吼与低唱，温柔与狂暴，一直在它身上冲突着，交织着。昔年，渔民们驾着刳木小舟下海捕鱼，那如狮群般凶猛突然袭来的狂涛，不仅会将小船撞个粉碎，还曾使多少渔人身葬鱼腹。大海无风三尺浪，即使在风和日丽的天气里，渔民们驾船捕捞，也必须以心为舵，以胆作帆。于是，聪明的日照先民，发明了坛子网。坛子网是定置捕鱼工具。它的扁方形的大网口两侧，各有一揳入海底、竖于海中的一米多高的木桩，两个大土坛子，悬于海下的网口两侧，以浮力使网口张开，网中间呈锥形，鱼虾一旦进入，便成了囊中之物。渔民通过调整土坛子的高低，变换着网口的高低，这就能捕得海里上层、中层、底层的过往鱼虾。蓬莱、长岛的岛、礁之旁之畔，最易安置这种守网待鱼、专捕过路海物的坛子网。从清末到20世纪80年代，蓬莱一带的坛子网，多为日照渔民来此捕鱼定置的。

中国对虾，仅产于渤海、黄海和朝鲜西部海岸。就味道而言，它们是世界诸多海虾中的"一哥""一姐"。当年渤海、黄海的中国对虾之多，今天听来会如闻天书。我曾翻阅过当年的一些渔业资料。《长岛水产志》载："1955年4月10日，庙岛乡坛子网一天收获大对虾二十万斤；1956年5月，该乡坛子网一月捕大对虾一百七十万斤。"秋汛，中国对虾的收获也极为可观。当时，蓬莱、长岛的海产品收购站，常是虾满为患，即使六分钱一斤也拒收。日照渔民只得将四只就有斤把重的大对虾，像农民晒地瓜干一样，胡乱晒在沙滩上……

当今，中国对虾在渤海、黄海早已形不成鱼汛，市场上也基本上见不到了。在星级宾馆里，即使出二百元尝得一只，怕也是人工育苗，放海养殖的了。

直到20世纪70年代中期，祖国的大海还没明显透支它留给我们子孙后代的巨额财富。荣成沿海有一名叫青鱼滩的海滩。昔年农历五月，密匝匝的青鱼按惯例来这里产卵。青鱼在当地渔民眼里向被视为草芥。1973年春汛时，我在青鱼滩附近的渔港采访，却看见渔民将一船船捕来的青鱼卸下，妇女和少年儿童，都飞快地挥动着剪刀，将从雌鱼腹中取出的红黄色的青鱼籽块，放进一个个的大铝盆里。一打听方知，日本人视青鱼籽为珍贵补品，一斤青鱼籽出口，能值五百斤小麦的价钱。

1975年4月到8月，我曾在牟平养马岛下连当兵。每逢星期天，战士们常带我一道穿起大裤衩，去海边的礁石下、海草中抓海参，不消两小时，便能抓得一大桶。连里还用长绳拴上两百余个钓鱼钩儿，让战士于傍晚时分驾小船投进海中；翌晨起钩，每每都钓得梭鱼、寨鱼、古董鱼、针良鱼、海鳗等各种鱼百斤上下。在这样的连队当兵，你不想吃鱼都难。某日，养马岛的渔民，一头午便捕得青鱼二十八万斤。当我随战士帮渔民卸鱼时，看着那小山似的青鱼堆，我惊讶得口舌打结。

时过境迁，在山东内地城市市民的餐桌上，以往能经常吃到的青鱼，到80年代末，便神不知鬼不觉地全消失了。

地处北温带的渤海、黄海，不仅曾是众多鱼类、虾类的温馨故乡，也是巨鲸大鲨、海豚及贝类、藻类养生的福地。退潮时，大海会将近岸那大绿毯子哗哗收卷起来，袒露出一片又一片的海滩，并抛下像激战后子弹眼儿一样密集的花蛤、血蛤、青蛤、螺蛳儿。妇女和稚童赶海时，不大会儿便能捡得、抠得一桶一盆的小海鲜。盛夏的夜晚，在青岛、烟台、威海，乃至处于胶济线上潍坊、淄博、济南，我们都会看到这样的景象：街头巷尾、树荫之下，壮汉们光脊露背，女人们穿着仅可遮羞的短衫短裤，围着一张张矮桌消夏。每桌都摆几盆各种蛤蜊及一盘盘螺蛳儿，有的桌上还摆着一盆用海草熬的块状凉粉儿。男人们"吹着"啤酒瓶儿边吃边喝，女人们用牙签挑出螺蛳儿中细嫩的肉，边品咂边扯闲篇儿。这种底层市民的消遣方式，是对辛劳的慰安，是工作前的预备。这种休闲法儿，花不了几张票子，有钱人是体味不到这种生活的痛快的。

要想体悟大海丰厚的滋味，应先到位于莱州湾右岸的山东莱州。得天独厚的地理海洋环境，使得渤海、黄海的鱼类、虾类在这里应有尽有。明清两代，这里盛产的桃花虾，梭子蟹，爬虾，大、小竹蛏，向为皇室贡品。

曾在部队工作的岳父，退休后回莱州三山岛的乡下赋闲，就使我能够尽尝莱州的著名海产。

小小的桃花虾，是莱州湾在春天里献出的第一道美味。它的颜色像桃花似樱桃一样瑰丽明快。它籽粒饱满，煮熟后用以拌小葱、菠菜，吃起来无半点腥味儿，有的只是咀嚼不尽的清香。

大、小竹蛏，外壳像青竹节儿一样轻盈细巧，看上去如涂了一层翠绿的釉彩。煮熟剥开后，那白中略见淡红的肉棒儿，用以凉拌用以做汤，岂能用一个"鲜"字了得。

暮春是食用莱州爬虾的最佳时节。此时爬虾的籽与肉，吃起来鲜甜而嫩滑，清淡而柔软，有种特殊诱人的鲜味。用爬虾肉包水饺、做菜汤，历来都是莱州民间菜肴之上品。

我最爱吃的还是莱州三山岛的梭子蟹。梭子蟹雄蟹背面茶绿色，雌蟹背面赭红色，腹面均为银白色。二十年前，三山岛的梭子蟹，个头肥大，敦敦实实，两螯张开，横行无忌，一般都有斤把重，最大者二斤多。煮熟食之，壳中蟹黄有小鸡蛋大，一口吞不下；脐两侧那肥硕的肉，两口也吃不尽。比之淡水湖里的大闸蟹，得用竹签一下一下地挑着吃，惬意多了。吃莱州梭子蟹，最好是在仲春、仲秋。是时，梭蟹正肥，壳凸红膏，螯封嫩玉，只只都是肥脐，连小腿节里都是肉。一蟹吃罢百味淡，直如孔老夫子闻韶乐，三月不知肉味。

惜哉，当下在莱州吃到的梭子蟹，大都是人工育苗，放海养殖的。就是来了最为尊贵的客人，莱州人也拿不出二斤重的顶级梭子蟹来招待了。

真正能够让我领略到大海的"豪门盛宴"，是在20世纪70年代。那时正在前卫歌舞团工作的我，经常随团赴各海防部队去慰问演出。当时部队和地方百姓的文化生活都十分枯燥。团里的女演员一个个身材修长，婷婷然，袅袅然；男演员一个个潇洒英俊，堂堂哉，灵灵哉。前卫的到来不用发海报，战士和百姓就奔走相告。演出尚未进行，演员们走到哪里，都会引来跷脚探首的围观者。每次演出前后，歌舞团都会受到军、师、团三级领导和地方政府真诚殷勤的款待。在烟台、长岛、荣城、石岛，摆的都是"海鲜全席"。海参、鲍鱼、中国对虾是不会少的，名贵的加吉鱼、独特的圆斑星鲽是不会少的，海肠、海胆也是不会少的。大黄花、小黄花只能处于点缀位置。当时长岛、石岛一带野生带刺海参，二十个头一斤的一级参，不过两元钱，现在一万多元一斤的刺参，还是人工养殖的。当年前卫的演员们，面对红烧的大刺参，冲着它的高蛋白、高营养、零胆固醇，也会首先将之吞食。全身呈淡红色的加吉鱼，因产量少更显名贵，其肉质细腻，味似山鸡，当地渔民称它为"海底鸡"，演员们也绝不会放过这道美味。圆斑星鲽，是渤海、黄海的独有鱼种。它黛黑色椭圆形的背上，生有花纹花斑，看上去像一只卧在盘中的大黑蝴蝶。演员们欣赏着这道菜的美丽，迟迟不忍动筷。做大黄花鱼时，接待方总是变着花样来。有时将肉馅塞进鱼腹清蒸，有时放上些海中紫菜煮汤，有时用糖醋做成松鼠鱼……

平日，女演员在团里的餐桌上吃饭，那红唇总是似张非张。饭菜含在她们的嘴里，弯弯曲曲地打一会转儿，才勉强咽了下去。但面对这"海鲜全席"，她们却像男演员们一样，尽情饕餮，失却了平素的娴雅和文静。男演员们在首长敬完酒后，便开始大吃大嚼；肚儿已是填饱了，咂着嘴巴还想吃。我在遍尝这些海珍海鲜时，还尤喜爱用面酱炖的小黄花鱼。吃着那洁白的蒜瓣子肉，使我的味蕾产生着不可名状的愉悦。

令人惋惜的是，这"豪门盛宴"中的加吉鱼，在 20 世纪 80 年代就不见了；野生的圆斑星鲽，也在 90 年代消失了。

山东渔民有"生吃蟹子活吃虾"之说，其意是讲吃海鲜就是吃个新鲜。1988 年深秋，我与天南地北的文友，在威海参加了一次文学活动。期间，我带他们去荣城石岛渔港，沿用船老大们在船上的做法，专吃了一次清炖带鱼。接待方将刚从渤海里打上来的带鱼，切成段儿，加上盐，便在大铁锅里用清水煮炖，再放一点儿白酒除腥。当锅里漂起一层白中见黄的带鱼油时，就一大碗一大碗地端上了桌子。带鱼有渤海、黄海与东海、南海之分，渤海、黄海产的带鱼，其宽度明显比东海、南海的要大，肥度也高。渤海、黄海产的带鱼，肉质细腻嫩润；南方带鱼的肉质，显得粗糙板滞。福建的一文友第一次吃渤海带鱼，连连击节称叹："太鲜太美了，这简直是大海献出的抒情诗！"辽宁的一位作家，第一次吃到这种做法的渤海带鱼，文思奔涌："朴素才是真的高贵，纯朴才是美的魅力！"

参加活动的文友们，让我转告接待方，他们很想吃一次威海名吃——鲅鱼水饺。接待人员让威海一渔家开的餐馆，用新打的鲅鱼和刚割的秋韭，包成了鲅鱼饺子，煮了满满两大锅。姑娘的脸红胜过一大片情话。一位女编辑，一气儿竟吃了两大盘鲅鱼水饺，足见她对这原汁原味的水饺的钟情……

带鱼和鲅鱼，曾是山东海上两大经济鱼种。令人浩叹的是，渤海中的带鱼早已难觅踪影，黄海中的带鱼今也寥若晨星。它们已和齐鲁百姓"拜拜"，也成为人们味蕾的永久记忆。

孟老夫子在《鱼我所欲也》的文章中，将"鱼和熊掌""生与义"是相互定义的。他告谕人们，在面对两难选择时，要取"重"舍"轻"，要取"贵"舍"贱"。当今，渤海、黄海的一些鱼类、虾类，之所以由盛而衰，由衰而竭，我们不难找到答案：是条条江河挟着污浪，挑衅了大海的蔚蓝与壮丽；是注入大海的毒汁毒液，扼杀着大海的高贵和富足；是过度的捕捞，又加速了它们的失势与颓败。

鱼，人之所欲也。生态环境与人的味蕾也是相互定义的。是要绿色的GDP，还是要黑色的 GDP，无疑已成为当今世界一个极为严肃的命题。

日照绿茶

茶，是中华民族的举国之饮。中国人对茶是再熟悉不过的了。历史上无论是帝王将相、文人墨客、儒释道三教中人，还是平民百姓、贩夫走卒、梨园坤伶，无不与茶结下不解之缘。老百姓日常生活中的"柴、米、油、盐、酱、醋、茶"，雅人聚会时的"琴、棋、书、画、诗、酒、茶"，也总是少不了一个"茶"字。

茶的故乡在中国。如果从神农尝百草发现茶开始，茶的栽培史，至少在五千年以上。茶和陶瓷一样，曾是中国的同义语和代名词。

假如从儿时喝第一口茶算起，至今我已有六十年的喝茶史了。新中国成立初始，父亲任乡农村信用社主任，常从菲薄的工资中，抽出三毛五角，买得一包茉莉花茶带回家中。当时家中还没有暖水瓶，奶奶就用缝制的棉布套儿，裹在一把大瓷壶上，将沏好的茶保着温。待家中大爷、二大爷和父亲聚齐后，奶奶便笑眯眯地看着老哥儿仨，你一茶碗他一茶碗地啜饮茉莉花茶。茶香花香，郁郁菲菲，弥散在炕头上，飘满了农舍。当时只有五六岁的我，在茶香的引诱下，时不时地夺过大爷、二大爷的茶碗，嘬上一口。那时，村中几乎每家的门前，都栽着一两棵学名叫流苏、冬天落叶的茶叶树。农家不管是清明还是立夏，只待茶叶树的叶子长得足够大足够绿时，就采摘下来，晾干后盛在竹筛子里。夏天，烧水时往锅里投上一大把，煮开放凉，便可"牛饮茶汤"。这种口干舌燥时可解渴消火的大锅茶，我也常喝。

真正以茶为伴，以茶为友，是 20 世纪 60 年代中期我被调到军报道组工作之后。当时，下部队采访，我能喝到品级较高的茉莉、玉兰、珠兰等花茶；到师部、团部开座谈会，也能喝上龙井、碧螺春。1970 年调到前卫歌舞团后，我对茶更是须臾难离了。那时我正年轻，是个夜里读书，夜里爬格子的"夜猫子"。夜，是个身着黑色罩衣，头戴黑色风帽，鼻梁上架着黑色眼镜的"智者"。万籁俱寂时，它嘴里喃喃向我诉说着古今中外的故事。呷着杯中那既醒脑又提神的南方绿茶，便激活了我文思涌动的"伏根"。喝了酽茶很久才能入睡。躺在床上的我，如果脑中蹦出句好词儿，便"鲤鱼打挺"般地跳下床，打开灯，在笔记本上记下。

团里的成员有一些来自大江南北，我的茶路也广了起来。安徽的黄山毛峰，江西的庐山云雾，湖南的君山银针，南京的雨花茶，我也曾细细品过。就这样，我渐渐有了茶瘾，若半天不喝茶，就会觉得心绪如麻，六神无主，手足无措，胃里也感到发腻。各路名茶，各有各的灵性，各有各的禅机。将它们泡在透明的杯中，那缕缕游丝，飘动着的是大自然的神秘，使人既感到无比亲切又无法琢磨。茶，真是上苍交给我们的关于滋味的一部无字天书啊！

进入 80 年代后，有关茶的秘闻诗话，不断披露于报章。给我印象最深的有这样一则旧闻：前美国总统尼克松访华时，毛泽东主席曾赠他四两福建武夷山大红袍。尼氏见茶叶只有一小盒，脸上遂露出不悦之色。善解人意的周恩来总理忙解释道："总统先生，我们的毛主席送给你的可是半壁江山啊。"长在武夷山九龙窠悬崖绝壁上的三株大红袍母树，是武夷岩茶中的国宝茶王。茶叶冲泡九次，仍散发出兰花异香。这三株母树，年产大红袍一般都是七到八两，最多的一年也仅产了一斤四两。尼克松访华这年，这三株茶王的产量正好为八两，"半壁江山"即由此而来。2006 年，九龙窠的三株母树，已永久性禁止采摘。当年采下的大红袍，全部由故宫博物院收藏。

稀世的玩意儿，只要加入人为的炒作，就会鱼目混珠，也便显得无价值可言了。1995 年，我调军艺工作后，社会上以大红袍为"帅旗"的各种名茶的炒作，一浪高过一浪。2005 年，号称是采自九龙窠母树上的二十克大红袍，竟炒到二十万八千元的"宇宙价"！这就使得人们对各种名茶的绝对是、绝对非、绝对真、绝对假无从分辨了。当时，全国各地与我要好的一些文友来京时，总会冲着高价钱，购得一两盒当地名茶，让我品尝。这些茶叶的包装，往往胜过中秋节送礼月饼的包装。味蕾是拒绝遗忘的，舌尖是滋味唯一的"判定官"。喝了这些名茶，我怎么也难找回 70 年代喝它们时的感觉。1998 年，我到江南某名茶产地参加文学活动，市委书记曾送我两盒当年我最爱喝的此地名茶。早已成为"茶鬼"、连睡前喝杯浓茶也能入睡的我，自会喜不自持。返京进得家门，我即泡上了一杯。然而，当年这名茶的滋味已不复存在，叫我实难恭维。幸好，从 1996 年开始，我就恋上了日照绿茶，这才没有感到无所适从……

1958 年夏，平生爱茶的毛泽东到济南北园稻田视察时，曾以诗人的浪漫，突发奇思妙想，建议时任山东省省长的谭启龙在山东种茶。嗣后，齐鲁便开始了"南茶北引"的漫长之路。要将江南四季常青的茶树栽种到四季分明的山东，不是仅靠敢想敢干的大无畏气魄就能够办得到的。临沂、青岛等地几度试种，均告失败。在困厄面前矢志不移，勇于从危险的荆棘丛中采撷最美的花朵，是山东大汉的性格。日照的农科人员，不惮车马劳顿，多次赴南方茶园取经，终于摸透了茶树的生活习性。一个个智慧的头脑，就能组成一片片沃土和乐园，就能获得永恒的春天。

好山好水出名茶。日照及周边的县份，有孔子拜师的圣公山，有孙膑著书的甲子山，有秦始皇、唐太宗驻跸的丝山，有刘勰撰写《文心雕龙》的浮来山，有佛家、道家修炼的马鬐山、五莲山、九仙山……它们的怀抱里随处有悄悄细语的小溪，叮咚作响的流泉，凌虚飞泻的瀑布，它们联袂组成了水接碧霞、香浸花露的人间仙境。

高山云雾出好茶。日照濒临黄海，海上那迷迷蒙蒙、轻纱般展开的水雾，常会缭绕于青峰翠岭之间，那湿漉漉的岚气，能增加茶树的持嫩性。

日照周围的山峦，海拔虽不算高，但处于高纬度，这就具备了像台湾阿里山一样，可供名茶生长的气候和环境。

日照，因大海"日出先照"而得名。白天，这里阳光充足，有利于茶树的物质积累；夜晚，大海像大空调器一样送来的一片片清凉，又能降低茶树的物质消耗。故而，人们称日照是"北方的南方，南方的北方"。日照的山脉多东西走向，能抵御北来的寒风，那背坡向阳的沙壤地，又是南方嘉木恣情生长的乐土。

日照绿茶从20世纪60年代中期试种成功，到80年代粗具规模。如今日照那一座又一座翠绿的茶园，已是繁于桃李胜于柳，欲与彩霞共争色了。为葆有日照绿茶味道的天然风韵，日照茶农还在松柏环绕的茶园旁，栽上青竹、丹桂作为茶树的伴侣；为使茶树绰约的娇体不受害虫的侵扰，茶农从不喷洒农药，而是根据茶树天敌的趋嫩性和趋黄性，在茶园周遭儿种上了豌豆和向日葵，让其去充当"护芳救美"的"敢死队员"……

十五年前，初尝日照绿茶时，它的外形、色泽和口味，就一下子迷住了我。它青黛色像螺丝儿一样卷着的茶丝儿，放于杯中，用开水沏后便舒展开来，那状如鸟舌的茶片儿直立漂浮，杯子里便盛满了春天。我望着那汤色黄绿明亮，品着那浓中有淡的茶的香味，较闻桂香更觉清绝。日照绿茶突出的优点还在于耐冲泡，冲水五六次，味久益醇，风韵犹在。不像南方某些"明前茶"，只泡两三遭，就寡淡无味了。

萝卜脆了不洗泥，快马追不上茶业行。随着日照绿茶在全国茶叶评比中获得多种奖项乃至特等奖，随着日照绿茶被贴上"国家地理标志"产品，随着日照市被中国茶叶协会命名为"北方绿茶之乡"，也随着日照市与韩国宝城、日本静冈被公认为世界三大海岸绿茶城，一些见钱眼开的茶商，也顺帆扯篷地炒起了日照茶。有人竟将一斤日照绿茶，炒作到十几万元。面对这一天价，即使白领阶层也绝难接受。还有一些不法商人，将外地一些低档绿茶、隔年陈茶，掺入日照绿茶之中，这就大大玷污了正宗日照茶的声誉。

临沂一好友，联合我与几位爱喝绿茶的朋友，在日照莒县的一座山下，包购了一个不大的茶园。种茶、养茶、制茶，均按国家无公害标准。

包装也仅用锡纸密封成袋，再装进大编织兜里分发。尽管物价年年在涨，这茶的价格今年每斤还不到七百元。

要体味正宗日照绿茶的风味，最好用烧到九十度的矿泉水冲泡。新茶购来后，一定要储于冰柜，这样喝一年也不会走味。每与友人聚餐，我总是自带一包日照绿茶，让大家品而啜之。朋友们用鼻子一闻，先轻轻呷一口，在舌尖上品咂，然后才一口口喝下去，喝后无不舒眉展眼，皆询问我，这么好的茶是从哪里讨来的。

大凡有名的书画家，都是品茶的"九段"高手。中国工笔画学会原会长林凡先生，现会长冯大中先生，是遍尝全国名茶、嘴阔喝四方的书画名家。谁知，在我赠他们几包日照绿茶后，竟喝上了瘾。从前年开始，林、冯二人，让我给他俩每年各订购二十斤这样的日照绿茶，并为此专买了储茶冰柜。

杯中日月小，茶里乾坤大。在诸多食品原有的滋味渐行渐远的当今，终日有日照绿茶相伴，我极度敏感的舌尖，似乎还能感受到一些春天的清新，原野的芬芳。

味道与世道

我是从五莲大山中走出的孩子，生就了一副庄户肚子。山东各地的朋友都了解，滴酒不沾的我，是最好招待的客人。餐桌上，只要有一碟花生米、一碗卤水做的热豆腐、一盘豆芽或香菜梗儿炒肉丝，再加两三种时鲜蔬菜就足矣。他们也知道，除了海蟹、爬虾、带鱼、巴鱼、黄花鱼等常见海鲜外，至于鱼翅、燕窝、多宝鱼、松皮鱼等名贵海珍，我是从不动筷的。肉类中，我只吃猪肉、鸡肉、羊肉、牛肉四种，至于鹿肉、野猪肉、熊掌、穿山甲、珍珠鸡等稀罕之物，我从未尝过。如果有一盘蛇肉上了桌，我就会神经质似的产生一种恐惧，这顿饭便再难下咽了。这倒不是因为我那时就有了环保意识，是从小养成的心理习惯使然。

近些年来，由于有毒、有害、有污染的食物不断曝光，平素就爱挑食的我，每参加宴会，心中总布上警惕的"岗哨"。越是高档宴会，我越是吃不饱。我冰柜里总是储有从家乡捎来的煎饼、锅饼、梓萝叶粽子和无糖月饼；在参加宴会前，就从冰柜中取出其中一样，以备宴罢归家后食用。

商品经济的"高速列车"隆隆驶过，一些人的思想却被甩出了轨外。只要我们的良知还没有泯灭，只要我们五官所具有的听觉、视觉、味觉、嗅觉、触觉依然敏锐，就能深切地感受到，在饮食中所发生的道德、伦理上的种种病变，已使多少善良的心因被戕害而颤抖过，甚至哭泣过。

2007 年年底，震惊中外的河北石家庄"奶粉事件"被戳穿时，我的小孙子檀檀出生才三个多月。隔辈亲是世人通有的情愫。孙辈的笑声和哭声，在爷爷、奶奶听来，都是生命之泉里最美的音乐。在檀檀出生前的几个月，妻子就读了一大堆育婴书籍，并标出了要点，还逼我也从头浏览了一遍。孙子降生那天，在济南工作的六弟，电话中向住在老家的九十三岁的老父报喜，老父竟未扣电话，便拄着拐杖走出院门，见来人就讲："俺有了重孙子了！"老母亲更是把早已备好的喜糖，乐颠颠地分遍了全村。檀檀的母亲缺奶水，他一呱呱坠地就喝奶粉。孙子喝的是进口奶粉。在惊闻"奶粉事件"的当天，妻子还是抱着檀檀到省妇幼保健医院去排队、查体、抽血、化验，忙活了大半天，见无任何问题，她那颗吓得像十五个吊桶七上八下的心，才平复下来。檀檀喝的奶粉有三种，妻子又听说有些进口奶粉，实则是国内生产的，就又慌乱起来。她立马催促儿子、女儿，一齐上网查询，见国家有关部门公布的问题奶粉的黑名单上，没有孙子喝的那三种，才长嘘了一口气。推己及人，可以想见，那些被有毒奶粉糟蹋了的孩子们的父母及其爷爷、奶奶、姥爷、姥姥、姑姑、舅舅……其心情该是何等的悲切和无奈！一个孩子关联着那么多人，这叫十指连心啊。

当今人们参加各种场合的宴会，仅有一颗提防之心已远远不够，嘴边得多设几个把门的。去年十月，央视及多家媒体，跟踪深度报道的"假燕窝事件"，又让高级食客骨折心惊。燕窝主要产自印尼、马来西亚、菲律宾等国。金丝燕及同类燕子吞下海藻后吐出的胶状物质凝成的燕窝，分白燕、血燕两种。昔年，血燕是皇帝老儿及达官贵人的专享之物。血燕仅产自印尼、马来西亚的几个山洞和岛礁，年总产充其量也不到一千斤。国内外的奸商号准了中国的富人爱面子、讲排场的脉搏，便挖空心思，设局敛财。千斤血燕根本压不下中国消费大市场的"定盘星"。于是，山寨版的伪劣假冒燕窝，遂充斥于市场。奸商们的西洋景儿被戳穿之后，那些赚足黑心钱的商人，竟狗胆包天地冒充某国燕窝协会官员，在我国南方某市召开新闻发布会，满嘴喷粪地继续以售其奸。记者们经过几番"侦察"与"反侦察"，终使燕窝的"庐山真面貌"大白于天下。白燕窝多为人工造假的产物，血燕窝百分之百是假货。那血燕窝全是将劣质白燕窝，用臭烘烘的燕子屎加温熏成的。燕窝所以能形成从国外到国内、从总经销到零售的多达两百多亿元的利益链，是因在这长长利益链的每个链环上，都能获取大把大把的"过路钱"。

前些年，那圆桌旁从美女花瓣似的嘴唇边，飘出的有关燕窝如何如何的柔言蜜语，今已成为让人们极为厌恶的咒符。

多年来，我从没有吃过燕窝、鱼翅。我不相信，有那么多金丝燕会去泣血垒筑燕窝，以供中、高档酒店去烹制这道稀世之馔；我也不相信，有那么多的鲨鱼翅儿，可让天下食客随时随地都能吃到"红烧鱼翅"这稀有之肴。

当今，为达目的不择手段的功利主义哲学之泛滥，已使得人心不古。我这样的庄户肚子所需的寻常食品，要想吃到它们的原汁原味，也已变成一种奢侈了。大凡四十岁上下的人，会和我有着同感：二十年前的红烧肉的味儿品不到了，辣子鸡块的味儿品不到了，清炖鸭汤的味儿也品不到了。猪仔养上三个月，就能长到二百来斤；肉食鸡养上四十五天，体重就能达到五六斤；鸭子养上三十八天，体重可达六斤以上。这些生命的神话里，含纳的是味道的畸变，滋味的流失。食品专家说，只要按有关标准饲养，这些速成的猪、鸡、鸭，不会对人的身体健康造成损害。然而，人之吃饭，绝不仅是为了塞饱肚皮，这种让肠胃代替舌头的活法，与提高幸福指数，享受生活的说辞，是二律背反的。

味觉是拒绝遗忘的。平素以猪肉为主要肉食的我，在发现猪肉的味道渐行渐远时，我就让家乡的亲朋，于每年的几个大节日，把自养的圈猪宰后，给我送些来，存入冰箱中。这就使我感到，昔年的肉香大致还在。近几年来，六弟的连襟，在家办了个小企业，并承包了一座小水库和百亩山地，用以养猪、养鸡、养鸭、养鱼、养虾。这位亲戚有些文化水平，憧憬田园生活。他还在靠近水库的土地上，种了几亩有机蔬菜。小企业没啥贵重物品去打通各种关节，他的这些绿色食品，竟大受方方面面的欢迎。他知道，我对食物非常挑剔，愿将他这"绿色庄园"，成为我家食品供应的"小基地"。这样，我家吃的猪肉、土鸡和河虾，就有了固定来源。这也使我和全家，躲过了"瘦肉精"的侵害。

我爱吃花生。花生在家乡俗称长生果。它躺在外硬内柔的小摇篮里长成的仁儿，煮、炒后，它会把心灵的芳香献给勤劳的农人；经过压榨，它又能把身躯化成黄澄澄的油，让父老乡亲健筋强骨。前些年，我觉得市场上的花生大大变了味的时候，便向家乡的亲朋伸出了求援之手。在五莲金矿工作的五弟，于老家租赁了六亩山地，轮种花生和玉米。五莲是山东花生的主产地之一，乡亲们有自榨花生油的习惯。这样每年花生下来后，我便有了五弟给我炒的带壳的花生吃；所榨的油，也足能供应我全家及我在外地工作的弟弟妹妹们。这就使得乡亲们和我全家，都躲过了"地沟油"向人类道德底线的挑战。

我爱吃豆芽炒肉丝。好猪肉有了，鲜美的豆芽，在市场上却早就买不到了。我曾按照老家的程序去生豆芽，谁知豆芽刚拱出尖儿，豆体却有些发霉了。是自来水中的漂白粉，还是铝盆儿缺乏了透气性，扼杀了豆芽的柔嫩生命，我不得而知。韭菜、菠菜、老来少扁豆、芹菜，是我平素最爱吃的几种蔬菜，在我未被济南马姓朋友列入到他自种菜园里随时可采摘的名单之前，我所爱吃的这些蔬菜，也多是家乡的亲友，隔月差季送来的。

有些人脉关系的我，想吃点儿原汁原味的肉食和蔬菜，竟也如此曲折和艰难；而城里普通市民的束手无策，就可想而知了。

一切社会问题的答案，往往不是事物的中心。"中心"常常存在于形成答案的来因去迹里。粮食、蔬菜，乃至以农作物为饲料转化而成的大部分肉类，它们的味道所以渐行渐远，其"元凶大恶"就是化肥和农药。

化肥和农药的发明，无疑是人类农业史上之里程碑式的伟大发现。

我国农村初用化肥的一段时间里，那油绿油绿的庄稼叶子和金光闪闪的玉米棒子，曾给农人带来多少丰收的欢乐。农药的使用，也让天下百姓，远离了飞蝗蔽天和害虫横行，所造成的或颗粒无收或大面积减产的惨剧。然而，"物或损之而益，或益之而损"；由于农田经年使用、依赖化肥，致使土壤渐渐板结，让庄稼的根须难以深扎下去。专家们称，化肥不仅能改变食品的口味，它含有的硝酸物质，会被人体的细菌还原成对人体有害的亚硝酸盐。亚硝酸盐如在人体内积累过多，能引起多种病变。报载，峨眉山的猴子也患了"三高症"，是因吃了游客所投给它们的食物造成的。农人依靠化肥增产的路，已快走到了尽头。自 2004 年至今，中央"一号文件"，都强调使用有机肥，提高土壤的有机质，去发展生态农业。

农药不断地升级换代和滥使滥用，使害虫的抗药性越来越强。一些剧毒农药的随意喷洒，在杀死害虫的同时，也破坏了大自然的生物链。近些年，韭菜中毒事件所以时有发生，是少数菜农在韭菜根部直接灌注国家严禁使用的剧毒农药而致。其他蔬菜，使用国家禁用农药的事例，也不少见。难怪当今有人发出"菜篮子变成了药罐子，肉片子变成了药丸子"的呐喊。

染房里难找出一尺白布。今天的城里人要想吃到不施化肥、不喷农药，少使化肥、少喷农药的蔬菜和粮食，已是很难很难了。

去年国庆节，我到青岛即墨市度假。当地一位朋友，在他海边的家中，请我吃了一顿农家饭。那暄腾腾的馒头，竟让我找回了母亲在七八十年代，给我做的馒头的味道。一问方知，他自种的两亩麦田，根本没施化肥，面也是用石磨磨的。饭后，还剩有六只馒头，贪婪的我要求主人，给我打包带回济南，好放在冰箱里，再分成几回食之。我喝的日照绿茶，所以有那么好的口味，也是因一没施化肥；二没喷农药。

生态失衡，已成为当今人类的"世纪劫难"。化肥、农药，不仅施之于田野，也漫渗于水域。在水库、池塘里用化肥肥水，已成为公开的秘密。傻头呆脑、浑吃浑喝的鱼儿，在这肥水里，可以长得又大又胖；而那乖巧灵动、有着洁癖的河虾，却难承受生命之轻。现在河虾已愈来愈少。我儿时投笼河边便可获虾的情景，只能在梦中浮现了。世风日下，更有个别捕虾人，将"敌杀死""氯氰菊酯"等农药，喷洒于水库的边角及池塘里。中毒的虾儿们，或会痛苦地蹦到岸上或猝死漂浮在水边，任捕虾人去拾去捧。这等捕虾法儿，让河虾断子绝孙、无影无踪的时日，恐也不远了。

追逐金钱的活动，在中国从来没有像今天这样来势汹汹；对金钱意义的张扬，也曾未达到像今天这样藐视道德法则的地步。造假、贩假是获取金钱的捷径之一。有人这样形容社会的怪现状，说除了亲生母亲不假之外，余者都可打个问号。仅就食品而言，炸油条掺洗衣粉，做蛋糕加化肥，用井水冒充四千米海拔雪线上的矿泉水，用瘟鸡做成名牌烧鸡，用病猪肉做成高档香肠，用还未长成就病死的养殖对虾、基围虾做成一级海米，已是见怪不怪；而用福尔马林发海参、泡虾仁，用氨水发豆芽，更是司空见惯了。儿时，我见山羊对驴、牛啃过的草是从来不吃的，便觉得羊肉最干净。去年，几起用"瘦肉精"饲羊的案例曝光后，使我这偶吃涮羊肉的人，不得不发出这样的感慨：人啊人，你难道真的就是一种复杂的，矛盾的，无法预料其前途，同时又具有既能行善又能作恶，充满无限潜力的两腿动物吗？

是金钱的"鼓风机"，加速吹散着食品的原汁原味……

家宴难再

从城市到乡镇，从五星级宾馆到小餐馆，公款吃，私家请，中国变成一张大餐桌，是近二十来年的事儿。在这之前，家中来了亲朋挚友，都是摆家宴。那时节，主人摆的家宴，一般都是吃"温情"，吃"真诚"，吃"地道"，吃"滋味"；而绝不像当今富豪们在豪华饭店里宴客，是吃"派头"，吃"身份"，吃"价格"，吃"阔气"，乃至吃"陪酒女郎和服务生的美丽"。

我生性邋遢，不修边幅，有人曾谑称我是"连队司务长"。只有文坛的几位师辈和一些老朋友知道，我能做一手好菜，且中、西餐都能做上几样。

我做菜的手艺是于20世纪七八十年代，在前卫歌舞团工作时学会的。

"曾经沧海难为水"，团里的演员们因经常下部队慰问演出，一个个都把嘴巴吃刁了。回到团里排练之余，就一门心思地琢磨着吃。常常是摆起家宴，你请我，我请你，这家吃了那家吃。"厨子将军"出于卒伍，请来吃去，竟拔萃出两位能与大饭店厨师一比高下的人物。他俩一姓吴，一姓刘，皆来自哈尔滨，都是男高音，却又都难充当独唱演员。这就使吴、刘二人，有足够的时间习练厨艺。吴、刘的厨艺很快就在山东文学界、艺术界播扬。省城如果哪位名作家、名演员家中来了贵客，就慕名或请吴或邀刘，前去一展其蒸炒烹煎、色香味形无一不佳的厨艺。《花环》发表前，我与吴、刘就是文友兼"吃友"。《花环》在《十月》刊出后，家里来的重要客人多了，就请吴、刘分头采买原料，再一齐帮我置办家宴。耳濡目染，我也就学得了几手。后来，歌舞团对能厨者排座次，我竟列吴、刘之后，坐上"季军"的位置。

为拍《花环》的电影，谢晋先生与上影厂的领导来到济南。在军区首长宴请了谢晋一行之后，吴、刘再三提醒我，要摆一次家宴，让他俩也结识一下鼎鼎大名的谢晋。当时，歌舞团有句暗语，如果谁人的家宴丰盛了，退席前就齐喊一声："灯光布景玉堂春。"我在征得谢晋同意后，吴、刘两位就列出了二十四道菜的菜单。见表现厨艺的机会来了，吴便坐着团里派的吉普车，去跑水产店、肉品店；刘就骑上自行车，躬着腰"日日"地穿行在大街小巷，采买菜蔬、果品和作料。那时节，只要肯出些钱，摆家宴用的各种上好原料，在省城皆能买到，不消大半天，吴、刘就将做菜用的一应物品买了个齐齐全全。

家宴开始后，一大盆凉拌菜，就让上海客人怔住了。这道菜是以胶州大白菜心为主料，以燎菠菜、燎胡萝卜丝和龙口粉丝及薄鸡蛋饼切的丝儿与爆炒过的肉末为配料，添以炸花椒油、炸干辣椒，调以日照海米、金乡大蒜泥，再点上少许潍坊崔家小磨香油和淄博王村醋，搅拌而成的。上海人吃凉菜，用的都是小盘儿、小碟。这次家宴，先给每人盛上的是一中碗儿。吃着这七颜六色、多味咸集的大拌菜，客人们除了赞扬还是赞扬。

席间，还上了用猪外脊肉蘸了鸡蛋清、粘上法式面包渣炸的猪排；上了用四个一斤、渤海湾产的中国大对虾烹制的虾排；上了以沂蒙黑山羊的肋扇肉，加土豆、圆葱、卷心菜、番茄酱做成的罐焖羊肉；上了以滑好的里脊肉丝，加章丘大葱丝、莱芜姜丝炒的鱼香肉丝；上了用烟台张裕葡萄酒炒的法式葡萄酒鸡块……这些菜，备受上海客人的喜爱。

席间，性情中人谢晋先生，吃喝得兴奋逾恒，竟拎着酒瓶，端着酒杯，两次进厨房给吴、刘这两位"名庖"致"颁奖词"："做菜也是艺术，你们太有艺术感觉和悟性了！"

这次家宴，给沪上客人留下的印象很深，一个个吃得有滋有味，无不鼓腹而归。

谢晋导演把这次家宴的事儿，告诉了他的好友、我的恩师冯牧先生。冯牧登泰山在济南逗留时，提出不吃宾馆，要尝尝我的家宴。为表示对先生的钦敬，我又摆了次"灯光布景玉堂春"；并亲自下厨，调制了大拌菜，炒了鱼香肉丝和法式葡萄酒鸡块。冯老回京后，又把我的家宴"推荐"给文学评论家唐达成，达成先生来济时，我也如法"炮制"。后来，解放军文艺社的几位社长和北京几家文学刊物的编辑来山东组稿时，我也以"灯光布景玉堂春"的家宴，热情款待过他们。

在中国诸多传统节日中，中秋节和春节是最为百姓看重的。这两大节日，不仅意味着阖家团圆，还在于能品味亲情，品咂人间至乐。一家人围桌而坐，吃着团圆饭，那种幸福温馨的感觉，是其他任何形式都无法替代的。

前些年，每逢中秋和春节，我都亲自下厨，为家人做大拌菜，做儿子、女儿最爱吃的炸猪排、虾排和水果沙拉。吃着我做的可口饭菜，妻子常会对孩子们说："你老爸不当作家，做个厨子，也能养活咱这一家人。"

没有二斤铁，谁也打不了大刀；没有梓萝叶，谁也包不了一对一斤多重的大粽子。如今，随着黄海、渤海多种鱼类、虾类的绝迹和消失，随着一些蔬菜、果品原汁原味的渐行渐远，妻子即使给我戴更大的"高帽"，我也不能为儿女们做什么猪排、虾排之类的佳肴了。至于那曾被贵客们交口称誉的家宴，我更是办不成了。就是小车耗干了油，家人跑断了腿，也绝不可能采买到那些上好的原料了。

据我所知，前卫歌舞团当年那"你请我，我请你"的家宴，也早成为昨天的花朵了。现代科技不仅让城里住户的门上按上了"山猫眼"，甚至还在门旁挂上了"可视门铃"，使得人们躲进公寓成一统，扣紧门儿朝天过。时光之波，流失了待客家宴的味道，也流失了人与人之间原有的坦诚。如今，难见有谁接待客人还摆家宴，到宾馆、饭店去吃喝一番，已成为"不约之约"。

没有人能在需要与奢侈、明智与热切之间，画出一条明显的界限。

也很少有人想到，当人们用双手紧紧握住金钱和财富的时候，偶尔伸开手掌一看，一些固有的美好的东西，却像烟雾一样悄悄飘散了。

造物主从来没有欺骗过我们，欺骗人类的只能是人类自己。

童年的滋味，我记忆中的相思树，已渐渐朦胧了，渐渐远去了；

昔年的味道，我记忆中的五彩云霞，已渐渐褪色了，渐渐暗淡了。

事已至此，我复何言；天下苍生，又能何言……

2012 年 7 月 8 日于济南

一默斋主

一

时间对文学与艺术作品的筛选，是极为苛刻和无情的。这种筛选愈是严酷，对真正的艺术家就愈具吸引力。

在千禧之年的钟声刚敲响的时候，国家文化部和中国美协曾联袂举办过一次意义深远、承前启后的"中国画百年大展"。大展筛选出从1901年到2001年百年内中国画家的精品力作，以飨世人。军旅画家李翔以国画《红色乐章》跻身其间。当时，李翔仅三十八岁。八年后，由几家国家级美术刊物发起，有美术界诸多评论家参与，经充分论证，依据读者投票多寡，又遴选出百年（1909—2009）来各个历史时期具有代表性的画家，凡八十位。嗣后，又分别为他们出版了冠以"百年中国画经典"总书名的个人专集。入选画家多已谢世。他们当中既有腾誉近代画坛的大师巨擘，又有蜚声当代画苑的国手奇才，在世画家中尚有几位大显圭角的中年画家。令我欣喜不已的是，与我有忘年之交的李翔又赫然在列，且仍为入选画家中最年轻的。

近日，我将《百年中国画经典·李翔卷》取出，一一品读，不胜今昔之叹。泳沐于李翔那一帧帧立意高远、拔新领异的画幅之间，我宛如走进一个既熟悉又陌生的美的领地。有许多关于李翔的斑驳不定的影像，在我脑中组合着，浮现着。

苦难既是孕育杰出人物的学校，又是艺术家最好的导师。回望李翔走过的旅程，我们不难发现，他的书画艺术与他青少年时代的困厄和不幸，有着一种宿命性的母体连带关系。

1962年秋，李翔生于山东临沂一徐姓之家。徐家本是临沂城中望族。李翔的祖父徐金亭曾是当地巨贾，常行商于临沂、苏杭、上海之间。徐公粗通绘事，喜写花鸟，又钟情名家字画的收藏。月积岁累，徐家竟珍有"扬州八怪"的墨宝三百余幅，任伯年的翰墨六十余帧，齐白石、李苦禅的画作一百余张……建国后，徐家财产除名家字画外几被充公，仅留下毗邻王羲之故居洗砚池畔的一处房舍。李翔的外公李星槎乃沂蒙名医，悬壶济世，回生有术。这就使得李翔父亲徐小亭，既克绍徐公研学丹青之箕裘，又深得李翁力起沉疴之真传。建国之初，李翔父亲在临沂文具厂任美工，是当时沂蒙唯一公认的画家；他开设的"小亭书画店"，在城中也享有盛名。李父还是位手到病除的郎中，且有《中医内科汤证诀》《中医针灸证治诀》等专著行世。

非人磨墨墨磨人。在1957年"反右"运动中，李父因画了多幅针砭时弊的漫画而获罪，被扣上"右派"帽子。同在文具厂工作的李母李栋欣，也遭株连，与丈夫同被开除公职。当时，李翔的姐姐刚满三岁。面对一庭愁雨，半帘苦风，徐家夫妇虽牛衣对泣，却恩爱如初。李翔出生后，遂成为这对落难夫妻破碎心灵的最大寄托。

祖辈父辈的爱好会直接影响着子孙。李翔三四岁时，父亲便常与他一起观赏家藏字画；间或行医的父亲，也常教李翔辨识同龄稚童无从辨认、可供入药的草木花果。墨香与药香的暝霭，化为李翔童年幽梦中的清岚，氤氲着李翔的生命底色。

十年"文革"是中国理性大晕眩的年代。李翔的父亲作为"右派"和"黑画家"，自是在劫难逃。先是"小亭书画店"被砸，继而徐家遭抄，祖传的一箱箱堪称夜光之璧的名家字画，皆被造反派头头抢劫一空。这里需补缀的是：1985年，李翔的父亲曾开列出被掠名家字画的清单，上书时任党中央总书记的胡耀邦。耀邦同志披阅后，当即批示：要多方查寻这批属于文物的书画，归还失主。但遗憾的是，这些书画迄今仍"泥牛入海无消息"。

回看血泪相和流。1969 年"清理阶级队伍"时，徐家被驱至农村，沦为农人。父老乡亲见徐家夫妇，心像蒙山泉水一样透亮，胸中半点藏掖的东西都没有；又见李父不管田间劳作如何疲惫，对登门求医的乡亲总是来者不拒，悉心施诊，分文不取，遂对这"阶级敌人"恭而有礼。病愈的穷苦百姓，常将新下的鸡蛋、新摊的煎饼、新摘的菜蔬送至徐家，眼神中还常常露出无以报答的愧色。耳濡目染，使少年李翔初识了人类心匣中最为珍贵的珍珠——纯朴与善良。

在那荒诞年月，"黑五类"子女当兵无望，就业无门，在学校里还经常遭同学的冷落和鄙夷。徐家夫妇为长子李翔前途计，断然离婚。李翔也从此由徐姓改随母姓。人的各种难忍之事，都有对付的办法：火用水消，毒用药除，穷用忍治，苦作甜吞。唯一对恩爱夫妻，为儿女免遭命运毁灭，而采取的分钗破镜之举，实为无法忍受的凄怆伤心者也！这一在时代逼压下发生的家庭悲剧，既在少年李翔的心灵上留下了永难铜补的裂痕，也使他刻骨铭心地感受到父恩如山、母爱似海！

在危难社会的荆棘丛中，徐家难觅生存的方寸之地。李翔父母虽分灶立户，李父却仍常被"造反派"拉回城里鞫问逼供，游街游乡示众。不堪受辱的李父，带着大女儿，在乡亲们的掩护下出逃，遁至东北深山老林，采药行医，聊以求生。与丈夫劳燕分飞后，李母拉扯着李翔及李翔的一妹一弟，饮泣吞声，独撑家门。

李母虽出生于中医世家，却把揳入沂蒙女性中的温柔、贤惠、坚忍、果敢的品质承传下来。为多挣点儿工分，李母竟干起只有男劳力才干的拉地排车的活计。小山一样的粪肥或庄稼，常把李母的身子拽成"弓"字形，那套在脖子下的车襻，在上坡时死死扣在脖颈上，常留下道道青紫的印痕。因营养不良，李母常昏倒在田头路旁，待缓过劲来，又继续拉车……苦难使李翔过早地懂得了人生，生活的重轭也过早地套在他稚嫩的双肩。在八岁时，他就背着蹒跚学步、无人照看的弟弟去上学。不知多少次，李母拉车上坡忽觉车子轻快了许多，她回望时，总见放学归来的李翔，背上驮着弟弟，两手奋力在车尾助推……这是一帧何等凄美、何等感人的画幅！人世间，没有一种感情比母慈子孝更见深沉。从李翔后来构建的艺术世界里，我们可清晰地看到，这种情感之"核"，是怎样不断地在李翔画作里发生着"裂变"；并由一人对父母之炽爱，延伸到对天下父老之挚爱；由一己对人生之真诚，拓展为对天下苍生之真情。

二

当青年李翔在幽暗的人生隧道里迷惘、彷徨、挣扎时，一抹时代的强光投射进来。粉碎"四人帮"后的翌年十月，国家恢复高考制度。正在临沂三中读高中的李翔，蓦然看到了命运为他架起的彩虹。1980年，十八岁的李翔在高考中，以数学分数年级第一、总分第三的成绩，被解放军信息工程大学录取。这年，李翔家可谓双喜临门，已平反的李父也和李母破镜重圆。曾在墨香与药香中度过短暂少年时代的李翔，身上不乏绘画的聪慧基因。后因时乖命蹇，他的绘画兴趣曾有过冬眠，当春风徐来，这潜伏的基因一下子被唤醒了。入得军校后，李翔励志勤力，读有字书，识无字理。星期天，节假日，当学员们尽情放松着疲倦的大脑时，李翔则或办板报或画速写，深得院、系领导的赏识。李翔深知，在他的神经网上，既负载着祖国和人民的期望，还负载着严父慈母的希冀和改变全家老小命运的企盼，这该是一个多么沉重的世界！由于品学兼优，再加之颖异的绘画才能，李翔毕业时，被总参干部部一"有胆识骏马，无私护良才"的伯乐看中，被分配到驻地在北京大兴县的总参某直属单位，任无线电助理工程师。

为圆少年时代曾萌发过的画家梦，1984年，李翔与九位爱好书画的战友，一道报考了设在北京西城区的北京业余美术学校。该校授课者多为中央美院的教授、讲师。从部队驻地到西城区，需先骑一小时的自行车至大兴县城，候车、换车又需两个半小时。李翔总是凌晨四时起床赶路，晚上十点方能归营。如此耗神费时，未及两月，九位战友先后畏难而退。唯李翔以沂蒙人所乐道的"洗砚池"里盛满的毅力和耐力，坚持下来。

军艺美术系是军中画徒心向往之的艺术殿堂。1987年，李翔以干部身份就读军艺，专攻国画，历时四载。在军艺，李翔奋击双楫，渴心大饮。两年过后，李翔的画作即秀出班行。他的速写作品《集市》，以线条简洁、人物生动、极富现场感，而荣获全国第二届速写大赛一等奖。继而，他的毕业作品《红色沂蒙》，在北京美协举办的一次大展中获奖。接着，他以沂蒙风情为创作元素的国画《正月正》，又入选中国美协举办的一次全国性的重要美展。试玉既烧三日满，辨材何须七年期。1992年，总政文化部领导见李翔画作卓尔不群，为人身正行端，便一纸令下，调李翔到总政文艺局，分管全军的美术组织工作。从此，振兴和繁荣全军美术创作的使命落在了李翔肩头，同时也为他翔游于邈远的艺术天地打开了深广的空间。

李翔就读军艺时，喧哗与躁动的美术新思潮，正猛烈地冲击着中国画坛。西方的抽象派、印象派、野兽派、立体派、达达主义，成为任人抢注的商标，其克隆品、复制品充斥画坛。更有"新派"中的某些人，鄙视绘画的基本法则，对造型规律不掌握，于形式美无体会，一开笔就变形，试图拼贴西方现代派的图式，以达"借壳上市"之目的。这些画界的嬉皮士，无不以"传统"为仇寇，群起挞伐。仿佛谁的火力猛，谁就能把"创新"的勋章佩于胸前。秋风毕竟也无情，彼等"创新"派的"艺术"蓓蕾尚未吐萼，便枯叶满街无人扫了。处在文化分型期与艺术转型期的李翔，是真正创新族中的智者。国画作为中华民族灿烂文明中的一种集体记忆，已是衔华佩实，云灿星辉，群峰高耸。李翔知道，国画欲想逾越与出新，如同"哥德巴赫猜想"到了陈氏"1+2"的高度一样，要上升一腕尺，也戛戛乎难哉。然而，国画之陈陈相因的审美模式，早就造成了人们的视觉疲劳，再也难以满足当代人扩张了的审美需求。当今画子，再也不能充当传统的摹本和奴隶。要挣脱前人之绳墨，必须先走进传统，再跳出传统。

李翔画名初立时，曾画有大量佛画。在世界宗教中，论教义之深邃，卷帙之浩繁，佛教首屈一指。举凡怀素、智永、齐己、八大、石涛等艺术天才，莫不出自或皈依佛门。这是因为，佛教除却种种神秘的宗教内容，那虚灵迷离的心理感受极接近艺术创作的审美经验。李翔的《怀素禅师》《佛门百僧》《一叶一菩提》《出家无家处处家》《胸次全无一点尘》等画中的僧人，莫不面对天高地迥、万物化醇的大自然而静默参悟。当时，军中的一些中青年作家、画家，知我与范曾是挚友，常邀我带他们去范宅，请范曾题写斋号。他们自拟的斋名，无一不被范曾所改题。某日，我伴李翔至范曾处。当李翔将一卷所作尚未题款的佛画让先生过目时，从不轻许于人的范曾，对李翔之格调清古高洁、墨韵直扑眉宇，又引入西方现代构成的佛画，竟激赏不已，遂当即挥毫，在李翔的五幅画作上，或题图名或写小跋。事毕，范曾问李翔是否有了斋号，李翔答曰："一默斋。"范曾闻听，连说："好，好，好。"又展纸吮墨，为李翔写下"一默斋"三个大字。后来，范曾又不断地看过李翔的新作，也曾多次对我说，在他结识的中青年画家中，李翔是最有才华的。

一默斋的"一"字，当源自石涛《苦瓜和尚画语录》。石涛别号苦瓜。他既是清初四大名僧之一，又是山水画巨匠。石涛与八大山人，均曾是朱明王朝的皇室贵胄。石涛服膺老庄，在其"画语录"中，有著名的"一画"论。他以老子哲学阐释：天地初开，始源于道，道是无，也是有。道生一，一生二，三生万物。道之于绘画，"一"为形之始，"一画"落下，犹如辟开混沌，形象产生，深入其理，曲尽其态，就能获得绘画的高度自由……"默"字不难理喻，在这个七色迷目，五音乱耳，连空气中也弥散着物化气味的当今世界，默能生静，静能生悟，悟则通道。博学如范曾者，自会心有灵犀。后来，我问李翔，一默斋是否另有深意存焉。他淡淡一笑，答曰："我这一辈子，只想默默做好一件事儿，那就是绘画。"

三

将飞者翼伏，将噬者爪缩。一默斋主李翔博观约取，一面在传统国画的"墨山"上探骊得珠，一面在欧美的"画海"里采珊拾贝。操千曲而后晓声，观千剑而后识器。李翔靠着非凡的晓悟、超人的韧性，在传统与现代的坐标上，寻找着国画创新的契合点。他先是以独有的形式美，赢得了中国画界的认可。

形式是本质的，本质是有形的。1994 年，李翔的《红色乐章》一登台亮相，便燃亮了人们的眼睛。斯画描绘的是军乐演奏的宏大场面。它没有情节，有的只是组成方阵的排排乐手。前排与后排乐手的大小比例一样，未按焦点透视处理，一个个皆排列于一巨幅画面里。画面中，红、白、黑三种颜色交织对比，以最具中国特色的朱红为主调，着力刻画乐手们的面部表情和手部动作。那套色木刻般的单纯感，那现代构成的形式感，那用揉叠纸张再着色形成的肌理感，浑然一体，使整个画面大气磅礴。此画通过对军乐队的描绘，折射出人民军队的步调一致，英姿勃发，昂扬向上。《红色乐章》以前所未有的陌生感，给观众造成了巨大的视觉冲击力。这种陌生，是对传统国画构图的一种反动、笔墨定式的一种悖行、语言惯性的一种反叛。此画入选第八届全国美展并获奖，自在情理之中。

叛逆精神历来是社会进步的助产婆，也是画家艺术生命高翔的助推器。李翔的《红色乐章》《正月正》等注重形式美的画作，虽屡屡入选各种美展并获奖，但他认为，此类画作有工艺制作成分，遂决然反叛自己，再辟创作蹊径。

千百年来，书法用笔的笔墨观，形成了国画写意性的显著特质，它重墨韵，重气韵，重灵性，重诗境。"写实主义"是西方"具象绘画"的核心，它讲结构，讲比例，讲色彩，讲光感。自上世纪初，一代宗师徐悲鸿将西方素描引入国画后，使自明代以来日见沉沦的中国人物画起死回生。后因历史局限及政治因素，使"西粹"引入国粹而达化境的目标还很遥远，亟须当代画子勠力攻坚。为抵近这个目标，李翔杜鹃啼血，蚓耕坚泥般地跋涉在国画创新的旅途上。

形佳才能神奕，即境方可会心。只有对具象进行尽精刻微的观察与摹写，方能使意象之美脱颖而出。深谙此道的李翔，向把写生当作绘画创作的不二法门，并将写生视为沁润艺术的"养生"。那些对着照片搞创作的画匠，向为李翔所不齿。他在《体悟写生》的长文中写道："世界上再精密的镜头也不如自己的眼睛。造化千姿百态，人眼千差万别。一个人，一处风景，乃至一块石头，都有其灵魂。这个'魂'有时云遮雾罩，画家就是要剥其云雾，取其精髓。"早在军艺就读时，李翔便常在节假日，去北京火车站画人物动态速写，有时一画就是三四天，夜里就睡在车站的躺椅上。酷夏的一天，李翔中暑昏倒在画夹旁，幸被过路人救起。他曾在一年的暑假，肩背一大包沂蒙煎饼，沿黄河写生月余，归来时行囊里除速写稿外，别无他物。执掌全军美术组织工作后，李翔常带军中画子赴全国各地去写生。在隆冬的北国边陲，李翔们于军营外速写，手常冻得像紫面发馍。他曾率军旅画家乘舰艇奔赴南沙，直抵南海第一哨。在往返的十六个昼夜里，李翔们日伴狂浪，夜枕巨涛，吃住都在艇上。每遇有士兵守卫的岛、礁，便停船登临，不顾眩晕呕吐，为官兵画像。李翔们曾三进西藏，四赴新疆，五走青海。越是艰苦、闭塞的地方，李翔们越是要去，去寻找陌生感，去开垦绘画的"处女地"。在青藏高原五千米海拔的军营哨所旁，曾多次留下李翔背着氧气袋写生的身影，在陕北的土窑茅屋前，也曾多次留下军中画子的足迹……多年下来，李翔的写生稿盈箱累篓。他思维的"电脑"里储存着各色各样的鲜活人物及地域风情，只要创作需要，便会即刻从他大脑的"硬盘"里蹦跳出来。

先天的秉禀之于艺术家至关紧要。确有秉禀，又勤而行之、不断修能者，其艺术注定会像呼伦贝尔大草原一样，充溢着绿的壮阔。一默斋主在《体悟速写》中还写道："画从心出，而非手出。感觉与悟性是速写的灵魂，但悟性从不拜访懒惰的画子。"富有悟性的李翔，在速写时，能迅速捕捉住最能代表人物精神内蕴的刹那间的每个眼神、每种表情，将稍纵即逝的寸丝之美速记下来。同时，李翔还工于对描绘对象"异"与"同"的舍取，将"同者"弱化，将"异者"放大并强化。

悟性，灵物也，不用则尘封，小用则小成，大用则大成，常用则通神。李翔充满灵性的写生，几等同于艺术创作。他已有多种写生集行世。《画家造型研究之路·李翔素描》一书，精选了李翔二百余幅素描作品。此书一版再版，现已成为书画爱好者的赏读物，也成为初学美术者的摹本。

在水墨人物画中，写意与具象是一相互抵牾的矛盾体。当代的诸多人物画，要么只顾造型写实，失缺了笔墨韵味；要么注重笔墨虚灵，使人物成为无血无肉的"稻草人"。面对这柄"双刃剑"，李翔以剑头上的锐利，在"两难"凝成的铁板上，割开了一抹闪亮的缝隙。

《画兵》是李翔在全国第九届美展中获铜奖的作品，画的是部队画家下连队为战士画像的情景。《画兵》一语双关：画家在画兵，也是画兵的战士。画面上，手操画笔的画家，端坐在子弹箱上全神贯注，被画者未在画中。画家周围既有围观的士兵，也有行进中的队列。看上去，画家来连队画像，官兵们并不感新奇，这隐喻着画家下部队已司空见惯。画面不强调视觉张力，而是在基层官兵的坐与立、动与静中，将他们各自的神态、特征和气质惟妙惟肖地呈现出来。《画兵》把抒情性与写实性了无痕迹地融为一体，别开军事题材人物画的新生面。

　　人之为学，不日进则日退。在漫漫岁月里，西方油画界诞生了许多世界级的艺术大师。为破解大师们造型的密码、色彩的迷阵，李翔于三十九岁时到中央美院油画系研究生班深造。西方美学的因子与东方美学的元素，对比着，碰撞着，掺和着，积淀着，化为李翔后来国画创作的活跃的分子和粒子。

　　《父老乡亲》取材于李翔多次去过的陕北农村，是李翔水墨人物画的重要代表作，画的是农人在冬日赶集归来的欢快场景。一辆破旧的拖拉机上，花瓶插花般地挤满了老翁壮汉、婆姨村姑、男童女娃，他们无一不笑逐颜开。艺术是从积蓄着苦难和耐劳人们的心泉里流出的蜜汁。从坐在车斗前正在打手机的老农那里，我们知道这是改革开放后的陕北农人。虽然小康生活离他们尚还遥远，但车在行，希望在，他们正用笑脸迎接未来。《父老乡亲》较之《画兵》中的人物，更见精微传神。车斗里的二十余位男女老少的笑容、眉眼、表情、装束、动作无一雷同，都是生活中的"这一个"。老农的胡楂门齿，婆姨的针眼细线，村姑的衣褶纽扣，娃儿的风帽套衣，均刻画得繁而有序，细而不腻。形不碍墨、墨以塑形的《父老乡亲》，在全国第十届美展中名居一甲之"探花"，并被中国美术馆收藏。作为见证一个时代的"活档案"，国家每逢重大庆典举办美展时，它总是作为不可或缺的一员，应邀出席。

　　五年一届的全国美展，李翔三度及第。这在当时的中青年画家中，堪称凤毛麟角。此时，一默斋主方将他的人物画创作，定位为"写意性具象绘画"。

四

以水墨人物画声名鹊起的李翔，并没有兀自陶醉。破裂、圆满，再破裂、再圆满……在国画创新的盘陀路上，一默斋主不断地攀缘着，超越着。

国画的"随类赋彩""笔墨至上"，向被中国画家视为金科玉律。当今国画家，面对万物万有的绚丽多彩，因受"墨分五色"的禁锢，很难获得创新的自由。老祖宗发明的宣纸和毛笔，让书家、画家纵其灵性，纵意恣肆；故而，李翔将国画创新的底线，固守在宣纸和毛笔上。为了向自然美接近再接近，李翔将色彩引入了国画。

少年时代的经历是一本奇特的账簿，只有收入，没有支出。曾在墨香与药香里度过少年的李翔，后又从父亲绘画又行医的经验中悟出：国画与中医同为国粹，业虽不同理却相通。中医把配方称为"配伍"，意为用药如用兵，处方如布阵。在配药时，又有"君臣佐使"之谓。君者，主药也；臣者，治疗主症之辅药也；佐者，治疗并发症之药也，使者，调和诸药以达最佳疗效之药也。为将色彩扶上君位，李翔将在国画中一直称孤道寡的墨色撵下龙墩，贬为与国画其他颜色一样的"臣佐使"。这无疑是对传统国画笔墨观的一种颠覆。生宣是匹难以驯服的烈马，一笔一色落下，或粗俗如墨猪，或超迈如神骏，绝无油画颜料在画布上可供涂改的覆盖性。中医有句名谚："熟读王叔和（晋代名医，著有《脉经》），不如临症多。"李翔在进行水墨人物画创作的同时，即开始了彩色写生，根据晕染效果，不惮其繁地对颜色"配伍"。不知经过多少次临生宣而挥毫的实践，他久久呼唤的色彩"艺术婴儿"，才呱呱坠地。

李翔以色彩为"君"的巨幅主题性创作《犇》《食为天》问世后，便引得好评如潮。《犇》中，一坐于机凳上的饱经沧桑、白髯飘胸的老农处在画面中央；其右侧是一头角如弯月、皮毛花搭的老牛，左侧是一台暗红色的拖拉机，三者呈倒"品"字形排列。在这里，老翁与老牛，老牛与铁牛，可进行概念互换。铁牛本是无情物。从老人和老牛那同是惆怅和迷惘的眼神里流溢出的是对往昔之冷耕热耘、牛力出尽经历的怀想呢，还是面对机械社会庞然大物的到来，他与它已被甩出历史的轨道，而感到无可奈何呢？"图书空咫尺，千里意悠悠。"每位读者品读《犇》，皆会依据自己的阅历，有着各自的解读。《食为天》是李翔驱驰色彩之"君"，在生宣上尽情挥洒的标志性作品。画面里的田埂上，有四个农人三坐一立。坐者皆手端白瓷大碗，面带凄容，食不甘味；立者背着双手将一只空碗斜提腰间，那迷茫的脸上也挂满愁绪。他们面前的庄稼已是枯黄，从根到叶，都显出焦煳的斑痕。暴晴的蓝天下，虽有几团白云飘忽，却难挤出半滴水来……这"百姓望云霓而断颈，禾苗盼甘霖而折腰"的情绪和氛围，单靠墨色是极难达到的。

　　"光、声、色"是上苍最宠爱的儿女。正是因了色彩的全面注入，方使得《犇》和《食为天》，与读者产生了同频共振的情感效应。

　　《百年中国画经典·李翔卷》中，排在首篇的是《扎西平措上尉和阿爸阿妈》。此画参加了全国第十一届美展，李翔因是终评委，没有得奖资格。评选时，中国美协主席刘大为在此画前驻足凝睇，连说："震撼，震撼。"终评委们先后在此画前驻足凝睇良久，被深深震撼，都觉得此画不参评实为一大憾事。以毛笔写出的《上尉和阿爸阿妈》，竟能呈现出与罗中立的油画《父亲》难分伯仲的艺术效果。此画是帧三联画，中间是上尉，左右两侧分别是其阿爸阿妈。阿爸阿妈虽只画了头像，但"体量"上却比全副武装、身着迷彩服的上尉大出数倍。这独特的构图立意，是平庸的画家压根儿不会想到的。它能让读者在品味此画时，联想到儿子与父母、人伦与孝道、军队与人民等一系列时代课题。创造完美的父母形象，比建造一座华美的宫殿或寺院，要艰难得多。青藏高原上藏胞的脸是最接近太阳的脸，需要采撷最美的色彩方可绘出。画中的阿爸阿妈慈眉善目，那从各自仅存的独齿旁和嘴角边流出的憨憨笑意，足可慰藉军人之心。两位老人枯老皱纹的面颊上，留下了岁月与风霜刻下的深深印痕。我想，李翔是把中国军人对天下父母的深情，提升到天伦骨肉的高度后，才用感情的彩线来完成这一巨制的。画中的阿爸阿妈已是"人民"的代名词，子弟兵正是为了保卫千千万万张像阿爸阿妈这样历经艰辛又充满阳光的脸，才甘心趴冰卧雪，赴汤蹈火，不恤流血牺牲的。军人即使再英武高大，在伟大的人民面前，也永远是儿子！

良心是情感之声，情感是灵魂之语。李翔向把"真实、真诚、真情"作为绘画的六字诀。近十年来，他没有感觉不开笔，总是画一幅是一幅，幅幅不重样。在他看来，一切矫情伪饰，连自己都不动情的画作，统统都是废画。

李翔在色彩人物画里，塑造出了古代、现代的各式各样的人物形象。然而，抒写当代军人却是他的"兴奋点"，状描当今弱势群体的生存状态，又是他的"聚焦点"。

在军旅人物系列中，陆海空三军的基层官兵，军校的学员乃至消防战士，都被李翔请进了画幅。《特种兵》里，他通过对被写对象的豹眼、隆鼻、巨手大脚的强化，展现出北方兵的孔武、剽悍和机警；《南方兵》中，他通过被绘对象白净脸上或是想念故乡或是思念女友的神情，写出了南方兵情感的细腻。《排长与兵》里，李翔通过对一满脸顽皮、挤眉弄眼的战士，紧偎着一脸严肃的排长的刻画，更深化了官兵的情同手足。《装甲团》中，李翔通过对三个坦克兵或酣睡、或浅睡、或眯瞪的摹写，更表现出我军训练的高难度。《告别牧场》是部队玉树抗震后李翔精制的力作。画中有一戴着眼镜、年轻英俊的军官，与一身材匀称、文静娴雅的藏族姑娘，间隔数米，深情地对视着。那相互倾慕的眼神，似乎已融进对方的心灵，却又不能越雷池一步……李翔一组又一组的兵画，独自机杼，神完气足。他完全改写甚至打乱了此前人们阅读兵画的习惯认知和判断标准。但这批作品，却在告诉大家，我们的钢铁威武之师，是由一个个重情重义敢爱敢恨的血肉之躯结成的。看得出，李翔是用昔年背着弟弟上学一样的深厚情感，来塑造军中"我的兄弟，我的姐妹"的。

处于经济转型期的中国，随着财富的"宝塔"越垒越高，社会分层的趋势也日见明显。当大量财富向大企业主、特权阶层倾斜时，当一些媚俗媚商的画家向处于"宝塔"顶部的人们含情脉脉时，李翔却一直将画笔瞄向这"宝塔"的基座。

李翔宽银幕般的创制《原乡》，读来令人鼻酸。《原乡》里，一头四腿如柱、身长被极度夸张了的公牛，占据了五分之四的画面；它的头前站着一戴着眼镜、上体剥光、身无长物、愁眉锁眼、神情滞呆的青年农民。农人和牛的背后，是一片影影绰绰的华楼豪厦，那里原本是他（它）们的生命之根、生存之地。面对社会上的某些人，已将儿辈孙辈重孙辈的财富提前支出的尴尬，青年农民只会像秋树上的落叶，无所依从；被画家魔幻化的老牛，即使把身子拉成一列火车长，也已无力回天！

艺术不关注民生之多艰，很难触及世道良心。少年时代，曾在饥寒中打过冷战的李翔，怀着像当年放学归来帮助母亲推地排车一般的虔诚，让处于社会底层的父老乡亲，走进了自己的画廊。《三十里堡背柴人》中，那背着几乎要把身子埋起来的柴捆，走在塬上连喘气都感到沉重的汉子；《山道弯弯》里，那手提、肩扛、背驮着农田急需物资，在三绕九弯的山路上艰难行进的农人；《听众》内，那独坐机凳，仿佛是在厮守着一台老掉牙的收音机打熬时光的空巢老人……无一不入木三分地刻画出老少边穷地区农人的生存状态。《打工三兄弟》中，三青年那满是疙瘩肉的臂膀；《老实人》里，老汉那刻满甲骨文般皱纹的额头；《壮劳力》内，中年汉子那镀着珐琅色的脸庞……无一不含纳着人的原始生命的张力、忍耐力与抗争力。人类社会总是耐心等待着处在"零度状态"中生活的边缘群体，去获得福音。从这个意义上说，李翔的农民人物画系列，称得上是历史的切片、生命的颂诗！

感人至深的艺术品，从来都是从艺术家心灵的杯盏里流出的情感的"晶体"。李翔的军旅人物系列和农村人物系列，既是画家本人的心灵史，也是当代军人和农民的心灵史。

五

气忌盛，心忌满，才忌露。一默斋主就像躬身垄亩的沂蒙农人，在他开垦的艺术原野里，播种、改良、移栽、嫁接着各种"作物"，他从不在意"总产量"的多少，最注重单位面积的"优质与高效"。

书法与国画，工具相同，用笔道理相通，两者之线条奥秘，皆源自宇宙万物之变幻。李苦禅先生云："书至画为高度，画至书为极则。"李翔善章草，其书名为画名所掩。李翔对书法的研究与重视，几与绘画之造型、色彩等同。章草由秦篆汉隶衍化而来。刘汉之初，三公九卿，遇有急事向皇上禀奏，便将汉隶草写。汉章帝刘炟即位后，喜此书体，便命臣子，奏疏修本均用隶书捷写，"章草"遂得名。前些年，我每至李翔画室，常见他的案头上，摆有《古典章草字帖》和现代章草大家王遽常的《章草范式》；他的案几下，也常扔有写毕又废掉的不称意的书法。李翔将魏碑的拙朴酣畅和唐碑的端庄典雅，糅进了章草，呈现出柔中有刚的笔墨意趣。对李翔的书法，曾两度获得中国书法最高奖"兰亭奖"的得主、书法名家北梅，曾作如是观："李翔的章草，去做作，少修饰，无俗态，多高古，读来大雅拂面，大拙其形，机藏万象，悠然而成高姿。"当今国画家善书者寡。李翔正是书与画并重，方使得他在变革国画时，有了足够的底气和坚实的依托。

在绘画创作中，李翔从不甘心拾人唾余，创新一直是他的"主题词"。在"写意性具象人物画"大有斩获的同时，他还把目光投向了国画创新的最难点——山水画。

自五代以降，代有山水画大师横空出世。五代人李成的《寒林平野图》、宋人范宽的《溪山行旅图》、元人黄公望的《富春山居图》，震古烁今，无人能望其项背；明人沈周、清人石涛、现代黄宾虹，也踵接前贤，江流有音，各呈浩然雄风。面对已被代代大师将山水画审美因子榨干的困窘，当今的山水画，未免显得有些暗淡和拘板。

霜晨夜雨，荧然一灯，默练潜修。李翔愈来愈感受到色彩与墨的相通性，色彩也可像墨一样为我所役。即使纯用色彩，也能在生宣上表现干湿浓淡的变化。一默斋主抱着"师古人之心而不师古人之迹"的念头，探索将西方的色彩观念，注入中国山水画，力图撞开"天门一角"。

西画色彩是一门富有理性的深奥学问。西画色彩的亮度、明度、纯度、对比度等特征，使得西画色彩有了丰富的表现力。不采百家之美，难成一人之奇。李翔从西画色彩观中受到启迪，并巧妙运用西画中诸如同类色、相邻色、冷暖色等施彩技巧，使他在山水画色彩运用上，有了重大突破，渐次形成了李翔式的山水彩色符号。

宇宙万物，一切都是灵动的、奇妙的、活泼新鲜的；既亲切可感又难以名状，既清晰晶明又无迹可寻。"江山如画"是中国文人的狂悖之语，"画如江山"才是优秀画家罄毕生精力方能进入的境界。李翔以赤子之心，扑入大自然的襟抱，亲吻着一山一水；绝不像某些"南窗戏墨"的画匠，到一些山水名胜之地悠了一圈，只抓住一些散在的特征，归来后即仓促成篇。李翔的山水，鲜写名山大川，多绘闲山野水。他的山水画，无一不是面对着大自然的天然美、动态美，对景写生而完成的创作。创作时，那矗立的丹崖，凝翠的丛林，金黄的谷垛，飘动着白练的小溪，抖动着蓝缎的湖泊……在突然际会中，都成了李翔生命的一部分。于是，李翔把整个心灵的积贮调动起来，将身心融入"大快"，在"主体"与"客体"的相互感应中，化"客体"为心灵图景，从而获得了属于画家本人的"艺术第三世界"。

优秀的画家当是人与自然的中介者。在《家住枝头待春来》中，李翔仅画了一棵铁干虬枝的老树、两个雀巢和三只停在枝头的喜鹊，再绘以"草色遥看近却无"的远山，便让我们获得了春的讯息、春的诗意；在《白桦一家亲》中，李翔先画了八株相依相偎的叶染丹红的白桦，再缀以远处的枫林、近处的清凌凌的溪水，便使我们强烈感受到秋的绚丽、秋的安详。画在眼前过，人在画中游。从《山深翠满屋》的山涧，来到《春满八里寨》的农舍；从《山映岚光粟待秋》的太行腹地，信步到《天高地厚》的陕北塬上；从《山村奇彩无俗路》的山道，徜徉到《田园躬耕自有情》的原野；从《乍雨乍晴桃花源》中的青州南陀山，跨越到《宜风宜雪亦宜月》的蒙山幽泉旁……穿行在李翔那色彩和谐、典雅、淡逸的山水画屏中，我们似乎能闻到春花的馥郁、秋谷的醇浓；仿佛能看到碧草在阳光的明暗里轻柔地摇曳，绿树在空气中欢快地舞蹈；也似乎能谛听到山水那自由的呼吸、大地那神秘的心跳……

李翔的"淡彩山水"，启人以尊贵，发人以高致，引导人们从浮躁、轻狂、褊狭，趋向善良、宽厚与宁静。

从追求形式美的《红色乐章》，到"写意性具象人物画"，再到"淡

418

彩山水"，作为国画创新的一种"李翔现象"，业已引起众多美术评论家的高度关注。有人称李翔的造型能力"可与西方大师骎骎争驱"；有人曰"李翔的创新，具有导向性，示范性"；有人赞"李翔真乃大家也"。针对李翔"淡彩山水"创出的"新语体"，有人更是褒扬有加："李翔是对山水画新美学原则的一种重建"……

我怕李翔面对这些评价有些晕乎，劝他坚守原有的清醒。他淡然一笑："放心，我是一默斋中人。"

六

工作着是美丽的。在全国众多美术爱好者的心目中，李翔是从斜刺里冲出、振翅高翔的雄鹰，在军队美术工作者的眼里，一默斋主又像只飞着吃、飞着喝、飞着衔泥筑巢的燕子。军中画子中间有句口头语："忙，你能忙过李翔吗！"李翔自打分管全军美术工作二十年来，他从来不被动地让工作追求，而是主动地追求工作。他的身上仿佛有个感情"磁场"，能把军中的国画家、书法家、油画家、雕塑家一一吸附在他的周围；并能充分调动、激发每个人的才智，生发出以一当十、以十当百的相乘效应。二十年尤其是近十几年来，军中美术的各路英才，手握灵蛇之珠，怀抱荆山之玉，在全国几届美术大展及全国性的美展中，屡屡摘金夺银，占据了全国美术的半壁江山。此外，李翔还组织、策划全军美术大展十余次，皆在全国美术界引发了不同程度的"冲击波"。不播春风春雨，难有秋果秋实。这一切，与李翔主持举办全军"高级造型研究班""高级色彩研究班""高级书法研究班"及一系列的书画创作班和学术研讨会不无干系，也与他经常带领军中画子到生活中写生，更有着密切关联。

工作与绘画的兼程而进，使五十岁的李翔早生华发。见他脸上常是写满倦意，我曾劝他，尽量甩掉琐碎的事务，无须事必躬亲。听罢，他仍是淡淡一笑说："身在寺院的和尚，不一定能悟到禅，沙门外的人，也可时时禅事事禅。"读万言之书，不如闻一语之当。从一默斋主的话语里，我感到他对人生与艺术的思索已领先于画笔。这或许是他在军旅同龄画家中，主题性绘画画的数量最多、质量最佳的主因之一。

"在山泉水清，出山泉水浊。"在金钱的"鼓风机"猛烈摇晃着八尺画案的当今，成名后的李翔仍如从蒙山中流出的一泓清泉，未被世尘所染。当下画界，有人小有名气，便买通一些不入流的小刊小报，吹嘘自己的画具有了"独特风格"。风格在这些画匠的眼中成了美猴王的金箍棒，有它便可包打天下。还有些画家，用媚俗的画作，先在京城办个展，再搞巡回展，到处炫玉贾石，招摇撞骗。李翔虽有十几部书画集行世，但迄今尚未举办过一次个人画展。不少大企业主，见李翔写意具象人物画比油画还要传神，愿出百万巨资让李翔为其画像，皆被李翔一一婉拒。但仅一次南沙之行，李翔就为十六位守岛官兵画了像，并写下书法百余幅相赠。在李翔看来，一个人的灵魂宁可埋入等身的画作，也不能葬于欲望的钱堆。

人的最高道德就是爱国。祖国。人民。责任。这三个金灿灿的概念，常在李翔脑际萦绕。国家教育部根据中央领导的指令，在全国筛选一流的人物画家，为中国古代科学家、文化圣哲画像，挂诸各大专院校的学墙，以励学子。李翔接受的任务是为李冰、祖冲之、李时珍造像。李翔怀着对古贤的敬仰，研读历史，酝酿感情，耗时多日绘出的画像，博得国家相关部门的高度认可。"神七""神八"相继遨游太空之前，国家有关部门，曾先后邀李翔为出自沂蒙的诸葛亮、王羲之，和当今的维族老人造像，随"神舟"一起放飞。这三幅画的事儿，李翔从未向我提及。这等荣耀之举，若搁在一些浅薄画家的身上，早吹得比"神舟"还"神舟"了。

乔治·摩尔有言："要成为艺术贵族，必须逃离上流社会。"曾是全国青联常委，现为总政艺术局副局长，又在中国美协、书协拥有多种头衔的李翔，凭着荣誉的花环，靠着一支香笔，完全有条件像京都某些"物质贵族"那样，过着"朝朝美酒，夜夜笙歌"的优裕生活。但李翔却一如往前，把自己当成艺术的苦行僧。近十年来的双休日，李翔几乎都是在京城北、西部的山区中对景写生。国庆节和春节，他总是带着家人，远离北京，赴边远地区写生创作。去年国庆节，他偕爱人和五岁的女儿至滇南山中写生，寄居于小村车马店一不足五平米的陋室里。归来时，一家三口的脸上、臂上、手上，全留下了被蚊叮虫咬的斑痕。一次，李翔在山区写生

420

时，染上城里早已绝迹的疥疮，吃西药月余不治，老父亲闻知后，让李翔花块把钱买来硫黄膏，涂抹数日竟愈。

在一默斋里，挂有一幅李翔父母的画像，这是他在家翁八十大寿时画的。画中李翔没有着意描绘二老和蔼、慈祥的面容，而是精心刻画了两位老人的期待、关注的眼睛。我与李翔深交近三十年，能洞悉这造像的画外之音：名声和风光就像用从沂河中捞出的泥巴做的玩具，只能玩玩而已；只有诚实和勤勉，才能如蒙山脚下默默生长的一茬接一茬的高粱和谷子，永远营养着他的艺术人生……

2012 年 4 月 28 日于济南

图书在版编目（CIP）数据

祖槐 / 李存葆著. -- 北京：中国文史出版社，
2020.12

（政协委员文库）

ISBN 978 - 7 - 5205 - 2323 - 3

Ⅰ. ①祖… Ⅱ. ①李… Ⅲ. ①散文集 - 中国 - 当代
Ⅳ. ①I267

中国版本图书馆 CIP 数据核字（2020）第 184058 号

责任编辑：卢祥秋

出版发行：**中国文史出版社**

社　　址：北京市海淀区西八里庄路 69 号院　　邮编：100142

电　　话：010 - 81136606　81136602　81136603（发行部）

传　　真：010 - 81136655

印　　装：北京新华印刷有限公司

经　　销：全国新华书店

开　　本：720×1020　1/16

印　　张：27　　　　字数：400 千字

版　　次：2020 年 12 月第 1 版

印　　次：2020 年 12 月第 1 次印刷

定　　价：69.80 元